KB163058

온에어24

온에어24 1권

초판 인쇄 | 2018년 06월 19일
초판 발행 | 2018년 06월 28일

지 은 이 | 박하민
펴 낸 이 | 박성면
펴 낸 곳 | 도서출판 로담

등록번호 | 제 396-2011-000014호
등록일자 | 2011년 1월 19일
주   소 | 경기도 파주시 문발로 115, 세종출판벤처타운 201-A호
전   화 | (031) 8071−5201
팩   스 | (031) 8071−5204
E - mail | bear6370@hanmail.net

ISBN 979−11−5641−107−9 (1권)
      979−11−5641−106−2 [04810]

값 11,800원

ⓒ 박하민, 2018

RODAM ROMANCE STORY

기획총괄 박하민

제 작 로담

온에어24

YBS시사보도국 특집기획

제 1 권

책임프로듀서 강재희
연 출 서정인, 김윤
구 성 송민혜

출근 준비를 마친 윤은 TV 위에 걸린 시계를 바라보았다. 아직 출근 시간까지는 한참이나 여유가 있었다. 윤은 식탁 위에 놓인 에너지 바를 하나 까서 입에 물었다. 현관에 앉아 느긋하게 스니커즈 끈을 묶는 것까지는 여느 날과 다를 바 없었다.

그때 갑자기 핸드폰 벨소리가 울리기 시작했다. 화들짝 놀란 윤은 핸드폰을 집어 들었다. 이른 시간의 전화가 반가울 일은 그다지 없었기에, 순간 온갖 상상이 뇌리를 스쳤다.

오태훈.

액정에 뜬 이름을 확인한 윤은 안도의 한숨을 내쉬었다. 태훈은 윤의 대학 동기이자 회사 동료였다. 윤은 YBS 교양국에서, 태훈은 기획제작국에서 피디로 일하는 중이었다. 그러나 대기업에 다니다 온 윤과는 달리 스트레이트로 입사해, 기수로 따지자면 태훈이 한참 선배였다.

같은 건물에 있기는 했어도 태훈은 주로 다큐멘터리 제작팀에서 일하는 통에 얼굴 보기가 쉽지 않았다. 지금 이 전화도 몇 달만의 연락이었다. 이 시간에 전화한 걸 보니 누구 부고라도 있나 싶어, 윤은 바로 전화를 받았다.

"어, 태훈아. 오랜만이다. 새벽부터 웬 전화야?"

『인마, 지금이 몇 신데 새벽이야.』

돌아온 대답에 윤은 끈을 묶던 손을 멈췄다. 태훈의 말투가 묘하게 가라앉은 것을 알아차린 탓이었다.

"너 무슨 일 있어? 목소리가 왜 그래?"

『아냐, 일은 무슨…… 요새 살 만하냐?』

걱정스럽게 묻자마자 태훈이 서둘러 말을 돌렸다.

"난 엄청 살 만하니까 너나 잘 해, 너나. 왜, 무슨 일인데."

『그냥 생각나서. 혹시 저녁에 시간 있으면 술이나 한잔할래?』

아무래도 이상한 느낌이었다. 태훈은 절대 이렇게 계획 없이 약속을 잡는 성격이 아니었다. 무슨 일이 있는 게 분명하다는 생각이 들었다. 전화로 캐묻는다고 대답할 것 같지가 않아, 윤은 아무렇지도 않은 척 호응했다.

"그래, 그러지 뭐. 어디서 볼까?"

『오랜만에 호수네 가자. 먼저 퇴근하는 사람이 가 있는 걸로.』

호수네는 대학 때부터 태훈과 다니던 윤의 집 근처 단골 가게였다. 윤이 알았어, 하고 대답하자 이따 보자는 말과 함께 전화가 끊어졌다.

차 키를 주머니에 쑤셔 넣고 주차장으로 내려간 윤은 시동을 걸었다. 늘 같은 출근길이었으나 아침부터 시작된 심란함은 영 사라질 기미가 없었다. 이 자식은 왜 아침부터 그래서, 하며 공연히 태훈을 탓한 윤은 초조하게 손끝으로 핸들을 두드렸다.

태훈의 별명은 돌부처였다. 좋아도 좋은 티 안 내고, 싫어도 싫은 티 안 내는 성격 때문이었다. 다큐멘터리 피디가 결코 쉬운 일은 아니었으나, 여태 힘든 척 한 번을 한 적이 없는 태훈을 잘 알기에 그 짧은 통화가 더더욱 마음에 걸렸다.

내내 그 생각에 빠져 있던 윤은 퍼뜩 정신을 차렸다. 얼마나 넋을 놓고 있었는지, 정문의 주차장 입구를 방금 지나쳤다는 사실을 깨달은 건 직후였다. 괜히 건물을 한 바퀴 더 돌아야 했다. 윤은 한숨을 내쉬며 자신의 머리를 툭툭 쳤다.

후문 근처로 접어들자, 도로에 일렬로 선 사람들의 모습이 눈에 들어왔다. 시민단체 이름이 적힌 띠를 두른 사람들이 아침부터 삼삼오오 모여들고 있었다. '공영방송 언론탄압 중지하라'라든가, '어용 이사진은 부당해고 해명하라' 같은 문구들이 적힌 피켓이 눈에 띄었다.

YBS는 KTBC, IBS를 포함한 공영방송 3사 중 최강 시사 강국이었다. 시사 프로그램 피디 지망생이라면 누구나 1지망으로 꼽는 곳이 바로 YBS였다.

메인 뉴스인 <뉴스라이트>는 뉴스 시청률 1위 자리를 단 한 번도 뺏긴 적이 없는 부동의 원톱이었다. 설문조사에서 매년 시청자들이 가장 신뢰하는 방송으로 꼽히는 탐사보도 프로그램 <비하인드 24>는 말할 것도 없었다. <YBS 심야토론>이나 <소셜 스페셜다큐>, <시사 투나잇> 등도 YBS 시사보도국이 자랑하는 프로그램들이었다.

그런데 작년 중순 이후부터 시보국 내부 분위기가 흉흉하다는 소문이 들리기 시작했다. 시보국에 검열이 들어온다든가, 정부에 부정적인 발언을 하는 인물들에게 불이익이 간다든가 하는 이야기가 떠돌았다.

이유는 뻔했다. 극우 보수에 과도한 친기업적 성향을 드러내는 현 정부는 출범 직후부터 YBS 시보국의 타깃이었다. 시보국에서 김영근 대통령을 포함한 청와대와 여당 인사들을 부르는 코드네임은 '양파망'이었다. 온갖 부정부패가 까도 까도 끝이 없다는 이유였다.

<뉴스라이트>를 위시한 프로그램들은 돌아가며 '양파망' 속의 양파들을 까 댔다. 양파들이 양파즙이 되도록 두들겨 패는 시보국이 정부의 눈 밖에 난 건 당연했다. 감히 정부 돈 받아 처먹는 개들이 주인도 모르고 덤빈다며 VIP가 대노했다는 말이 공공연했다.

교양국 소속인 윤은 자세한 내부 사정까지는 잘 알지 못했다. 다만 작년에 YBS 대주주인 바른언론진흥회 소속 이사들이 갑자기 여당 인사들로 대거 교체되면서, 시보국에서 갑자기 해직되거나 다른 부서로 전보당하는 사람들이 있다는 건 알고 있었다.

사람들이 방송국 앞에서 시위를 하는 까닭도 그런 상황 때문인 듯했다. 아침부터 바람이 살을 에는데도 저렇게 부지런히 나오는 것이 신기했다. 누가 돈 주는 것도 아닐 텐데 왜 저럴까. 무심코 그런 생각을 하던 윤은 잠시 피켓과 플래카드를 든 사람들에게 멍하니 눈을 주었다.

가벼운 충돌음과 함께 귀를 찢는 경적 소리에 정신이 번쩍 든건 다음 순간이었다. 화들짝 놀라 시선을 앞으로 돌린 윤은 입을 틀어막았다. 충돌 사고였다. 한눈을 판 사이 신호가 바뀐 걸 보지 못하고, 후문의 주차장 출구로 막 나오던 차를 들이받았다는 걸 깨닫자 가슴이 덜컥 내려앉았다.

미친놈, 하고 중얼거린 윤은 후다닥 차에서 내렸다. 자신이 받은 차는 검은색 SUV였다. 앞창에 붙은 직원용 YBS 정기주차 스티커가 선명했다. 다행히 세게 받은 건 아닌 듯했으나, 아침부터 일진이 영 좋지 않았다. 제발 부장님이나 국장님 차만 아니었으면 싶었다.

윤과 거의 동시에 내린 상대편 운전자는 젊은 여자였다. 머리부터 발끝까지 올 블랙인 패션에 선글라스, 입에는 불을 붙이지 않은 담배를 문 것이 눈에 들어왔다.

기껏해야 이십 대 후반이나 됐을까. 그러나 깡마른 체구와 칼 같은 단발, 화장기 없는 창백한 얼굴에서 풍기는 분위기가 장난이 아니었다. 부장님이나 국장님이 아니라서 다행이라고 생각한 것도 잠시, 말 한마디 잘못했다가는 영혼까지 털릴 것 같은 느낌이라 입이 떨어지지 않았다.

차를 살피던 여자가 입에 물고 있던 담배를 빼 귀에 꽂으며 선글라스를 벗었다. 날카로운 눈매가 영하의 날씨보다 더 싸늘했다. 어쩔 줄 몰라 하던 윤은 눈치를 살피며 조심스럽게 운을 뗐다.

"저, 정말 죄송합니다. 어디 다치신 데는……."

"운전 똑바로 안 합니까?"

낮은 목소리에 자를 대고 그은 듯 정확한 발음이 고막에 꽂혔다. 아나운서 저리 가라 할 정도의 발성은 덤이었다.

"그게……."

오너드라이버 경력 8년에 무사고를 자랑하는 윤이었다. 하지만 방금은 전방 주시 태만에 신호 위반인 건 사실이라 할 말이 없었다. 저절로 운전도 똑바로 못하는 놈이 된 기분에 어깨가 움츠러들었다.

그 와중 이상하게도 여자에게서 기시감이 느껴졌다. 어디서 본 사람 같은데 생각이 나지 않았다. 윤이 기억을 되짚는 사이 미간을 찌푸린 여자가 다시 선글라스를 썼다. 정신이 돌아온 윤은 여자의 눈치를 살폈다.

"정말 죄송합니다. 저, 일단 보험사 부르시면⋯⋯."

"시간 없습니다. 명함 주세요."

여자가 윤의 말을 끊었다. 운전 못하는 놈이 된 기분에, 바쁜 분의 일정을 방해한 놈이 된 기분이 추가됐다. 약간 울고 싶어진 윤은 황급히 차 안의 가방을 뒤져 명함을 찾았다. 여자는 윤이 내민 명함을 보지도 않고는 바로 재킷 포켓에 밀어 넣으며 고개를 까딱였다.

"연락드리죠. 차 뒤로 좀 빼 주시고요."

"아, 네!"

윤이 서둘러 차를 후진시키자 운전석에 타 문을 쾅 닫은 여자가 순식간에 그 자리를 빠져나갔다. 카레이서 부럽지 않은 솜씨였다. 지나가는 차를 슬쩍 보니 크게 박은 것 같지 않았지만, 어쨌든 보험료 오를 각오는 해야 할 듯싶었다.

깊은 한숨을 내쉰 윤은 건물을 마저 돌아 주차장에 차를 세웠다. 교양국으로 올라가 <오늘의 요리> 팻말이 붙은 사무실의 문을 열자, 입사 동기인 다인이 어깨를 축 늘어뜨리고 사무실로 들어서는 윤에게 손을 흔들다 말고 멈칫했다.

"아침부터 왜 죽상이야?"

"출근하다 접촉 사고 났어."

사정을 설명하자 다인이 측은하다는 얼굴로 혀를 찼다. 정신을 어디다 팔고 다니냐는 호통도 잊지 않았다. 시위하는 사람들을 처음 본 것도 아닌데, 유독 오늘따라 왜 그랬는지 모를 노릇이었다. 윤은 이게 다 아침부터 전화한 오태훈 때문이라고 속으로 투덜거렸다.

자리에 앉은 윤은 애써 잡생각을 지우려 노력했다. 태훈의 일은 일단 만나서 해결하자고 마음을 먹었다. 그러고 나니 걱정되는 건 접촉 사고였다. 언제 전화가 올까, 뭐라고 할까 싶어 온 신경이 다 거기로 기울어졌다.

그러나 희한하게도 퇴근 시간이 다 되도록 아무 연락이 없었다. 그분은 이런 일로 낭비할 시간도 없이 바쁜 분이었던 게 틀림없다고 제멋대로 생각한 윤은 일단 여섯 시 정각이 되자마자 자리에서 가방을 챙겨 일어났다. 지금은 코앞에 닥친 태훈의 일이 더 문제였다.

"어, 김 피디. 일찍 퇴근하네?"

언제 퇴근하나 주시하고 있었는지, 바로 저만치서 최진수 부장의 목소리가 날아왔다.

윤이 네, 하고 대답하기 무섭게 진수가 장난스럽게 삿대질을 했다.

"야, 인마. 최소한 5분은 기다렸다 가라."

"오늘은 약속이 있어서요. 먼저 들어가 보겠습니다."

뼈 있는 농담처럼 들리기는 했지만 윤은 아랑곳하지 않았다. 5분 더 남아 있다고 뭐 대단한 일을 할 것도 아니었다. 진수가 파티션 위로 얼른 가라며 손을 휘적거렸다.

<오늘의 요리>에서 이미 2년 차가 된 윤이었다. 그 정도면 진수가 마이페이스인 윤의 성격을 파악하기에는 충분한 시간이었다. 뭐라고 눈치를 줘 봐야 씨도 안 먹히는 데다, 딱히 그 정도로 바쁜 팀도 아니었다. 진수가 눈치 주는 걸 진작부터 포기

11

한 건 당연했다.

윤은 사무실을 나서며 문에 붙어 있는 프로그램 로고를 돌아보았다.

<오늘의 요리>.

<장수만세>와 <지금 고향은>에 이은 YBS의 세 번째 장수 프로그램이었다. 방송국에서는 있을 수 없다는 칼퇴근과 무야근을 자랑하는 팀이기도 했다. 모든 피디들의 꿈이자 희망이라는 <오늘의 요리> 생활은 야망 없는 윤에게는 더할 나위 없이 최적이었다.

예전에 진수가 회식 중에 옮기고 싶은 프로그램이 있냐고 물었을 때, 윤은 주저 없이 <장수만세>와 <지금 고향은>을 꼽았다. 둘 다 <오늘의 요리>와 별반 다를 바 없는 프로그램이었다. 오래됐고, 변함없고, 느리고, 앞으로도 그럴 것이 분명한. 윤은 그런 분위기가 싫지 않았다.

애초에 윤의 목표는 가늘고 길게 사는 것이었다. 남 앞에 나서서 주목을 받는다거나, 어딘가에 이름이 오르내리고 남들이 자기를 알아보는 일 따위는 천성이 아니었다.

진수는 그런 윤을 이해하지 못했다. 명문대 출신에 대기업 입사 경력, 입사하자마자 교양국의 핫 토픽이 된 비주얼까지 가지고 왜 그렇게 적당히 사느냐는 잔소리는 습관이었다. 남자가 돼서 너처럼 야망이 없으면 쓰겠냐는 비난도 덤이었다.

그러나 윤은 야망이라는 것을 가져 본 적이 없는 종류의 인간이었다. 대기업에서 이직한 것도 승진만을 위해 달리는 쳇바퀴 같은 생활이 지겨워서였다. 야망 없는 몹쓸 놈 같은 소리는 윤에게 전혀 타격감이 없는 평가였다.

느긋하게 지하 주차장으로 내려온 윤은 태훈에게 전화를 걸었다. 신호가 서너 번 간 뒤 건너편에서 통화가 연결되는 소리가 났다. 윤은 운전석에 앉으며 태훈에게 물었다.

"나 지금 퇴근. 어디야?"

『나 호수네 와 있어.』

윤은 손목에 찬 시계를 확인했다. 정시 퇴근이었기에 당연히 태훈이 늦을 거라 생각하고 던진 질문이었다. 아직 여섯 시 십 분도 되기 전이었다.

"벌써?"

『외근하고 들어가는 길이라 그냥 먼저 왔어.』

넘어온 목소리는 이미 약간 취한 것 같았다. 윤은 잠시 귀에서 핸드폰을 떼고 다시 한 번 액정을 보았다. 오태훈. 선명한 세 글자의 이름은 분명 익숙한 것이었으나, 어쩐지 평소와는 다르게 느껴졌다. 태훈은 절대 초저녁부터 이렇게 취해 있을 타입이 아니었다.

"너 무슨 일 있냐?"

아침에 느꼈던 그 묘한 감각이 되살아났다.

『일은 뭐. 닭볶음탕 하나 시켜 놨다.』

나지막한 목소리가 대수롭지 않다는 듯 대답했다. 그러나 그 것이 도리어 신경을 약간 잡아당겼다.

"금방 갈게."

윤은 서둘러 말했다. 대답 대신 전화가 끊어졌다. 애가 왜 이러지, 하고 혼잣말을 중얼거린 윤은 바로 액셀을 밟았다.

금요일 퇴근길 지옥이 시작되기 직전의 도로를 달려 오피스텔 주차장에 차를 세워 놓고 나왔을 때는 아직 삼십 분도 지나지 않은 채였다.

호수네 문을 밀고 들어서자, 벌써 좁은 가게 안은 거의 만석이었다. 아주머니에게 인사를 건넨 윤은 가게 안을 둘러보았다. 구석에 앉아 혼자 소주잔을 기울이는 태훈의 얼굴이 눈에 들어왔다.

작은 가스버너 위에서 닭볶음탕은 이미 팔팔 끓고 있었다. 그러나 태훈은 술 외의 무엇에도 젓가락 하나 대지 않은 듯했다.

"어우, 청승. 뭐야, 혼자서. 그새를 못 참냐."

맞은편에 걸터앉은 윤이 툭 내뱉자 태훈이 말없이 웃었다. 한눈에 보기에도 몇 달 못 본 사이 확 수척해진 느낌이었다. 워낙 덩치가 좋아, 처음 만난 사람들은 다들 체대생으로 짐작할 정도인 태훈의 골격이 어디 갈 리 없었지만 얼굴이 반쪽이었다.

방송국 생활이라는 것이 워낙 불규칙하다 보니 몸 상하는 건 일상다반사였다. 그러나 태훈은 벌써 5년 차에 접어들고 있었다. 몸이 상하려면 그사이에 상했지, 여태 멀쩡하다 갑자기 이런다는 건 아무래도 이해가 가지 않았다. 무슨 일이 있기는 한 모양이었다.

윤은 자기 앞에 놓인 잔에 소주를 따르고는 버너의 불을 줄였다. 병은 이미 절반이 넘게 비어 있었다.

"같은 건물에 있어도 얼굴 보기 힘들다. 어떻게 지냈어?"

넌지시 떠보는 말에 태훈은 대답 대신 잔을 들어 보였다. 잔 끝을 건성으로 부딪친 윤은 한 모금 홀짝이자마자 잔을 내려놓았다. 소주 반병이 치사량인 윤은 평소에 거의 술을 마시지 않았다. 싸한 알코올의 맛이 목으로 넘어갔다. 혀 위에서 감미료의 흔적이 선명하게 맴돌았다.

잠시 침묵이 지났다. 작은 식당 안에서 다른 테이블에 앉은 사람들이 떠드는 소리며, 틀어 놓은 텔레비전에서 흘러나오는 저녁 정보 프로그램 MC들의 목소리가 시끄러웠다. 이 테이블만 다른 세상인 것 같았다.

물끄러미 윤을 마주 보던 태훈이 되물었다.

"너는?"

"나야 뭐 맨날 그렇지."

윤은 여상하게 대답했다. 그게 사실이기도 했다. 태훈은 맨날 그러냐, 하고 윤의 대답을 되풀이하며 중얼거렸다. 잠깐 웃는 듯한 표정이 떠올랐으나 그건 곧 지워졌다.

"나 회사 옮길까 생각 중이야."

빈 잔을 손끝으로 만지작거리던 태훈이 말했다. 잠시 귀를 의심한 윤은 시끌벅적하게 떠드는 사람들을 한 번 돌아보았다. 너무 시끄러워서 잘못 들은 건가 싶어서였다.

윤은 다시 태훈을 마주 보았다.

"너 회사 옮긴다고 그랬어? 내가 뭐 잘못 들었냐, 지금?"

태훈이 쓰게 웃고는 고개를 가로저었다.

"아니, 맞아."

"왜?"

진심으로 이 상황이 이해되지 않았다. 다른 사람이라면 몰라도, 오태훈이라면 절대 그런 말을 할 리가 없었다.

대학 시절부터 태훈의 꿈은 쭉 다큐멘터리 피디였다. 방학마다 방송국 아르바이트 자리를 쫓아다녔고, 남들이 아무리 힘든 일이라고 말려도 들은 척도 하지 않았다. 입사하면 환상이 깨지겠거니 했지만 오히려 태훈은 날개를 단 듯 팔팔했다. 힘들어도 진짜 보람 있다는 게 태훈의 입버릇이었다.

실제로 태훈이 입봉 뒤 찍은 다큐멘터리 중 화제가 된 것도 여러 편이었다. 다큐멘터리 시상식에 노미네이트된 작품도 있었다. 누가 봐도 오태훈에게 다큐멘터리 피디는 천직이었다.

YBS의 구성원 대부분이 그랬지만, 태훈은 회사에 대한 자부심과 애사심도 대단했다. 윤이 매번 속으로 저거 정년 될 때까지 오지 탐험 다니는 거 아닌가 모르겠다, 하고 속으로 걱정 아닌 걱정을 할 정도였다.

게다가 YBS는 다른 방송사에 비해 다큐멘터리 제작에 투자를 많이 하는 편이었다. 어디를 가도 태훈이 지금만큼 만족하며 일할 수 있을 리 없었다. 윤은 아무 말도 하지 못하고 태훈을 응시했다.

"너 이사진 바뀐 거 알지?"

태훈이 빈 잔을 채우며 물었다. 갑자기 이사진 얘기는 또 뭔가 싶었으나, 윤은 일단 고개를 주억거렸다.

YBS의 대주주인 정부 산하의 비영리법인 바른언론진흥회는 회사의 경영 관리 감독과 자금 운용 등을 감시하는 역할을 담당하고 있었다. 공공방송의 공영성을 견지하기 위한 목적으로 구성된 경영 형태였다.

그런 시스템은 이미 수십 년간 유지된 것이었다. 독재 시절이라면 모를까, 윤이 아는 한 2000년대 이후로는 바언진 이사들로 인한 문제가 발생한 적이 없었다.

그러나 작년에 갑자기 이사진들이 친정부 성향의 여당 인사들로 대거 교체된 후 이상한 일이 생기기 시작했다.

노조의 어떤 항의에도 이사진은 오로지 '교체는 우연의 일치이며, 이사는 YBS 경영진 및 국회 방통위의 추천을 받아 결정된다.', '구성원들이 걱정하는 어떤 외압도 없다.'라는 답변만을 반복하고 있었다.

윤은 출근하면서 봤던 시위대를 떠올렸다. 정말 이사진에 문제가 없다면 그런 일이 벌어질 리 없었다. 하지만 윤은 시류에 전혀 민감하지 않은 프로그램을 제작하고 있었다. 윤에게는 이사진들의 스탠스가 문제가 될 이유가 없었고, 때문에 전혀 관심을 두지 않았던 것도 사실이었다.

긴 한숨을 뱉은 태훈이 이마 부근을 긁적였다.

"이사진 바뀌고 나서 작년부터 시보국 분위기 개판인 건 들었어?"

어차피 시끄러워 바로 옆 테이블의 얘기도 들리지 않았지만, 태훈은 목소리를 낮춰 말을 이었다.

"거긴 지금 진짜 엉망진창이야. <뉴스라이트> 데스크 다 갈아 버리라고 했다는 얘기도 돌고. 시보국에 인력 충원 전혀 안 된 지도 몇 달 됐다더라. 사람은 계속 빠지는데 제작비도 승인을 안 내 줘서 자비 써 가면서 취재 다닌대. 지난번 이사회 때도 사장님하고 시보국장님 들어가서 엄청 싸웠다고 하더라고."

<뉴스라이트> 피디 출신의 유동욱 사장과 사회부 기자 출신의 백선경 시보국장은 현재의 시사 강국 YBS를 만든 인물들이었다. 특히 백선경 국장은 기자 시절에도 매년 올해의 언론인상을 가져가던 전설적인 존재였다. 사장 말도 안 듣는다는 강성으로 유명해, 윤도 이름은 잘 알고 있었다.

그들이 이사회에서 싸워야 할 정도라면 상황이 몹시 심각한 건 분명했다. 착잡한 표정으로 잔을 비우자마자 다시 병으로 손

을 가져가는 태훈을 막은 윤은 얼른 잔을 채워 주었다.

태훈이 고개를 까딱이더니 눈가를 문질렀다.

"시보국 사람들은 워낙 강성 많으니까 버티긴 하는데, 며칠 전부터 위에서 다음 개편 때 <비하인드 24> 폐지하라고 통보했다는 소문 돌더라고."

눈을 휘둥그렇게 뜬 윤은 저도 모르게 몸을 앞으로 기울였다. 이건 누가 들어도 미친 소리였다. <비하인드 24>는 17년째 방송을 이어 오고 있는 YBS의 간판 탐사보도 프로그램이었다. 다른 프로그램도 아니고, 매년 언론상이란 언론상을 싹쓸이하는 <비하인드 24>를 자른다는 건 있을 수도 없는 일이었다.

시청자들이 가장 신뢰하는 TV 프로그램, YBS의 자존심, 어떤 권력에도 타협하지 않는 단 하나의 저널리즘, 정부보다 믿을 수 있는 방송. <비하인드 24>에 따라다니는 수많은 수식어 중 일부였다.

<비하인드 24>는 매주 방송만 했다 하면 실시간 검색어 1위를 휩쓸었다. 시보국에서는 유일하게 광고를 완판시키는 프로그램이기도 했다. 인터넷에 수만 명 규모의 시청자 커뮤니티가 생길 정도로 고정적이고 열성적인 시청층도 많았다.

자본과 인력과 운이 갖춰져도 그런 프로그램을 만드는 건 거의 불가능에 가까웠다. 돈 주고 만들기도 힘든 프로그램을 폐지한다니, 정상적인 경영진이라면 누구도 그런 판단을 할 수 없는 게 당연했다.

"그게 말이 되냐? 어떤 미친놈들이 그런 짓을 해."

윤은 말도 안 된다는 얼굴로 손을 휘적거렸다. 지금 당장 인터넷에 <비하인드 24>가 폐지된다는 소문이 있다는 글 하나만 올려도 항의 전화로 업무가 마비될 게 뻔했다.

윤을 가만히 응시하던 태훈이 잔을 마저 비우며 말했다.

"나 지금 촬영 들어간 다큐 잘렸어."

말투가 담담한 탓에 그 내용이 바로 머릿속에 들어오지 않았다. 촬영이 들어갔는데 잘렸다니, 아무래도 얘가 취해서 말을 잘못한 건가 싶었다. 눈을 깜빡인 윤은 되물었다.

"기획안 캔슬됐다고?"

"아니, 촬영 들어갔는데 잘렸다고."

잔을 만지작거리던 손이 저절로 멈췄다. 기획안을 반려당하는 일은 흔했다. 그러나 이미 촬영에 들어간 프로그램을 자르는 일은 결코 흔하지 않았다. 촬영이 시작됐다는 건 곧 일정 확정은 물론이고 예산 배정과 편성까지 끝났다는 얘기였다. 그 상황에서 프로그램을 엎는다는 건 정말 드문 일이었다. 적어도 윤은 그런 경우를 들어 본 적이 없었다.

잠시 멍하니 태훈을 마주 보던 윤은 의자를 당겨 앉았다. 이 상황이 장난이 아니라는 생각이 든 건 그때였다. 입이 말랐다.

"야, 잠깐만. 나 지금 이게 하나도 이해가 안 되거든. 회사가 지금 도대체 뭐 어떻게 돌아간다는 거야? 자세히 좀 설명해 봐."

윤은 다급하게 태훈을 다그쳤다. 대답 대신 어느새 빈 소주병을 들어 본 태훈은 여기 소주 한 병 더 주세요, 하고 소리쳤다. 식당 아주머니가 소주 한 병을 내려놓았다. 바로 새 병을 딴 태훈은 잔을 채워 숨도 쉬지 않고 마셨다.

입가를 닦은 태훈이 괴로운 표정으로 얼굴을 감쌌다. 심장이 쿵쿵거리며 뛰기 시작했다. 뭔가 심상치 않았다. 머릿속으로 아침에 봤던 시위대의 모습과, 피켓이며 플래카드의 문구 따위가 순식간에 지나갔다. 지금까지 인식조차 한 적 없던 흑백의 세계가 갑자기 색을 입었다.

태훈은 오랫동안 말이 없었다. 거의 손도 대지 않은 닭볶음탕 냄비에서 가장자리가 졸아들어 탄 냄새가 나기 시작했다. 그러나 윤은 그것조차 인식하지 못했다.

한참 그러고 있던 태훈이 마침내 입을 열었다.

"지금 신도시 개발 지역 중에 의정부 지나서, 진송신도시라고 있어. 3년 전에 재개발 발표되고 이제 아파트 공사 들어간 데야. 그런데 이 지역 원주민들이 대부분 다 도시 빈민이거든. 입주권 받아도 들어갈 수가 없어. 그러니까 재개발하는 거 좋아하겠냐? 당연히 싫어하지. 주민 투표에서도 반대 의견이 대부분이었다고. 진짜 손바닥만 한 단칸방에 아직도 연탄보일러 쓰는 이런 집들이 태반이야. 겨우 서너 평짜리, 사람 하나 누우면 끝나는 그런 방 팔아 봐야 신도시 아파트 화장실 하나도 못 사잖아."

발음이 약간 어슷하게 뭉개지는 태훈의 목소리는 낮았다. 윤은 그저 귀를 기울일 뿐이었다. 태훈이 다시 술을 한 잔 마셨다.

"우리 팀에서 거기 직접 가서 봤다고. 어떤 사람들이 사는지. 나이 일흔, 여든 먹고 혼자 사는 노인들, 미혼모 혼자서 애 키우는 집, 그나마 부모라도 있으면 다행이야. 부모 도망간 집에서 중학생 혼자 아르바이트해서 초등학생 동생 먹여 살리는 집도 있어. 하루 벌어 하루 먹기도 힘든 사람들이거든. 이런 사람들이 아파트 건설현장 앞에서, 이 추운 날씨에 벌벌 떨면서 매일 재개발 반대 시위에 나와."

태훈이 헛웃음을 뱉었다. 머릿속으로 그 광경은 잘 그려지지 않았다. 뉴스 화면 속에서나 나올 법한 사람들을 직접 보는 건 어떤 기분일까. 윤은 마르는 입술을 축이기 위해 잔을 비웠다. 싸한 맛이 목을 넘어갔다. 열기가 머리까지 타고 올라왔다. 술 탓인지, 분노 탓인지 알 수 없었다.

"정부가 건설사하고 결탁해서 주민 대표라는 사람하고 짠 거야. 이 사람들은 그걸 알지도 못하고, 알아도 어떻게 할 수가 없어. 돈이 없잖아. 변호사 만나고 그런 건 꿈도 못 꿔. 그런데 그럼 이 사람들은 어떻게 되냐? 그냥 쫓겨나면 또 어디로 가?"

윤이 앞에 있다는 것도 잊은 것처럼 자문한 태훈이 헛웃음을 뱉고는 긴 숨을 내쉬었다.

"그래서 우리 팀에서 다큐로 찍어 보자, 그 얘기가 나왔어. 3부작 기획해서. 신도시 뒤편의 삶이란 게 뭘까. 작년 말에 국장님 컨펌까지 다 끝났다고. 근데 그때 국장님이 우리 팀장 있잖아, 박지영 선배. 박 선배한테 그렇게 얘기를 했었대. 노골적으로 재개발 비난하는 내용은 넣지 마라. 감성적인 부분에만 초점을 맞춰라. 그래서 알겠다고 했거든."

태훈의 말끝이 떨렸다. 태훈은 서둘러 다시 잔을 채우고는 숨도 쉬지 않고 술을 들이켰다.

"저번 달에 편성 받았어. 봄에 방송하는 걸로. 거기 재개발 반대 시위 도와주는 사람들 섭외도 다 됐고. 우리가 촬영 시작한 지 딱 보름 됐다고. 그런데 이번 주 초에 국장님이 박 선배 호출해서 그랬대. 이거 편성 취소됐으니까 당장 촬영 중단하라고. 이해가 안 되잖아. 벌써 찍고 있는데. 무기한 연기다, 그렇게 얘기하더래. 선배가 왜 그러냐고 따지니까 뭐라는지 아냐?"

태훈은 돌연 웃기 시작했다. 거구를 숙이며 쿡쿡거리는 통에 아귀가 맞지 않는 오래된 탁자가 흔들거렸다. 한참 웃던 태훈이 거의 속삭이듯 중얼거렸다.

"이사님들이 이 기획 아주 불편하게 생각한대. 이사님들이. 씨발, 그 새끼들이 뭔데 지들이 불편하고 말고 하냐고. 개새끼들, 그게 왜 불편한데. 대체 뭐가 그렇게 불편한데."

태훈의 입에서 욕이 튀어나왔다. 장난으로라도 쌍시옷 소리한 번 하는 법이 없던 태훈이었기에 가슴이 덜컥 내려앉았다.

"그래서, 노조에는 얘기했어?"

윤이 묻자 태훈이 겨우 고개를 끄덕였다.

"그런데 어떻게 될지 몰라. 기제국에서는 이게 처음인데, 시보국에서는 벌써 이런 일 여러 번 있었다고 하더라고. 그나마 <뉴스라이트>는 위에서 데스크에 손을 못 대고, <비하인드 24>는 거의 사장님 직속이라 중간에서 장난 못 쳐서 아직…… 근데 그러니까 위에서 다루기 힘들어서 아예 폐지하려고 한다잖아. 나도 모르겠다. 이게 뭐 어떻게 돌아가는 건지."

할 말을 잃은 윤은 그저 태훈을 마주 볼 뿐이었다. 불편하다…… 고작 그 한 단어가 함축한 의미에 소름이 돋았다. 의도를 감출 생각조차 없는 그 단어. 그들에게 뭐가 불편하다는 건지 짐작하기는 어렵지 않았다.

태훈의 말대로 정부와 건설사의 결탁이 사실이라면, 아주 조금이라도 그런 부분이 드러날 만한 요소는 모두 제거하고 싶을 게 당연했다. 더구나 그게 눈엣가시 같은 YBS의 방송이라면 더더욱.

YBS는 시청자들에게 신뢰도가 높은 방송국이었다. 별것 아닌 방송 하나가 그렇지 않아도 점점 떨어지는 정부 지지율에 도화선이 될 수도 있었다. 그러나 그걸 이해하는 것과 이 상황을 수

용하는 건 별개의 문제였다.

윤은 입술을 깨물었다. 같은 건물 안에서 이런 일을 당하는 사람들이 있다는 건 상상해 본 적도 없었다. 빨리 마신 술 때문인지 머릿속이 타들어 가는 것 같았다.

태훈이 바짝 마른 입술을 이 끝으로 뜯었다. 까슬하게 일어난 살갗이 이 끝에 걸려 찢기며 새빨갛게 핏물이 배어났다. 그러나 태훈은 그걸 깨닫지도 못한 듯 실없이 웃는 얼굴로 입을 열었다.

"진짜 좆같은 게, 요새 기제국 사람들한테 종편이나 케이블 쪽에서 컨택이 엄청 와. 나한테도 저번 주에 두 군데서 갑자기 연락이 왔거든. 다큐 팀이라고, 거기 팀장들이. 저번에 한 거 잘 봤다고, 만나서 얘기 좀 하고 싶대. 무슨 말 하려는지 눈치 깠잖아. 내가 아니라고 그랬어. 나 YBS 옮길 생각 없다고. 그러니까 거기서 그래. 아, 근데 좀 있으면 생각이 달라지실 텐데. 그때는 내가 그게 무슨 소린지 몰랐어."

태훈이 테이블 위의 종이 냅킨을 뽑아 피 묻은 입술 위를 문질러 닦았다. 얇은 냅킨 위가 순식간에 새빨갛게 얼룩졌다. 태훈은 그 냅킨을 손안에서 구겼다.

"다른 데서는 벌써 다 알고 있었던 거지. 우리 회사 지금 어떻게 돌아가는지. 씨발, 종편에서도 알고 케이블에서도 아는 걸 정작 내가 몰랐다고. 개 같은 새끼들, 남의 회사 망하게 생겼는데 그거 뻔히 알면서 사람 빼 갈 생각부터 해? 근데 시보국 그 꼴 나는 거 뻔히 알면서, 윗대가리들이 아무 일 없을 거라고 말하니까 순진하게 믿은 내가 더 병신이야."

태훈은 빈 잔을 탁자 위에 툭툭 두드렸다. 철제 탁자 위로 유리잔이 부딪치는 소리는 와글거리는 식당 안에서도 선명했다.

몇 번 그러기를 반복하던 태훈이 손을 멈췄다.

"……야, 김윤. 근데 진짜 거지 같은 게 뭔지 알아?"

윤은 대답하지 못했다. 태훈이 눈을 들어 윤을 보았다. 표정을 읽기 어려운 가느다란 눈매 속의 눈동자가 번들거렸다.

"나도 이제 겁나. 시보국 사람들처럼 윗대가리들하고 싸울 자신 없고, 돈 많이 준다는 데 가고 싶어. 매일 밤마다 그 생각 한다. 그냥 갈까. 다큐는 아무 데서나 찍으면 어때. 내가 뭐하려고 돈도 안 되는 거 찍으면서…… 웃기지. 그 생각하면서 더 비참해. 내가 이 정도밖에 안 되는 인간이었냐?"

마지막 말은 거의 숨소리에 가까웠다. 태훈은 울고 있었다. 냄비에서 탄 냄새가 진동했다. 아주머니가 달려와 뭐하냐며 면박을 주고는 가스버너를 껐다.

그러나 윤은 그저 태훈을 응시할 수밖에 없었다. 다른 사람도 아닌 오태훈이 이렇게 무너지는 모습을 본 건 처음이었다. 태훈이 이럴 거라고는 꿈에도 상상한 적이 없었다.

태훈은 그 큰 덩치를 웅크린 채 소리 없이 울었다. 탁자 위로 떨어지는 눈물 자국이 선명했다. 그 광경은 어떤 단어로도 형용하기 힘든 감정을 불러일으켰다.

식당의 가장 구석 자리에 시선을 주는 사람은 아무도 없었다. 지금 무슨 일이 벌어지고 있는지 이곳의 누구도 신경 쓰지 않았다. 식당의 텔레비전에서는 일일 연속극의 배우들이 나누는 대화가 흘러나왔다. 사람들은 모두 행복해 보였다. 오직 이 자리만이 다른 세상이었다.

도저히 여기 더 있을 수 없을 것 같았다. 먼저 자리에서 일어난 윤은 계산을 하고 돌아와 태훈을 부축했다.

"야, 오태훈. 집에 가자. 일단 집에 가서 한숨 자. 다 잘 될 거야. 요즘이 어떤 시댄데 그래."

윤은 애써 웃으며 아무것도 아닌 양 말했다. 무거운 몸이 기대왔다. 그러나 묵직해진 건 마음이었다.

다 잘 될 거야.

무책임한 말이었다. 윤은 자신이 스스로도 그 말을 믿지 않고 있다는 걸 깨달았다. 까닭 모를 두려움 같은 감정은 닫힌 창문 사이를 비집는 바람처럼 소리 없이 스며들었다.

어떻게 이런 일이 벌어질 수 있을까. 자문했으나 답은 없었다. 상식 바깥의 일을 상상한다는 건 쉽지 않았다. 윤은 태훈을 끌고 식당 밖으로 나왔다. 대로변은 밝고 시끄러웠다. 식당을 나섰는데도 여전히 태훈과 자신만이 다른 세상에 있는 것 같았다.

윤은 택시를 잡았다. 뒷자리에 태훈을 밀어 넣자 이미 취한 태훈이 모로 기댔다. 윤은 지갑에서 만 원짜리 몇 장을 꺼내 태훈의 주머니에 찔러 넣고는 문을 닫았다. 기사에게 태훈의 집 주소를 불러 준 윤은 금요일 밤의 도로 속으로 사라지는 택시를 바라보았다.

식당의 열린 문으로 음식 냄새가 퍼졌다. 거리에 늘어선 간판들의 빛은 휘황찬란했다. 모든 게 평소와 똑같았다. 그러나 불현듯 누군가 발밑을 파헤치는 듯한 감각이 지났다. 딛고 선 바닥이 그대로 꺼져 들어가는 것 같은 그 감각은 빈말로라도 결코 유쾌하다고는 할 수 없었다.

윤은 천천히 거리를 걸어 집으로 돌아왔다. 수만 번은 더 지났을 길이 낯설었다. 현관의 도어록 비밀번호를 누르고 문을 열자 센서 등이 켜졌다. 벽에 기댄 윤은 팔을 올려 잠시 눈을 가렸다.

감은 눈 안으로 태훈의 우는 얼굴이 선연했다.

오랫동안 그렇게 서 있던 윤은 불도 켜지 않은 채 냉장고에 든 맥주 한 캔을 꺼냈다. 어두운 거실의 소파에 앉아 천천히 그것을 비우는 사이, 이미 주량은 한계를 넘었지만 정신은 이상하게도 멀쩡했다.

윤은 탁자 위의 리모컨으로 TV를 켰다. 무의식적으로 버튼을 누를 때마다 뉴스와 드라마, 예능 프로그램과 홈쇼핑 채널 따위가 어지럽게 바뀌며 돌아갔다.

'그분들'을 '불편하게' 만드는 것들은 방송될 수 없는 세상.

그런 세상이 TV 뒤에서 시작되고 있었다. 약한 현기증이 일었다. 윤은 리모컨을 내려놓았다. 멈춘 뉴스 채널에서 아나운서의 무감한 목소리가 흘러나왔다.

『……국회는 내일 본회의에서 400조 원에 달하는 내년도 예산안 및 예산부수법안에 대한 처리를 시도할 예정입니다. 여야 및 정부는 현재까지 타협점을 찾지 못한 것으로 알려졌습니다. 주요 쟁점에 대한 협상이 결렬될 경우…….』

이름도, 얼굴도 잘 알지 못하는 국회의원들이 화면 속의 국회 안에서 삿대질을 하고 고성을 질러 댔다. 윤은 그 화면에 시선을 고정했다.

습관처럼 보는 뉴스였다. 아마 어제도 비슷한 내용을 봤을 게 분명했다. 그러나 믿을 수 없을 만큼 모든 것이 생경했다. 굳은 듯 앉아 있던 윤은 TV를 껐다. 집 안이 순식간에 적막 속으로 잠겨들었다.

꺼진 화면을 뚫어지게 보던 윤은 몸을 일으켜 책상 앞에 앉으며 노트북의 전원을 켰다. 즐겨찾기에 입력된 사원용 사이트 탭을 누르자 사번과 비밀번호를 입력하는 화면이 나타났다.

눈을 감고도 칠 수 있는 번호들을 입력한 즉시 화면이 바뀌었다. 사원증의 증명사진과 함께 자신의 소속이 나타났다.

김윤, 교양국 1부, PD.

키보드 위에 올려놓은 손이 떨렸다. 윤은 이 끝으로 입술을 꽉 눌렀다. 사내 게시판의 글쓰기 버튼을 누르자 흰 창이 화면을 채웠다. 곧 키보드를 두드리는 경쾌한 소리가 고요한 집 안을 옅게 채웠다.

— 어용 이사진은 방송에 간섭할 권리가 없습니다.

어쭙잖은 정의감 따위와는 일생 연이 없었다. 내일 아침이면 후회할 수도 있는 일이었다. 그러나 지금은 그런 것 따위 아무래도 좋았다. 누구에게인지 모를 말을 쏟아 내는 내내 머릿속은 뜨거웠다. 그 열기의 궤적이 마음 위를 그었다.

분노일까, 슬픔일까.

이름 붙일 수 없는 감정들은 긴 밤 속에서 더욱 선명했다.

정언은 아직 젖은 머리를 대강 털고 물기 어린 수건을 목에 걸었다. 풀썩 소리가 나도록 소파에 주저앉으며 목을 젖히자 흰 천장이 눈에 들어왔다. 벽에 걸린 무소음 벽시계는 조용히 자정을 막 넘어가고 있었다.

이 시간에 집에 있는 건 무척 오랜만이었다. 그러나 그게 그다지 기쁘지는 않았다. 정언은 손을 뻗어 탁자 위에 놓인 벤티 사이즈의 테이크아웃 컵을 집어 들었다. 트리플 샷이 들어간 아이스 아메리카노는 얼음이 반쯤 녹은 채였다.

그래도 트리플 샷의 위력은 건재했다. 한 모금 마시자 느슨했던 머릿속이 바짝 당겨졌다. 정언은 남은 커피를 마시며 손을 뻗어 핸드폰을 확인했다. 그새 부재중 통화가 들어와 있었다.

강재희.

세 글자의 이름 옆에는 부재중 통화 건수 1이 표시된 채였다. 얼굴을 찌푸린 정언은 아무렇게나 내팽개쳐 둔 핸즈프리를 한쪽 귀에 꽂았다. 재희의 이름을 누르고 전화를 걸자 건조한 통화 연결음이 반복됐다. 몇 초쯤 신호가 갔을까, 곧 낮은 목소리가 돌아왔다.

『어, 서 피디. 자는 줄 알았는데.』

재희였다. 평소보다 목이 약간 잠긴 듯한 느낌이었다.

"아직도 사무실이에요?"

정언은 대답 대신 되물었다. 긍정 대신 짧은 침묵이 지났다. 한숨을 쉰 정언은 테이크아웃 잔에 꽂힌 빨대를 이 끝으로 잘근거렸다. 질긴 비닐이 이 사이에서 미끌거렸다. 정언은 조금 부정확한 발음으로 재희를 나무랐다.

"사람 진짜 못 말리네. 사무실에서 진 치고 있으면 뭐가 달라져요? 들어가서 자라니까. 잠을 자야 머리가 돌아갈 거 아냐. 기력도 좀 생기고."

재희가 머쓱한 듯 대꾸했다.

『잠이 와야 자지.』

정언은 입에 물고 있던 빨대를 뱉었다. 재희가 눈앞에 없는데도 미간이 저절로 구겨졌다.

"본인이 불면증 환자인 거 자각은 있어요? 그 정도면 약이라도 먹든가. 선배가 아직도 이십 대인 줄 알아요? 그러다 진짜 골로 가는 거 순식간이야. 아, 혹시 죽으려고? 누구 좋으라고? 선배 죽으면 좋아할 사람 많긴 한데."

『스톱. 나 사무실에서 듣는 잔소리, 전화로도 듣고 싶어 하는 변태 아니거든.』

콩 볶듯 다그치자 재희가 바로 정언의 말을 잘랐다. 아무래도 잔소리가 길어질 것을 직감한 모양이었다. 뭐라고 더 퍼부어 주고 싶은 마음이 굴뚝같았음에도 불구하고 정언은 입을 다물었다. 지금은 자신에게도 재희를 닦달할 만큼의 기력이 없었다.

정언은 대신 들으라는 듯 땅이 꺼지게 한숨을 내쉬었다.

"왜 전화했어요? 우리 얘기는 다 끝난 거 아닌가?"

퉁명스러운 대꾸에 잠시 정적을 지키던 재희가 말했다.

『아무리 생각해도 그건 아닌 것 같아. 다시 생각해 보라고.』

맑은 강바닥을 마구 휘젓듯, 기껏 가라앉은 감정들이 다시 소용돌이쳤다. 정언은 눈썹 위를 문질렀다.

"그런 말도 할 줄 아는 사람이었어요? 신선하네. 내 성격 몰라요? 한 번 아니면 아닌 거지, 뭘 다시 생각해."

『나 서 피디 생각해서 하는 얘기야. 여기 말고 프로그램 없는 거 아니잖아. 어디 가도 충분히 실력 발휘할 수 있는데 아까워서 그래. 이 바닥에서 서정언 실력 누가 몰라.』

재희의 말투는 거의 설득에 가까웠다. 정언은 다시 한 번 커피를 한 모금 마셨다. 오늘따라 원두가 유달리 강배전된 것 같았다. 혀를 휘감는 씁쓸함이 강렬했다. 기분 탓일지도 몰랐지만 그렇게 생각하긴 싫었다.

"선배도 나이 먹긴 먹었네, 그런 소릴 다 하고. 진짜 나 생각하면 그러는 거 아니죠. 나 팀 옮길 생각 없어요. 죽어도 여기서 죽겠다고 할 때 그러라던 사람이 누군데. 싸워 보지도 말고 그냥 포기하라고? 왜? 선배가 언제 나 그렇게 가르쳤어요?"

『서 피디.』

"나 입사했을 때 선배가 나보고 뭐라고 그랬어요? 겁먹지 말고 물어뜯으라고 나 얼마나 볶았는지 기억 안 나요? 미친개처럼 살라며. 미친개 데려다 놓고 이제부터 사람 물지 말라고 하면 개가 잘도 안 물겠다."

재희는 말이 없었다. 정언은 커피를 내려놓으며 내뱉었다.

"이 시간에 선배가 전화하면 나 엄청 설레니까 이딴 짓 하지 마요. 전화비 아깝게."

반쯤 농담이고, 반쯤은 진담인 마지막 말에 재희의 웃는 소리가 들렸다. 쪼개기는, 하고 소리 없이 중얼거린 정언은 핸즈프리를 고쳐 끼웠다. 진지한 척하는 게 분명한 목소리가 넘어왔다.

『아직도 나한테 설레면 그거 병인데.』

이런 상황에도 아직 농담할 정신은 있는 모양이었다. 정언은 혀를 차며 한숨을 쉬었다.

"하여튼 한 번 띄워 주면 정도를 몰라. 잠을 안 자니까 그러잖아. 안 하던 짓만 골라서 하고, 농담하고 진담 구분도 못 하고. 나 자야 되니까 그만 끊어요."

바로 통화 종료 버튼을 누르려던 정언은 다음 순간 돌아온 재희의 질문에 손을 멈췄다.

『하나만 묻자. 만약에 나 없어도 여기 남아 있을 거야?』

정언은 헛웃음을 뱉었다. 재희라면 그 질문의 답을 이미 알고 있을 터였다. 공연히 심술궂은 기분이 되었다. 대답이 날카롭게 나갔다.

"선배가 여기 없는 게 가능한 일인지 먼저 대답해 봐요."

잠시 침묵하던 재희가 한숨처럼 웃었다.

『어떻게 한마디를 안 지냐.』

"나 선배한테 절대 안 져 주는 거 몰랐어요? 그런 식으로 사람 떠보지 말아요. 진짜 기분 나빠지려고 하니까."

정언이 정말 화가 난 투로 내뱉자 재희가 서둘러 말을 돌렸다.

『알았어. 그만할게. 무슨 말인지 알겠어. 아 참, 아침에 사고 났었다며. 어떻게 된 거야?』

속이 빤히 보이는 수작이었다. 그러나 말꼬리를 잡고 늘어지 기는 싫었다. 정언은 순순히 대답했다.

"그쪽에서 딴 데 정신 팔다가 주차장에서 나 나가는 거 못 보 고 받은 것 같더라고요. 살짝 긁혔는데 티 날 정도는 아니고, 공 업사 보낼 시간도 없어서 그냥 말았지 뭐."

『교통사고는 나중에 후유증 오는데. 병원은 가 봤어?』

"그 정도 아니에요."

『그러다 골병들어. 아, 그리고 우리 팀 충원 건 말인데…….』

재희가 말끝을 흐렸다. 답지 않게 주저하는 그 태도를 알아차 린 정언은 바로 재희의 말을 끊었다.

"제작비 만 원 받기도 힘든 판인데 누가 폐지할 팀에 충원을 해 줘요. 무슨 말인지 아니까 나한테 아쉬운 소리 할 필요 없어 요. 그만 끊죠. 잠 좀 자고. 집에 가기 싫으면 숙직실 가서라도 눈 좀 붙여요."

계약직 조연출이 죄다 그만두고, 아직 3년 차가 못 된 공채 막 내 우지혁 피디 하나만이 조연출로 남아 있었다. 인력 충원을 요청한 지가 벌써 두 달째였지만, 윗선에서는 요청을 무시하고 있었다. 때문에 일손이 모자라 입봉한 지 한참인 피디들이 알아서 돌아가며 조연출 업무까지 소화해야 했다.

말도 안 되는 상황이었지만 지금은 다른 수가 없었다. 불가항력적인 일로 재희가 미안한 티를 내게 하는 건 싫었다. 이런 통화는 길어져 봐야 서로 불편했다. 핸드폰 너머에서 눌러 참는 게 분명한 한숨이 넘어왔다.

재희가 나직하게 말했다.

『그래, 사무실에서 봐.』

전화가 끊어졌다. 순식간에 정적이 내려앉았다. 귀에 꽂고 있던 핸즈프리를 빼어 테이블 위에 던지자, 두어 번 깜빡이던 표시등이 꺼졌다.

정언은 소파에 등을 깊이 묻었다. 물에 빠진 솜처럼 몸이 무거웠다. 이런 피로감은 일상이 된 지 오래였다. 그러나 정언을 더 지치게 하는 건 지금의 이런 감정들이었다. 물과 기름을 한 병에 넣고 마구 뒤섞은 것처럼 머릿속이 부옇게 흐려졌다.

천장을 올려다보던 정언은 팔을 올려 눈을 가렸다. 쏟아지던 형광등의 빛이 차단되며 세상이 까맣게 가라앉았다. 정언은 입술을 천천히 움직였다.

개ㅡ새ㅡ끼ㅡ들.

한 글자 한 글자 발음한 욕에도 속이 풀리는 건 아니었다. 긴 한숨이 허공으로 흩어졌다.

정언은 YBS 시사보도국 피디였다. YBS의 간판 탐사보도 프로그램인 <비하인드 24>가 정언의 팀이었다. 혹독하기로 이름난 프로그램이라 팀원 모두가 독종 소리를 듣는 판이었지만, 그 중에서도 톱은 단연 정언이었다.

YBS 시보국에서는 예전부터 빨리 입봉하고 싶으면 <비하인드 24>에 들어가라는 말이 있었다. 버티기만 하면 무조건 입봉할 수 있다는 것이었다.

평균 근속이 2년도 채 되지 않을 만큼 짧은 팀이었다. 재수 없으면 일주일에 한두 번도 집에 못 가는 하드한 스케줄을 몇 년씩 버티는 사람은 드물었다. 그러니 버티기만 하면 무조건 입봉이라는 말은 어느 정도 진실이었다. 정언도 버텨서 초고속으로 입봉한 케이스였다.

물론 실력 없이는 애초에 버틸 수도 없었다. 정언은 현재 <비하인드 24>의 유일한 여자 피디이기도 했다. 연차로는 현재 남아 있는 여덟 명의 피디들 중 끝에서 세 번째였다. 그러나 <비하인드 24>의 경력으로는 재희 바로 다음이었다. 남자들 기백 명이 나가떨어진 팀에서 7년 차니 독종 중의 독종 소리를 듣는 건 당연했다.

재희는 <비하인드 24>의 메인 피디이자 정언의 첫 사수였고, YBS의 유명 인사였다. 정언이 입사했을 당시부터 이미 YBS에서 강재희를 모르는 사람은 간첩이었다. 평범한 탐사보도 프로그램이었던 <비하인드 24>를 YBS 간판급으로 만든 사람이 바로 재희였다.

재희는 YBS의 전설적 기자 출신인 백선경 시사보도국장조차 혀를 내두를 만큼 겁이 없었다. 어떤 협박에도 굴하지 않았고, 특종이라면 목숨도 걸었다. 재희가 최연소 팀장 기록을 갈아 치우며 <비하인드 24> 메인 피디가 됐을 때 모두가 그럴 만하다고 수긍할 정도였다.

유동욱 사장과 백선경 국장은 그런 재희를 전적으로 신뢰했다. 최연소 국장이 되는 것도 시간문제겠다며 질투 섞인 소리를 하는 사람도 많았다. 일이 힘든 것 말고는 아무 문제가 없었다. 시청률도, 화제성도 늘 최고였다.

문제가 생긴 건 바언진 이사진이 갑자기 대거 교체된 이후부터였다. 정부 비판 보도를 자주 내보내는 <뉴스라이트>와 <비하인드 24>를 찍어내려, 윗선에서 여론이 나쁜 걸 알면서도 무리하게 이사진을 교체했다는 소문이 돌았다.

물론 시보국도 만만치는 않았다. YBS 노조는 독재 정권 시절에도 어용 보도를 거부하며 총파업에 들어갔던 공영방송 최강의 강성 노조였다. 노조의 핵심 인사들은 대부분 시보국 소속이었다. 아무리 이사진들이라도 함부로 시보국을 건드리는 건 무리였다.

그러나 이사진은 마치 모래섬 게임을 하듯 시보국을 밑바닥부터 조금씩 파내기 시작했다.

그들은 청와대나 여당 인사들의 부정부패를 취재하는 기자들을 감시하며, 무슨 핑계를 대서든 징계를 내렸다. 프로그램에 출연하는 고정 패널들 중 정부에 비판적인 인사들은 출연 허가가 나지 않았다. 항의하는 피디들은 강제 전보당하기 시작했다.

유동욱 사장과 백선경 국장은 이 상황에 필사적으로 저항하고 있었다. 이사회가 열릴 때마다 이사회실 밖으로 고성이 오가는 일이 잦아졌다. 그 저항을 비웃듯, 중도 성향이라고 주장하는 어용 기자들이 갑자기 대거 승진했다. <뉴스라이트> 회의 때마다 어용 기자들과 그렇지 않은 기자들 사이의 신경전이 엄청났다.

편성국장이나 제작국장, 보도본부장 등 주요 인사들도 친정부

적 성향을 가진 사람들로 교체됐다. 시청자들 사이에서 뉴스 논조가 달라졌다는 지적이 줄을 이었다. 뻔히 알면서도 어쩔 수가 없었다. 시보국에서 절대적이었던 선경의 파워가 약해지면서, 저항하는 사람들 역시 점점 힘에 부치는 건 사실이었다.

바로 옆에서 같은 시보국 동료들이 그 꼴이 나는 걸 보면서 마음이 편할 리 없었다. 곧 우리 차례일 거라는 모두의 직감은 틀리지 않았다.

폐지가 통보된 건 보름 전이었다. <비하인드 24> 900회가 몇 달 앞이었다. 점심을 먹고 돌아오던 길에 팀원들끼리 900회 특집은 뭘 할까, 하며 시답잖은 농담을 주고받던 참이었다. 아무도 그 불길한 예감이 이렇게 빨리 현실이 되리라고는 생각하지 못했다.

사무실로 들어오자마자 재희의 책상 위 내선전화가 울렸다. 선경이었다. 재희는 다들 나 몰래 또 무슨 사고 쳤어, 하고 농담을 섞어 투덜거리며 국장실로 올라갔다.

재희가 돌아온 건 한 시간쯤 뒤였다. 전에 없이 굳은 얼굴이라 무슨 일이냐고 묻기도 전, 재희가 먼저 입을 열었다.

「다음 개편 시즌에 <비하인드 24> 폐지한다는데.」

상상한 적조차 없는 말이었다. 17년을 방영한 간판 프로그램을 갑자기 폐지한다는 미친 소리를 누구도 이해하지 못했다. 이유를 묻자 재희는 헛웃음을 뱉었다.

「이사진들이 우리 프로가 불편하대.」

방송을 만들며 안 당해 본 일이 없었다. 항의 전화 같은 건 애교였다. 팀원들끼리 서로 살해 협박, 폭행, 미행, 사찰 한두 번쯤 겪어 봐야 <비하인드 24> 피디라고 할 수 있다는 쓸쓸한 농담을 주고받는 게 일상이었다.

대기업, 정치인, 고위 공직자들에게 하도 각종 죄목으로 고소를 당하는 까닭에 사내 법무팀이 진절머리를 낼 정도였다. 법정 공방을 하다 타사 뉴스 메인으로 걸리는 일도 종종 있었다.

<비하인드 24>는 소위 말하는 '사고뭉치'였다. 윗선에서 못마땅하게 여기는 사람들이 있는 건 당연했다. 그러나 폐지 이야기가 나온 적은 전무했다. <비하인드 24>는 YBS의 얼굴이나 다름없는 프로그램이었기에 누구도 그런 생각은 하지 않았다.

오로지 '불편하다'는 이유로 폐지한다는 건 있을 수 없는 일이었다.

재희는 이 사실을 우선 노조에 알렸다. 노조가 발칵 뒤집어진 건 당연했다. 이게 말이 되느냐고 윗선에 항의하자 돌아온 대답은 더 기가 막혔다. 그나마 <비하인드 24>라서 다음 개편까지 시간을 줬지, 다른 프로그램 같았으면 통보하자마자 폐지시켰을 테니 고맙게 알라는 것이었다.

천하의 강재희라도 이런 상황 앞에서는 별수 없었다. 며칠 내내 선경과 동욱, 법무팀, 외부 자문을 만나고 돌아다니던 재희도 결국 두 손 든 모양이었다.

「사장님하고 국장님이 일단 얘기는 계속해 보겠다고 하시는데, 내가 지금 아무것도 약속할 수가 없어. 사장님이 제시하신건 이거야. 우선 피디들은 우리 자리에 신규 론칭하는 프로그램에 최우선적으로 배정하고, 원하는 팀이 있다면 거기로 갈 수 있게 해 주겠다. 작가들도 마찬가지야. 팀이 없어져도 고용 보장은 약속하셨어. 종영 즉시 원하는 프로그램으로 보내 주겠다고.」

회의에서 그 말을 하는 동안 재희는 반쯤 해탈한 듯한 얼굴이었다. 당연히 아무도 그 제안을 받아들이지 않았다. 정언은 그 중에서도 가장 강경했다.

「난 폐지하면 회사 그만둬요.」

그날 저녁 재희는 정언을 옥상 정원으로 불러냈다. 오랫동안 말이 없던 재희가 자판기 커피 한 잔을 뽑아 건넸다. 재희는 정언과 나란히 앉아 커피를 마시다 물었다.

「여기 나가면 뭐할 건데?」

「퇴직금 받아서 엄마 가게 옆에서 닭이나 튀길까?」

정언은 농담처럼 대답했다. 어머니는 신촌에서 오래 전부터 작은 빵집을 운영하고 있었다. 그 사실을 아는 재희는 어이가 없다는 얼굴로 웃었다.

「빵집 옆에서 카페 해야지, 닭은 왜 튀겨.」

「카페 사장은 적성 아니고, 닭 튀기는 게 정열적이잖아요.」

재희는 그 이상 묻지 않았다. 이 문제로 정언을 설득하는 건 불가능했다. 정언은 한 번 입 밖으로 낸 말을 절대 바꾸는 법이 없었다. 재희는 그런 정언을 잘 아는 사람이었다.

당연히 이야기는 그걸로 끝난 줄 알았다. 그래 놓고 아무래도 안 되겠는지, 이 시간에 전화해 다시 생각해 보라는 소리를 한 거였다. 물론 재희가 자신을 생각해 한 말이라는 건 잘 알고 있었다. 그러나 이건 강재희답지 않았다.

이렇게 돌아가는 상황에 화가 났다. 재희에게도, 정언에게도 <비하인드 24>는 일상이었고 인생이었다. 처음 이 사무실에 발을 들이고 재희를 만났던 순간부터 지금까지, 정언에게 <비하인드 24> 외의 다른 삶은 존재하지 않았다.

재희는 무엇 하나 허투루 넘어가는 법이 없는 종류의 인간이었다. 타협이란 존재하지 않았고 굴복이란 더더욱 있을 수 없었다. 재희를 싫어하는 사람들은 그를 바늘 끝 하나 안 들어가는 놈, 융통성 없는 놈, 사회생활 할 줄 모르는 놈이라고 비난하곤 했다.

그건 바꿔 말하자면 철저하고 엄정한 원칙주의자라는 뜻이었다. 그러니 그런 재희를 이해하고 그의 방침에 따르는 사람들만이 <비하인드 24>에 남아 있는 건 당연했다.

밖에서 <비하인드 24>는 피디들의 무덤, 작가들의 관짝으로 불렸다. 어지간한 독종이 아니면 버틸 수 없는 탓이었다. <비하인드 24>에서 일해 봤으면 한국이 아니라 세계 어디서도 일할 수 있다고 다들 농담 반 진담 반으로 이야기하곤 했다.

정언은 그 독종들 중에서도 자타 공인의 '리틀 강재희'였다.

정언이 입사할 때만 해도 <비하인드 24> 피디 중에는 여자가 한 사람도 없었다. 워낙 하드하기로 소문난 탓에 남자들도 꺼리는 팀이었다. 신입들의 태반은 두세 달도 버티지 못하고 탈주했다. 정언은 그 팀에 제 발로 자원해 들어온 '겁대가리 없는' 계집애였다. 선배들에게 그런 정언이 곱게 보일 리 없었다.

재희를 제외한 선배들 역시 적당히 연차만 채우고 나가자는 생각을 가진 사람이 대부분이었다. 계집애는 요리 프로나 하다 시집가라는 빈정거림을 숨기지도 않았다. 대놓고 정언을 따돌리는 것도 일상이었다.

차라리 복사를 시키거나 커피를 타 오라는 건 양반이었다. 잡무조차 주지 않아 아침에 출근하면 하루에 열두 시간도 넘게 아무 일 없이 앉아 있어야 할 때도 있었다.

사수인 재희도 정언이 그런 분위기를 버티지 못할 거라고 생각했다. 출장이 잦은 데다 무작정 취재원의 동선에서 죽치고 기다리는 소위 '뻗치기'가 일상인 팀이었다. 갓 대학을 졸업한 어린 여자 후배가 24시간 붙어 다니는 건 재희에게도 불편한 일이었다.

재희는 다른 선배들처럼 정언에게 면박을 주거나 따돌리는 일은 하지 않았다. 다만 생각날 때마다 나갈 거면 빨리 나가라는 소리를 한 번씩 하곤 했다. 그러나 그건 선배들의 오판이었다. 정언은 결코 그렇게 호락호락한 타입이 아니었다.

정언은 입사한 지 보름 만에 긴 머리를 남자처럼 짧게 잘라 버렸다. 선배들이 담배 피우러 간다고 나갈 때면 불도 안 붙인 담배를 입에 물고 고집스럽게 그 자리를 쫓아다녔다. 여자라 어쩔 수 없다는 소리는 죽어도 듣기 싫어서였다.

어릴 때부터 체력이라면 자신이 있었다. 몇 시에 퇴근하더라도 새벽 여섯 시에는 반드시 일어나 6킬로미터 코스를 뛰었다. 집에 와서 위장까지 올라올 기세로 토하는 한이 있어도 회식 자리에서는 이를 악물고 마지막까지 버텼다. 소주 서너 병을 혼자 스트레이트로 마셔도 절대 흐트러지지 않는 정언 앞에서 선배들이 먼저 나가떨어졌다.

정언은 가장 일찍 출근해 사무실을 정리했고, 남는 시간에는 몇백 회 분량의 기획안을 분석했다. 퇴근도 제일 마지막이었다. 하도 악착같이 구는 통에 선배들이 혀를 내두를 지경이었다.

저게 보통 독종이 아니라는 소문이 돌기 시작했다. 그렇게 꼭 두 달을 채웠을 때였다. 퇴근하던 재희는 그날도 마지막까지 남아 있던 정언에게 물었다.

「서정언, 그만둘 거 아니지?」

당연히 그럴 리 없었다. 그날부터 재희는 정언에게 조연출 업무는 물론이고 현장 용어, 기획안 쓰는 법, 취재, 촬영, 편집, 내레이션 읽는 법까지 하나하나 꼼꼼히 가르치기 시작했다.

다른 사람도 아니고 강재희였다. 누구보다 혹독하게 공부해야 했고 떨어지는 일도 몇 배였다. 그러나 정언은 불평 한마디 없이 어미 오리를 따르는 새끼처럼 재희를 쫓아다녔다. 선배들은 정언이 언제 그만둘지 내기를 걸었다. 가장 길게 본 사람이 6개월이었다.

물론 정언은 가차 없이 그 기대를 배신했다. 같이 들어온 남자 동기들이 죄다 탈주하는 동안, 정언은 3년 차가 되기도 전에 정식 입봉이라는 이례적 기록을 세웠다. 입봉까지는 아무리 짧아도 이삼 년이었고, 오륙 년을 조연출로 보내는 사람들도 흔했다.

정언이 유례없는 초고속 입봉을 할 수 있게 도와준 건 당연히 재희였다. 타이틀 옆에 '기획 서정언'이 붙은 입봉 방송이 나간 날 밤이었다. 잠을 이루지 못하던 정언은 재희에게서 짧은 메시지를 받았다.

— 서정언 피디, 수고했어.

그날 이후로 재희는 정언을 언제나 '서 피디'라고 불렀다. 정언을 더 이상 자기가 끼고 가르쳐야 하는 후배가 아니라 동등한 동료로서 존중한다는 뜻이었다. 동시에 그건 재희가 정언과 자신 사이의 선을 긋는 방식이기도 했다.

재희는 엄격하지만 존경할 수 있는 선배였다. 늘 곁에서 재희를 지켜본 정언은 그가 항상 예민하게 세상을 관찰하고, 타인의 고통에 민감하다는 것을 잘 알고 있었다. 재희는 냉철하지만 가혹하지 않았고, 적확하지만 강압적이지 않았다.

정언은 재희의 그런 부분이 좋았다. '좋았다'는 건 정확히 말하자면 동경과 이성적인 호감 사이의 모호한 감정이었다. 그 감정이 둘 중 어느 한쪽으로 기울어진 건지 굳이 판단할 필요는 없었다.

뛰어난 선배에 대한 동경과 매력적인 남자에 대한 호감이 양립하지 못하는 건 아니었다. 더구나 재희와 자신은 가족보다 더 많은 시간을 함께 보내는 사이였다. 감정을 규정하는 건 서로가 불편해지는 일이었다.

게다가 정언은 희망 없는 일에 매달리는 걸 싫어했다. 설령 그 감정이 이성적인 호감에 더 가깝고, 자신이 선후배 이상을 원한다 해도 재희와 지금보다 관계가 진전되는 일은 불가능했다. 이유는 단 하나였다.

지연수.

그 이름을 떠올리면 때로 심장이 서늘해졌다.

<뉴스라이트> 국제부 기자 지연수는 재희의 연인이었다. 두 사람은 동갑내기 입사 동기에 대학 동문이었다. 게다가 재즈 음악을 좋아하는 독서광에 워커홀릭이라는 공통점도 가지고 있었다. 서로 가까워진 건 자연스러운 일이었다.

강재희와 지연수는 시보국의 유명 커플이었다. 서로 그렇게 바쁜데 언제 연애하는지 모르겠다며 다들 고개를 내저었다. 그런 두 사람이 결혼을 결정한 건 정언의 입봉 직전이었다.

「결혼 준비도 완전 사치야.」

재희는 정언에게 청첩장을 내밀며 멋쩍게 웃었다. 일주일에 한두 번도 제대로 퇴근하기 힘들던 시절이라, 며칠째 밤을 새웠으면서도 소년 같은 얼굴이었다. 그 모습은 지금도 정언의 기억에 선명했다.

재희가 검찰 비리 폭로 보도로 처음 올해의 피디상 수상자로 결정된 건 직후였다. 연수도 드디어 입사 후부터 계속 도전하던 워싱턴 특파원으로 발령을 받았다. 우선 결혼식을 올린 뒤 연수가 미국 지부로 가고, 재희는 안식년을 신청해 연수와 시간을 보낼 계획이라고 했다.

「좋은 일이 너무 많아서 무섭다.」

재희는 축하 회식 자리에서 혼잣말처럼 그렇게 중얼거렸다. 닥쳐올 일을 예감하듯, 이상하게도 그 말이 마음에 걸렸다. 정작 재희 자신은 그런 일을 꿈에도 상상한 적 없었을 텐데도.

불행은 소리 없는 암살자처럼 다가왔다.

그 일이 벌어진 건 결혼식을 꼭 보름 앞둔 날이었다. 연수는 발령 전 미국 지부에 잠시 처리할 일이 있다며 워싱턴으로 향했다. 겨우 3박 4일, 비행기 안에서 보내는 시간이 거의 이틀이니 빠듯한 일정이었다.

일정을 마치고 돌아오던 날, 연수는 공항에서 재희에게 국제 전화를 걸었다. 그날따라 비바람이 꽤 거세게 불었다. 연수는 옷을 얇게 입어 춥다며 재희에게 투정을 부렸다. 비행기가 한 시간 정도 지연될 것 같다고 했다. 예정 도착 시간도 알려 주었다. 모든 게 평소와 똑같았다.

「금방 만나.」

연수가 말했다. 그리고 전화를 끊기 전 다급하게 한마디를 덧붙였다.

「아 참, 사랑해.」

연수는 그런 말을 잘 하지 않는 타입이었다. 재희는 뭐야, 하며 웃었다.

그건 재희가 마지막으로 들은 연수의 목소리였다.

연수는 그곳에서 돌아오지 않았다. 기상 악화와 기체 노후로 인한 비행기 사고였다. 폭풍우 속에서 비행기는 제때 임시 착륙을 하지 못했다. 생존자는 단 한 명도 없었다.

방송국에 사고 속보와 탑승자 명단이 들어온 순간 재희 자리의 내선 전화에 불이 나기 시작했다. 그 시각 재희는 반차를 내고 연수를 데리러 공항으로 가는 중이었다.

재희의 전화를 당겨 받은 정언이 <비하인드 24>입니다, 라는 말을 채 끝맺기도 전 건너편에서 고함 소리가 넘어왔다. <뉴스라이트> 국제부의 박창신 부장이었다.

「야! 강재희, 강재희 지금 어딨어!」

「네?」

한국행 비행기에서 사고가 났다, 탑승자 명단에 지연수가 있다, 생존자가 없다…… 수화기 너머의 단어는 멀게 들렸다. 정언은 저도 모르게 자리에서 벌떡 일어났다. 의자가 나가떨어지며 시끄러운 소리를 냈지만 정언은 그 사실을 알지 못했다.

놀란 팀원들이 정언을 쳐다보았다. 끊어진 전화를 든 정언은 완전히 얼어붙었다. 새파랗게 질린 정언의 얼굴을 보고 팀원들이 왜 그래, 하고 물었다. 다음 순간 사내 메신저로 속보가 날아들었다. 그 내용을 확인한 팀원들은 모두 말을 잃었다.

비가 많이 내리는 날이었다. 거센 빗줄기가 창가의 풍경을 이지러뜨리며 흘러내렸다. 정언은 손을 떨며 재희의 핸드폰으로 전화를 걸었다. 그날따라 재희는 연락을 잘 받지 않았다. 재희에게서 다시 전화가 걸려 온 건 부재중 통화가 몇 통이나 들어간 후였다.

「무슨 일이야? 비 때문에 차 엄청 막히네. 이제 공항 도착했어. 운전하느라 못 받았는데.」

돌아온 목소리가 여상했다. 재희가 아무것도 모르고 있다는 걸 깨달은 정언은 정신없이 선배, 뉴스, 뉴스요, 하고 같은 말만 되풀이했다. 삼십 초도 지나기 전 전화가 끊겼다. 그날 재희와의 연락은 거기서 끝이었다.

재희가 공항에서 그대로 정신을 잃었다는 건 나중에 안 사실이었다. 연수의 장례식을 마치고 일주일 뒤에 돌아온 재희는 이전과 달라 보였다. 영혼이 완전히 사라져 버린 사람 같았다. 재희는 돌아온 즉시 선경에게 사표를 제출했다.

당연한 일이었다. 재희에게 방송국은 연수와의 모든 추억이 있는 장소였다. 여기 있는 모든 순간이 견딜 수 없는 고통일 게 뻔했다. 그러나 선경은 그 사표를 반려했다. 원하는 만큼 유급 휴가를 줄 테니 언제든 돌아오라는 것이었다.

물론 누구도 재희가 돌아올 거라고 생각하지 않았다. 재희와 연수가 시보국의 유명 인사였던 만큼 사람들은 재희의 이야기를 자주 입에 올렸다. 내심 걱정하는 척 악의를 담아 자살이나 안 하면 다행이라고 수군거리는 사람들도 있었다.

정언은 그때 사람들이 타인의 고통을 소비하는 것을 얼마나 좋아하는지 깨달았다. 그들에게 재희의 고통은 그저 남의 일에 지나지 않았다. 정언은 그 일을 쉽게 말하는 사람들을 싫어했다.

그러나 정언 역시 내심 재희가 돌아오지 않을 거라고 짐작하고 있었다. 어쩌면 재희를 다시 보지 못할 수도 있다는 생각이 들었다. 재희가 돌아오지 않더라도 사람들의 말처럼 최악의 선택만은 피하기를 바라는 건 당연했다.

정언은 자주 재희에게 메시지를 남겼다. 잘 지내냐든지, 몸은 좀 괜찮냐든지 하는 일상적인 안부 인사였다. 열 번에 한두 번쯤은 답이 돌아왔다. 잘 지내. 고마워. 짧은 답이었으나 그것만으로도 정언은 마음 한구석에서 안도감을 느꼈다.

그러면서도 재희가 어떤 마음으로 그렇게 대답할지 생각하면 심장 한편이 선뜩했다.

그렇게 석 달쯤 지났을 때였다. 그날도 자정이 넘어 퇴근한 정언은 자리에 누웠다. 막 잠이 들려던 참에 진동하는 핸드폰을 무심코 집어 들어 본 순간, 정언은 침대에서 벌떡 일어났다.

― 별일 없지?

재희의 메시지였다. 재희가 먼저 연락해 온 건 그날 이후 처음이었다.

― 선배는요?

정언의 물음에 답은 없었다. 이상한 예감이 들었다. 정언은 바로 재희에게 전화를 걸었다. 그러나 몇 통을 걸어도 신호음만 갈 뿐이었다. 정언이 그날 밤을 뜬눈으로 샌 건 당연했다.

경찰에 신고해야 하는 게 아닐까, 별일 없겠지…… 수많은 생각들로 머릿속이 복잡했다. 다음 날 언제나처럼 이르게 출근한 정언이 재희의 생각으로 초조함에 마르는 입술을 문지르며 문을 열었을 때였다.

「어, 서 피디. 일찍 출근했네.」

정언은 그 자리에 그대로 얼어붙었다.

재희였다.

쌓아올린 서류 더미 앞에서 재희가 웃었다.

그렇게 돌아온 재희는 아무 일도 없었던 사람처럼 기획안을 체크하고 촬영 일정을 잡았다. 회의에서 지시를 내리고 끊임없이 취재원들과 통화를 했다. 모든 것이 이전과 똑같았다. 늘 책상 위에 두었던 연수의 폴라로이드 사진이 든 액자까지도.

마치 신이 재희에게만 시간을 거꾸로 돌려놓은 것 같았다. 사람들은 혀를 내둘렀다. 독한 줄은 알았지만 보통 독한 놈이 아니라고 수군거렸다. 그러나 정언은 그게 아니라는 걸 곧 알아차렸다.

모든 것이 그대로인 재희의 책상 위에는 단 하나, 이전에 없던 물건이 있었다. 작은 생일 축하 카드였다. 연수가 죽기 직전 맞이했던 재희의 생일에 준 것이었다. 재희는 그것을 연수의 사진이 든 액자 위에 끼워 놓았다. 그 카드에 쓰인 건 겨우 두 줄의 메시지였다.

난 두려움 없는 네가 좋아.
앞으로도 평생 너의 눈으로 세상을 볼 수 있길.

그건 재희에게 연수의 유언과도 같았다. 정언은 그것을 본 순간 재희가 여기로 다시 돌아온 까닭을 깨달았다. 이유는 단 하나였다. 자신의 눈으로 담은 세상을 연수에게 보여 주기 위해서.

정언은 자신이 절대 연수의 자리를 대신할 수 없다는 걸 알고 있었다. 세상 어느 누구라도 그녀에게서 강재희를 빼앗는 것은 불가능했다. 존재하지 않기에 이길 수도 없는 상대. 정언은 그 강력한 부재 앞에서 깨끗하게 승복했다.

그러니 이곳에서 자신이 할 수 있는 건 하나뿐이었다. 재희가 그녀의 유언을 지킬 수 있도록 도와주는 것. 그 이상은 바란 적도 없었고 꿈꾸지도 않았다. 그거면 충분했다. 재희는 절대 <비하인드 24>를 떠날 사람이 아니었다. 그런 이상 정언 역시 다른 곳으로 갈 마음 따위 없었다.

정언은 소파에 누워 긴 한숨을 뱉었다. 팔걸이 바깥으로 걸쳐진 다리가 불편했으나 아무래도 좋았다.

테이블 위에 놓인 컵 속에서 남은 얼음이 점차 녹아 달각거리며 움직였다. 정언은 손을 뻗어 투명한 테이크아웃 컵 표면에 송골송골 맺힌 물기를 문질렀다. 손끝이 지나간 자리대로 길이 났다. 차갑고 습한 감각이 스몄다.

곧 소파 아래로 힘없이 팔을 떨어뜨린 정언은 눈을 감았다.

잠이 오지 않는 밤이었다.

02

월요일 아침부터 고막을 때리는 핸드폰 벨소리에 윤은 고개를 돌렸다. 아무리 생각해도 이럴 때의 전화가 좋은 소식일 확률은 그다지 없었다.

윤은 냉장고에 박스채로 넣어 두는 에너지 바를 하나 꺼내 입에 물고는 테이블 위의 핸드폰을 확인했다. 액정에 뜬 여섯 글자의 이름은 선명했다.

최진수 부장님.

긴 한숨을 내쉬며 에너지 바를 한 입 씹자, 견과류와 초콜릿이 범벅된 칼로리 덩어리가 달콤하고 고소하게 입 안에서 뒤엉켰다. 그 황홀한 하모니가 잠이 덜 깬 머릿속을 강타했다. 심호흡을 한 윤은 전화를 받았다.

"네, 김윤입니다."

『야, 이 정신 나간 새끼야! 너 지금 어디야? 언제 출근할 거야?』

입을 떼기 무섭게 고함 소리가 돌아왔다. 얼굴이 저절로 구겨졌다. 잠시 귀에서 핸드폰을 뗀 윤은 시계를 확인했다. 보통 출근은 열 시까지였고, 지금은 여덟 시 사십 분이었다. 지각과는 거리가 한참 먼 시간이었다.

특별한 일이 있지 않은 이상 윤은 늘 한 시간 정도 일찍 출근하는 편이었다. 진수 역시 그 사실을 잘 알고 있었다. 그런데도 굳이 전화를 해서 묻는 이유가 뭘까 궁금해졌다. 윤은 다시 핸드폰을 귀에 대며 대답했다.

"아홉 시면 도착할 것 같은데요."

『당장 튀어와, 당장!』

진수가 빽 소리를 지르더니 전화를 끊었다. 미처 대답도 하지 못한 윤은 끊긴 통화 화면을 내려다보며 투덜거렸다.

"아니, 왜 자기 할 말만 하고 끊고 그러셔."

주차장으로 내려온 윤은 세워 둔 차에 시동을 걸었다. 사실 진수가 월요일 아침부터 이렇게 화가 난 까닭이 뭔지 내심 짐작이 가는 참이었다. 사내 게시판에 올린 글 때문인 게 분명했다. 아무리 생각해도 다른 이유가 없었다.

윤은 입사 후 한 번도 거기에 글을 올리는 일 따위는 해 본 적이 없었다. 사내 게시판은 강성 노조원들이나 쓰는 건 줄 알았다. 부당 인사 조치에 해명을 요구한다든가, 경영진의 태도를 비난하는 글이 대부분인 탓이었다. 그러니 자신이 그곳에 글을 쓸 일이 생길 거라고 예상하지 못한 건 당연했다.

사실 이사진을 비판하는 글을 썼던 건 솔직히 말해 취한 탓도 있었다. 윤은 소주 반병이면 거의 인사불성에 가까워지는 타입이었다. 그날 저녁 태훈과 마신 소주 한두 잔은 윤에게 이미 치사량이었다. 게다가 무슨 생각이었는지 집에 와서 맥주까지 한 캔 깠던 것이다.

그러니 그때 제정신이었을 리가 없었다. 술이 깨고 나자 뒤늦게 무슨 짓을 한 건가 싶었다. 정신을 차려 보니 노트북 앞에 엎드려 잠이 들어 있었다. 부랴부랴 게시판에 쓴 글을 확인했는데, 또 그런 주제에 글은 멀쩡하게 쓴 게 신기했다.

YBS는 공영방송이다, 어떤 이유로든 이사진이 방송을 좌지우지하려는 건 월권이다, 방송이 될 수 있는 것과 없는 것을 결정하는 주체는 오직 국민들이다, 불편하다는 말로 입을 틀어막으려 하지 말라…… 취한 사람이 썼다고는 생각도 할 수 없을 만큼 정연했다.

작성자란에 김윤이라는 이름이 없었다면 분명 이건 노조에서 쓴 글이고, 자신은 게시판에 글 쓰는 꿈을 꾼 거라고 믿어 의심치 않았을 것 같았다. 그새 공감하는 댓글도 수십 개가 달려 있었다. 소속을 보니 대부분 시사보도국 피디들이었다.

글을 지워야 할까 고민하지 않은 건 아니었다. 그러나 굳이 그렇게 하고 싶지는 않았다. 맞는 말 한 건데 뭐 어떠랴 싶었다. 사내 게시판에 쓴 글 가지고 해고당할 리도 없었고, 지금처럼 진수에게 혼이나 좀 나면 될 일이었다.

에라 모르겠다, 하고 중얼거린 윤은 에너지 바를 입 안에 마저 쑤셔 넣었다. 방송국이 가까워지니 갑자기 금요일 아침의 접촉 사고가 생각났다. 주말 내내 연락이 안 온 걸 보면 역시 그냥 넘어가기로 한 모양이었다. 그 생각을 하자 기분이 약간 좋아졌다.

주차장에 차를 세우고 사무실로 들어선 윤은 걸음을 멈췄다. 진수가 창가 앞에서 팔짱을 낀 채 서성거리고 있었다. 평소에는 좋은 게 좋은 거지 하는 진수였으나, 어쩐지 그 뒷모습이 초조해 보여 의아했다.

뭘 얼마나 혼내려고 그러나 속으로 생각한 윤은 진수에게 가까이 다가가 인사를 건넸다.

"부장님, 일찍 출근하셨네요."

그 목소리에 번뜩 정신이 든 듯 이쪽으로 고개를 돌린 진수가 윤을 보자마자 얼굴을 구기며 뒷목을 움켜잡았다.

드라마에서 많이 본 장면이었다. 그렇지 않아도 진수가 평소 고혈압인 것을 아는 윤은 황급히 어어, 하며 진수를 부축했다. 잠시 숨을 고르던 진수는 윤의 등짝을 후려쳤다.

"야, 이 망할 놈의 새끼야! 너 진짜……."

말도 채 잇지 못한 진수가 다시 헉헉거렸다. 아야, 하며 얻어맞은 자리를 문지른 윤은 진수의 눈치를 살폈다.

솔직히 말하자면 사내 게시판에 글 하나 쓴 게 뭐 그리 큰일이라고 이렇게 혈압을 올리나 싶었다. 사실 등짝을 얻어맞을 정도의 일도 아닌 것 같았다. 윤이 천하 태평한 생각을 하는 사이, 뒷걸음질을 쳐 자리에 앉은 진수가 이마를 짚으며 윤을 쳐다보았다.

"너 어쩌자고 그랬냐?"

"뭐가요?"

"이거 말이야, 인마. 이거!"

진수가 책상 위에 올려놓은 프린트 몇 장을 손으로 탁탁 쳤다. 윤은 무심코 손을 뻗어 그것을 집어 들었다. 사내 게시판을 출력한 종이였다.

김윤(glosskim), 교양국 1부, PD. 어용 이사진은 방송에 간섭할 권리가 없습니다.

작성자의 이름과 아이디, 소속, 글의 제목까지 선명하게 출력

된 종이를 본 윤은 그럼 그렇지, 하고 속으로 중얼거렸다.

"사내 게시판은 사원들이 쓰라고 만든 거 아닙니까?"

한껏 무해함을 가장한 윤의 표정에 진수가 기가 찬다는 얼굴을 했다. 다시 혈압이 오르는지 뒷목을 주무르던 진수가 삿대질을 했다.

"야 이 새끼야, 너 입사할 때부터 나한테 뭐라고 그랬냐? 가늘고 길게 살고 싶다며? 야망 같은 거 쥐뿔도 없다며? 나중에 <장수만세> 하는 게 꿈이라며?"

"<오늘 고향은>도 하고 싶다고 그랬는데요."

그 말을 정정하자 벌떡 일어난 진수가 윤의 이마를 쥐어박았다. 키 차이가 한 뼘은 났기에 이마를 쥐어박기 위해서는 까치발을 해야 했다. 그러나 진수는 그런 수고도 마다하지 않았다. 윤이 맞은 이마를 감싸며 아 부장님, 하고 투정을 부리자 진수가 빽 소리를 질렀다.

"말꼬리 잡지 마! 너 이거 왜 썼냐? 어쩌려고 썼어? 눈치가 없는 거야, 간이 배 밖으로 나온 거야? 간이 배 밖으로 나왔으면 병원을 가야지 이딴 글은 왜 올려?"

"이딴 글이요?"

귀를 의심하며 되물은 말에, 진수가 씩씩대며 윤을 다그쳤다.

"너 지금 회사 분위기 어떤지 몰라?"

"아니까 썼죠. 이사진들은 지들 마음대로 프로 찍어라 마라 하는데 피디가 왜 이런 글도 못 씁니까?"

딱히 대들고 싶은 마음은 없었다. 그러나 말하다 보니 슬슬 열이 올랐다. 눈을 똑바로 뜨고 마주 보는 윤의 얼굴에 진수가 코끝으로 웃는 소리를 냈다.

"야, 김윤 새롭다. 너 언제부터 이렇게 정의감 넘쳤냐? 나는 여태 몰랐네?"

말투는 비꼬는 기색이 역력했으나 정작 표정은 복잡했다. 그 얼굴이 이상하게 마음에 걸렸다. 왜 그러나 싶었지만 일단 열이 나는 건 어쩔 수 없었다.

"정의감이 아니라 상황이 그렇잖아요. 우리는 상관없으니까 그냥 입 다물고 있어요? 그까짓 재개발 지역 다큐가 뭐라고 왜 하라 마라 합니까? 우리 개국 때부터 그런 다큐 찍은 거 백 개는 있잖아요. 왜 이제 와서 안 된다고 하는 건데요? 대한민국이 독재 국가였어요? YBS는 어용 방송이고요? 이사진들 기분 상하는 프로는 찍지도 말아야 돼요?"

항의하는 목소리가 점점 높아졌다. 기가 막힌다는 표정으로 윤을 쳐다보던 진수가 이사진 소리가 나오자마자 다급히 윤의 입을 틀어막았다. 갑자기 입이 막힌 윤은 긴 팔을 휘적거렸다. 진수가 손가락 하나를 입가에 대며 윽박질렀다.

"조용히 해, 이 새끼야! 밖에 다 들려!"

"제가 뭐 죽을죄 지은 거예요? 밖에서 들으면 안 되게?"

윤은 진수의 손을 떼어 내며 부루퉁하게 되물었다. 사내 게시판에 글 하나 쓴 게 이럴 일인가 싶어 슬슬 정말 화가 나기 시작하는 판이었다.

땅이 꺼지도록 한숨을 쉰 진수가 벽에 걸린 시계 쪽으로 고개를 돌리더니 다시 한 번 윤의 등짝을 후려쳤다. 아까와는 달리 그새 힘이 빠진 손길이었다.

"나는 죽을죄라고 생각 안 하는데 윗분들이 그렇게 생각하신대, 이 등신 같은 놈아. 너 지금 나랑 같이 인사위 가야 돼."

"왜요?"

윤은 진심으로 까닭을 몰라 되물었다. 인사위원회는 주로 징계 대상인 직원들을 부르는 곳이었다. 자신처럼 평범하고 조용히 일상을 영위하는 직원들이 인사위에 드나들 일은 거의 없었다. 어리둥절한 윤의 표정에 진수가 혀를 찼다.

"왜? 왜는 무슨 왜야. 너 인사위 회부됐으니까 가야지. 나는 너 관리 못한 책임으로 가는 거고."

"농담하시는 거죠?"

"농담 좋아하네. 네가 지금 나랑 농담 따먹을 정도로 한가해 보이냐?"

진수가 한 대 더 쥐어박고 싶다는 얼굴로 내뱉었다. 책상 서랍을 열어 넥타이를 꺼낸 진수는 다 구겨진 셔츠에 주섬주섬 넥타이를 맸다. 마지막으로 후줄근한 재킷을 걸친 건 덤이었다. 언제 마지막 드라이클리닝을 했는지도 알 수 없는 옷이었다.

진수는 멀뚱거리며 선 윤에게 빨리 따라와, 하고 고함을 쳤다. 윤은 얼떨떨한 기분으로 위원회실로 가는 진수의 뒤를 따랐다.

윤이 알기로 인사위에 회부될 정도라면 대부분 심각한 사안이었다. 그런데 남들 다 보라고 공개된 곳에 올린 글도 아니고, 사내 게시판에 쓴 글을 가지고 이런다는 건 도저히 납득이 가지 않았다.

위원회실의 문을 열고 들어서자 미리 와서 일렬로 앉아 있는 사람들이 눈에 들어왔다. 시선이 일제히 이쪽으로 쏠렸다. 막상 일이 이렇게 되니 순간 입 안이 확 말랐다. 윤은 그 자리에 굳은 듯 멈춰 섰다.

"교양국 1부 최진수 부장, 김윤 피디 맞습니까?"

가운데 앉은 중년 남자가 물었다. 무감한 목소리였다. 앞에 놓인 명패에는 '위원장 송정호'라는 이름이 선명했다. 얼른 네, 하고 대답한 진수는 얼어붙은 윤의 팔을 잡아당겼다. 두 사람은 인사위원들 맞은편에 놓인 의자에 나란히 앉았다.

입사 면접 때의 긴장감이 되살아났다. 주목받는 건 언제나 그리 유쾌하지 않았다. 윤은 무릎 위에 놓인 손을 말아 쥐었다. 어릴 때도 교무실 한 번 불려간 적이 없는 모범생이었는데, 그런 자신이 다 커서 이렇게 혼나는 자리에 끌려왔다는 게 기막혔다.

어이가 없어 저도 모르게 웃음이 나왔다. 애써 참으려 했으나 그새 그걸 알아차렸는지, 정호 옆자리에 앉은 여자가 즉시 얼굴을 찌푸렸다.

"김윤 피디, 여기 인사위원회예요. 왜 왔는지 몰라요?"

"제가 사내 게시판에 작성한 글 때문인 걸로 알고 있습니다."

윤은 침착하게 대답했다. 그 침착함이 여자의 심기를 건드린 모양이었다. 여자가 안경을 고쳐 쓰며 불쾌한 기색을 드러냈다.

"아는데 웃어요?"

"인사위원회에 회부될 정도의 사항은 아니라고 생각합니다."

평소였다면 무조건 잘못했다고 숙이고 들어갔을지도 몰랐다. 그러나 생각할수록 이 상황이 황당했다. 옆에 앉아 있던 진수가 눈을 휘둥그렇게 뜨더니 탁자 아래로 보이지 않게 윤의 허벅지를 콱 꼬집었다. 윤은 헛기침을 하며 자세를 바로 고쳐 앉았다.

정호가 윤을 주시했다. 윤은 그 금테 안경 너머의 눈에서 조소하는 듯한 기색을 알아차렸다. 정호는 곧 별 웃기는 놈 다 보겠다는 얼굴로 입을 열었다.

"김윤 피디가 쓴 글에 보면 기획제작국 다큐멘터리 촬영 취소된 부분이 명시돼 있어요. 이 사실은 누구한테 들었습니까?"

윤은 눈을 약간 가늘게 떴다. 의도가 절대 순수하게 들리지 않는 질문이었다. 윤이 침묵하자 정호가 다시 한 번 물었다.

"이건 누구한테 들었냐고 물었는데요."

"이미 노조에 고지된 건으로 알고 있습니다. YBS 직원의 90퍼센트 이상이 노조 소속입니다. 직원이라면 누구나 알 수 있는 사항에 대해 질문하시는 이유가 궁금합니다."

지금껏 좋은 게 좋은 거라는 모토로 살아온 인생이었다. 스물아홉 삶에 어른들 앞에서 이렇게 한마디도 안 지고 말대꾸를 한 적은 맹세코 없었다. 내심 아직 술이 덜 깼나 스스로도 의심이 갈 지경이었다. 정호가 눈썹을 좁히더니 책상 위에 놓인 서류를 넘겼다.

"이 다큐 메인이 기제국 오태훈 피디지? 김윤 피디가 오태훈 피디랑 대학 동기던데. 입사는 김윤 피디가 2년 늦지만 서로 잘 알겠네."

어느새 반말로 바뀐 어미가 신경을 긁었다. 순간 등줄기로 얼음 조각이 미끄러지는 듯한 감각이 지났다. 윤은 굳어진 표정으로 대답했다.

"네. 친구입니다."

"연락도 꽤 하겠고, 자주 만나나?"

"기제국 일이 바빠서 그렇지는 않습니다."

"마지막으로 연락한 게 언제지?"

묘하게 취조당하는 기분이었다. 보이지도 않을 만큼 작은 가시가 손끝에 박힌 듯한 불편함이 엄습했다. 윤은 사이를 두었다가 그를 마주 보았다.

"너무 사적인 부분까지 질문하시는 것 같은데요."

정호의 입매가 슬며시 비틀렸다.

"사가 공에 개입하면 얘기가 다르지. 오태훈 피디 통화 내역 한 번 제출해 보라고 할까? 김윤 피디하고 언제 마지막으로 연락했는지?"

그 눈은 웃고 있지 않았다. 윤은 그를 물끄러미 응시했다. 입사한 뒤로 태훈과 사내에서 친분을 티낸 적은 그다지 없었다. 소속이 달라 자주 마주치지도 못하는 편이었다. 방송국에서 자신과 태훈이 대학 동기고 친구라는 사실을 아는 사람은 한 손에 꼽을 정도였다.

어디서 기제국 얘기를 들었는지 조사하려고 이력서까지 뽑아 대조해 봤다는 것만 해도 충분히 짜증나는 일이었다. 그러나 아무렇지도 않게 태훈의 통화 내역을 보겠다는 그 태도에 더 열이 올랐다.

"통화 내역은 수사 기관에서도 영장 없이 열람할 수 없는 걸로 알고 있습니다. 농담이라도 말씀이 지나치신 것 아닙니까?"

윤은 애써 표정을 감추려 노력하며 말했다. 그러나 목소리가 부들부들 떨려 나오는 것은 어쩔 수 없었다. 겁이 나서가 아니라 화가 나서였다. 정호가 팔짱을 끼었다.

"지나쳐? 김 피디, 지금 지나친 게 누구야? 김 피디 말대로 이거 이미 노조에 얘기 들어간 건인데, 굳이 그걸 사내 게시판에 다시 올려서 벌집을 쑤시는 이유가 뭐냐고. 노조 측에서 사주받았나? 노조 활동에 참여도 안 한다던데 누구하고 아는 사이라 이런 글 올린 거야?"

이미 노조 활동 내역까지 샅샅이 뒤져 본 모양이었다. 말아 쥔 손끝이 새하얗게 질렸다. 아무래도 뭔가 심상치 않다고 느꼈는지, 그때까지 입을 다물고 있던 진수가 황급히 윤의 허벅지 위를 꾹 누르며 끼어들었다.

"위원장님, 김윤 피디 이제 겨우 2년 차입니다. 현장 돌아가는 것도 아직 배우는 중입니다. 뭘 몰라서 그런 거지, 무슨 의도가 있다거나 노조 사주라거나 이런 일은 절대 없습니다. 제가 보증하겠습니다."

윤은 눈썹을 좁히며 진수를 보았다. 진수가 다시 한 번 윤에게 조용히 하라는 신호를 보냈다. 진수는 마른침을 삼키며 정호에게 말했다.

"제가 아랫사람 관리를 제대로 못했습니다. 시정하겠습니다. 징계가 불가피한 사안이라고 하시면 받아들이겠습니다만, 김윤 피디는 뛰어난 인재입니다. 젊은 사람이 치기에 한 번쯤 실수할 수 있는 것 아니겠습니까? 자기 자리에서 능력을 발휘할 수 있도록 해 주십시오."

진수가 이렇게까지 말하는 건 처음이었다.

정호가 그런 진수를 뚫어지게 바라보다 물었다.

"김윤 피디가 지금 <오늘의 요리>에서 일하고 있지?"

"네."

진수가 그 의중을 파악하기 위해서인지 눈치를 슬쩍 보며 대답했다. 그러자 위원들끼리 또다시 뭐라고 낮은 목소리로 대화를 나누기 시작했다.

윤은 화를 잘 내지 않는 성격이었다. 그건 타고난 천성 때문이기도 했고, 그다지 굴곡 있는 삶을 살아 본 적이 없어서이기도 했다. 충분히 폭발할 만한 일에도 일단 한 번 더 생각하는 건 습관이었다.

그러나 지금은 뚜껑 열린다는 관용어가 무슨 뜻인지 완벽하게 이해할 수 있었다. 눈앞에서 이런 말도 안 되는 일이 벌어지고 있다는 게 믿기지 않았다. 머리로 열이 몰려 몸이 떨렸다. 그런 윤을 알아차린 진수가 서둘러 손을 들었다.

"위원장님, 5분만 시간 주십시오."

정호가 나갔다 오라는 손짓을 했다. 얼른 윤의 옷자락을 잡아 끌어 위원회실 밖으로 데리고 나온 진수는 윤의 옆구리를 냅다 쥐어박으며 목소리를 낮췄다.

"이 새끼야, 아주 모가지 내놓고 잘라 달라고 빌어라. 얼굴은 시뻘게져서."

"이게 이럴 일이에요? 저 진짜 이해가 안 가서 그래요. 해도 해도 너무하잖아요."

그 말이 끝나기 무섭게 진수가 황급히 윤의 입을 틀어막으며 윤을 을러댔다.

"무조건 네, 네, 해. 괜히 개기지 말고."

뭐라고 대꾸하려던 윤은 곧 대답하기를 포기했다. 눈치가 없는 편은 아니었다. 정호가 태훈의 이야기를 꺼낸 것도 그렇고, 진수가 이렇게까지 나오는데 자신이 흥분해 봐야 두 사람에게 폐가 될 것이 뻔했다. 진수는 마른 입술을 축이며 속삭였다.

"어차피 중징계라고 해 봐야 몇 달 감봉이야. 사내 게시판에 글 하나 쓴 거 가지고 자르길 하겠냐, 뭘 하겠냐. 그냥 지금 회사 분위기 거지 같으니까 본보기로 한 놈 잡는 거야. 그러니까 죽을죄 지었다 생각하고 숙이고 들어가라고. 입 다무는 게 뭐 그렇게 어려워? 당하는 놈들도 가만히 있는데 새파란 자식이 뭐라고 나대기를 나대서 이 꼴을 당해? 일단 입 다물어. 들어가면 무조건 잘못했습니다, 하고. 알았어?"

윤은 대답 대신 부루퉁한 표정을 했다. 진수가 삐죽 나온 윤의 입을 두 손가락으로 찰싹 쳤다.

"주둥이 안 집어넣어?"

"말로 하세요!"

불시에 습격당한 윤이 투덜거리자 진수가 눈을 부라렸다.

"말로 하면 듣긴 하고? 이거 뭐 얌전한 고양이가 부뚜막에 먼저 올라가도 유분수지…… 생글생글하니 멀쩡하게 생겨서 뽑아 놨더니 이런 사고를 쳐?"

윤을 윽박지르며 손목에 찬 시계를 확인한 진수가 서둘러 넥타이를 다시 매만졌다. 진수가 먼저 문을 열고 안으로 들어섰다. 진수를 따라 다시 자리에 앉은 윤이 죄송합니다, 라고 말하려고 막 작정을 했을 때였다.

"김윤 피디."

정호가 먼저 윤을 불렀다. 그 입매가 슬쩍 비틀어지는 것이 눈에 걸렸다. 윤이 멈칫하며 바라보자 정호가 앞에 놓인 서류를 뒤적이며 입을 열었다.

"학벌도 괜찮고, 영어 성적도 좋고, 대기업 다니다 왔고. 서류 전형, 필기시험, 면접 때도 점수 높았네. 최진수 부장이 평 좋게 한 거 보면 일도 잘하는 것 같고."

비꼬는 건지 칭찬하는 건지 종잡을 수가 없었다. 무슨 말을 하려고 시작을 이렇게 하는지 모를 노릇이었다. 뭐라고 대답할 말이 없어 윤은 잠시 침묵했다. 정호가 서류에 두었던 눈을 들어 윤을 마주 보았다.

"그런 인재가 <오늘의 요리> 하려고 붙어 있기엔 아깝잖아. 최 부장 말대로 자기 자리에서 능력 발휘할 수 있도록 해야지. 안 그래?"

"위원장님, 저……."

진수가 뭔가 불길한 예감을 느낀 듯 즉시 곁에서 끼어들었다. 그러나 정호는 가차 없이 말을 잘랐다.

"김윤 피디 오늘부로 시사보도국 3부 전보야."

"네?"

윤은 저도 모르게 반문했다. 무슨 말인지 이해할 수가 없었다. 곁에 앉은 진수의 얼굴에서 핏기가 싹 빠졌다. 입을 뻐끔대던 진수가 말을 더듬거렸다.

"위원장님, 그렇게 갑자기…… 저기, 이러시면 저희 팀에서도 당장 인력 충원해야 합니다. 부서 이동 시에는 본인 의사가 최우선이고……."

정호는 진수의 말에 코웃음을 쳤다.

"우리가 좌천을 시켰어, 뭘 시켰어? 실력 있는 피디들이면 시사보도국 다 가고 싶어 해. 최 부장이 김윤 피디 높이 사니까 우리도 특별히 배려한 거야. 그렇게 실력 있는 피디면 <오늘의 요리>보다는 시사보도국 가서 뜻 펼치는 게 좋지 않나?"

꿍꿍이가 뭔지 짐작이 가지 않았다. 확실히 교양국에서 시보국이라면 좌천이라고 말하기 어렵긴 했다. 그러나 노조에서 사주를 받았냐고 다그칠 땐 언제고, 갑자기 강성 노조원들의 집합소인 시보국으로 자신을 보내는 이유가 뭔지 모를 노릇이었다. 속이 싸해졌다.

정호가 두 손을 깍지 끼어 입가에 대며 크게 선심 쓴다는 투로 말했다.

"김윤 피디는 이번이 인사위 처음이고 아직 연차 낮잖아. 감봉이나 정직 처분 대신 우리도 많이 봐준 거야. 최 부장 말대로 김윤 피디 능력 있는 데다 그 정도 정의감이면 교양국보다는 시사보도국 쪽이 더 기회 많을 거 아냐. 가고 싶어 죽겠다는 피디들도 못 가는 자리라고. 가서 잘해 봐."

"저, 위원장님."

진수가 다시 한 번 정호를 불렀으나 그는 대꾸도 하지 않고 자리에서 일어났다. 그것이 무슨 신호라도 되는 양 나머지 위원들이 한꺼번에 일어나 위원회실을 나갔다.

텅 빈 위원회실에서 진수가 머리를 싸안으며 신음 소리를 냈다. 윤은 부장님, 하고 조심스럽게 진수를 불렀다. 또 혈압을 올릴까 무서워서였다. 고개를 번쩍 든 진수가 윤의 등짝을 철썩철썩 때렸다. 영문을 모른 채 얻어맞던 윤에게 제풀에 지친 진수가 삿대질을 했다.

"야 인마, 너 시사보도국 3부가 뭐하는 덴지 알아?"

"모르는데요."

진수가 또 때릴 것 같아, 윤은 후다닥 몸을 뒤로 뺐다. 얻어맞은 등짝이 화끈거렸다. 그렇게 때리고도 속이 안 풀렸는지 진수가 자기 가슴을 팡팡 치며 내가 못 산다, 하며 한탄하다 버럭 소리를 질렀다.

"거기 <비하인드 24> 팀이야, 인마! 오태훈이 그거 다음 개편 때 폐지한다는 소리는 안 하디? 너 몇 달 있지도 않을 팀에 박아 놓는 이유 모르겠어? 야 이 새끼야, 너 출세는 끝났어. 저 새끼들한테 밉보이면 계속 이런 식으로 폐지할 프로, 파일럿이나 돌리다 지방 발령 내서 처박는다고! 당장 자리 펑크 나는 건 둘째 치고 앞길 창창한 새끼가 이게 뭐냐? 응?"

진수가 펄펄 뛰며 의자에 앉은 윤의 어깨를 쥐고 흔들었다. 그러나 솔직히 말하자면 첫 문장 이후의 모든 말이 귀에 하나도 들어오지 않았다. <비하인드 24>라고? 아무래도 뭘 잘못 들은 게 분명했다.

잠시 넋을 놓고 있던 윤은 얼빠진 표정으로 되물었다.

"시사보도국 3부가 뭐라고요?"

"<비하인드 24>라고!"

기차 화통을 삶아 먹은 목소리로 진수가 고함을 쳤다. 없던 고혈압이 생긴 양 갑자기 뒷골이 확 당겼다. <비하인드 24>? <비하인드 24>라니?

물론 윤도 <비하인드 24>를 좋아하는 시청자였다. 뉴스에서 <비하인드 24> 피디들이 매년 상을 받는 걸 볼 때마다 세상에 저런 언론인들이 꼭 필요하다고도 생각했고, 존경하는 마음도 있었다. 하지만 그건 결코 그런 사람이 되어서 그런 프로그램을 찍고 싶다는 뜻은 아니었다.

갑자기 찬물을 끼얹은 것처럼 정신이 번쩍 들었다. 자리에서 벌떡 일어난 윤은 진수에게 항변했다.

"부장님, 이건 아니잖아요! 아니, 제가 왜 거길 가요!"

"그럼 누가 가! 게시판에 글 쓴 건 넌데!"

진수가 빽 소리를 지르며 맞받아쳤다. 그건 사실이었기에, 할 말을 잃은 윤은 눈을 깜빡였다. 갑자기 밀물처럼 현실감이 밀려들었다. 만조 때도 모르고 서 있다가 갑자기 바닷물이 목까지 찬 것 같은 기분이었다.

"이게 말이 돼요?"

울기 직전의 얼굴로 하소연을 하자 진수가 윤을 아래위로 훑어보았다. 이 새끼가 왜 이제 와서 이래, 하는 표정이었다.

"인마, 지금 이게 말이 안 되는 걸 누가 몰라!"

그건 그랬다. 애초에 자신이 게시판에 그런 글을 쓴 건 YBS에서 말도 안 되는 일이 벌어지고 있기 때문이었다. 편성까지 받은 프로그램을 취소한다는 것도 말이 안 됐고, 사내 게시판에 글 하나 쓴 걸로 인사위에 회부된다는 것도 말이 안 됐다.

물론 가장 말이 안 되는 건 자신이 하루아침에 <오늘의 요리>에서 <비하인드 24>로 굴러 들어가야 한다는 현실이었다. 정신이 나간 얼굴로 서 있는 윤을 본 진수가 한숨을 쉬었다.

"가서 짐 싸라. 뭐 어떡하냐. 일이 이렇게 된 걸."

이게 꿈이라면 누가 세게 한 번 꼬집어 줬으면 싶을 정도였다. 그러나 이미 진수에게 맞을 만큼 맞아 아직도 따끔거리는 등은 이 상황이 꿈이 아니라는 걸 증명하고 있었다. 진수가 머리를 벅벅 긁으며 포기한 투로 내뱉었다.

"아, 진짜 이 개새끼들. 거기다 갖다 처박는 속이 뻔한데 좌천은 아니라서 항의도 못 하겠고…… 야, 어떻게든 다시 데려와 줄 테니까 가서 한 반년만 죽었다 생각하고 살아. 말 잘 듣고. 너는 인마, 거기 가 있으면 일주일도 안 돼서 최진수 부장님이 참 좋은 분이었지 할 거다. 강재희 걔가 나처럼 물렁물렁한 사람이 아냐. 제발 가서 얌전히 알아서 잘 기어. 여기서처럼 사고 치지 말고. 너 거기서도 사고 치면 진짜 모가지야, 모가지."

진수가 손으로 목을 치는 시늉을 했다. 왜 미리부터 겁을 주냐고 항의하고 싶은 마음이 굴뚝같았다. 그러나 YBS에서 <비하인

드 24>의 강재희 피디를 모르는 사람은 없었다. 지독한 워커홀릭에 원칙주의자, 수틀리면 국장의 멱살도 잡을 놈이라는 소문이 파다했다.

물론 윤은 그런 소문에 큰 관심이 없었다. 살아생전 한 번도 강재희를 만날 일 없을 줄 알았던 탓이었다. 눈앞이 막막해졌다. 죽을 걸 알면서도 호랑이 굴로 들어가는 기분이 이런 걸까. 속으로 생각한 윤은 얼굴을 감쌌다. 나가려던 진수가 다시 고개를 들이밀었다.

"빨리 안 와?"

도살장에 끌려가는 소처럼 슬픈 눈으로 자리에서 일어난 윤은 땅이 꺼지도록 한숨을 쉬었다. 혹시나 싶어 팔 안쪽을 꼬집어 본 건 덤이었다. 하지만 얼얼한 아픔에 한 번 더 울적해질 뿐이었다.

막 사무실로 들어선 정언은 안을 둘러보았다. 보통 출근이 가장 빠른 건 정언이었는데, 밤샘을 한 건지 한현진 작가가 자기 자리에 빈 커피 컵을 줄 세운 채 앉아 있었다. 현진이 정언을 보더니 졸려 죽겠다는 표정으로 손을 흔들고는, 슬슬 떡이 질 기미가 보이는 머리를 뒤로 질끈 묶었다.

"작가님, 선배 어디 갔어요?"

정언의 물음에 입이 찢어지도록 하품을 한 현진은 턱을 괴며 나른하게 대답했다.

"강재희? 아까 잠깐 집에 가서 씻고 온다고 들어갔어. 샤워하다 안 죽었나 모르겠다. 걔 보름 내내 날밤 깠잖아."

"집에 가긴 갔어요? 웬일?"

자리에 가방을 내려놓은 정언은 놀란 얼굴로 되물었다. 재희
는 집에 들어가는 날이 더 드문 편이었다. 사람들이 농담으로
재희에게 숙직실에 월세 내고 살라고 할 정도였다. 폐지 얘기가
나온 이후로 거의 하루도 집에 안 갔는데, 오늘은 어쩐 일로 집
에 갈 마음을 먹었는지 모를 노릇이었다.

"지가 보기에도 지 꼴이 말이 아니었나 봐. 그 새끼는 대체 왜
집이 코앞인데 시간 아깝다고 꼭 여기서 자냐. 그렇게 시간 아
끼다 일찍 죽으면 아긴 의미가 뭐가 있어."

현진의 독설에 실없이 웃은 정언은 컴퓨터를 켜며 의자에 등
을 기댔다.

"이따 열 시에 아이템 회의하기로 한 건 그냥 진행한대요?"

정언이 묻자 현진이 어깨를 으쓱했다.

"아직 몇 달은 더 남았는데, 뭐. 당장 폐지할 것도 아닌데 방송
안 하냐, 그럼."

"노조에서 뭐라고 얘기 있었대요?"

자세를 고쳐 앉은 정언은 현진을 마주 보았다. 현진이 글쎄,
하며 관자놀이를 긁적였다.

"아직인 거 같아. 근데 우리만 난리인 게 아니고 기제국도 뭐
뒤집어졌다고 그러던데? 촬영 시작한 다큐를 엎으라고 그랬대."

대수롭지 않다는 듯 내뱉는 현진의 말에 정언은 멈칫했다. 촬
영이 들어갔다면 예산과 편성 업무가 이미 끝났다는 뜻이었다.

"촬영 들어간 걸 그만 찍으라고 그랬다고요?"

정언이 귀를 의심하며 되물은 말에 현진이 다시 한 번 하품을

했다.

"그 직원들 보는 사내 게시판 있잖아. 거기 누가 글 올렸다던데, 뭐라고 썼는지는 못 봤어. 암튼 기제국에서 신도시 개발 때문에 쫓겨나는 원주민들 가지고 3부작 다큐 찍기로 했다더라고. 근데 그걸 예산도 다 받고 편성 내놓고 촬영 시작했다가 윗대가리들이 찍지 말라고 지랄해서 캔슬했대. 나도 얘기만 들었어."

"돈 주고 편성까지 냈는데? 완전 미친 새끼들 아냐, 그거? 왜 하지 말라고 그랬대요?"

듣던 중 가장 황당한 소리였다. 정언이 목소리를 높이자 현진이 혀를 찼다.

"신도시 사업에 초 치니까 윗대가리들 기분이 상했다 그거지, 뭐. 이 새끼들 이거 다 파 봐야 되는데…… 어, 강재희한테 신도시 사업하고 윗대가리들 사이 한 번 파 보자고 할까?"

눈을 반짝이는 현진에게 정언은 어깨를 으쓱해 보였다.

"안 그래도 물어뜯을 것만 찾고 있을 텐데 이따 한 번 얘기해 봐요."

"아이고, 말만 해도 고생길이 훤하다, 훤해."

생각만 해도 기가 빠진다는 얼굴을 한 현진이 옷 위를 더듬더니 자리에서 일어났다.

"담배도 없네. 내려갔다 와야겠다. 커피 마실래? 사다 줄게."

"저 아이스 아메리카노 벤티요."

"트리플 샷?"

정언은 대답 대신 오케이 사인을 만들어 보였다. 현진이 허공에서 정언을 쥐어박는 시늉을 했다.

"몸에 좋은 것 좀 먹고 살아. 젊은것들이 나보다는 오래 살아야지, 어떻게 된 게 죄다 단명할 연놈들밖에 없어."

끌탕을 한 현진이 지갑을 집어 들고는 사무실을 나갔다. 정언은 그 등에 대고 손을 흔들었다. 텅 빈 사무실에서 고개를 젖혀 천장을 올려다보던 정언은 잠시 눈을 감았다.

폐지 이야기도 아직 실감이 잘 나지 않는 참이었다. 그런데 기제국에서까지 그런 일이 벌어지고 있다면 상황이 보통 심각한 게 아니었다.

퍼뜩 현진이 말한 사내 게시판 글을 확인해 봐야겠다는 생각이 들었다. 정언이 자세를 고쳐 앉으며 급히 인터넷 창을 켰을 때였다. 사무실 문이 열리며 누군가 안으로 들어섰다. 현진이 이렇게 빨리 온 건가 싶어 무심코 고개를 돌렸던 정언은 멈칫했다. 재희였다.

"일찍 출근했네."

재희가 인사를 건넸다. 피곤한 기색이 역력한 데다 아직 머리도 덜 마른 채였으나 간만에 멀끔한 모습이었다. 게다가 나름대로 흰 셔츠에 재킷까지 갖춘 포멀한 차림이라, 정언은 재희를 아래위로 훑어보았다.

"아침부터 어디 가려고 그렇게 빼입고 왔어요?"

"왜, 새삼 반하겠어?"

되물은 재희가 질색하는 정언의 표정에 웃는 소리를 냈다. 재희는 재킷을 벗어 걸쳐 놓고는 의자에 풀썩 주저앉았다.

"국장님 호출."

"이 시간에?"

선경이 이렇게 이른 시간부터 호출하는 건 드문 일이었다. 재희가 아직 물기 어린 머리를 털며 의자에 기댔다.

"그래서 무슨 일 났나 했잖아. 머리도 못 말리고 바로 튀어간 거 봐라."

"국장님이 대단하긴 대단하네. 전화 한 통 하자마자 선배가 그러고 튀어가고. 왜 부르셨는데요? 뭐 좋은 소식 있어요?"

그럴 리 없다는 걸 알면서도 반 농담으로 묻자 재희가 픽 웃었다.

"좋은 소식이 뭐 있겠어. 그냥 했던 말 또 하고, 또 하고 그러는 거지. 국장님은 일단 이 건은 노조 손 떠났다고 보시는 것 같더라고. 일단 사장님하고 본인이 하실 수 있는 건 최대한 폐지 기한 늦추는 거래. 레임덕 상태고 연말에 대선 있잖아. 이렇게 막 나가는 거 오래 못 할 거다 그거야. 버티면 한 번쯤은 반격할 수 있지 않겠냐고."

"그게 되겠어요? 기제국에서 촬영 들어간 다큐도 캔슬했다면서. 위에서도 눈에 뵈는 게 없는 것 같은데."

정언의 말에 재희가 의아한 표정을 했다.

"그건 어떻게 알았어?"

"한 작가님이 그러던데요. 게시판에 무슨 글 올라왔다고."

"안 그래도 그것 때문에 또 서 피디한테 할 애기 있는데…… 미치겠네, 진짜. 뭐가 이렇게 복잡하냐."

재희는 아, 하며 손으로 얼굴을 덮었다. 때마침 현진이 로비 카페의 테이크아웃 캐리어를 들고 돌아왔다. 앉아 있는 재희를 아래위로 훑어보던 현진이 정언에게 먼저 커피 한 잔을 내밀며 물었다.

"얘 오늘 누구 결혼식 간대?"

"이러니까 막 하고 다녀야 돼. 보는 사람마다 나한테서 눈을

69

못 떼잖아."

짐짓 심각한 표정으로 대꾸한 재희가 기대 있던 의자에서 몸을 일으켰다. 현진이 허리에 손을 짚으며 혀를 찼다.

"야, 지나가는 사람 눈깔 죄다 본드로 붙여도 되니까 평소에도 잘 좀 하고 다녀. 얼굴이 아깝다. 한 살이라도 젊을 때 꾸미고 살아야지, 늙으면 그렇게 빼입어도 티가 안 나."

"누가 들으면 환갑 진갑 다 지낸 줄 알겠네. 아직 젊고 아름다우신 한현진 작가님이 왜 그래요."

재희가 손을 깍지 끼어 뒷머리를 받치며 빙글거렸다. 그 얼굴을 빤히 내려다보던 현진이 물었다.

"야, 강재희. 공자님이 마흔을 왜 불혹이라고 한 줄 알아?"

"왜 그랬는데요?"

캐리어에서 커피 한 잔을 더 꺼낸 현진이 재희의 손에 컵을 쥐어 주고는 입에 반강제로 빨대를 물렸다. 재희가 눈을 들어 쳐다보자, 현진이 재희의 이마를 딱 소리가 나게 때렸다.

"사람이 마흔이 딱 넘어가잖아? 그러면 너처럼 주둥이에 침도 안 바르고 반질반질한 소리 하는 놈한테 마음이 안 흔들려."

"나 완전 진심인데."

재희가 얻어맞은 이마를 문지르며 대꾸하자 현진이 얼굴을 구겼다.

"한 삼 년 전에 그랬으면 내가 불쌍한 연하남 하나 키운다 생각하고 너 거뒀을 텐데 이젠 누나가 기력이 없다. 주둥이 다물고 커피나 마셔."

"듣던 중 아쉬운 소리네. 그땐 내가 아직 어려서 누나의 매력을 몰랐잖아."

재희가 진심으로 아깝다는 얼굴을 했다. 그 즉시 물총새 물 쏘듯 현진의 타박이 돌아왔다.

"아침부터 제비같이 입고 총천연색으로 지랄하면 재미가 쏟아지지?"

"아, 난 이래서 한 작가님 너무 좋아. 미치겠어, 아주."

정언은 배를 잡고 웃는 재희를 보며 고개를 절레절레 흔들었다. 아침부터 속에도 없는 농담을 해대는 걸 보니 어지간히 피곤하기는 한 모양이었다. 컨디션이 나쁠수록 부러 더 괜찮은 척하는 건 재희의 오랜 습관이었다.

"할 얘기 있다면서요. 그거나 해 봐요."

정언의 말에 재희가 퍼뜩 생각났다는 듯 손뼉을 딱 치더니 뒷머리를 긁적였다.

"아, 그거. 서 피디 팀에 사람 하나 충원할 건데…… 이따 회의에서 얘기하자."

"충원? 누구를요? 공채 시즌 아직 멀었잖아."

"지금 여기 들어올 미친놈인지 년인지가 있다고?"

정언과 현진이 동시에 물었다. 충원이라니, 생각도 못 한 얘기인 탓이었다. 재희가 손을 휘적거렸다.

"자세한 건 이따 얘기하자고. 나 진짜 너무 피곤하니까 삼십 분만 눈 좀 붙이고. 집에 괜히 갔다 왔어. 잠깐 편하게 있었더니 더 피곤하네."

더 뭐라고 말을 붙이기도 전, 재희가 커피를 밀어 놓고는 책상 위에 엎드렸다. 현진의 말대로 재희가 보름 가까이 하루도 퇴근하지 못한 건 사실이었다.

폐지 얘기가 나왔다고 방송이 안 나가는 건 아니었다. 인력이 부족하다 보니 매주 방송 준비만으로도 1분 1초가 빠듯했다. 그 사이 재희는 노조 사무실, 국장실, 법무팀, 외부 로펌 순회도 해야 했다. 말 그대로 몸이 열 개라도 부족한 상황이었다.

안 그래도 마른 편이었는데 최근에는 걱정이 될 정도였다. 얇은 셔츠 아래로 유독 도드라지는 골격이 눈에 걸렸다. 가벼운 한숨을 내쉰 정언은 재희의 어깨 위로 손을 짚었다.

"선배, 숙직실 가서……."

정언은 말을 채 끝맺지 못했다. 정말 피곤했는지, 재희는 그새 색색거리며 잠들어 있었다. 혀를 찬 정언은 낡은 소파 위에 아무렇게나 구겨진 담요를 집어 들어 재희에게 조심스럽게 덮어 주었다.

막막한 심정으로 자리에 돌아온 정언은 화면보호기 모드가 켜진 모니터를 응시했다. 곧 다음 방송 기획안을 써야 했는데, 아직 아이템도 정하지 못한 상태였다. 폐지 이야기가 나온 이후로 팀 분위기가 말이 아니었다. 일이 손에 잡힐 리 만무했다.

삼십 분쯤 고민하는 사이 팀원들이 하나둘씩 출근하기 시작했다. 죄다 다크서클과 피로감에 절어 꼴이 말이 아니었다. 처음에는 다들 멀쩡하게 들어왔다가도, 석 달이 지나기도 전 폐인이 되는 게 보통이었다.

아직 한창때인 이십 대 중후반의 작가들도 화장 따위는 생각도 하지 못하는 몰골이었다. 아침부터 고카페인 에너지 드링크를 나눠 마시며 출근한 작가들이 정언에게 인사를 건넸다.

임찬수, 최석현, 민철진, 주예준, 안호형, 막내인 우지혁까지 피디들이 모두 착석을 마친 건 건 열 시 직전이었다. 호형은 정언과 입사 동기였고, 지혁은 이제 3년 차에 접어든 막내였다.

지혁을 제외한 나머지는 모두 다른 팀에 있다가 <비하인드 24>로 온 지 사오 년쯤 된 피디들이었다. 최고참인 찬수는 후배인 재희 밑에서도 불평 없이 무던한 성격이었다. 그런 성격이 아니면 오래 버티기 힘들기도 했다. 재희와 동기인 석현 아래로는 일이 년 정도씩 연차가 차이 났다.

아직 입봉 전인 지혁을 제외하고, 재희와 정언을 포함한 이 일곱 명은 수백 명의 피디들이 <비하인드 24>를 탈주하는 과정에서 남은 최정예 라인업이었다.

물론 본인들 스스로는 도망갈 타이밍을 못 잡으면 이 꼴이 난다며 자조하는 라인업이기도 했다. 시보국이 엉망이 되기 시작한 뒤로는 더 그랬다. 촬영 보조, 예고편 편집, 장소 섭외 같은 조연출 업무까지 직접 해야 하는 상황이니 어쩌다 이 꼴이 됐나 싶은 건 당연했다.

가장 마지막으로 출근한 석현이 헐레벌떡 들어오며 세이프를 외쳤다. 열 시 정각이었다. 석현의 말이 신호라도 된 양, 죽은 듯 엎드려 있던 재희가 몸을 일으켰다. 정확히 삼십 분째였다. 알람도 안 맞췄는데 그 상태로 딱 삼십 분을 자고 일어난다는 건 언제 봐도 초인적인 의지력이었다.

"회의실 들어와."

재희는 얼음이 반쯤 녹은 커피를 마시며 자리에서 일어났다. 눈이 새빨갛게 충혈된 채였다. 속으로 혀를 찬 정언은 재희를 따라 회의실로 들어섰다. 팀원들이 하나둘 따라 들어와 자리에 앉았다. 눈으로 인원수를 확인한 재희가 입을 열었다. 목소리가 잠겨 있었다.

"일단 스케줄부터 파악합시다. 주 피디가 다음 주 방송이지?

어느 정도까지 됐어?"

예준이 테이블 위에 펼쳐 놓은 다이어리를 펜 끝으로 짚어 가며 대답했다.

"취재는 거의 마무리됐고요, 다음 주 월요일쯤 가편 들어갈 수 있을 것 같아요."

"월요일? 원래 주말에 들어가는 거 아니었어?"

"추가 인터뷰 딸 게 있는데 인터뷰랑 스케줄 조율이 힘들어서요. 그쪽에서 주말에나 가능하다고 해서……."

예준이 말끝을 흐렸다. 아무래도 눈이 피로한지, 재희가 들고 들어온 안경을 쓰고는 눈가를 몇 번 누르며 자기 다이어리에 일정을 체크했다.

"그럼 다음 주 월요일 오전까지 내가 일단 볼 수 있게 해 줘. 그리고 안 피디, 시청자 게시판에 저번 주 방송 얘기 올라온 거 봤어? 자막 실수 있었다던데."

호형이 흘러내린 안경을 고쳐 쓰며 아휴, 하고 한숨을 쉬었다.

"네, 확인했습니다."

"바쁜 거 아는데 정신 똑바로 차리자고. 큰 오류 아니라서 다행이긴 한데, 사소한 실수도 쌓이면 나중에 크게 터져. 내가 더 꼼꼼하게 봐야 되는데 상황이 그렇게 안 되잖아."

"죄송합니다."

호형이 눈치를 살피며 고개를 숙이자 재희는 고개를 저었다.

"아니, 죄송할 건 없고. 내가 종편 때 확인 못 한 것도 잘못이니까. 일단 수정하고, 지금 VOD 서비스 올라간 것까지 전부 수정본 나가게 해. 게시판에 수정 내역 공지도 올려 주고. 임 선배하고 최 피디, 서 피디는 아이템 정했어? 이번 주 안에 기획안 체크한다고 했잖아."

찬수가 펜 뚜껑으로 눈썹 위를 긁적이며 한숨을 쉬었다.

"생각한 건 몇 개 있는데, 위에서 까일까 봐 뭘 함부로 못 하겠어. 기제국에서 촬영 들어간 거 캔슬시켰다는 소리 듣고 나니까 겁나 죽겠다, 야."

재희는 손을 깍지 끼어 입가에 대며 잠시 침묵했다. 짧은 한숨을 뱉은 재희가 찬수를 마주 보았다.

"그러면 일단 아이템 몇 개 뽑아 놓고 우리끼리 얘기를 좀 해 보죠. 나도 아직 못 정했으니까, 각자 뽑아 온 아이템 중에 괜찮은 거 골라서 가져가면 어때요?"

듣고 있던 현진이 갑자기 생각난 듯 툭 내뱉었다.

"기제국 얘기 하니까 생각났는데 그거 재밌을 느낌 아니냐? 위에서 신도시 다큐 그렇게 질겁하는 거 보니까 뭐 있는 것 같지 않아?"

찬수가 그 말에 화들짝 놀란 얼굴로 펄쩍 뛰었다.

"어우, 나도 그거 봤는데 난 무서워서 못 하겠더라. 괜히 잘못 건드렸다가 목 날아가면 어떡하라고. 한 작가야 독신이지만 나는 애가 둘이야, 둘. 큰애는 중학교 간다고 돈 들어가는 게 말도 못 하는데 벌써 잘리면 뭐 해먹고 살아."

찬수의 한탄에 현진이 측은하다는 투로 대꾸했다.

"이래서 <비하인드 24>에는 결혼 못 한 애들만 와야 된다니까. 사람이 지킬 게 없어야 간이 배 밖으로 나오지. 부인 지켜야지, 애들 지켜야지, 그럼 한국 사회는 결혼 못 해서 나라에 보탬 안 되는 애들이 지켜야 뭐 어떡하나. 야, 강재희. 너는 나라에 보탬도 안 되면서 임찬수 가정 지킬 수 있는 자리 좀 알아봐 주지 여태 뭐했어?"

회의실에 왁 웃음이 터졌다. 찬수가 현진에게 눈을 흘겼다. 잠깐 팀원들을 따라 웃던 정언은 몸을 숙여 곁에 앉은 지혁에게 속삭였다.

"우 피디, 혹시 그 사내 게시판 올라왔다는 글 봤어?"

"네."

지혁이 고개를 끄덕였다. 정언은 지혁에게 귓속말로 물었다.

"그거 누가 쓴 거야? 내용이 뭔데? 기제국 다큐 캔슬된 거 관련이라며?"

"그게요……."

지혁이 막 대답하려던 참이었다. 회의실 바깥에서 노크 소리가 났다. 재희가 손목에 찬 시계를 확인하더니 누구냐고 묻지도 않고 바로 문을 열었다. 밖에 서 있던 사람이 잠시 머뭇거리다 안으로 들어섰다.

정언은 잠깐만, 하고 지혁의 말을 끊으며 그쪽으로 시선을 돌렸다. 젊은 남자였다. 해사하다는 말이 딱 어울릴 법한 잘생긴 얼굴이 제일 먼저 눈에 들어왔다. 훌쩍 큰 키에 댄디한 스타일은 덤이었다. 아나운서국이라면 모를까, 시보국에서는 어지간하면 보기 힘든 부류였다.

작가들이 즉시 서로의 얼굴을 쳐다보았다. 그 짧은 순간 무언의 감탄이 오갔다. 그것을 알아챈 정언은 픽 웃으며 다시 남자 쪽으로 시선을 주었다. 이십 대 중반이나 되었을까. 앳된 얼굴에는 아직 소년 같은 느낌이 남아 있었다.

그런데 이상하게도 어딘지 모르게 낯이 익다고 생각한 건 직후였다. 아무리 봐도 초면인데 왜 그런지 모를 노릇이었다. 연예인 누구를 닮아서 그런가 싶었으나, 정언이 아는 연예인은 한 손에 겨우 꼽을 정도였다.

정언이 기억을 더듬는 사이, 재희가 파란색 PP 박스를 품에 꼭 안고 선 남자를 가리켰다.

"이쪽은 오늘부터 우리 팀에서 일하게 될 김윤 피디. 인사해."

목에 건 사원증의 사진과 이름이 그제야 눈에 들어왔다. 사보 표지 사진이라고 해도 믿을 법한 정갈한 증명사진 아래 선명하게 김윤이라는 이름 두 글자가 박혀 있었다. 자신에게 쏠리는 시선에 긴장했는지, 윤이 마른 입술을 한 번 축이고는 고개를 꾸벅 숙였다.

"오늘부로 교양국에서 시사보도국 3부로 발령받은 김윤 피디입니다."

교양국에서?

정언은 눈썹을 좁혔다. 부서 이동 시즌은 아직 한참 남아 있었다. 교양국에서 갑자기 여기로 온다는 건 이상했다. 뭔가 싶어 의아한 기분이 되었다.

재희가 정언을 불렀다.

"서 피디."

퍼뜩 현실로 돌아온 정언은 네, 하고 대답했다. 재희가 손에 들고 있던 펜으로 윤 쪽을 가리켰다.

"서 피디가 김윤 피디 사수 맡아. 김 피디 이제 2년 차고 교양국에만 있어서 우리 쪽 일 낯설 테니까 차근차근 가르쳐 줘. 아, 서 피디 오른쪽 자리 비어 있지? 우 피디가 이따 회의 끝나고 자리 세팅 도와주는 걸로 하고."

윤의 얼굴에 바짝 얼어붙은 기색이 역력했다. 아무리 봐도 자원해서 온 사람 같지가 않았다. 눈을 깜빡이며 사람들을 둘러보던 윤의 시선이 문득 정언과 마주쳤다. 정언이 그 눈을 빤히 마주 보자, 윤의 얼굴에 살짝 미소가 번졌다.

그러기 무섭게 맞은편에 앉은 조혜주 작가와 성희림 작가가 자기들끼리 뭐라고 소곤거렸다. 소리 없이 깍깍대는 걸 보니 보나마나 잘생겼다는 얘기일 게 뻔했다.

그러나 정언에게는 그 잘생긴 얼굴이 그다지 눈에 들어오지 않았다. 쓸데없이 웃음이 헤픈 남자는 취향이 아니었다. 게다가 정언에게는 지금 대체 쟤를 어디서 봤나가 첫 번째, 여기 어울릴 타입이 아닌데 얼마나 버틸까가 두 번째 의문이었다.

한 사람이 아쉬운 판이었지만, 이제 가르치기 시작해서 폐지하기 전까지 써먹을 날이 오긴 할지도 막막했다. 그나마 2년 차라면 일 돌아가는 건 어느 정도 알지 않을까 하는 데 희망을 걸어야 했다. 선배는 왜 하필 나한테 저걸 붙이고 그래, 하며 정언은 속으로 투덜거렸다.

그때 밖에서 막내 작가인 이성옥 작가가 문 안쪽으로 머리를 들이밀었다.

"강 피디님, 지금 심의국에서 연락 왔는데 받아 보셔야 할 것 같아요."

"심의국?"

되물은 재희가 눈썹을 찌푸렸다. 순식간에 회의실 안에 불안한 기운이 감돌았다. 심의국이라니, 또 무슨 트집을 잡을까 싶어서였다. 구겨진 미간을 누른 재희가 잠시 나갔다가 삼십 초도 지나지 않아 돌아왔다.

"미안합니다. 얘기가 좀 길어질 것 같아서 일단 오전 회의는 이걸로 파하죠. 임 선배는 나랑 오후에 아이템 얘기 다시 하고, 나머지는 우선 저번 주에 스케줄 정해진 대로. 혹시 중간에 일정 변동 생기거나 무슨 일 생기면 바로 알려 주고."

빠르게 말한 재희가 곧바로 자리를 떴다. 그 바람에 앉을 기회를 놓친 윤이 박스를 들고 어쩔 줄 몰라 하며 재희가 나간 문을 바라보았다. 현진이 장난기 그득한 얼굴로 윤을 훑어보더니 한마디 툭 던졌다.

"신참이면 자기소개 좀 해 봅시다."

"네? 아, 네."

퍼뜩 놀란 윤이 박스를 더 꼭 안았다. 그게 아주 귀여워 죽을 지경인지, 혜주와 희림의 입이 귀에 걸렸다. 고개를 절레절레 저은 정언은 턱을 괴었다.

입봉 이후 자신의 서브 자리를 거쳐 간 후배들은 두 손으로 몇 번을 꼽아야 할 정도였다.

정언은 후배들에게 그다지 상냥한 선배는 되지 못했다. 그렇지 않아도 하드한 팀이었다. 신입들이 곁을 잘 주지 않고 엄격한 선배 밑에서 오래 버티는 건 당연히 힘든 일이었다. 정언도 그걸 모르는 바는 아니었다. 그러나 굳이 후배들을 위해 성격을 바꿀 마음은 없었다.

정언은 윤에게 다시 시선을 주었다. 얘는 한 달이나 갈까. 아무래도 교양국에나 계속 있었어야 할 것 같은 느낌이라 영 믿음이 가지 않았다.

주저하던 윤이 입을 열었다.

"김윤입니다. 입사한 지 2년 차고, 올해 스물아홉입니다."

목소리가 부드러웠다. 스물아홉이라. 보기보다 동안이네, 하고 정언은 무심코 생각했다. 사원증이 없었다면 대학생 아르바이트라 해도 그러려니 할 것 같았다.

윤을 아래위로 훑어보자, 지나치게 멋 부린 것 같지 않으면서도 깔끔하고 세련된 착장이 뒤늦게 눈에 들어왔다. 큰 키에 팔다리가 길어 옷걸이가 좋은 것도 그 괜찮은 스타일에 한몫하고 있었다. 한눈에도 곱게 자란 티가 역력했다.

"스물아홉이면 지혁 피디님이 한 살 어리니까 계속 막내겠다. 키 몇이세요? 되게 커 보이시는데."

"185입니다."

희림의 물음에 윤이 멋쩍게 대답했다. 현진이 오오, 하고 감탄했다.

"우리 팀 최장신이구만. 촬영할 때 엄청 편하겠네. 결혼은 아직이지?"

"네."

긴장한 탓인지 대답이 군대식이었다. 정언은 팔짱을 끼며 그런 윤을 주시했다. 현진의 질문이 이어졌다.

"교양국에서 뭐하다 왔어?"

"교양국 1부 <오늘의 요리> 팀에 있었습니다."

다음 순간 회의실 안의 모든 사람들이 귀를 의심하는 얼굴로 윤을 주시했다. 정언은 눈썹을 좁히며 방금 들은 말을 되새겼다.

<오늘의 요리>?

천국 중의 천국으로 이름난 프로그램이었다. 일 적고 야근 없기로는 따를 팀이 없다고 할 정도였다. 만약 지금 여기서 한 명을 <오늘의 요리>로 보내 준다면, 자신과 재희를 제외한 모든 사람들이 머리채를 잡고 싸울 수도 있을 게 분명했다.

그런데 여기서 거기로 가는 것도 아니고, 거기서 여기로 왔다니 도무지 이해가 가지 않았다. 짧은 정적이 흘렀다.

그때 갑자기 지혁이 아, 하며 벌떡 일어나더니 윤에게 삿대질을 했다.

"게시판!"

모두의 시선이 그리로 쏠렸다. 지혁이 흥분해서 목소리를 높였다.

"맞네, 나 왜 그 생각을 못 했지? 게시판, 게시판에 글 쓰신 거 김윤 피디님 맞죠? 교양국? 저 거기 댓글도 달았는데!"

윤이 어색하게 웃었다. 게시판이라는 말에 잠깐 멈칫하던 다른 피디들도 곧 어어, 하며 눈을 휘둥그렇게 떴다. 예준이 지혁을 거들었다.

"그거 쓴 사람이 김 피디라고? 진짜? 나도 그 글 봤는데?"

정언은 고개를 약간 기울였다. 그게 뭔지 모르는 사람은 아무래도 자신뿐인 것 같았다. 그러나 정작 당사자인 윤은 어떻게 반응해야 할지 모르겠다는 얼굴로 쩔쩔매고 있었다. 뭐가 어떻게 된 건가 싶었다. 잠시 윤을 빤히 보다 자리에서 일어난 정언은 테이블 위를 탁탁 쳤다.

"호구 조사 끝났으면 다들 자리로 돌아가죠. 바쁜데 시간 보내지 말고. 우 피디는 자리 세팅 좀 해 줘. 김 피디는 나가서 나랑 잠깐 얘기 좀 합시다."

그럽시다, 하며 석현이 먼저 몸을 일으켰다. 정언은 윤에게 따라오라는 손짓을 하고는 먼저 회의실을 나섰다. 윤이 서둘러 정언을 쫓아왔다. 복도로 나온 정언은 무심코 뒤를 돌아보다 이마를 짚었다.

윤이 아직도 품에 박스를 안고 있는 걸 깨달은 탓이었다.

"그건 좀 놓고 오죠."

정언은 턱으로 박스를 가리켰다. 네, 하고 대답하던 윤이 다음 순간 갑자기 그 자리에 그대로 얼어붙었다. 몇 초 동안 움직일 생각을 하지 않는 윤을 본 정언은 얼굴을 찌푸렸다.

"김 피디."

정언은 다시 한 번 윤을 불렀다. 퍼뜩 정신이 돌아온 듯 움찔한 윤이 주저하다 정언을 마주 보았다. 이상한 기시감이 다시 한 번 지나쳤다. 대체 어디서 본 걸까. 막 그 질문을 머릿속에 떠올렸을 때, 윤이 물었다.

"혹시 저 모르시겠어요?"

정언은 대답 대신 고개를 약간 기울였다. 이건 또 뭔가 싶었다. 정말 어디서 만난 적이 있다면 분명히 기억할 만한 얼굴이었지만, 아무리 생각해도 알 수가 없었다. 한참 이 말을 할까 말까 고민하는 표정으로 망설이던 윤이 마침내 입을 열었다.

"금요일 아침에 후문 앞에서 접촉 사고, 기억 안 나세요?"

머릿속으로 순간 벼락이 치듯 그날 아침의 기억이 번뜩 되살아났다. 아침부터 남의 차를 주차장 출구에서 들이받은 미친놈. 예준이 부탁한 VCR 촬영 장소 섭외 때문에 급하게 출장을 나가던 길이었다. 보험사를 부르고 어쩌고 하며 시간을 버릴 여유가 없었다.

일단 명함은 받았으나 보지도 않고 주머니에 넣어 버렸던 것이 떠올랐다. 그러자 곧이어 흰색 중형차, 키가 크고 젊은 남자가 기억 속에서 퍼뜩 되살아났다. 정언은 재킷 포켓에 넣어 두고 잊어버렸던 명함을 꺼내 보았다.

김윤, YBS 교양국 1부 PD. 선명한 이름과 소속 아래 내선번호와 핸드폰 번호, 메일 주소가 적혀 있었다. 정언은 자신의 손에 들린 명함을 뚫어지게 보다 윤에게 시선을 주었다. 윤이 들고 있던 박스를 바로 발치에 내려놓았다.

"아, 저, 기다렸는데 연락 안 주셔서요. 차는 괜찮으신지……."

윤이 말끝을 흐렸다. 그러니까, <오늘의 요리>에서 뜬금없이 <비하인드 24>로 굴러 들어온 2년 차 부사수가 알고 보니 그 미친놈이었다?

살다 보니 별일이 다 생기는구나 싶어 헛웃음이 나왔다. 정언은 대답 대신 내뱉었다.

"자리에 짐 놓고 따라와요."

네, 하고 대답한 윤이 웃었다. 한순간 공기를 달라지게 하는 얼굴이었다. 쓸데없이 실실 잘 웃는 건 천성인가. 속으로 생각한 정언은 팔짱을 꼈다. 박스를 들고 서둘러 사무실 안으로 다시 들어가는 뒷모습이 어쩐지 눈에 걸렸다.

03

오늘따라 휴게실은 한산했다. 윤은 자신의 맞은편에 앉은 여자를 흘끔 보았다. 앞에 놓인 명함 속 이름 세 글자가 선명했다.

서정언, YBS 시사보도국 3부 PD.

처음 회의실로 들어섰을 때부터 이상하게 낯이 익다고 생각했었다. 분명히 어디서 본 것 같은 느낌이었다. 그 묘한 기시감의 정체를 알아차린 건 복도에서였다. 정언이 그건 좀 놓고 오죠, 하고 말하자마자 금요일 아침의 기억이 떠올랐던 것이다.

「운전 똑바로 안 합니까?」

낮은 목소리, 또렷한 발성, 정확한 발음. 절대 잊으려고 해도 잊을 수 없는 그 말투. 윤이 기절할 정도로 놀란 건 당연했다. 그 순간 윤은 왜 자신이 정언을 처음 봤을 때부터 어디서 본 것 같다고 느꼈는지도 깨달았다.

<비하인드 24>였다. 피디들이 직접 진행하는 방송인 <비하인드 24> 시청자였던 윤에게 정언의 얼굴이 익숙한 건 당연했다. 다만 방송을 보면서 피디들의 이름까지는 신경을 쓴 적이 없었고, 방송 때는 메이크업을 하고 나가니 바로 알아보지 못한

것이었다.

이렇게 마주 앉아 다시 보니 그날 아침 까닭 없이 위축되던 기분이 되살아났다. 시베리아 벌판 저리 가라 할 정도로 냉랭한 얼굴은 가까이서 보니 훨씬 차갑게 느껴졌다. 머리부터 발끝까지 어딜 찔러 봐도 바늘 끝 하나 들어가지 않을 정도로 빈틈없는 인상이었다. 웃으면 훨씬 더 예뻐 보일 텐데, 아예 무표정이 디폴트라 더 그런 것 같았다.

"서정언입니다. 아까 얘기한 대로, 김 피디가 여기 있는 동안은 내 부사수로 일할 겁니다."

정언이 짧은 정적을 깨고 입을 열었다. 연필로 눌러쓴 글씨처럼 또박또박한 발음이 귀에 꽂혔다. 윤은 눈치를 살피다 조심스럽게 말을 건넸다.

"선배, 말씀 편하게 하시죠. 저, 나이가 어떻게……."

"초면에 나이부터 묻는 거 아주 고전적이네."

정언이 즉시 말을 자르는 바람에 윤은 저도 모르게 입을 다물었다. 눈 한 번 깜빡이지 않고 빤히 마주 보는 시선이 서늘했다.

"서른하나. 올해 7년 차고."

냉랭한 분위기치고 대답은 쉽게 돌아왔다. 윤은 아 네, 하고 대답하며 정언에게 슬쩍 눈을 주었다.

서른을 넘긴 것처럼은 보이지 않았다. 다만 산전수전 다 겪은 듯한 묘한 분위기, 만성이 된 듯한 피로감이 결코 녹록하지 않은 첫인상을 더 어렵게 만들었다. 빈말로라도 접근하기 쉬운 느낌은 아니었다.

정언은 들고 있던 펜을 습관적으로 돌리며 내뱉었다.

"선배 대접 깍듯하게 받는 거 취미 없으니까, 김 피디도 말 놓고 싶으면 봐. <오늘의 요리>는 어떤지 잘 모르겠는데 우리는 군기 잡을 시간도 없어서 그런 분위기는 아냐."

그러나 죽어도 그렇게 쉽게 말을 놓을 수 있을 것 같지 않았다. 그 나이에 이미 7년 차라면 윤에게는 까마득한 선배였다.

게다가 설령 자신이 연상이거나 선배였다 해도 편하게 대할 느낌은 절대 아니었다. 윤은 어색하게 웃었다.

"아닙니다. 저…… 차는 진짜 수리 안 해도 괜찮으세요?"

"안 괜찮으면 그날 연락했겠지."

정언이 짧게 대답했다. 얼굴만큼이나 성격도 쿨하기는 한 듯했다. 그 말에 윤은 내심 안도의 한숨을 쉬었다. 여기 와서 처음 느끼는 안도감을 채 만끽하기도 전, 돌리던 펜을 멈춘 정언이 윤을 마주 보았다.

"2년 차면 교양국에서는 아직 입봉 멀었을 거고, 조연출 업무는 숙지했나? 기획안 쓰는 건 배웠어? 촬영하고 편집은?"

"네, 그 정도는…….."

"그럼 바로 일 시작해도 되겠네."

아니, 보통 경력직이라도 최소한 일주일 정도는 인수인계 기간이라는 게 있지 않습니까? ……라고 항의하고 싶었지만 말이 나올 리 만무했다.

바로 어제까지 요리 프로그램을 찍다 왔는데, 오늘부터 탐사보도 프로그램을 해야 한다니 어디서부터 시작해야 할지 감도 오지 않았다. 윤이 그러거나 말거나, 정언은 표정 하나 변하지 않은 채 들고 온 파일을 앞으로 밀어 놓았다.

"보고 감 오는 거 있으면 하나 골라 봐."

아무 생각 없이 파일을 펼친 윤은 숨을 멈췄다. 첫 장부터 12

년 전 미제 토막 살인사건 관련 기사였다. 윤은 떨리는 손을 애써 감추며 천천히 종이를 한 장 한 장 넘겼다. 살인, 방화, 사기, 성폭행, 뇌물, 비리, 사이비, 다단계……

눈에 들어오는 단어 중 밝고 희망차고 아름다운 것은 단 하나도 없었다. 어제까지만 해도 '봄철 나물 무침', '냉이된장국과 두부전', '두릅 숙회' 따위나 매일 검색하던 삶이었다. 호러나 스릴러 따위에는 일평생 취미가 없었다.

그런데 심지어 이건 실화였다. 기사로 보는 것도 끔찍한데 취재까지 하러 다닐 생각을 하니 눈앞이 까마득했다. 자신이 어떤 팀에 떨어진 건지 감도 오지 않았다.

윤이 얼어붙은 것을 알아차렸는지, 물끄러미 윤을 마주 보던 정언이 물었다.

"왜?"

너무 무섭다고는 도저히 말할 수 없었다. 윤은 최대한 겸손해 보이려 노력하며 대답했다.

"저, 아직 잘 모르겠서요."

"거기선 뭐했는데?"

정언이 되물었다. 윤은 수많은 요리 연구가들의 연락처와 신혼부부, 피크닉, 아이 도시락, 명절, 술안주 등 각종 TPO에 맞는 요리 이름들 따위가 가득한 자신의 다이어리를 떠올렸다. 그러자 어쩐지 책상에 머리를 박고 싶은 기분이 되었다.

다행히도 윤의 머리를 지켜 준 건 그때 급히 휴게실로 뛰어 들어온 여자였다.

"정언, 정언, 나 왔어! 늦어서 미안."

발랄하기 짝이 없는 말투였다. 숨을 몰아쉰 여자가 정언의 곁에 풀썩 앉았다. 작은 체구에 동그란 얼굴, 자글자글 볶은 머리를 하나로 꽉 당겨 묶은 것이 눈에 들어왔다. 아까 회의실에서는 못 본 얼굴이었다. 서른여섯, 일곱쯤 되었을까.

자리에 앉은 뒤에야 윤을 발견한 여자가 놀란 표정으로 정언의 옆구리를 쿡 찔렀다. 설명해 보라는 무언의 압박이었다. 정언이 만사 귀찮다는 표정으로 고개를 까딱였다.

"오늘부터 우리 팀에서 일할 김윤 피디, 여긴 송민혜 작가님."

"오늘부터? 우리 팀에서?"

정언의 말을 되풀이한 민혜가 측은한 표정을 했다.

"어머, 세상에. 어쩌다가……."

민혜가 말끝을 미묘하게 흐렸다. 진심으로 안타까워하는 말투였다. 그 말투에 더 미묘해진 건 윤의 기분이었다. 민혜와 윤을 번갈아 본 정언이 손을 휘적거렸다.

"뭐가 어쩌다가예요. 겁주지 말고 이거나 좀 봐요. 오후에 선배랑 얘기하기로 했어."

정언이 민혜의 앞에 파일을 밀어 놓았다. 민혜가 으응, 하며 파일을 펼쳤다. 그러나 민혜는 한 장을 채 넘기지도 못했다.

"아우, 근데 나 모든 의욕을 잃었잖아. 이렇게 죽어라 하면 뭐 하니?"

정언이 한탄하는 민혜를 달랬다.

"왜 또 그래요. 일단 하는 날까지는 열심히 하기로 했잖아요."

윤은 정언이 민혜에게는 약간 누그러진다는 것을 금방 알아차렸다. 아마 오랫동안 같이해 온 콤비인 듯했다. 아니나 다를까, 민혜가 곧 정언에게 투정을 부리듯 투덜거렸다.

"애 아빠한테 얘기하니까 아주 좋아 죽으려 그러는 거 있지?

돈은 지가 번다고 이제 집에서 애 좀 보래. 누가 들으면 평소에 지가 애 엄청 열심히 봐주는 줄 알겠어."

민혜가 테이블 위에 놓인 파일을 보더니 땅이 꺼지게 한숨을 쉬었다. 윤은 민혜의 애기가 <비하인드 24> 폐지 때문이라는 걸 즉시 알아차렸다. 자신이 와 있는 곳이 어디인지 본격적으로 깨닫기 무섭게 없던 부정맥이 생긴 듯 심장이 빨라지기 시작했다. 그런 윤의 속내를 알 리 없는 정언이 민혜의 어깨를 위로하듯 두드렸다.

"작가님 자리 없을까 봐 그래요? 어디서든 다 모셔가지. 여기 <오늘의 요리> 하다 굴러온 사람도 있는데 작가님이 그러면 어떡해요."

"뭐? 어디?"

민혜가 저도 모르게 목소리를 높였다가 입을 막았다. 자포자기한 윤은 어색하게 웃었다.

"네, 저…… <오늘의 요리> 하다가 왔거든요."

"왜? 왜? 무슨 사고 쳤어요? 어머, 세상에. 어머머."

민혜의 반응을 보니 자신이 무슨 짓을 저지른 건지 한층 더 실감이 나서, 조금 전보다 약간 더 괴로워졌다. 윤은 웃는 얼굴을 유지하기 위해 테이블 아래로 허벅지를 뜯었다. 측은함인지, 한심함인지 얼른 분간하기 어려운 표정으로 윤을 보던 정언이 다시 파일 위를 두드렸다.

"그니까 그만하고 뭐 할지 고민 좀 해 보자고."

"오후에 강 피디랑 얘기할 거면 빨리 골라야겠네. 나도 몇 개 가져온 거 있는데. 참, 정언, 이거 봐봐."

민혜가 자기 가방에서 프린트된 종이 몇 장을 꺼냈다. 정언이 눈을 가늘게 뜨며 몸을 약간 앞으로 내밀었다.

"이거 제보 게시판에 올라온 글이거든. 근데 며칠 전부터 거의 매일 올라와. 묻힐까 봐 그러는 거 같더라고. 촉이 와서 한 번 보라고 가져왔어. 김 피디도 같이 봐요."

민혜가 정언과 윤에게 종이를 한 장씩 건넸다. 그리 긴 글은 아니었다. 별생각 없이 글을 읽기 시작하던 윤은 도중에 저도 모르게 자세를 고쳐 앉았다.

안녕하세요. 저는 홍제동에 사는 두 딸의 엄마 이희경이라고 합니다. 저는 초등학교 방과 후 수업 보조 교사로 일하고 있는 평범한 주부입니다.

제 남편의 이름은 박규형입니다.

2월 3일 새벽, 제 남편은 신도시 공사 현장에서 사망한 채 발견됐습니다. 아무도 없는 사이 건축 중인 아파트 건물에 올라가서 뛰어내렸다고 합니다. 회사에서는 남편이 격무와 과로로 인한 스트레스가 심해 자살했다고 주장하고 있습니다.

그러나 저는 그들의 말을 믿을 수가 없습니다. 제 남편은 절대 자살할 사람이 아닙니다. 남편은 건강하고 성실한 사람입니다. 가족을 너무나 사랑하는 가장이기도 합니다.

경찰도 회사의 주장만 믿고 손을 놓고 있습니다. 제발 도와주세요. <비하인드 24>가 저의 마지막 희망입니다.

부탁드립니다.

흔하다면 흔한 이야기일 수도 있었다. 그러나 윤은 글 말미에 함께 올린 한 장의 사진에서 오랫동안 눈을 떼지 못했다. 너덧

살쯤 먹었을 듯한 두 딸과 부부의 가족사진이었다. 사진 속의 가족은 단란해 보였고, 모두가 어떤 불행도 예감하지 않는 표정으로 웃고 있었다.

민혜가 다른 종이 한 장을 밀어 놓았다. 짧은 인터넷 기사를 프린트한 것이었다.

"찾아보니까 기사가 있긴 있더라고. 진송신도시 개발 현장이고, 남편이 다니던 회사는 서온건설인가 봐. 건설 중인 아파트에서 뛰어내렸다는데 유서도 없고 가족들한테 무슨 메시지 같은 것도 안 남겼대. 회사에서는 일단 근무 시간 초과가 많았다는 부분을 인정해서 산재 처리 할 거고 보상금은 별도로 지급하겠다고 했다더라고."

윤은 눈으로 그 기사를 읽었다. 민혜의 말대로였다. 날짜를 보니 박규형이 죽은 다음 날의 기사인 듯했다. 한동안 침묵하던 정언이 팔짱을 끼었다.

"과로로 스트레스가 심했으면 집에서 그런 부분은 눈치챘을 거 같은데, 부인이 매일 글 올릴 정도면 진짜 뭐가 억울해서 그런가?"

"그치. 나도 우리 애 아빠 피곤하고 힘든 거 보면 아는데…… 그렇게 죽을 생각을 할 정도로 몰렸으면 진짜 쇼윈도 부부거나 하지 않은 이상은 부인이 알지 않았을까?"

"가족이 죽으면 부정하고 싶은 마음이 있긴 하잖아요."

"응, 그렇긴 한데 회사에서 너무 순순히 산재라고 인정해 준 것도 좀 맘에 걸려. 이런 경우에 산재 인정받기 힘들어서 보통 법정 싸움 가는 게 보통이잖아. 근데 회사에서 바로 그래 알았다, 이런 적이 있었나? 요새 이런 경우에 산재로 인정하는 판례가 좀 있긴 한데 아무리 그래도 이상해. 서온건설 작년에 현장에서 사망한 인부 사건 있는데 이거 하청업체 직원이라 산재 인정 못 해준다고 아직 소송중이잖니."

민혜의 말을 주의 깊게 듣고 있던 정언이 고개를 한쪽으로 약간 기울였다.

"본사하고 하청 차이인가? 근데 하청을 그렇게 취급하는 애들이 본사 직원이라고 잘 해주는 꼴 아직 못 봤는데."

"그치? 이거 이상하지?"

"회사에서 빨리 덮고 싶은 이유가 있었나? 요새 사내 왕따 심각하니까 그런 문제일 수도 있겠네요. 아니면 현장 과장이었다니까 현장에서 무슨 일이 있었을 수도 있고."

혼잣말처럼 중얼거리며 생각에 잠겨 있던 정언이 갑자기 윤에게 물었다.

"김 피디, 어떻게 생각해?"

"저요?"

깜짝 놀란 윤은 고개를 번쩍 들었다. 그러자마자 뚫어지게 자신을 응시하던 정언이 한쪽 눈썹을 찌푸렸다. 까닭 없이 뭘 잘못했나 싶어 심장이 작아지는 기분이었다. 눈을 깜빡이는 윤에게 정언이 툭 내뱉었다.

"왜 울어?"

"네?"

얼빠진 말투로 되물은 윤은 황급히 눈가로 손을 가져갔다. 느끼지도 못한 사이 고인 눈물이 손끝에 묻어났다. 안 그래도 휴먼 다큐멘터리 따위에 약한 편이라, 희경의 가족사진을 보고 저도 모르게 눈물이 난 모양이었다.

곁에서 민혜가 웃음을 간신히 참는 얼굴로 가방에서 휴지 몇 장을 꺼내 내밀었다. 첫날부터 이런 꼴을 보인 게 창피해져 목덜미가 화끈거렸다. 삽시간에 귀까지 빨개진 윤은 고개를 꾸벅 숙이며 휴지를 받았다.

"어우, 여기 와서 유통기한 지난 닭 가슴살처럼 퍽퍽한 애들만 보다 보니 이런 센서티브함 너무 신선하네."

민혜가 재미있다는 얼굴을 했다. 욕인지 칭찬인지 모를 노릇이었다. 쥐구멍이 있다면 바로 기어 들어가고 싶은 심정이었다. 서둘러 눈가를 닦은 윤은 씨도 안 먹힐 변명을 늘어놓았다.

"아, 아뇨, 제가 원래 그런 사람은 아닌데……."

"아냐, 아냐. 공감능력 엄청 소중한 재능이야. 나 감성적인 남자 좋던데. 사람이 공감도 좀 하고 역지사지도 좀 되고 해야 이런 일도 하지. 안 그래?"

민혜가 동의를 구하며 정언을 보았다. 그러나 정언은 대답 대신 매몰차게 자리에서 일어났다.

"점심 먹었어요? 밥이나 먹으러 가죠. 오늘 식단표 봤어요?"

"반계탕이더라."

"좋네. 김 피디, 휴지 저기다 버려."

민혜의 대답에 턱 끝으로 구석의 휴지통을 가리킨 정언은 뒤도 돌아보지 않고 파일을 챙기더니 휴게실을 성큼성큼 걸어 나갔다. 가방을 주섬주섬 챙기던 민혜가 쿡쿡대며 웃더니 윤에게 속삭였다.

"김 피디, 정언이 겉보기엔 저래도 나쁜 애 아니에요. 적응하면 괜찮아질 거야. 진짜 일 잘하고 배울 거 많은 애거든요. 어쩌다 여기 왔는지는 모르겠는데, 아무튼 열심히 해요."

민혜의 위로에도 불구하고 이미 납작하게 눌린 빈대떡 같은 기분이 된 윤은 풀이 죽어 네, 하고 대답했다.

나오려는 한숨을 참으며 자리에서 일어난 윤은 그때까지 테이블 위에 놓여 있던 프린트를 정리하려다 황급히 종이를 뒷면으로 돌려 말아 쥐었다. 사진을 보자마자 다시 눈물이 날 것 같아서였다.

그 모양을 슬쩍 본 민혜가 크흥, 하는 소리를 냈다. 터지려는 웃음을 참은 게 분명했다. 황급히 헛기침을 두어 번 한 민혜가 가요, 하며 목덜미까지 새빨개진 윤을 재촉했다.

나 진짜 잘할 수 있을까.

확신 없는 물음을 떠올린 윤은 민혜에게 떠밀려 휴게실을 나섰다.

◆

옥상 정원으로 올라온 정언은 구석의 낡은 의자에 걸터앉아 고개를 뒤로 젖혔다. 아직 쌀쌀한 기운이 남은 바람이 새파란 하늘 사이 허공을 휘돌고 지났다. 오늘따라 구름 한 점 없는 탓에 눈이 새뜻하게 시렸다.

정원이라고는 해도 겨우내 황량해진 화단 사이는 을씨년스러웠다. 불을 붙이지 않은 빈 담배를 입에 물고 발뒤꿈치로 무심히 바닥을 툭툭 치던 정언은 문득 곁에 앉는 인기척에 고개를 돌렸다.

재희였다. 양손에는 자판기 커피가 한 잔씩 들려 있었다.

"피우지도 않는 담배는 왜 맨날 물고 있어?"

툭 내뱉은 재희가 정언에게 커피 한 잔을 주었다. 종이컵을 받아 든 정언은 입에 물었던 담배를 빼며 자세를 고쳐 앉았다.

"나 여기 있는 거 알고 왔어요?"

"언제 방송국 옥상 전세 냈는데? 그건 몰랐네."

농담 같지도 않은 농담을 한 재희가 몸을 숙이며 커피를 한 모금 마셨다. 달고 쓴 싸구려 자판기 커피의 향이 바람에 얹혀 흩어졌다.

"점심은 먹었고?"

정언의 물음에 재희가 웃었다.

"국장님한테 점심 잘 얻어먹고 면담 좀 했지."

"면담은 아침에 한 거 아니었어요?"

"회의 때 심의국에서 전화 왔었잖아."

"뭐라는데요?"

정언이 퍼뜩 놀란 얼굴로 묻자 재희가 가벼운 한숨을 쉬었다.

"옴부즈맨 팀에서 우리 3일 방송 문제 있다고 그랬대. 그러면서 우리가 매번 이렇게 사고 칠 거면 기획안을 미리 제출하든지, 아니면 종편본을 방송 전에 심의국에서 시사하면 어떻겠냐 물어보더라고."

정언은 대번에 얼굴을 구겼다. 당장 쌍욕이라도 할 것 같았는지, 재희가 재빨리 자기 입술에 손가락을 대어 정언의 말을 막았다.

"3일 방송이 무슨 문제냐, 시청자 게시판에 글 한두 개 올라온 거 가지고 그러냐 하니까 그것도 시청자 의견이라고 그러는 거야. 당연히 개소리하지 말라고 했는데 생각할수록 짜증이 나잖아. 아침에 국장님이 위에서 프레셔 들어오는 건 일단 자기 선에서 막아 주겠다고 하셨는데 그러자마자 지랄을 하니까. 그래서 전화도 안 하고 국장실 올라갔지."

"국장님은 뭐라고 하시고?"

"뒷목 잡고 넘어가시지, 뭐. 우선 심의국에는 직접 얘기하시겠다고, 걱정 말라고 하시길래 알았다고 했어."

그 말에 뒷목을 잡고 싶은 기분이 된 건 정언도 마찬가지였다.

"아니, 그 새끼들 진짜 어떻게 된 거 아냐? 이젠 아주 눈치 볼 생각도 안 하네. 기획안 제출? 심의국에서 종편본 시사? 지랄도 적당히 해야 가만히 당하고 있을 거 아냐! 그럴 기면 그냥 지들이 기획안 다 써서 오라고 그래요. 뭐 어쩌자는 거야?"

정언의 목소리가 올라가자, 재희가 커피를 홀짝이며 손을 저었다.

"짜증은 내가 냈으니까 서 피디는 그만 내고. 김 피디는 지금 뭐하는데 혼자 여기 와 있어?"

"도서관에서 우리 편람 빌려와서 보고 있던데요. 아까 기획안 봐도 되냐길래 공유폴더 알려주니까 그것도 잔뜩 뽑아 놨던데."

정언은 건성으로 대답했다. 바닥을 보고 있던 재희가 눈을 돌려 정언에게 시선을 주었다.

"맘에 안 들어?"

"뭐가요."

"김 피디. 뭐가 영 못 미더운 눈친데, 지금."

하여튼 귀신이네 귀신이야, 하고 속으로 중얼거린 정언은 어깨를 으쓱했다.

"뭘 안다고 그러겠어요. 누구라도 하나 들어왔으면 다행이지."

"그러게, 뭐 아는 것도 없는데 처음부터 고깝게 보지 말고 잘 좀 해줘. 안 도망가게. 문 닫기 전까지는 일단 끼고 있어야 서 피디도 편할 거 아냐."

"누가 들으면 내가 뭐 어떻게 한 줄 알겠네. 아무 짓 안 했거든요."

투덜거린 정언은 커피를 한 모금 마셨다. 그러자 문득 아까 휴게실에서 민혜가 준 프린트를 보다 말고 갑자기 눈물을 글썽거리던 윤의 얼굴이 머릿속을 지났다. 어이가 없어 웃는 소리를 내기 무섭게 재희가 의아한 표정으로 정언을 보았다.

"왜 갑자기 웃어?"

정언은 황급히 손을 저으며 말을 돌렸다.

"아니, 별거 아니에요."

"말만 나와도 흐뭇해? 잘생기긴 했더라. 아까 보니까 회의실에서 눈을 못 떼던데."

재희가 장난스럽게 어깨를 툭 부딪쳤다. 정언은 기가 찬다는 표정으로 눈을 흘겼다.

"내 스타일 아니거든요."

"서 피디 스타일이 뭔데? 나?"

"잠 덜 깼어요?"

얄밉게 구는 재희를 가차 없이 차단한 정언은 잠깐 망설이다 운을 뗐다.

"아니, 처음 딱 봤는데 어디서 본 사람 같아서. 근데 금요일에 나 접촉 사고 난 거 기억나요? 그날 내 차 받았던 게 김 피디더라고요."

"진짜야?"

재희가 눈을 휘둥그렇게 떴다. 정언은 벤치 등받이에 턱을 괴며 고개를 끄덕였다.

"보험사 부르겠다는 거 시간 없다고 명함만 달래서 보지도 않고 그냥 갔거든요. 바빠서 얼굴도 제대로 못 봤는데, 아까 김 피디가 먼저 그날 기억 안 나냐고 물어보더라고. 생각나서 받았던 명함을 꺼내 보니까 진짜 교양국 1부 김윤 피디라고 돼 있는 거예요."

"하필 서 피디 차 들이받고 이 팀 와서 부사수 된다는 게 보통 우연이 아닌데. 그거 인연 아냐?"

신기함 반 놀림 반의 말투로 묻는 새희에 징언은 고개를 절레절레 저었다.

"인연은 무슨. 서로 재수 없었던 거지. 그나저나 교양국에서 대체 여긴 왜 온 거예요? 심지어 <오늘의 요리> 있다 왔다며. 딱 봐도 자기가 원해서 온 거 아니던데."

미리 뽑아 온 아이템을 보여 주자 실시간으로 나빠지던 안색은 둘째 치고라도, 제보 게시판의 글만 보고도 눈물을 글썽거리는 감수성으로 <비하인드 24>를 자원했을 리 없었다. 꿈에서라도 이 팀을 상상도 안 해 봤을 타입이었다.

정언의 물음에 재희가 그새 다 마신 컵을 만지작거리며 혼자 짧게 웃었다.

"아침에 그 얘기 한다는 걸 깜빡했다. 김 피디가 교양국에서 사고를 좀 쳤더라고."

"사고?"

뜻밖의 말이었다. 윤과 사고라는 단어는 천만 광년쯤 떨어져 있는 느낌이었다. 애초에 <오늘의 요리>에서 칠 사고가 뭐 그렇게 있는지도 이해가 가지 않았다. 의아해하는 정언의 얼굴에 재희가 운을 뗐다.

"기제국에서 이번에 다큐 엎어진 거 있잖아."

"뜬금없이 기제국은 왜요?"

"그거 메인이 오태훈 피디라고 있거든. 그 친구가 김 피디랑 친하대. 그래서 김 피디가 기제국 다큐 캔슬 건 알았나 본데, 열이 받았는지 사내 게시판에 이게 말이 되냐고 이사진을 아주 신랄하게 까는 글을 올린 거지. YBS가 어용 방송국이냐, 방송하라 마라 할 수 있는 건 국민들이지 이사들이 아니다 뭐 이러면서."

커피를 마시며 무심히 재희의 이야기를 듣던 정언은 눈을 들었다. 지혁이 게시판 어쩌고 하던 것이 퍼뜩 생각났다. 그게 이소리였나 싶었다. 재희가 손을 깍지 끼어 뒷머리를 받쳤다.

"그런데 주말에 올린 글이라 윗선에서 바로 확인 못 하고 조회수도 꽤 올라간 뒤에 안 거야. 안 그래도 회사 분위기 개판인데, 새파란 2년 차가 겁대가리 상실해서 그러니까 위에서 가만히 있었겠어? 월요일 아침에 출근하자마자 바로 인사위 호출해서 너 그렇게 잘났으면 <비하인드 24>로 가라고 한 거지. 자를 순 없으니까 폐지할 팀에 유배 보낸다 그거야."

정언은 커피를 마저 마시는 것도 잊고 재희를 마주 보았다. 윤이 사진 한 장에 눈물을 글썽거리는 멘탈로 그런 글을 썼다는 게 믿기지 않았다. 대체 어느 정도로 간을 내놓고 썼길래 바로 인사위를 소집해서 다른 팀으로 전보를 보냈다는 건지 이해할 수가 없었다.

"진짜예요?"

"시보국에서도 그거 본 사람 엄청 많을걸. 우 피디도 안다며. 안 믿기면 가서 물어봐."

재희가 고개를 까딱였다. 아무리 생각해도 기가 막혀, 정언은 혼잣말처럼 중얼거렸다.

"아니, 그럼 나한테 내숭 떤 건가?"

"내숭을 떨어?"

폭 웃은 재희가 되물었다. 정언은 찌푸린 눈썹을 긁적였다.

"엄청 얌전한 척하던데요. 성격이 뭐 그런 일을 벌일 애 같지가 않던데."

"그래? 서 피디가 무서워서 그런 거 아니고?"

재희가 짐짓 심각한 표정으로 물었다. 무슨 말을 그따위로 하냐고 항변하려던 찰나, 내내 자신의 눈치를 살피던 윤을 떠올리자 절대 아니라는 확신이 들지 않았다. 정언은 빈 종이컵을 구기며 부루퉁하게 내뱉었다.

"다시 한 번 말하지만 나 아무 짓도 안 했어요."

"아직 안 한 거 알겠고, 되도록 앞으로도 아무 짓 하지 마. 어떻게 구해 온 신참인데 또 도망가면 어떡해."

"아, 선배 진짜 좀!"

정언이 성질을 내자, 뭐가 그렇게 웃긴지 배를 잡고 웃던 재희가 말을 돌렸다.

"아이템은 뭐 하기로 했어? 아까 송 작가 아래서 만났는데, 정한 거 있다며?"

정언은 곁에 놓아두었던 담배를 다시 입에 물고는 약간 부정확해진 발음으로 대답했다.

"건설사 현장 과장 사망 건이요. 제보 게시판에 요새 매일 올라오는 글이라고 작가님이 뽑아 왔더라고요. 회사랑 경찰은 자살이라고 하는데 부인은 도저히 못 믿겠대요. 그래서 우리한테 알아봐 달라고 글 쓴 거지. 정황이 좀 수상하긴 하고, 요새 뭐 사내 왕따 문제도 심각하다니까 그런 거랑 관련 있나 싶기도 해서요. 그 정도면 사이즈도 별로 안 클 것 같고."

"그래?"

얼굴에서 웃음기를 거둔 재희가 뭔가 생각하더니 고개를 끄덕였다.

"알았어. 제보자 접촉하고 스토리 나올 것 같으면 바로 기획안 가져와."

자리에서 일어난 재희가 정언의 정수리 위를 한 번 꾹 눌렀다.

"날 추운데 얼른 내려와. 불도 안 붙인 담배 가지고 폼 잡는 버릇도 좀 고치고."

"선배가 처음부터 잘해 줬어 봐. 내가 이런 버릇 생겼나."

"그래, 그래. 다 내 탓이다, 내 탓이야."

불퉁한 정언의 말에 재희는 졌다는 듯 두 손을 들어 보였다.

곧 빈 종이컵을 쓰레기통에 던져 넣은 재희가 문을 열고 내려갔다. 정언은 닫히는 문을 보고 있다가 도로 의자 등받이에 몸을 기대며 잠시 눈을 감았다.

금방이라도 체할 것 같은 얼굴로 맞은편에 앉아 꾸역꾸역 밥을 먹던 윤이 생각났다. 내내 영 얼굴이 안 좋아, 저러다 점심시간 지나고 바로 사표 내면 어쩌나 싶은 생각도 없지 않았다.

그러나 윤은 사무실에 오자마자 사내 도서관에 잠깐 다녀오겠다더니 <비하인드 24> 편람을 가져왔다. 뭘 하려고 저러나 싶었는데 기획안 좀 봐도 될까요, 하고 묻길래 내심 자세는 됐네, 하고 좀 놀랐던 건 사실이었다.

최소한 한 달 정도는 버티려나. 자문한 정언은 바람 새는 소리로 웃었다. 남의 가족사진 한 장에 바로 눈물을 보이는 심약함과, 고작 2년 차 주제에 겁도 없이 사내 게시판에 이 사진을 비판하는 글을 써 대는 대범함이 공존하는 인간은 대체 어떤 인간일까 싶어서였다.

"주제에 깡은 있네."

중얼거린 정언은 다시 한 번 윤을 떠올려 보았다. 눈이 마주칠 때마다 어색하게 웃던 무해하고 해사한 얼굴. 아무리 생각해도 <비하인드 24>에는 도무지 어울리지 않는 부류였다.

피도 눈물도 없는 인간, 독종 중의 독종 소리를 들이가며 비틴지 어느덧 7년 차였다. 인간의 선의와 악의, 고통과 슬픔을 들여다보는 일은 결코 쉽지 않았다. 정언은 여기서 그 어둠의 무게를 감당하지 못하고 뛰쳐나가는 사람들을 수없이 보았다.

자신들은 늘 객관적이어야 하고, 날카로워야 하고, 공정해야 하고, 비판적이어야 했다. 인간이기에 분노하지 않을 수 없고, 슬퍼하지 않을 수 없는 순간에도 냉정을 유지하려 노력하는 건 이제 습관이었다. 민혜의 표현대로 모두가 '유통기한 지난 닭 가슴살'처럼 퍽퍽한 사람이 되는 건 당연한 순리였다.

그렇기에 정언은 늘 불안감에 시달렸다. 자신이 타인의 고통에 점점 둔감해지다, 마침내는 그 고통을 이해하지 못하게 되는 날이 올지도 모른다는 생각은 정언을 두렵게 만들었다. 습관이된 냉정함에 잠식당해, 그저 방송만을 위해 타인의 고통을 소비하는 인간이 되는 건 정언이 가장 경계하는 일이었다.

윤의 눈물을 그냥 지나치지 못한 건 그 때문이었다. 왜 울어, 하고 퉁명스럽게 내뱉으면서도 보이지 않는 가시에 찔린 듯 뜨끔해지던 감각이 되살아났다. 정언은 그 감각이 자신의 뿌리 깊은 두려움과 맞닿아 있었다는 걸 불현듯 자각했다.

민감한 공감.

정언에게 섬세함은 나약함의 동의어였다. 그러나 그게 어쩌면 지금의 자신에게 필요할 수도 있었다. 입술로 필터를 까딱이던 정언은 입에 물린 담배를 내려다보았다. 더 독해져야 한다, 나약하게 굴면 안 된다고 스스로를 몰아붙이던 시절의 습관이었다.

너구리 잡듯 피워 대는 담배 연기 속에서 꿋꿋하게 빈 담배를 물고 악착같이 사이에 끼어 선 정언을 보면 선배들은 혀를 내둘렀다. 몇 번인가 재희가 그러지 말라고 이야기했으나, 정언은 그럴수록 더 버텼다.

물론 그것도 오래전의 일이었다. 이제는 그 시절의 선배들이 모두 그만두거나 승진해서 다른 자리로 간 지 한참이었고, 자신이 그 선배들의 위치로 와 있었지만 이 습관은 쉽게 사라지지 않았다.

자리에서 일어난 정언은 빈 종이컵 안에 담뱃대를 쑤셔 넣었다. 커피가 말라붙은 바닥에 갈색 담뱃재가 조금 흐트러졌다. 한동안 그것을 들여다보던 정언은 쓰레기통에 컵을 던져 넣고는 비상구 문을 열고 계단을 내려갔다.

찬바람을 오래 맞은 탓인지 코가 간질거렸다. 정언은 자리에 앉기 무섭게 재채기를 했다. 책상에 앉아 예전 기획안을 뚫어지게 들여다보며 메모를 하던 윤이 깜짝 놀란 표정으로 눈을 들어 정언을 마주 보았다.

"추운데 어디 갔다 오셨어요?"

정언은 대답 대신 고개를 가볍게 까딱했다. 머뭇거리던 윤이 바로 자리를 떴다. 내내 안절부절못하는 눈치라, 어지간히 자신이 불편한가 보다 싶었다. 속으로 혀를 찬 정언은 인터넷 창을 켜고 아까 민혜가 보여 준 진송신도시 기사를 검색했다.

몇 개 없는 기사를 전부 출력한 정언은 프린터 앞에 서서 출력된 기사를 하나하나 읽었다. 길지 않은 기사들의 내용은 대부분 비슷했다. 몇 분쯤 기사를 확인하다 몸을 돌리자, 그새 윤이 다시 앉아 뭔가 적고 있는 모습이 보였다.

아무 생각 없이 자리로 돌아간 정언은 멈칫했다. 책상 위에 테이크아웃 컵이 하나 놓여 있었다. 방금 전까지 없던 것이었다. 컵을 만져 보자 종이 슬리브 너머로 따뜻한 온기가 스몄다. 컵에 붙은 포스트잇이 눈에 들어온 건 그때였다.

― 커피는 아까 드시는 것 같아서요. 감기 조심하세요. 김윤.

단정한 글씨였다. 예상 밖의 행동에 당황한 정언은 그 메모를 응시했다. 스틱이 꽂힌 리드 위로 희미한 레몬 향이 번졌다.

잠시 리드 위를 만지작거리던 정언은 왠지 민망한 기분으로 차를 한 모금 마셨다. 단맛이 먼저 혀끝에 닿고 곧 새콤한 레몬 맛이 따라왔다. 입 안에 텁텁하게 남아 있던 믹스커피의 잔상이 지워졌다.

"……잘 마실게."

파티션을 톡톡 두드린 정언은 한 박자 늦게 낮은 목소리로 인사를 건넸다. 고개를 든 윤이 정언과 시선을 맞췄다. 흰 얼굴 위로 미소가 번진 건 순식간이었다.

어쩐지 그런 윤이 조금 더 불편해졌다.

04

668화 '시간이 멈춘 방', 711화 '남겨진 결혼반지', 792화 '가짜 성모와 구원을 기다리는 사람들', 815화 '벽은 알고 있다', 863화 '기울어진 신의 저울'…… 윤은 마우스 휠을 굴리며 그 부제들을 눈으로 읽었다.

모두 시청자 카페에서 매년 선정하는 최고의 <비하인드 24> 50 안에 거의 붙박이로 고정되어 있는 방영 회차였다. 아동 유괴, 장기 실종, 사이비 교단, 미제 살인, 검찰 비리를 다룬 회차들로, 엄청나게 화제가 된 방송이었다. 윤 역시 이 방송을 모두 본 기억이 있었다.

그러나 윤의 관심은 그 자체보다도 부제 옆에 붙은 다섯 글자에 있었다.

기획 서정언.

괄호 안의 이름은 선명했다. 윤은 한동안 정언의 이름 위에 시선을 두었다. 그 50개의 목록에 매년 이름을 올리는 피디 중 여자는 아직까지 정언밖에 없었다.

<비하인드 24>의 악명은 윤도 잘 알고 있었다. 남자들도 줄

줄이 떨어져 나가는 프로그램이었다. 거쳐 간 피디들만도 수천 명은 될 거라는 소문이 돌았다. 여기서 정언이 몇 년을 버텼다니, 도저히 믿기 힘든 일이었다.

아이를 잃은 부모, 실종된 약혼녀를 찾는 남자, 맹목적인 믿음에 미친 사람들, 연기처럼 증발해 버린 범인, 권력의 그림자…… 지금까지 정언이 취재해 온 삶들은 윤이 상상도 해 보지 못한 것들이었다. 같은 회사에서 같은 건물을 써 왔는데도, 이런 세계에 사는 사람들이 있다는 게 놀라울 뿐이었다.

며칠 내내 편람과 수많은 기획안, 대본, 시청자 카페에 올라온 제작진 인터뷰까지 꼼꼼히 읽었지만 그럴수록 실감이 나지 않았다. <비하인드 24>의 세계는 마치 변화가 안 가로등 없는 좁은 골목 같은 것이었다. 거기 항상 있지만 누구도 인지하지 못하는 세계.

"일찍 출근했네."

멍하니 화면을 보고 있던 윤은 퍼뜩 고개를 들었다. 정언이었다. 화장기 없는 얼굴로 메고 있던 백팩을 의자 뒤에 대충 던져 둔 정언이 자리에 앉았다.

"네, 선배도……."

"응."

일찍 출근하셨네요, 라고 채 말하기도 전 정언이 짧게 대답했다. 파티션 너머로 컴퓨터의 전원을 켜는 소리가 났다. 잠깐의 침묵 후 정언이 말했다.

"이따 열 시에 나랑 같이 나가자."

"네?"

윤이 되묻자 정언이 키보드를 두드리며 대답했다.

"진송신도시 현장 과장 사건 시작할 거야. 송 작가님하고 이희경 씨 미리 얘기됐다고 하니까. 카메라 잡아 본 적도 없는 건 아닐 테고, 캠 쓸 줄은 알지?"

촬영 보조 면접 보는 수준의 사무적인 말투였다. 저도 모르게 웃자, 정언이 파티션 옆으로 목을 뽑아 윤을 빤히 보았다. 웃음기라고는 흔적도 없는 얼굴에 윤은 서둘러 헛기침을 하며 네, 하고 대답했다. 그러자 정언은 뭐라고 더 말을 보태지도 않고 얼굴을 도로 집어넣었다.

며칠 사이 <비하인드 24> 팀에도 조금씩 적응되어 가고 있었다. 사실 악명에 비해 괜찮다는 생각까지 드는 중이었다. 일단 팀원들이 인간적으로 좋은 사람들이라 더 그랬다.

그 유명한 강재희는 물론이고, 다른 선배들도 의외로 유쾌하고 무던한 편이었다. 막내라는 지혁은 입사 선배인데도 윤에게 선뜻 형, 형 하며 살갑게 굴었다. 작가들도 활력 있고 싹싹했다. 물론 그런 성격들이 아니라면 버티기 쉽지 않을 것 같기는 했다.

다만 단 한 사람, 정언은 예외였다. 차갑기가 시베리아 벌판에 북풍 부는 수준이었다. 원래도 말이 많은 스타일은 아닌 것 같았지만, 정말 용건 이외의 대화는 일 분을 잇기가 힘들었다.

사실 기억하는 한 자신이 타인에게 접근하는 게 어려웠던 적은 없었다. 어디서나 잘 웃고, 성격 좋고, 사교성 괜찮은 놈이라는 평이었다. 겸양을 좀 섞어 그럭저럭 봐줄 만한 얼굴 덕분에 여자들에게는 더 그랬다. 그런데도 유독 정언에게는 말 한마디 붙이는 게 고역이었다.

아무리 고민해도 이유를 모를 노릇이었다. 아무래도 정신을 팔다 차 들이받은 놈이라 더 밉게 보이는 건가 싶어, 지혁을 붙들어 몰래 물어보기까지 했다.

「선배 혹시 나 싫어하셔?」

그 말을 들은 지혁은 배를 잡고 웃었다.

「정언 선배 원래 남자들한테는 진짜 얄짤없어요. 그나마 나나 형은 후배니까 봐주는 거지, 선배들한테는 더해요. 임 피디님 짬이 얼만데 정언 선배가 뭐라고 하면 찍 소리도 안 하시잖아요. 강 피디님도 정언 선배한테는 지고 들어가는데.」

후배니까 봐주는 게 이 정도라니, 선배였으면 어땠을까 생각하자 무골이 송연할 지경이었다. 까마득한 신배인 찬수나 재희조차 그럴 정도라면 이 상황을 감지덕지해야 하는 건가 싶었다.

그러나 이런 상황은 정말 괴로웠다. 앞으로 최소한 몇 달 동안 사수와 부사수로 붙어 지내야 할 텐데, 이렇게 눈치만 보며 하루 종일 말 한마디 못 하는 건 적성에 맞지 않았다.

사실 정언에게 관심이 좀 생긴 터라 더 그랬다. 정언은 <비하인드 24>의 유일한 여자 피디인 데다 이례적인 초고속 입봉 이력을 가지고 있었다. 뒷말이 나올 법도 했지만 누구도 감히 그러지 못했다. 물론 정언이 기획하고 취재한 방송 리스트를 보면 그 이유가 뭔지 충분히 납득 가능했다.

어지간한 남자들도 혀를 내두를 정도로 겁이 없고, 사생활도 없이 완전히 방송에만 미쳐 산다는 평도 파다했다. 정언 자신도 그런 평을 굳이 부정하지는 않는 듯했다. 덕분에 서정언이라는 사람이 점점 더 궁금해져, 요 며칠 사이 정언을 관찰하는 취미 아닌 취미가 생긴 윤이었다.

그리고 이왕 일하려고 왔는데 폐지할 때까지 적당히 시간이나 때우기는 싫었다. 인사위에서 엿 먹으라고 여기 가져다 박아 놓은 거라면, 그들이 원하는 대로 순순히 엿이나 먹으면서 앉아 있을 수는 없었다. 민혜의 말대로 정언에게 배울 게 많을 거라는 생각은 덤이었다.

윤은 잠시 고민하다 자리에서 일어났다. 일단 정언과 친해지는 게 우선이었다. 며칠 동안 정언을 지켜보며, 이 추운 날씨에도 정언이 꼭 아침마다 벤티 사이즈 아이스 아메리카노를 마신다는 건 파악한 뒤였다.

아까 들어올 때 손이 비어 있었으니 아직 커피를 마시지 않았을 것 같았다. 방송국 로비 카페에서 아이스 아메리카노와 따뜻한 카페라떼를 산 윤은 양손에 컵을 들고 돌아왔다.

정언은 자신이 들어오든 나가든 신경도 쓰지 않는 듯 다이어리를 펼쳐 놓고 일정을 체크하고 있었다. 가방에 늘 비축해 두는 에너지 바를 하나 꺼낸 윤은 커피와 에너지 바를 정언의 책상 위에 살짝 내려놓았다. 뭔가 적던 손을 멈춘 정언이 고개를 돌려 윤을 쳐다보았다.

"뭐야?"

"아침 안 드셨을 것 같아서요."

윤은 최대한 상냥하게 대답했다. 한쪽 눈썹을 찌푸린 정언이 별 이상한 놈 다 보겠다는 표정을 하더니 윤을 아래위로 훑어보았다. 매번 이렇게 사람을 관찰하듯 보는 건 습관일까, 아니면 직업병일까. 입이 말랐다.

약간 긴장한 윤은 얼른 한마디를 보탰다.

"아침마다 항상 커피 드시더라고요. 그래서……."

"김 피디, 원래 그렇게 남 일에 관심 많아?"

정언이 말을 자르며 물었다. 화가 난 건지 웃음을 참는 건지 헷갈리는 말투였다. 둘 중 어느 쪽인지 도저히 판단할 수가 없었다. 잠시 혼란스러워하던 윤은 일단 웃었다. 설마 웃는 얼굴에 침 뱉겠냐 싶어서였다.

"친해지고 싶은 사람한테는 다 관심 많지 않나요?"

윤은 그 말을 꺼낸 즉시 후회했다. 생글생글 웃으면서 이런 소리를 했더니 아무래도 수작 부리는 것 같아서였다. 물론 어떤 면에서 수작을 부리는 건 사실이긴 했지만, 그런 의도는 아니었는데 시작도 하기 전에 정언에게 또 점수가 깎일 듯한 예감이 들었다.

정언이 윤을 빤히 쳐다보더니 바람 새는 소리로 픽 웃었다.

"친해지고 싶은 사람? 누가? 내가?"

이제 와서 아니라고 할 수도 없었다. 윤이 머뭇거리다 네, 하고 대답하자 정언의 얼굴에서 웃음기가 걷혔다.

"생각 잘못한 것 같은데."

아무래도 정말 그런 것 같았다. 윤이 입을 떼기도 전 정언이 말을 이었다.

"어쨌든 잘 마실게. 그리고 지난번에도 그렇고, 나 선배 대접받고 싶어 하는 사람 아니니까 굳이 이런 거 안 사와도 돼."

"아뇨, 아니에요. 선배, 정말 그런 거 아니에요."

윤은 황급히 손을 내저었다. 지난번에 정언에게 레몬티를 사다 준 건 나갔다 들어오자마자 재채기를 하길래 혹시 감기에 걸릴까 걱정이 돼서였다. 간혹 발동하는 천성적인 오지랖이었을 뿐인데, 눈치 보다 알아서 기려고 아부하는 놈이라고 오해하는 건 곤란했다.

"아니면 다행이고."

정언이 건성으로 대꾸했다. 그다지 다행인 것 같지 않은 말투였다. 그래도 대기업과 방송국을 거치며 꽤 다양한 타입의 선배들을 만났다고 생각했는데, 정언 같은 스타일은 정말 처음이었다. 우물 안 개구리가 된 기분이라 윤은 입을 다물었다.

"뭐가 아니면 다행인데?"

그때 문가에서 재희의 목소리가 날아왔다. 자리에서 벌떡 일어난 윤이 고개를 꾸벅 숙이자 재희가 손을 휘적거렸다.

"일어나지 마. 무슨 조폭들도 아니고, 선배 온다고 그렇게 인사하면 부담스러워. 근데 서 피디는 뭐가 아니면 다행이야?"

"아침부터 커피 상납하길래 하지 말라고 했어요."

정언이 대답하자 재희가 오, 하며 팔짱을 끼었다.

"김 피디 같은 남자가 아침부터 커피 사 주는 거 드문 일인데, 왜. 잘생긴 남자가 사 주는 커피가 더 맛있지 않아?"

아무리 들어도 농담 반, 진담 반의 말투라 윤은 어색하게 웃었다. 정언이 그 말을 듣기 무섭게 코웃음을 쳤다.

"예쁜 여자가 사 준 커피도 맛있고? 그거 아주 정치적으로 불공정한 발언인 거 알죠?"

"아, 인정. 내가 실수했어."

재희가 순순히 두 손을 들어 보이자 정언이 눈을 흘겼다.

"하여튼······."

정언이 말끝에 뭐라고 중얼거렸으나 거의 들리지 않았다. 재희가 소리를 내어 웃고는 자리로 가서 앉았다. 그 모습을 보던 정언의 얼굴에 잠깐 미소 같은 표정이 머물렀다 사라졌다. 윤은 파티션 위로 나온 재희의 머리통을 흘끔 보다 다시 정언 쪽으로 시선을 돌렸다.

재희도 정언에게 한 수 접어준다고는 했으나, 확실히 정언이 재희를 대하는 태도는 조금 부드러웠다. 물론 이해하지 못할 일은 아니었다.

시청자 카페에서 읽은 제작진 인터뷰를 통해, 윤도 이미 재희와 정언이 이 팀에서 가장 오래 함께 일한 동료라는 걸 알고 있었다. 이런 팀에서 몇 년을 같이 일했다면 거의 가족이나 다름없을 터였다. 사람인 이상 유대감이 강한 상대에게 벽이 낮은 건 당연했다.

그걸 알면서도 기분이 약간 미묘해졌다. 자세를 고쳐 앉은 윤은 에너지 바를 하나 뜯어 먹으며 커피를 마셨다. 단맛과 쓴맛이 번갈아 혀를 감고 넘어갔다. 다시 모니터로 눈을 돌렸지만 어쩐지 글자들이 눈에 잘 들어오지 않았다.

정체를 알 수 없는 감정이었다. 자존심이 상했다고 해야 할까. 말하자면, '나에게 이런 여자는 네가 처음이야.' 같은. 그러나 윤은 다음 순간 고개를 흔들어 그 생각을 서둘러 털어 냈다. 설마 자신이 그렇게까지 유치하다고는 믿고 싶지 않았다.

시간이 지나면 나아지겠지, 하고 윤은 스스로를 위로했다. 정언처럼 공과 사가 칼 같은 사람이 본 지 며칠 되지도 않는 후배에게 스스럼없이 군다는 게 더 이상하지 않나 싶었다. 물론 그렇게 생각한다고 기분이 대단히 좋아지는 건 아니었다.

윤은 얼른 다시 모니터로 시선을 돌렸다. 정언이 재희를 보다 잠깐 웃던 그 얼굴이 이상하게도 잊히지 않았다. 그 차가운 눈매가 순간적으로 부드러워지던 찰나. 웃으면 조금 나을 것 같은데, 하며 상상만 해 보던 바로 그 얼굴이었다.

윤이 그러거나 말거나 관심이 있을 리 없는 정언은 열 시 정각이 되자마자 자리에서 일어났다. 멍하니 생각에 잠겨 있던 윤은 어깨를 툭 치는 손길에 소스라쳤다. 정언이 뒤에 놓인 캠코더 가방을 가리켰다.

그제야 열 시에 인터뷰 나가자고 했던 정언의 말이 떠올랐다. 서둘러 카메라를 챙기는 사이, 정언이 재희에게 인터뷰 다녀옵니다, 하고는 사무실을 나섰다.

정신없이 정언을 따라나선 윤은 엘리베이터를 탔다. 무심결에 코트 주머니에 손을 넣은 순간 심장이 덜컥 내려앉았다. 차 키를 놓고 왔다는 걸 깨달은 탓이었다. 진짜 정신머리 없는 자식이라고 생각할 것 같아 더욱 초조해졌다.

말을 해야 되나 말아야 되나, 지금이라도 중간에 내려서 뛰어갔다 올까, 오만 생각에 머릿속이 복잡했다. 윤이 결국 자진납세를 한 건 지하 주차장에 도착해서였다.

윤은 엘리베이터에서 내리자마자 앞서 걸어가는 정언을 붙들었다. 정언이 이건 또 뭔가 하는 얼굴로 윤을 돌아보았다. 차마 입이 떨어지지 않았지만 어쩔 수 없었다.

"선배, 죄송해요. 제가 차 키를 놓고 왔는데…… 다시 올라갔다 와도 될까요?"

새파란 후배가 선배와 외부 스케줄을 나가는데 차 키를 잊어버리고 온다는 건 있을 수 없는 일이었다. 교양국에서 이랬다면 진수가 3박 4일쯤은 두고두고 생각날 때마다 쟤 진짜 정신없는 놈이야, 하고 손가락질을 할 게 분명했다.

윤이 안절부절못하며 허락을 기다리는 사이, 정언의 표정이 미묘해졌다. 정언은 대답 대신 손에 들고 있던 폴딩 키의 버튼을 눌렀다. 근처에 세워진 검은색 SUV에 시동이 걸리는 소리가 났다. 정언이 고개를 까딱였다.

"타."

뭐라고 입을 떼기도 전에 먼저 운전석에 탄 정언이 선글라스를 꺼내 썼다. 당황한 윤은 얼어붙은 채 서 있다가 조수석 창을 연 정언이 다시 한 번 안 타냐고 묻는 바람에 정신을 차렸다. 외근이 있을 때 선배가 운전하는 차에 탄다는 건 상상도 해 본 적이 없는 일이었다.

서둘러 조수석에 탄 윤은 무릎 위에 카메라 가방을 올려놓고는 주변을 슬쩍 실폈다. 뒷좌석에 커다란 너플백 하나가 저박힌 것 말고는 일체의 짐이랄 게 없는 차였다. 장식품은 물론이고 그 흔한 방향제 하나 걸려 있지 않았다.

정언의 차가 미끄러지듯 주차장을 빠져나갔다. 구름 한 점 없는 날씨였다. 선팅된 창으로도 햇살이 따가웠다.

창을 연 정언이 재킷 주머니에서 담배 한 개비를 꺼내 입에 물었다. 윤은 거의 반사적으로 시가 잭으로 손을 가져갔다. 그러자 정언이 시선을 앞에 둔 채 부정확해진 발음으로 내뱉었다.

"필요 없어."

"아, 네."

윤은 머쓱해진 손을 도로 얌전히 무릎에 올려놓았다. 짧은 정적이 흘렀다. 그 정적을 먼저 깬 건 놀랍게도 정언 쪽이었다.

"나랑 있을 때 커피 안 사 와도 되고, 운전 안 해도 되고, 불안 붙여 줘도 돼. 내가 필요한 거 있으면 얘기할 테니까 그때 해. 그러고 있으면 안 피곤해?"

하루 종일 눈치를 보고 있다는 걸 이미 알아차린 모양이었다. 얼굴이 확 달아올랐다.

"아뇨, 선배. 그런 게 아니고……."

"그게 아니면 그냥 사회생활 잘하는 건가?"

그 말에는 약간 웃음기 같은 것이 느껴졌다. 윤은 정언 쪽으로 시선을 돌렸다. 불을 붙이지 않은 담배를 문 옆얼굴이 서늘했다. 농담일까, 진담일까. 쉽게 판단할 수 없는 표정은 선글라스로 절반이 가려진 탓에 더 어려웠다.

"호의는 호의로 받아 주시면 안 되는 겁니까?"

그렇게 물은 건 어느 정도는 충동적이었다. 심장이 빠르게 뛰기 시작했다. 도로의 신호등에 빨간 불이 켜졌다. 차를 세운 정언이 되물었다.

"호의?"

"네."

정언이 문득 웃었다. 그러나 그 순간은 착각인가 싶을 정도로 짧았다. 곧 무표정으로 돌아간 정언은 말이 없었다.

다시 신호가 바뀌었다. 정언이 액셀을 밟았다. 열린 창으로 아직 차가운 바람이 쏟아져 들어왔다. 귀가 먹먹해졌다. 피우지도 않은 담배를 컵 홀더 안의 빈 종이컵에 눌러 넣은 정언이 창을 닫았다. 삽시간에 차 안이 조용해졌다.

찬 기운이 남은 공기가 떠돌다 서서히 내려앉았다. 앞을 보고 있던 정언이 물었다.

"게시판에 그런 글 왜 쓴 거야?"

생각지도 못한 질문이었다. 이제는 대체 그 글에 대해 모르는 사람이 누굴까 궁금해질 정도였다. 주목받는 건 취향이 아니었기에, 정언이 그렇게 묻는 건 약간 불편했다. 윤은 손끝에 가시가 박힌 듯한 기분으로 대답했다.

"그냥요."

"그냥?"

"그게 뭐라고 못 찍게 하나 싶어서 그냥 화가 좀 난 거죠, 뭐."

"원래 남 일에 참견하기 좋아하는 거 맞네."

그 말투는 비웃는다기보다 약간 놀리는 것처럼도 들렸다. 공연히 귀 끝이 빨개졌다. 정언과 이렇게 길게 대화를 해 본 건 처음이었다. 기분이 이상해졌다. 윤은 두어 번 헛기침을 했다.

"그 다큐 메인이 제 친구거든요. 친구 일이니까 그랬죠. 솔직히 말하면 그날 술도 좀 마셨고, 그래서……."

"후회돼?"

말문이 막혔다. 글 한 번 잘못 써서 <오늘의 요리>에서 <비하인드 24>로 떨어졌다면 후회 안 할 사람이 몇이나 될까. 하지만 며칠 사이 마음 정리를 한 건 사실이었다.

"아뇨."

"거짓말이지?"

말이 끝나기 무섭게 정언이 물었다.

"……조금요."

취조당하는 기분에 뜨끔해진 윤은 즉시 순순히 고백했다.

"솔직한 건 좋네."

혼잣말처럼 중얼거린 정언이 액셀을 더 밟았다. 출근 시간이 지나 한산해진 도로 위로 차가 미끄러지듯 내달렸다. 그나마 솔직한 게 좋다니, 눈치 보지 말라는 말보다는 나은 건가. 습관적인 낙관이 아까보다는 조금 더 기분을 나아지게 했다.

그게 뭐 대단한 말이라고, 하고 속으로 생각한 윤은 저도 모르게 실없이 웃었다. 정언이 선글라스 너머로 이쪽을 흘긋 본 것 같았다. 윤은 표정을 감추기 위해 서둘러 창가로 고개를 돌렸다. 길가의 풍경이 눈동자에 채 맺히기도 전 빠르게 뒤로 지나쳤다.

◆

지은 지 족히 15년은 됐을 게 틀림없는 낡은 빌라 앞은 주차할 공간도 마땅치 않았다. 차를 좀 작은 걸로 바꾸든가 해야지, 하고 이미 몇 년째 하고 있는 생각을 또 한 정언은 속으로 투덜거렸다. 조수석에 탔던 윤이 그 큰 키를 최대한 작게 구기며 조심조심 문을 열고 내렸다.

차 문에 기대선 정언은 핸드폰에서 희경의 주소를 찾았다. 홍제동 초원빌라 B동 201호…… 전화를 걸려던 정언은 문득 빌라 문 앞에서 서성대는 한 여자를 보았다. 화장기 없이 초췌한 얼굴에 긴 카디건 차림으로 서 있던 여자가 이쪽을 보더니 퍼뜩 놀라며 가까이 다가왔다.

"이희경 씨?"

정언이 묻자 여자가 고개를 끄덕였다. 이희경. 제보자였다. 정언은 손목에 차고 있던 시계를 확인했다. 아직 약속했던 시간 전이었다. 언뜻 봐도 입술이 파란 게 아마 진작부터 나와 기다리고 있던 듯싶었다.

정언은 명함을 꺼내 희경에게 내밀었다.

"<비하인드 24> 서정언 피디입니다. 이쪽은 김윤 피디고요."

곁에 서 있던 윤을 가리키자 희경이 흘끔 두 사람을 보고는 네, 하며 고개를 끄덕였다. 정언은 문 안쪽을 가리켰다.

"오래 기다리셨나 봐요. 죄송합니다. 들어가서 얘기하시죠."

"집에 혼자 있으면 영 답답해서요."

희경이 조그맣게 말하고는 먼저 문을 밀었다. 오래되어 아귀가 잘 맞지 않는 유리문이 삐걱대며 열렸다. 정언은 그 뒤를 따랐다. 희경이 교회 스티커와 배달 음식점 스티커 따위가 덕지덕지 붙은 문의 도어록 버튼을 누르고는 안으로 들어섰다.

"잠깐만 앉아 계세요."

거실로 정언과 윤을 안내한 희경이 부엌으로 향했다. 어린이용 매트가 깔린 좁은 거실에는 미처 치우지 못한 장난감 몇 개가 굴러다녔다.

그러나 알록달록한 시트지를 붙인 공간박스에 정갈하게 꽂힌 아동 전집이나 먼지 하나 없는 장식장 같은 것을 보면 희경의 성격을 짐작할 만했다. 손이 닿는 곳의 모든 물건들이 깔끔하게 정리되어 있었다.

윤이 가져온 가방에서 삼각대와 캠코더를 꺼내 설치하는 동안, 희경이 작은 쟁반에 커피 세 잔을 받쳐 가져왔다. 정언은 탁자 위에 잔을 내려놓는 희경의 손이 떨리는 것을 알아차렸다.

"괜찮으세요?"

정언이 걱정스러운 얼굴로 묻자 희경이 나지막하게 대답했다.

"네, 괜찮아요."

"안색이 안 좋으신데요."

"제가 요즘 잠을 잘 못 자요. 애기들 어린이집 보내고 한숨 자려고 해도 영 잠이 안 오고 그렇더라고요."

뭐라고 위로의 말을 꺼내려던 찰나였다. 숨을 들이쉰 희경이 정언을 마주 보았다.

"이거 방송해 주실 건가요?"

정언이 멈칫하자, 잠시 입술을 깨물며 시선을 내린 희경이 작은 목소리로 말했다.

"기자들이 몇 번 왔는데 아무도 기사를 안 내주더라고요. 회사 얘기만 들으니까 답답하고, 기사 내준 거 봐도 회사 입장만 있어서요."

"기사를 안 내줬다고요?"

정언은 자세를 바로 고쳐 앉았다. 희경이 고개를 끄덕였다.

"네. 제가 나중에 연락해 보면 애기 아빠가 자살한 건데 자기들이 뭐 기사 낼 게 있냐고 그러는 거예요. 제보하려고 연락해 봐도 자살하는 사람들이 너무 많아서 일일이 기사 못 낸다, 이건 기사거리도 안 된다 그러면서 저보고 한심하다고 그러는 분도 많고요."

희경이 애써 웃었다.

"그런 인간들이 어떻게 기자라고……."

듣고 있던 윤이 혼잣말처럼 중얼거렸다. 정언이 뒤를 돌아보자, 무심코 내뱉은 말이었는지 윤이 곧 아차 하는 표정으로 입을 다물었다. 그러나 희경에게는 나름 그 말이 위로가 된 모양이었다. 희미하게 웃은 희경이 손끝을 만지작거렸다.

"제가 글 너무 자주 올렸죠? 죄송해요. 민폐인 거 아는데 어디다 말할 수가 없더라고요. 나는 세상이 다 무너진 것 같은데, 남들한테는 너무 흔한 일이구나 싶어서…… 글 올리면서도 너무 죄송했어요."

"아닙니다."

정언이 서둘러 고개를 젓자 희경이 잠긴 목소리로 입술을 달싹였다.

"애들은 아직 아빠 그렇게 된 것도 몰라요. 아빠가 멀리 출장 가서 오래 못 본다고 얘기했거든요. 애들 삼촌이 남편하고 목소리가 비슷해서 주말에 가끔 애들하고 통화해 주는데 애들한테도 미안하고, 도련님한테도 미안하고……."

낮은 한숨이 말끝에 섞였다. 정언은 서둘러 말을 돌렸다.

"일단 저희가 인터뷰 촬영해도 괜찮을까요?"

"네."

"그러면 저희한테 설명 좀 부탁드릴게요. 저희 작가님하고 미리 통화하셨다고 듣긴 했는데, 저희가 촬영을 해야 돼서요."

희경이 고개를 끄덕였다. 윤이 캠코더의 녹화 버튼을 누르고는 화면을 맞췄다. 녹화 시작을 알리는 빨간 불이 들어온 것을 확인한 정언이 말했다.

"그냥 편하게 얘기하세요. 중간에 힘들면 잠깐 쉬셔도 되고요. 먼저 어떻게 된 건지 얘기해 주시겠어요?

희경이 잠시 기억을 더듬는 듯 천장을 올려다보았다. 정언은 가져온 수첩을 펼쳤다. 희경이 천천히 입을 열었다.

"그러니까 그게, 아마 3일 아침인가 그랬을 거예요. 애들 아빠가 전날 밤에 안 들어왔어요. 그런 일이 자주 있진 않은데 현장 나가면 며칠씩 외박하는 일도 많았으니까 그냥 그런가 보다 했거든요."

"전날 연락은 하셨었고요?"

"네, 저녁에 애들이랑 통화했어요. 무슨 일 생길 거라고는 상상도 안 했죠. 그런데 아침에 남편하고 같이 일하는 조 계장님이라고 계신데, 그분한테 전화가 와서 박 과장한테 일이 생겼으니까 빨리 오라고 하시더라고요. 문자로 병원 주소가 왔는데 느낌이 너무 이상한 거예요. 갔더니 조 계장님이…… 제수씨, 박 과장이 죽었어, 그러는 거예요. 황당하잖아요. 저녁에 애들하고 전화한 사람이 아침에 죽었다고 그러니까."

"평소에 무슨 지병 같은 건 없으셨고요?"

정언의 물음에 희경이 고개를 흔들었다.

"그런 건 없었어요. 집안이 워낙 잔병이 없어요. 건강검진도 꼬박꼬박 받았고요."

"마지막에 건강검진 받으신 건 언제죠?"

"작년 말에 받았으니까 두 달 안 됐어요. 워낙 몸 움직이는 걸 좋아하는 사람이었거든요. 아무튼 그래서 어딨냐고, 내가 그이 좀 봐야겠다고 그러니까 계장님이 절대 안 된대요. 왜 안 되냐, 내 남편인데 왜 못 보게 하냐 그러면서 실랑이를 하는데 경찰이 왔어요. 제가 지금 그분 이름이 생각은 안 나는데…… 아무튼 그 분이 저보고 박규형 씨 가족이냐 하면서, 어젯밤에 남편이 현장 에서 자살을 했대요."

자살, 이라고 발음하며 희경은 잠시 말을 멈췄다. 커피 잔 손 잡이를 꽉 쥔 희경의 손끝이 하얗게 질렸다. 숨을 들이쉰 희경 이 아까보다 조금 더 떨리는 목소리로 말했다.

"……건축 중인 현장에 올라가서 뛰어내렸다는 거예요. 유서 가 있냐, 하니까 없대요. 저보고 뭐 남긴 거 없냐는 거예요. 너무 어이가 없으니까 눈물도 안 나더라고요. 남기긴 뭘 남기냐고, 애 기 아빠 어제저녁에 애기들하고 전화했다고, 아무 일도 없었다 고 제가 막 소리를 지르니까 조 계장님이 진정하라고…… 근데 어떻게 진정을 해요. 누가 거기서 진정을 하겠어요. 규형 씨 내 가 봐야겠다고, 내게 보여 달라고 막 발작을 하니까 간호사들도

121

뛰어오고 아무튼 난리가 났죠. 그러고 있으니까 계장님이 이따가 보래요. 지금 보면 졸도한다고. 그래서 그걸 계장님이 어떻게 아냐고, 졸도가 아니라 심장마비를 해도 내가 지금 봐야겠다 해서 들어갔는데……."

말이 점점 빨라지던 희경이 기어이 울음을 터트렸다. 소리 내어 울지도 못하고 끅끅거리며 눈물을 삼키는 희경을 본 윤이 얼른 장식장 위에 놓여 있던 티슈를 가져와 희경 앞으로 밀어 놓았다.

희경이 티슈를 몇 장 뽑아 얼굴을 가리고는 한참 어깨를 들썩였다. 정언은 아무 말도 없이 그런 그녀를 보았다. 이런 사람들을 수없이 많이 봤어도, 쉽게 익숙해지는 모습은 아니었다.

말없이 그녀를 응시하던 정언은 윤을 슬쩍 돌아보았다. 아니나 다를까, 빨개진 눈을 감추려 한쪽으로 고개를 돌린 윤이 공연히 코끝을 문지르는 것이 눈에 들어왔다. 몇 분을 그렇게 울던 희경이 손을 덜덜 떨며 앞에 놓인 커피를 한 모금 마셨다.

"……죄송해요. 아휴, 제가 참……."

"괜찮습니다. 좀 쉬었다 할까요?"

정언이 묻자 희경이 손을 저었다. 누군가 이야기를 들어주는 사람이 필요했다는 것을 쉽게 알 수 있었다. 고개를 끄덕인 정언은 희경이 다시 말을 시작할 때까지 기다렸다. 숨을 크게 들이쉰 희경이 더듬거렸다.

"그래서 애기 아빠를 봤는데, 그게 진짜…… 말로 어떻게 표현할 수가 없어요. 막 꿈을 꾸는 것 같고…… 정말 눈물 한 방울 안 나와요. 이게 왜 규형 씨냐고…… 우리 애기 아빠 아니라고, 절대 아니라고 내가 막 그러니까 계장님이 절 끌고 나왔어요.

경찰이 와서 진짜 유서가 없었냐, 최근에 무슨 말 한 거 없었냐고 물어보는데 아무것도 생각이 안 나더라고요."

"평소에 회사 일에 대해 다 얘기하고 하셨어요?"

"네. 그런 거 숨긴 적은 없었어요. 가정적인 사람이에요. 저한테도 애들한테도 잘 해요. 바빠서 그렇지 일 없을 때는 애기들 씻기고 머리 빗겨 주고 옷 갈아입혀 주고 이런 것도 다 하고, 주말에 저 쉬라고 자기가 애들 둘 데리고 놀러 다니고…… 저도 학교에서 무슨 일 있으면 애기 아빠한테 얘기하고, 남편도 회사에서 있는 일 얘기 많이 했어요. 회사 회식할 때 뭐 먹었는지 그런 것까지 다 얘기하고 그랬거든요."

규형에 대해 하나하나 되짚는 희경의 말투가 점차 담담해졌다. 그러나 그 단어들은 마치 허공에 흩어지는 연기처럼 힘이 없었다. 정언은 애써 그 무력함을 외면했다.

"이상한 기미가 전혀 없었다는 거죠?"

"그런 게 있었으면 제가 알았을 거예요. 회사에서도 평판이 좋았고…… 사람들하고도 항상 원만했어요. 절대 누구한테 원한 같은 거 살 사람도 아니었고요."

"금전 관계나 이런 건요?"

"그런 것도 전혀 없어요. 수입도 저한테 다 맡기고 용돈 타서 썼고요. 아 참, 큰애가 발레 하고 싶대서 우리 형편에 학원비 대기가 좀 빠듯하다 하니까 자기 용돈 줄여서 주라고 그러던 사람이에요. 돈 한 푼도 허투루 안 쓰는 사람이라 저 몰래 돈 빌리거나 빌려 주거나 이런 건 정말 없어요."

희경은 그 말을 하며 겨우 조금 웃었다. 정언은 보이지 않게 한숨을 쉬었다. 이런 이야기를 듣는 것은 역시 편하지 않았다.

죽은 규형이 가족들에게 얼마나 다정한 남편이고 좋은 아빠였는지 알수록 마음이 더 무거워지는 것은 어쩔 수 없는 일이었다. 정언은 가볍게 헛기침을 하고는 재차 물었다.

"그러면 원한 살 일도 없고, 금전 문제도 없고, 회사에서 아무 일도 없는 분이 갑자기 그러셨다는 거죠? 아무 기미도 못 느끼셨던 거고요?"

"네. 제가 정말로 너무 이상한 게, 회사에서는 남편이 문제가 있었대요. 일이 너무 많아서 힘들다고 자주 얘기했고 우울해하고 그랬다고요. 백 번 양보해서 제기 그걸 몰랐을 수 있어요. 그럴 수 있는데, 보통 자살할 사람이 며칠 뒤 약속 잡고 그러지는 않잖아요."

정언은 펜을 멈추며 고개를 들었다.

"약속을 잡았다고요?"

"그 주 주말에 애기들 데리고 아쿠아리움 가기로 했었어요. 애들하고 한 약속은 꼭 지키는 사람이에요. 작은애가 네 살 됐는데 고래를 너무 좋아하거든요. 고래 꼭 보고 싶다고 그래서, 애기 아빠가 다 같이 가자…… 잠깐만요."

자리에서 일어난 희경이 안방으로 들어갔다. 무언가를 찾는지 부스럭대는 소리가 들렸다. 펜을 내려놓은 정언은 자세를 고쳐 앉으며 윤 쪽을 보았다. 계속 창가 쪽으로 고개를 돌리고 있던 윤이 코가 꽉 막힌 목소리로 겨우 입술을 달싹였다.

"선배, 죄송해요. 저 화장실 좀 갔다 와도 될까요?"

정언은 대답 대신 고개를 까딱했다. 윤이 자리에서 일어나 후다닥 화장실로 들어갔다. 곧 세면대에서 물이 쏟아지는 소리가 들렸다. 얼마 지나지 않아 나온 윤은 다시 한 번 죄송해요, 하고 조그맣게 말하고는 자리로 돌아갔다. 앞머리가 젖은 채였다.

세수를 한 모양이었으나 빨개진 눈까지는 어쩔 수가 없는 모양이었다. 정언은 못 본 척 시선을 돌렸다. 곧 돌아온 희경이 들고 있던 핸드폰을 내밀었다.

"애기 아빠 핸드폰이에요. 경찰에서 조사하고 받았는데⋯⋯ 여기, 이거 보세요. 토요일에 아쿠아리움 표 예매한 내역하고 카드 결제 문자도 다 남아 있거든요."

"이쪽으로 좀 보여 주시겠어요? 저희가 촬영해도 될까요?"

"그럼요."

"김 피디, 여기 찍어 줘."

정언은 핸드폰에 시선을 둔 채 손짓으로 윤을 불렀다. 윤이 규형의 핸드폰을 촬영하는 동안 정언은 희경이 보여 준 화면을 확인했다.

포털 사이트에서 제공하는 예매 서비스 내역이었다. 분명 희경이 말한 일자에 네 명의 티켓이 예매되어 있었다. 희경이 메시지 함을 열어 카드사에서 온 결제 내역을 가리켰다.

"어른 둘에 애 둘 해서 7만 9천 원, 여기요. 아쿠아리움 예매 입장권이라고 돼 있죠?"

핸드폰의 화면을 아래위로 내려 본 정언은 다시 예매 내역을 확인하기 위해 무심코 홈 버튼을 눌렀다. 핸드폰의 배경 화면이 눈에 들어왔다. 두 딸의 사진이었다. 액정 속에서 환하게 웃고 있는 아이들의 얼굴이 작은 가시처럼 걸렸다.

정언은 서둘러 아까의 인터넷 창을 켜고 페이지를 앞뒤로 돌려 보았다. 예매가 취소된 내역은 전혀 확인할 수 없었다.

다이어리에 아쿠아리움 예매 내역 확인, 이라고 적은 정언은 핸드폰의 화면을 뚫어지게 보았다. 단란한 가정의 가장이고 두 딸의 자상한 아빠인 남자가, 가족들과 가려고 며칠 뒤의 아쿠아리움 티켓을 사 놓고 갑자기 자살할 이유가 무엇일까.

쉽게 납득할 수 없는 일이었다. 정언은 이미 자살자에 대해 여러 번 취재한 적이 있었다. 경험상 이런 식으로 아주 가까운 미래의 구체적인 계획을 세워 놓고 갑자기 자살해 버리는 사람은 극히 드물었다.

"회사에서는 뭐라고 했죠? 보상 얘기도 했다면서요?"

"애기 아빠기 평소에도 많이 힘들어했대요. 일이 많아서 그만두고 싶다는 얘기를 자주 했고 현장에서도 문제가 좀 있었다는데, 모르겠어요. 정말 그럴 사람이 아니거든요. 진송신도시 말고 다른 현장에도 많이 있었는데, 한 번도 그런 적이 없었어요."

"확인해 줄 동료분이 있을까요? 아까 그 조 계장님이라는 분은 원래 친하셨나요?"

"조 계장님은, 사실 저는 잘 몰라요. 가끔 애기 아빠가 회식하고 많이 취하거나 그랬을 때 한두 번 통화한 게 전부라서요. 다른 분들도 장례식 후에 연락이 잘 안 되고……."

희경이 말끝을 흐렸다. 정언은 흠, 하며 고개를 갸웃했다. 동료들이 갑자기 연락을 피한다는 건 이상했다. 정언이 무언가 석연찮아한다고 느꼈는지, 희경이 급히 말을 보탰다.

"아, 회사에서 산재에 준하는 보상을 하겠다고 하더라고요. 장례비용 일체를 회사에서 내고 별도로 1억 5천 주겠다면서요. 저는 일단 애기 아빠가 자살했는지도 확실하지 않은데 어떻게 받냐, 이 돈은 못 받는다고 했거든요. 그러니까 회사에서는 법정 가면 산재 인정받기 힘드니까 줄 때 받아라, 이런 식으로 말했어요."

"회사에서 먼저 연락이 온 건가요? 혹시 부검 요청하셨어요?"

"네. 병원으로 회사 사람들이 찾아왔어요. 부검은 시댁에서는 하지 말라 했는데 제가 하겠다고 했고요. 유서도 없고 자살할 이유가 없는데 왜 자살했다고 생각하시냐고, 어머님 아버님께 아들이 그럴 사람 같냐고 설득하니까 시댁에서도 알겠다고 하시더라고요."

"결과는 아직 못 받아 보셨죠?"

"네."

"관할서가 어디죠?"

"의정부경찰서예요."

다이어리에 희경의 말을 빠르게 메모한 정언은 눈을 들어 희경을 마주 보았다. 확실히 아까보다는 훨씬 침착해진 모습이었다. 강한 사람이구나. 속으로 생각한 정언은 손에 쥐고 있던 펜 끝을 멈췄다. 희경처럼 평범한 사람들이 죽음과 비등한 고통 속에서도 일상을 무너뜨리지 않으려는 의지를 볼 때면 늘 경외감이 느껴졌다.

"저희가 참고할 만한 자료가 더 있다면 좀 볼 수 있을까요? 뭐든 좋은데요."

"애기 아빠가 블로그를 했어요. 일기도 쓰고, 애들 사진도 올리고 그랬거든요. 나중에 애들한테 보여 주고 싶다고요."

정언이 펜을 내밀자 희경이 정언의 다이어리에 블로그 주소를 적었다. 정언은 그 주소에 밑줄을 그은 뒤 희경을 보았다.

"혹시 모르니까 저희가 박규형 씨 방이나 물건, 사진 같은 것들 좀 촬영해도 될까요? 물론 어려우시면……."

희경은 말이 끝나기도 전에 고개를 끄덕였다. 자리에서 일어난 희경이 방 두 개를 모두 보여 주고는 책장에서 앨범을 몇 권 가지고 왔다. 정언은 그 앨범을 넘겨보았다. 결혼사진이며 여행사진, 아이들 사진이 빼곡하게 차 있는 앨범이었다.

대부분의 사진 아래에는 손으로 직접 쓴 한두 줄의 멘트가 꼭 붙어 있었다. 가정적인 사람이라는 희경의 말은 단순한 수식이 아닌 듯했다. 정성스럽게 적힌 글씨 위를 손끝으로 만져 본 정언이 물었다.

"남편분이 쓰신 건가요?"

"네. 사진 찍는 걸 워낙 좋아해서요."

정언은 앨범을 더 살펴보았다. 회사 동료들과 찍은 사진도 여러 장이었다. 아마 야유회나 창립 기념일 같은 행사에서 찍은 것 같았다. 앨범을 모두 본 정언은 윤에게 카메라를 끄라는 손짓을 했다. 윤이 촬영 정지 버튼을 누르고는 캠코더를 정리했다.

정언은 희경에게 말했다.

"저희가 몇 가지 더 알아본 뒤에 방송하는 게 확정되면 바로 연락을 드릴 거예요. 그리고 방송 확정돼도 일정은 바로 나오지 않거든요. 일정 정해지는 대로 그것도 알려 드릴 테니까 기다려 주세요."

"네. 얘기 들어주셔서 정말 감사해요, 피디님."

희경이 고개를 꾸벅 숙이며 조그맣게 대답했다. 정언은 집 안을 다시 한 번 훑어보다 장식장 위의 액자에 시선을 멈췄다.

두 딸과 부부의 가족사진이었다. 아직 아빠의 죽음조차 이해하지 못한다는 어린 딸들의 해맑은 얼굴을 물끄러미 보던 정언은 남은 커피를 마시는 척 눈을 돌렸다. 곧 잔을 내려놓은 정언은 자리에서 일어났다.

"무슨 일 있으시면 언제든지 저희 사무실이나 작가님, 아니면 저한테 바로 연락 주세요. 건강 잘 챙기시고요."

희경이 고개를 끄덕였다. 윤이 가방을 들고 정언을 따라 현관을 나섰다. 굳이 배웅하려는 희경을 몇 번이고 만류해 들여보낸 정언은 빌라 앞에 세워 둔 차에 올라탔다. 조수석에 앉은 윤이 가방을 품에 당겨 안았다.

"의정부경찰서 잠깐 들러서 확인 좀 해보자."

무심히 말하며 시동을 걸려던 정언은 문득 손을 멈추며 윤을 보았다. 윤은 멍하니 앞창에 시선을 둔 채 침묵하고 있었다. 희경과 두 아이, 죽은 규형에 대해 생각하고 있는 것이 틀림없었다. 정언은 가벼운 한숨을 쉬었다.

"이거 진짜 아무것도 아냐. 더한 거 많아. 벌써 그러면 어떻게 할 건데."

위로라기에는 딱딱한 말이었다. 정언은 그 말을 내뱉은 직후 조금 후회했다. 윤이 아무리 마음의 준비를 했다 해도 막상 현실에 부딪치면 생각과 다른 건 당연했다. 자신 역시 오래전에 그런 과정을 겪은 적이 있었다. 말이 없던 윤이 문득 물었다.

"항상 이렇죠?"

"뭐가."

"선배는 어떻게 견디는 거예요?"

짧은 대답에 돌아온 질문은 예상하지 못한 것이었다. 견디는, 그 세 글자가 낯설었다. 견디는. 정언은 그 말을 입 안으로 한 번 더 뇌었다. 윤이 손끝으로 열없이 눈썹 부근을 문질렀다. 차 안의 정적이 어색해졌다. 윤이 가방을 더 끌어당겨 안고는 고개를 조금 숙이며 혼잣말처럼 중얼거렸다.

"……그게 궁금했어요."

정언은 대답 대신 시동을 걸었다. 어떻게 견디냐고? 그런 건 생각해 본 적이 없었다. 언젠가의 술자리에서 재희가 했던 말이 떠올랐다.

「세상이 정말 정의롭고 공정해지면, 누구도 남이 행복할 권리를 침해하지 않는 사회가 되면 <비하인드 24> 같은 게 왜 필요하겠어.」

바꿔 말하자면, 그건 그런 세상이 오기 전까지 반드시 이런 프로그램이 필요하다는 뜻이었다. 그러니 누군가는 이 일을 해야 했다. 그 중 한 사람이 자신이었다. 정언에게는 그게 전부였다. 다른 생각은 해 본 적 없었다.

정언은 재킷 주머니에서 담배를 한 대 꺼내 물고는 창을 열었다. 한 뼘의 공간 사이로 날카롭게 밀려드는 바람 소리가 차 안의 침묵을 휘감았다. 윤이 반대편 창가로 고개를 돌렸다.

정언은 액셀을 밟으며 윤에게 잠시 시선을 주었다. 바람에 흐트러지는 짧은 머리칼 사이로 느슨한 셔츠 칼라에 감싸인 목덜미가 눈에 들어왔다. 섬세하게 그린 듯 떨어지는 선에는 소년 같은 예민함이 존재했다.

─선배는 어떻게 견디는 거예요?

머릿속에서 윤의 질문이 되살아났다. 지금까지 아무도 자신에게 어떻게 견디느냐고 물어본 적 없었다는 사실을 깨달은 건 직후였다. 정언은 서둘러 다시 앞을 보았다. 눈가루가 가라앉은 스노우 볼을 흔들듯 마음속 어딘가에서 낯선 감각들이 산란했다.

그 예민함이, 신경 쓰이기 시작했다.

현관문을 열자 센서 등이 켜졌다. 윤은 거실 스위치를 올릴 생각도 하지 않고 소파로 쓰러지듯 몸을 묻었다. 평소보다 그나마 조금 이른 퇴근이었지만 통째로 물에 빠졌다 나온 듯 온몸이 피곤했다.

정언과 의정부경찰서의 담당 형사와 서울과학수사연구소 부검의, 서온건설 본사 인사 과장까지 만나러 하루 종일 돌아다닌 탓에 최근 몇 년 동안 할 드라이브를 이미 다 한 기분이었다. 어지간한 택시 기사는 저리 가라 할 만큼 서울을 상하좌우로 누비는 동선에도 기가 질렸지만, 그보다 더 놀라운 건 지치는 기색이라고는 눈을 씻고 찾아도 없는 정언이었다.

마음의 준비를 하지 않은 건 아니었지만, 홍제동에서 희경을 만났을 때부터 윤은 막연하던 두려움이 실체를 갖는 것을 처음으로 느꼈다. 타인의 고통을 이렇게 가까이에서 기록한다는 것은 결코 쉬운 일이 아니었다.

남편의 죽음에 대해 이야기하는 희경의 모습을 지켜보며, 윤은 그녀가 그날의 일을 수십 번, 수백 번도 더 끊임없이 곱씹었으리라는 것을 충분히 짐작할 수 있었다.

잊으려 애를 써도 괴로울 판이었다. 단 하나도 잊지 않으려고 계속해서 기억하고 또 기억하며 게시판에 매일 글을 올리는 희경의 심정이 어떤지 눈앞에서 보는 것은 숨이 막혔다.

당장은 그녀에게 아무것도 해 줄 수 없기에 더욱 그랬다. 내내 낯선 지도 속에 갇혀 버린 사람처럼 막막할 뿐이었다. 그러나 차마 그 모습을 바로 보지 못하는 자신과 달리 정언은 침착했다.

「이거 진짜 아무것도 아냐.」

무심하게 내뱉은 그 한마디에 윤은 정언이 기획했던 많은 방송들을 복기했다. 거기에는 늘 진실이 존재했고, 그 진실에 이르는 길은 항상 어둠 속에 있었다. 정언이 그 속에서 길을 잃지 않는 법이 문득 궁금해졌다.

하지만 매번 이런 일을 어떻게 견디는 거냐고 물었을 때, 정언은 대답하지 않았다. 왜였을까.

몸도 마음도 완전히 한계에 가까워, 더 이상 생각하는 것이 힘들었다. 윤은 손을 뻗어 소파 위의 리모컨을 찾았다. 전원 버튼을 누르자 화면이 켜졌다. 케이블 채널의 낯선 프로그램이 흘러나왔다. 낯익은 연예인들 몇몇이 텔레비전 안에서 깔깔거렸다.

소파에 거의 모로 누워 거기 멍하니 시선을 주던 윤은 다시 눈을 감았다. 가벼운 두통이 밀려들었다.

"미치겠네, 진짜……."

중얼거린 윤은 팔을 올려 눈가를 덮었다. 이런 일들이 익숙해지는 날이 올 것 같지가 않았다. 정언은 처음부터 그럴 수 있었던 건지, 그게 아니라면 그렇게 되는 데 얼마만큼의 시간이 필요했을지 진심으로 궁금해졌다.

반쯤 넋을 놓고 누워 있던 윤은 소파 아래서 핸드폰이 울리는 소리에 퍼뜩 정신을 차렸다. 손을 뻗어 더듬었으나 벨소리만 날 뿐 핸드폰은 잡히지 않았다. 들어오자마자 손에 들고 있던 것들을 다 내팽개쳤더니 소파 아래 틈으로 들어간 모양이었다.

아 진짜, 하고 투덜거리며 몸을 구겨 소파 아래를 헤집은 윤은 간신히 핸드폰을 꺼내 액정을 보았다. 태훈이었다. 놀란 윤은 얼른 전화를 받았다.

"어, 태훈아."

『회사냐?』

거두절미하고 돌아오는 질문에 윤은 자세를 고쳐 바로 앉으며 대답했다.

"집이야. 오늘 좀 일찍 퇴근해서. 왜?"

『팀 옮겼다면서.』

"소문 빠르네."

반쯤 자포자기한 투로 대답한 윤은 황급히 말을 덧붙였다.

"너 괜히 이상한 생각하고 전화한 거 아냐?"

태훈의 성격이라면 분명히 자기가 강제 전보 당했다는 이야기를 듣고 자책했을 게 틀림없었다. 잠시 침묵하던 태훈이 말했다.

『나 너희 집 근처야. 얼굴이나 잠깐 보자.』

"그럼 우리 집으로 와."

태훈은 더 묻지도 않고 그래, 하며 전화를 끊었다. 한숨을 쉰 윤은 자리에서 일어나 그제야 거실 스위치를 켰다. 집 안은 아침에 나간 그대로 깔끔한 상태였다. 어질러 놓을 시간조차 없어 치울 것도 없는 탓이었다.

태훈이 벨을 누른 건 십 분쯤 뒤였다. 문을 열자마자 며칠 사이 더 수척해진 태훈의 얼굴이 눈에 들어왔다. 놀란 윤이 야, 하고 손가락질을 하자 태훈 역시 윤을 보더니 대번에 눈을 크게 떴다.

"살 빠졌다, 너."

"내가 할 소리야, 자식아."

다음 순간 윤과 태훈은 동시에 헛웃음을 뱉었다. 생각해 보면 서로 딱히 나을 것 없이 오십보백보인 처지긴 했다.

133

윤이 냉장고를 열어 보며 물었다.

"뭐 마실래?"

"아니. 진짜 그냥 퇴근하다 얼굴 보려고 온 거야."

태훈이 등 뒤에서 대답했다. 윤은 냉장고 문을 닫으며 거기 기대섰다.

"우리가 그럴 사이였냐? 너 뭐 할 말 있어서 그러지?"

태훈이 열없이 웃었다. 짧은 한숨을 쉰 태훈이 몸을 조금 앞으로 숙여 바닥에 시선을 두더니 입을 열었다.

"<비하인드 24> 갔다며."

"뭐 그렇게 됐어."

대수롭지 않다는 말투로 대꾸하자 태훈은 오랫동안 침묵하다 조금 작아진 목소리로 말했다.

"야, 윤아. 내가 진짜 미안하다. 난 일이 그렇게 될 줄 몰랐어. 그냥 정말 너무 답답해서 너한테 얘기한 건데……."

"내가 너 그럴 줄 알았다."

윤은 혀를 차며 태훈에게 손가락질을 했다.

"오태훈 이건 하여튼 진짜 인간이 앞뒤로 꽉 막혀 가지고. 야, 너 나한테 그 얘기하면서 게시판에 글 올려 달랬냐? 내가 혼자 설치다가 그런 거 가지고 마음에 걸려서 사과하러 왔어? 다큐 엎어져서 무지하게 한가해?"

"아니, 그게……."

"됐어."

윤은 우물거리며 뭐라고 말하려는 태훈을 막고는 소파에 풀썩 앉았다.

"진짜 괜찮아. 내가 언제 그런 팀에서 또 일해 보겠냐. 소문은 무서운데 막상 가 보니까 안 그래. 선배들도 다 잘해 주고."

"그래?"

태훈이 의심을 지우지 못하는 표정으로 물었다. 눈을 가늘게 뜬 윤은 태훈의 이마를 뒤로 밀었다.

"그 표정 뭐야, 짜증나게."

태훈이 고개를 젖힌 채로 윤을 빤히 보다 피식 웃었다. 평소에는 돌부처 같은 주제에 쓸데없이 눈치 하나는 빠른 태훈이었다.

"오늘 처음 취재 따라갔는데 빡세긴 빡세더라."

하루 종일 지쳐 있었던 탓인지 쉽게 본심이 튀어나왔다. 태훈이 그럼 그렇지, 하는 얼굴로 팔짱을 꼈다.

"취재를 벌써 나갔어? 혼자?"

"아니, 난 보조만 했지. 제보 들어온 게 있어서 그거 확인하러 간 거야. 제보자만 만나고 말 줄 알았는데 서울 드라이브 실컷 했다, 아주."

"사수가 장난 아닌가 보네. 거기 피디들 다 그렇긴 한데, 사수 누군데?"

"서정언 선배."

정언의 이름을 듣자마자 태훈의 눈이 휘둥그렇게 뜨였다. 어리둥절해진 윤은 태훈을 아래위로 훑어보았다. 평소에는 눈동자가 반이나 보일까 말까 한 그 실눈이 이렇게 한껏 커지는 건 매우 드문 일이었다.

"왜, 너 알아?"

"야, 어쩌다가……."

태훈이 말끝을 흐렸다. 아까보다 더 미안해하는 기색이 역력해진 얼굴이었다. 그것을 알아차린 윤은 미간을 좁혔다.

"뭐가 어쩌다가야."

"너 피디들끼리 우리 중에 사장님 멱살도 잡을 성질머리 딱 둘이라고 그러는데, 그게 누군지 아냐?"

"누군데?"

"하나는 강재희, 하나는 서정언."

이럴 땐 뭐라고 해야 될까. 아니, 그 정도까진 아닌 거 같은데……라고 반박하고 싶었으나 말이 나오지 않았다. 태훈이 심각해진 표정으로 말을 이었다.

"그게 한 삼사 년 전인가, <비하인드 24>에서 강재희 선배가 친일파 국회의원 후손 재산 환수 건 방송했다가 명훼 걸려서 재판 갔단 말이야. 거기 서정언 선배가 증인으로 나가서 국회의원 개망신 준 거 몰라?"

처음 듣는 얘기였다. 남 얘기에 그다지 관심 없이 살아오기도 했거니와, 설령 들었다 한들 <오늘의 요리> 팀에서는 하등 필요 없는 정보였기에 순식간에 잊어버렸을 게 뻔했다. 반쯤 얼이 빠진 윤의 얼굴을 보던 태훈이 한숨을 쉬었다.

"한국선진당 홍현남 알지? 맨날 막말해서 뉴스 나오던 인간 있잖아. 홍현남이 진성 친일파 자손이라 방송 나가고 난리가 났단 말이야. 그런데 서정언 선배가 증인으로 나와서 홍현남보고 친일파 후손으로 잘 먹고 잘 살던 주제에 뭐가 억울한지 모르겠다, 방송한 것 중에 사실 아닌 게 하나라도 있으면 허위 사실 유포로 고소해라, 이러고 대든 거지. 강재희 선배 국민참여재판 신청해서 승소하고 저번 총선에서 홍현남 나가리 됐다고."

"……진짜?"

그러고 보니 작년 총선에서 이변이라며 다룬 걸 본 기억이 났다. 친일파 논란 어쩌고 했는데, 그게 재희와 정언의 작품이라니 등줄기가 서늘해졌다. 태훈이 혀를 찼다.

"폐지하면 뒤집어질 거 뻔히 알면서 위에서 왜 <비하인드 24> 죽이려고 하는데. 홍현남 자기 아버지 텃밭 세습해서 4선 해먹은 양반이야. 그 양반 대가리도 그렇게 날아가는데 뭐는 못 날리냐. <비하인드 24>하고 <뉴스라이트>가 공조가 잘돼 있다고. 켕기는 거 있는 놈들은 양쪽에서 때리면 백이면 백 다 킬 따여. 보는 눈 많아, 돈도 안 먹어, 겁대가리도 없어. 걔들이 그걸 어떻게 다루겠어. 그냥 폐지하는 게 답이지."

상사한테 적당히 까불어 본 적은 있었어도 법정에서 국회의원에게 삿대질을 한다는 건 꿈에서도 상상해 본 적 없는 일이었다. 매우 복잡하고 미묘해진 윤의 얼굴을 빤히 보던 태훈이 하하, 하며 어색하게 웃었다.

"한 반 년 있다 보면 너도 간 내놓고 다닐 수도 있지."

반 년 있다 간을 내놓는 게 문제가 아니라 지금 간이 튀어나올 것 같았다. 아무래도 자기가 말실수를 한 것 같다는 걸 깨달았는지, 태훈이 곧바로 말을 돌렸다.

"근데 뭐 취재하려고? 뭔데 서울 전체를 다 돌았는데?"

그러나 이미 모르는 게 약이라는 말을 절감한 뒤였다. 한숨을 쉰 윤은 힘없이 대답했다.

"진송신도시 건설 현장에서 서온건설 현장 과장이 자살했는데, 부인이 자살일 리 없다고 제보 넣었거든. 건축 중인 아파트에서 뛰어내렸다는데, 뭐 유서도 없고 자살할 이유가 전혀 없대. 그래서 제보자 만나고, 의정부경찰서 담당 형사 만나고, 서울과학수사연구소 부검의 보러 갔다가 서온건설 인사과도 찾아가고

137

그랬지."

"진송신도시? 서온건설 현장 과장이라고?"

태훈이 되물었다. 윤이 별생각 없이 고개를 끄덕이자 태훈이 잠시 뭔가를 생각하는 듯 눈을 굴리다 자기 핸드폰을 꺼냈다. 갤러리를 열어 사진을 한참 내려 보던 태훈이 윤 쪽으로 핸드폰을 내밀었다.

"혹시 이 사람이야?"

윤은 몸을 약간 기울여 태훈의 핸드폰을 보았다. 낡은 명함을 찍어 놓은 사진이었다. 시온건실 현장 과상 박규형이라는 이름이 눈에 들어왔다. 놀란 윤은 태훈을 마주 보았다.

"어, 맞아. 너 이거 뭐냐?"

"이 사람이 죽었어?"

태훈이 대답 대신 도저히 못 믿겠다는 표정으로 물었다. 윤은 태훈의 핸드폰을 다시 한 번 확인했다. 분명 박규형의 명함이었다. 진송신도시 건설현장에 같은 회사, 직급의 동명이인이 있을 확률은 거의 전무했다.

미간을 찌푸리고 있던 태훈이 말했다.

"나 진송신도시 취재했잖아. 다큐 엎어진 거."

그러고 보니 태훈이 찍고 있던 다큐가 진송신도시 개발 지역 원주민 다큐였다는 것이 떠올랐다. 윤이 어, 하며 놀란 표정을 하자 태훈이 핸드폰을 가리켰다.

"그때 이 사람 만났어."

"만났다고?"

뜻밖의 말에 윤은 눈을 동그랗게 떴다. 태훈이 고개를 주억거렸다.

"키 좀 크고 얼굴 둥그렇고, 그 사람 맞지? 그때 자기 명함이 다 떨어졌다고, 이거 딱 한 장밖에 없어서 죄송한데 사진으로 찍으시면 안 되냐고 하길래 찍었었어. 어차피 나 명함 다 찍어서 앱으로 관리하니까."

"왜 만났는데? 너 뭐 기억나는 거 있어?"

윤은 저도 모르게 태훈 쪽으로 몸을 기울이며 물었다. 태훈이 흠, 하고 한참 생각하더니 입을 열었다.

"취재 과정에서 회사 입장은 어떤지 한 번 알아보려고 섭외했었지. 보통 그런 거 찍겠다고 하면 싫어한단 말이야. 회사가 악역이 되잖아. 근데 이 사람은 되게 협조적이어서 기억이 나거든. 주민 대표 말로 충돌 있을 때 사측에서 주로 박규형 과장이 나왔었다고 얘기하더라고. 현장에서 일하는 사람치고 성격이 확실히 많이 유했던 거 같고……."

"다른 직원들하고도 괜찮았대?"

"음, 잘은 모르는데 현장 인부들한테도 평이 좋았을걸. 뭐 회사 쪽에서는 싫어했을 수도 있겠네. 자기도 진송신도시 개발 과정에 문제가 있는 건 인정한다는 식으로 얘기했었거든. 오프더레코드 해 달라고 해서 어차피 방송됐어도 쓰지는 않았겠지만."

윤은 태훈의 말을 곱씹다 의아한 표정을 지었다.

"문제가 있는 거 인정한다고 했다고?"

"진송신도시 부지 선정하고 개발할 때 윗선에서 투기 목적으로 개입했다는 얘기 있었잖아. 검찰에서는 무혐의라고 하긴 했는데, 뭐 이 사람도 확실히 그렇다고 얘기한 건 아니고 우리도 프로 성격상 그런 쪽은 아니라서 자세히 묻진 않았지. 신도시 개발 과정에 그런 거 없는 데 없다고 하고, 우리는 어차피 주민들 그림만 딸 생각이었으니까."

몸이 피곤해 잘 돌아가지 않는 머리로도 뭔가 이상하다는 생각이 들었다. 자세를 고쳐 앉은 윤은 태훈을 마주 보았다.

"너 혹시 취재한 자료하고 촬영 파일 같은 거 아직 다 가지고 있어?"

"응."

"그거 나 좀 보여 주면 안 돼?"

"그래, 뭐 어려운 거 아닌데."

태훈은 흔쾌히 대답했다. 윤은 잠시 빈 테이블 위에 시선을 둔 채 생각에 잠겼다. 하루 종일 정언과 돌아다니며 들었던 이야기들이 하나씩 떠올랐다.

의정부경찰서의 담당 형사는 유서도 없고 동기도 없는 자살이 이상하다는 건 인정했다. 그러나 자살이 아니라고 볼 이유도 없다고 말했다.

경찰의 말대로, 타살을 확신할 만한 다른 증거가 부족했다. CCTV나 블랙박스 영상도 존재하지 않았다. 현장의 CCTV는 사건 전부터 고장 나 있었고, 업체에서 수리가 늦어진 탓에 사건 전후로 녹화된 영상이 전혀 없다는 것이었다.

서울과학수사연구소의 담당 부검의는 아직 결과가 나오지 않았다며 말을 아꼈다. 부검의에게서 얻어 낸 정보는 외견상으로는 모든 부분이 추락사의 소견과 일치한다는 것뿐이었다. 규형을 이송했던 119 대원의 증언 역시 마찬가지였다.

서온건설 인사과의 담당자는 규형이 현장 업무에 잘 적응하지 못했고, 과도한 초과 업무로 계속해서 힘들어했다는 이야기만을 앵무새처럼 되풀이할 뿐이었다.

하루 종일 만났던 사람들을 떠올리던 윤은 문득 정언을 생각했다. 돌아오는 길에 정언은 거의 한마디도 하지 않았다.

마지막으로 서온건설 본사까지 들렀다가 방송국으로 돌아와 근처 백반집에서 저녁을 사 주는 동안에도 마찬가지였다. 계산을 하자마자 바로 퇴근해, 하더니 인사도 듣지 않고 가 버렸던 것이다. 아이템이 될 것 같다고 생각해서인지, 혹은 그 반대인지 짐작할 수가 없었다.

태훈은 잠깐 멍하니 상념에 빠진 윤을 신기하다는 듯 마주 보았다.

"근데 너 진짜 의외로 거기가 체질에 맞나 보다. 나한테 그런 소릴 다 하고."

"내가?"

되물은 윤은 문득 뜨끔해졌다. 사실 자신은 빈말로라도 그리 열정적인 피디라고는 할 수 없었다. 이 직업이 싫은 건 아니었지만 그건 아마 <오늘의 요리>가 느긋한 팀인 까닭도 있었을 터였다.

매주 루틴한 일과를 반복하며 더한 것도 덜할 것도 없는 결과물을 내보내는 것이 자신의 일상이었다. 윤은 그런 걸 당연하게 생각했다. 정해진 시간에 출근하고, 정해진 일을 하며, 정해진 시간에 퇴근하는. 거기에 열정이라는 말이 끼어들 여지는 그다지 없었다.

진수가 항상 너는 열정이 없어, 젊은 애가 의욕이 없냐, 하고 다그치던 것이 떠올라 윤은 저도 모르게 바람 빠지는 소리로 웃었다. 그게 이상했는지 태훈이 고개를 갸웃했다.

"왜 웃냐, 갑자기."

"이제 좀 열정적으로 살아 보려고."

농담 반, 진심 반으로 대꾸하자 태훈이 팔짱을 끼며 윤을 아래위로 훑어보았다.

"그 열정 얼마나 가나 보자. 서정언 선배 밑에서 세 달 버틴 부사수가 딱 두 명이라던데."

"와, 그럼 내가 세 번째겠네."

역시 모르는 게 약이었다. 애써 과장된 동작으로 기쁨을 표출하는 윤을 본 태훈이 윤의 이마를 찰싹 때렸다.

"너 하는 꼴 보니까 죄책감 안 가져도 되겠다. <비하인드 24> 전보됐대서 내가 얼마나 걱정했는지 아냐?"

"너나 걱정해, 너나. 회사 진짜 옮길 거야?"

빨개진 이마를 문지르며 묻자 태훈이 멋쩍은 듯 웃었다.

"가긴 어딜 가냐. 죽이 되든 밥이 되든 있어 보는 거지, 뭐. 옮긴다고 나 하고 싶은 거 다 할 수 있겠냐. 끝까지 버텨 보고 그래도 안 되면 그때 가서 생각해야지."

태훈이 뒷머리를 긁적이다 몸을 일으켰다. 윤은 눈을 동그랗게 뜨며 태훈을 쳐다보았다.

"가려고?"

"진짜 걱정돼서 얼굴이나 보려고 왔어. 아까 낮에 시보국 지나가면서 슬쩍 물어보니까 너 외근 나갔다고 그래서. 잘 지내는 시늉이라도 해 줘서 좋네."

"시늉 아니라고, 자식아."

발끈하는 윤을 본 태훈이 손을 내저었다.

"알았으니까 세 달 있다가 다시 얘기하자. 너 거기서 안 도망가면 그때."

야 너, 하고 윤이 벌떡 일어나려는 척을 하자 태훈이 얼른 윤을 도로 눌러 앉혔다. 잠시 머뭇거리던 태훈이 열없이 웃었다.

"나 사실 진짜 그만둘 생각하고 있었는데 너 보고 정신 차렸다. 고마워. 이 소리 하러 왔어. 얼굴 봤으니까 간다. 나 내일 새벽에 출근하니까 아무 때나 연락해. 부탁한 거 찾아 놓을게."

"뭐야, 민망하게. 고마울 일 그렇게 없냐?"

"그러게. 살다 보니 고마운 일이 이렇게 없다."

농담을 농담으로 받아 넘긴 태훈이 나오지 마, 하고 팔을 휘적대고는 가방을 둘러메며 현관을 나갔다. 문이 닫히며 도어록이 잠겼다. 긴 숨을 뱉은 윤은 소파에 풀썩 누워 천장을 올려다보았다. 마구 뒤엉킨 리본처럼 머릿속의 매듭이 복잡하게 얽혔다.

아이고 모르겠다, 하고 중얼거린 윤은 눈을 감았다. 몸이 가라앉는 기분이었다. 이대로 잠이 들 수도 있을 것 같았다.

정언은 김이 서린 욕실 거울을 손으로 문질러 닦으며 어른하게 비치는 얼굴을 마주 보았다. 아직 물기가 뚝뚝 떨어지는 맨얼굴이 어쩐지 낯설었다. 새벽부터 8킬로미터 코스를 뛰고 온 탓인지, 뜨거운 물로 씻은 탓인지 빨갛게 상기된 얼굴이 보기 싫었다.

한동안 거울을 물끄러미 응시하던 정언은 다시 세면대에서 뜨거운 물을 틀었다. 삽시간에 올라온 수증기로 거울이 다시 흐려졌다.

정언은 세면대를 붙들고 고개를 숙였다. 쏟아져 내려가는 물줄기가 눈에 맺혀 어지러웠다. 정언이 수전의 손잡이를 신경질적으로 내리자 물이 뚝 끊기며 욕실 안이 조용해졌다.

욕실을 나선 정언은 밖에 걸어 둔 셔츠를 걸쳐 입고는 단추를 잠그며 TV를 틀었다. YBS의 아침 뉴스 방송이 흘러나왔다. 침대에 걸터앉은 정언은 아나운서의 목소리를 한 귀로 듣고 한 귀로 흘리며 어제의 일을 생각했다.

희경을 만났을 때 사실 대단히 진지했던 건 아니었다. 비슷한 제보들은 하루에도 몇 건씩 쏟아지곤 했다. 정언은 대부분의 사람들이 가족의 죽음을 현실로 받아들이기 어려워한다는 사실을 잘 알고 있었다. 정언 자신도 그런 경험이 있는 까닭이었다.

때문에 민혜가 그 많은 제보 중 굳이 희경의 글을 골라 온 데는 이유가 있겠거니 하면서도 그리 큰 기대는 하지 않았던 게 사실이었다.

그러나 희경을 만나고 마주한 진실은 정언의 마음을 불편하게 만들었다. 죽은 박규형이 지나치게 착하고 평범한 가장이었다는 것, 그가 그렇게 사랑하는 가족에게 그 어떤 것도 남기지 않았다는 것, 남겨진 아내가 어떻게든 불완전한 일상이나마 지키기 위해 고군분투하고 있다는 것.

희경의 이야기에 무언가 숨겨진 진실이 있다는 직감과는 별개로, 어떻게든 그녀를 도와주고 싶어진 건 그 때문이었다. 그리고 어젯밤 집에 돌아와 혼자 앉아 있는 동안, 정언은 자신이 희경의 가족에 과거를 비춰 보고 있다는 것을 깨달았다.

정언이 아버지의 죽음과 맞닥뜨린 건 고등학교 2학년 때의 일이었다. 정언은 아직도 그날의 일을 생생하게 떠올릴 수 있었다. 토요일 밤이었고, 정언은 언제나처럼 어머니의 가게 정리를 돕고 있었다.

정리를 마치고 가게의 조명을 모두 끈 순간 전화벨 소리가 울리기 시작했다. 그 날카롭고 긴 전화벨 소리는 정언의 기억에 늘 생생하게 살아 있었다. 그 뒤로 정언에게는 핸드폰을 거의 항상 진동으로 돌려놓는 습관이 생겼다.

평소였다면 전화를 받지 않았을 테지만, 무슨 생각이었는지 정언은 만류하는 어머니를 뿌리치고 카운터로 뛰어가 수화기를 들었다. 습관적으로 뱉은 오월의 나무입니다, 하는 멘트가 채 끝나기도 전이었다. 수화기 너머에서 다급한 목소리가 돌아왔다.

「사모님, 저 최영직입니다. 큰일 났어요. 서울대병원 응급실로 빨리 좀 오셔야겠어요.」

아버지는 YBS 사회부 기자였다. 발이 넓은 아버지는 늘 손님이 잦았다. 영직은 아버지의 후배로, 예전부터 집에 종종 놀러오던 손님 중 하나였다. 상대도 확인하지 않고 다짜고짜 넘어온 말에 순간적으로 불길한 예감이 등줄기를 달려 내려갔다. 까닭 없이 몸이 얼어붙었다. 영직이 말을 이었다.

「선배님이 지금 사고가 크게 났습니다.」

다음 순간 정언은 수화기를 집어던지며 어머니의 손목을 잡고 뛰쳐나갔다. 대로변에서 택시를 잡아타고 서울대병원으로 가는 동안, 정언은 숨을 몰아쉬며 횡설수설했다. 영직이 아저씨가, 아빠가, 사고가 나서, 서울대병원에, 하고 이어지지 않는 단어들이 분절했다. 그때 어머니가 무슨 말을 했는지, 무슨 행동을 했는지 정언은 이후에도 잘 기억하지 못했다.

병원에 도착하기 무섭게 기다리고 있던 사람들이 달려왔다. 대부분 방송국 사람들이었다. 영직이 정언을 보자마자 어머니에게서 떼어 놓고는 휴게실로 데려갔다. 영직은 정언에게 자판기 코코아를 한 잔 뽑아 주었다.

그러나 손이 떨려 한 모금도 마실 수가 없었다. 종이컵을 놓친 정언은 멍하니 바닥을 보았다. 휴게실 바닥으로 코코아가 엎질러졌다. 바닥으로 퍼지는 짙은 갈색의 액체는 마치 갈변이 시작된 혈흔처럼 보였다. 영직이 곁에서 뭐라고 말했지만 하나도 들리지 않았다.

교통사고였다. 역주행한 트럭이 아버지의 차를 들이받았고, 정언이 태어났을 때부터 17년을 닳다는 낡은 자동차는 가드레일에 처박히며 거의 반파되었다. 병원으로 옮겨지는 사이 세상을 떠난 아버지는 단 한마디의 유언조차 남길 수 없었다.

병원에 도착했을 때는 이미 사망 판정이 내려진 뒤였다. 사람들은 정언에게 아버지를 보지 못하게 했다. 정언이 볼 수 있었던 아버지의 마지막은 이미 염이 끝나 깨끗해진 모습이었다. 아버지는 마치 잠이 든 것 같았다. 정언은 떨리는 손끝으로 창백하고 까칠한 아버지의 얼굴을 만져 보았다. 숨을 거둔 사람이 그렇게 차갑다는 것을 정언은 그때 알았다.

장례식 내내 어머니는 한 번도 울지 않았다. 가족이라고는 어머니와 정언 둘뿐인 빈소에는 손님이 많았다. 어머니는 그 손님을 혼자 치르면서도 피곤한 기색이라고는 조금도 없었다.

마침내 아버지의 발인까지 모두 마치고 돌아오던 날, 정언은 아주 오랜만에 어머니와 같이 안방에 나란히 누워 잠을 청했다. 그때 어머니가 혼잣말처럼 나직이 중얼거린 말은 아직도 잊히지 않았다.

「진작 좋은 차 한 대 사줄걸.」

그리고 어머니는 마치 그런 말을 한 적도 없는 사람처럼 등을 돌리고 누웠다. 정언은 그날 밤 잠들지 못했다. 어머니가 등을 돌린 채 우는 것을 알아차린 탓이었다.

그러나 다음 날부터 어머니는 평소와 전혀 다를 바 없이 가게 문을 열고 빵을 구웠다. 사람들은 대단한 여자라고 수군거렸지만, 어머니가 정해진 시간에 정해진 빵을 굽고 진열장에 올리는 그 일상을 유지하기 위해 얼마나 많은 에너지를 쏟고 있는지 아는 사람은 정언뿐이었다.

때문에 정언은 그런 사람들을 보면 경외감을 가졌다. 그런 고통 속에서 평소와 같은 삶을 유지한다는 것은 존경받아 마땅한 일이었다.

그러나 어머니의 그런 노력에도 불구하고, 아버지의 죽음은 많은 것을 바꿔 놓았다. 정언의 삶에서도 마찬가지였다.

아버지는 얼굴이든 성격이든 자신을 꼭 닮은 딸을 무척이나 좋아했다. 아버지의 꿈은 언젠가 정언과 함께 방송국에서 일하는 것이었다. 그럴 때마다 어머니는 질색하며 그런 소리 하지도 말라고 펄쩍 뛰었다. 정언 역시 아버지에게 싫다고 면박을 주곤 했다.

정말 싫었던 건 아니었다. 다만 방송국 일이라는 건 개인의 삶을 거의 포기해야 하는 일이었다. 아버지는 좋은 남편과 훌륭한 아버지가 되기 위해 노력했지만, 존경받는 방송국 기자로서의 삶은 항상 그 노력을 힘들게 만들었다. 그걸 잘 아는 정언은 어머니에게서 딸까지 빼앗을 마음은 없었다.

아버지가 죽기 직전 마지막으로 나눴던 대화 역시 마찬가지였다. 정언은 그날 밤의 일을 또렷하게 기억하고 있었다. 밤늦게까지 공부를 하던 중이었다. 당시에 아버지는 취해 있는 날이 많았다. 그날도 그랬다. 술 냄새를 풍기며 책상 옆에 앉은 아버지는 정언에게 말했다.

「정언아, 나중에 아빠랑 방송국에서 같이 일하자. 응? 나중에. 우리 딸은 똑똑해서 진짜 잘할 텐데.」

「안 한다니까. 엄마는 어떡하라고.」

부루퉁한 대답에 아버지는 웃었다.

그게 마지막 대화가 될 거라고는 꿈에도 상상한 적이 없었다. 만약에 그때 그래, 라고 대답했으면 어땠을까. 그냥 장난으로라도 그러지 뭐, 하고 한 번만 대답했다면. 그 생각은 정언을 오랫동안 괴롭혔다.

정언이 결국 YBS에 들어간 건 그 때문이었다. 아버지와의 마지막 대화에 대한 일종의 속죄였다. 이유는 단순했다. 아버지가 있던 시사보도국을 지망했고, 기자보다는 피디가 적성에 맞을 것 같았다. <비하인드 24>는 아버지가 하던 일과 가장 가까운 프로그램이었다.

정언의 아버지가 YBS 기자였다는 걸 아는 사람은 몇 없었다. 사회부 서현국 기자는 시보국의 전설로 불릴 정도로 유명했다. 그러나 정언은 굳이 그 사실을 남들에게 밝히지 않았다. 서정언 피디가 아닌 서현국 기자의 딸로 불리는 게 싫어서였다.

팀에서도 그 사실을 아는 건 오로지 재희 하나였다. 입사한 지 몇 년이 지났을 때에서야 처음 이야기한 것이었다. 회식이 끝난 뒤 다시 방송국으로 돌아가던 길이었다. 약한 취기에 무심코 뱉은 아버지의 이름을 들은 재희는 걸음을 멈췄다.

「부전여전이다.」

감탄한 재희가 문득 혼자 웃었다.

「나 학부 다닐 때 서현국 기자님 특강 듣고 방송국 가고 싶다는 생각했는데, 그것도 모르고 서 피디를 그렇게 괴롭혔네.」

재희의 반응은 그게 전부였다. 그는 그 사실을 누구에게도 얘기하지 않았고, 정언 앞에서도 다시 말을 꺼내는 일이 없었다. 정언을 특별 취급하는 일도 없었다. 그게 강재희답기도 했다.

잠시 옛 생각에 빠져 있던 정언은 퍼뜩 정신을 차렸다. 아직 젖은 머리를 후다닥 말린 정언은 혼자 떠들고 있는 TV를 끈 뒤 집을 나섰다.

차에 시동을 걸며 습관적으로 재킷 주머니에서 담배를 꺼내 입에 물자, 불현듯 헛웃음이 터졌다. 담배를 무는 걸 보자마자 시가 잭으로 손을 가져가던 윤이 생각나서였다.

내내 눈치를 살피는 건 알고 있었다. 그게 불편해 한마디 하자, 호의는 호의로 받아 주면 안 되냐고 되묻던 건 솔직히 말하자면 좀 신선했다. 심약한 건지, 대담한 건지 아직도 윤을 종잡을 수가 없었다.

주차장에 차를 세우고 사무실로 올라가자마자 회의실 문이 열린 것이 눈에 띄었다. 안을 들여다보니, 지혁이 낡은 소파에 널브러져 잠들어 있었다. 인력 충원이 원활하지 않은 통에 막내인 지혁이 대부분의 조연출 업무를 담당했다. 그나마 윤이 들어온 뒤로는 좀 나아졌다지만, 그렇다고 일상이 된 밤샘을 피할 수는 없었다.

혀를 찬 정언은 자리에서 담요를 가져다 지혁에게 살짝 덮어 주었다. 지혁이 몸을 웅크리며 담요 속으로 얼굴을 파묻었다. 회의실을 나오며 소리 없이 문을 닫은 정언은 벽에 걸린 시계로 눈을 돌렸다. 평소처럼 지나치게 일찍 출근했다는 사실을 확인한 정언은 창가에 서서 기지개를 쭉 켰다.

정언은 이 잠깐의 시간을 좋아하는 편이었다. 몇 년 동안 개인적인 시간이랄 것이 거의 없는 삶을 살다 보니, 도리어 집에서보다 이런 순간이 더 휴식처럼 느껴질 때가 있었다. 아직 봄이 오지 않은 창밖의 회색 풍경은 익숙하고 싸늘했다.

한동안 텅 빈 거리에 시선을 주고 있던 정언은 몸을 돌렸다. 커피나 한 잔 마실까 싶어서였다.

"일찍 출근하셨네요."

막 사무실에 들어서던 윤과 마주친 건 그 순간이었다. 품에 무언가를 한 보따리 안은 윤이 고개를 꾸벅 숙였다. 생각지도 못한 윤의 등장에 정언은 눈을 약간 가늘게 떴다.

"어, 김 피디도."

"안 그래도 뭐 말씀드릴 거 있었는데. 커피 한 잔 드실래요?"

"아니, 내가……."

사 먹는다니까, 라고 미처 말하기도 전 윤이 해사하게 웃었다.

"눈치 보는 거 아니고요, 저 커피 사러 갈 건데 그냥 가는 김에 사다드리려고요. 정 싫으시면 같이 가셔도 돼요."

나무 창틀을 닦다 아주 작은 가시에 찔린 것 같은 감각이 지나쳤다. 생경한 감각이었다. 정언은 대답 대신 윤을 빤히 보았다. 많은 후배들을 만났지만 윤 같은 부류는 처음이었다.

정언은 타인에게 쉽게 정을 주거나 경계를 낮추는 타입은 아니었다. 더구나 일할 때는 더 그랬다. 아주 사소한 실수라도 <비하인드 24>에는 치명적이었다. 때문에 관대한 선배와 까다로운 선배 중에서 정언은 항상 고민할 필요도 없이 후자를 택하곤 했다.

후배들이 정언을 어려워하는 건 당연했다. 윤이라고 별반 다를 리 없었다. 그런데 윤은 잠시 기가 죽은 것 같다가도 돌아서면 또 이렇게 아무렇지도 않게 굴었다. 그게 무척이나 이상하고 낯설었다. 길가에서 처음 본 강아지가 자꾸만 쫓아오는 것 같은 기분이었다.

정언은 말없이 먼저 사무실을 나섰다. 윤이 큰 보폭으로 서둘러 뒤를 따라왔다. 로비 카페로 향한 정언은 윤에게 묻지도 않고 아이스 아메리카노 두 잔을 시켰다. 정언이 커피 한 잔을 내밀자 윤이 입매를 말아 올렸다.

그 표정을 본 정언은 눈썹을 좁혔다. 그러나 정언이 뭐라고 운을 떼기도 전 윤이 선수를 쳤다.

"빚지는 기분이라 사 주신 거 알아요. 잘 먹겠습니다."

눈치가 너무 없으면 화가 날 텐데, 눈치가 너무 빠르니 무서울 지경이었다. 속을 읽는 것처럼 구는 게 기막혀 바람 빠진 풍선처럼 웃는 소리가 났다.

"얘기할 게 뭔데."

숨을 들이쉬며 표정을 감춘 정언은 엘리베이터 앞에 서며 내뱉었다. 등 뒤에 선 윤이 대답했다.

"어제 기제국 있는 친구랑 잠깐 만났거든요. 그런데 그 친구가 박규형 씨를 안대요."

"뭐?"

정언은 저도 모르게 뒤를 돌아보았다. 윤이 커피를 한 모금 마시다 고개를 까딱 기울였다.

"그 친구가 찍던 다큐가 진송신도시 관련 내용이었는데, 그때

소개받아서 몇 번 만났다고 하더라고요. 취재 자료하고 인터뷰 파일, 영상 몇 개랑 일부 프리뷰[1] 따놓은 거 있다고 해서 복사해서 받아 왔어요."

윤은 정언의 등 뒤에서 손을 뻗어 엘리베이터 상행 버튼을 눌렀다. 정언은 그제야 버튼을 누르지도 않았다는 사실을 깨달았다. 문이 열리기 무섭게 엘리베이터에 탄 정언은 서둘러 사무실이 있는 7층 버튼을 꾹 눌렀다.

나란히 선 채 문을 응시하던 정언은 문득 느껴지는 시선에 옆을 흘끔 보았다. 빨대를 문 채 정언을 내려다보던 윤은 눈이 마주치기 무섭게 미소를 지었다. 정언은 더 참지 못하고 흘러내린 머리칼을 쓸어 올리며 미간을 찌푸렸다.

"김 피디, 세상에 좋은 일 되게 많아?"

하여튼 성격 더럽지 서정언, 하고 속으로 생각했으나 이미 튀어나간 말을 주워 담을 수는 없었다. 윤이 눈을 동그랗게 떴다.

"네?"

"왜 그렇게 눈만 마주치면 웃어?"

딴에는 심각한 질문이었고, 대개 정언이 무표정으로 뭔가를 물으면 대부분의 사람들은 기가 죽기 마련이었다. 그러나 윤은 그 말을 듣기 무섭게 몸을 숙이며 쿡쿡거렸다. 이게 진짜 날 놀리나 헷갈리기 시작한 정언이 김 피디, 하고 부르자 때마침 문이 열렸다.

먼저 엘리베이터에서 내린 윤이 정언을 마주 보았다.

---

1) 방송에서 편집을 용이하게 하기 위해 촬영한 영상 내용을 시간대별로 문서화하는 작업. 영상의 화면과 음성을 타임코드와 함께 기록하는 것을 말한다.

"제가 웃으면 좀 괜찮아서요."

귀를 의심한 정언은 걸음을 뚝 멈췄다. 윤이 갑자기 돌아 버린 건가 싶어서였다. 물론 본인 입으로 그렇게 말한다 해도 대부분의 사람들이 인정할 수준이기는 했다. 그러나 그걸 정말 실천에 옮기는 건 경우가 달랐다.

"그리고 저 선배하고 진짜 친해지고 싶거든요."

정언은 잠시 말을 잃은 채 윤을 쳐다보았다. 쟤는 왜 저렇게 나한테 혼자 내적 친밀감을 형성했을까, 하는 근원적인 의문이 들었다. 그러자 퍼뜩 며칠 전의 일이 떠올랐다.

─친해지고 싶은 사람한테는 다 관심 많지 않나요?

그렇게 묻던 게 진심이었나 싶어 기가 찼다.

솔직히 말하면 윤이 <비하인드 24>에 처음 온 날부터 지금까지 단 한 번도 그다지 살갑게 대한 적이 없었다. 어차피 얼마 버티지 못할 거라는 계산도 있었다. 나갈 거라면 차라리 빨리 나가는 게 자신을 도와주는 길이었다.

저 눈치로 그런 걸 모를 리 만무했다. 그런데도 대체 무슨 까닭으로 이렇게 스스럼없이 구는지 이해가 가지 않았다. 정언은 윤과 복도에서 마주 보고 선 채 잠시 대치했다. 짧은 정적을 깬 건 윤이었다.

"선배 마음에 들려면 어떻게 해야 돼요?"

윤은 여전히 웃고 있었다. 그러나 그 말을 듣는 순간 누군가가 정수리 위에 작은 얼음 조각 하나를 올려놓은 듯한 기분이 되었다. 심장 한구석이 빠르게 싸해졌다. 정언은 대답하지 못했다. 그런 정언을 가만히 응시하던 윤은 사무실 쪽으로 고개를 까딱였다.

"자료 가져온 것 좀 봐 주실래요?"

그러고는 아무 일도 없었다는 양 사무실 안으로 들어갔다. 정언은 그 자리에 서서 한동안 닫힌 문을 바라보았다.

「선배 마음에 들려면 어떻게 해야 돼요?」

오래전, 자신이 재희에게 똑같은 질문을 했던 것이 떠올랐다.

편집실에서 밤샘 작업을 마치고 지나치게 늦은 저녁을 먹으러 나왔다 들어가는 길이었다. 늦가을 한밤중의 거리는 쌀쌀했다. 커피를 마시겠다며 길거리 자판기 앞에 서 있던 재희는 그 말을 듣고도 돌아보지 않은 채 자판기에 동진을 집어넣었다.

「내 마음에 들어서 뭐할 건데.」

「그냥요.」

동경과 호감의 줄타기는 늘 위태로웠다. 그때의 정언은 어렸고, 마음을 숨기는 법을 몰랐다. 등을 돌린 재희의 어깨 너머로 자판기 커피가 떨어지는 소리가 들렸다.

「어떻게 하면 되는지 가르쳐 주면 그렇게 하려고?」

「네.」

「그렇게 안 하면 내 마음에 들 자신 없어?」

정언은 그 말에 대답하지 못했다. 재희는 자판기에서 막 나온 커피 한 잔을 정언의 손에 쥐어 주었다. 따뜻한 컵에서 전해지던 온기는 선명했다.

재희가 물었다.

「사람들이 남을 위해 변할 수 있다고 생각할 때가 언제인지 알아?」

「……아뇨.」

「그 사람의 선 안으로 들어가고 싶어질 때.」

속을 빤히 들여다보는 듯한 재희의 말에, 손에 든 종이컵 안의 커피보다 귀 끝이 더 뜨거워졌다. 재희는 남은 동전을 모두 집어넣고 다시 버튼을 눌렀다. 곧 종이컵이 달칵 소리를 내며 아래로 떨어졌다. 몸을 숙여 커피를 꺼낸 재희는 정언을 마주 보았다.

「그러면 불행해져.」

「선배.」

「그러니까 있는 그대로 해 봐. 변할 생각 하지 말고.」

그건 재희의 다정한 배려이자 경고였다. 자신의 선 안으로 들어오지 말라는. 정언은 그 말의 의미를 쉽게 알아차렸다. 그렇기에 이후로 한 번도 그 선을 넘으려 한 적이 없었다. 재희를 동경하고 존경하는 선배로서 남겨 두는 쪽이 정언에게도 더 좋았다.

오래전의 기억을 떠올린 정언은 긴 한숨을 뱉었다. 선배 마음에 들려면 어떻게 해야 되냐고? 지금의 자신이 그때의 재희처럼 그런 질문을 받을 만한 가치가 있는 선배라고는 생각할 수 없었다. 어쩐지 스스로가 한심해졌다.

─호의는 호의로 받아 주시면 안 되는 겁니까?

조금 화가 난 듯, 혹은 속상한 듯 묻던 그 목소리가 되살아났다. 공연히 죄 없는 바닥을 발로 툭 차 준 정언은 사무실로 들어섰다.

05

"내가 정언한테 이 주소 받고 제일 먼저 포스팅 날짜 체크했
거든. 포스팅이 1,200개가 넘어. 죽기 전날 포스팅도 있고, 애들
어릴 때부터 어딜 같이 가면 꼭 사진 찍어서 다 올렸더라고. 건
설사 일 했으면 야근이나 접대 엄청났을 건데, 시간 내서 계속
한 거 보면 진짜 부지런했나 봐. 블로그 하는 거 시간 무지하게
잡아먹잖아. 우리 남편도 파워블로거 한 번 해보겠다고 난리치
다 한 달도 안 돼서 포기했다는 거 아냐, 너무 힘들어서."

규형의 블로그를 띄워 놓은 태블릿을 회의실 책상 위에 밀어
둔 민혜가 턱을 괴고 있다가 고개를 절레절레 저었다. 정언이
태블릿을 자기 앞으로 끌어다 놓고 규형의 마지막 포스팅을 스
크롤하며 입을 열었다.

"내가 부인이었어도 절대 자살할 사람 아니라고 했을 거 같아
요. 아쿠아리움 티켓 얘기한 것도 그렇고, 딸들 얘기하는 포스팅
만 700개 가까이 되잖아요. 일주일에 최소한 한두 번씩은 꼭 올
렸고. 진짜 가정적이고 성실한 사람이에요. 애들이 눈에 밟혀서
라도 그렇게 쉽게 못 죽지. 마지막에 올린 글도 애들 장난감 사

준 얘기예요."

규형의 마지막 포스팅 내용은 원목 소꿉놀이 장난감 조립 과정을 기록한 것이었다. 구입처와 가격 등은 물론이고 박스 안의 내용물과 설명서까지 꼼꼼히 찍어 둔 포스팅이었다. 정언이 펜 끝을 다이어리 위에 톡톡 치며 말을 이었다.

"이런 사람이 자살 생각을 할 정도면 겉으로 드러나는 게 있었을 텐데."

"그치. 경찰이나 사측 얘기대로 회사 생활에 적응을 못했다면 심적으로 우울감이 심했을 거라고 짐작할 수가 있잖아. 근데 보통 사람이 우울하면 아무것도 하기 싫지 않아? 회사 생활 견디는 것만 해도 에너지 어마어마하게 쓸 텐데 일부러 짬 내서 애들 봐주고, 블로그 포스팅도 꾸준히 하고. 이게 진짜 말이 안 돼. 김 피디는 어떻게 생각해요?"

멍하니 생각에 잠겨 있던 윤은 갑자기 자신을 부르는 민혜의 목소리에 화들짝 놀라 자세를 고쳐 앉았다.

"네?"

누가 봐도 잠시 정신이 빠졌던 꼴로 되묻자, 민혜가 눈을 가늘게 떴다.

"김 피디는 이렇게 중요한 순간에 무슨 딴생각을 그렇게 심오하게 하지?"

그 말에 얼굴이 확 달아올랐다. 실은 아침부터 계속 사무실에 이불이 있다면 차고 싶은 기분이었던 것이다.

평소보다 훨씬 일찍 출근해서 태훈에게 자료를 받아 왔을 때까지만 해도 괜찮았다. 문제는 사무실에서 정언을 마주치자 괜히 싹싹하게 굴어 보겠답시고 오버한 거였다. 웃는 얼굴에 침

못 뺄는다니까 나름 애를 쓰는 중이었는데, 뭐 좋은 일 있냐며 왜 볼 때마다 실실 웃느냐는 소리에 저도 모르게 서운한 마음이 든 건 사실이었다.

─선배 마음에 들려면 어떻게 해야 돼요?

농담처럼 뱉었다고 생각했지만 그게 진심이었다는 건 윤 자신이 가장 잘 알고 있었다. 솔직히 말하자면 이젠 약간 오기가 생기려는 참이었다. 무슨 일이 있어도 정언의 마음에 들고 싶었던 것이다. 이런 건 맹세코 살면서 단 한 번도 없었던 일이었다.

그러니 자신이 왜 이런 오기를 부리는지 이해가 안 가는 건 당연했다. 처음에는 그저 호기심이었다. 서정언이 어떤 사람인지 궁금했고, 어떻게 일하는지 궁금했고, 왜 이런 일에 매달리는지 궁금했다.

곧 윤은 자신이 정언과 함께 있는 매 순간마다 계속 뭔가를 좀 더 알고 싶어 한다는 것을 깨달았다. 윤에게도 이런 감정은 낯설었다. 그냥 오기라기엔 조금 더 말랑말랑했고, 호기심이라기엔 약간 선을 넘는 것 같았다. 이걸 뭐라고 정의해야 할지 감도 오지 않았다.

윤의 마음이야 어쨌거나, 정언은 마치 그런 말을 들은 적도 없다는 사람처럼 굴었다. 때문에 정언이 자리에 앉아 자신이 가져온 자료를 보는 동안, 윤은 파티션 너머에서 머리를 쥐어뜯으며 시간을 되돌릴 수만 있다면 그냥 입 닥치고 얌전히 커피나 쪽쪽 빨 걸 그랬다고 후회하고 있었다.

정언에게만 이런 식인 게 더 미치고 환장할 일이었다. 평소처럼 그냥 생글생글 웃으면서 상냥하게 굴고, 괜히 쓸데없는 소리를 안 하면 아무 문제가 없다는 걸 윤 역시 잘 알고 있었다. 그런데 정언 앞에만 있으면 생각보다 말이 먼저 튀어 나가는 까닭을 알 수가 없었다.

안 그래도 칼같이 선을 긋는 게 눈에 보이는데, 이럴 때마다 정언이 이 새끼를 어쩌면 좋을까, 하고 써 붙인 얼굴로 자신을 응시하면 그 자리에서 정말 증발해 사라지고 싶을 지경이었다.

"정신 차리고, 이거 어떻게 생각하냐고."

눈앞에서 딱 소리가 나게 손가락을 튕긴 정언이 태블릿 위를 손끝으로 툭툭 쳤다. 윤은 황급히 물을 한 모금 마시고는 사레가 들려 콜록거렸다. 정언이 팔짱을 끼며 윤을 빤히 보았다. 윤은 겨우 기침을 수습하고는 정언의 시선을 피하며 말했다.

"······죄송합니다. 아, 저, 그러니까, 제가 생각하기에도 좀······ 자살로 보기엔 마음에 걸리는 게 많아요."

더듬거린 윤은 두어 번 더 헛기침을 했다. 아침 내내 이불을 차고 싶은 기분이었던 건 사실이지만, 그렇다고 완전히 정신을 놓고 있었던 건 아니었다.

"박규형 씨 블로그 보면 무슨 물건 하나만 사도 구입처, 가격, 구성품, 설명서, 사용 방법 이런 거 다 꼼꼼하게 적어 두더라고요. 그런 사람이 유서를 안 남겼다는 게 일단 이해가 안 돼요. 맞벌이라도 부인 수입이 큰 게 아니라서 애 둘 있는 형편에 좀 빠듯했을 거 같거든요. 애들한테 쓰는 돈은 전혀 안 아긴다고도 했고요. 진짜 죽으려고 생각했으면 뭔가 자기가 죽고 난 뒤의 대책 같은 걸 유서로 남기려고 하지 않았을까 싶기도 해요. 부인 혼자서 현재 생활수준을 유지하기 어렵다는 건 분명히 알았을 텐데, 아니, 물론 사람이 죽는 마당에 남 생각까지 안 할 수도 있긴 하지만······."

민혜와 정언이 자신을 빤히 쳐다보는 시선이 느껴져 지은 죄도 없이 목소리가 점차 줄어들었다. 윤이 말끝을 흐리자 민혜가 엉덩이라도 뚜덕거려 줄 기세로 맞장구를 쳤다.

"어, 그렇지, 그렇지. 김 피디 말 잘하네. 그리고 이 정도로 기록 욕구가 있는 사람이 자기 일신에 문제가 생겼는데 그걸 아무한테도 말 안 할 순 없을 거 같아. 기제국에서 가져왔다는 자료나 아직 다 못 봤는데, 거기 뭐 힌트 될 만한 건 없어요?"

"영상은 아직 확인 안 했고, 녹취 프리뷰 따놓은 게 있어서 그거 먼저 읽어 봤는데 이 부분 좀 이상하지 않아요?"

정언이 대신 대답하며 민혜 앞으로 프린트한 종이 한 장을 밀어 놓았다.

"여기 23분 4초 부분 좀 봐요. '아이, 그게 저도, 이게 사측이 좀 여러 가지로 문제가 있다는 거 저희도 알죠. 아는데, 저는 힘이 없고. 마음이 너무 불편해서 방법을 찾고는 있는데 지금으로서는 제가 어떻게 할 수가 없는 부분이 있다는 거 양해 좀 해주시고. 피디님 이거는, 이거는 비방으로, 오프더레코드로.'"

태훈이 규형과 나눈 대화의 녹취록이었다. 정언이 가리킨 타임코드 부분을 들여다보던 민혜가 윤에게 다시 눈을 돌렸다.

"'사측이 좀 여러 가지로 문제가 있다.', 이거 더 확실하게 얘기한 건 없고? 김 피디 친구는 뭐라고 얘기 없었어요?"

윤은 고개를 가로저었다.

"저도 물어봤는데, 부지 선정하고 개발 과정에 의혹 있는 건 알았지만 자기들은 일단 주민들한테 포커스 맞춘 거여서 더 자세히 얘기하진 않았대요. 자기 생각에는 그거 관련 얘기 아니었을까 하는 거 같던데요."

"서온건설 뇌물 의혹 있잖아요. 그때 한선당 리스트도 나오고 했는데 다 무혐의 받았고."

정언이 말을 덧붙였다. 민혜가 뚜껑을 닫아 놓은 만년필 끝으로 미간을 긁었다.

"음, 맞아. 그때 엄대진계 의원들 다 걸렸었나?"

엄대진은 현재 한국선진당 소속 의원으로, 차기 유력 대권 주자로 손꼽히는 인물 중 하나였다. 그는 대표 보수 일간지 <조한일보>를 비롯한 여러 미디어를 소유한 언론 재벌 JMG 그룹 변순철 회장의 둘째 사위이기도 했다.

정언이 언급한 것은 속칭 '서온건설 게이트'였다. 서온건설이 신도시 개발 공사 수주를 위해 엄대진을 비롯한 친 엄대진계 의원들과 일부 관계 부처 인사들에게 뇌물을 줬다는 한 제보자의 폭로에서 시작된 뇌물 수수 사건이었다.

현 여당인 한국선진당과 제1야당인 민권당 사이에서 하루가 멀다 하고 매일 공세가 이어졌다. 이 과정에서 신도시 부지 개발 선정에 엄대진이 직접 개입해 토지 매매로 엄청난 차익을 남겼다는 의혹이 제기되었다.

그러나 검찰 수사에서 엄대진과 관련 인사들은 거의 무혐의 판정을 받았다. 결국 처벌된 건 당시 한선당 비례대표였던 모 초선 의원과 국토교통부의 차관급 인사 두 사람밖에 없었다. 게다가 서온건설 게이트를 다뤘던 언론사들은 소송은 물론이고 보복성 세무조사 등 혹독한 대가를 치러야 했다.

생각에 잠겨 있던 정언은 어깨를 으쓱해 보였다.

"뭐 꼭 그게 아니더라도 직원이 사측 비리를 인정하는 뉘앙스를 드러낸다는 건 회사 입장에서 거슬리겠죠. 안 그래도 원주민들이 개발 과정이 불투명하고 납득할 수 없다, 보상이 턱없이 부족하다 하면서 집단행동 들어가는 판인데 사측에서 이걸 인정한다?"

민혜는 정언의 말을 주의 깊게 듣고 있다가 몸을 뒤로 젖혔다.

"어우, 이거 완전 음모론인데. 소설 한 편 나오긴 한다."

"사측에서 빨리 묻고 싶으니까 부인한테 보상금 수령 강요한다고 생각할 수도 있잖아요. 보상금이 적은 편은 아닌데, 사측에서 입막음 대가라면 싸다고 봤을 가능성도 있고요."

"그 돈을 박기형 씨한테 직접 줘서 입막음할 수가 없었나? 사람 죽이는 거 리스크가 크잖아. 왜 굳이 그렇게까지 했지?"

"살인이었을 수도 있고, 사고였을 수도 있죠. 협박만 하려고 했는데 실족사 했을 가능성도 있지."

정언의 대답에 자리에서 벌떡 일어난 민혜가 펜을 들고 회의실 안을 서성거리다 벽에 걸린 시계로 시선을 주었다.

"말은 돼. 말은 되는데, 이거 완전 소설이야. 강 피디 두 시에 들어온다고 했지? 두 시 다 됐는데……."

민혜의 말이 채 끝나기도 전, 때맞춰 회의실 문이 열리며 재희가 나타났다. 화들짝 놀란 민혜가 가슴을 쓸어내렸다.

"하여튼 양반 못 돼요. 자기 얘기 하자마자 오는 거 봐. 일단 여기 좀 앉아 보시고."

재희를 끌어다 앉힌 민혜가 테이블 위에 이리저리 널려 있던 태블릿과 문서들을 모아 놓고는 입을 열었다.

"이거 지금 제보자 인터뷰 딴 거랑 뭐 자료 여러 가지 해서 우리가 회의를 좀 했는데, 전후 사정이 수상하긴 해. 강 피디도 이건 동의하지?"

안경을 고쳐 쓴 재희는 뭔가 탐탁지 않다는 투로 대답했다.

"오전에 메일로 정리해서 보내 준 거 읽어 보긴 했어."

읽어 보긴 했어, 라는 말에서 느껴지는 뉘앙스는 그리 긍정적이지 않았다. 윤은 정언의 눈치를 흘끔 보았다. 정언이 펜 끝을 다이어리 위에 빠르게 톡톡 치고 있는 것이 눈에 들어왔다. 뭔가 초조해하는 느낌이었다. 재희가 가벼운 한숨을 뱉었다.

"나한테 말한 게 다야? 제보자 얘기하고 담당 경찰서, 국과수, 서온건설 인사과 말이 서로 다른 건 알겠어. 그리고 박규형 씨 블로그하고, 회사에서 보상금 문제 제시한 거하고. 또?"

정언이 서둘러 말을 받았다.

"아침에 김 피디가 기제국 진송신도시 취재 자료 일부 받아 온 게 있는데, 확인해 보니까 좀 마음에 걸리는 게 있어요. 박규형 씨가 신도시 개발 과정에서 제기된 의혹을 인정한다는 식으로 얘기가 나와서……."

다음 순간 재희가 손을 들어 정언의 말을 끊었다.

"스톱. 지금 소설 쓰고 있는 거 알지?"

그 말을 듣기 무섭게 정언이 얼굴을 확 구겼다.

"정황 증거라는 게 왜 있는데요. 어쨌든 자살로 보기 힘들다는 건 선배도 솔직히 동의하잖아요."

"이상한 거 알아. 그런데 지금 가져온 거 다 정황 증거에 심증이야. 이 짓 하루 이틀 했어?"

"부검 결과 나오면 더 자세히 알 수 있다니까. 국과수에서도 외견상 추락사 소견으로 보인다고 한 게 다예요."

"서 피디."

재희가 피곤한 기색이 역력한 얼굴로 다시 한 번 정언을 불렀다. 뭐라고 한마디 더 하려던 정언이 재희의 표정을 보고는 곧 입을 다물었다. 쓰고 있던 안경을 벗으며 고개를 숙여 미간을 한참이나 누르고 있던 재희가 눈을 들지 않은 채 말했다.

"본인이 무슨 얘기 하는지 알고 해. 지금 회사가 개발 비리 알고 있는 직원 살인을 사주했다고 주장하는 건데, 그거 확신해? 죽은 사람이 신도시 개발 과정에 의혹 있다고 언급했다는 거 하나 가지고 어디까지 가는 거야?"

"선배."

"그 인터뷰에서 빅규형 씨가 뇌물이라는 단어 한 번이라도 사용했어? 내부 고발자로 볼 수 있는 부분이 확실하게 있냐고. 진송신도시 관련 의혹 이미 뉴스에서도 다 보도된 내용이야. 의혹 있을 수 있고 그게 사실일 수 있지. 그런데 그룹 임원도 아니고 현장 과장이야. 현장 과장이 사측에서 살인을 사주할 만한 정보를 알고 있었다?"

"그건 아직 알 수 없는 부분이고요."

"본인도 알 수 없는 걸 나한테 왜 가져와?"

정언의 대꾸에 재희가 싸늘하게 되물었다. 윤은 저도 모르게 마른침을 삼켰다. 첫날 말고는 재희와 직접 마주칠 일이 많지 않았기에, 지금까지는 재희에 대한 사람들의 평을 잘 이해하지 못한 게 사실이었다.

그러나 막상 정색하는 재희를 눈앞에서 보니 잘못한 것도 없이 움츠러드는 기분이었다. 수학 시간에 출석 번호가 불릴까 봐 긴장하는 열등생의 마음을 이해할 정도였다. 윤이 두 사람의 눈치를 살피는 사이, 정작 정언은 지지 않고 재희에게 대들었다.

"심증이 너무 확실한데 그럼 어떡해요?"

재희가 다시 안경을 쓰며 정언을 응시했다. 재희를 처음 보았을 때 악명에 비해 의외로 단정한 인상의 얼굴이라 놀랐었는데, 그 단정함이 실은 스치기만 해도 베일 듯한 예리함이었다는 것을 깨닫자 등줄기가 서늘해졌다.

재희가 나지막한 목소리로 내뱉었다.

"심증, 정황, 추측, 이딴 거 내 앞에 들이밀지 마. 상상력으로 공백 채우지 말라고. 그런 거 하고 싶으면 드라마국 가. 99퍼센트의 심증 같은 건 없어. 1퍼센트의 팩트가 99퍼센트의 심증보다 확실하다고 했지? 지금 서 피디가 나한테 보여 준 것 중에 그 주장에 대한 팩트가 대체 뭐야?"

"와이프 얘기도 그렇고, 블로그도 봤을 거 아니에요. 스케치따온 것도 다 보냈잖아요!"

"그래서 그게 서 피디 주장에서 뭘 증명하는데? 타살이라는 것도 증명 안 되고 회사 비리도 증명 안 돼. 전부 넘겨짚고 있잖아. 아마추어야?"

"선배!"

정언이 정말 화가 난 얼굴로 재희의 말을 잘랐다. 아무래도 이대로 내버려 뒀다가는 세계 제3차 대전이라도 일어날 기세였다. 윤과 함께 눈치만 보고 있던 민혜가 서둘러 끼어들었다.

"에이, 강 피디 왜 그래. 애초에 지금 팩트가 있으면 경찰 수사로 넘어갔지. 심증이 확실하니까 우리가 증거 찾아보자 이거잖아. 뭐 그렇게까지 말을 하고 그래. 이 정도면 그림은 나오지 않아? 만약에 진짜 자살이면 과로사 문제로 엮어서 내보낼 수도 있고. 어차피 전에 과로자살 아이템 얘기도 나왔었잖아."

재희는 그 말에 대답하지 않고 정언을 물끄러미 보았다. 윤은 재희의 시선을 따라 정언에게 눈길을 주었다. 정언은 고집스럽게 재희를 노려보고 있었다. 두 사람이 이런 식으로 부딪친 건 한두 번이 아니었을 게 분명했다.

정언이 먼저 침묵을 깨고 입을 열었다.

"선배가 컨펌하면 내 주장 증명할 증거 찾아오겠다고요."

정언은 한발도 물러설 생각이 없는 듯했다. 그 얼굴을 본 재희는 짧은 한숨을 쉬었다.

"이거 꼭 해야겠어?"

"네."

"내가 승인 못 하겠다면 어떻게 할 건데?"

재희의 말에 기가 찬다는 얼굴을 한 정언이 따져 물었다.

"오늘따라 진짜 왜 이래요? 이것보다 더한 거 가져와도 하라고 했잖아요! 무슨 증거를 더 원하는데요? 내가 지금 죽은 사람 살려 내서 자살한 거냐 아니냐 물어보고 와요?"

"팩트 가져오면 되는 겁니까?"

그때까지 두 사람의 대화를 듣고만 있던 윤은 불쑥 물었다. 팽팽하게 당겨졌던 실이 툭 끊어지듯, 정언과 재희가 거의 동시에 윤 쪽으로 시선을 돌렸다. 윤은 이 끝으로 깨물고 있던 입술 안쪽을 조금 더 힘주어 눌렀다. 긴장한 탓에 몸이 떨렸다.

"팩트 가져오겠습니다. 승인해 주십시오."

재희의 눈을 똑바로 보는 데는 약간의 용기가 필요했다. 안경 너머에서 서늘한 눈동자가 이쪽을 뚫어지게 마주 보았다. 민혜가 눈을 휘둥그렇게 뜨더니 어머머, 하고 정언의 등을 콩콩 때렸다.

윤이 이럴 거라고는 예상하지 못했는지, 보기 드물게 당황한 얼굴을 한 정언이 윤과 재희를 번갈아 보았다. 윤은 테이블 아래서 주먹을 두어 번 쥐었다 펴며 애써 떨리는 손을 진정시켰다. 입 안이 타들어 가는 것 같았다.

재희의 시선을 피할 수 없었다. 속을 읽기 힘든 눈이었다. 윤은 문득 그 눈이 정언과 닮았다고 느꼈다. 한동안 아무 말 없이 윤을 마주 보던 재희가 불현듯 푹 웃었다.

"서 피디가 며칠 사이에 교육 잘 시켰네."

칭찬인지 아닌지 종잡을 수가 없는 말투였다. 이런 것도 비슷하네, 하고 속으로 생각한 윤은 대답 대신 재희의 표정을 살폈다. 재희가 얼굴에서 곧 웃음기를 거두고는 턱을 괴며 윤에게 물었다.

"김 피디, 내가 팩트 가져오라고 하는 거 무슨 말인지 알아?"

"네?"

"우리를 진짜 죽이고 싶을 만큼 싫어하는 사람들이 봤을 때도 트집 잡힐 게 없어야 된다는 거야. 고의든 실수든 빈틈은 용납 안 돼. 이만하면 됐겠지, 이런 건 절대 안 통해. 정확하고 객관적인 팩트라서 누가 봐도 절대 반박할 수 없어야 한다고. 지금 김 피디가 한 말 이렇게 하겠다는 뜻이야."

얼굴은 평온했으나 그 내용은 무시무시했다. 오 마이 갓, 내가 무슨 짓을 저지른 걸까……. 속으로 생각한 윤은 손끝이 하얗게 질릴 정도로 손을 말아 쥐며 숨을 들이쉬었다. 등줄기로 식은땀이 흐르는 기분이었다. 딱딱하게 굳은 윤의 얼굴을 마주 보던 재희가 몸을 일으켰다.

"서 피디, 나가서 얘기 좀 하자."

"여기서 해요."

정언이 딱딱하게 대꾸하자 재희가 조금 더 낮아진 목소리로 다시 한 번 말했다.

"둘이 얘기 좀 하자고."

잠시 재희를 쳐다보던 정언이 썩 내키지 않는다는 얼굴로 재희를 따라 일어났다. 두 사람이 회의실을 나가자 문이 닫혔다.

일순간 긴장이 풀린 윤은 저도 모르게 의자 등받이에 등을 파묻었다. 없던 심장병이 생기는 기분에 가슴께를 움켜쥐고 헉헉대며 숨을 고르자 민혜가 웬일이니, 하며 윤의 팔뚝을 찰싹 때렸다.

"김 피디, 깡 좀 있네?"

윤은 속으로 이건 깡이 아니라 주둥이를 조절하는 신경계 이상이 분명하다고 확신하고 있었다. 정언의 얼굴을 본 순간 거의 반사적으로 그런 말이 튀어 나갔던 것이다. 정언이 이 일을 꼭 방송하기 원한다는 느낌이 들어서였다.

왜 그렇게 느꼈는지는 설명할 수 없었다. 하지만 그 맞는지 아닌지도 모르는 막연한 느낌이 문제였다. 그게 진짜라면 어떻게든 정언을 도와주고 싶은 마음뿐이었다. 물론 이제 와서는 뱉은 말을 돌이킬 수도 없었다.

신이 있다면 더도 말고 덜도 말고 딱 5분 전으로 돌아가고 싶다고 생각하던 윤은, 요즘 들어 하루에 세 번쯤은 시간을 되돌리기를 간절히 원하고 있다는 사실을 깨달았다.

남의 속을 알 리 없는 민혜가 윤의 등을 두드리고는 파이팅, 하며 주먹을 불끈 쥐어 보였다. 맥없이 웃어 보인 윤은 민혜가 나간 회의실에서 혼자 테이블에 이마를 두어 번 박고는 땅이 꺼지게 한숨을 쉬었다.

◆

"더블 초콜릿 프라페에 에스프레소 더블 샷하고 초코 드리즐 추가해 주시고, 아, 위에 휘핑크림도 많이 올려 주세요."

부러 방송국 로비의 카페를 피해 근처의 단골 카페에 온 건 남들 눈을 피하기 위해서였다. 다행히도 카페에는 사람이 거의 없었다.

오는 내내 뭘 주문할까 그 생각만 했는지, 카운터 앞에 서자마자 숨도 쉬지 않고 주문을 하는 정언을 내려다본 재희는 코끝으로 웃었다. 정말 화가 나긴 난 모양이었다.

"방금 그거하고, 아이스 아메리카노 톨 사이즈로 하나 주세요. 계산은 이걸로 할게요."

재희가 내민 카드를 받아 계산한 점원이 카드와 영수증을 함께 돌려주었다. 정언이 먼저 창가의 자리로 향했다. 재희는 주문한 음료가 나오기를 기다렸다가 받아 들고는 맞은편에 앉으며 혀를 찼다.

"선배가 후배님 드시는 것까지 가져다드려야 돼?"

"사 달라고 한 적도 없거든요."

정언이 창가로 아예 고개를 돌린 채 대답했다. 어지간히 기분이 상한 듯했다. 하기야, 평소에는 단것을 잘 먹지 않는 정언이 이런 걸 시켰을 때는 그럴 만한 상태임을 재희 역시 잘 알고 있었다.

정언이 전투적으로 휘핑크림을 퍼먹기 시작했다. 커피를 마시며 그런 정언을 흘끔거리던 재희는 가벼운 한숨을 쉬었다.

"서 피디."

재희가 정언을 부르자 정언은 손을 멈추고 컵에 빨대를 푹 꽂으며 내뱉었다.

"까놓고 말해 봐요. 왜 그랬어요?"

이렇게 선수를 치면 순간적으로 말문이 막히는 건 어쩔 수 없었다. 정언이 정말 화가 난 표정으로 재희를 빤히 보았다.

"내가 납득할 수 있게 설명을 해 보라고요. 이거 컨펌 못 해 준다는 이유 있잖아요. 백 번 양보해서 내가 심증만 있다는 거 인정하는데, 여태 이것보다 더 별거 아닌 것도 다 컨펌해 줬으면서 이게 안 된다고 하면 내가 납득을 해요? 사람을 그렇게 남 앞에서 개망신을 주고?"

재희는 들고 있던 컵을 내려놓으며 되물었다.

"개망신?"

"새파란 후배 앞에서 선배가 나 이렇게 물 먹이는 게 개망신 아니면 뭔데? 그리고 김 피디가 이것 때문에 새벽같이 기제국 가서 자료 다 받아 왔는데, 뭣도 모르는 애한테 무안을 줘도 정도가 있죠. 나보고 뭐라고 하지 말고 선배도 애 잡지 마요. 김윤이 서정언 때문에 도망가나, 강재희 때문에 도망가나 내기 한번 해봐?"

정언이 씩씩거리며 삿대질을 했다. 눈앞까지 들이밀어진 손가락을 뒤로 민 재희는 의자에 몸을 기대며 바람 빠지는 소리로 웃었다.

"그래도 용감하던데, 내 앞에서 눈 똑바로 뜨고 팩트 가져오겠다는 거 보니까."

많은 피디들이 거쳐 간 자리였으나, 조금 전의 윤 같은 케이스는 재희의 기억에도 매우 드물기는 했다. 얘기하는 내내 꿔다 놓은 보릿자루처럼 앉아 있더니, 갑자기 팩트 가져올 테니 승인해 달라고 당돌하게 마주 보는 얼굴에 내심 놀란 건 사실이었다.

곧이어 인트라넷에 그런 글 올리는 깡이 그냥 있는 건 아니었나 보다 생각하자 좀 안심이 되었다. 정언의 부사수 자리는 결코 쉽지 않았다. 때문에 윤 같은 타입이라면 차라리 정언과 잘 맞을 수도 있겠다 싶었던 것이다.

잠시 생각에 빠진 사이, 정언이 딱딱하게 내뱉었다.

"말 돌리지 말고 이유 말하라니까요."

"눈치는 왜 이렇게 빨라?"

진심 섞인 농담이 튀어 나갔다. 정언이 얼굴을 찌푸리며 재희를 빤히 보았다. 재희는 속을 들여다보는 듯한 정언의 그 시선을 어슷하게 비껴 피했다. 정언은 자신과 가장 닮았고, 가장 오래 함께 일했고, 가족보다 더 많은 시간을 같이 보낸 후배였다.

말 한마디 하지 않아도 마치 마음을 읽는 듯 구는 정언이 편한 건 당연했지만, 동시에 간혹 그것이 불편할 때도 있었다. 재희는 정언 역시 때로 자신에게 비슷한 감정을 느끼지 않을까 짐작하곤 했다.

"위에서 하지 말래요? 아니면 하지 말라고 할까 봐 미리 발 빼는 거예요?"

정언이 날카롭게 묻자, 재희는 테이크아웃 컵에 맺힌 물기를 손끝으로 열없이 문질렀다. 냉기가 지문 위로 습하게 번졌다. 카페 창을 통해 들어온 오후의 햇살이 투명한 잔을 지나 테이블 위에서 산란했다. 재희는 그 빛무리에 잠깐 눈을 주다 정언을 마주 보았다.

"이거 꼭 하고 싶은 이유가 뭔데."

순간 정언의 표정이 굳어졌다. 재희는 정언이 가끔 지금처럼 의외로 알기 쉽게 굴 때가 있다는 걸 아는 거의 유일한 사람이었다.

"왜 하고 싶은 거냐고. 내가 들어서 이해 가면 승인할게."

그러나 역시 정언은 그리 만만한 상대가 아니었다. 정언이 팔짱을 끼며 내뱉었다.

"장난해요? 선배가 먼저 까 봐요, 그럼. 이거 못 하게 하는 이유 내가 듣고 이해하면 포기할 테니까."

"한마디를 안 지냐?"

"선배가 후배한테 꼭 이겨 먹어야 속이 시원해요?"

내가 호랑이 새끼를 키웠지, 하고 속으로 중얼거린 재희는 손을 내저었다.

"말을 말자, 말아."

"말을 말 거면 뭐하려고 왔어요?"

"서 피디."

재희는 얼굴에서 웃음기를 지웠다. 정언이 자세를 고쳐 앉으며 재희를 응시했다. 재희는 잠시 갈등했다. 솔직히 말하자면 방송국 상황만 이 꼴이 아니라도 이런 아이템을 막을 이유는 전혀 없었다. 정언이 납득하지 못하는 것도 당연했다.

그래서 잘 설득하려고 불렀는데, 막상 얼굴을 보니 포기할 생각이라고는 요만큼도 없어 보여 머리가 지끈거렸다. 재희는 손을 깍지 끼어 입가에 대며 낮은 한숨을 쉬었다.

"아직 팩트가 없잖아. 심증만 가지고 증거 찾는 거 시간 많이 필요한 일이야."

"그걸 누가 몰라요?"

"그런데 우리한테 시간이 없다고."

단정적으로 뱉은 말에 정언이 멈칫했다. 이런 이야기를 하는 게 마음 편할 리 없었다. 그러나 재희의 입장에서도 어쩔 수가 없었다. 애초에 윗선에서 이사진을 교체한 게 <비하인드 24>를 위시한 시사보도국 전체에 손을 대려는 의도라는 건 거의 명백했다.

그들의 목표는 다음 개편 전까지 어떻게든 <비하인드 24>를 폐지하는 것이었다. 그건 그 후에 다가올 선거를 대비하기 위한 밑 공작이라는 것을 대부분 짐작하고 있었다.

재희는 몇 달도 채 남지 않은 시간 동안 이 프로그램을 지킬 수 있을지, 만일 지킨다 해도 그게 지금의 모습과 같을지 확신할 수 없었다. 최근 재희를 가장 괴롭게 하는 것은 자신이 생각보다 더 무력한 존재라는 사실이었다.

재희는 나지막하게 말을 이었다.

"단순히 과로 자살 같은 케이스라면 얼마든지 시작해도 돼. 한 달이면 하고도 남을 거고. 그런데 서 피디 생각대로 이게 더 큰 건하고 관련이 있다면 내가 하라고 말하기가 힘들어. 고생은 고생대로 하고 방송도 못 하면 어떡하냐고. 무슨 얘긴지 알겠어?"

정언이 대답 대신 컵에 꽂아 놓은 스트로를 휘적거렸다. 휘핑 크림이 소용돌이치며 초콜릿 프라페에 섞여 기하학적인 무늬를 그렸다. 그 궤적을 눈으로 따라가던 재희는 정언이 툭 내뱉은 말에 시선을 멈췄다.

"아, 나 이런 거 진짜 완전 싫은데."

뭐가, 하고 묻는 얼굴로 보자 정언이 머리칼을 흩었다.

"선배가 약한 소리 하는 거 짜증난다고요. 딴 데 가서는 안 그

173

러면서 나한테만 그러는 것도 속 보이고, 선배가 약한 소리 하게 만드는 상황도 열 받고."

예리한 말에 가슴이 뜨끔했다. 기실 상대가 정언이 아니라면 이렇게 아쉬운 소리를 할 필요도 없기는 했다. 다른 팀원들은 자신이 하지 말라고 하면 대개 별말 없이 받아들이곤 했다. 강재희가 하지 말라니 이유가 있겠지, 하는 식이었다.

그러나 정언에게 그런 것은 통하지 않았다. 정언은 본인이 납득하지 못하면 곧 죽어도 아닌 건 아니었다. 때문에 어쩔 수 없이 정언 앞에서 아쉬운 소리를 자주 하게 되는 건 사실이었다.

물론 정언에게는 자신이 그런 모습을 보여도 된다는 계산이 깔려 있다는 것 역시 부정할 수는 없었다. 잠시 생각에 잠겨 있던 정언이 운을 떼었다.

"무슨 말인지 알겠고, 선배가 나 생각해서 하는 말인 것도 알겠어요. 아, 내 생각 하는 게 아니라 프로그램 생각하는 건가?"

"내가 서 피디 생각 안 하면 누가 하는데?"

농담 반, 진담 반으로 던진 말에 정언이 피식 웃고는 곧 평소의 무표정으로 돌아갔다.

"그래도 나 이거 해야겠는데요."

"되게 고집이네."

"내가 꼭 하고 싶은 거 눈치 깠잖아요. 나 선배 못 말리고, 선배도 나 못 말리고. 그러니까 서로 말리지 말자고요, 공평하게."

정언이 이렇게까지 말하는 이상 더 설득하는 건 무의미했다. 재희는 침묵하며 커피 몇 모금을 마셨다. 정언이 팔짱을 끼었다.

"오늘 당장 시작할게요. 리서처 붙여 줘요. 페이 못 나간다고 하면 내가 사비로라도 쓸게. 바로 사이즈 파악 들어갈 거니까 선배는 오케이만 해요."

"서 피디."

"오케이만 하라니까 왜 이렇게 주석이 길어? 나 못 믿어요?"

재희는 바람 빠지는 소리로 웃고는 고개를 저었다.

"이건 뭐 말만 후배지, 지가 선배야 아주."

"그러니까 어릴 때 예의 바르게 잘 좀 키우지 그랬어요. 아무한테나 계급장 떼고 붙으라고 가르치니까 기어오르는 거 아냐."

"그래 놓고 김 피디는 쥐 잡듯 잡지?"

"절대 아니거든요?"

윤의 이야기를 꺼내자마자 정언이 발끈했다. 뜻밖의 격렬한 반응에 재미있다는 표정을 한 재희는 정언을 빤히 보았다. 정언이 잔뜩 휘저어 놓은 휘핑크림을 한 스푼 떠먹더니 한쪽 눈썹을 찌푸렸다.

"그 얼굴 뭔데요?"

"김 피디 얘기 하자마자 엄청 예민하네."

"예민한 사람 본 적 없어요? 이게 예민하게?"

"지금 되게 예민한 거 몰라?"

놀리는 게 뻔한 말투인 걸 모를 리 없었다. 정언이 눈을 가늘게 떴다.

"말은 잘 듣는 거 같던데."

넌지시 떠보는 말에 정언이 모호한 표정을 했다. 재희에게는 드물게도 읽기 힘든 얼굴이었다. 무슨 뜻일까, 하고 생각하기 무섭게 그 표정은 곧 사라졌다.

"잘 듣는다고 해야 되나, 그걸."

정언이 혼잣말처럼 중얼거렸다. 그러더니 프라페를 먹다 말고 불현듯 웃는 소리를 냈다. 윤에 대해 생각하고 있다는 건 쉽게 알 수 있었다. 정언이 누군가를 생각하며 저런 표정을 한다는 건 자주 있는 일이 아니었다. 약간 흥미가 생긴 재희는 손끝으로 턱을 받치며 정언을 물끄러미 보았다.

"왜, 뭐가 어떤데."

"그냥, 뭐."

"그냥 뭐가 뭐야. 괜찮으면 괜찮은 거고 아니면 아닌 거지."

"그만 가죠. 시간 아깝네. 아, 안 피디한테 이번 주 방송부터 박규형 씨 사건 제보 자막 넣어 달라고 얘기 좀 해 줘요."

공연히 시계를 보고는 말을 돌린 정언이 아직 절반도 넘게 남은 프라페 컵을 들고 자리에서 일어났다. 잘 마실게요, 하고 뒤늦은 인사를 한 정언이 빠른 걸음으로 먼저 카페를 나갔다. 뒤따라 일어난 재희는 흠, 하고 고개를 기울였다. 확실히 평소와는 다른 태도였다.

문득 윤의 얼굴이 뇌리를 스쳤다. 그러자 윤이 그 자리에서 그런 말을 한 까닭이 궁금해졌다. 그때는 순간적으로 아무 생각 없이 그런가 보다 하고 넘겼지만, 까마득한 선배들 앞에서 겁도 없이 끼어들어 그런 말을 한 데는 분명 이유가 있을 터였다.

커피를 들고 카페를 나선 재희는 느린 걸음으로 거리를 걸었다. 아직 아이스커피를 마시기에는 쌀쌀한 날씨였으나, 어쩐지 스산하다는 말이 어울릴 살풍경한 거리에서 마시는 차가운 커피는 그리 나쁘지 않았다.

저만치 앞서 작아지는 정언의 뒷모습이 눈에 들어왔다. 정언이 이 사건을 꼭 취재하고 싶어 한다는 걸 차라리 몰랐으면 좋았을 텐데, 하는 생각이 지났다.

다음 순간 재희는 발을 멈췄다.

「팩트 가져오겠습니다. 승인해 주십시오.」

윤의 목소리가 또렷하게 되살아났다. 정언은 사적인 부분을 쉽게 드러내지 않는 타입이었다. 재희는 정언이 이 사건을 방송하고 싶어 하는 것이 어떤 개인적인 사유임을 짐작하고 있었다. 만약 그런 게 아니었다면 자신이 까닭을 물었을 때 대답을 피할 이유가 없었다.

그런 정언이 들어온 지 얼마 되지도 않는 후배 앞에서 자기 입으로 이거 꼭 하고 싶다는 말 따위를 했으리라고는 생각되지 않았다. 그러니 어쩌면, 윤 역시 정언의 속내를 알아차렸던 건 아닐까. 만약 그게 사실이라면 놀랄 만한 일이었다. 감정을 잘 드러내지 않는 정언을 쉽게 파악하는 사람은 드물었다.

<비하인드 24>를 거쳐 간 피디들 중, 재희에게 정언과 함께 일하기 어렵다고 토로하는 피디들이 종종 있었다. 정언의 부사수 자리에 들어간 후배들이 특히 더 그랬다. 물론 같은 기간에 다른 팀에서 일하는 것보다 배우는 게 몇 배로 많다는 평은 공통적이었으나, 엄격한 데다 곁을 주지 않는 사수인 정언 밑에서 쉽게 버티는 후배는 거의 없었다.

윤 앞에서 개망신을 줬다며 화를 내던 정언의 얼굴을 떠올린 재희는 고개를 약간 기울였다. 재희가 기억하는 한 정언이 그런 이유로 성질을 부린 건 처음이었다.

곧이어 정언이 윤에게 무안 주지 말라고 한 소리 하던 것이 퍼뜩 뇌리를 지났다. 어쩐지 묘한 기분이 되었다. 재희는 차가운 커피를 마시며 혼잣말처럼 중얼거렸다.

"애가 괜찮으면 괜찮다고 하지, 솔직하질 못해."

이미 정언의 뒷모습은 방송국 유리문 안으로 사라진 지 오래였다. 재희는 긴 숨을 뱉으며 고개를 젖혔다. 쏟아질 듯 묵직하게 내려앉은 회색 하늘이 눈에 들어왔다. 멀리서 비행기 한 대가 흰 꼬리를 남기며 하늘을 가로질렀다.

재희는 곧 아무것도 보지 못한 양 시선을 돌리며 다시 걸음을 옮겼다.

　정언은 세면대에 비친 얼굴을 들여다보았다. 숙직실에서 새벽에 두세 시간 겨우 눈을 붙인 뒤 잠을 깨기 위해 씻고는 다시 사무실로 돌아가는 생활을 일주일째 유지했더니 상태가 말이 아니었다.

　며칠 내내 눈알이 빠지게 산더미처럼 쌓인 자료들을 검토하는 중이었다. 국토부 자료, 서온건설 공시 자료와 주가 변동표는 물론이고 진송신도시와 관련된 모든 기사까지 포함된 몇 년 치 자료를 체크하는 일은 쉽지 않았다.

　그나마 기사라든가 통계 자료의 경우는 리서처인 영인이 아르바이트생들과 함께 먼저 팩트 체크를 거친 뒤 넘겨줬지만, 그것들만 읽어 보기에도 물리적으로 시간이 부족한 판이었다.

　지난주 방송에서 진송신도시 사망 사건 제보 요청 자막을 띄우기 시작한 뒤로 제보도 상당수 들어오고 있었다. 제보 내용을 판별하는 것은 민혜의 몫이었다. 민혜 역시 제보 메일이나 전화를 받아 보고 팩트인지 아닌지를 가리는 데만 하루의 대부분을 쓰는 중이었다.

그사이 자료를 보며 잡아 둔 전문가들과의 자문 미팅과 취재 스케줄을 머릿속으로 하나하나 꼽아 보던 정언은 세면대를 잡은 채 고개를 숙였다. 골이 앞으로 죄다 쏟아지는 것 같은 느낌이었다.

오늘은 오전에 윤과 함께 진송신도시 개발 현장에 나가 볼 예정이었다. 때문에 조금이라도 눈을 붙였어야 하는데, 자료를 파악하는 데만도 시간이 한참 걸리는 탓에 거의 밤을 새운 채라 내심 걱정이 되었다.

사무실로 돌아온 정언은 제일 먼저 책상 위에 둔 커피를 마셨다. 믹스 커피 세 봉지를 뜯어 넣은 컵은 이미 차게 식은 지 오래였다. 감각이 둔해져 무슨 맛인지도 알 수 없었으나 일단 카페인이 들어가자 순간적으로 정신이 드는 것 같았다.

의자에 기대 있던 정언은 선배, 하고 부르는 목소리에 퍼뜩 정신을 차렸다.

"어제 집에 안 들어가셨어요?"

윤이었다. 언제 출근한 걸까. 정언은 멍한 머릿속으로 윤을 쳐다보았다. 며칠 내내 같이 밤샘을 하다 도저히 안 될 것 같아 어제저녁에는 윤을 일찍 들여보냈던 것이 떠올랐다.

잠깐 눈만 감고 있었던 줄 알았는데, 시계를 흘끗 보자 아무래도 앉은 채로 삼십 분도 넘게 잠들었던 듯했다. 정언은 자세를 조금 고쳐 앉았다.

"왔어?"

"좀 쉬면서 하시죠. 그러다가……."

가방을 내려놓으며 걱정스러운 표정을 하던 윤이 갑자기 말을 멈췄다. 아무 생각 없이 윤을 보던 정언은 다음 순간 한쪽 뺨을 감싸 오는 손길에 멈칫했다. 따뜻한 손이었다.

지금 뭐하는 거지, 하고 생각하기 무섭게 윤이 책상 위에서 재빨리 티슈 몇 장을 뽑아 정언의 코 밑을 눌렀다. 무심코 시선을 내리자 티슈로 순식간에 새빨간 점이 번졌다. 정언은 그제야 자신이 코피를 흘리고 있다는 것을 깨달았다.

"괜찮으세요?"

윤이 몸을 숙이게 하며 물었다. 정언은 대답 대신 황급히 티슈로 코를 막았다. 이런 적이 없었는데, 요 며칠 무리했다고 바로 반응이 온 모양이었다. 코 위쪽을 꽉 눌러 지혈하던 정언은 문득 아래로 시선을 주었다. 곁에 바짝 붙어 들여다보는 윤의 그림자가 바닥 위로 드리워진 것이 눈에 들어왔다.

어쩐지 창피한 기분이 된 정언은 책상 위의 물티슈를 뽑아 코밑을 닦았다. 새빨간 핏물이 물티슈 조직 사이사이로 번지며 비릿한 쇠 냄새가 짧게 스쳤다. 다행히 피는 더 나지 않았다. 몇 번이나 더 그 부근을 닦은 정언은 미간을 찌푸렸다.

자리를 떴던 윤이 곧 찬물 한 잔을 가지고 돌아왔다.

"좀 드세요."

입 안이 온통 비릿하던 차였다. 눈치 빠른 윤이 좀 고마워졌다. 땡큐, 하고 중얼거리며 물을 한 모금 마시자 정신이 났다. 그렇지 않아도 피곤해서 까끌거리는 혀 위로 희석된 비릿함이 뒤엉켰다. 썩 유쾌한 감각은 아니었다.

남은 물을 마저 다 마신 정언은 미간을 누르다 다시 한 번 시계를 보았다. 슬슬 출발해야 할 시간이었다. 정언은 애써 아무렇지도 않은 얼굴로 말을 돌렸다.

"준비되면 바로 내려가자. 보이스리코더 있으면 챙기고."

자리에서 일어난 정언은 캐비닛을 열어 카메라를 꺼냈다. 촬영용으로 작은 구멍을 뚫은 백에 자리를 맞춰 카메라를 고정시킨 뒤, 책상 위에 놓여 있던 보이스리코더를 포켓에 꽂은 정언은 차 키를 집어 들려고 손을 뻗었다.

　다음 순간 캠 가방을 챙겨 어깨에 둘러멘 윤이 바로 정언을 막았다. 놀란 정언은 고개를 들어 윤을 쳐다보았다.

　"뭐야?"

　"어, 죄송해요. 운전하시려는 거 같아서요."

　거의 반사적인 행동이었는지, 윤이 제풀에 놀란 표정으로 황급히 사과했다. 정언은 눈썹을 좁히며 되물었다.

　"운전 안 하면 어떻게 갈 건데?"

　"제가 하려고요."

　뜻밖의 대답이었다. 멈칫한 정언은 내심 당황했다. 선배들과 취재를 나갈 때면 늘 정언이 운전하는 것이 당연한 일이었다. 피곤해 보인다고 해서 딱히 정언을 배려해 주는 선배들은 거의 없었다.

　정언은 그런 상황에 절대 불평하지 않았다. 선배들 앞에서 괜히 피곤하다는 소리를 꺼냈다가 똑같이 밤새고 똑같이 힘든데 여자라서 남이 운전하는 차에 타고 다닐 생각 하냐고 빈정대는 소리는 죽어도 듣기 싫어서였다.

　정언에게 운전을 안 시키는 선배는 재희가 유일했다. 그러나 정언은 재희 앞에서 풀어지는 것이 싫어 운전을 자청하는 일이 많았다. 때문에 이래도 저래도 운전은 언제나 정언의 몫이었다.

　자신이 선배가 된 뒤에도 그건 달라지지 않았다. 선배들하고 똑같은 인간이 되고 싶지도 않았고, 선배 대접 받겠다고 후배들한테 운전기사 시키는 건 영 취향이 아니었다.

대부분의 후배들은 그런 호의를 쉽게 받아들였다. 물론 정언의 앞에서 싫다는 말을 할 만한 강심장도 드물었다. 그러다 보니 먼저 자기가 운전하겠다고 나선 건 윤이 처음이었다.

"왜, 밤샘하고 코피까지 쏟는 인간이 운전하면 목숨이 위험할까 봐?"

정언은 말을 뱉은 즉시 후회했다. 이럴 때는 그냥 고맙다고 말해도 될 텐데, 하는 생각이 뒤이어 따라왔다. 윤이 대답 대신 웃고는 먼저 사무실을 나섰다.

윤을 따라 주차장으로 가는 내내 정언은 왠지 어색한 기분에 엘리베이터의 반대쪽 벽만 쳐다보았다. 주차장에 세워 둔 자기 차에 시동을 건 윤이 먼저 뛰어가 조수석 문을 열어 주었다.

이렇게까지 매너 좋을 필요가 있나, 속으로 생각한 정언은 마지못해 서둘러 차에 타며 안전벨트를 채웠다. 윤이 문을 닫아 주고는 운전석으로 돌아왔다.

흘끔 둘러본 차 안은 지나칠 정도로 깨끗하게 정리되어 있었다. 백미러에 달아 둔 방향제에서는 섬유유연제 향 같은 것이 났다. 외관에도 먼지 하나 없었던 걸 떠올리면 늘 세심하게 관리한다는 건 쉽게 알 수 있었다.

정언은 혼자 픽 웃었다. 세차는 몇 달에 한 번이나 할까 말까에, 운전석 말고는 사람 탈 자리도 없이 난장판인 많은 팀원들의 차를 떠올린 까닭이었다. 이런 애가 이 팀에 어떻게 굴러오게 된 건지 다시 한 번 궁금해졌다.

윤이 내비게이션에 진송신도시 주소를 입력했다. 꼿꼿하게 앉아 있던 정언은 무의식중에 윤의 손끝으로 시선을 주었다. 흰

부분이 거의 보이지 않을 만큼 짧게 손질된 단정한 손톱에 마디 없이 긴 손가락은 마치 그린 것처럼 보였다.

손도 예쁘네, 하고 무심코 생각하던 정언은 다음 순간 윤이 갑자기 이쪽으로 몸을 기울이는 바람에 소스라쳤다. 뭐하는 거냐고 물으려는데, 윤이 그럴 기회도 주지 않고 자연스럽게 시트를 뒤로 젖혔다.

무방비 상태로 몸이 따라 넘어갔다. 미처 당황하지도 못했는데 먼저 시트에 등이 파묻혔다. 이게 뭔지 깨닫기도 전, 당혹스러움과 낯선 민망함이 뒤섞였다. 내려다보는 윤의 눈과 시신이 마주친 순간 귀 끝이 삽시간에 뜨거워졌다.

이게 뭔가 싶어 순간적으로 사고가 정지했다. 그러나 정작 윤은 사람을 이렇게 당황하게 만들어 놓고 언제 그랬냐는 듯 지나칠 만큼 깔끔하게 즉시 운전석으로 돌아갔다. 액셀을 밟은 윤이 이쪽을 흘끔 보더니 씩 웃으며 말했다.

"말 안 하면 안 주무실 것 같아서요. 한 시간은 걸릴 텐데 눈 좀 붙이세요."

남자가, 더구나 후배가 이런 식으로 구는 건 처음이었다. 배려라고 하자니 기습적이고, 건방지다고 하자니 세심했다. 눈치를 보는 게 지나치다기에는 이런 태도가 아예 몸에 배어 있는 느낌이었다. 까닭을 알 수 없이 신경이 미묘하게 당겨졌다.

주차장을 나서자마자 아침 햇빛이 쏟아졌다. 눈이 부시다고 느끼기 무섭게, 윤이 마치 마음을 읽기라도 한 듯 손을 뻗어 조수석의 선바이저를 내려 주었다. 매번 이런 식으로 뭔가 필요하다고 생각할 때면 윤이 귀신처럼 알아채는 건 왜인지 문득 궁금해졌다.

뭐라고 말하려던 정언은 곧 포기하고 눈가를 두어 번 문질렀다. 머리가 둔해져 계속 생각하는 일조차 피곤했다. 시트에 비스듬히 기대 있던 정언은 눈을 감았다. 남이 운전하는데 옆자리에서 자는 건 매너가 아니라는 걸 알면서도 눈꺼풀이 추를 단 듯무거웠다. 잠깐 눈이라도 감고 있어야 할 것 같았다.

"선배, 선배. 괜찮으세요?"

얼마나 지났을까, 퍼뜩 정신이 돌아온 건 윤의 목소리를 듣고 나서였다. 기억도 하지 못한 새 잠들었던 모양이었다. 거의 기절하는 수준으로 깜빡 정신을 놓았던 듯했다. 정언은 고개를 두어 번 흔들며 시트 레버를 당겨 바로 앉았다.

대시보드의 시계에 뜬 숫자를 눈으로 읽었으나 머리에 잘 들어오지 않았다. 몇 초 정도 시계에 시선을 고정하고 있던 정언은 미간을 문질렀다. 출발한 지 한 시간 반 정도가 지난 뒤였다. 평소였다면 한 시간 좀 못 걸릴 거리였다. 차는 진송신도시 입구 부근의 빈 도로변에 세워져 있었다.

잠시 정언을 지켜보던 윤이 먼저 말했다.

"차가 좀 막혔어요. 어디 아프신 거 아니죠?"

"……응."

이 정도로 긴장이 풀리는 건 거의 없는 일이었다. 나이를 먹긴 먹는 건가, 속으로 중얼거린 정언은 차에서 내리려다 말고 윤에게 말했다.

"고생시켜서 미안하네."

진심이기는 했지만, 자주 하던 말이 아니라 그런지 영 어색했다. 그 말을 듣자마자 윤이 웃었다.

"에이, 아니에요."

아니긴 뭐가, 하고 되물으려던 정언은 입을 다물었다. 공연히 또 윤을 트집 잡는 꼴이 될까 싶어서였다. 그러자마자 저도 모르게 윤의 눈치를 보고 있다는 사실을 깨달았다. 처음에는 분명히 윤이 자신의 눈치를 보고 있었는데, 지금은 반대가 된 느낌이었다.

이쪽이나 저쪽이나 불편하기는 마찬가지였다. 정언은 그 불편함을 떨어 버리기 위해 서둘러 가방을 가지고 차에서 내렸다.

대단위 아파트 단지가 들어설 진송지구 쪽은 아직 초반 공사중이었다. 더 빨리 진행됐어야 하는데, 원주민들과의 충돌 때문에 일정이 계속 미뤄진다고 들은 기억은 있었다.

내후년에 완공된다는 전철역 역사 현장 주변으로는 이미 신축이 끝난 주상복합 오피스텔 건물들이 창에 임대 문의 현수막을 붙여 놓고 늘어선 채였다. 평일 오전이라 그런지 지나다니는 사람들은 거의 없었으나, 오피스텔 1층에 입주한 부동산은 이미 여러 개였다.

정언은 포켓에 꽂아 둔 펜형 보이스리코더의 전원을 켜고 카메라가 들어 있는 가방을 고쳐 멨다. 따라 내린 윤이 의아한 표정을 하더니 차 시동을 껐다. 정언은 고개를 까딱해 부동산 쪽을 가리켰다.

"부동산 좀 한 바퀴 돌아보자. 김 피디는 그냥 옆에서 분위기만 맞추면 돼. 취재하러 온 티 내지 말고, 적당히 그냥 시세 알아보러 온 것처럼 할 거니까."

지가가 언제, 어느 정도 상승했는지, 누가 투자를 했는지, 관련 정보가 있었는지 알기 위해서는 주변 부동산을 탐문하는 게 가장 빨랐다. 먼저 걷기 시작하자 뒤에서 윤이 뛰듯이 따라왔다.

눈에 물기가 싹 마른 듯 빡빡한 느낌이라, 정언은 눈꺼풀 위를 두어 번 눌렀다. 금세 곁에 와서 선 윤이 몸을 조금 숙이며 걱정스러운 표정을 했다.

"어제 쉬셨어야 하는 거 아니에요?"

"덕분에 남이 운전하는 차 얻어 탔잖아."

농담처럼 웃어넘긴 말에 윤이 가벼운 한숨을 뱉었다. 걱정하는 건가, 하고 무심코 생각한 순간 무언가 뜨끔해졌다. 정언은 햇빛 탓인 양 공연히 얼굴을 찌푸렸다. 간혹 이런 식으로 윤에게 느끼는 낯선 감각들은 어쩐지 쉽게 익숙해지지 않았다.

걸음을 재촉한 정언은 가장 가까운 부동산 문을 열고 들어갔다. 신축 건물 특유의 냄새가 훅 밀려들었다. 두꺼운 돋보기안경을 쓰고 신문을 보던 중년 남자가 자리에서 벌떡 일어났다.

"뭐 보러 오셨어요? 오피스텔? 아파트?"

정언이 뭐라고 대답하기도 전, 남자가 정언과 윤에게 명함을 먼저 쥐어 주며 자리를 권했다. 소파에 앉은 정언은 어정쩡하게 선 윤에게 눈짓을 했다. 눈치를 보던 윤이 곁에 앉았다. 남자가 책꽂이에 꽂혀 있던 홍보용 책자 몇 개를 가져와서는 앞에 올려 놓더니 냉장고에서 비타민 드링크를 꺼내 두 사람에게 건넸다.

"일단 드시고, 예산이 어느 정도신데요? 요새 전세 귀한 건 아시죠? 근데 우리가 딱 마침 매물이 좀 있다는 거 아냐. 아, 식이 언제예요? 혼인신고는 하셨고? 입주는 언제 예정이신데?"

대답할 틈도 없이 질문이 몰아쳤다. 정언은 잠시 그를 마주 보고 있다가 곧 신혼부부로 오해받고 있다는 것을 깨달았다. 신분을 숨기고 취재를 다니다 보면 자주 있는 일이었다. 알아서 먼저 오해해 준다면 이쪽에서도 편하기는 했다.

뭐라고 운을 뗄까 생각하는 사이, 갑자기 옆에서 윤이 무릎 위에 놓인 정언의 손을 잡아 왔다. 화들짝 놀란 정언이 뭐하는 건가 싶어 시선을 돌리자, 윤이 남자에게 미소를 지어 보이며 대답했다.

"식은 9월입니다. 혼인신고는 했고요. 7월이나 8월쯤 입주할 거예요. 혹시 올해부터 입주되는 아파트 있으면 더 늦어도 상관은 없습니다. 지금 예산은 1억 7천 정도 되고요, 대출은 2억 정도까지 가능할 거 같거든요. 집에 따라 다르겠지만 되도록 대출 안 끼는 선에서 보려고요. 투룸 이상이면 좋겠고, 일단 시세나 좀 알아보러 왔어요."

정언이 눈을 약간 크게 뜨자 윤이 잡은 손에 조금 더 힘을 주었다. 혹시나 눈치 없이 굴면 옆구리라도 한 번 찔러 줄 생각이었는데, 방심하다 옆구리를 찔린 기분이었다. 분위기나 맞췄으면 했더니, 도리어 자신이 끌려가는 꼴이라 기가 막혔다.

하기야 윤이 무서울 정도로 눈치 빠르게 굴던 것을 떠올리면 그리 놀라운 건 아니었다. 그러나 대뜸 손부터 잡아 올 거라고는 생각도 한 적이 없었다. 그런 사정을 알 리 만무한 남자가 테이블 위에 쌓인 홍보 책자를 뒤적이더니 그 중 하나를 펼쳐 앞으로 밀었다.

"어, 이거. 이거 한 번 봐요. 이게 DS 건설에서 하는 프리미엄 오피스텔 프리모메종인데, 바로 옆 건물이에요. 여기 8층에 18평형대 매물이 하나 있고요. 구조가 20평대 아파트보다 훨씬 잘 빠져서 엄청 넓어 보여요. 신혼부부 살기는 여기만한 데가 없어요. 집주인도 외국 있어서 간섭할 일 없고. 반전세로 보증금 1억에 월 50 얘기하고 가졌거든. 이것도 엄청 저렴하게 나온 거긴 한데, 보증금 좀 올려 주실 수 있으면 월세 내려 달라든지 전세로 돌려 달라고 얘기는 한 번 해볼게. 전세 매물은 지금 20평대 후반으로 제일 저렴한 건 2억 중반 정도 생각하셔야 되는데, 일단 한 번 보여 드릴까?"

"서온 스타일하우스는 아직 공사 중이에요?"

정언은 숨도 쉬지 않고 주절거리는 남자의 말을 한 귀로 흘리며 물었다. 남자가 허허 웃고는 팔짱을 끼었다.

"희한하게 꼭 여자분들이 스타일하우스 좋아하더라고요? 브랜드 이미지가 좋은가? 구조나 뭐 그냥 그런데……."

"아뇨. 예전에 시부모님이 그 자리에 땅 좀 갖고 계셨던 게 있어서요."

여자들은 집 볼 줄 모른다며 줄줄 설명을 늘어놓을 태세인 것을 눈치챈 정언은 바로 말을 끊으며 내뱉었다. 남자가 눈을 동그랗게 뜨더니 무릎을 쳤다.

"아이고, 재미 좀 보셨겠네. 언제 파셨는데?"

"그건 잘 모르고요. 몇 년 전만 해도 평당 십만 원 받기도 힘들었다고 하시던데요. 막 오를 때 팔고 나오셨다고요. 언제부터 올랐는데요?"

"그게 한 7, 8년 됐을 걸요. 개발된다, 개발된다 소리는 계속 있었는데, 정부에서 확정한 게 5년 전이니까. 아는 사람들은 그전에 땅 다 샀지. 막 오를 때 파셨으면 그때쯤 파셨나 보네."

"정보가 미리 돌았나 봐요?"

정언의 물음에 남자가 하하, 하고 웃었다. 이 아가씨 세상 물정 모르네, 하고 써 붙인 얼굴이었다.

"에이, 그런 정보야 당연히 다들 알죠. 한선당 엄대진 있잖아요, 그 양반이 여기 재개발한다고 줄을 얼마나 댔다고. 될 줄은 다 알았죠, 언제 되냐 그게 문제였지. 근데 서온 부지에 땅 좀 갖고 계셨으면 지역 유지 급은 됐을 텐데, 엄대진하고 줄을 못 대셨나? 왜 제일 비쌀 때 안 파시고?"

엄대진.

그 이름을 입 안으로 다시 한 번 뇌어 본 정언은 애써 웃으며 고개를 저었다.

"그런 사정까지는 잘 모르겠는데…… 그러면 엄대진도 재미 많이 봤겠네요?"

"그 양반이야 뭐 그렇죠. 근데 이게 보상 문제로 아직도 영 시끄러워서요. 선거 전까지 해결은 해야 할 거 같던데, 아무튼 얼마 전에 현장에서 사람 죽고 그래서 우리도 짜증난다니까. 안 그래도 자꾸 데모하고 그러는 거 뉴스로 나오고 이래서 사람들이 안 들어오려고 하는데, 신축 현장에서 사람 자살한 데를 누가 보고 싶어 해요."

남자가 질색하는 표정을 하더니 곧 슬쩍 윤의 눈치를 보았다.

"시댁 재산에 며느리가 너무 관심 가지면 안 좋아하실 텐데."

뼈가 있는 농담이었다. 정언이 속으로 코웃음을 치기도 전, 곁에 앉은 윤이 씩 웃었다.

"제가 뭐 아는 게 없어서 재테크는 다 와이프가 하거든요. 제가 좀 칠칠치 못해서요. 저희 부모님도 좋아하세요. 근데 분양이 잘 안 돼요? 기사에는 분양 완료처럼 났던데."

솜씨 좋게 난감한 오지랖을 면피한 윤이 넌지시 떠보기 무섭게 남자가 손사래를 쳤다.

"그거야 1차 얘기죠 뭐. 1차는 다 나갔는데, 2차 3차부터는 게

속 미달이에요. 한동안 방송에서 주민들 데모하는 거랑 불쌍한 사람들 많다고 자꾸 나갔잖아. 오늘은 평일 오전이라 없는데, 주말에 사람들 집 보러 올 때 되면 시위꾼들이 몰려와서 현장에서 죽치고 있어요. 서온도 계속 용역 써서 치웠는데 요샌 다 그 핸드폰으로 막 찍어서 인터넷 올리니까, 기업 이미지라는 게 있잖아요. 그 새끼들 그거 또 귀신같이 알아가지고 고객들 빠지면 지들도 싹 빠진다니까. 하여튼 그놈의 방송 때문에 우리가 죽게 생겼어요."

앞에 앉아 있는 두 사람이 그런 방송을 만드는 위인들임을 알리 없는 남자가 한탄했다. 정언은 그러게요, 하고 건성으로 맞장구를 쳤다. 이런 식으로 욕먹는 건 이미 숨 쉬듯 흔한 일이었다. 남자가 퍼뜩 정신을 차린 듯 손뼉을 치고는 홍보 책자를 다시 가리켰다.

"아무튼 이거 구조가 진짜 좋은데 구경이나 한 번 해 보시겠어요?"

"네."

아니라고 말하기도 전에 윤이 먼저 대답했다. 멈칫한 정언은 한쪽 눈썹을 찌푸렸다. 남자가 반색하며 얼른 나가자고 손짓을 했다. 윤이 그를 따라 자리에서 일어났다. 정언의 손을 여전히 꼭 잡은 채였다. 따뜻한 손에서 전해지는 체온이 낯설었다.

"바로 옆 건물이니까 가시죠."

남자가 부동산을 나서며 앞장섰다. 몇 걸음 떨어져 뒤에서 윤과 나란히 걷던 정언은 윤을 쳐다보았다.

"언제 이런 거 해 본 적 있어?"

남자에게 들리지 않을 만큼 낮은 목소리에, 윤이 웃으며 대답했다.

"텔레비전에서 많이 봤거든요."

농담인지 진담인지 분간할 수가 없었다. 공연히 뭔가 민망해진 정언은 손을 빼려고 슬그머니 손끝을 말았다. 그러나 미처 그러기도 전에 윤이 먼저 손을 더 꽉 잡아 왔다.

누군가와 이렇게 손을 마주 잡은 건 언제가 마지막이었는지 기억도 잘 나지 않았다. 정언은 가물거리는 머릿속을 더듬다 시선을 돌렸다. 흙먼지가 하얗게 쌓인 도로 위로 드리워지는 두 개의 그림자가 나란했다.

―선배 마음에 들려면 어떻게 해야 돼요?

순간 그 목소리가 머릿속에서 되살아났다. 닫힌 창을 지나는 바람처럼, 문득 가슴 어딘가가 작은 소리를 내며 흔들리다 가라앉았다. 낯선 감각이었다. 아마 잠을 자지 못했기 때문일 거라고 생각하며, 정언은 잠시 숨을 들이쉬었다. 서늘한 공기가 그 낯선 감각 위로 부드럽게 쌓여 들어갔다.

오전에만 부동산을 열 군데는 돌아본 것 같았다. 이 동네의 어지간한 오피스텔은 다 구경한 기분이었다. 부동산에서 들은 얘기들은 대부분 다 첫 번째 부동산과 비슷했다.

원주민들과 서온건설 측의 대립이 심하다, 언론이 투자 심리를 위축시키고 있다, 현장에서의 자살 사건 때문에 힘들다, 엄대진이 신도시 부지 선정에 상당히 힘을 썼다 하는 이야기는 거의 공통적이었다.

마지막 부동산에서 처음인 양 이미 본 오피스텔을 다시 보고 나왔을 때는 이미 늦은 점심시간이었다. 변변찮은 식당 하나 없는 동네라 점심은 편의점에서 해결해야 했다.

작은 테이블에 컵라면과 삼각 김밥을 놓고 윤과 마주 앉은 정언은 한마디 말도 않고 기계적으로 젓가락만 움직였다. 윤은 눈을 들어 정언을 흘끔 보았다. 젓가락질은 계속하고 있었으나 음식은 그다지 줄어들 기미가 보이지 않았다.

하기야 잠도 제대로 못 자고 내내 돌아다녔으니 밥맛이 있을 리 만무했다. 아침에도 말을 하다 말고 갑자기 코피를 흘리던 게 떠올라 마음에 걸렸다. 윤은 같이 산 자기 몫의 생수병을 따서 정언의 앞으로 밀어 주었다.

"물 좀 드세요."

"나도 손 있어. 굳이 안 따 줘도 돼."

정언이 고개도 들지 않고 대꾸했다. 평소였다면 속이 상할 법도 했으나, 아무래도 컨디션이 영 안 좋아 보이는 정언에게 굳이 그런 티를 내고 싶지는 않았다. 짐짓 입을 삐죽거린 윤은 장난스럽게 물었다.

"신혼인데 이런 것도 못 하게 하세요?"

다음 순간 사레가 들린 정언이 콜록거리며 근처에 놓인 냅킨을 집어 입을 막았다. 한참 기침을 하던 정언이 입가를 닦고는 뒤에 있던 휴지통에 구긴 냅킨을 쑤셔 넣었다. 장난이 심했나 싶어 슬쩍 눈치를 살피자, 잠시 말이 없던 정언이 윤을 마주 보았다.

"연기 잘하던데."

"그럼요, 저 학교 다닐 때 연극부였는데요."

그 말에 정언이 반신반의하는 표정으로 눈썹을 좁혔다.

"진짜야?"

"아뇨, 거짓말이에요. 저 무대공포증 있거든요. 괜찮았어요?"

천연덕스럽게 대답하는 윤을 본 정언이 기가 찬다는 얼굴로 웃었다. 윤은 내심 안도의 한숨을 쉬었다. 제멋대로 굴었다고 혼이라도 낼 줄 알았는데 다행이었다. 정언이 머리칼을 쓸어 올렸다. 창백한 손가락이 눈에 들어와, 윤은 슬쩍 자기 손을 내려다보았다. 솔직히 손을 잡은 건 충동적이었다. 생각보다 더 가늘고 차가운 손이라 내심 놀랐던 것이 떠올랐다.

윤은 컵라면을 마저 먹으며 턱으로 정언의 앞에 놓인 음식들을 가리켰다.

"천천히 드세요. 그렇게 드시면 기운 없어서 못 다녀요."

"연기만 잘하는 줄 알았더니 남 걱정도 잘하네."

"남이면 걱정 안 하죠. 선배니까 걱정하지."

그 얄팍한 농담 같은 말이 실은 진담에 훨씬 더 가깝다는 걸 깨닫는 데는 그리 오랜 시간이 걸리지 않았다. 젓가락을 한 번 움직이는 사이 그 사실을 알아차린 윤은 손을 멈췄다.

기실 살면서 딱히 어장관리 같은 데 흥미를 가져 본 적이 없었다. 친절한 성격 탓에 오해받는 것이 싫어 나름대로 선을 그을 때는 긋는 편이었다. 그러나 정언의 앞에서는 뜻대로 되지 않았다.

가볍게 뱉는 단어들 사이에 떠도는 진심은 윤에게도 낯선 것이었다. 그건 타인의 선 안에 무심코 발을 딛으려는 듯한 감각이었다. 순간 그런 자신이 정언에게 무례하게 느껴질까 봐 조금 겁이 났다. 함부로 선을 넘는 사람처럼 여겨지는 건 싫었다.

곧 이건 사적인 영역의 문제라는 걸 깨달은 윤은 공연히 귀 끝을 만졌다. 뜨거워진 귀 끝이 화끈거렸다.

물론 자신이 요즘 부쩍 정언에게 관심을 가지고 있다는 걸 부정할 생각은 없었다.

기획 서정언.

다섯 글자 뒤에 있는 진짜 정언이 뭔지 자꾸만 궁금해지는 건 왜일까. 물론 그건 그냥 동경이라고 치부할 수도 있는 감정이었다. 하지만 어쩐지 그런 단어로는 부족했다. 매번 조금 더 알고 싶어지고, 조금 더 궁금해지는 마음도 동경에 속하는 것인지 윤은 확신하지 못했다.

윤이 생각에 빠진 사이, 정언은 채 반도 먹지 않은 음식을 치웠다. 물을 한 모금 마시며 윤을 빤히 보던 정언은 아직 따지 않은 자기 생수병을 윤 앞으로 밀어 주었다.

"물 마셔. 빨리 먹던데 체하겠어."

늘 그렇듯 무심한 말투였으나, 놀랍게도 그건 왠지 약간 다정하게 들렸다. 내내 신혼부부 행세를 하고 다닌 덕분인지 조금 가까워진 느낌이 들기는 했다. 그 사소한 다정함에 초콜릿을 한 입 먹은 듯 기분이 조금 좋아졌다.

"오는 게 있으면 가는 게 있다고, 뚜껑 정도는 따 주실 수도 있잖아요."

그래서 방금 전까지 겁먹었던 걸 또 새까맣게 잊고 병을 따며 공연히 부루퉁한 척을 하자, 정언이 팔짱을 끼었다. 정언의 무감한 얼굴 위로 언뜻 장난기 어린 표정이 지났다.

"신혼에 혼자 뚜껑 두 번 따는 게 불만인 남자랑은 살기 힘들 거 같은데."

이번에 사례가 들린 쪽은 윤이었다. 마시던 물이 도로 넘어와, 윤은 한참 기침을 하다 겨우 눈물을 닦았다. 픽 웃은 정언이 커피를 사는 사이 윤은 탁자 위를 치웠다.

돌아온 정언이 컵에 든 커피를 하나 내밀었다. 빨대는 이미 꽂혀 있었다. 커피를 받아 든 윤은 어색하게 웃었다.

"선배가 농담하는 거 처음 보는데요."

"가방 챙겨."

그 말에 대답하는 대신 짧게 뱉은 정언이 몸을 돌렸다. 빠른 걸음으로 걸어가는 정인을 부리나케 쫓아가며, 윤은 새킷 위로 가슴을 한 번 눌러 보았다. 평소보다 빨리 뛰는 비트가 손바닥 안으로 스몄다. 당황했기 때문일까. 놀란 건 사실이었다.

윤은 정언의 뒷모습을 보다 조금 전의 장난스러운 표정을 상기했다. 찰나였으나 그건 어쩐지 정언의 벽 안쪽을 살짝 들여다본 것 같은 느낌이었다. 그런 얼굴도 할 줄 아는구나, 하고 생각함과 동시에 윤은 까닭 없이 재희를 떠올렸다.

재희에게는 정언의 그런 얼굴이 익숙할 거라는 생각이 들었다. 새삼스럽게 그 사실을 깨닫자 어쩐지 심장 한쪽이 얼음을 깨뜨린 듯 조그맣게 선뜩했다. 왜인지 납득할 수 없는 감각이라, 작은 가시가 박힌 듯 거슬렸다.

윤은 그 감각을 지우기 위해 손에 든 커피를 마셨다. 달고 쓰고 차가운 커피가 목을 타고 내려갔다. 고개를 두어 번 흔든 윤은 뛰다시피 해서 정언의 곁으로 붙어 섰다.

정언이 향한 곳은 '진송신도시 서온 스타일하우스 신축공사현장'이라고 크게 쓰인 현장 게이트였다. 옆의 차도로 때마침 레미콘 트럭 몇 대가 뿌얀 먼지를 일으키며 차례로 게이트 안으로 들어갔다.

안에는 이미 골조가 거의 완성된 건물들이 끝도 없이 늘어서 있었다. 웅웅대는 중장비 소리와 안개처럼 피어오르는 흙먼지, 간혹 섞이는 인부들의 고함 소리가 그 살풍경한 골조 사이로 섞여 현장은 마치 거대하고 어두운 철골의 숲처럼 보였다.

정언이 윤을 돌아보았다.

"스케치 잠깐 딸까?"

"아, 네."

윤은 바로 카메라를 꺼내 켜고는 현장을 촬영했다. 액정에 천천히 그 스산한 풍경이 담겼다. 끝없이 펼쳐진 골조의 숲을 한 바퀴 돌고 앵글을 내리자 컨테이너 박스에 마련된 현장 사무실과 간이 주차장의 모습이 담겼다. 현실감 없는 풍경이었다.

"여기 일반인 들어오면 안 되는데, 어떻게 오셨습니까? 모델하우스는 저쪽으로 가셔야 되는데요. 안내 못 받으셨어요?"

작업복과 작업모를 착용한 사람이 현장 안쪽에서 두 사람을 알아보고는 바로 달려왔다. 가슴의 명찰에는 '과장 현용민'이라는 글자가 선명했다. 정언은 윤에게 카메라 넣으라는 눈짓을 하고는 주머니에서 명함을 꺼내 그에게 건넸다. 용민이 명함을 받아들고 잠시 눈을 찡그리며 명함을 들여다보더니 다시 고개를 들었다.

"피디님이세요? 사전에 촬영 얘기 들은 게 없는데……."

"박규형 과장님 아십니까?"

말을 끊으며 들어오는 정언의 질문에 용민이 눈에 띄게 멈칫했다. 누가 봐도 규형을 아는 사람이었다. 정언이 고개를 약간 기울였다.

"저희가 몇 가지 궁금한 게 있어서요."

"제가 지금, 지금은 좀 그런데요."

용민이 말을 더듬었다. 정언이 그에게 한 걸음 다가서자, 용민이 저도 모르게 뒷걸음질을 쳤다. 정언은 다시 한 번 말했다.

"시간 많이 안 뺏을 겁니다. 정말 몇 가지만 여쭤볼게요."

"아, 저희가 곤란한데…… 이거 사전에 연락을 주고 오셔야 돼요. 이러시면 진짜 곤란해요."

"오늘 촬영하러 온 거 아니고, 그냥 정말 주변 분들한테 얘기만 좀 들으려고 온 겁니다. 저희가 사진에 공문 보내고 촬영 오는 게 더 편하시겠어요? 그러면 정식으로 본사에 공문 보내고 방문하겠습니다. 저 <비하인드 24> 소속입니다."

정언이 명함을 내밀었다. 프로그램 이름을 들은 순간 용민이 한숨을 뱉으며 눈가를 벅벅 긁었다. 아무래도 골치 아프게 됐다고 생각하는 듯했다. 잠시 어쩔 줄 몰라 하며 주변을 두리번거리던 용민이 한쪽에 세워진 컨테이너 사무실을 가리켰다.

"일단 들어가서 얘기하시죠. 이게, 윗분들이 보시면 아주 좀 그래요."

모호하게 뭉뚱그리는 단어들 사이로 까닭 모를 두려움이 비쳤다. 두 사람은 용민을 따라 사무실로 향했다. 현장사무실 팻말이 붙은 내부로 정언과 윤을 안내한 용민은 문을 닫았다.

앉아 있던 여직원 두 사람이 거의 동시에 일어났다. 조금 더 앳돼 보이는 여직원이 용민의 눈치를 살피며 물었다.

"손님이세요? 커피 드릴까요?"

"방금 마시고 왔어요. 괜찮습니다."

정언이 먼저 거절했다. 용민이 손짓을 하자 여직원들이 다시 자리에 앉았다. 사무실 안에는 책상이 몇 개 놓여 있었으나 여직원 두 사람의 자리를 빼고는 거의 다 비어 있었다. 정언과 윤이 낡은 소파에 나란히 자리를 잡자 용민이 맞은편에 앉아 미간을 문질렀다.

"경찰도 몇 번 왔었는데…… 제가 뭐 드릴 말씀이 별로 없어요, 진짜로."

그 말에 정언이 고개를 약간 까딱였다.

"그냥 편하게 말씀하세요. 저희가 취조하고 이럴 거 아니니까요. 제가 약속드린 대로 몇 가지만 여쭤볼게요. 박규형 과장님하고는 어떻게 아는 사이시죠?"

"여기 현장 올 때부터 같이 일한 동료예요."

"박 과장님도 이 사무실에 같이 계셨나요?"

"저기, 창가 쪽 저 자리가 박 과장 자립니다. 아직 다 치우지를 못했어요."

대답을 들은 윤은 몸을 조금 일으켜 용민이 가리킨 쪽을 넘겨다보았다. 텅 빈 책상 위에는 박스테이프로 입구를 봉한 복사용지 박스 하나만 덩그러니 놓여 있었다.

윤이 용민에게 물었다.

"저 박스는 뭐죠?"

"아, 박 과장 물건 정리한 거예요. 제수씨가 찾으러 와야 하는데 그럴 형편이 아닌 거 같고, 우리 쪽에서 부쳐야 되는데 일이 바빠서……."

"그러면 저희가 대신 이희경 씨한테 가져다드려도 될까요?"

윤은 무심코 물었다. 단순한 생각으로 던진 말이었다. 어차피 희경과는 조만간 또 만나게 될 테니, 여기서 차일피일 미루는 것보다는 그게 빠를 것 같아서였다. 약간의 오지랖이 작동한 결과물이기도 했다.

"제수씨 만나 보셨어요?"

용민이 의아한 표정으로 되물은 말에 정언이 대신 고개를 끄덕였다.

"저희가 이희경 씨한테 제보 받고 이 일에 대해 취재 중이라서요. 방송이 반드시 된다, 이런 건 아닙니다. 그냥 알아보려만 온 거예요."

"예, 뭐 그러시면…… 어차피 서희노 여기서 저거 신경 쓰기가 좀 힘들거든요."

윤은 박스를 직접 확인해 보려 자리를 옮겼다. 아무 사무실에나 굴러다니는 흔한 복사 용지 박스였다. 한눈에 보기에도 꽤 지저분했다. 누가 걷어찬 건지 선명하게 찍힌 발자국이며 찢어진 흔적이 덕지덕지 붙은 테이프 너머로도 눈에 들어왔다. 윤은 박스를 이리저리 살폈다.

"오래 쓰신 건가 봐요?"

"아마 그럴 겁니다. 물건 되게 아껴 쓰는 친구라서요. 원래 개인용 캐비닛이 따로 있는데, 자기는 그게 편하다고 하더라고요. 박스 낡으면 새 박스 갖다 쓰고 그랬죠. 그거야 사무실에 널린 거니까. 뭐 문서 같은 것도 평소에 거기다 다 정리하고 했어요."

"그럼 내용물은 대부분 문서인가요?"

윤의 물음에 용민이 펄쩍 뛰며 손을 내저었다.

"아뇨. 아휴, 그러면 큰일 나죠. 문서는 박 과장 죽고 나서 본사에서 나와서 확인하고 다 정리했어요. 거기 있는 건 그냥 개인 물품들이고요."

윤은 박스를 안아 들고 다시 소파로 돌아와 앉았다. 정언이 용민에게 다시 물었다.

"회사에서는 과로하고 부적응 문제를 얘기했다던데, 직원들하고 사이가 나빴나요?"

용민은 그 말에 선뜻 대답하지 못하고 잠시 망설였다. 그때 뒤에 앉아 있던 여직원이 대화에 끼어들었다.

"박 과장님 되게 성격 좋은 분이셨어요."

"야, 미스 장!"

아마 안 듣는 척 귀를 기울이고 있었던 모양이다. 화들짝 놀란 용민이 고함을 치자 정언은 잠깐만요, 하고 용민을 제지하며 그녀에게 물었다.

"성격이 좋았다고요?"

미스 장이라고 불린 여직원이 용민의 눈치를 보았다. 용민이 두 손으로 얼굴을 감싸더니 긴 한숨을 쉬었다. 미스 장이 주저하다 말을 이었다.

"과장님, 죄송해요. 저기, 근데 박 과장님 일은 진짜…… 저희가 본사에 얘기를 못 했어요. 본사 직원들이 워낙 막 무섭게 그래 가지고."

"넌 손님들하고 얘기하는데 왜 끼어들어?"

용민이 다시 한 번 미스 장을 나무랐으나, 정언은 얼른 그녀에게 계속 얘기해 보라는 손짓을 했다. 부루퉁한 얼굴로 입술을 삐죽인 미스 장이 용민을 흘끔 쳐다보고는 말을 이었다.

"박 과장님 얘기 들으러 오셨다니까 그러죠. 솔직히 본사에서 외부에 함부로 얘기하면 자른다고 그러긴 했어요. 근데 저는 계약직이라 어차피 상관없거든요."

"어땠는지 얘기 좀 해 주시겠어요?"

정언이 묻자 미스 장이 고개를 끄덕였다.

"박 과장님처럼 저희한테도 잘해 주시고 현장에도 잘하고 그런 분이 없어요. 현장 나갈 때도 말도 되게, 왜 같은 말도 좋게 잘 하는 사람 있잖아요. 노가다 판이 워낙 좀 거칠고 그런데, 박 과장님은 말 예쁘게 잘 하셔서 아저씨들도 다 좋아하고 그랬어요. 사내 따돌림 뭐 그런 식으로 기사 나서 우리도 깜짝 놀랐다니까요."

"내가 니 입조심 안 해서 뭔 일 날 줄 알았다."

용민이 반쯤 포기한 투로 내뱉고는 곤란한 듯 눈꺼풀 위를 몇 번이나 문질렀다. 한참 뜸을 들이던 용민은 마른 입술을 축이며 입을 열었다.

"이거는 진짜, 피디님, 제가 얘기를 할게요. 하는데, 혹시나 이게 방송이 돼도 저하고 여기 직원들 누가 얘기했다 이거는 진짜로 비밀로 해 주셔야 돼요."

"그건 제가 약속을 드릴게요."

정언의 말에 용민이 손끝을 만지작거리며 시선을 내렸다.

"아, 이게 참…… 박규형 과장이 일이 많았던 건 맞아요. 건설 일이 원래 야근도 많고 접대도 많고, 그거는 아시죠? 본사에 인사 자료가, 그거를 방송국에서 열람을 하실 수 있을지는 제가 모르겠는데, 거기 보시면 아마 기록으로 다 있을 거예요. 인사고과가 좋고 직원 평가도 굉장히 좋은 친구였어요. 근데 이제 건설사 접대라는 게…… 여자분한테 뭐 어떻게 말씀드리기가 좀 그러네."

용민이 주저했다. 건설사 접대에 술과 여자가 빠지는 법이 없기에, 정언에게 그런 이야기를 노골적으로 하기가 망설여지는 모양이었다. 정언은 고개를 끄덕였다.

"저도 대충은 알고 있어서요. 괜찮습니다."

"예, 뭐 아신다니까. 그게 뭐 그렇게 깨끗하게 밥 대접하고 술한 잔 사고, 그런 건 아니잖아요. 제가 그런 말 할 처지는 못 되는데, 아무튼. 그 친구가 승진이 두 번 밀렸는데 그게 접대를 못해서 그랬단 말이에요. 일을 아무리 잘해도 접대를 못하면 무능한 직원, 위에서는 그렇게 생각을 하잖아요. 제수씨 만나 보셨다니 아시겠지만 박 과장이 진짜 엄청 애처가예요. 내가 살다 살다 지 마누라, 자식 그렇게 끔찍이 위하는 사람 못 봤어요."

용민의 말이 조금씩 빨라졌다. 윤은 문득 기시감을 느꼈다. 희경을 만났을 때와 비슷한 감각이었다. 이제는 더 이상 그 자리에 없는 누군가를 추억할 때, 사람들이 더듬는 기억 속에서 흐릿한 그림자가 실체를 갖추기 시작하는 그 순간의 감각은 어떤 단어로 설명하기 힘든 것이었다. 용민이 헛웃음을 뱉고는 잠시 숨을 가다듬었다.

"애들도 크고 그래서 그랬겠지. 생전 그런 말 안 하던 사람인데, 두 번째 떨어지고 나서 다음번 승진에서는 안 밀렸으면 좋겠다 그 소리를 했어요. 사람들도 회사에서 진짜 어지간하면 세번째는 해 주겠지 그랬고. 애들한테 무슨 일 있는 날은 딱 칼퇴, 그거 말고는 업무가 상당히 좀 많았죠. 출장도 잦았고 매일 혼자서 열두 시, 한 시까지 일하는 날도 많았고. 안 힘드냐 하니까 야근하면서 사이사이에 블로그도 쓰고 한대요. 애들 사진 보면 안 힘들다고."

윤은 순간 메모를 하던 정언의 손이 종이 위에서 멈춘 것을 보았다. 이 끝으로 입술 안쪽을 잘근거리던 정언이 네, 하고 다시 노트로 시선을 옮겼다. 용민은 정언의 태도를 미처 알아차리지 못한 듯 짧은 한숨을 쉬고는 눈가를 비볐다.

"아무튼 뭐 사내 왕따, 그런 거는 사실 말이 안 돼요. 그럴 사람은 진짜 아니거든요."

"승진 누락 때문에 많이 속상해하거나 한 적은 없었고요?"

"아이, 피디님도 직장 다니시잖아요. 그게 어떻게 속이 안 상합니까. 고과가 나쁜 것도 아니고, 뭐 이유가 없는데요. 그래도 그걸 막 밖으로 티를 내고 그런 사람은 아니었어요. 근데 왜 자살을 했는가, 그거는 솔직히 저도 모르겠습니다. 사람 속을 누가 알겠어요. 겉으로는 웃고 다녀도 속은 썩어 문드러질 수도 있고 그런 거지."

용민이 어색하게 웃었다. 그 자신도 확신이 없는 것이다. 윤은 그 사실을 쉽게 알아차렸다. 어느 날 갑자기, 한밤중에 건설 중인 현장에 올라가 뛰어내린 동료. 이 사무실 안의 사람들은, 최소한 용민과 미스 장은 죽어야 할 이유가 없는 사람이 불현듯 자살을 결심했다는 것을 받아들일 수 있는 어떤 전조도 느끼지 못한 것이 분명했다.

그때 사무실 문이 열리며 누군가가 들어섰다. 목에 걸친 수건으로 안전모 아래 이마를 닦으며 들어선 중년의 남자가 뜻밖의 손님들에 발을 멈췄다.

"웬 손님이 이렇게 있어요?"

그의 물음에 용민이 눈에 띄게 긴장하더니 어물거렸다.

"방송국에서, 저기, 박 과장 일 때문에 오셨다는데…… 피디님, 여기는 조창식 계장님이라고, 현장 관리하시는 분이에요."

"방송국?"

창식의 표정이 굳어졌다. 조창식 계장, 하고 입 안으로 뇌어 본 윤의 뇌리에 불현듯 떠오르는 것이 있었다. 희경을 인터뷰하러 갔을 때, 남편이 죽었다고 가장 먼저 연락한 사람이 조 계장이었다고 했다. 윤은 창식에게 물었다.

"박 과장님 돌아가셨을 때 이희경 씨한테 제일 먼저 연락하신 분이 조창식 계장님 맞습니까?"

"아니, 그 건에 대해서 나는 말하고 싶지가 않아요. 현 과장, 이거 사전에 뭐 연락이 있었습니까? 방송국에서 이렇게 나와서 이 얘기 물어보고 이러는 거 본사에서 알아요?"

불쾌한 티가 역력한 창식의 얼굴에 윤이 당황하자, 곁에서 정언이 윤의 소매 끝을 슬쩍 당기며 바로 자리에서 일어났다.

"촬영은 아니고요, 그냥 몇 가지 여쭤보고 싶어서 온 겁니다. 명함 드릴 테니까 혹시 뭐 생각나는 거 있으시면 언제든 연락 주세요. 부탁드리겠습니다."

정언이 윤의 손에 명함 두 장을 쥐여 주고는 여직원들 쪽으로 고개를 까딱했다. 윤은 얼른 여직원들에게 명함을 한 장씩 주었다. 미스 장이 명함을 보더니 눈을 들어 윤에게 시선을 주었다.

"여자 피디님 명함이죠? 피디님 명함은 없어요?"

곁의 여직원이 애가, 하며 옆구리를 찌르자 미스 장이 키득거리며 웃었다. 윤은 뒷머리를 긁적였다.

"제가 이 팀 온 지 얼마 안 돼서 아직 명함을 못 찍었거든요. 얘기하실 거 있으시면 이쪽으로 연락 주시고요, 그때 명함 나오면 드릴게요."

"그러면 생각 좀 해보고요."

미스 장이 새침하게 농을 쳤다. 윤이 웃자 정언이 이쪽을 한 번 흘끔 보더니 용민과 창식에게도 명함을 건넸다. 창식이 명함을 받지 않으려 하자 정언은 억지로 그의 손에 명함을 쥐어 주었다.

"돌아가신 분이 혹시 억울한 게 있으시면 그거 저희가 밝혀 드리고 싶어서 그런 거고요, 다른 의도는 없습니다. 미리 연락 못 드리고 와서 불쾌하신 것 이해합니다. 죄송합니다."

깍듯한 정언의 태도에 창식이 마지못해 약간 누그러진 태도로 대꾸했다.

"아니, 진짜로 우리는 뭐 아는 게 없어요. 나도 그날 아침에 현장 나왔다가 보고 너무 놀라서 119 연락하고, 박 과장 집에 연락한 게 다예요. 본사에서 알면 큰일 나니까 빨리 가세요."

"알겠습니다. 김 피디, 가자."

정언은 두말 않고 윤에게 나가자는 눈짓을 했다. 박스를 든 윤은 후다닥 정언의 뒤를 따라 사무실을 나섰다.

사무실 앞의 임시 주차장에는 그새 몇 대의 차가 들어와 있었다. 검은색 경승합차 한 대와 일반 중형차 서너 대가 나란히 선 채였다. 중형차의 전면 창마다 서온건설 로고의 주차표가 붙은 것을 본 정언이 현장 쪽으로 고개를 돌렸다.

"본사에서 나와 있나 보네."

혼잣말처럼 중얼거린 정언은 가방을 고쳐 메며 게이트를 나섰다. 윤은 뒤를 한 번 돌아보았다. 끝없이 늘어선 아파트의 골조들이 드리우는 그림자가 길 위에 얼룩지고 있었다. 저 스산한 철골 숲 어디에선가, 누구의 눈도 닿지 않은 시간에 한 사람이 죽었다.

그러나 그 사실은 쉽게 실감되지 않았다. 아무 일도 없었다는 양 자재를 실은 승강기들이 느릿느릿 오르내렸고, 인부들은 게임 속의 NPC처럼 부지런히 움직였다. 한 사람이 사라져도 세계는 여전히 아무 일 없는 듯 유지되고 있었다.

그 풍경에 시선을 주던 윤은 곧 정언의 뒤를 따랐다. 흙먼지 날리는 도로를 걸어 입구에 세워 둔 차에 도착하자, 정언은 조수석 문에 기대 두 손으로 눈가를 덮었다. 답지 않게 피곤한 기색이었다. 아침에 코피를 흘리던 것도 그렇고, 아무래도 정말 어디가 안 좋은가 싶어 걱정스러워진 건 당연했다.

"선배, 괜찮으세요?"

윤이 물었으나 정언은 잠시 대답하지 않았다. 윤은 얼른 조수석 문을 열어 주며 정언을 안으로 밀어 넣었다. 오랜 시간 볕이 드는 자리에 서 있었던 차 안은 히터를 틀어 둔 것처럼 따뜻했다. 들고 있던 박스를 뒷자리에 놓고 운전석에 탄 윤은 시동을 걸며 정언에게 말했다.

"방송국으로 가면 되죠? 눈 좀 붙이고 계세요."

"신세 좀 지자."

뜻밖에도 정언은 순순했다. 뒤로 젖혀진 시트에 몸을 기댄 정언은 오른쪽 팔을 올려 눈을 가렸다.

내비게이션에 주소를 찍으며 차를 출발시킨 윤은 곁눈질로 정언 쪽을 보았다. 창가 쪽으로 고개를 약간 돌린 정언이 가느다란 숨소리를 뱉었다. 그 짧은 사이 정말 잠이 든 모양이었다. 선바이저 아래로 들어온 오후의 햇살이 정언의 검은색 재킷 위에 아롱졌다.

윤은 다시 앞을 보았다. 낯선 풍경들이 창밖으로 흘러갔다. 오전에 진송신도시에 도착해 놓고도 정언을 깨우지 않고 기다렸던 삼십 분 정도의 시간이 되살아났다.

정언이 물으면 길이 막혀 늦었다고 할 생각이었고, 윤은 실제로 그렇게 했다. 조금이라도 더 자게 두고 싶었던 것이다. 정언의 잠든 얼굴은 지치고 무방비했다.

평소의 서늘함이 사라진 그 얼굴은 어쩐지 달라 보였다. 지구에서는 볼 수 없는 달의 뒷면으로 돌아간 듯한 느낌이었다. 현실감이 조금씩 사라졌다. 마치 이 순간을 구성하는 수많은 입자 중 하나가 되어 공기 중을 떠도는 것 같았다.

그 고요했던 반 시간의 감각을 상기하던 윤은 곧 현실로 돌아왔다. 닫힌 창 너머로 이따금 곁을 지나치는 자동차들의 소리만이 둔탁하게 넘어왔다. 귀를 기울이지 않으면 거의 들리지도 않을 만큼 작은 숨소리가 그 사이사이 가는 실낱처럼 엮여들었다.

신호에 걸려 정차한 사이, 흘끔 곁눈질한 시선에 창백하고 날카로운 정언의 옆모습이 들어왔다. 잠시 거기 눈을 붙들렸던 윤은 문득 깨달았다.

나는 이 사람을 더 알고 싶은 거라고.

달의 뒷면은 궤도 안에서만 볼 수 있기에, 그 선을 넘고 싶은 거라고.

신호가 파란색으로 바뀌었다. 윤은 액셀을 밟았다. 속도계의 숫자가 서서히 올라갔다. 한산한 도로를 달리는 차 안은 고요했다. 창 너머로 스민 햇빛이 핸들을 쥔 손끝을 물들이며 천천히 번져 왔다. 심장 부근의 어딘가가 싹을 숨긴 껍질처럼 희미하게 간질거렸다.

"선배, 다 왔어요."

정언은 가만히 팔을 흔드는 손길에 퍼뜩 정신을 차렸다. 낯익은 방송국 지하 주차장의 천장이 눈에 들어왔다. 잠이 덜 깬 탓인지 아직 머릿속이 멍했다. 몇 초쯤 눈을 깜빡이고 있던 정언은 자세를 고쳐 앉으며 손목에 찬 시계를 보았다. 몇 시인지 채 생각하기도 전 옆에서 윤이 말했다.

"오늘 차 되게 막히는데요."

진송신도시에서 출발한 지 한 시간 반이 좀 넘어 있었다. 오전에도 그러더니, 오늘따라 교통 사정이 나빴던 듯했다. 멍한 머릿속으로 이십 분 뒤에 미리 약속해 둔 자문 미팅이 있다는 것이 간신히 기억났다. 정언은 윤에게 시선을 돌렸다.

"이희경 씨 연락처 알지? 물건 챙겨 온 거 바로 가져다 드리고 올 수 있어?"

"지금요?"

"응. 부탁 좀 하자."

정언은 말한 즉시 차에서 내려 문을 닫았다. 바로 출발할 줄 알았더니, 윤이 굳이 조수석 쪽 창을 열더니 다녀오겠습니다, 하고는 고개를 까딱해 보였다. 그새 또 웃는 눈이라 어쩐지 뒷덜미가 간지러웠다.

애써 그 얼굴을 외면하며 빨리 가, 하고 손을 휘적거린 정언은 윤이 또 뭐라고 말하기 전에 도망치듯 엘리베이터로 달려갔다. 돌아온 사무실 책상에는 영인에게 미리 부탁한 자료가 곱게 올라와 있었다. 진송신도시 부지의 최근 20년간 공시지가 변동 현황을 정리한 표였다.

부동산의 말처럼 확실히 이전에는 거의 변동이 없던 공시지가가 7, 8년 전부터 갑자기 크게 뛴 것은 사실이었다. 평당 10만 원도 채 되지 않던 땅이 몇 년 사이 평당 400만 원 가까이 치솟았던 것이다.

영인이 친절하게 형광펜으로 줄을 그어 표시를 해 놓고, 그래프로 만들어 첨부해 둔 덕분에 피곤해서 잘 돌아가지 않는 머리로도 그 사실을 알아보는 건 어렵지 않았다.

눈으로 자료를 훑은 정언은 컴퓨터에 보이스리코더를 연결해 녹취한 파일을 전부 공유 폴더에 집어넣고는, 메신저로 민혜에게 '녹취 파일 풀어 주세요.'라고 짧은 메시지를 보냈다.

그 즉시 자료를 집어 든 정언은 서둘러 지하 미팅룸으로 내려갔다. 다행히 아직 약속 시간 십 분 전이었다.

"선배, 준비 다 됐습니다."

미팅룸 문을 노크하자 안에서 지혁이 고개를 내밀었다. 어제 미리 지혁에게 촬영 준비를 해 달라고 부탁해 둔 터였다. 맞은편 자리에는 이미 누군가 와서 앉아 있었다.

"고마워. 대표님, 일찍 오셨네요. 차 많이 막히는 시간에 약속을 잡아서 죄송합니다."

지혁에게 고개를 까딱해 보인 정언은 앉아 있는 남자를 보고 인사를 건넸다. 남자는 부동산 네트워크 사업체를 운영하는 부동산 전문가 이현성 대표였다. <비하인드 24>의 전담 자문으로 일하고 있어, 정언과는 이미 잘 아는 사이였다.

현성이 웃으면서 가볍게 눈으로 마주 인사했다.

"아닙니다. 서 피디님, 오랜만에 뵙네요. 안 그래도 마르셨는데 조만간 날아가시겠어요. 지난번에 방송 나오시는 거 봤는데 화면 절반이네요, 절반."

"성격이 더러워서 살이 안 찌나, 왜 그러죠?"

농담을 주고받은 정언은 그의 맞은편에 앉았다. 대강의 내용은 이미 메일로 설명한 뒤였다. 정언은 책상에서 가져온 자료들을 현성 앞으로 밀어 놓았다. 현성이 눈으로 대강 프린트를 훑더니 팔짱을 끼었다.

"진송신도시 개발 건에 무슨 문제가 있는 모양이죠? 그림이 커요?"

"아뇨, 그런 건 아니고요. 사이즈 파악 중이에요. 저도 자료 보고 아까 대강 현장에서 들은 얘기는 있는데, 아무래도 대표님이 말씀을 해 주시면 도움이 될 것 같아서요. 비서님이 시간 없어서 안 된다고 하시는데 제가 우겨서 죄송해요."

최대한 빨리 사건의 개요를 파악하기 위해 급히 일하다 보니, 현성이 스케줄 때문에 힘들 것 같다고 하는데도 무리하게 잡은 약속이었다. 현성 역시 자기 시계를 한 번 확인하고는 입을 열었다.

"바로 본론으로 들어가죠. 거기가 개발 호재가 있다, 이 얘기가 십여 년 전부터 있던 동네긴 해요. 진송신도시 개발 확정된 게 5년 전이거든요."

"전 정권에서 원래 무슨 사업이 결정된 게 있었나요?"

정언의 물음에 현성이 웃었다.

"엄대진 때문이죠. 엄대진이 경북 있다가 수도권으로 지역구 옮기고 자기 정치 시작하면서 제일 공들인 게 진송신도시 사업 아닙니까. 서울하고 가깝고 부지도 충분하니까, 재개발 들어가

211

면 표심을 끌어오기에는 최적인 장소잖아요. 교통이 나쁘긴 한데 도로하고 경전철 사업까지 가져올 생각을 한 거죠. 엄대진이 여의도에서 뜨면서부터 매매가가 폭등한 지역이에요. 원주민들 반대 여론이 상당했는데…… 아, 엄대진 얘기는 전부 오프 더 레코드로 합시다."

현성은 장난스럽게 두 손을 모아 보였다. 정언이 알겠다는 표시를 하자 현성이 말을 이었다.

"그 지역이 아시다시피 빈민촌이에요. 재개발을 하려는 시도는 예전부터 있었는데 원주민들 반대가 엄청나서 손을 못 댔습니다. 원래 60년대 이후로 공장 지대였다가 80년대, 90년대 지나면서 공장들이 다 망해서 떠나고 거의 폐촌이나 다름없이 됐거든요. 그나마 좀 살 만한 사람들은 다 나가고 가난한 노인들, 불법 체류자들, 장애인, 이런 사람들만 남은 거죠. 폐건물이 많으니 노숙자나 범죄자들도 많이 흘러들어 오고."

"공시지가가 40배 가까이 올랐던데 재개발을 해 봐야 혜택 받을 사람이 없었겠네요."

"거기서 공장부지 가지고 있던 사람들이거나 미리 투자했던 사람들만 노난 거죠. 원주민들은 애초에 거기가 자기 땅이고 자기 집인 사람들도 거의 없어요. 인정받기도 어렵지만, 정말 만에 하나 20년 이상 거주한 사람들 한정으로 점유취득시효[2] 인정해

---

2) 민법에서는 20년간 소유 의사를 가지고 별도의 분쟁 없이 평온하게 부동산을 점유한 자가 등기함으로써 소유권을 취득할 수 있도록 규정하고 있다. 또한 부동산의 소유자로 등기한 자가 10년간 소유 의사로 평온하게 선의이며 과실 없이 그 부동산을 점유한 때에도 소유권을 취득할 수 있도록 하는데, 이를 점유취득시효라고 한다.

서 보상 준다고 해도 그 사람들이 보상받을 수 있는 지분이 엄청나게 적어요. 판잣집 단칸방이 몇 평이나 되겠습니까?"

"원주민들 반발 있는 게 당연한 거군요."

현성이 앞에 놓인 물병을 따서 물을 한 모금 마시고는 한숨을 쉬었다.

"정부하고 서온건설 측에서 일정 금액을 보상하긴 했죠. 그런데 그게 뭐 겨우 월세 보증금보다 조금 더 될까 말까 하니까 그 사람들이 어디로 가겠어요?"

"주민 측 시위 시작된 지 꽤 오래된 것 같은데 결집력이 있나 보네요."

"지금 시위 주도하는 거 그 지역 들어와 있던 개척교회 목사들이 대부분입니다. 종교계 끼면 일 복잡해지니 계속 언론 플레이로 원주민들을 악의 축처럼 몰아가는 서온 입장도 이해가 안 가는 건 아닌데, 편 들어주기 어려운 부분이 많아요. 지금도 원주민 중 절반 정도가 현장 인근에 무허가 건물 짓고 들어가 있으니 골치 아프긴 하겠죠. 그런데 당시에 마을 철거하고 주민들 강제로 내쫓는 과정에서 문제가 상당했어요. 원주민 측에서 사망자도 여러 명 나왔는데, 이거 덮느라 애 좀 썼을 겁니다."

정언이 의아한 표정으로 물었다.

"그 문제에 대해 당시에 언론이 다룬 적이 거의 없었나요? 저도 기억이 없긴 한데."

"언론 통제 철저했죠. 그리고 솔직히 재개발할 때 어디서나 투기 목적으로 애초에 설계하고 들어온 사람 말고 기존 원주민들한테는 만족할 만큼 보상 이루어지는 경우가 드물어요. 재개발 시 원주민 입주 비율이 5퍼센트 미만인 경우도 흔하고, 보통은

20퍼센트 내외로 봅니다. 그러니까 당연히 그런 케이스라고 생각을 하고 다들 그냥 적당히 다루고 넘어간 거죠. 게다가 누가 변순철 사위 이름을 매스컴 타게 만들겠어요? 장인이 그거 두고 보겠습니까?"

웃고 있었으나 현성의 말투는 신랄했다. 정언은 메모를 하며 말을 이었다.

"그 지역에서 얘기 들어 보니 엄대진이 상당히 재미를 봤다고 하던데요."

"엄대진이 그렇게 목숨 건 데는 이유가 있었겠죠. 시세 차익 상당히 봤다는 소문이 있었는데, 아마 차명으로 투자했을 겁니다. 재산 공개 때 증거가 안 나왔으니까."

"서온건설 비리 의혹도 있잖아요."

정언의 말에 현성이 소리를 내어 웃고는 난처한 표정을 했다.

"서온건설 게이트 말씀하시는 거죠? 근데 솔직히 이건 제가 뭐라고 말을 못 하겠어요. 검찰에서 이미 무혐의가 난 건이고, 그쪽은 뭐 일반인들이 보기엔 아, 이거 백 프로다, 이렇게 생각을 해도 법적으로는 또 문제가 다를 수 있고 하니까요. 그건 제가 여기서 함부로 이렇다 저렇다 하기가 좀 곤란해요. 서온건설에 엄대진까지 엮이면 아무래도, 아시죠?"

정언은 이해한다는 뜻으로 고개를 끄덕이고는 말을 돌렸다.

"보상 과정 문제는 해결할 방법이 없고요?"

"보상은 한 번 이루어지면 재보상이 되기가 힘들어요. 일단 여러 군데서 감정 평가를 하니까. 보상해 주는 측에서도 손해 볼 짓은 안 하려고 하고요. 100원 주고 사서 90원에 팔면 뭐하겠어요. 10원 주고 사서 100원에 팔고 싶은 게 사람 마음 아닙니까.

재보상이 된다 해도 기존 보상금의 10퍼센트 내외 금액인 게 보통이에요."

"완전히 보상 금액을 재책정하는 경우도 있나요?"

"아, 그건 진짜 드문 케이스예요. 거의 뭐 불가능하다고 봐야하고, 특히 이런 상황에서는. 싸우려고 해도 이게 있어야 싸우잖아요."

현성이 엄지와 검지 끝을 붙여 동그라미 표시를 해 보였다. 정언은 펜 끝을 다이어리 위에 톡톡 치며 잠시 생각에 잠겼다. 규형은 회사 내부의 사람이었기에 이런 사정들을 어느 정도는 알고 있었을 터였다.

그러나 재희의 말대로 그는 일개 현장 과장에 불과했다. 그런 평범한 사람을 죽여야 할 이유가 무엇일까. 짙은 안개로 차선조차 보이지 않는 도로 위를 달리는 기분이었다.

현성이 다시 한 번 시계로 눈을 주는 것을 알아차린 정언은 지혁에게 촬영 끊으라는 신호를 보냈다.

"일단 알겠습니다. 오늘은 여기까지 할까요? 잠깐 뵈려고 오시라고 해서 죄송합니다."

"아닙니다. 시간 더 못 내 드려서 제가 죄송하죠. 자세한 얘기는 메일이나 전화로 마저 하시죠. 그리고 이 건이면 아마 상생변 최유림 변호사한테 들을 얘기가 좀 있을 겁니다."

현성이 자기 핸드폰을 꺼내 연락처를 뒤적이더니 명함 뒤에 전화번호를 하나 적어 정언에게 건넸다. 상생변은 '상생사회를 꿈꾸는 인권변호사 모임'의 준말이었다. <비하인드 24>에서도 상생변 소속의 변호사들과 몇 차례 함께 촬영을 한 적이 있었다.

정언은 그 번호를 다이어리로 다시 옮겨 적으며 물었다.

"최유림 변호사님이 이 건하고 관련이 있나요?"

"지금 원주민 시위가 반석교회라는 개척교회 중심으로 진행되고 있습니다. 거기 신찬호 목사가 최변하고 잘 아는 사이라 최변이 법적 자문을 하는 걸로 알거든요. 일단 관련 얘기 더 듣고 싶으시면 이쪽으로 한 번 연락해 보세요."

"감사해요. 또 연락드릴게요."

"아니에요. 오늘은 정말 죄송합니다. 다음에 식사라도 같이하시죠."

가벼운 악수를 건넨 현성은 바로 미팅룸을 나갔다. 지혁과 함께 촬영 장비를 정리한 정언은 사무실로 다시 올라왔다. 머리가 지끈거렸다.

"우 피디, 지금 이거 바로 인코딩 돌리고 프리뷰 요청 폴더로 올려 줘."

지혁에게 말한 정언은 자리에 앉았다. 누가 뇌에 추를 몇 개는 매달아 놓은 기분이었다. 그나마 윤의 차에서 잠시 눈이라도 붙인 덕분에 새벽보다는 상태가 조금 낫다는 것이 다행이었다.

정언은 비어 있는 윤의 자리를 흘끔 보았다. 퇴근 시간이다 보니 홍제동까지 갔다가 다시 돌아오려면 시간이 꽤 걸릴 터였다.

저녁이라도 먹이고 보낼 걸 그랬나, 하고 무심코 생각하자 낮의 일이 머릿속을 지났다. 편의점에서 자신이 던진 농담에 당황하던 윤의 얼굴을 떠올린 정언은 혼자 픽 웃었다. 남 당황하게 하는 소리는 잘도 하면서, 본인이 그런 소리를 듣는 데는 면역이 없는 모양이었다.

"정언, 뭐 좋은 일 있어?"

갑자기 귓가에서 속삭이는 목소리에 깜짝 놀란 정언은 퍼뜩 고개를 돌렸다. 민혜였다. 민혜가 눈을 동그랗게 뜨는 정언을 내려다보더니 큭큭거렸다.

"혼자 실실 웃길래 뭐 좋은 일 있나 했지. 녹음 파일 보낸 건 일단 지금 프리뷰하면서 같이 풀어 달라고 맡겼어. 개수가 좀 되던데."

혼자 실실 웃길래, 하는 민혜의 말을 듣자 괜히 귀 끝이 달았다. 윤에게 뭐 좋은 일 있냐, 왜 맨날 실실 웃냐고 한 소리 한 주제에 자신 역시 그랬다는 게 민망해진 탓이었다. 더구나 다른 것도 아니고 윤을 떠올리다 그러고 있었다는 건 더 그랬다. 정언은 헛기침을 하며 말을 돌렸다.

"아, 나 거기 있는 부동산 다 돌았잖아요. 내 집 구할 때도 딱 두 군데 보고 결정했는데, 부동산만 한 스무 군데 가본 거 같아. 거기 오피스텔만 서른 개는 본 거 같고."

"김 피디랑 신혼부부 행세는 실컷 했겠네?"

"어떻게 알았어요? 파일 벌써 들어 봤어요?"

깜짝 놀란 정언이 되묻자 민혜가 배를 잡고 웃었다.

"아니, 지금 그거 들을 시간이 어딨다고. 니들이 뭐라고 하고 돌아다녔겠어, 척하면 척이지. 김 피디 연기 좀 하든?"

"데뷔나 하지 피디는 왜 했나 싶던데요."

농담처럼 말했지만 반쯤은 진담이었다. 천연덕스럽게 신혼부부 행세를 하던 윤을 떠올리자 어이가 없어 저도 모르게 피식 웃는 소리가 새었다. 민혜가 재미있다는 표정을 하며 팔짱을 끼었다.

"어머, 그래? 안 그렇게 생겼는데, 사람이 깡이 있어서 그런가? <오늘의 요리>에선 그런 짓 할 일 없었을 거 아냐. 김 피디

스펙 좋고 비주얼 좋고 피지컬 좋잖아. 심지어 대기업 다니다 왜 피디 지망했을까? 아나운서 지원했어도 됐을 얼굴인데."

무심히 민혜의 말을 흘려듣던 정언은 문득 돌부리처럼 걸리는 말에 미간을 좁혔다.

"대기업 다니다 왔다고요?"

"몰랐어? 그러니까 이제 겨우 2년 차지. 나라그룹 다녔다던데 어디 계열인지는 모르겠네."

나라그룹이라면 대한민국 10대 대기업 중 한 곳이었다. 윤이 굳이 잘 다니던 대기업을 때려치우고 방송국 피디로 들어올 타입이라고는 도무지 생각되지가 않았다. 정언은 에이, 하며 의심의 눈초리로 민혜를 보았다.

"진짜로? 그건 어떻게 알았어요?"

"이력서에 다 있잖아."

"이력서는 언제 봤는데요?"

황당하다는 투로 되묻자 민혜가 더 황당하다는 표정으로 대꾸했다.

"정언 빼고 우리 팀에서 안 본 사람 없을걸?"

다들 남의 일에 왜 그렇게 관심이 많을까, 속으로 생각하기 무섭게 민혜가 마치 머릿속을 읽은 양 정언에게 면박을 주었다.

"관심 좀 가져, 귀한 부사수한테. 김 피디 같은 인재가 어딨다고 그래."

"인재인 건 어떻게 알고요?"

"이게 인재잖아, 이게."

민혜가 손으로 자기 얼굴을 두어 번 훑었다. 정언이 말도 안 된다는 표정을 하자 민혜가 어머머, 하며 손가락질을 했다.

"그럼 아니야?"

순간 머릿속으로 윤의 얼굴이 지나가, 정언은 잠시 머뭇거렸다. 하기야, 곰곰이 생각하니 무슨 흠을 잡고 싶어도 딱히 그럴 만한 데가 없는 얼굴이기는 했다. 팀의 최장신에다 <비하인드 24>에 어울리지 않게 방글방글 잘도 웃고 다니는 것 역시 개인적인 감정을 배제하고 본다면 결코 단점이라고 꼽을 수 없는 부분이었다.

"아니, 아니라는 건 아닌데 뭘 또 인재라고까지……."

다 가지긴 했네, 하고 속으로 중얼거리며 모호하게 말끝을 흐리는 정언의 얼굴에 민혜가 혀를 찼다.

"정언은 강 피디한테 너무 익숙해져서 그래."

정언이 재희를 좋아했다는 건 어지간한 사람들은 다 알고 있는 사실이었다. 때문에 가끔 술자리에서 선배들이 그걸 가지고 정언을 놀릴 때도 있었다. 그러나 정언은 절대 부끄러워하는 법이 없었다. 그게 왜요, 하고 잘도 받아치는 통에 그런 놀림도 곧 시들해졌다.

당사자인 재희도 이미 다 아는 일이었다. 처음부터 재희는 늘 선을 그었고, 정언도 그걸 당연하게 받아들였다. 그건 연수의 존재 때문이기도 했지만, 연수가 아니었더라도 정언은 재희가 원하지 않는 이상 더 다가갈 마음은 없었다.

재희는 정언에게 어미오리 같은 존재였다. 정언은 <비하인드 24>의 모든 것을 재희에게서 배웠다. 민혜의 말처럼 재희는 이제 '익숙해진' 사람이었다.

오래된 감정들은 처음처럼 민감하지 않았다. 어릴 때는 스치기만 해도 상처 입을 만큼 날이 섰던 마음도 어느덧 무뎌져 있었다. 간혹 느끼는 아픔조차 이제는 아무렇지도 않을 정도로.

"아니, 선배가 어디가 어때서요?"

정언이 짐짓 발끈하자 민혜가 손가락을 흔들었다.

"강 피디도 뭐 그만하면 괜찮긴 한데, 스마트하고. 근데 사람이 예민한데 안 예민한 척하려는 게 얼굴에서 티가 나잖아. 진짜 남자는 무던한 게 최고라니까. 강 피디처럼 매사에 그렇게 꼬장꼬장하고 그러면 사람이 말라 죽어요, 말라 죽어."

"송 작가가 나랑 재혼할 거 아니면 그런 걱정은 안 해도 될 거 같은데?"

정언이 뭐라고 말하기도 전, 등 뒤에서 재희의 목소리가 떨어졌다. 민혜가 자리에서 메뚜기처럼 펄쩍 뛰더니 뒤를 돌아보고는 성질을 냈다.

"아우, 야! 간 떨어지는 줄 알았잖아! 소리 좀 내고 다녀!"

재희가 거기 서서 빙글거리고 있었다. 연신 가슴을 쓸어내리는 민혜를 본 재희가 짐짓 대단히 생각해 주는 척 민혜의 어깨를 두드렸다.

"요새 간 수치 안 좋다며. 이왕 떨어질 것 같은 김에 아예 떨어뜨리고 새 간 다는 거 어때?"

"끔찍한 소리 할래?"

"그러니까 뒷담 조심해서 까라고. 낮말은 강재희가 듣고 밤말도 강재희가 들으니까."

재희가 팔짱을 끼며 엄격한 표정을 하자, 민혜가 그런 재희에게 눈을 흘겼다.

"퇴근 좀 해, 사무실에 아주 24시간을 붙어 가지고! CCTV도 강 피디보다는 덜 집요할걸?"

"진짜 집요함이 뭔지 보여 줘?"

재희가 정색하자마자 민혜가 기겁하며 그 팔을 찰싹 때렸다.

"강 피디는 그런 말 농담으로도 하면 안 되는 사람이거든?"

"그러니까 나 잘생겼고 스마트하다는 데서 결론을 내자고. 뒷말은 없던 걸로 하고."

재희가 얻어맞은 팔뚝을 문지르며 유들유들하게 대꾸했다. 도저히 못 이기겠다고 생각했는지 민혜가 포기했다는 얼굴로 두 손을 들어 보였다. 딱지치기 이긴 초등학생의 표정으로 의기양양해진 재희가 잠시 그 승리를 만끽하다 정언에게 물었다.

"서 피디, 사이즈 언제쯤 나오겠어? 컨펌 결정해야 되는데."

정언은 다시 책상 위에 놓인 그래프로 눈을 돌리며 대답했다.

"곧. 무조건 최대한 빨리."

"무조건 최대한? 내가 사이즈 어떻든 2주에 치라고 하면 어떡하려고?"

"그럼 2주에 쳐야지 어떡해요. 시간 없다면서요. 안 되면 되게 해야지."

무슨 말인가를 하려는 듯 가만히 정언을 내려다보던 재희가 옆자리로 시선을 돌렸다.

"김 피디는 어디 갔어?"

"심부름 좀 시켰어요."

"김 피디 오면 다시 얘기하자, 그럼."

자리로 가려던 재희는 문득 발을 멈췄다.

"오늘 취재 간 건 어땠어?"

"뭐가 어때요?"

"김 피디."

재희가 그런 것을 묻는 일은 드물었다. 기본적으로 재희는 각 팀에서 벌어지는 일에 대해 먼저 신경을 쓰지는 않았다. 사수와 부사수, 피디와 작가 사이에 무슨 일이 벌어지든 그건 우선 내부에서 해결해야 할 일이었다. 재희가 관심을 갖거나 개입하는 건 그다음이었다.

정언은 눈을 가늘게 뜨며 팔짱을 끼었다.

"선배, 김 피디한테 관심 엄청 많은 거 알아요?"

"내가?"

멈칫한 재희는 흠, 하고 턱을 만지다 고개를 갸웃했다.

"김 피디가 비주얼이 좀 괜찮긴 한데 내 성적 지향을 바꿀 정도였나?"

"말 같지도 않은 소리 한다."

정언이 대번에 면박을 주자 재희가 대답 대신 쿡쿡 웃고는 자기 자리로 돌아갔다. 왜 또 저렇게 의뭉스럽게 굴까, 하고 혼잣말로 투덜거린 정언은 턱을 괴며 잠시 눈을 감았다. 눈꺼풀이 물기 없이 마른 눈 위로 오래된 문처럼 내려왔다. 이대로 잠이 들 수도 있을 것 같았다.

윤이 지옥 같은 퇴근 시간의 서울 도로를 달려 홍제동에 도착했을 때는 이미 저녁 시간이 지난 뒤였다.

윤은 골목길을 지나 빌라 앞에 차를 세우고는 뒷좌석에 놓아둔 박스를 꺼냈다. 먼지가 앉은 뚜껑 위를 한 번 털어 낸 윤은 희경의 집으로 올라가 초인종을 눌렀다. 안에서 아이들이 뭐라고 소리를 지르는 것이 들렸다.

잠시 후 희경이 문을 조금 열고는 얼굴을 내밀었다.

"안녕하세요, 퇴근 시간이라 많이 막혔어요. 죄송합니다."

윤이 고개를 꾸벅 숙이자 희경이 들어오세요, 하며 문을 더 열었다. 분홍색 내복 차림의 두 여자아이가 희경의 옷자락을 쥐고 뒤에 숨어 머리를 내밀었다. 규형의 핸드폰 화면에 있던 얼굴들이었다.

윤은 박스를 현관에 내려놓고 몸을 숙였다. 동그란 눈동자 네 개가 윤을 쳐다보았다. 그가 눈을 맞추며 미소를 지었다. 희경이 아이들을 돌아보았다.

"인사 안 할 거야?"

그러자 둘이 동시에 안녕하세요, 하고 고개를 꾸벅 숙였다. 아직 혀가 짧아 안냐하세여, 에 더 가까운 발음이었다. 희경이 두 아이의 머리를 쓰다듬으며 속삭였다.

"삼촌한테 자기소개해야지."

그러자 큰아이가 머리를 조금 더 내밀며 웅얼거렸다.

"저는 박수아예요. 저는 이제 여섯 살이에요. 애는 제 동생인데 박리아예요. 박리아는 네 살이에요."

"수아, 리아? 이름 예쁘네."

"아빠가 지어 줬어요. 우리 아빠 지금 멀리 미국 갔는데."

무심코 던진 칭찬에 수아가 배시시 웃으며 대답했다. 윤은 얼른 고개를 끄덕였다.

"응, 알아. 아빠가 회사에 중요한 걸 두고 가서서 삼촌한테 대신 집에 좀 가져다 달라고 하셨거든."

"아빠는 엄마랑 수아랑 리아가 제일 제일 중요하댔는데."

아무 의도 없이 돌아온 말에 가슴이 철렁 내려앉았다. 갑자기 눈가가 아릿해 윤은 공연히 먼지가 들어간 척 눈가를 두어 번 비비고는 수아를 마주 보았다. 아빠가 세상에 없다는 것을 아직 알지도 못하는 그 얼굴에 어쩐지 스산해졌다.

그리고 정언이 이런 일들을 매번 어떻게 견디는 것인지 다시 한 번 궁금해졌다. 선배는 어떻게 견디는 거예요? 그렇게 물었을 때 정언이 대답하지 않았던 것이 떠올랐다. 아마 대답할 수 없었던 게 아닐까.

"그치. 삼촌이 가져온 건 엄마랑 수아랑 리아보다는 안 중요한 거야."

문득 정언의 속내를 가늠한 윤은 손을 뻗어 수아의 머리를 다정하게 쓰다듬었다. 수아가 부끄러운 듯 목을 움츠리더니 희경의 뒤로 몸을 더 숨겼다.

"수아, 리아랑 방에 들어가서 놀아."

희경이 얼른 수아의 등을 밀었다. 그러자 수아가 재빨리 리아의 손을 잡고 방으로 들어가 문을 닫았다. 희경이 윤을 거실로 안내하고는 따뜻한 믹스커피 한 잔을 가져왔다.

"안 그래도 뭐가 있다고, 그쪽에서 보내 주겠다고 했는데 안 와서 잊어버리고 있었거든요."

윤은 감사합니다, 하고 종이컵을 두 손으로 감싸 쥐었다. 손바닥으로 따스함이 천천히 스몄다. 커피를 한 모금 마신 윤은 멋쩍게 웃었다.

"저희도 취재 나갔다가 우연히 알게 돼서요. 사무실에서 신경을 못 쓰고 있다고 하길래 그럼 그냥 오는 길에 저희가 가져다 드리는 게 낫겠다 싶어서 받아 온 거예요. 갑자기 연락드려서 죄송합니다."

"아니에요. 챙겨 주셔서 감사하죠. 저, 혹시 방송하시는 건 결정됐는지⋯⋯."

희경이 말끝을 흐리며 눈치를 보자 윤이 서둘러 대답했다.

"오늘 취재만 간 거고 제가 메인이 아니라 확답은 못 드리겠어요. 아마 금방 결정될 텐데, 결정되는 대로 서정언 피디님이 연락하실 테니까 조금만 더 기다려 주세요."

"아, 그러시구나."

그래도 확실한 거절이 아니라 다행이라 생각했는지, 희경이 조금 안도하는 표정을 했다. 현관 앞에 놓아 둔 박스로 시선을 준 희경이 윤에게 물었다.

"저, 지금 열어 봐도 되나요?"

"그럼요. 저희 것도 아닌데요."

고개를 끄덕인 윤은 박스를 가져와 희경의 앞에 놓아 주었다. 희경이 커터 칼을 찾아 박스 뚜껑을 단단히 봉해 둔 테이프를 뜯었다. 그 모양을 물끄러미 보던 윤은 퍼뜩 생각나는 것이 있어 희경에게 말했다.

"죄송하지만 안에 뭐가 들었는지 제가 좀 촬영해도 될까요? 지금 카메라를 안 가져와서요. 허락해 주시면 핸드폰으로 찍을게요."

"네, 괜찮아요."

희경이 선뜻 대답하고는 박스를 열었다. 윤은 핸드폰 카메라를 동영상 촬영 모드로 돌리고는 희경이 박스를 여는 장면을 찍었다. 평범한 복사 용지 박스였다.

안에 든 것은 회사에서 사용하던 펜이나 가위, 커터 칼, 스카

치테이프 따위의 비품과 사원용 다이어리, 작은 액자 몇 개, 서류철 등이었다. 희경은 안의 물건들을 하나하나 꺼냈다.

아무리 작은 비품에도 모두 견출지에 이름을 써서 붙여 둔 것이 눈에 띄었다. 물건들은 모두 새것처럼 깨끗했다. 열댓 개 가까운 볼펜에 견출지를 붙여 둔 위치도 거의 비슷해, 규형의 성격을 쉽게 짐작할 만했다.

"성격이 굉장히 꼼꼼하셨나 봐요."

"네. 뭐든 허투루 안 쓰는 사람이에요."

희경이 손끝으로 그 물건들을 하나하나 만져 보며 대답했다. 서온건설 로고가 찍힌 검은색 다이어리를 꺼낸 희경은 그것을 펼쳐 보았다. 흔한 다이어리였으나 윤의 시선을 당긴 것은 가장 첫 장이었다. 가족사진을 인화해 끼워 둔 것이 눈에 바로 들어왔다.

그것을 보자마자 희경이 손을 멈추며 고개를 돌렸다. 잠시 그러고 있던 희경이 조금 잠긴 목소리로 애써 웃었다.

"엄청 팔불출이죠. 남들 보기 창피하니까 너무 티 내지 말라고 했는데…… 저희 엄마가 항상 사위가 사람은 참 좋은데, 너무 그렇게 좋은 티를 내면 귀신이 질투한다고 그랬거든요. 제가 그때는 무슨 그런 소리를 하냐고 막 뭐라고 했는데, 이렇게 되고 나니 영 틀린 말은 아니었나 싶더라고요."

혼잣말처럼 중얼거리는 그 말에 윤은 뭐라고 위로할 말을 찾지 못했다. 다행히 딱히 무슨 반응을 기대하지는 않는지, 희경은 말없이 다이어리를 한 장 한 장 넘겨보았다. 작년부터 쓰던 것인 듯했다. 매월 검은색과 파란색, 빨간색으로 적힌 일정이 빼곡했다.

그 와중 이번 달의 달력에 빨간색으로 별까지 그려 놓은 것이 있었다. 자세히 보니 '아쿠아리움'이라고 쓰인 글자가 눈에 들어 왔다. 지난번에 왔을 때 규형의 핸드폰으로 아쿠아리움 티켓 예매 내역을 확인한 것이 문득 떠올랐다. 다이어리에도 미리 적어 놓았을 정도라면 규형이 매우 중요하게 생각한 일정임은 틀림없었다.

윤은 희경이 알아채지 못하게 작은 한숨을 뱉으며 다이어리를 촬영했다. 그 중 유독 눈에 자주 띄는 것은 파란색으로 표시된 '출장'이었다. 일주일에 두세 번 정도는 꼭 출장이 표시되어 있었다.

"출장이 많으셨네요. 현장 과장이 출장 다닐 일이 그렇게 자주 있나요?"

의아해진 윤이 묻자 희경도 고개를 갸웃했다.

"출장이 있으면 꼭 얘기하는 편이었는데…… 진송신도시 개발 현장 들어가고 나서는 지방 출장이나 이런 건 얘기 들은 적이 없어요."

희경도 뭔가 이상했는지 다시 앞장으로 넘겨 출장이라고 적힌 날짜를 하나하나 확인해 보았다. 머릿속으로 한참 곰곰이 생각 하던 희경이 고개를 가로저었다.

"저도 잘 모르겠네요. 제 생일이랑 애들 생일, 결혼기념일은 꼭 챙겼는데 리아 생일이랑 결혼기념일에도 출장이라고 돼 있어 서요. 그런데 제 기억에 이날도 일찍 퇴근했던 것 같아서…… 당 일로 잠깐 본사 나갔다 오고 그런 것도 출장이라고 썼나?"

"혹시 핸드폰으로 따로 일정 관리하신 건 없었나요?"

"글쎄요, 잠깐만요."

자리에서 일어난 희경이 안방에서 규형의 핸드폰을 가지고 나왔다. 전원을 켠 희경이 윤에게 규형의 핸드폰을 건네주었다. 별생각 없이 핸드폰을 받아 들었던 윤은 잠금 화면을 한쪽으로 밀었다. 바로 메인화면이 눈에 들어왔다.

"평소에 잠금 안 해놓고 그냥 쓰셨나 봐요?"

"아뇨. 예전에 비밀번호 썼는데…… 수아 생일로 했었거든요. 귀찮아서 풀었나?"

"매번 비밀번호 치기 귀찮아서 그러셨을 수도 있겠네요."

지문 인식이나 홍채 인식 같은 기능이 들어가지 않은 구형 핸드폰이었기에, 그럴 가능성도 없지는 않았다.

윤은 앱 화면을 살펴보았다. 따로 설치한 일정 앱은 없었고, 기본으로 제공되는 일정 앱에는 가족 생일과 결혼기념일 외의 다른 것은 전혀 기록되어 있지 않았다. 아마 혹시나 잊어버릴 때를 대비해 알림용으로 설정해 놓은 듯했다.

"혹시 제가 다른 앱 좀 열어 봐도 될까요?"

"그럼요."

희경이 고개를 끄덕였다. 윤은 규형이 설치한 앱을 하나하나 훑었다. 스마트폰을 열심히 활용하는 사람은 아니었던 듯, 기본 설치된 앱 외에 딱히 특이한 점은 없었다. 눈에 띄는 것은 포털 사이트의 블로그 앱 정도였다.

앱을 누르자 로그인된 상태 그대로인 규형의 블로그가 가장 먼저 떴다. 지난번에 왔을 때 받은 주소로 이미 본 블로그였다. 윤은 핸드폰을 이리저리 돌려 보다 입을 열었다.

"핸드폰이 좀 된 기종이네요."

"네. 한 삼사 년 썼을 거예요. 이 폰이 사진은 잘 나오는데 오래돼서 그런지 블로그 올릴 때 자꾸 느려진다고, 좋은 걸로 바꿔야겠다고는 했었어요. 요새 핸드폰은 사진 다 잘 나오니까 아무거나 써도 된다고 했는데, 워낙 뭐 하나 사기 전에 이것저것 다 따져 보는 사람이라서요."

"사진 잘 나오는 게 중요하셨군요?"

"애들 사진이랑 동영상 찍는 걸 제일 많이 해서요."

"아, 네."

하기야 그렇게 부지런히 아이들 이야기로 블로그를 채웠다면 당연한 일일 터였다. 핸드폰을 만지작거리던 윤은 불현듯 손을 멈췄다.

갑자기 어딘가에 생각이 미친 윤은 급히 갤러리 앱을 열어 보았다. 수천 장도 넘는 사진과 수백 개는 될 듯한 동영상이 목록에 나타났다. 아래로 목록을 계속 내리자 삼 년 전의 날짜가 눈에 띄었다. 그때부터 계속해서 저장한 자료들이 분명했다.

윤은 즉시 설정 메뉴에서 디바이스 정보를 확인했다. 핸드폰의 저장 용량은 고작 16기가에 불과했다. 이삼 일에 한 번씩은 수십 장씩 사진을 찍어 가며 블로그를 올리고, 아이들의 사진과 동영상으로 핸드폰을 가득 채우는 사람에게는 지나치게 적은 용량이었다.

바로 핸드폰의 뒷면 커버를 열어 메모리카드 슬롯을 살폈으나, 슬롯은 빈 채였다. 핸드폰에 클라우드 앱 같은 것도 설치되어 있지 않았다. 그가 매번 찍은 사진을 지워 가며 핸드폰을 썼으리라는 생각은 들지 않았다.

윤은 의아한 표정을 하고 있는 희경에게 시선을 돌렸다.

"혹시 남편분이 원래 메모리카드 같은 건 안 쓰셨나요?"

"그런 건 잘 모르겠는데……."

"경찰에서 받으셨다고 했죠? 그때부터 전혀 손 안 대시고 이 대로 두신 건가요?"

"네. 그냥 폰 안 꺼지게 충전만 해 두고 있었어요."

희경이 영문을 몰라 하며 고개를 끄덕였다. 무언가 서늘한 감각이 등줄기를 타고 내려갔다. 왜일까. 순간 입이 바짝 말랐다.

부비트랩.

지금 한 걸음 더 나아가면 그 순간 뭔가 터질 거라는 직감이 스쳤다. 그것을 알면서도 더 나아가야 하는지, 멈춰야 하는지 결정할 수 없었다. 이 이상한 예감이 어쩐지 두려웠다. 윤은 잠시 갈등했다.

윤의 갈등이 멈춘 것은 이 자리에 자신 대신 정언이 있었다면 어땠을까, 하고 생각했을 때였다. 만약 정언이라면. 윤은 입술 안쪽을 깨물었다. 재희 앞에서 팩트를 가져오겠다고 말한 건 자신이었다. 뱉은 말은 책임져야 했다.

이건 예감일 뿐이다. 윤은 스스로에게 뇌었다. 무언가 터질 수도 있고, 아닐 수도 있었다. 뭐든 해 보기 전에는 알 수 없었다. 윤은 숨을 들이쉬며 희경에게 물었다.

"그날 받으신 남편분 물건이 뭐든, 옷이든 가방이든 상관없으니 혹시 살펴보신 적 있습니까?"

"왜 그러시죠?"

윤의 표정이 굳어진 탓인지, 희경이 긴장한 티가 역력한 얼굴로 되물었다. 윤은 자기 핸드폰을 꺼내서는 슬롯에서 메모리카드를 빼 희경에게 보여 주었다.

"메모리카드가 없어진 게 아닌가 싶어서요. 이렇게 생긴 거 보신 적 없습니까?"

"잘 모르겠어요."

"한 번 찾아봐 주시겠어요?"

"네."

희경이 후다닥 안방으로 뛰어 들어갔다. 윤은 박스 안의 내용물을 모두 바닥에 쏟아 놓고 하나하나 살폈다. 다이어리 커버 안쪽이며 필통 안, 서류철과 박스 안까지 샅샅이 살폈지만 메모리카드 같은 것은 발견되지 않았다.

윤은 지저분한 복사 용지 박스를 다시 한 번 돌려가며 살폈다. 모서리가 구겨지고 발자국이 선명한 박스였다. 누군가 일부러 발로 찬 것 같다는 생각이 든 건 그때였다. 지나치게 깨끗한 비품들에 비해 박스만 이렇게 더러워질 이유가 있었을까.

윤은 박스를 뒤집어 보았다. 아래쪽 면에는 제조일자가 쓰여 있었다. 공장에서 출고된 지 한 달도 되지 않은 제품이었다. 그렇다면 실제로 규형이 이 박스를 사용한 건 2주도 안 되는 기간일 것이 틀림없었다. 물건을 그렇게 아껴 가며 쓰는 사람이 박스만 험하게 다룬다는 것은 이해가 되지 않는 부분이었다.

"아무것도 없어요. 혹시 중요한 건가요?"

안방에서 나온 희경이 불안한 표정으로 물었으나 윤은 그 말도 다 듣지 못한 채 텅 빈 박스 안을 들여다보았다. 한참 아무것도 없는 박스를 보고 있던 윤은 옆에 뒤집힌 채 놓여 있던 뚜껑으로 눈을 돌렸다.

두께가 대략 5밀리미터쯤 되는 두꺼운 박스지로 만들어진 평범한 뚜껑이었다. 뚜껑을 들어 보던 윤은 다음 순간 눈을 가늘게 떴다. 뒤집힌 뚜껑의 안쪽 단면에 1.5센티미터나 될까 말까

한 흠집이 난 것을 알아차린 탓이었다.

그 흠집은 약간 벌어져 있었다. 조밀한 박스지의 단면에는 어울리지 않는 흔적이었다. 자세히 보기 전에는 눈에 띄지 않지만, 일부러 칼로 그은 흠집이 분명했다. 윤은 거실 바닥에 있던 볼펜 하나를 집어 들어 그 흠집 사이를 벌려 보았다.

"그게 뭐죠?"

어느새 곁으로 다가와 몸을 숙이고 있던 희경이 떨리는 목소리로 물었다. 그 순간 볼펜심 끝으로 뭔가 딱딱한 것이 걸렸다. 심장이 덜컥 움직였다. 잠시 손을 멈췄던 윤은 벌어진 틈 사이에 끼워져 있던 물건을 볼펜 끝으로 끄집어냈다.

걸려 나온 것은 스마트폰에 흔히 쓰는 마이크로 SD 카드였다. 겨우 손톱만 한 크기의 작은 메모리카드가 박스 뚜껑의 흠집 사이에 끼워져 있을 이유가 무엇일까. 머릿속이 완전히 새하얘졌다. 윤은 멍하니 그 메모리카드를 들여다보았다.

우연이라고 우기고 싶었다. 이건 말도 안 된다고, 이런 일은 있을 수 없다고 믿고 싶었다. 그러나 이런 우연은 불가능했다. 이 메모리카드가 저절로 여기 있을 수는 없었다. 분명히 의도된 것이었다. 누군가가, 아마도 규형이, 일부러 누구도 찾지 못할 만한 곳에 급하게 숨기기 위해 이랬다는 가정 외에는 무엇도 떠오르지 않았다.

그때 박스의 발자국이 다시 눈에 들어왔다. 그 발자국이 갑자기 새롭게 보였다. 누군가가, 이걸 찾고 있었던 건 아닐까. 텅 빈 사무실에서 검은 그림자가 박스를 걷어차 열고 안을 뒤지는 모습이 마치 본 것처럼 머릿속을 스쳐 지났다.

"제가…… 잠깐 좀 봐도 될까요?"

윤이 겨우 떨리는 목소리로 물었고, 희경은 고개를 끄덕이지도 못하고 그를 빤히 응시했다. 윤은 서둘러 자기 핸드폰의 슬롯에 메모리카드를 넣었다.

외장 메모리로 들어가자 셀 수도 없을 만큼 많은 사진과 동영상, 그리고 알 수 없는 파일 여러 개가 목록에 나타났다. 문서 파일도 있었고, 정체를 알 수 없는 음성 파일도 수십 개는 되어 보였다.

"그이 건가요?"

윤은 희경의 물음에 대답하는 대신 목록 가장 위쪽의 음성 파일을 눌렀다. 볼륨을 올린 윤은 마른침을 삼키며 재생 플레이어가 실행되는 것을 지켜보았다. 낯선 목소리가 핸드폰에서 흘러나오기 시작했다.

『지난번에 마지막이라고 말씀하셨잖아요. 저도 더는 힘들어서 못 하겠습니다. 저 집에 애가 둘입니다. 아내하고 애 둘 키우겠다고 열심히 살고 있습니다. 이렇게까지 하고 싶지가 않습니다.』

술에 취한 듯 발음이 약간 뭉개지는 목소리는 떨리고 있었다. 희경이 두 손으로 입을 막았다.

"……애기 아빠예요. 우리 애기 아빠예요."

손이 부들거렸다. 통화 녹음 파일이 분명했다. 손끝이 차가워져 윤은 중지 버튼을 누르지 못했다. 짧은 정적 후 다른 목소리가 돌아왔다.

『박 과장, 지금 사무실이야? 다음 승진에서는 절대 안 밀리게 해 준다잖아. 이번이 진짜 마지막이야.』

『처음에는 한 번만, 그다음에는 또 한 번만, 한 달만, 삼 개월만 더, 그렇게 일 년을 했습니다! 이건 사람 사는 게 아닙니다.

이렇게 승진해서 어떻게 살겠습니까.』

『지금 와서 발 빼는 건 더 위험해. 이런 일인 줄 모르고 시작했어?』

『몰랐습니다. 아시잖아요. 저 진짜 몰랐습니다.』

『박 과장, 지금 취한 것 같네. 내일 얘기하자고.』

짧은 통화는 그것이 끝이었다. 윤은 다른 파일을 눌러 볼 엄두조차 내지 못했다. 화면을 가득 채운 파일 목록이 아득했다. 뭔가 잘못됐다는 직감이 들었다. 누군가 찬물을 머리 위에서부터 쏟아부은 것처럼 온몸이 얼어붙었다. 몸이 떨리기 시작했다. 윤은 숨을 들이쉬었다.

"제가…… 제가 이 메모리카드 저희 팀으로 가져가야 할 것 같습니다. 허락해 주시겠습니까? 반드시 돌려드리겠습니다. 자료는 절대로, 하나도 손실 없이 돌려드릴 겁니다. 부탁드립니다."

목소리 끝이 가닥가닥 갈라졌다. 크게 뜨인 희경의 눈이 두려움으로 흔들렸다. 방문이 조금 열리며 두 아이가 머리를 내밀었다. 리아가 엄마, 하고 희경을 불렀다.

넋이 나간 표정으로 앉아 있던 희경은 리아가 다시 한 번 엄마, 하고 불렀을 때에야 퍼뜩 정신을 차린 듯 방을 돌아보았다. 그러고는 벌떡 일어나 두 아이에게 달려갔다. 한참이나 수아와 리아를 꽉 안고 있던 희경은 뒤도 돌아보지 않고 입을 열었다.

"……그게 있으면 방송해 주실 수 있나요?"

"잘 모르겠습니다."

윤은 솔직히 대답했다. 그건 자신의 손을 떠난 문제였다. 희경이 잠시 침묵했다. 윤은 곧 다시 말을 이었다.

"하지만 아마 그럴 거라고 생각합니다."

희경의 어깨 너머로 두 아이가 윤을 빤히 응시했다. 새까만 눈동자 네 개가 깜빡였다. 윤은 차마 그 눈을 오래 보지 못하고 고개를 숙였다. 마침내 희경이 그 정적을 깼다. 잠긴 목소리였다.

"가져가세요. 가져가시고 꼭 연락 주세요, 피디님. 꼭이요."

"감사합니다."

윤은 황급히 메모리카드를 지갑 안에 넣고는 몸을 일으켰다. 무슨 정신으로 인사를 하고 희경의 집을 나왔는지도 알 수 없었다. 달려 나온 윤은 차에 올라타서는 시동을 걸기 무섭게 액셀을 밟았다.

아무 생각도 나지 않았다. 좁은 골목길에서 차가 긁힌 것 같았지만 그런 건 아무래도 좋았다. 이 안에 무엇이 있든, 그건 어쩌면 진실에 조금 더 가까운 것일 수도 있었다.

─선배는 어떻게 견디는 거예요?

수도 없이 이런 일을 겪었을 정언에게 이번에야말로 꼭 대답을 듣고 싶었다. 대로변으로 빠져나온 차가 속도를 올렸다. 심장이 터질 것처럼 뛰고 있었다.

"다녀왔습니다."

포털 뉴스 탭에서 엄대진과 서온건설을 검색해 나온 뉴스를 읽고 있던 정언은 곁에서 들리는 윤의 목소리에 고개를 돌렸다. 홍제동에 갔다가 지금 막 온 모양이었다. 그런데 아까까지는 멀쩡했던 윤의 안색이 한눈에 보기에도 심각하게 나빠진 것이 바로 눈에 들어왔다.

235

정언은 눈썹을 약간 좁혔다.

"얼굴 왜 그래? 저녁 먹었어?"

"선배, 저하고 잠깐 얘기 좀 하시죠."

대답 대신 윤이 나지막하게 말했다. 끝이 갈라지는 목소리에 가슴이 철렁 내려앉았다. 윤이 저럴 이유가 하나밖에 생각나지 않아서였다. 설마 그만두겠다고 하는 건 아니겠지 싶었다. 부사수들이 한두 번 나가떨어진 건 아니었지만, 그런 기미가 전혀 없던 윤이라 순간 입이 말랐다.

무슨 일이 있었나 하는 생각이 스쳤다. 애써 아무렇지도 않은 척하며 그래, 하고 자리에서 일어나자 윤이 먼저 회의실로 들어갔다. 따라 들어간 정언은 문을 닫으며 의자에 앉아 팔짱을 끼었다. 머뭇거리다 옆자리에 앉은 윤이 몇 번이고 입술을 물었다 놓았다.

"무슨 얘긴데 그래?"

정언이 묻자 윤은 한참을 망설이다 자기 지갑을 꺼냈다. 정언은 그 손이 덜덜 떨리고 있는 것을 알아차렸다. 윤이 지갑 안에서 조그마한 메모리카드를 하나 꺼내 테이블 위에 올려놓았다.

"이게 뭐야?"

그것을 본 순간 서늘한 감각이 등줄기를 달려 내려갔다. 윤은 대답하지 못했다. 정언은 윤의 대답을 기다리지 않고 바로 자기 핸드폰의 슬롯을 열어 메모리카드를 넣었다.

파일 관리 앱으로 외장 메모리카드를 열자 수천 장의 사진과 많은 문서 파일, 음성파일 따위가 눈에 들어왔다. 정언은 번쩍 고개를 들었다. 대답을 요구하는 무언의 표정을 알아차렸는지, 윤이 거의 속삭이듯 입술을 달싹였다.

"음성파일 있잖아요, 아무거나 하나 들어 보시겠어요?"

정언은 바로 가장 위의 파일을 재생했다. 볼륨을 올리자 낯선 남자의 목소리가 흘러나왔다.

『지난번에 마지막이라고 말씀하셨잖아요. 저도 더는 힘들어서 못 하겠습니다. 저 집에 애가 둘입니다. 아내하고 애 둘 키우겠다고 열심히 살고 있습니다. 이렇게까지 하고 싶지가 않습니다.』

정언은 다음 순간 즉시 일시정지 버튼을 누르며 숨을 멈췄다. 머리 위에서부터 얼음물이 쏟아지는 듯한 기분이었다. 자리에서 벌떡 일어난 정언은 윤을 다그쳤다.

"김 피디, 대답해 봐. 이거 뭐야? 어디서 났어? 이거 박규형 씨 목소리야?"

본능적인 직감이었다. 윤이 겨우 고개를 끄덕였다.

"홍제동에서 박규형 씨 핸드폰을 다시 봤어요. 사진은 많은데 용량이 너무 적더라고요. 그러면 분명히 외장 메모리를 썼을 거란 생각이 들어서……"

윤의 말에 뒤통수를 맞은 느낌이 된 정언은 굳은 채 윤을 내려다보았다. 솔직히 말하자면 진 것 같은 기분이었다. 핸드폰 용량을 확인해 볼 생각 따위는 전혀 하지 못했던 것이다. 왜 그 생각을 못 했을까 싶어 스스로가 원망스러워졌다.

정언은 급히 윤에게 재차 물었다.

"이게 어디 있었어? 핸드폰 안에?"

"아뇨. 현장에서 가져온 박스에, 거기 숨겨 놓은 걸 제가 찾은 건데…… 선배가 보셔야 할 것 같아서 이희경 씨한테 동의 구하고 가져왔어요."

윤은 불안해하는 얼굴로도 애써 침착하게 대답했다. 메모리카

드가 없으니 분명 그게 어딘가 있을 거라고 생각하고 뒤졌다는
건 말하지 않아도 쉽게 알 수 있었다. 기가 차 실없이 웃음이 터
졌다. 정언이 갑자기 웃자 윤이 불안한 얼굴로 정언의 눈치를
흘끔 보았다.

이러면 안 되는데, 윤이 윗선에서 깨지고 여기로 굴러 들어온
것에 대해 진심으로 아무한테나 감사하고 싶어졌다. 지금 같은
기분이라면 윤에게 뭐라도 해줄 수 있을 것 같았다.

정언은 바로 회의실 문을 열고는 민혜를 불렀다.

"송 작가님, 잠깐 좀 들어와 봐요."

넘어온 프리뷰 파일을 뽑는 건지, 커피를 들고 프린터 앞에 서
있던 민혜가 고개를 돌렸다. 정언이 이리 오라고 손짓을 하자
민혜가 영문을 모르는 표정을 한 채 회의실 안으로 들어왔다.

윤이 굳은 표정으로 앉아 있는 것을 본 민혜가 정언을 아래위
로 훑어보더니 옆구리를 쿡 찌르며 속삭였다.

"뭐야, 김 피디 까고 있었어? 나 뭐 어쩌라고, 동참하라고?"

"누가 들으면 진짜인 줄 알겠네. 여기 좀 앉아요. 들어 봐야 될
거 있으니까."

정언은 의자를 하나 끌어다 민혜를 앉히고 다시 재생 버튼을
눌렀다. 두 남자의 대화가 핸드폰 안에서 흘러나왔다. 어리둥절
해하던 민혜가 곧 자세를 고쳐 앉으며 심각한 표정을 했다.

정언은 말없이 계속 다음 파일을 재생했다. 몇 개를 연속으로
듣자 민혜가 잠깐 끊으라는 손짓을 하며 눈가를 문질렀다.

"정언, 이거 어디서 난 거야?"

"김 피디가 가져왔어요. 회사에 남아 있던 개인 물품 박스 안
에 숨겨 놓은 걸 찾았대요."

"어머 세상에, 하나님 아버지."

교회 안 나간 지 이십 년은 됐다던 민혜는 자연스럽게 하나님 아버지를 찾으며 두 손으로 입가를 가렸다.

정언은 팔짱을 낀 채 회의실 탁자 위에 놓인 핸드폰을 뚫어지게 보았다. 수십 개의 녹취 파일 중 고작 몇 개만 들어도 이미 이 사건이 단순한 자살이 아니라는 건 명백했다. 정언은 파일을 하나 더 눌러 보았다. 그새 익숙해진 목소리가 흘러나왔다.

『박 과장, 내일 오전에 서울 출장이야. 흑산도 미역 한 박스.』

『내일 오전에는 간담회에 출석해야 하는데요.』

『그거 뭐, 거지새끼들 데모하는 거? 그건 됐어. 거긴 사측에서 다른 사람 보낼 거니까 출장이나 신경 써.』

『……알겠습니다.』

녹취 파일만 들어도 규형이 썩 내키지 않은 일을 하고 있다는 것은 쉽게 알 수 있었다. 정언은 민혜에게 물었다.

"이거 무슨 뜻이 있는 거 같지 않아요? 출장 지역도 여러 군데고, 계속 특산물 얘기를 한단 말이야. 박규형 씨가 이 일을 그만하고 싶어 한 거 보면 분명히 뒤가 캥기는 일이다, 이건 당연한 거고."

"그치. 그리고 잘 들어 보면 전화하는 놈이 누구한테 갖다 주라 말을 안 해. 지역명하고 특산물 얘기만 하면 누구한테 주는 거라고 이미 서로 익스큐즈된 상황인 거지. 이거 딱 비자금이나 뇌물이나, 뭐 그런 각인데. 통화한 사람이 대체 누굴까? 저쪽에서는 박 과장, 박 과장 하는데 이쪽에서는 부르지를 않네."

"그러니까요. 보통 녹음 어플 썼으면 통화한 전화번호나 주소록 이름이 파일명으로 들어가는데 이건 그런 것도 없고."

"따로 정리해서 넣은 거겠지, 그럼."

민혜가 펜 끝을 책상 위로 톡톡 두드리며 한숨을 쉬었다.

"야, 이거 집에 들어가긴 다 글렀네. 지금 내 메일로 제보 영상 들어온 것도 꽤 되는데 뭐 단서 될 만한 거 있으려나 모르겠다. 강 피디랑 얘기한다며? 이거 작은 사이즈가 아닌데, 아무리 생각해도. 강 피디 지금 어딨어?"

"선배 잠깐 일 있다고 나갔어요. 자기 아홉 시쯤 들어올 거라고 하던데요."

"아홉 시? 아우, 미쳐. 나 일 있는데."

민혜가 머리를 쥐어뜯었다. 프로그램 폐지될지도 모른다는 말에 제일 기뻐한 사람이 남편이라고 했으니, 재희가 돌아오는 아홉 시까지 잡아 뒀다가 부부싸움의 원인을 제공하고 싶지는 않았다.

"송 작가님 먼저 퇴근하세요. 어차피 일정 얘기는 나랑 할 거니까. 만약에 컨펌 받으면 진짜 퇴근 못 할 텐데 이런 날이라도 빨리 들어가야죠."

정언이 웃으며 말하자 민혜가 그럴까? 하고 반색했다. 정언은 얼른 가라고 손을 휘적거렸다.

"애 딸린 유부녀 하루라도 집에 보내야지 무슨 원망을 들으라고. 빨리 가요."

"그러면 나 내일 일찍 출근할게. 이따 카톡 보내 줘."

"알았어요."

정언의 대답이 떨어지기 무섭게 자리에서 일어난 민혜가 회의실을 나갔다. 정언은 기지개를 쭉 켜다 윤에게 시선을 주었다. 윤은 깍지 긴 손을 입가에 댄 채 반쯤 넋이 빠진 얼굴로 허공을 응시하고 있었다. 무슨 생각을 하는 건지 모를 노릇이었다.

"김 피디."

가만히 그 얼굴을 보던 정언이 윤을 불렀다. 정신을 놓은 듯 멍하니 있던 윤이 사이를 두었다가 퍼뜩 놀라며 네, 하고 정언을 바라보았다. 정언은 몸을 앞으로 조금 기울여 윤과 시선을 맞췄다.

"저녁은 먹고 들어왔어?"

"아뇨."

윤이 고개를 저었다. 얼굴에 핏기가 하나도 없었다. 정언은 윤의 팔을 잡았다.

"그럼 일단 나가서 밥 먹자. 선배는 아홉 시 넘어야 올 텐데 기다려도 할 일 없어. 나도 밥 안 먹었으니까."

윤이 뭐라고 말하려는 듯 입술을 달싹이다 네, 하고 작게 대답했다. 정언은 윤을 데리고 나와 엘리베이터를 탔다. 흘끔 본 옆얼굴은 여전히 창백했다.

보통의 피디들이라면 잔치를 열고도 남을 일이었다. 윤이 이렇게 겁을 먹을 이유가 뭔지 이해가 가지 않았다. 팔짱을 낀 정언은 툭 내뱉었다.

"김 피디는 여기가 완전 체질인 거 같은데."

윤이 그 말에 멈칫했다. 정언은 앞을 보며 한마디 덧붙였다.

"칭찬이야."

방금 발음한 말이 문득 낯설었다. 정언은 자신이 칭찬에 후한 선배가 아니라는 사실을 스스로도 잘 알고 있었다.

윤이 약간 놀란 듯 눈을 크게 떴다. 잠깐 안도하는 기색이 떠올랐으나, 그건 그나마도 금방 사라졌다. 불안함과 두려움이 뒤

241

섞인 그 표정은 전혀 윤답지 않았다. 엘리베이터 문에 비친 윤의 얼굴에 까닭 없이 심장이 묵직하게 내려앉았다.

정언은 회사 근처의 고깃집으로 윤을 데리고 들어갔다. 늘 만석인 집인데, 저녁시간이 지나서인지 비교적 한산했다. 정언은 묻지도 않고 삼겹살 2인분과 소주 한 병을 시켰다.

곧 화로에 숯이 들어오고 위에 철판이 놓였다. 된장찌개와 밥두 공기, 밑반찬을 놓아 준 아주머니가 철판 위에 삼겹살 두 덩이를 올렸다. 달아오른 철판 위에서 지방질이 익는 고소한 냄새가 순식간에 피어올랐다.

정언은 소주병을 따 윤의 잔을 채웠다. 윤이 황급히 병을 받으려는 걸 제지한 정언은 자기 잔을 채우고는 윤을 마주 보았다.

"무슨 생각 하는 거야?"

단도직입적인 물음에 윤이 눈을 깜빡였다. 당황한 모양이었다.

"김 피디가 가져온 거 완전 특종감일 수도 있는데 표정이 왜 그러냐고. 안 그래도 될 때는 자신감 넘치더니."

정언이 설명을 덧붙이자 윤이 아, 하더니 시선을 내렸다. 단어를 고르는지, 윤은 한동안 아무 말도 하지 않았다. 정언은 대답을 기다리는 사이 고기를 뒤집었다. 기름이 치직거리는 소리를 내며 불판 위에서 지글거렸다.

그새 이슬이 맺히기 시작한 잔 위를 만지작거리던 윤이 먼저 잔을 비웠다. 숨도 쉬지 않고 한 잔을 마신 윤은 다시 잔을 채우더니 입을 열었다.

"저 뭐 하나만 물어봐도 돼요?"

"뭔데."

"선배는 처음부터 이런 게 아무렇지도 않으셨어요?"

그건 미처 생각하지 못한 질문이었다. 대답을 기다린 건 아닌지, 윤이 한숨처럼 웃었다. 불안함일까, 두려움일까. 윤은 그사이 어딘가에서 길을 잃은 소년처럼 보였다. 정언은 문득 그 미아 같은 얼굴에 시선을 붙들렸다. 고개를 숙인 윤이 혼잣말처럼 중얼거렸다.

"……처음 그걸 들었는데, 무서웠어요. 제가 뭘 들은 건지도 모르겠고. 핸드폰에 메모리카드가 있었을지도 모른다고 생각하자마자 심장이 막 뛰더라고요. 제가 강 피디님한테 팩트 가져오겠다고 말씀드렸으니까, 만약에 진짜 증거가 있으면 당연히 가져가야 되는데…… 그런데 막상 정말 그게 거기 있으니까 겁이 나는 거예요. 무섭고, 미치겠고. 선배가 이걸 찾았으면 아무렇지도 않았을까, 그 생각이 들었어요."

윤이 또 잔을 비웠다. 사정을 알 리 없는 아주머니가 가까이 와서 불판 위에서 다 익은 고기를 가위로 썩썩 잘랐다. 드셔도 돼요, 하고 내뱉은 말이 허공에서 흩어졌다. 윤이 테이블 위에 시선을 둔 채 다시 한 번 물었다.

"선배는 어떻게 견디는 거냐고 물어봤을 때 왜 대답 안 해 주셨어요?"

"김 피디, 먹어."

정언은 대답 대신 스테인리스 밥그릇의 뚜껑을 열었다. 곱게 담긴 하얀 쌀밥에서 들큼한 김이 옅게 올라왔다. 정언은 젓가락으로 밥을 먹기 시작했다. 윤이 눈을 들었다. 뚫어질 듯 보는 시선을 무시하기 힘들었다.

ㅡ선배는 어떻게 견디는 거예요?

그 물음에 대답하지 않았던 건, 대답할 수 없어서였다. 정언은 결국 젓가락을 내려놓았다. 윤이 그새 다시 잔을 채우더니 또한 잔을 마셨다. 정언은 윤이 손을 계속 떨고 있다는 것을 눈치챘다. 침묵하던 정언은 윤을 외면하며 대답했다.

"뭐든 익숙해져. 그게 다야. 김 피디는 안 해 본 일이니까 그러는 거 당연해. 뭐가 잘못된 거 아니고, 그게 당연한 거라고."

말하는 사이 문득 가슴이 선뜩했다. 윤이 이렇게 겁을 내는 걸 너무 무신경하게 여겼다는 생각이 들어서였다. 아무렇지도 않게 자신의 기준으로 윤을 판단한 건 잘못이었다. 윤은 재희나 자신과는 달랐다. 스튜디오 안에서 매일 다른 요리를 만드는 과정을 찍는 것이 윤의 세상이었다.

모든 사람이 세상의 그림자를 들여다보지는 않았다. 그럴 필요도 없었다. 윤 같은 사람에게 갑자기 이게 보통이니 받아들이라고 말하는 건 폭력에 가까운 일이라는 걸 깨닫자, 이해심 부족한 자신이 조금 부끄러워졌다.

정언은 윤에게 다시 한 번 먹으라고 권하고는 무슨 맛인지도 모를 음식들을 연신 입 안에 욱여넣었다. 윤 역시 말없이 밥을 먹었다. 남은 소주 반병은 정언의 몫이었다.

어색한 식사를 마친 정언은 자리에서 일어났다. 멍하니 앉아 있던 윤이 따라 일어나다 비틀거렸다. 어, 하며 윤의 팔을 낚아챈 정언은 윤의 귓가가 새빨개진 것을 알아차렸다.

정언은 카운터에서 계산을 한 뒤 가게 근처의 화단에 윤을 앉혀 놓았다. 윤은 어깨를 웅크린 채 바닥을 보고 있었다. 자판기 커피 두 잔을 뽑은 정언은 앉아 있는 윤에게 커피 한 잔을 내밀었다. 윤은 고개를 꾸벅 숙이고는 두 손으로 종이컵을 감싸 쥐었다.

"술 못 마셔?"

윤이 고개를 끄덕였다. 아무리 봐도 소주 반병에 취한 것 같아 무심코 던진 질문이었는데, 돌아온 대답이 뜻밖이라 멈칫한 정언은 눈썹을 찌푸렸다.

"진짜 못 마셔?"

"네."

"근데 왜 마셨어?"

"그냥요."

취해서 기분이 좀 나아진 건지 윤이 평소처럼 헤실거렸다. 귀만 빨개진 얼굴은 아직도 창백했다. 윤은 천천히 커피를 홀짝였다. 정언은 그 옆모습을 보다 눈을 돌렸다.

언제나처럼 사람들이 거리를 걸어갔다. 늘 같은 풍경이었다. 아무 일도 벌어지지 않는 평온한 세계. 그들 중 이 거리의 그림자 속에 다른 세상이 있다는 걸 인식하는 사람은 얼마나 될까. 정언은 거리에 시선을 둔 채 입을 열었다.

"솔직히 말하면 내가 처음에 어땠는지 이젠 잘 기억 안 나."

윤이 커피를 마시던 손을 멈췄다. 윤의 질문에 그 말이 대답이 되지 않으리라는 건 정언도 잘 알고 있었다. 그러나 달리 뭐라고 할 말이 없었다. 어떻게 견디는지 언젠가부터 생각해 본 적이 없는 까닭이었다.

"그냥 하는 거야. 이게 내 일이니까. 무슨 말인지 알겠어?"

혼잣말처럼 덧붙인 정언은 운동화 뒤축으로 보도블록 위를 열없이 툭툭 찼다. 속에서 열이 나는 기분이었다. 애초에 소주 반병 가지고는 간에 기별도 안 가는 데다, 오늘따라 취기와는 더 거리가 멀다고 생각했는데 왜 그러는지 알 수 없었다. 정언은 흘러내린 머리칼을 쓸어 올렸다.

"김 피디가 <오늘의 요리> 잘린 거 좀 고마워지려고 한다."

정언은 화제를 돌렸다. 물론 툭 던진 말은 역시나 그리 곱지 않았다. 즉시 후회하는 심정이 되었다. 윤에게 고맙다는 건 진심이었다. 그러나 꼭 이런 식으로 말했어야 할까 싶었다. 다시 커피를 한 모금 마신 윤이 물었다.

"칭찬이죠?"

정언은 대답 대신 무릎 위에 놓인 윤의 손으로 시선을 옮겼다. 그 손은 아직도 떨리고 있었다. 취해서일 거라고 생각하기에는 마음에 걸렸다.

사무실에 돌아와서부터 윤이 내내 떨고 있던 것이 생각났다. 무서웠어요, 하고 말하던 목소리가 뇌리를 지났다. 윤이 등을 말아 몸을 숙였다. 가로등의 불빛이 머리 위로 떨어져 발치로 그림자가 짙게 드리워졌다. 어린 소년 같은 그림자였다.

정언은 말없이 윤의 손을 잡았다. 그 손이 차가웠다. 가는 떨림이 손바닥 전체로 스며들었다. 갑작스러운 정언의 행동에 윤이 놀란 듯 고개를 번쩍 들어 정언을 보았다.

정언은 윤의 손을 조금 더 꽉 쥐었다. 지금 필요한 건 어떤 말도 아니었다. 윤이 눈을 깜빡였다. 잡은 손안에서 조금씩 그 떨림이 가라앉았다. 기껏해야 몇 분도 되지 않을 게 분명한 시간이었으나, 그 시간은 이상할 정도로 길게 느껴졌다. 얼음장처럼 차가웠던 윤의 손이 천천히 따뜻해졌다.

"김 피디는 앞으로 술 먹지 마. 가자."

정언은 바지를 툭툭 털며 일어났다. 손이 떨어지자 손바닥 안에서 그 체온은 빠르게 사그라졌다. 공연히 두어 번 주먹을 쥐었다 편 정언은 먼저 걷기 시작했다. 뒤따라 일어난 윤이 정언을 쫓아와 곁에 섰다.

"아까 그 말 칭찬 맞죠?"

나란히 걸으며 윤이 다시 한 번 물었다. 서늘한 밤공기 사이로 숨이 흩어지는 감각이 어쩐지 낯설었다. 정언은 짧게 대답했다.

"그래."

우연히 펼쳐 놓은 일기장을 들킨 것 같은 기분이었다. 그러나 어쩐지 그렇다고 말해 주고 싶었다. 그 말을 들은 윤이 혼자 웃었다. 정언은 보도블록의 무늬를 세며 걸었다. 귀 끝이 뜨거운 건 오늘따라 술이 잘 안 받아서인 게 틀림없다고 생각하면서.

07

"어, 강재희."

재희가 옥상 정원의 문을 열고 들어서기 무섭게 미리 와서 앉아 있던 그림자가 손을 흔들었다. 씨름선수 저리 가라 할 체격은 낯이 익었다. 노조위원장을 맡고 있는 <YBS 심야토론>의 이충민 피디였다.

재희는 충민 곁에 털썩 앉았다. 줄담배를 피우고 있었는지 곁에 앉기만 했는데도 담배 냄새가 훅 끼쳤다.

"선배, 담배 끊는다면서요. 아직입니까?"

농담 반, 진담 반으로 던진 말에 충민이 정색했다.

"옛말에 담배 끊는 놈이랑은 상종도 말랬다. 내가 맘이 여려요, 이 사람아. 담배 끊겠다 하자마자 딱 끊고 그럴 정도로 독하질 못해. 알잖아, 나 섬세한 거."

"아니, 그게 왜 안 돼요? 끊자 생각하니까 딱 끊어지던데."

"너는 삼대가 상종하지 말아야 될 놈이야. 내가 마지못해 상종해 주는 거지."

혀를 내두른 충민이 주머니에서 구겨진 담뱃갑을 꺼내 안을 들여다보다 에라이, 하고 쓰레기통에 던져 넣었다. 그새 다 피운 모양이었다.

재희는 쿡쿡 웃고는 하늘을 올려다보았다. 서울의 밤하늘은 언제나 그렇듯 별 하나 찾기도 힘들었다. 긴 숨을 뱉은 재희는 고개를 돌려 충민을 보았다.

"그나저나 뭐 어떻게 돼 가는 거예요? 성 선배랑 김진우 앵커 인사위 회부됐다며, 진짜야?"

두 사람의 이름을 들은 충민이 머리를 감싸며 으으, 하고 신음 소리를 냈다. 저녁 메인 뉴스인 <YBS 뉴스라이트>의 성세준 피디와 김진우 앵커가 사전 통보도 없이 인사위원회에 소환됐다는 소문이 돈 건 몇 시간 전의 일이었다.

어디까지가 진실인지는 알 수 없었으나, 당장 오늘 뉴스 앵커가 주말 담당인 정수창 앵커로 교체된 건 확실했다. 충민이 한숨을 쉬었다.

"지금 위원회 진행 중이야. 세준이 말로 경고 여러 차례 받았다고 하더라고. 김 앵커한테는 그 누구야, 오진문 이사? 그 이사가 직접 몇 번을 전화했었다는 거야. 입조심하라고."

"클로징 멘트 때문에?"

충민이 고개를 끄덕였다. 김진우 앵커의 클로징 멘트는 소위 '사이다 멘트'로 인기가 많았다. 유튜브에 '김진우 클로징 멘트 모음'이 따로 돌아다닐 정도였다. 특히 청와대나 여당 측에서 좋지 않은 뉴스가 나올 때면 반드시 묵직한 강속구 멘트가 따라붙었다.

그러니 청와대와 여당에서 <YBS 뉴스라이트>와 김진우 앵커를 곱게 볼 리 만무했다. 청와대 민정수석실이나 홍보수석실에서 직접 몇 차례 YBS에 경고를 했다는 소문은 계속해서 있었다.

다만 그때는 이사진이 바뀌기 전이었기에, 위에서 압박을 한다 해도 받아들이는 사람이 없어 별문제가 되지 않았던 것이다. 충민이 얼굴을 벅벅 문질렀다.

"<여의도 1번가>도 이번 달 내로 폐지한다고 내일 공문 내려올 거라더라. 시청률 안 나온다고. 아니 씨발, 이 개새끼들 진짜 뭐 어떻게 해야 되냐. 너희도 심의국에서 연락 왔었다며?"

"얘기 들었어요? 누구한테?"

재희가 묻자 충민이 쯧, 하고 혀를 찼다.

"하나정한테. 너희도 기획안 미리 심의국장하고 편성국장한테 제출하고, 방송일 전에 종편 시사 하자고 그랬다며. 하 피디도 그 얘기 듣고 무슨 말도 안 되는 소릴 하냐 그랬더니 <비하인드 24>도 똑같이 할 거다 그러더라는데."

나정은 주말 기획 다큐 프로그램인 <소셜 스페셜다큐>의 피디였다. 그 얘기까지는 미처 몰랐던 재희는 미간을 좁혔다.

"그 새들 아주 웃기네. 어디서 씨도 안 먹힐 소릴 지껄여."

"넌 어떻게 하기로 했는데?"

"회의하는데 오라 가라 하면서 전화질을 하잖아요. 열 받아서 갔더니 옴부즈맨 팀에서 3일자 방송에 문제가 있다고 그랬다는 거예요. 개소리하지 말라고 지랄 한 번 해 줬지. 그러고 당장 국장님 방으로 달려갔더니 국장님도 뭐 아시는 게 없는 거죠. 얘기 듣더니 완전 뒤로 넘어가시던데요."

재희의 말에 충민이 고개를 끄덕였다.

"국장님도 엄청 갑갑하실걸. 이 새끼들 아주 사장님, 국장님 손발 다 자를 생각이야. 심의국장하고 편성국장 미리 갈아 놓고 거기 다이렉트로 쏘면서 우리 긁으니까 국장님 선에서 먼저 알 방법이 없어. 그리고 다음 달 초에 세무조사 들어온다는 얘기 있더라고. 털어서 먼지 안 나는 놈 없다 그거지."

"세무조사에서 뭐 걸리면 그거 핑계로 사장실 털고 시사보도 국 털겠다?"

"그렇지."

재희는 팔짱을 끼었다. 유동욱 사장은 <YBS 뉴스라이트> 앵 커 출신이었다. 지금의 '시사교양 강국 YBS'라는 브랜드 이미지 를 만든 것은 동욱의 덕이 컸다. 취임 직후부터 동욱은 '돈이 안 되는' 시사교양 프로그램에 투자를 아끼지 않았다. <비하인드 24> 역시 그런 동욱의 덕을 톡톡히 본 프로그램이었다.

현재 YBS 시사보도국의 요직은 소위 '유동욱 라인'으로 불리 는 사람들이 차지하고 있었다. 물론 유동욱 라인이라 해서 무슨 특혜가 주어진 것은 아니었다. 시사보도국장 백선경을 비롯한 대부분이 실무자 출신의 인사들이었고, 동욱이 필드에 있던 당 시의 동료들이었다. 동욱은 본인이 가장 잘 아는 사람들을 적재 적소에 쓴 것이었다.

애초에 '유동욱 라인'이라는 말이 등장한 것 자체가 그리 오래 된 일이 아니었다. 바언진 이사진이 대거 교체된 후, 이사회에서 '유동욱 라인'에 대한 문제 제기를 하면서 '유동욱 라인'이라는 프레임이 생겨났던 것이다. 유 사장이 직접 이사회에서 라인이 라는 건 없다고 해명했으나 무소용이었다.

"노조에서 뭐 할 수 있는 게 없나, 지금?"

답답해진 재희가 묻자 충민은 어깨를 으쓱했다.

"이사진에서 면담 요청 계속 거부 중이야. 지금 KTBC랑 IBS

쪽도 사장 교체설 도는 중이라 분위기 안 좋다고 하더라고. KTBC 노조에서 언론노조 전체에 연대 요청도 생각하고 있대. 일이 거기까지 가면 공영방송하고 청와대하고 맞다이 뜨는 거지, 뭐."

"아, 진짜 폼 안 나네. 이 새끼들은 무슨 일을 이렇게 지저분하게 해? 악당도 좀 세련돼야 싸울 맛이 나지."

재희가 투덜거리는 것을 본 충민이 쓴웃음을 뱉었다.

"더 거지 같은 게 뭔지 아냐? 눈에 빤히 보이는 개수작인데 그냥 두 눈 뜨고 앉아서 쳐 맞는 거 말고는 아무것도 못 한다는 거야. 환장하겠다, 정말."

"걔들이 성 선배 어떻게 하겠다고 얘기했어요?"

"모르겠어. 기껏해야 감봉 처리 정도 할 거 같긴 한데, 분위기가 심각하더라고. 아까 인사위 들어가기 전에 세준이 잠깐 만났거든. 계속 이런 식으로 건드리면 그냥 청와대랑 이사회 쪽하고 통화한 녹취 파일 다 터트려 버릴까 그러더라."

"이왕 터트릴 거면 나 주면 안 되나?"

충민이 기가 찬다는 듯 코웃음을 치고는 재희의 이마를 뒤로 밀었다.

"주면 뭐, 방송은 할 수 있고? 모가지 간당간당한 놈이 말은 잘 한다."

"선배는 안 간당간당한 것처럼 말하네. 우리 다 간신히 모가지 붙인 처지 아닙니까? 생각 있으면 그거 진짜 나한테 넘기라고 해요."

"세준이가 너 안 그래도 간당간당한 모가지 아주 작두 넣고 자를 놈인 거 아는데 주겠냐?"

핀잔을 준 충민이 자세를 고쳐 앉으며 괜히 주위를 한 번 둘러보았다. 아무도 없는데, 아마 습관이 된 모양이었다. 충민이 목소리를 낮추었다.

"오히려 지금 돌아가는 거 보니까 <비하인드 24>는 살려 둘 확률도 높은 것 같아. 이사회 시동 거는 꼴이 지금 사장님이 돈 안 되는 데만 투자해서 회사에 재정적 손실이 컸다 이걸로 몰아가려는 거 같거든. 이사회에서 회사 수익 관련해서 얘기가 나왔대. 그런데 <비하인드 24>는 지금 시사 프로 중에 유일하게 광고 완판 나는 자리라 핑계가 없잖아."

반가운 소식이어야 했지만 전혀 반갑지 않았다. 재희가 픽 웃고는 내뱉었다.

"그렇게 살려 두는 게 뭐 사는 겁니까, 죽으라는 거지."

"그건 그렇다."

충민이 한숨을 내쉬었다. 없는 담배를 찾는 듯 점퍼 주머니를 다시 한 번 더듬어 보던 충민은 머리가 아픈지 관자놀이 부근을 문질렀다. 재희는 말없이 시선을 돌렸다. 옥상 위를 스산한 바람이 휘돌고 지나갔다. 충민이 아이고, 하며 몸을 뒤로 젖혔다.

"회사 이십 년 넘게 다니면서 이 꼴 볼 줄은 진짜 상상도 못 했다. 전두환, 노태우 시절만 지나면 좋은 날 올 줄 알았지. 다 늙어서 또 데모하게 생겼으니 미치겠어, 정말. 마누라가 뭐라는지 아냐? 젊을 때 화염병 좀 말아 본 짬이라도 있는 걸 다행으로 알래. 데모도 늙어서 배우려면 힘들다고."

"형수님 화끈하시네."

재희가 웃자 충민이 헛웃음을 뱉었다.

"말이 그렇지, 이 나이에 회사 잘리고 데모하게 생겼다는데 누

253

가 맘 편하겠어. 그냥 와이프 볼 낯짝도 없고, 애들 볼 낯짝도 없고…… 요샌 진짜 회의감 느낀다. 이 꼴 보려고 내가 이십 년 넘게 있었나 싶다니까. 승진시켜 준다는 거 다 마다하고 평피디로 현장 있었더니 오래 살아서 못 볼 꼴 보는 건지……."

"왜 그래요, 또. 이충민 피디님이 그런 소리 하면 우리가 어디 의지합니까."

재희는 충민의 넓은 등을 툭 쳤다. 별명이 시보국 불곰일 정도로 덩치 좋은 충민의 등이 오늘따라 작게 느껴졌다. 입 안에 쓴맛이 돌았다. 충민이 바람 빠지는 소리를 냈다.

"내가 그래도 강재희니까 이런 소리 하지, 어디 가서 하냐. 우리 집 가훈이 뭔지 아냐? '우리가 돈이 없지 가오가 없냐?' 이거야, 이거. 마누라가 애들보고 맨날 그런다고. 니네 아빠 봐라, 돈 없어도 가오 있잖아. 곰같이 생긴 주제에 가오 있어서 결혼했다. 나도 일생 그거 하나 자랑으로 알고 살았는데, 요즘은 그게 다 뭔가 싶어."

혼잣말처럼 중얼거린 충민이 투박한 손으로 두 눈가를 눌렀다. 재희는 말없이 그런 충민을 보다가 허공에 숨을 뱉었다. 입김이 하얗게 흐려졌다.

"그동안도 목숨 내놓고 살았다고 생각했는데, 알고 보니 그게 호시절이었다 싶은 거 웃기죠. 그런데 뭐 어떡하겠어요. 이렇게 못 살면 그만두는 거고, 이렇게 살 수 있으면 가는 거고. 심플하게 생각합시다, 선배."

"넌 진짜 무서운 게 없는 거냐, 그런 척만 하는 거냐?"

"지킬 거 없는 놈이 뭐가 무섭겠어요."

재희는 무심하게 대답했다. 충민이 멈칫하며 뭐라고 말하려는 듯 두어 번 입술을 달싹이다 그만두었다. 재희는 피식 웃었다. 이런 순간이 즐거운 건 아니었다. 충민 역시 자신의 청첩장을 받았던 사람 중 하나였다. 짧은 말 안에 담긴 속내를 모를 리 없었다.

지연수.

재희는 문득 그 이름을 떠올렸다. 단 세 글자의 이름만으로도 순식간에 흰 얼굴과 동그란 눈, 야무진 입매와 웃는 목소리가 되살아났다. 무심코 넘기던 책장에 손가락을 베듯, 기억들은 미처 손쓸 틈도 없이 심장 위를 확 긋고 지났다.

사람들은 시간이 지나면 괜찮아질 거라고 재희를 위로했다. 뻔한 이야기들이었다. 재희는 그런 말을 믿지 않았다. 수면제의 힘을 빌려 기절하듯 잠들었다가 눈을 뜨면 그 순간부터 악몽은 다시 반복됐다. 깨어 있는 모든 순간 죽음을 생각했다.

존재보다 강력한 부재가 있다는 걸 재희는 그때 알았다. 더 이상 연수가 거기에 없다는 걸 깨달을 때마다 모든 순간을 되돌리고 싶었다. 그날 그 비행기를 타지 말라고 했더라면, 특파원이 되는 건 싫다고 말했더라면, 차라리 연수를 만나지 않았더라면…….

그러나 어떤 후회도 소용없었다. 그 사실을 받아들이기까지 재희에게는 오랜 시간이 필요했다.

"너 진짜 여자 한 번 만나 볼래?"

잠시 침묵하던 충민이 물은 말에 재희는 질색했다.

"술도 안 먹고 취했어요?"

"아니, 농담 아니고. 뭐 언제까지 그러고 살 거야. 우리 와이프 아는 동생이 하나 있는데……."

재희는 충민의 말을 더 듣지도 않고 손을 휘적거렸다.

"됐어요, 됐어. 아니 내가 뭐 어떻게 사는데요. 지금 잘 살고 있는데."

"그게 사는 거야, 자식아?"

"내 인생에 여자 이미 차고 넘쳐요."

다른 사람을 만난다는 건 상상조차 할 수 없는 일이었다. 연수가 죽은 뒤 재희가 가장 후회한 일 중 하나는 미리 혼인신고를 하지 않은 것이었다. 식도 안 올렸는데 뭐 어떠냐, 혼인신고를 한 것도 아닌데 니한테 무슨 흠이 있나 하는 소리를 듣기 싫었던 탓이었다.

할 수 없다는 얼굴을 하던 충민이 혀를 찼다.

"아니면 그냥 서정언 만나든가. 옆에 너 좋다는 여자 두고 뭐 하냐."

정언의 이름을 듣기 무섭게 재희는 바로 얼굴에서 웃음기를 거뒀다.

"앞길 창창한 애 인생 말아먹는 소리 하지 마요. 서 피디가 뭐가 부족한데."

"뭘 또 정색을 해."

"걔 입사했을 때부터 내가 끼고 키웠어요. 자식 같은 애보고 못 하는 소리가 없네."

"아이고, 총각이 그렇게 다 큰 딸 있어서 좋겠다, 인마."

더 이상 말해 봐야 씨도 안 먹힐 거라고 생각했는지 충민이 두 손을 들어 보였다. 재희는 짐짓 눈을 흘겼다. 이 얘기도 주변 사람들에게 수도 없이 들은 지 오래였다. 정언이 자신을 특별하게 생각한다는 건 재희 역시 아는 사실이었다.

오래 전부터였다. 정언은 분명 자신과 가장 닮은 부류의 인간이었다. 긴 시간을 함께했고, 누구보다도 서로를 잘 알았다. 그러나 그렇기에 재희는 더욱 그 선을 넘을 생각을 하지 않았다.

연수의 자리는 자신에게 무엇으로도 대체될 수 없었다. 정언에게 그 영구적인 공백을 그저 지켜보라고 강요하며 곁에 둔다는 건 결국 서로에게 상처만 남기는 일일 게 뻔했다.

"가족들 걱정할 시간도 없는데 나한테 귀한 시간 안 써도 돼요. 그나저나 은석이가 무슨 서명 받을 거라고 하던데 그건 무슨 소리예요?"

재희가 말을 돌리자 충민이 고개를 까딱였다. 황은석 피디는 충민과 함께 <YBS 심야토론>에서 일하고 있는 피디였으며, 노조 사무국장이기도 했다.

"피디들 성명문 내려고. 교양국은 전원 서명했대. 기제국하고 우리 쪽도 내일부터 시작할 거야. SNS로 공유하고 유튜브 릴레이 영상 올리고 뭐 그럴 거라고 하더라. 비정규직 인원도 아마 다 참여할 거 같고."

"뭐 그러면 시보국도 전원 하겠네. 기제국도 별일 없으면 다 하지 않을까요?"

"그렇겠지. 아, 그 교양국 하니까 갑자기 생각났는데 거기 최진수 부장 밑에 있던 애 하나 굴러갔다며?"

충민이 갑자기 생각났다는 듯 손뼉을 쳤다. 재희는 어이가 없다는 표정으로 대꾸했다.

"조선시대 있다 왔어요? 남들 다 아는 걸 이제 물어봐."

"이 새끼는 하여튼 선배한테 버르장머리하고는…… 걔 어때? <오늘의 요리>하다 갔다며. 최 부장이 아주 걱정이 태산이더

라. 그 새끼 가서 괜히 교양국 욕만 들입다 먹이고 쫓겨나는 거 아니냐고. 인사위에서 니네 팀 가면 쪽도 못 쓸 거 알고 거기다 처박았다던데?"

"서 피디한테 붙여 줬는데 그 까다로운 애가 입도 뻥긋 안 하던데요. 걔들은 사람 보는 눈도 되게 없네. 나야 고맙긴 한데."

인사위원회에서 일부러 갖다 났다는 말에 부러 더 과장해서 말한 것도 없지 않았지만, 어쨌든 의외라고 생각하고 있는 건 사실이었다. 내심 둘 중 하나가 일 못 하겠다고 드러눕는 데 얼마나 걸릴까 불인했는데, 뜻밖에도 겉으로 보기에는 그럭저럭 잘 굴러가고 있는 까닭이었다.

충민이 그 말에 재미있다는 표정을 했다.

"서정언 밑에서 여태 한마디도 안 들었으면 그거 난놈인데. 조만간 무슨 사고 하나 치는 거 아니냐?"

"사고 칠 시간이라도 있으면 좋겠네요."

재희가 한숨처럼 웃으며 내뱉자 충민이 그것도 그러네, 하고 수긍하며 기지개를 켰다.

"에라 모르겠다, 사는 대로 살아 봐야지 뭐. 아무튼 서명하는 거하고 릴레이 영상 그런 건 은석이가 내일 오전 중으로 메일 보낸다니까 받으면 얘기 좀 잘 해주고. 몸조심해, 인마. 난 요새 진짜 너 생각하면 불안해 죽겠어."

"내 걱정은 내가 합니다. 선배도 늙었네, 별걱정 다 하는 거 보니까. 그만 내려가요. 그 나이에 감기 들면 잘 낫지도 않아."

"지는 무슨 이팔청춘인 줄 아네. 너도 내일 모레면 불혹이야, 불혹."

"아직 아니잖아요. 늙은 뒤의 일은 늙어서 생각할게요."

재희는 충민의 등을 떠밀며 옥상을 나섰다. 먼저 엘리베이터를 태워 충민을 내려 보낸 재희는 짧은 한숨을 뱉었다. 아무렇지도 않은 것처럼 굴었지만 속은 갑갑했다. 하기야 자신만 그런 게 아니라 이 방송국에 있는 모두가 같은 마음일 터였다.

사무실로 내려온 재희는 가장 먼저 눈으로 정언의 자리를 찾았다. 윤이 돌아오면 다시 얘기하자고 했으니 당연히 자리에 있을 줄 알았는데, 윤과 정언의 자리가 나란히 비어 있었다. 무슨 심부름을 보냈길래 이렇게 길게 부재중이야, 하고 생각하기 무섭게 회의실 문이 열리며 정언이 머리를 내밀었다.

"어, 선배."

정언이 들어오라는 손짓을 했다. 영문을 알 리 없는 재희가 얼떨결에 안으로 들어가자 정언이 문을 닫았다. 안에는 이미 윤이 앉아 있었다. 회의실에서 무슨 얘기를 하던 중인 듯했다. 정언이 창으로 회의실 밖을 슬쩍 보더니 문을 걸어 잠갔다.

"문은 왜?"

재희가 의아한 표정을 하자 정언이 재희를 끌어 윤 옆에 앉히더니 자기도 옆에 와서 앉았다. 오늘따라 왜 이러나 싶어 정언을 마주 보자 정언이 팔짱을 끼었다.

"컨펌하시죠."

"뭘 컨펌해?"

"박규형 씨 사건 당장 시작해야 돼요. 시간 없잖아요."

"밑도 끝도 없이……."

황당하다는 투로 뭐라고 하려던 재희는 다음 순간 말을 멈췄다. 아까까지만 해도 선배가 컨펌하면, 식으로 모호하게 말하던 정언이 갑자기 이렇게 나오는 데는 이유가 있는 게 분명했다.

눈을 가늘게 뜬 재희는 자세를 고쳐 앉았다.

"뭐 가져왔구나?"

정언이 테이블 위에 놓여 있던 핸드폰을 집어 들고는 음성 파일을 재생시켜 재희에게 내밀었다. 핸드폰을 귀에 대고 있던 재희는 미간을 좁혔다. 통화 녹취 파일이었다. 내용이 아무래도 심상치 않았다. 큰 건이라는 직감이 들었다.

"이런 게 갑자기 어디서 났어?"

재희가 고개를 들며 묻자 정언이 의기양양한 표정을 하더니 대답 대신 윤을 돌아보았다. 윤이 긴장한 티가 역력한 표정으로 더듬거리며 자초지종을 설명했다. 가만히 윤의 말을 듣고 있던 재희는 기가 찬다는 얼굴로 웃는 소리를 냈다.

"여태 <오늘의 요리> 뭐 하러 있었어, 이게 체질인데."

그 말에 윤이 멈칫하며 재희와 시선을 맞춰 왔다. 뭔가 불안한 듯, 형용하기 모호한 표정이었다. 혹시 놀린 걸로 알아들었나 싶어 재희는 한마디를 덧붙였다.

"칭찬이야."

"아, 네……"

묘하게 끝을 뭉개는 발음에, 재희는 윤을 유심히 보다 물었다.

"김 피디, 지금 취한 거 맞지?"

정언의 핸드폰 안에 들어가 있는 이 메모리카드를 윤이 어떻게 찾았는지 이해를 못 할 정도는 아니었으나, 아무리 봐도 귀가 새빨간 데다 말을 더듬거리는 게 술이 좀 들어간 꼴이었다.

윤이 기어들어 가는 목소리로 죄송합니다, 하고 웅얼거렸다. 그새 어디서 술을 마셨나 싶어 황당한 표정을 하기 무섭게 정언이 재빨리 끼어들었다.

"그게 뭐가 중요해요, 지금."

"서 피디가 먹였어?"

윤이 자발적으로 취한 거라면 자신이 뭐라고 한 소리 하기 전에 정언이 쥐 잡듯 잡았을 게 뻔했다. 그러나 나서서 그게 뭐가 중요하냐 하는 걸 보니 아무래도 정언과 마신 모양이었다. 아니나 다를까, 정언이 변명을 하며 말을 돌렸다.

"술 못 마시는 거 몰랐다니까, 난. 아무튼 내일부터 할 일 엄청 많은데 할 거예요, 안 할 거예요?"

"이걸 어떻게 안 하냐, 해야지."

어쩔 수 없다는 얼굴로 웃은 재희는 곧 목소리를 낮추었다.

"이거 보안 건일 텐데 일단 송 작가는 알지? 아웃라인 완벽히 나올 때까지는 나랑 송 작가, 서 피디, 김 피디만 아는 걸로 하자. 시간 아껴 써."

정언이 장난스럽게 경례를 붙였다.

"여부가 있겠습니까."

"오늘은 일단 퇴근하고. 아, 그리고 김 피디는 대리 불러 주든가 택시 태워 보내든가 해. 얼마나 먹여서 사람이 저 지경이야? 서 피디도 늦었는데 괜히 걸어가지 말고 차 타고 가. 그거 파일은 복사해 놨어? 내가 확인 좀 해야겠는데."

"뭐가 저 지경이에요. 소주 반병도 안 마셨어요. 내 일은 열 시도 안 됐는데 걱정 마시고, 파일은 선배 메일로 보냈어요. 확인해 봐요."

"알았으니까 빨리 퇴근해."

재희가 손을 젓자 윤이 자리에서 일어나다 말고 비틀거렸다. 황급히 윤을 부축하는 정언의 얼굴에 재희는 잘 한다, 하고 내뱉으며 정언을 아래위로 훑어보았다. 정언이 멋쩍게 웃고는 윤을 잡아끌어 회의실을 나갔다.

빈 회의실에 남겨진 재희는 문득 충민의 말을 떠올렸다.

「서정언 밑에서 여태 한마디도 안 들었으면 그거 난놈인데. 조만간 무슨 사고 하나 치는 거 아니냐?」

"돗자리 깔아야겠네."

피식 웃은 재희는 손을 깍지 끼어 머리 뒤에 대고는 천장을 잠시 올려다보다 눈을 감았다. 시간이 얼마나 더 있을지 전혀 알 수 없다는 것이 문득 더 딥딥해졌다. 긴 숨을 내뱉은 재희가 회의실을 나서 자리로 돌아가자, 모니터 하단에서 메일 알림창이 반짝였다.

클릭한 메일에는 두 개의 압축파일이 있었다. 다운받아 압축을 풀자 스물여덟 개의 녹취 파일과 서른두 개의 문서 파일 목록이 모니터를 꽉 채웠다.

쥐 죽은 듯 고요한 사무실 안에서 재희는 한동안 그 파일 목록을 뚫어져라 보다 책상 위에 아무렇게나 놓인 이어폰을 귀에 꽂았다.

오늘 밤에도 잠들기는 틀린 것 같았다.

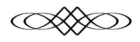

08

알람 소리에 퍼뜩 눈을 뜬 윤은 몸을 벌떡 일으켰다. 머리가 지끈거렸다. 신음 소리를 내며 잠시 몸을 숙였던 윤은 어젯밤의 일을 복기했다.

메모리카드를 찾아 사무실로 오자마자 정언에게 얘기했고, 정언과 저녁을 먹었고, 재희 앞에서 자초지종을 설명했고……. 거기까지 떠올린 윤은 으윽, 하며 머리를 감쌌다. 재희가 술 취했냐고 물어보던 것이 생각난 탓이었다.

소주 반병이면 이미 치사량에 가깝다는 걸 스스로도 잘 알면서 마셨던 건 아마 불안감 때문이었을 것이다. 이제는 어떻게 되는 걸까, 어떻게 해야 하는 걸까 따위의 생각이 머릿속에 휘몰아쳤던 것이다.

멍하니 앉아 있던 윤은 긴 한숨을 내쉬며 침대를 벗어났다. 그래도 취한 주제에 샤워는 하고 잔 게 다행이었다.

욕실로 들어가 거울을 보자 부스스한 몰골이 눈에 들어왔다. 모처럼 무슨 꿈을 꿨는지조차 기억이 안 날 정도로 깊게 잠들었던 것 같은데, 눈의 실핏줄은 새빨갛게 충혈된 채였다.

두 뺨을 탁탁 치고는 찬물을 틀어 세수를 하자 정신이 좀 돌아오는 것 같았다. 세면대를 붙들고 고개를 숙이자 물방울이 머리칼과 턱을 타고 세면대 위로 떨어졌다.

「칭찬이야.」

정언이 무심하게 내뱉었던 그 말이 뇌리를 지났다. 늘 그렇듯 그리 다정한 말투는 아니었으나 진심이라는 게 느껴졌다. 그때 정언의 표정을 떠올리자 술은 진즉에 다 깼을 텐데도 불현듯 귓가가 뜨거워졌다.

윤은 눈을 들어 거울을 보았다. 어쩐지 그런 스스로가 낯설게 느껴졌다. 정언이 칭찬에 인색한 타입이라는 건 굳이 말하지 않아도 충분히 알 수 있었다. 그런 사람에게 칭찬을 듣는 게 기분 나쁠 리 없었다.

자신이 <오늘의 요리>보다 <비하인드 24>에 더 어울린다던 정언의 말을 상기하자, 바로 재희 역시 같은 칭찬을 했던 것이 떠올랐다. 그때도 이런 기분이었나 생각을 되짚던 윤은 다시 눈을 들어 거울을 보았다.

그랬다고 확신할 수 없었다. 정확히는 확신할 수 없었다, 가 아니라 그렇지 않았다, 라는 걸 깨닫는 데는 그리 오랜 시간이 걸리지 않았다.

여기 온 뒤로는 시간이 어떻게 가는지를 모를 정도였다. 때로 윤은 자신이 진짜 <오늘의 요리>에서 일을 한 적이 있긴 있었나 생각할 때도 있었다. 퇴근 후 밤늦게나 주말에 간혹 케이블 TV에서 <오늘의 요리> 재방송을 보면 낯선 기분이었다.

분명 저 스튜디오에서 직접 촬영도 하고 편집도 했는데, 지금은 그 사실을 스스로도 믿기 어려웠다. 그러나 그렇다고 아직 자신이 완전히 <비하인드 24> 피디처럼 느껴지는 것도 아니었다. <비하인드 24>에 더 어울리는 사람. 윤은 그 말을 다시 한 번 생각했다.

윤의 눈에 비친 <비하인드 24>의 사람들은 늘 바쁘고 치열하고 진지했다. 어떤 사명감이 그들을 그렇게 움직이게 하는지 윤은 매 순간 궁금했다.

「솔직히 말하면 내가 처음에 어땠는지 이젠 잘 기억 안 나.」

솔직히 말하면, 이라고 발음할 때의 정언은 다른 사람 같았다. 그 순간, 윤은 어쩌면 자신이 아주 잠깐 정언의 선 너머를 엿본 게 아닐까 생각했다.

「이건 그냥 하는 거야, 그냥. 무슨 말인지 알겠어?」

그냥. 단순한 단어 뒤에는 무엇이 숨어 있을까. 정언은 그냥이라고 말했지만, 그저 그뿐이라면 정언이 어떻게 지금까지 세상의 그림자를 들여다볼 수 있었는지 이해가 가지 않았다.

그 작은 메모리카드 안에 들어 있던 녹취 파일 하나만으로도 발을 딛고 선 세상이 무너지는 것 같은 기분이었다. 그런 일을 '그냥' 몇 년 동안 수도 없이 반복한다는 건 윤으로서는 상상도 할 수 없는 일이었다.

꼬리에 꼬리를 무는 생각을 끊듯, 때마침 욕실 밖에서 미리 켜짐 예약을 걸어 놓은 TV의 전원이 들어오는 소리가 들렸다. 채널은 항상 YBS의 아침 뉴스에 맞춰져 있었다. 윤은 닫힌 문 너머로 둔탁하게 들려오는 앵커의 목소리를 들으며 후다닥 면도를 하고 이를 닦았다.

어제 술을 마시고 차를 회사에 두고 온 탓에 더 서둘러야 했다. 머리를 대강 만지고 백팩을 멘 뒤 식탁 위의 에너지 바를 하나 까서 입에 문 윤은 집 근처의 정류장으로 달려갔다.

만원 버스에서 만끽한 모처럼의 출근길스러운 시간은, 다음부터 이럴 땐 차라리 대리운전을 불러야겠다는 큰 깨달음을 주었다. 지옥 같은 출근길에 차를 왜 샀는지가 절로 떠올랐다.

버스에서 거의 튕겨지듯 내린 윤은 숨을 고르며 그새 구겨진 재킷을 탁탁 털었다. 아침부터 조금 울적해져 카페인 생각이 간절했다.

윤은 방송국 로비에 들어서자마자 카페로 향했다. 밤샘을 했는지 좀비 같은 몰골의 사람들이 이미 여기서기 간헐석으로 흩어져 커피를 마시고 있었다. 저 꼴 될 날이 머지않았다는 걸 직감한 윤은 메뉴판을 보다 카드를 꺼내 들었다.

"아이스 아메리카노 트리플 샷 벤티로 하나 주세요."

그때 누군가가 카운터 앞으로 쑥 들어오며 먼저 주문을 했다. 멈칫한 윤은 시선을 내렸다가 어, 하며 저도 모르게 웃었다. 낯익은 얼굴이 눈에 들어왔다. 정언이었다. 무심코 자신을 쳐다보다 멈칫하는 정언의 얼굴에, 윤은 재빨리 자기 카드를 내밀었다.

"모카초코 톨 사이즈 샷 하나 추가해서 따뜻한 걸로 주시고 계산은 이걸로 같이요."

정언이 아니, 하고 가로막으려 했으나 이미 윤의 카드로 결제된 뒤였다. 정언이 관자놀이 부근을 긁적이며 내뱉었다.

"후배한테 삥 뜯는 거 취미 없는데."

"저도 삥 뜯기는 취미는 없고요, 오늘은 진짜 그냥 사드리고 싶어서 그런 거예요."

웃는 얼굴로 대답하자 정언이 윤을 빤히 쳐다보았다.

"그럴 기분 느낄 사람은 난데, 왜 김 피디가 그래?"

"어제 선배한테 칭찬받고 기분 좋아서요?"

그런 대답은 미처 예상하지 못했는지 정언이 한쪽 눈썹을 찡그렸다. 윤은 그게 정언 나름의 곤란해하는 표정이라는 것을 곧 알아차렸다. 아마 정언을 잘 모르는 사람들이 보기에는 그냥 화가 난 것처럼 보일 게 분명했다, 고 생각한 순간 윤은 주저했다.

그렇다면, 나는 이 사람을 잘 아는 걸까.

생각해 보니 자신은 정언에 대해 아는 게 거의 없었다. 자신은 이 팀에 굴러 들어온 돌이었고, 정언에게는 들어온 지 얼마 되지 않은 후배일 뿐이었다. 그런데 왜 자꾸만 혼자서 내적 친밀감을 차곡차곡 쌓고 있는지 스스로 생각해도 모를 노릇이었다.

"주문하신 아이스 아메리카노 벤티하고 모카초코 톨 사이즈 나왔습니다."

점원의 낭랑한 목소리에 생각이 끊겼다. 정언이 먼저 픽업대 위에 올라온 모카초코 컵에 슬리브를 끼워 윤에게 내밀었다. 받아 든 컵은 따뜻했다. 뚜껑을 열고 한 모금 마시기 무섭게 혈관으로 당과 카페인이 동시에 차올랐다. 정신이 번쩍 드는 기분이었다.

옆에서 자기 얼굴만 한 아이스 아메리카노 컵에 빨대를 꽂아 한 모금 마신 정언이 그런 윤을 물끄러미 보다 픽 웃는 듯한 소리를 냈다.

"잘 마실게."

왜요, 하고 묻기도 전에 컵을 들어 보인 정언이 빠른 걸음으로 엘리베이터로 걸어갔다. 윤은 황급히 그 뒤를 따랐다. 아직 이른 시간이라 그런지 로비 안은 한산했다. 금방 내려온 엘리베이터를 타고 사무실 층수를 누르자 문이 닫혔다. 단둘이 선 엘리베이터 안은 어쩐지 어색했다.

"어제는 죄송했어요."

윤이 먼저 정적을 깨자 정언이 시선을 앞에 둔 채 되물었다.

"뭐가."

"제가 술 진짜 못 마시거든요. 그래서……."

"그런 거 같더라."

정언이 중간에 말을 끊었다. 머쓱해진 윤은 눈치를 보며 커피를 한 모금 더 마셨다. 역시 민폐라고 생각했을까 싶어 공연히 초조해졌다. 사무실로 들어서자 이미 출근해 있던 민혜가 어 정언, 하고 손을 흔들더니 뒤따라 들어오는 윤을 보며 눈을 동그랗게 떴다.

"왜 둘이 같이 출근해? 이거 뭐지? 아주 낯선 그림인데?"

번갈아 손가락질을 하며 오지랖을 부릴 태세가 만만했다. 그속을 빤히 들여다본 듯, 정언이 가방을 놓고는 들어 올린 민혜의 손가락을 아래로 도로 내려 주었다.

"로비에서 만났어요."

"아, 그래? 난 또 서정언의 퍽퍽한 삶에 약간의 촉촉함을 기대했네?"

민혜가 실망 반, 놀림 반의 말투로 대꾸했으나 정언은 역시 가차 없었다.

"무슨 강재희 뽀로로 찍는 소리를 하고 있어."

그 말에 윤은 마시던 커피가 목에 걸려 기침을 했다. 재희와 뽀로로라니, 상상조차 해서는 안 될 것 같은 조합이었다. 민혜가 고개를 절레절레 저으며 치를 떨었다.

"강재희가 찍는 뽀로로 우리 애가 볼까 무섭다. 아무튼 어제 컨펌 났으면 제보영상 추린 거 먼저 봐도 되나?"

"회의실 들어가서 얘기하죠. 선배가 이거 보안 건이라고, 일단 우리 팀하고 자기만 알고 있자고 하더라고."

"아, 오케이."

민혜가 책상 위에 흩어져 있던 종이들을 한데 모았다. 회의실에 들어가 문을 닫은 정언은 화이트보드 앞의 마커펜을 집어 들었다.

"일단 거두절미하고 본론으로 들어갑시다. 이게 단순 자살이 아니라는 건 이제 뭐 논란의 여지가 없지. 물론 자살이냐 이건 아직 모르지만 사내 왕따, 이런 게 헛소리라는 건 거의 확실하단 말이에요. 문제는 메모리카드 안에 있는 파일인데, 녹취 파일 스물여덟 개, 암호 걸린 일반 문서 파일 서른두 개."

정언은 박규형, 녹취 파일, 문서 파일, 자살/타살 따위의 낱말을 화이트보드 위에 빠르게 쓰며 말을 이었다.

"지금은 그 통화를 한 상대가 누군지 찾는 게 제일 중요해요. 이희경 씨한테 통화 목록 뽑아줄 수 있는지 부탁해 볼게요. 녹취 파일은 귀찮겠지만 송 작가님이 풀어 주세요. 당분간 보안 건이라 프리뷰 맡겼다가 괜히 새어 나가면 안 되니까."

민혜가 다이어리에 무언가를 적으며 대답했다.

"파일 짧으니까 그건 괜찮아, 내가 할게. 그런데 이거 경찰도 좀 이상하지 않아? 유서도 없고 자살할 이유도 없는 사람이 죽었는데, 그걸 왜 그냥 바로 자살이라고 판단했을까? 사건 담당이 의정부경찰서라고 했나? 부인이 부검 요청했다면서. 혹시 결과 나왔어?"

"곧 나온다고 하긴 했어요, 그때. 지금쯤 나왔을 수도 있을 거 같은데."

흠, 하고 고개를 갸웃하던 민혜가 물었다.

"의정부면 경기북부지방경찰청 관할서지? 거기 경찰청에 허중오 경감님 있잖아. 예전부터 잘 알지 않아?"

"그죠. 장기미제사건 전담팀 가시기 전부터니까, 한 오륙 년 알았죠."

"그러면 경감님 통해서 정보 한 번 부탁해 봐. 담당 형사 얘기랑 크로스체크 해보게. 통화 목록 나오면 날짜하고 내용 대조하는 건 내가 할게. 그리고 나 지금 메일로 받은 블랙박스 영상들이 좀 있거든. 이거 의외로 양이 꽤 되는데, 셋이 3분의 1씩 나눠서 볼래?"

"좋아요."

정신없이 두 사람의 대화를 메모하던 윤이 눈을 들었다.

"그 문서 파일은 어떻게 열어 보실 거예요?"

윤의 말에 정언이 펜 뚜껑으로 미간을 긁적였다.

"그게 문젠데, 일단 우리가 지금 팀에서 갖고 있는 프로그램 몇 개 있어서 돌려 봤는데 안 열리더라고. 암호 프로그램으로 한 번 걸고, 파일 자체에서 또 한 번 걸고 해서 이중으로 잠가 놨어. 업체에 맡겨 볼까 생각중이긴 한데 모르겠네. 녹취 파일도 일부러 거기다 보관한 거면 그것들도 중요한 파일일 가능성이 높은데. 핸드폰으로 평소에 업무를 봤을 수도 있고."

정언의 이야기를 주의 깊게 듣던 윤은 고개를 가로저었다.

"그건 아닌 것 같아요. 제가 핸드폰 확인했는데 그 흔한 일정 관리 어플 하나가 없더라고요. 핸드폰으로 뭘 막 하고 이런 스타일은 아닌 것 같았어요. 수기로 다이어리도 다 기록했고……."

"다이어리? 그 애기를 왜 지금 해?"

다이어리라는 말에 정언과 민혜가 눈을 크게 뜨며 동시에 윤을 보았다. 갑자기 쏠리는 시선에 당황한 윤은 목을 집어넣었다.

"아, 저, 지금 생각이 났어요."

정언이 몸을 앞으로 내밀며 윤을 다그쳤다.

"그것도 같이 받아 왔어?"

"아, 아뇨."

"왜 안 받아 왔어, 그렇게 중요한 걸?"

형사가 됐어도 대성했을 기세로 자신을 취조하는 정언의 얼굴에 약간 쭈그러든 윤은 눈치를 보다 핸드폰을 꺼냈다.

"아뇨, 그…… 혹시나 해서 박스 열 때 핸드폰으로 다 촬영했거든요."

윤은 부랴부랴 핸드폰에서 영상을 찾아 정언에게 건넸다. 정언과 함께 그 동영상을 스킵해 가며 살펴보던 민혜가 감동한 표정으로 윤을 보았다.

"얼굴만 꼼꼼하게 잘생긴 줄 알았는데 이런 것도 꼼꼼하네. 이거 캡처해서 보면 되겠다. 하여튼 예쁜 짓만 골라서 한다니까. 얼굴 좋고 키 좋고 사람 센서티브한 거 좋고, 하나부터 열까지 다 좋아. 아우, 나 왜 일찍 결혼했니?"

폭풍처럼 휘몰아친 칭찬에 윤이 대답할 말을 찾지 못하고 잠시 당황하자, 정언이 픽 웃고는 민혜에게 놀리는 투로 물었다.

"일찍 결혼 안 했으면 뭐?"

그 말을 들은 민혜가 곧 시무룩해졌다.

"하긴 늦게 결혼했다고 김 피디 같은 남자 만났을 리가 없을 거 같긴 해. 나 의외로 눈 낮잖아."

아무래도 그 말은 진심인 것 같았다. 윤이 이럴 때는 대체 뭐라고 위로의 말을 건네야 하나 고심하는 사이, 정작 민혜는 쿨하게 다시 말을 돌렸다.

"일정표 나온 부분 캡처해서 볼게. 그리고 나 어제 집에 가서 생각해 봤는데, 우리 예전에 주 피디가 신도시 투기꾼 아이템 한 거 있잖아. 그거 진송신도시 데이터 아마 남아 있는 거 있을 거야. 정언, 이현성 대표하고 만났었지?"

"그거 원주민 데모 문제로 얘기한 거였어요. 그 부분은 상생변 최유림 변호사가 잘 안다고 한 번 연락해 보라던데요."

최유림 변호사의 이름을 들은 민혜가 어어, 하며 손을 들었다.

"나 최변 알아. 내가 통화할게. 최변이 박규형 씨하고 안면 있었으려나?"

"그럴 수도 있죠."

정언의 말에 두 손을 입가에 댄 채 한동안 무언가를 생각하던 민혜는 펜 끝을 테이블 위에 톡톡 두드렸다. 무슨 말을 하고 싶은데 망설이는 듯 한참 말을 아끼던 민혜가 목을 뽑아 창 너머를 슬쩍 보고는 목소리를 낮췄다.

"이거 혹시 진짜로 엄대진하고 관계있는 거 아니?"

"그럴 가능성이 높아 보이긴 하죠?"

"지금 청와대하고 한선당에서 우리 치는 건데, 이걸로 엄대진 날리면 걔들이 우리 못 건드리지 않을까?"

민혜의 희망적인 가정에 낮은 한숨을 쉰 정언이 고개를 까딱했다.

"그런데 아직 모르는 거니까. 이걸로 엄대진이 날아갈지도 확실하지 않잖아요, 지금은. 서온건설 게이트도 그렇고 그냥 덮어

버렸는데 우리가 이거 회심의 일격이라고 생각해도 그쪽에서 대비책 있을 수도 있고."

정언의 대답을 들은 민혜가 실망한 표정으로 그렇지, 하고 중얼거렸다. 정언은 말을 덧붙였다.

"그리고 만약에 그렇게 터지면 지금처럼 눈치 보면서 날리려고 안 할 걸요. 당장 모가지 자르려고 들지. 일단 우리는 지금 메모리카드 자료에 집중하는 걸로 합시다. 뭐가 더 나오면 그건 그때 생각하고. 작가님은 최 변호사님한테 연락해 보시고, 나는 허중오 경감님한테 연락해 볼게요. 일정 잡히면 그 전에 블랙박스 영상 있는 거 보고. 영상 뭐 좀 있었어요?"

"그 주변 부동산 업자들이나 이런 사람들이 블랙박스 영상 보내 준 게 대부분인데, 뭐 동네가 아직 일반인들이 안 돌아다녀서 쓸 만한 게 있는지는 모르겠더라."

"다른 제보 들어온 것 중에는?"

정언의 물음에 민혜가 펜 끝으로 관자놀이 부근을 긁적이며 잠깐 생각하다 대답했다.

"아, 거기 편의점 아르바이트생이라는 애가 메일 보냈었어. 자기가 그날 밤에 박규형 씨를 봤대."

"박규형 씨인 건 어떻게 알았대요?"

"거기 편의점이 그거 딱 하나라 오는 손님들 얼굴을 거의 기억한다고 하더라고. 아파트야 뭐 공사 중이고, 오피스텔도 아직 공실이 대부분이라 저녁 여덟 시면 닫는데 그때 왔었다고. 별 특별한 얘긴 아닌데 그냥 제보 달라는 자막 보고 생각이 났대."

"그래요? 연락처 있어요?"

"이따 메신저로 보내 줄게."

그때 바깥에서 회의실 문을 두드리는 소리가 들렸다. 정언이 의아한 표정으로 문을 열자 재희가 그 사이로 고개를 들이밀었다. 세 사람을 본 재희가 놀란 표정을 하며 안으로 들어왔다.

윤은 재희의 머리에 아직 물기가 안 마른 것을 알아차렸다. 밤 샘한 뒤 방금 숙직실에서 씻고 올라온 모양이었다.

"다들 왜 이렇게 일찍 출근했어?"

"퇴근도 안 한 사람이 그런 소리 하니까 아주 기가 막히네."

정언 역시 그것을 눈치챈 듯 대번에 얼굴을 구기며 내뱉었다. 이런 일이 일상인지, 재희는 대답 대신 히히히, 하고 누가 봐도 연기하는 얼굴로 웃고는 말을 돌렸다.

"혹시 메일 왔어?"

"무슨 메일이요?"

정언이 되묻자 재희가 이마 위로 흘러내리는 머리칼을 쓸어 올렸다.

"노조에서 오전에 메일 보낸다고 했거든. 서명 받는다고. 황은 석 피디 출근하자마자 보낸다고 했는데 아직 안 왔나?"

"우리 이사진 바뀐 것 때문에?"

"응. 교양국은 벌써 끝났대. 우리도 전원 할 거니까, 메일 확인 해 보고 다들 황 피디 오면 서명 좀 해 줘."

"오케이, 그게 뭐 어렵나."

민혜가 흔쾌히 대답했다. 그때 테이블 위에 놓아 둔 윤과 정언의 핸드폰에서 동시에 메일 알림이 울렸다. 윤은 별생각 없이 핸드폰을 뒤집어 보았다. 사내 메일 알림이었다. 방금 재희가 말한 서명 건인 듯했다.

정언 역시 메일을 확인하는지 잠시 핸드폰을 들여다보더니 얼굴이 굳어졌다.

"선배, 메일 내용 봤어요?"

정언이 문자 재희가 의아한 얼굴로 아니, 하며 고개를 가로저
었다.

"지금 온 메일을 내가 어떻게 봐. 왜, 뭐라고 그러는데?"

정언은 입술을 깨물며 재희에게 핸드폰을 내밀었다. 무슨 일
이길래 그러나 싶어 윤도 무심코 새 메일 알림을 눌렀다. 곁에
있던 민혜도 궁금한지 까치발로 윤의 핸드폰 화면을 슬쩍 넘겨
다보았다. 황은석 피디의 이름으로 온 메일의 첫 줄이 눈에 들
어왔다.

YBS 노조 조합원 여러분, 오늘 인사위원회가 <YBS 뉴스라이
트> 성세준 피디의 해직, 김진우 앵커의 대기 발령을 통보했습
니다.

그것을 보자마자 어머, 하며 민혜가 두 손으로 입을 틀어막았
다. 윤 역시 순간적으로 머리가 하얗게 비어 아무 말도 하지 못
했다. 회의실 안에 잠시 침묵이 감돌았다. 그다음 줄은 눈에 더
들어오지도 않았다.

메인 뉴스의 피디와 앵커를 하루아침에, 그것도 한꺼번에 이
런 식으로 경질한다는 건 듣도 보도 못한 조치였다. 핸드폰을
든 손이 떨렸다.

"이 개새끼들 이거 진짜 대가리가 완전히 어떻게 돼 버린 거
아냐?"

정언이 분을 못 이겨 바닥을 구르며 내뱉었다. 핸드폰 화면을

275

뚫어지게 보고 있던 재희가 말없이 회의실을 나갔다. 밖에서 사무실 문이 거칠게 닫히는 소리가 곧 연이어 들렸다. 하얗게 질린 민혜가 윤의 팔을 잡아당겨 다시 한 번 메일 내용을 보더니 중얼거렸다.

"하나님 아버지, 나라가 어떻게 되려고 이래."

정언이 테이블에 손을 짚은 채 고개를 숙이며 한동안 침묵했다. 마침내 후, 하고 긴 숨을 뱉은 정언이 입을 열었다.

"생각보다 더 미친놈들이네. 진짜 취재 다 하고 방송 못 하는 경우 생길 수도 있을 거 같으니까 최대한 빨리 움직이죠. 나 지금 허중오 경감님한테 전화해서 스케줄 잡을게. 작가님도 최 변호사님한테 연락 좀 해 줘요."

"어, 알았어."

민혜가 후다닥 회의실을 나갔다. 정언이 테이블 위에 놓여 있던 자신의 물건들을 집다 말고 윤 쪽으로 시선을 돌렸다.

핸드폰을 든 채 움직이지 못하고 굳어 있던 윤은 마른침을 삼켰다. 머릿속이 새하얬다. 태훈이 울면서 촬영 들어간 다큐멘터리가 엎어졌다고 이야기했을 때도, 자신이 인사위원회에 불려가 하루아침에 <비하인드 24>로 전보 조치를 당했을 때도 지금만큼 현실이 섬뜩하게 느껴진 적은 없었다.

"김 피디."

정언이 윤을 불렀다. 멍하니 서 있던 윤은 퍼뜩 정신을 차리며 네, 하고 대답했다. 눈을 가늘게 뜬 정언이 윤을 빤히 보다 갑자기 가까이 다가왔다.

다음 순간 정언은 손을 뻗어 윤의 양쪽 뺨을 잡고 자기를 보게 만들었다. 얼결에 눈이 마주쳐 당황한 윤은 저도 모르게 고개를 돌리려 했다. 그러나 정언은 손에 힘을 더 주어 윤의 얼굴을 붙들었다.

차가운 손이었다. 닿아 있는 뺨으로 스미는 그 서늘한 체온에, 누군가가 목덜미로 작은 얼음 조각을 얹은 듯 순간 작게 소름이 돋았다. 정언은 뚫어질 듯 윤의 눈을 들여다보았다. 피할 수 없이 시선이 붙들렸다.

늘 속을 알 수 없다고 생각한 눈은 가까이서 보니 더 깊었다. 시선이 거기 그대로 빨려 들어갔다. 몸이 완전히 굳어 버리는 느낌이었다. 숨이 잘 쉬어지지 않았다.

"정신 똑바로 차려."

또렷한 목소리가 떨어졌다. 윤은 겨우 고개를 끄덕였다. 정언은 말을 멈췄다. 단어를 고르는 듯, 혹은 무언가를 생각하는 듯 그 속눈썹이 잠시 내려앉아 옅은 그늘을 드리웠다. 짧은 정적후 정언이 입을 열었다. 조금 낮아진 목소리였다.

"우리는 여기서 우리가 할 일을 할 거야."

정언이 뱉은 단어들은 약간의 딜레이를 두고 하나씩 입력됐다. 정언이 가만히 윤을 응시했다. 아마 기껏해야 몇 초에 불과했을 테지만, 잠시 세상이 멈춘 것 같았다. 기묘한 느낌이었다.

정언이 윤의 어깨를 툭 쳤다. 그 순간 마법이 풀리듯 윤은 현실로 돌아왔다. 정언이 먼저 회의실을 나갔다. 문이 닫히는 것과 동시에 다리가 풀린 윤은 탁자에 기대 미끄러지듯 주저앉았다. 심장이 입으로 튀어나올 것처럼 뛰었다. 귀가 먹먹했다.

몸을 둥글게 만 윤은 무릎 위에 이마를 대고 잠시 눈을 감았다. 바로 앞에서 자신을 빤히 보던 정언의 눈동자가 감은 눈 안으로도 선명했다.

우리는, 여기서, 우리가 할 일을 할 거야.

눌러쓴 글씨 같은 정언의 목소리가 한마디, 한마디 되살아났다. 그 순간 낯선 감각이 빠르게 전신을 달려 내려갔다. 말로 표현하기 어려운 감각이었다. 어쩌면 두려움에 가깝다고 해야 할까. 손끝만 대도 깨질 게 분명한 얇은 얼음 위에 올라선 것처럼.

그 얼음 위에 금이 갔다, 라고 느낀 순간─

이건, 빠진 거다.

깨달은 순간 심장이 발치까지 떨어지는 것 같았다. 잠시 숨을 쉬는 법조차 생각나지 않았다.

"……나 완전 미친놈 아냐?"

완전히 얼어붙었다가 간신히 혼잣말을 뱉은 윤은 고개를 더 깊이 파묻었다. 뺨에 닿았던 그 서늘한 손의 감각이 사라지지 않았다. 물론 누군가에게 반하는 건 단 한순간이면 충분하다는 걸 윤은 이미 경험으로 잘 알고 있었다.

하지만 이런 장소에서, 이런 상황에, 이런 사람에게.

모든 게 좋지 않았다. 막연하던 그 수많은 감정들이 한순간 또렷해졌다. 동경, 호기심, 오기, 어떤 단어로도 설명할 수 없던 순간들. 몸이 떨렸다. 미친놈, 하고 다시 한 번 중얼거린 윤은 오랫동안 그 자리에서 움직이지 못했다.

09

"야, 이거 일 커지겠네. 총파업 들어갈 수도 있겠는데?"

인터넷 기사를 보던 찬수가 불안한 표정으로 고개를 절레절레 저었다. 곁에 앉아 있던 현진이 눈을 모니터에 고정시킨 채 물었다.

"마지막 총파업이 언제였지?"

"완전 총파업은 90년대 초반에 한 게 마지막일걸? 그게 92년이야, 93년이야. 아무튼 IMF 오기 한참 전이야. 아니, 근데 뭐 직원들이야 총파업 들어간다 치는데 총파업 들어가면 작가들은 어떡해."

찬수가 걱정스러운 투로 묻자 현진이 대수롭지 않다는 듯 대꾸했다.

"뭐 어떡해, 채널은 많고 경력직은 부족하고 진짜 잘리면 갈 데가 없냐? 작가노조에서 파업 결정하면 우리도 하는 거고. 그냥 회의감 들어서 그렇지."

"아니, 애 아빠한테 파업이 웬 말이야. 내가 애가 둘인데……."

파티션 너머로 두 사람의 대화를 듣고 있던 정언은 결국 더 참지 못하고 말을 끊었다.

"임 선배, 아직 하지도 않은 파업으로 집에 있는 애들 걱정하지 말고 다음 주 방송 걱정부터 하시죠. 총파업을 해도 당장 다음 주부터 할 거 아니니까."

정언의 냉정한 말에 찬수가 예, 예, 하며 투덜거렸다.

"하여튼 이 팀 인간들은 너무 차가워. 가장의 마음을 몰라."

정색을 한 정언이 되받아쳤다.

"그럼 남들은 결혼도 못 하고 늙어 죽게 생긴 판에 와이프도 있고 토끼 같은 자식들까지 둘이나 있는 사람이 우는 소리 하면 공감을 받아요, 못 받아요?"

"생각해 보니 그래도 너나 강재희나 한현진보다 내가 낫긴 낫다. 지금 죽어도 제삿밥 먹여 줄 자식은 있잖아."

찬수가 농담 반, 진담 반으로 수긍하자 옆자리에서 현진이 눈을 부라렸다.

"야, 임찬수. 그 제삿밥 지금 먹을래?"

"아, 아니."

찬수가 기어들어 가는 목소리로 대답했다. 피식 웃은 정언은 고개를 뒤로 젖혔다. 옅은 한숨이 허공에 흩어졌다.

성세준 피디와 김진우 앵커 징계 이후로 사내 분위기는 급속도로 악화되고 있었다.

주말 앵커인 정수창 앵커가 대타로 투입된 첫날, <뉴스라이트>는 세준이 직접 회의실 안에서 녹음한 인사위원회 녹취 파일을 첫 꼭지로 내보냈다. 위에서 이렇게 나온다면 우리도 갈데까지 가겠다는 시위였다.

변조된 인사위원들의 목소리로 좌파 편향적이다, 빨갱이다,

종북이다, 사상이 의심스럽다, 자격 미달이다 따위의 폭언이 쏟아졌다. 메인 앵커가 된 수창의 첫 멘트는 '참담한 심정입니다.'였다.

뉴스가 끝나기도 전 시청자 게시판과 전화, 메일, 메신저 등 열려 있는 모든 커뮤니케이션 통로로 시청자들의 분노가 쏟아졌다. 인터넷 기사들도 앞다투어 하루아침에 <뉴스라이트>에 저질러진 만행을 다루기 시작했다. 그러나 이사진은 꿈짝달싹도 하지 않았다. 문자 그대로의 철옹성이었다.

이사진은 항의하는 직원들을 피해 뒷문과 앞문을 오가며 출근했고, 사설 경비업체까지 고용해 아예 직원들의 접근 자체를 막았다. 이사진들의 사무실과 이사회실이 있는 9층, 10층은 전용 엘리베이터 외에는 올라가지도 못하도록 폐쇄됐다.

긴 싸움이 될 거라고 직감한 사람들이 많았다.

정언도 그 중 하나였다. 회사를 이루는 건 99퍼센트의 직원들이었다. 그러나 그들은 단 1퍼센트의 이사들, 그것도 지금까지 YBS가 어떻게 시사 강국의 명성을 얻었는지 이해하지 못하고 이해하려고도 하지 않는 이사들을 이길 방법이 없었다.

항의를 하면 즉시 징계가 돌아왔다. 감봉과 해직, 정직, 강제 전보, 심지어 프로그램이 사라지는 경우까지 생겼다. 이미 시사 보도국에서는 두 개의 프로그램이 문을 닫았다. 이사진의 최종 목표는 현재 시보국의 모든 프로그램을 폐지하는 거라는 소문이 돌기 시작했다.

<비하인드 24>와 <뉴스라이트>는 시보국 최후의 보루였다. 시청률, 화제성, 상징성, 그 무엇으로도 폐지시킬 명분이 없었다. 그러나 명분 같은 건 그들에게 전혀 중요하지 않다는 사실

을 모두가 조금씩 깨닫기 시작하고 있었다.

애초에 선고된 다음 개편까지라는 기간조차 지금은 보장되지 않았다. 만일 <비하인드 24>가 생존하더라도, 자신들이 그때 거기 있으리라고 생각하는 팀원들은 한 명도 없었다.

첫 번째 타깃은 당연히 재희였다. 지금의 <비하인드 24>를 만든 사람이 바로 강재희였다. 그건 바꿔 말하면 강재희 없는 <비하인드 24>는 더 이상 지금의 <비하인드 24>가 아닐 수도 있다는 뜻이었다. 그리고 재희는 그 사실을 가장 잘 아는 사람이었다.

"블랙박스 영상 너무 봤더니 눈 아파. 나 최변 인터뷰 따러 나갔다 올게. 좀 쉬면서 해."

옆에 앉아 있던 민혜가 이미 충혈된 눈을 비비며 정언에게 작게 말했다. 정언은 차 키를 집어 드는 민혜의 손목을 잡았다.

"피곤한데 운전하지 말고 택시 타요. 교통비 청구하면 돼."

"안 그래도 예산 많이 쓴다고 말 나온다는데……."

민혜가 풀이 죽은 얼굴로 웅얼거렸다. 상황이 이렇다 보니 별게 다 걱정되는 모양이었다. 늘 세상만사 즐거운 사람이 그러고 있으니 속으로 한숨이 나왔다.

"송 작가님 택시비 줄 돈도 없으면 방송국 문 닫아야지. 누가 뭐라고 하면 나한테 일러요."

정언이 억지로 차 키를 빼앗어 서랍 안에 던져 넣자 민혜가 배시시 웃고는 알았어, 하며 가방을 집어 들고 사무실을 나갔다. 정언은 일회용 인공눈물 하나를 새로 따서 양쪽 눈에 넣고는 잠시 눈꺼풀 위를 눌렀다.

민혜가 블랙박스를 보내 준 제보자들에게 사건 당일뿐 아니라

전후 일주일 정도의 영상을 함께 보내 줄 수 있냐고 요청했고, 대부분의 제보자들은 거기 응했다. 경찰에서 현장 CCTV가 없다고 했기에 혹시나 다른 단서가 있지 않을까 해서였다.

그것까지는 좋았는데, 봐야 할 영상의 양이 기하급수적으로 늘어난 건 문제였다. 며칠째 잘 보이지도 않는 야간 블랙박스 영상을 2배속이나 4배속, 때로는 8배속으로 돌리며 몇 번이나 되감기 버튼을 눌렀다 뗐다 하다 보니 영상 재생 기계가 된 기분이었다. 무슨 영상을 봤고 뭘 안 봤는지도 헷갈릴 지경이었다.

정언은 긴 한숨을 내쉬며 몸을 쭉 폈다. 온몸의 관절이 재조립되는 소리가 났다. 옆자리에 앉아 있던 윤이 이쪽을 흘끔 보는 시선이 느껴졌다.

"뭐 좀 있어?"

스트레칭도 할 겸 자리에서 일어나 윤 쪽으로 몸을 기울이며 묻자, 윤이 움찔하더니 아뇨, 하고 대답했다. 본 파일과 안 본 파일 폴더를 따로 만들어 체크하기로 했는데, 얼핏 눈에 들어온 모니터에는 본 파일 폴더가 그새 빼곡하게 들어차 있었다.

정언은 등 뒤에서 윤의 뒤통수를 내려다보았다. 차라리 생긴 대로 놀면 신경이라도 안 쓰일 것 같은데, 무슨 일을 시키든 죽어라 성실하게 하는 게 더 마음에 걸렸다. 윤이 피곤한 듯 눈가를 누르며 다시 마우스를 움직였다.

"커피 한잔할래?"

그 말에 윤이 약간 놀란 표정으로 시선을 돌렸다. 정언이 고개를 까딱하자 윤이 머뭇거리다 자리에서 일어났다. 윤과 함께 사무실을 나온 정언은 엘리베이터에서 옥상으로 가는 버튼을 눌렀다. 카페는 로비에 있는데 싶었는지, 윤이 의아한 표정을 했다.

"잠깐 바람 좀 쐬게."

묻지도 않은 말에 먼저 대답해 준 정언은 멈춘 엘리베이터에서 내려 옥상 정원으로 올라갔다. 아직 쌀쌀한 날씨라 드나드는 사람이 거의 없었다. 정언은 구석의 자판기에서 커피 두 잔을 뽑아 하나를 윤에게 건넸다.

가까운 벤치에 앉아 커피를 한 모금 마신 정언은 하늘을 올려다보다 윤 쪽으로 눈을 주었다. 종이컵을 두 손으로 감싸 쥐고 있던 윤이 시선을 느꼈는지 정언을 마주 보았다. 정언은 윤의 얼굴을 물끄러미 응시하다 툭 내뱉었다.

"이런 거 해 본 적 없어서 지겹겠네."

"아뇨, 재미있어요."

즉각 돌아온 대답에 정언은 눈을 가늘게 떴다.

"거짓말이지?"

"……네."

멋쩍게 대답한 윤이 커피를 마셨다. 하여튼 쓸데없이 솔직하지, 하고 속으로 중얼거린 정언은 컵을 만지작거리다 물었다.

"원래 나라그룹 다니다 왔다며?"

"어떻게 아셨어요?"

놀란 표정으로 묻는 윤에게 정언은 어깨를 으쓱해 보였다.

"나 빼고 다 알던데. 대기업 다니다 왜 여기로 왔어?"

잠시 대답을 망설이던 윤이 뒷머리를 긁적였다.

"그냥 뭐…… 진짜 별 이유 아닌데. 사는 게 별로 재미가 없더라고요. 대학 졸업할 때까지 남들 하는 대로 그냥저냥 살았거든요. 공부하고, 대학 가고, 스펙 쌓고, 취업하고. 그런데 어느 날 어, 이렇게 살면 이대로 그냥 결혼하고 애 낳고 그렇게 사는 건가 싶으니까 갑자기 그러기가 싫은 거예요. 승진하려고 경쟁하는 것도 싫고."

"그런데 왜 하필 방송국 피디였어? 겉보기만큼 좋은 직업 아니라 실망했겠는데."

윤의 이야기를 듣던 정언이 묻자, 윤이 답지 않게 주저하며 손끝을 만지작거렸다.

"그게 이유가 있긴 한데, 말하려니까 좀 민망하네요."

"왜?"

"사실 아직 남들한테 이 얘기 한 번도 해 본 적이 없거든요."

"개인적인 얘기면 안 해도 돼. 호구 조사하면서 사생활 터는 취미 없으니까."

무심히 대꾸한 말에 윤이 혼자 웃었다. 왜 웃지, 하고 생각한 정언은 커피를 한 모금 마셨다. 작은 종이컵 안의 커피가 그새 식어 미지근하게 목을 넘어갔다. 윤이 몸을 조금 숙이며 정언을 마주 보았다.

"선배한테 개인적인 얘기 좀 하고 싶은데 안 돼요?"

정언은 손을 멈추며 종이컵 너머로 윤의 눈을 보았다. 장난기 있는 표정이었다. 가끔 정언은 윤이 이럴 때마다 낯선 기분을 느꼈다. 자신에게 이렇게 쉽게 가까워지려는 사람을 만나 본 일이 없는 까닭이었다. 천성일까, 혹은……. 윤이 대답을 기다리지 않고 말을 이었다.

"어릴 때 일인데, 그때 아버지가 작은 사업을 하나 하셨거든요. 무슨 식자재 납품 같은 거 하는 회사였어요. 몇 년 하다 보니 점점 규모도 늘고 잘됐죠. 그런데 경쟁업체에서 고의로 우리쪽 생산 공장에 위생 문제가 있다는 기사를 냈대요. 거래처가 하루아침에 절반이 날아갔어요. 아버지가 정말 아니라고, 공장하고 생산 공정 전부 공개해도 좋다고 신문사 방송사마다 전화해서 애원했는데도 아무도 관심이 없더라고요."

말투는 담담했으나, 뜻밖의 내용에 멈칫한 정언은 눈썹을 약간 좁혔다. 그 표정을 알아차린 윤이 겸연쩍게 웃었다.

"그런데 그때 딱 한 군데서 연락이 왔어요. 그게 YBS 뉴스였죠. 거기 기자님이 그때 되게 유명한 분이었는데, 그분이 직접 전화를 해서 취재하러 오겠다고 하셨어요. 와서 공장 설비랑 공정이랑 이런 거 다 찍고, 뭐 그리고 가셨는데 며칠 있다가 뉴스에 그 얘기가 나오는 거예요. 경쟁업체 음해성 기사를 청탁한 업체 대표가 구속됐다고. 아버지 회사 경쟁 업체에서 한 짓이었대요. 뉴스 나가고 나서 그 난리 났던 게 다 해결이 됐어요. 그게 엄청 대단하게 느껴진 거죠. 부모님이 매일 울고, 싸우고, 나는 막 어떻게 해야 될지 모르겠는데…… 방송국 기자님 한 분이 왔다 가니까 모든 게 다 해피엔딩."

마지막 말을 하며 윤은 연극적인 동작으로 양쪽 팔을 활짝 벌려 보였다. 정언은 고개를 약간 기울였다.

"히어로였다 그거네."

"그렇죠. 슈퍼맨이 평소에는 클락 켄트라는 이름 쓰면서 신문사 기자로 일하잖아요. 그래서 어린 마음에 그 기자님도 슈퍼맨일 거라고 철석같이 믿었다니까요. 옷도 비슷하게 입고 오셨거든요. 체크무늬 셔츠에 갈색 재킷에 뿔테 안경 있잖아요. 집에 아직 그분 명함도 있어요."

"그런 거면 기자 지망했어야지, 왜 피디였어?"

정언이 묻자 윤이 손을 내저었다.

"카메라 앞에 서는 건 체질 아니거든요. 언시 공부하면서 비주얼 괜찮으니까 기자나 아나운서로 돌리라는 말 진짜 많이 들었거든요. 준비도 좀 해 봤는데, 카메라 테스트 받으려고 앉으면 그때부터 말이 안 나와서 이건 아니다 싶더라고요."

자연스러운 외모 자랑이었다. 팀에서도 이미 공식 미남 김윤으로 통하는 마당이었다. 남들이 외모 칭찬하는 거야 숨 쉬듯 듣고 살았을 게 뻔했다. 잘생긴 놈이 자기 잘생긴 거 모르는 일 없다더니 싫었으나 어쩐지 그게 믿지는 않았다.

제가 웃는 게 좀 괜찮아서요, 하던 윤을 떠올린 정언은 서둘러 말을 돌렸다.

"부모님이 싫어하셨을 텐데."

그 말에 윤이 푹 웃었다.

"대기업 그만두고 방송국 다니고 싶다니까 처음엔 아버지가 먹이고 입혀서 여태 키워 놨더니 헛소리한다고, 다리몽둥이 분질러 버린다고 펄펄 뛰셨죠. 그러더니 갈 거면 YBS 가라고, 다른 데는 방송국도 아니라고 그러시는 거예요. 그게 거의 이십 년 된 일인데 그때부터 지금까지 <뉴스라이트> 아니면 안 보시는 분이거든요. 못 이기는 척하고 알겠다고 했죠."

윤의 이야기를 들으며 정언은 습관적으로 주머니를 뒤져 담배를 꺼내 물었다. 불을 붙이지 않은 채 입술 끝으로 필터를 물었다 놓았다 하자 윤이 반사적으로 자기 주머니로 손을 넣었다. 라이터를 찾는 모양이었다. 그것을 알아챈 정언은 담배를 문 채 약간 부정확해진 발음으로 툭 내뱉었다.

"김 피디 담배 안 피우잖아."

"아, 네."

"불 안 찾아도 된다고 한 것 같은데."

지난번 차 안에서의 일이 생각났는지 윤이 곧 머쓱한 표정을 했다. 정언이 빈 담배를 물고 앉아 있는 것을 가만히 보던 윤이 물었다.

"저번에도 불 안 붙이시던데 왜 그러시는 거예요?"

"원래 담배 안 피워. 그냥 습관이야."

"다행이긴 한데 왜……."

윤이 저도 모르게 까닭을 물으려다 입을 다물었다. 그것을 눈치챈 정언은 한쪽 입매를 비스듬히 비틀었다. 좀 놀려 주고 싶은 기분이 되었다.

"뭐가 다행이야? 여자가 담배 피우는 거 싫어해?"

"아뇨, 그런 게 아니라 선배가 그러는 거 멋있긴 한데, 매일 밤 샘하시니까 건강에 나쁜 건 되도록 안 하셨으면 좋겠다 뭐 그런…… 저 그렇게 꽉 막힌 사람 아니거든요, 진짜로."

예상대로 윤이 당황한 얼굴을 하며 얼른 손을 내저었다. 담배 문 여자한테 멋있다는 게 일반적인 칭찬은 아닌 것 같은데, 하고 생각한 정언은 속으로 웃었다. 벤치 등받이에 팔꿈치를 받쳐 턱을 괸 정언은 윤을 물끄러미 마주 보다 입을 열었다.

"나 입사할 땐 여기 여자가 한 명도 없었어. 선배들이 나 얼마 못 버틸 거라고 생각해서 엄청 구박했는데 당하는 사람은 열 받잖아. 지들끼리 나가서 담배 피우면서 얘기하는데 나 안 끼워 주고. 그래서 오기로 불도 안 붙인 담배 물고 따라다니다 그게 그냥 버릇이 든 거지. 우리 아버지가 골초였어서 진짜로 피우긴 싫고, 선배들 쫓아다니긴 해야겠고 하니까."

"진짜요?"

"선배들이 나 진짜 강하게 키웠다고. 봐주는 거 하나도 없었으니까. 덕분에 혼자 다니는 것도 익숙해졌고."

이런 이야기를 누군가에게 한 건 처음이었다. 여상하게 말을 뱉으면서도 여기서 윤에게 이런 얘기를 하고 있다는 게 생경했다. 정언의 말을 듣고 있던 윤이 잠시 뭔가 생각하는 듯 빈 컵을 만지작거리다 정언을 응시했다.

"선배는 왜 그렇게까지 하세요?"

선배는 어떻게 견디는 거예요? 하고 묻던 목소리가 겹쳐졌다. 지금까지는 늘 그게 당연한 곳에 있었고, 누구도 그런 걸 물었던 적이 없었다. 매번 이런 식으로 자신에 대해 뭔가를 끊임없이 묻는 사람이 있다는 건 이상한 기분이었다.

문득 궁금해진 정언은 대답 대신 되물었다.

"김 피디는 뭐 그렇게 남 일에 궁금한 게 많아?"

"남한테는 관심 없어요. 선배니까 궁금한 거지."

입술 끝으로 필터를 물고 까딱이던 정언은 움직임을 멈췄다. 그 대답을 기점으로 고작 몇 초 사이, 갑자기 이 공간이 낯설어졌다.

"왜, 김 피디 나 좋아해?"

이건 뭐지, 하고 자문한 정언은 부러 표정을 감추며 짓궂게 물음을 던졌다. 또 당황한 얼굴을 할 거라고 생각했으나, 의외로 그 말에 윤은 웃었다.

"그러니까 선배 마음에 들려면 어떻게 해야 되냐고 물어봤죠."

그 말은 농담과 진담 사이의 미묘한 경계처럼 느껴졌다. 정언은 잠시 윤을 빤히 쳐다보았다.

누구에게나 쉽게 호감을 사고, 누구에게나 쉽게 다가가고, 누구에게나 쉽게 경계를 넘어가는 사람들. 윤이 그런 부류라는 건 알고 있었다. 그러나 자신이 그 대상이 된다는 건 상상해 본 적이 없는 일이었다.

"그렇게까지 하시는 것도 그냥이에요?"

윤이 다시 물었다. 그냥. 정언은 그 말을 입 안으로 뇌어 보았다. 그런 질문에 그냥, 이라고 대답할 때, 정언은 가끔 아버지의 얼굴을 떠올리곤 했다.

「아빠는 왜 맨날 늦게 들어와? 그렇게 열심히 취재 다니면 뭐하는데?」

어린 정언이 아버지의 허리에 매달려 물을 때면, 아버지는 정언의 머리를 쓰다듬으며 말했다.

「서정언, 사람들은 다 각자의 자리에서 각자의 일을 하는 거야. 이게 아빠 일이야.」

정언은 항상 자신이 하는 일에 대해 이유를 찾으려 하지 않았다. 아버지의 말대로 사람들은 각자의 자리에서 각자의 일을 하는 것이고, 자신의 자리는 여기였다. 누군가 해야 할 일인데 마침 자신이 그 자리에 있을 뿐이었다. 그게 전부였다.

정언은 입에 물고 있던 담배를 종이컵 바닥에 구겨 넣었다.

"난 별 이유 없어. 그냥 하는 거야."

대화가 지나치게 길어졌다고 생각한 건 그때였다. 미묘하게 윤과 있는 이 자리가 불편해졌다. 정언은 재희를 제외하고는 팀의 누구와도 이렇게 사적인 얘기를 오랫동안 한 적이 거의 없었다. 정언은 바로 자리에서 일어났다.

"이제 질문 시간 끝."

"선배."

윤이 무슨 말을 하려는 듯 정언을 불렀다. 그때 타이밍 좋게도 주머니 속에서 핸드폰이 울렸다. 누군지 몰라도 눈치 있네, 하고 속으로 중얼거린 정언은 재빨리 핸드폰을 확인했다.

허중오라는 이름이 눈에 들어왔다. 경기 북부서의 허중오 경감이었다. 정언은 입가에 손가락을 대어 윤의 말을 막으며 바로 전화를 받았다.

"네, 경감님. 서정언입니다."

핸드폰 너머에서 중년 남자의 목소리가 돌아왔다.

『서 피디님, 연락 늦어서 미안합니다. 내가 의정부서에 아는 사람 있어서 일단 자료 좀 보고 싶다고 부탁해 놨어요. 거기 들를 일도 있고 한데, 혹시 내일 저녁에 시간 괜찮으십니까?』

"네, 그럼요."

『그러면 제가 동행해서 자료 볼 수 있게 해 드리겠습니다. 내일 여섯 시 반쯤 의정부서에서 뵙죠.』

"알겠습니다. 감사합니다."

전화를 끊은 정언이 윤에게 말했다.

"내일 저녁에 시간 비워 놔. 의정부로 가야 되니까. 그만 내려가자."

뒤도 돌아보지 않고 먼저 옥상을 나선 정언은 빠른 걸음으로 계단을 내려왔다. 등 뒤에서 자신을 따라오는 윤의 발소리가 들렸다.

담배를 물고 있던 입술에서 희미하게 쓴맛이 입 안으로 번졌다. 그 감각이 곧 아직 혀 위를 맴돌던 믹스커피의 단맛과 뒤섞였다. 모호한 경계의 감각은 미묘하게 신경을 당겼다. 엘리베이터 앞에 선 정언은 관자놀이 부근을 꾹 눌렀다.

"내일 운전은 제가 할게요."

언제 온 건지, 바로 곁에서 윤의 목소리가 떨어졌다. 다정한 말투였다. 이 애는 누구에게나 이런 식으로 말하는 걸까. 정언은 문득 그런 것이 궁금해졌다.

─호의는 호의로 받아 주시면 안 되는 겁니까?

언젠가 윤이 그렇게 물었던 것이 떠올랐다. 호의. 입에 잘 붙지 않는 단어를 소리 없이 뇌어 보며 정언은 대답 대신 앞을 응시했다. 엘리베이터 문에 비친 자신의 얼굴이 낯설었다. 그 얼굴은 담을 무너뜨린 듯 무방비했다. 그것을 깨달은 순간 정언은 바닥으로 시선을 내렸다.

낯선 자신을 목격하는 건, 어쩐지 조금 겁이 났다.

"아니, 취재 동행 얘기는 안 하셨잖아요. 미리 말씀도 없이 이러시면 곤란합니다."

"뭐가 곤란해? 경찰이 좋을 때는 방송 이용하면서, 피디님들이 좀 도와 달라는데 그거 못 해 줘? 다른 방송도 아니고 <비하인드 24>인데 그걸 왜 못 해? 이 형사 뭐 찔리는 거 있어?"

"경감님, 아무리 그래도 이건…… 저희 서 일인데 그러면 피디님이 직접 취재 요청을 하셨어야죠. 왜 경감님 통해서 제가 이런 소리 듣게 하십니까."

"그 뭐 좋은 게 좋은 거라고, 아는 사람 됐다 뭐해. 이 형사도 방송국에 연락할 일 있으면 나 통해서 하면 되지."

경찰서 안에서 중오와 담당 형사인 철우가 가벼운 실랑이를 벌이고 있었다. 윤은 그 뒤에 선 채 어쩔 줄 몰라 하며 정언의 눈치를 슬쩍 보았다.

그러나 자주 있는 일인 듯, 정언은 태평하게 두 사람의 입씨름을 지켜볼 뿐이었다. 마침내 철우가 한숨을 폭 내쉬고는 정언과 윤 쪽으로 슬쩍 시선을 주더니 부루퉁한 표정으로 내뱉었다.

"피디님, 다음부터는 이런 식으로 취재 오시면 진짜 곤란합니다. 정식으로 요청 넣으세요. 저희가 진짜 협조 안 해 드릴까 봐 경감님 동원해서 오신 겁니까?"

"그런 건 아닙니다. 기분 상하셨다면 죄송합니다."

정언이 즉시 고개를 숙여 보였다. 그런 게 아니고 죄송하다는데 상대방 입장에서도 뭐라 더 할 말이 없을 터였다. 철우가 다시 한 번 들으라는 듯 한숨을 쉬고는 따라오라는 손짓을 했다. 지하의 문서보관실 문을 열고 들어간 철우가 라벨을 확인하더니 파일철을 하나 꺼내 왔다.

"지난번에도 말씀드린 것 같은데 뭘 자꾸 알고 싶어 하시는지 모르겠네요. 현장 사진하고, 어제 오전에 부검 결과 나온 거. 저희가 가지고 있는 건 일단 그게 전부입니다."

"촬영 좀 하겠습니다."

정언이 카메라를 들고 있던 윤에게 손짓을 했다. 무심코 가까이 와서 카메라를 들이댄 윤은 다음 순간 저도 모르게 윽, 하며 뒤로 물러났다. 지나치게 적나라한 사진인 탓이었다. 서둘러 시선을 돌렸지만 이미 한 번 강렬하게 맺힌 이미지는 지워지지 않았다. 저도 모르게 욕지기가 치밀어 숨을 들이쉰 윤은 어쩔 줄 몰라 하며 입을 틀어막았다.

생각해 보니 당연한 일이기는 했다. <비하인드 24> 같은 프로그램에서 나가는 시체 사진은 전부 모자이크나 블러 처리가 되어 있었다. 그러나 그 사진들이 처음부터 그렇게 처리돼 있을 리 만무했다.

윤의 얼굴이 창백하게 질린 것을 본 정언이 혀를 차며 윤의 손에서 카메라를 낚아챘다.

"속 안 좋으면 나가 있고."

"아, 아니에요."

더듬거린 윤은 되도록 사진이 안 보이는 위치로 슬쩍 몸을 옮겼다. 정언은 사진을 한 장 한 장 꼼꼼히 넘겨 가며 찍었다. 윤은 속으로 혀를 내둘렀다. 아무리 이 일이 익숙해진다고 해도 매번 저런 사진을 맨눈으로 봐야 한다는 건 어지간한 강심장이 아니고서야 힘들 것 같았다. 철우가 부검 결과서를 파일철에서 빼 올려놓았다.

"국과수에서 자살이 확실하다고 했나요?"

정언이 촬영을 하며 묻자 철우가 고개를 저었다.

"자살이다, 타살이다 이렇게 딱 단정을 지어서 온 건 아니지만 타살로 볼 수 있는 소견이 없어요. 사인은 추락사가 확실하다고 했습니다. 뭐 전신 뼈가 다 골절됐고, 두부 함몰에다가 출혈도 워낙 심했고요."

"추락한 즉시 사망한 겁니까?"

"발견되기까지 서너 시간 정도 걸렸으니 그 사이에 사망했을 거라고 추정한 거죠. 추락하자마자 죽었으면 차라리 다행인데, 거기 높이가 상당하니까……."

철우가 말끝을 흐렸다. 윤은 저도 모르게 목을 움츠렸다. 진송 신도시 현장에서 본 까마득한 철골들이 떠오른 탓이었다. 그런 곳에서 떨어진다는 건 상상도 하기 싫었다. 몇 장 안 되는 서류들까지 전부 찍은 정언이 철우에게 물었다.

"박규형 씨 핸드폰은 조사하고 유가족에게 돌려주신 건가요?"

"애초에 뭐 조사하고 말고 그럴 게 없었어요. 현장에 타살로 의심할 만한 흔적도 없었고요. 병원 옮겨졌을 때 사측에서 나왔는데, 평소에 회사 일로 많이 힘들어했다 그 얘기도 했고."

철우는 메모리카드에 대해서는 까맣게 모르고 있는 듯했다. 잠시 생각하던 정언이 미간을 약간 좁혔다.

"사망 당시에 핸드폰을 지니고 있었는지 확인하셨나요?"

"솔직히 그건 제가 잘 모르겠습니다. 핸드폰은 현장에서 최초 발견자한테 인도받았어요. 별 특별한 게 없길래 유가족이 신원 확인하고, 사망 확인한 뒤에 돌려드렸고요."

"저희가 아내분을 만나서 핸드폰을 확인했거든요. 액정 파손이나 이런 부분은 전혀 없었던 걸로 기억합니다. 만약에 고인이 추락할 때 핸드폰을 가지고 있었다면 그렇게 멀쩡할 리가 없지 않나요? 왜 고인의 핸드폰을 남이 가지고 있던 부분에 대해서는 의심을 안 하셨죠?"

정언이 추궁하듯 묻자 철우가 약간 당황한 듯 머뭇거리다 대답했다.

"방금 말씀드린 것처럼 제가 그건 최초 발견자한테 받은 거고요, 그래서 고인이 사망 당시에 그걸 갖고 계셨느냐, 이 부분은 확인이 안 됐어요."

"최초 발견자라면 조창식 계장님을 말씀하시는 거죠?"

"예, 그날 오전 5시 52분쯤에 119에 먼저 사고 접수가 됐고, 8분 정도 지난 뒤에 112로 다시 전화가 왔죠. 저희가 센터에서 연락을 받고 출동했고요. 서류에 이름하고 신고 접수 시간 다 있을 겁니다."

"아내분께서는 절대 자살이라고 생각 안 하시던데, 회사 동료들에 대해 뭐 조사해 보신 건 없고요?"

철우가 아휴, 하고 이마를 문질렀다. 바로 곁에 중오가 함께 와 있었기에 대놓고 그런 기색을 드러내지는 못했으나, 기분이 상한 티가 역력했다. 그것을 알아차린 윤은 공연히 조마조마해졌다. 잠시 사이를 둔 철우가 팔짱을 끼었다.

"피디님, 그냥 제가 까놓고 얘기하겠습니다. 저희가 한 달에 열 건 이상 자살자 신고를 받고 출동해요. 거의 뭐 이틀에 한 번, 이렇게 나갈 때도 있고요. 그런데 유가족들 열 명 만나 보면 거의 일고여덟 명은 다 자살할 사람 아니다 그 소리를 합니다. 그분들 말 다 믿고 하나하나 수사를 하면 끝이 없어요. 열에 아홉은 실제로 다 자살할 만해서 자살하는 사람들입니다. 그런데 피디님이 계속 저를 뭔가 그렇게, 좀 의심하는 것처럼 얘기를 하시니까."

"형사님, 절대 그런 거 아닙니다. 이해해 주세요. 저희도 직업적으로, 방송에 나가는 거니까 그렇게 하는 부분이 있다는 거 아시잖아요. 저희가 현장에서 얼마나 힘든지 왜 모르겠어요."

정언이 재빨리 상황을 수습하려는 멘트를 던지자, 철우가 조금 누그러진 투로 말을 이었다.

"아신다니까 제가 이렇게 얘기를 하는 거예요. 답답하잖아요. 우리가 보기에는 그럴 수 있다 싶은데, 유가족들은 무조건 아니라고 하니까. 사측에서 보상 의지도 강했고요. 사실 뭐 솔직히 기업에서 먼저 보상해 주겠다고 나오는 경우 없잖아요. 사람이 자살할 만큼 몰렸다 이거 인정하니까 해 준 거 아닙니까. 사실 부검까지 간 것도 아내분 의지가 워낙 확고해서 간 겁니다."

철우의 말에도 일리가 없는 건 아니었다. 그가 진짜 메모리카드의 존재 자체를 모른다면 더더욱 그렇게 생각하는 게 당연했다. 윤은 정언이 혹시 메모리카드에 대해 이야기할까 싶어 슬쩍 눈치를 살폈으나 정언은 우선 그럴 생각이 없는 듯했다.

"부검 결과에 대해 연락은 하셨고요?"

"네, 어제 결과 받고 바로 통화했습니다. 받아들이시는 것 같더라고요."

윤은 문득 희경의 얼굴을 생각했다. 그 지친 얼굴을 떠올리자 속이 뜨끔해졌다. 남편의 죽음을 받아들이겠다고 말했을 때 희경의 심정이 어땠을지 윤은 감히 짐작조차 할 수 없었다. 정언이 일단 한발 물러났다.

"알겠습니다. 그리고 그때 현장 근처에 CCTV 영상 남은 게 전혀 없었다고 하셨죠?"

철우가 고개를 끄덕였다.

"네. 말씀드렸다시피 현장 CCTV가 그날 밤에 작동 안 한 걸 확인했죠."

"그날 밤에만요?"

"그날 오후부터 작동이 안 됐대요. 공사 중에 매설된 CCTV 선을 잘못 건드린 것 같다고 하더라고요. 30일분까지 저장이 된다고 해서 저희가 현장 CCTV 전부 받아서 확인했는데 당시에 사망 현장 방향의 CCTV는 한 대뿐이었습니다. 그게 작동 안 된 거라 오후부터는 자료가 아예 없었던 거고요. 인근에 CCTV가 한 대 더 있긴 한데, 그건 현장 쪽이 잘 안 보이는 위치라."

"그러면 그날 받으신 영상 저희가 다시 확인해 볼 수 있을까요? 전부 다요."

철우가 그 말에 중오의 표정을 힐끔 살폈다. 중오가 대답 대신 턱짓을 했다. 어지간하면 해 드려, 하는 무언의 표시인 듯했다. 철우가 뒷머리를 흩으며 고개를 절레절레 저었다.

"이게 진짜 안 되는 건데…… 피디님, 정말 이러면 안 되는 거 아시죠?"

"당연히 알죠. 저희가 마음이 너무 급해서 경감님 통해서 부탁 드린 거니까 이해 좀 해 주세요. 저희가 여러 가지로 지금 사정이 안 좋아서요."

정언의 말에 멈칫하던 철우가 아아, 하며 손뼉을 딱 쳤다.

"저 뉴스 봤습니다. 김진우 앵커 잘렸다고, 그거 있잖아요. 그거 뭐 어떻게 되는 겁니까?"

"저희도 아직 잘 모르겠어요. 회사 상황이…… 아무튼 CCTV 영상 복사 부탁드릴게요. 제가 외장하드 가져온 거 있거든요."

정언이 말을 얼버무리며 가방에서 외장하드를 꺼내 철우에게 건넸다. 철우가 잠시만 기다려 달라고 말하고는 문서보관실을 나갔다. 가벼운 한숨을 뱉은 정언이 카메라를 끄고 윤에게 돌려주며 서류철을 덮었다.

중오가 걱정스러운 표정을 했다.

"피디님, YBS 내부 사정이 그렇게 안 좋습니까?"

정언이 애써 웃으며 대답했다.

"네. 아무래도 좀 그렇죠. 저희도 이 일 공론화해서 윗선 압박 어떻게든 막아 보려고 하고 있는데 쉽지가 않네요."

"그래도 <비하인드 24>는 못 없애겠죠? 저희도 도움 많이 받았는데."

이사진이 이미 시한부를 선고한 지 오래라는 걸 알 리 없으니 하는 말이었다. 윤은 그 말에 새삼 마음이 무거워졌다. 정언이 아무렇지도 않은 척하는 표정으로 곁에 서 있던 윤의 팔을 툭 쳤다.

"그럼요. 그러니까 신입도 보냈죠."

윤이 얼떨결에 고개를 꾸벅 숙이자 중오가 약간 마음이 놓인 다는 표정으로 대꾸했다.

"그러면 다행이고요. 혹시 뭐 저희 쪽에서 도움 드릴 부분이 있으면 언제든지 얘기해 주십시오. 강 피디님도 잘 지내시죠? 연초에 한 번 안부 전화하신 거 받았는데, 원체 바쁘시니까."

"선배야 뭐 똑같죠. 경감님이 더 정신없으실 텐데 저희 걱정은 하지 마세요."

"괜찮습니다. 뭐 더 필요하신 건 없고요? 국과수 쪽에도 연락 한 번 해 드릴까요?"

"아니에요. 저희 고정으로 나가는 법의학 교수님들 많이 계시 니까요."

"아 참, 그렇죠. 서울대 김정환 교수님은 잘 계시죠? 몇 달 전 에 한 번 뵈었었는데."

"네, 잘 지내세요. 건강하시고."

중오와 정언의 대화는 놀라울 정도로 평화로웠다. 윤은 몇 걸 음 떨어져 선 채 문서보관실 안을 흘끔거렸다. 이런 곳에 들어 와 본 건 처음이었다. 지하실 특유의 옅은 습기와 희미한 곰팡 이 냄새 같은 것, 오래된 종이의 냄새들이 뒤섞인 묘한 냄새가 공기 중을 떠돌았다.

"피디님, 여기 영상 복사본입니다."

그때 다시 돌아온 철우가 정언에게 외장하드를 내밀었다. 정언이 감사합니다, 하며 그것을 받아 들자 철우가 아무래도 마음에 걸린다는 표정으로 물었다.

"자료까지 다 따 가시는 거 보니 방송하시려는 거죠? 이거 무슨 주제로 내보내려고 하시는 겁니까?"

"요즘 사내 왕따 문제나 과로자살에 대한 관심이 높아지는 추세라서요. 저희도 우선 그런 쪽에 중점을 두고 있지만, 저희가 프로그램을 제작할 때 가능한 모든 팩트를 먼저 확인합니다. 아내분께서 또 아직 자살이라는 걸 받아들이지 못하시니까, 방송이 됐을 때 이의 제기가 들어올 수도 있어서요. 철저히 분석을 하고 방송하면 그런 부분에 대해 경찰 입장에서도 방어할 부분이 생기잖아요."

정언은 마치 준비한 것 같은 답변을 돌려주었다. 철우가 예 뭐, 하고 조금 주춤하는 투로 고개를 끄덕였다. 정언은 중오를 돌아보았다.

"필요한 자료는 다 본 것 같으니 그만 가실까요?"

"그러죠."

"형사님, 오늘 정말 감사합니다. 혹시 더 필요한 부분이 있다면 그때는 제가 정식으로 공문 넣겠습니다."

철우에게도 인사를 잊지 않은 정언이 윤에게 나가자는 눈짓을 했다. 경찰서 입구로 나오자 중오가 정언에게 악수를 청하고는 말했다.

"저는 여기서 볼일이 좀 있어서요. 저녁이라도 대접할까 했는데 다음에 하지요."

"식사는 제가 대접하겠습니다. 또 연락드릴게요."

중오가 손을 흔들며 다시 경찰서 건물 안으로 사라졌다.

정언이 가방을 고쳐 메고는 주차장에 세워 둔 차로 향했다. 운전석에 탄 윤은 시동을 걸려다 말고 조수석에 앉은 정언 쪽으로 고개를 돌렸다.

"선배, 죄송해요."

"뭐가."

"아까 사진……."

윤은 말끝을 조금 흐렸다. 물론 보통 사람들은 평생 가야 한 번 볼 일도 없을 끔찍한 사진이기는 했다. 그러나 명색이 피디인데 하마터면 경찰서 바닥에 토할 뻔했다는 걸 상상만 해도 낯이 뜨거웠다.

솔직히 말하자면 정언이 실망했을까 싶어 초조해진 것도 없지 않았다. 집에 가서 공포 영화라도 섭렵해야 할까 심각하게 생각하자 약간 울적해졌다. 그게 얼굴에서 티가 났는지, 조수석에 앉은 정언이 툭 뱉었다.

"처음엔 다 그래."

"선배도 그러셨어요?"

저도 모르게 물은 윤은 아차 싶어 입을 다물었다. 정언이 팔짱을 끼었다.

"나 재미없는 사람이야. 관심 그만 가져."

"저한테는 재밌는데요."

윤은 대답한 즉시 후회했다. 농담처럼 던진 말의 외피는 얄팍했다. 일생 거짓말 한 번 안 하고 사는 타입은 아니었지만, 드러나려는 진심을 감추는 건 어색했다. 정언이 하나도 안 웃긴다는 표정으로 웃었다.

"그 정도면 세상에 안 재밌는 게 별로 없겠네. 그래서 맨날 그렇게 쪼개고 다녀?"

"아니, 그건⋯⋯."

선배니까, 하고 항변하기도 전에 정언이 윤의 팔을 툭 쳤다.

"됐고, 운전해. 가서 CCTV 영상도 돌려 봐야 되니까."

다시 또 잘 보이지도 않는 영상을 눈알 빠지게 돌려 볼 생각을 하니 한숨이 저절로 나왔다. 네에, 하고 풀이 죽어 대답한 윤은 시동을 걸었다. 막 경찰서 주차장을 빠져나오는 동안 메시지가 왔는지 핸드폰을 보고 있던 정언이 가방에서 다이어리와 펜을 꺼내서는 누군가에게 전화를 걸었다.

"아, 네. 안녕하세요. <비하인드 24> 제작진입니다. 네, 저는 서정언 피디라고 하고요. 제보 주신 건 때문에 연락 드렸는데, 지금 통화 괜찮으세요? 네. 혹시 괜찮으시면 저희가 직접 뵙고 얘기를 좀 했으면 하는데, 아, 그건 부담스러우시고요? 알겠습니다. 그러면 제가 몇 가지만 여쭤볼게요. 그날 저녁에 박규형 씨를 보셨다고 했는데, 그분이 박규형 씨인 건 어떻게 아셨어요? 네, 네. 아, 네. 그날 뭐 사갔는지도 혹시 기억하세요? 네, 아, 평소에. 보통 문 닫는 시간이 언제쯤이죠? 여덟 시, 아홉 시 전에요."

아마 민혜가 말했던 편의점 아르바이트생인 듯했다. 윤은 신호에 잠시 걸린 사이 통화를 하며 정신없이 메모하는 정언 쪽으로 슬쩍 시선을 주었다.

흘러내리는 머리칼을 반대편 손으로 쓸어 넘기며, 다른 한 손은 다이어리 위에서 분주하게 움직이는 얼굴은 언제나처럼 서늘했다. 그 옆모습에 잠시 멍하니 눈을 붙들렸던 윤은 뒤에 선 차의 경적 소리에 퍼뜩 정신을 차렸다.

황급히 다시 출발한 윤은 숨을 들이쉬었다. 그사이 짧은 통화를 마친 정언이 종료 버튼을 눌렀다. 무슨 생각을 하는지 펼쳐놓은 다이어리를 응시하던 정언은 한동안 말이 없다가 갑자기 윤을 불렀다.

"김 피디."

"네?"

속내를 들킨 것 같아 화들짝 놀란 윤은 움찔하며 대답했다. 정언이 앞을 보며 말했다.

"아까 일은 내가 배려 없었어. 익숙하지 않은 사람한테는 힘든 거 맞으니까 신경 쓰지 마."

나지막한 목소리였다. 사진 이야기라는 걸 깨닫기까지는 1, 2초 정도의 시간이 필요했다. 윤이 순간적으로 대답할 말을 찾지 못하고 머뭇거리는 사이 정언이 한마디를 덧붙였다.

"그리고 나도 처음엔 그랬어."

정언답게 그리 다정한 말투는 아니었으나, 심장이 순간 덜컥 움직였다. 아까 처음엔 다 그래, 하고 무심하게 내뱉은 후로 정언이 그 일을 계속 생각하고 있다고는 짐작조차 하지 못한 까닭이었다. 갑자기 귀 끝이 뜨거워졌다.

문득 윤은 이전 언젠가 태훈이 했던 말을 떠올렸다. 서정언 밑에서 세 달 버틴 부사수가 딱 두 명이라던데. 물론 정언이 자신에게 다정하거나 상냥한 사수는 아니었다. 그럼에도 윤은 자신이 이런 순간에 이끌린다는 것을 깨달았다.

정언이 자신을 '배려한다'고 느낄 때, 혹은…… 조금 더 가까이 다가가려 한다는 걸 알면서도, '밀어내지 않는다'고 느낄 때. 그간 정언을 거쳐 갔던 많은 피디들이 모두 이런 감정을 느꼈으리라고는 생각되지 않았다.

윤은 대답 대신 액셀을 밟았다. 이미 푸른 어둠이 내려앉은 도로 위로 헤드라이트의 빛이 튀어 올랐다. 이런 건 위험했다. 빠졌다고 생각하는 순간, 그 감정에 가속도가 붙는 건 대개 순식간이었다.

멈추지 못하게 될 것 같았다.

10

숙직실의 출력 낮은 드라이어는 짧은 단발을 말리는 데도 상당한 인내심을 요구했다. 머리 중간부터는 아직 십 분은 더 말려야 할 것 같았으나, 정언의 인내심은 이미 바닥이었다.

정언은 다시 한 번 수건으로 머리의 물기를 털어 내고는 사무실로 돌아와 앉았다. 새벽 네 시가 조금 안 된 시간이었다. 모니터에는 두 시간 전에 보던 CCTV 영상이 아직 띄워진 채였다. CCTV 영상만 붙들고 있는 것이 며칠이었는지 기억도 나지 않았다.

"숙직실 갔다 오셨어요? 더 주무시지."

곁에서 윤이 잠긴 목소리로 말을 걸었다. 그 바람에 깜짝 놀란 정언은 윤 쪽을 돌아보았다. 아까 도저히 안 되겠다 싶어 잠깐만 눈을 붙여야겠다 생각하며 내려가기 전, 윤이 편집실 소파에 정신을 잃다시피 쓰러져 잠든 걸 보았던 것이다.

어지간히 피곤했나 싶어 좀 미안하고 안쓰러운 마음에 담요를 덮어 주고 갔는데, 그새 또 일어나서 일을 하고 있었던 듯했다.

"김 피디나 더 자지 왜 일어났어?"

윤이 하품을 하며 대답했다.

"지혁이가 퇴근한대서 깼어요."

"피곤하면 눈 좀 더 붙여."

"괜찮아요."

파티션 너머로 윤의 목소리가 돌아왔다. 무심코 시선을 내리자, 윤의 의자 옆 쓰레기통 안이 가지각색의 커피믹스 봉투로 채워진 것이 눈에 들어왔다. 아예 커피로 혈관을 채우다시피 하는 모양이었다.

물론 다른 사람들이라고 딱히 상황이 다를 것은 없었다. 그러나 <오늘의 요리>에서는 이런 꼴 당할 일 없었겠지 생각하니 절로 한숨이 나왔다. 정언은 고개를 흔들며 다시 마우스를 움직여 영상을 재생시켰다.

현장의 CCTV 영상에는 철우의 말대로 그리 특별한 것이 없었다. 자재를 실은 대형 화물차들이 쉴 새 없이 들락거렸고, 작업이 끝나는 야간에는 개미새끼 한 마리도 보이지 않을 정도로 고요했다. 매일 거의 똑같은 영상이라, 자주 드나드는 차들은 아예 번호까지 외워질 정도였다.

8배속으로 재생되던 영상이 끝나자 정언은 다음 파일을 찾아 틀었다. 현장 사무실 방향의 CCTV였다. 게이트부터 현장 사무실이 있는 가건물과 앞 주차장이 촬영되는 각도였다. 턱을 받치고 거의 기계적으로 영상 몇 개를 연속으로 돌려 보던 정언은 문득 손을 멈췄다.

배속을 낮춘 정언은 다시 한 번 방금 본 장면을 되돌려 일시 정지를 하고는 모니터로 눈을 가까이 가져갔다. 정언의 눈에 띈 것은 검은색 경승합차였다.

정언은 화면을 확대해 희미하게 나온 번호판의 숫자를 적었다. 79조 59……. 뒷자리는 확실히 보이지 않았다. 정언은 방금 보던 파일을 그대로 두고 다른 파일을 계속 켜서 돌리며 같은 차량을 찾기 시작했다.

열댓 개의 파일을 확인하는 사이, 그 차가 거의 매일 비슷한 시간에 게이트를 통과하는 것을 금방 발견할 수 있었다. 눈가를 찌푸리며 정지된 화면을 뚫어지게 보던 정언은 윤에게 물었다.

"김 피디, 혹시 블랙박스 본 것 중에 게이트 쪽이나 사무실 주차장 쪽 찍힌 파일 있었는지 기억나?"

윤이 자세를 고쳐 앉더니 잠시 사이를 두고 대답했다.

"있었던 것 같은데요. 안쪽은 아니고, 게이트 들어가는 방향에 주차됐던 차 블랙박스 있었어요."

"그거 뭐였는지 좀 찾아봐."

"왜요? 뭐 있어요?"

윤이 이쪽으로 몸을 내밀었다. 정언은 모니터 위에 떠 있는 블랙박스 화면 위의 검은색 승합차에 마우스로 원을 그렸다.

"이 차가 거의 매일 드나드는데 이상하네."

"출근 차량 아니에요? 아니면 본사 쪽 차량이거나."

"아니야. 출근 시간 지나서 들어오는 차야."

정언의 말에 윤이 눈을 동그랗게 뜨며 의자를 끌어당겨 좀 더 가까이서 모니터를 보았다.

"출근 차량도 아니고 본사 차량도 아니면 뭐죠? 서온건설 로고도 안 보이고."

"그러니까. 그리고 보통 이런 소형은 검은색 잘 안 뽑잖아. 블랙박스 영상 다시 확인해 봐. 번호판 더 선명하게 찍힌 거 있는지. 안 보이는 쪽에 로고 있을 수도 있으니까."

윤이 바로 자기 자리로 돌아가 몇 번 마우스를 딸깍이더니 정언을 불렀다.

"선배, 이거예요."

정언은 자리에서 일어나 윤의 등 뒤에서 영상을 보았다. 한 부동산 중개업자가 보낸 영상이었다. 어차피 아직 차량 통행이 없어 단속도 없는 지역이라, 그냥 게이트 부근 도로에 주차해 둔 차에서 찍힌 것이었다.

"이거 한 열 시씀으로 돌려 볼래?"

윤이 아래의 재생 바를 마우스로 끌어 영상을 앞으로 돌렸다. 배속을 올려 영상을 재생시키던 윤이 영상을 멈췄다. 게이트로 들어가는 검은색 승합차가 선명하게 찍혀 있었다.

정언은 윤의 파티션에 붙어 있던 포스트잇 한 장을 떼어 재빨리 차번호를 메모했다. 그사이 화면을 유심히 보던 윤이 어, 하며 손가락으로 한 곳을 가리켰다.

"뒤쪽 창에 뭐라고 붙여 놓은 거 같지 않아요?"

"무슨 글자야?"

정언은 몸을 앞으로 조금 더 숙였다. 피곤한 탓에 평소보다 눈이 침침해 잘 보이지 않았다. 윤도 사정은 마찬가지인 듯했다. 휠을 돌려 화면을 최대치까지 확대한 윤이 모니터 위를 손끝으로 더듬으며 한 글자 한 글자씩 읽었다.

"경일…… 경일용역? 경일용역이라고 쓴 것 같은데요."

경일용역. 낯선 이름이었다. 정언은 그 이름을 입 안으로 다시 한 번 되뇌어 보고는 방금 메모한 번호 아래 경일용역이라는 이름을 덧붙여 적었다. 윤이 바로 인터넷 창을 켜 구글에 '경일용역'이라고 검색하더니 고개를 갸웃했다.

"의정부 쪽에 경일용역이라는 회사가 있긴 해요."

지도의 의정부 위에 빨간 점 하나가 찍혀 있었다. 그 아래는 간단한 소개글이 적혀 있었다. 경일용역, 리뷰 없음, 인력 용역 업체, 031-833-XXXX. 언뜻 보기에는 평범하기 짝이 없었다. 정언은 잠시 그 글자들을 뚫어지게 보았다. 윤이 물었다.

"인력업체면 일용직 조달하는 업체 아닐까요?"

"그런 업체면 더 큰 차 쓸 거야. 이거 7인승 정도로밖에 안 보이는데, 그러면 성인 남자들은 일곱 명 꽉 채워서 못 타. 그리고 그런 거면 새벽에 들어오겠지. 어떤 공사판에서 이 시간에 인부들을 보내?"

말하는 동안 잠은 완전히 달아났다. 정언은 화면을 응시했다. 왜 유독 이 차가 마음에 걸리는지 알 수 없었다. 그러나 경험상 이런 직감은 대개 맞기 마련이었다. 경일용역, 경일용역, 하고 입 안으로 중얼거리던 정언은 미간을 문질렀다.

"박규형 씨 사망한 날도 이 차 들어와 있었어. 그날만 그런 게 아니라 거의 매일. 이 차 정체가 뭐지?"

"어, 잠깐만요."

윤이 무언가 생각난 듯 갑자기 자기 컴퓨터의 폴더를 열었다. 원본 영상 소스를 저장하는 폴더를 뒤지던 윤이 파일 하나를 찾아 틀었다. 진송신도시에 갔던 날, 공사장 게이트 안으로 들어가서 딴 스케치 영상이었다. 1분도 채 되지 않을 듯한 영상을 재생한 윤이 거의 마지막 부분까지 영상을 돌려 정언에게 모니터를 가리켰다.

"주차장에 있는 거 그 차 아니에요?"

윤이 영상을 크게 확대했다. 주차장에 서 있는 검은색 승합차가 눈에 확 들어왔다. 경일용역. 고딕체로 또렷하게 붙은 이름이 선명했다.

그제야 사무실에서 나가던 길에 몇 대의 중형차 옆에 서 있던 검은색 승합차가 떠올랐다. 분명히 그때 본 기억이 있었다.

"맞아. 그러면 우리가 간 날도 이 차가 있었던 거네. 기억력 좋다, 김 피디."

칭찬하는 말에 대답 대신 윤이 씩 웃었다. 그때 정언의 책상 위에 놓인 핸드폰에서 메시지 알림음이 연달아 울렸다. 이 새벽에 안 자고 메시지를 보내는 정신 나간 사람이 누군지 보지 않아도 대강 짐작이 갔다.

"송 작가님 아직도 안 자나 보네."

중얼거린 정언은 책상 위의 핸드폰을 집어 들었다. 아니나 다를까, 민혜가 보낸 메시지가 연속으로 들어와 있었다.

― 통화녹음 파일 속성 보고 날짜 확인해서 다이어리하고 맞춰 봤는데 출장 적힌 날짜랑 일치

― 출장 다닌 지역은 주로 서울 강남, 한교신도시, 을정신도시, 애포신도시. 각 지역마다 특산물은 정해져 있었어

― 서울은 흑산도 미역, 한교는 예산 사과, 을정은 영주 인삼, 애포는 성주 참외

― 아무래도 뇌물 느낌. 박스 수는 매번 달라지는데 액수하고 관련 있는 듯. 서울, 한교, 을정, 애포에 뭐가 있는지 알아봐야 할 것 같아

― 메모리카드 파일은 업체 수소문 중

― 아 참, 이희경 씨한테 팩스로 통화 목록 받았는데 찍어서

보냄

마지막 메시지는 폰 카메라로 찍은 통화 목록이었다. 이미 시간대를 다 대조했는지, 몇몇 번호에 형광펜으로 표시가 되어 있었다. 이마를 짚은 정언은 민혜에게 전화를 걸었다. 신호가 두 번 가기도 전에 전화를 받은 민혜가 작은 목소리로 대뜸 정언에게 야단을 쳤다.

『왜 잠도 안 자고 전화질이야!』

속삭이는 목소리로 야단치는 걸 듣자니 좀 새로웠다. 남편이나 애가 깰까 봐 그런 모양이었다. 정언은 한숨을 뱉으며 대꾸했다.

"사돈 남 말 하지 마요. 유부녀가 이 시간에 잠을 안 자고 일하면 어떡해? 그리고 안 잘 거 알고 카톡 보낸 거 아니에요?"

『깨면 보라고 보낸 거지! 정언, 그러다 진짜 죽어 너. 설마 김 피디도 퇴근 안 했니? 둘이 잠도 안 자?』

자신의 잔소리를 듣는 재희의 기분도 이럴 거라는 건 충분히 예상할 수 있었다. 정언은 가벼운 한숨을 쉬었다.

"지금 잠이 문제가 아니고…… 아니다, 이거 출근하면 얘기해요. 작가님, 제발 잠 좀 자요. 나 그러다 진짜 작가님 남편이 애 업고 여기 쫓아올까 봐 무서워 죽겠으니까."

『왜, 왜. 뭐 있어? 뭐 찾았어?』

"출근하면 얘기해 줄게요. 메시지 보낸 건 확인했어요. 얼른 자요, 제발."

『나도 졸려 죽겠어. 아 참, 최변한테 얘기 들은 거 있는데…… 어머, 애 운다.』

애가 칭얼거리는 소리가 전화 너머로 넘어왔다. 이따가 봐, 하고 황급히 속삭이는 목소리와 함께 전화가 끊어졌다. 워킹맘의 비애로군, 속으로 생각한 정언이 자리에 풀썩 앉으며 고개를 젖히자 윤이 물었다.

"송 작가님이에요? 왜요?"

"통화 목록 대조해서 번호 뽑았고, 전화 온 날짜랑 다이어리에 출장 간 날짜가 일치한대. 서울, 한교, 을정, 애포로 출장 다녔고, 각 지역마다 다른 특산물 지정해서 매번 몇 박스라고 얘기했나 봐. 작가님은 뇌물 전달하는 암호라고 보는 것 같은데."

방금 온 민혜의 메시지 내용을 밀해 주자 윤이 볼펜 끝으로 입술 위를 지그시 누르며 중얼거렸다.

"서울, 한교, 을정, 애포?"

딱히 공통점이 생각나지 않는 곳들이었다. 윤이 메모지 위에 서울, 한교, 을정, 애포라고 적어 동그라미를 쳤다. 한참이나 종이가 뚫어질 정도로 원을 그리는 윤을 보고 있던 정언은 코끝으로 웃었다.

"그러면 뭐가 생각이 나?"

"혹시나 그럴까 싶어서요."

"잠을 안 자니까 머리가 안 돌아가지."

아, 하고 얼빠진 소리를 낸 윤이 책상 위에 이마를 두어 번 콩콩 박았다. 머리가 안 돌아가기는 정언도 마찬가지였다. 정언은 천장을 보며 혼잣말처럼 머릿속에 산발적으로 떠오르는 낱말들을 중얼거렸다.

"서온건설, 서울, 한교, 을정, 애포, 엄대진, 출장, 경일용역."

아무 관계도 없어 보이는 모든 요소의 귀결점은 하나였다. 박규형. 규형과 이 요소들을 어떻게 묶을 수 있을지가 가장 중요한 부분이었다. 정언은 멍하니 천장의 무늬를 세며 같은 낱말들을 머릿속으로 반복해 떠올렸다.

"서온건설 하니까 한교, 을정, 애포는 다 신도시 지역이긴 하네요. 혹시 이거랑 관계있나?"

한동안 그러고 있던 정언은 윤의 목소리에 젖히고 있던 고개를 제자리로 돌려놓으며 흠, 하고 턱을 만지작거렸다.

"그럴 수도 있긴 한데, 확신은 못 하겠네. 대형 건설사가 신도시에 아파트 건축하는 건 당연한 거라, 그렇게 따지면 거기 다 들어간 건설사 열 군데는 추릴 수 있을걸."

"엄대진이랑 뇌물 얘기는 왜 나온 거예요?"

"특산물을 몇 박스씩 지정된 장소에 계속 보내는 거니까. 이게 설령 암호가 아니라 진짜 특산물이라고 하더라도 회사원이 그걸 가지고 출장을 다닌다는 건 결국 회사 지시라는 뜻이고, 어디에 전달하든 뇌물 혐의로 생각할 여지가 있지. 건설사 뇌물이라고 하면 정계 커넥션일 가능성이 높은데, 서온건설하고 관련 있는 정치인 하면 엄대진이고……."

정언은 갑자기 말을 멈췄다. 불현듯 어떤 생각이 뇌리를 스친 탓이었다. 바로 자세를 고쳐 앉은 정언은 인터넷 창을 켜고 경기도 지역구 의원 명단을 검색했다. 이쪽으로 몸을 기울이고 있던 윤이 곧 어어, 하며 검색 화면을 가리켰다.

"여기 전부 한국선진당 지역구네요. 한교는 민병수, 을정은 신차훈, 애포는 고규덕."

정언은 펜 끝으로 모니터 위를 톡톡 치며 고개를 비스듬히 기울였다.

"저번 총선에서 한선당 수도권 의석 거의 다 날렸어. 그런데

313

박규형 씨가 출장 간 데가 다 그 몇 안 남은 한선당 지역구인 건 이상하네. 그리고 민병수, 신차훈, 고규덕 전부 다 엄대진계 의원으로 알려진 사람들이야. 우연이 이렇게 연속되면 사람이 오해를 안 할 수가 없는데."

정언의 이야기를 주의 깊게 듣고 있던 윤이 눈썹을 긁적였다.

"그럼 엄대진계 의원들끼리 무슨 네트워크가 있고, 박규형 씨가 그 사이에서 전달자 역할을 한 건 아닐까요?"

"지시 내린 번호가 나와 있으니까 누구 번호인지 파악하면 그림이 제대로 나오겠지. 그 문서 파일만 열리면 더 확실해질 것 같은데."

정언이 아쉽다는 표정을 하자 윤이 물었다.

"안 열린대요?"

"송 작가님이 일단 업체에 맡겨 보는 게 어떻겠냐고 하는데 모르겠네."

"보통 사람들이 암호는 자기한테 익숙한 걸 쓰는데……."

윤이 말끝을 흐렸다. 그러나 이미 죽은 사람이 평소에 자주 사용하던 암호가 뭔지 알아낼 방법은 당장 요원한 게 사실이었다.

잠시 생각에 잠겨 있던 윤이 한쪽 눈가를 찡그렸다.

"아, 그러면 경일용역은 또 뭐죠? 의정부에 있는 용역 회사랑은 무슨 관계지?"

"그러게."

약한 두통이 시작된 탓에 건성으로 대꾸한 정언은 벽에 걸린 시계로 다시 눈을 돌렸다. 시계바늘이 다섯 시 반을 막 지나는 참이었다. 새까맣게 내려앉았던 어둠이 한 겹 걷혀, 창밖에는 푸르스름하게 물든 어둠이 깔려 있었다.

더 생각하고 싶었지만 이미 머리에는 과부하가 걸린 상태였다. 관자놀이 부근을 문지르던 정언은 윤에게 시선을 주었다. 윤이 충혈된 눈가를 손등으로 비비다 눈을 깜박였다. 정언은 혀를 찼다.

"숙직실 가서 한숨 자고 와. 김 피디 얼굴 말이 아냐."

"선배는요?"

"난 자고 왔는데 뭐. 편의점 가서 커피 한잔해야겠다."

정언이 자리에서 일어나자 윤이 얼른 따라 몸을 일으켰다. 정언은 윤의 발치에 놓인 쓰레기통을 턱짓으로 가리켰다.

"커피 마시게? 벌써 많이 마셨던데 그냥 가서 한숨 자지, 왜."

"카페인 중독인가 봐요. 서너 시간만 안 마셔도 손 떨려서요."

윤이 커피믹스 봉투로 가득한 쓰레기통을 슬쩍 보고는 멋쩍게 웃었다. 멀쩡하던 사람을 카페인 중독자로 만든 것 같아 약간의 죄책감이 밀려들었다. 정언은 마지못해 윤에게 고개를 까딱이고는 사무실을 나섰다.

엘리베이터를 타고 내려와 텅 빈 로비를 지나자, 새벽의 차고 무거운 공기가 순식간에 휘감겼다. 방송국 앞의 거리는 간간이 지나치는 자동차 외에는 쥐 죽은 듯 고요했다.

저만치에 불을 환하게 밝힌 24시간 편의점의 간판이 보였다. 블루종 주머니에 손을 찔러 넣고 고개를 약간 숙인 채 걷던 윤이 작게 하품을 하는 것이 눈에 들어왔다.

"피곤해?"

별생각 없이 묻자 윤이 하품을 하다 말고 당황한 듯 입을 다물었다. 아뇨, 하고 대답할 게 뻔해 정언은 피식 웃었다.

"아니라고 대답해 봤자 내가 솔직히 말하라고 하면 그렇다고 할 거 아냐."

"……네."

"그런데 왜 매번 그러는 건데?"

"선배 마음에 좀 들어 보려는 자동반사적 행위 아닐까요?"

잠기운이 느껴지는 목소리였으나 은근히 웃음기가 묻어 있어, 정언은 대답 대신 윤을 쳐다보았다. 웃는 얼굴로 정언을 내려다 보던 윤이 눈이 마주치자 아닌 척 시선을 피했다. 정언은 농담 반, 진담 반으로 대답했다.

"노력은 가상하네."

"그 정도면 마음에 안 드는 놈보다는 되게 진일보한 거 같은 데요."

편의점 문을 열려던 정언은 그 말에 멈칫했다. 속을 들킨 것 같아서였다. 그 표정을 읽었는지, 윤이 먼저 문을 열며 말했다.

"처음에 저 마음에 안 들어 하신 거 바보 아니면 다 알죠."

그렇게까지 티가 났나 싶어 속이 뜨끔했다. 등을 살짝 미는 윤 의 손길에 정언은 얼결에 안으로 들어섰다. 윤이 냉장고 앞에서 눈으로 진열대를 천천히 훑다가 말을 이었다.

"지금은 선배가 저 좀 귀여워하시는 거 같기도 하고."

"누가 뭘 해?"

귀를 의심하며 되묻자 윤이 대답 대신 냉장고를 열어 차가운 커피 두 병을 꺼냈다. 정언이 뭐라고 말하기도 전에 카운터에서 계산을 한 윤이 아예 뚜껑까지 따서는 정언에게 먼저 한 병을 내밀었다.

"요 앞에 잠깐 앉아서 마시고 가요. 나오니까 진짜 졸리려고 그래서요."

씩 웃는 얼굴에 정언은 대답할 말을 찾지 못하고 잠시 윤을 빤히 쳐다보았다. 정언의 등을 감싸듯 끌어 편의점을 나선 윤이 근처 화단 앞의 벤치에 먼저 앉았다. 정언이 그 곁에 앉자 다시 한 번 작게 하품을 한 윤은 커피를 한 모금 마시며 몸을 앞으로 숙였다.

정언은 벤치에 등을 기대고 윤의 동그란 뒤통수를 보았다. 지금은 선배가 저 좀 귀여워하시는 거 같기도 하고, 라고 말하던 목소리가 되살아났다. 어이가 없어 픽 웃는 소리가 새었다. 서정언이 후배를 귀여워한다니, 팀원들이 들었다면 당장 사무실이 뒤집힐 소리였다. 그 근거 없는 자신감의 원천이 궁금했다.

김 피디, 하고 부르려던 정언은 다음 순간 그 동그란 뒤통수가 앞으로 폭 숙여지는 것을 보았다. 놀란 정언은 저도 모르게 몸을 내밀었다. 윤의 고개가 다시 한 번 조금 더 꾸벅 기울어졌다. 앉은 채로 잠이 든 모양이었다.

이럴 거면 따라오지 말고 숙직실 가지, 하고 속으로 혀를 찬 정언은 무릎 위에 손을 깍지 끼었다. 등을 숙이자 꾸벅꾸벅 졸고 있는 윤의 옆모습이 눈에 들어왔다.

아까 소파에서 그대로 잠들었다가 정리하지 못한 탓인지, 뒤통수에 부스스하게 뜬 머리칼 사이사이로 가로등 불빛이 스며들어 산란했다. 앞머리가 부드럽게 내려와 그린 듯한 이마와 콧대 사이가 슬쩍 덮인 채였다.

어두운 거리에서 명암이 강하게 진 그 흰 얼굴은 어쩐지 현실감이 없었다. 정언은 한동안 윤을 가만히 지켜보았다. 얼마나 지났을까, 이슬이 옅게 맺히기 시작한 커피 병이 윤의 긴 손가락 사이에서 미끄러졌다.

정언은 병이 떨어지기 전에 서둘러 윤의 손을 감싸 잡았다. 차가운 손끝이 손안에서 약간 움찔하더니 곧 윤의 고개가 옆으로 떨어졌다. 멈칫한 정언은 어깨를 조금 낮추어 윤을 기대게 했다.

그러자 익숙한 향의 입자가 옅게 스쳤다. 윤의 차에서 이런 향을 맡아 본 것 같기도 했다. 섬유유연제 향일까. 정언은 피곤한 머릿속으로 문득 그런 것을 생각했다.

어깨로 실려 오는 무게감이 낯설었다. 귀를 기울이지 않으면 거의 들리지도 않을 만큼 작은 숨소리가 가까이서 떠돌았다. 불현듯 정인은 윤과 이렇게 가까이 있어 본 적이 처음이라는 걸 깨달았다.

마주 닿은 어깨에서부터 희미하게 윤의 체온이 조금씩 스며들었다. 정언은 텅 빈 거리로 눈을 주었다. 벤치에 나란히 앉은 그림자가 길었다.

"이것만 다 마시고 들어가야겠다."

들을 사람 없는 혼잣말을 중얼거린 정언은 손에 든 커피를 한 모금 마셨다. 성에 차지 않는 연한 커피였으나, 마치 에스프레소 더블 샷을 한 입에 털어 넣은 듯 심장이 조금씩 빨라졌다.

귀여워한다고?

다시 한 번 그 말을 떠올린 정언은 어깨에 기대 잠든 윤을 내려다보았다.

딱히 부정할 마음이 생기지 않았다.

윤은 퍼뜩 눈을 떴다. 하얀 벽이 시야를 가득 채웠다. 여기가 어디지, 하고 잠시 멍하니 있던 윤은 다음 순간 튕겨 오르듯 몸을 일으켰다. 텅 빈 숙직실 안에 있는 것은 자신뿐이었다.

윤은 황급히 몸을 더듬었다. 점퍼 주머니에 들어 있던 핸드폰을 꺼내 확인하니 다행히 막 아침 여덟 시가 넘은 뒤였다. 새벽에 정언과 함께 편의점에 갔던 것까지는 생각이 나는데, 그다음의 기억은 거의 존재하지 않았다. 마치 필름이 끊긴 것 같았다. 술 한 방울 안 마시고 이럴 일인가 싶어 기가 찼다.

얼굴을 두어 번 문지른 윤은 그제야 자신의 상태를 다시 한번 확인했다. 사무실에서 입은 착장 그대로 단추 하나도 안 풀린 걸 보니, 정말 숙직실에 들어오자마자 거의 정신을 잃듯 잠든 모양이었다. 거의 반쯤 자면서 걸어온 듯했다.

서둘러 샤워실로 튀어 간 윤은 머리를 감다 말고 거울을 보았다. 설마 잠에 취해 정언에게 또 뭔가 민폐를 끼친 게 아닐까 하는 데 생각이 미쳤다.

으윽, 하고 감던 머리를 쥐어뜯은 순간 엉뚱하게 튀어나온 건 전혀 다른 기억이었다. 지금은 선배가 저 좀 귀여워하시는 거 같기도 하고. 그렇게 말한 것이 떠오르자마자 윤은 거울에 머리를 박았다.

이런 헛소리를 하느니 차라리 민폐를 끼친 쪽이 낫지 않았을까. 아니, 헛소리 쪽이 그나마 나은 건가…… 아무리 생각해도 우열을 가릴 수가 없었다.

정언의 태도가 확실히 처음보다 부드러워졌다고 느낀 건 사실이었다. 하지만 대놓고 본심이 튀어나온 건 스스로 생각해도 좀 부끄럽기는 했다. 그때 정언의 얼굴이 어땠는지 기억이라도 난다면 다행일 텐데, 기억이 나질 않았다.

보는 사람도 없는데 창피해서 죄 없는 거울만 팡팡 친 윤은 서둘러 씻고 샤워실을 나섰다. 대강 옷을 주워 입은 뒤 젖은 머리를 대충 털어 말리고 나온 윤은 세면대를 지나치려다 걸음을 멈췄다.

세면대 앞에서 이를 닦는 얼굴이 낯익어서였다. 재희였다. 입에 칫솔을 물고 있던 재희가 거울에 비친 윤을 알아보고는 한쪽 손을 흔들었다. 윤은 고개를 꾸벅 숙이고는 물었다.

"지금 출근하신 거예요?"

재희가 입 안에 가득 찬 치약 거품을 뱉고는 입 안을 헹구더니 윤에게 물었다.

"새벽에도 취했었나?"

"네?"

"숙직실에서 나 보고 인사했잖아. 자는데 새벽에 들어와서 쓰러지길래 깜짝 놀랐는데."

눈을 동그랗게 뜬 윤은 다음 순간 속으로 또 머리를 쥐어뜯고 싶은 내적 갈등에 시달려야 했다. 숙직실에 재희가 있었다는 건 정말 하나도 기억이 나지 않았다. 너무 졸려서 뵈는 게 전혀 없었던 듯했다. 그 와중에 인사는 했다니, 그나마 다행이었다.

"그, 저, 취한 건 아니었고요. 정말입니다."

윤이 아주 어색한 얼굴로 웃으며 뒷걸음질을 치자, 재희가 세면대 옆에 벗어 놓았던 안경을 쓰고는 윤을 돌아보았다.

"아, 그래? 서 피디가 숙직실에 던져 놓고 가길래 취했나 했지."

"선배가요?"

저도 모르게 목소리가 커지며 되묻자 재희가 대답 대신 씩 웃었다. 정말 머릿속이 새하얘진 윤은 그 자리에 선 채 새벽의 기억을 천천히 복기했다. 편의점을 나와서, 벤치에 앉아 커피를 조금 마셨고…… 그리고 아마 그대로 깜빡 잠들었던 게 분명했다.

솔직히 말하자면 이미 반쯤 잠든 상태였는데도 정언이 커피를 사러 간다기에 따라갔던 것이다. 잠시 멍하니 서 있던 윤의 머릿속에서 어딘가에 기대 잠들었던 기억이 퍼뜩 스쳤다.

정언이다.

꿈인지 현실인지 정확하지는 않으나, 그게 현실이라면 당연히 자신이 그때 거기서 기대 잠들었을 사람은 정언뿐이었다. 그 사실을 깨닫기 무섭게 얼굴이 확 달아올랐다. 안경 너머로 유심히 윤의 얼굴을 관찰하던 재희가 쿡쿡거렸다. 속을 빤히 들여다보는 듯한 표정이었다.

"일 쉽지 않지? 서 피디 밑에서 일하는 건 더 그럴 텐데. 다른 팀이 사정이 많이 나은 건 아니긴 한데, 서 피디가 워낙 일 욕심이 많으니까."

어쩐지 작은 가시에 무심코 찔린 듯한 감각이 지났다. 불편하다, 고 해야 할까. 그것을 뭐라고 설명할 수가 없었다. 바로 대답하지 못하고 주저하던 찰나, 윤은 그 까닭을 곧 알아차렸다. 정언에 대해 이야기하는 재희의 말투가 너무 익숙해서였다.

재희가 아주 오래 전부터 정언을 잘 아는 사람이라는 사실을 깨닫는 건 윤에게 그리 유쾌한 일이 아니었다. 그런 속내를 알 리 없는 재희가 가볍게 고개를 까딱였다.

"김 피디가 잘 따라가 줘서 다행이네. 먼저 올라가 봐."

다시 한 번 머리를 꾸벅 숙여 보인 윤은 도망치다시피 복도로 나와서는 빨개진 귀를 누르며 한숨을 쉬었다. 서둘러 사무실로 올라가자 자리에 앉아 있던 정언이 어떻게 알았는지 고개도 들지 않고 어, 왔어? 하고 물었다. 옆자리에 앉은 윤은 컴퓨터 전원을 켜며 작은 목소리로 말했다.

"죄송해요."

정언이 여느 때와 같은 말투로 대꾸했다.

"두 시간도 안 잔 것 같은데 괜찮아? 오늘은 집에 들어가서 좀 쉬다 오든지 해."

"선배는……."

"나도 별일 없으면 저녁에 퇴근할 거야."

윤은 짧은 대화 내내 정언이 보던 서류에서 한 번도 눈을 떼지 않고 있다는 것을 알아차렸다. 역시 또 민폐를 끼친 건가 싶어 조금 초조해졌다. 사과를 해야 하나 싶어 선배, 하고 막 불렀을 때 사무실 문이 열리며 민혜가 안으로 들어섰다. 푸석한 얼굴에 머리를 질끈 동여맨 민혜가 정언의 옆자리에 풀썩 소리가 나게 앉았다.

"환장한다, 정말. 애가 밤새 울어서 한숨도 못 잤어. 도저히 못 참겠어서 오늘 남편 연차 냈길래 나 비상이라 일찍 출근한다고 애 맡겨 놓고 나왔잖아."

"남편분이 우리 프로 언제 폐지하나 목 빼고 기다리는 심정을 알겠네요."

인사도 없이 하소연부터 시작하는 민혜의 말에 정언이 혀를 차며 대꾸했다. 민혜가 흑흑 우는 시늉을 했다.

"나 진짜 집에서 애 보는 것보다 출근하는 게 나은 것 같아. 우리 일 좀 하자. 남편한테 덜 찔리려면 지금부터 바로 일해야 될 거 같아. 때마침 김 피디도 있고…… 있고? 왜 있어?"

아무 생각 없이 윤을 보며 말하던 민혜가 눈을 동그랗게 뜨더니 안쓰럽다는 표정으로 고개를 절레절레 저었다.

"김 피디도 퇴근 안 했구나?"

"네, 뭐."

멋쩍게 웃자 정언이 흘끔 윤 쪽을 보더니 회의실로 들어가자고 손짓을 했다. 뭐가 잔뜩 들었는지 빵빵해진 가방을 안은 민혜의 뒤를 따라 회의실로 들어온 윤은 문을 닫았다.

민혜는 자리에 앉자마자 가방에서 얼추 수십 장도 넘어 보이는 프린트 물을 꺼내 쌓아 놓으며 입을 열었다.

"최변 만났는데 박규형 씨 잘 알더라고. 원주민들 데모 때마다 사측 대리인으로 나왔었대. 그런데 정작 사측하고 보상 얘기 나올 때는 자주 안 왔고. 최변은 그게 박규형 씨가 원주민들한테 좀 호의적인 입장이라, 사측에서 방해가 됐다고 생각한 거 아닐까 하더라고. 그래도 자기네들 쪽이 박규형 씨하고는 말이 좀 통하는 거 같으니까 현장에는 내보내고."

"기제국 오태훈 피디 얘기하고 일치하네요."

정언의 말에 민혜가 고개를 끄덕였다.

"안 그래도 오 피디님 만난 적 있다고 그러더라. 촬영 협조차 만났었고 그때 박규형 씨 섭외해 준 게 최변이래."

"아, 또 거기서 그렇게 연결되는 거예요?"

"세상 좁지? 아무튼 자기도 박규형 씨 소식 듣고 너무 놀랐대. 도저히 믿지를 못하겠다면서, 진짜 자살한 거 맞냐고 몇 번을 물어보는 거야. 여기서 내가 또 아주 이상한 얘기 하나를 들었잖아?"

정언이 의아하다는 표정으로 민혜를 보았다.

"뭔데요?"

"최변이 박규형 씨 죽기 사흘 전에 만났었대. 그날은 원래 오후에 만나기로 약속이 잡혀 있었는데, 무슨 일이 있다고 저녁에 보자고 했다는 거야."

"어, 잠깐만. 우리 처음에 들은 강남 출장 건, 그게 언제지?"

갑자기 생각난 듯 정언이 묻자 민혜가 손가락을 딱 소리 나게 튕겼다.

"그렇지. 그게 그날이었어. 상대방이 박규형 씨가 원주민들하고 약속 잡혀 있다니까 출장 가라고 했잖아. 그날 저녁에 돌아와서 최변을 만난 거지. 그런데 그 자리에서 그런 얘기를 했대. 자기가 애를 써 봤지만 원칙적으로 추가 보상도 불가능하고, 처음부터 보상 금액 재책정하는 것도 법적으로 불가능하다고 보셔야 한다. 그 점에 대해서는 최 변호사님이 이해를 좀 해 주셨으면 좋겠다. 그래서 최변이 힘든 싸움인 건 당연히 안다고 했더니, 박규형 씨가 가만히 생각하다가 갑자기 그러더라는 거야. 판을 아예 엎어 버리면 무슨 방법이 생길 수도 있다고."

"판을 엎어요?"

민혜의 이야기를 듣고 있던 윤은 저도 모르게 몸을 앞으로 내밀었다. 민혜가 입가에 손가락을 하나 대며 목소리를 낮추었다.

"그래서 그게 무슨 얘기냐 했더니 아무것도 아니라고, 변호사님 조금만 기다려 주십시오, 그랬다는 거 아냐. 무슨 결심을 한 사람 같았다고 하더라고. 그래서 박규형 씨 부고 받고 자기는 진짜 기절하는 줄 알았대. 며칠 전에 만난 사람이 갑자기 자살을 했다니까 얼마나 놀랐겠어."

정언이 손끝으로 미간을 누르며 혼잣말처럼 중얼거렸다.

"이거 진짜 이상하네. 판을 어떻게 엎으려고 한 거지? 자기가 무슨 수로?"

"메모리카드!"

다음 순간 머릿속을 스친 생각이 즉각 입으로 튀어나왔다. 소리가 너무 컸는지 두 사람이 동시에 윤을 보았다. 흥분한 탓에 말이 빨라졌다.

"메모리카드에 있던 자료를 터트리려고 한 거라면 말이 되죠. 문서 파일 내용은 아직 모르지만 그게 녹취 파일하고 관련 있는 거라고 치고, 그걸 터트려서 서온건설에 대한 여론을 악화시키면 원주민 측도 여론전에 훨씬 유리해지잖아요. 그렇게 판을 뒤집을 수 있다고 본 거 아닐까요?"

"어, 어어! 그러네, 그럴 수 있겠네."

민혜가 놀란 눈으로 맞장구를 쳤다. 정언도 수긍하는 표정으로 잠시 생각하더니 물었다.

"그러면 왜 메모리카드를 그런 데다 숨겼을까?"

윤은 마르는 입술을 축이며 대답했다.

"통화 녹취 생각하면 사측에서 박규형 씨가 다른 마음을 품었다는 걸 눈치챘을 가능성도 있지 않아요? 그 자료가 상당히 중요한 자료였고, 그래서 제거하려고 했고. 박규형 씨도 그걸 알고 급하게 메모리카드를 숨겼다고 생각하면?"

"말은 되네. 만약에 미리 그 사실을 알았으면 회사에서 사용하는 물품에 메모리카드를 숨기는 위험한 짓은 안 했을 거 아냐. 집에 가져다 두거나 어디 맡기는 쪽이 안전했겠지. 소설 한 편 써 볼까?"

자리에서 일어난 정언은 화이트보드 위에 박규형, 서온건설,

메모리카드 따위의 낱말을 쭉 적어 나갔다.

"지금부터 내가 말하는 건 전부 소설이야. 박규형 씨는 사측의 사주를 받고 특정 지역에 특정 물품, 뭐 뇌물이겠지. 하여튼 그런 걸 전달하는 출장을 다녔어. 사측에서는 승진을 미끼로 박규형 씨를 이용했고, 이게 외부에 알려지면 서온건설하고 뇌물 받은 사람들한테 타격이 있겠지. 만약에 그 출장이 전혀 문제없는 거라면 굳이 녹취 파일하고 문서 파일을 따로 메모리카드에 저장하지는 않았을 테니까."

규형의 이름 위에 동그라미를 친 정언이 말을 이었다.

"그런데 갑자기 박규형 씨가 이 일에 회의감을 느끼게 됐어. 그래서 그만 해야겠다 결심을 하고, 이걸 어딘가에 제보할 마음을 먹은 거지. 그러면 자기도 이 일에서 벗어날 수 있고, 오랫동안 봐 온 원주민들을 도와줄 방법도 생기니까."

"하지만 사측에서 먼저 그걸 눈치채 버렸다?"

민혜가 끼어들어 물은 말에 정언은 고개를 끄덕였다.

"그렇죠. 그러니까 박규형 씨가 메모리카드를 상자 뚜껑에 숨긴 건 아마 죽기 직전일 거라고 짐작할 수 있는 거지. 박규형 씨는 최유림 변호사에게 그 얘기를 하고 출장을 갔어. 그리고 취한 상태로, 여태까지 일을 지시하던 사람에게 더 이상 못하겠다고 전화를 했어요. 상대방은 심상치 않다고 생각해서 박규형 씨를 막으려고 했고."

"그 과정에서 사망했다 그거지?"

"자살할 사람이 아니라는 정황은 많은데 그 반대 얘기는 없잖아요. 회사 일 때문에 힘들어했다는데 정작 같은 사무실 동료들은 그럴 사람이 아니라고 하고, 그러면 무슨 일 때문에 힘들었을까? 자살이 아닌데 왜 그 고층 건물에서 떨어졌을까? 왜 아무도 없는 한밤중에 거기 올라갔을까?"

정언의 말에 민혜가 자기 어깨를 양팔로 감싸며 고개를 도리질했다.

"어머, 생각하니까 너무 무섭다. 그렇지. 그 밤에 거길 혼자 올라갈 이유가 없지."

"누가 거기 올라가게 만든 거지. 처음부터 죽일 생각은 없었다면? 그냥 협박을 하려고 했는데, 실수로 추락해 버린 거면?"

"그래서 사측에서 부랴부랴 과로사로 보상 제의를 하고 이 일을 덮으려고 했다? 그렇게 생각하면 아귀는 딱딱 맞긴 한다."

민혜가 심각해진 얼굴로 무언가를 한참 생각했다. 윤은 화이트보드 위에 적힌 낱말들을 뚫어지게 보았다. 그러자 희경의 창백한 얼굴과 아무것도 모르는 두 아이가 떠올랐다. 차마 규형의 이름을 더 볼 수 없어 고개를 돌린 윤은 입술 끝을 잘근거렸다. 팔짱을 끼고 회의실 안을 천천히 오가던 정언이 걸음을 멈췄다.

"통화한 전화번호 신원 확인해 봤어요?"

민혜가 고개를 가로저었다.

"전화 걸어 봤는데 없는 번호래. 대포폰 아닌가 싶어. 내가 이희경 씨한테 혹시 이 번호 남편 핸드폰에 저장돼 있는지 확인 좀 부탁한다고 새벽에 메시지 남겨 놨는데 어떨지 모르겠다. 정안 되면 경찰 협조 얻어서 신원조회라도 해 봐야지. 허 경감님신세 한 번 더 지든지."

"아, 신원조회 하니까 생각났는데 우리가 새벽에 이상한 걸 하나 찾았거든요."

민혜의 말에 정언이 갑자기 생각난 듯 가까이 있던 의자를 끌

327

어당겨 앉았다.

"뭔데?"

"우리가 눈알 빠지게 CCTV랑 블랙박스 영상 돌려 봤는데, 차 한 대를 발견했어요. 검은색 경승합차인데, 경일용역이라고 돼 있어. 현장 갔을 때 스케치한 영상에도 찍혀 있더라고."

"경승합차? 작은 봉고차 그런 거?"

"네. 한 7인승 되는 거 있잖아요. 그런데 이게 이상한 게 항상 출근 시간이 지나서 사무실 주차장으로 들어와요. 서치해 보니까 인력 용역 회사라는데, 그런 데서 그 시간에 차 보낼 일이 뭐가 있어. 새벽같이 오면 왔지."

"아, 걘 또 뭐니 정말."

민혜가 정말 지친다는 표정으로 투덜거렸다. 정언이 언제 뽑아 놓은 건지 동영상 캡처 화면을 출력한 종이 몇 장을 민혜에게 내밀었다. CCTV와 블랙박스, 스케치 화면에 찍힌 차를 찍어 놓은 것이었다. 민혜가 그것을 받아들어 눈으로 훑어보더니 미간을 구겼다.

정언이 말을 덧붙였다.

"우리가 현장에 들어가자마자 대번에 뛰어와서 외부인 들어오면 안 된다고 그러더라고. 출입 통제하는 현장에 드나드는 거면 이건 외부 차량 아니라는 소리잖아요."

"그러네. 구글에 인력 용역 회사라고 등록돼 있으면 인력소개소 그런 거일 텐데."

잠시 무언가를 생각하던 민혜가 윤을 아래위로 훑어보더니 고개를 절레절레 저었다. 그러고는 회의실 문을 열어 몸을 내밀고 사무실을 살폈다. 때마침 사무실로 막 들어서던 예준을 본 민혜가 이리 와 보라는 손짓을 했다. 예준이 영문도 모르고 가까이 다가왔다.

"왜요?"

"주 피디, 여기 전화 한 통만 해 줄래? 정언, 거기 전화번호 좀 적어서 줘 봐."

정언이 재빨리 종이 한쪽을 찢어서는 경일용역 번호를 적어 민혜에게 건넸다. 민혜는 그 쪽지를 예준에게 쥐여 주며 말했다.

"바로 전화해서 경일용역 맞냐, 혹시 사람 구하냐 물어보고 구한다고 하면 집이 근처라 그러는데 진송신도시 현장에 자리 없냐 한 번만 물어봐 줘."

"내가?"

예준이 의아한 표정으로 회의실 안을 들여다보더니 윤을 가리켰다.

"김윤 시키면 되잖아요. 남자가 해야 되는 거면 굳이 내가 할 필요 없잖아."

"너무 젊은 남자 티 나면 안 돼."

그 말을 들은 예준이 잠시 혼란스러워하는 얼굴로 되물었다.

"이거 무슨 뜻이지? 나도 젊은데? 내가 지금 약간 기분 나빠야 하는 건가?"

"잡소리 할 시간 없거든. 만약에 안 받으면 삼십 분쯤 있다가 한 번만 더 해 봐."

"알았어요, 알았어."

예준이 손을 휘적거렸다. 민혜가 회의실 문을 닫자 정언이 물었다.

"전화는 왜요? 진짜 회사인가 보려고?"

"응. 용역 회사라고 간판만 달아 놓고 뭐하는지 모르는 데 많으니까. 사람 구한다, 현장에 자리 있다 하면 진짜 인력소개소겠지. 그런 데는 보통 아침 일찍부터 여니까 이 시간이면 전화 분명히 받을 거고."

민혜의 말이 채 끝나기도 전에 문을 열고 고개만 들이민 예준이 핸드폰을 들어 보였다.

"경일용역 전화번호는 맞는데, 자기들은 그런 일 안 한대요. 바로 끊어 버리는데?"

"그래? 오케이, 고마워."

문 닫으라는 손짓을 한 민혜가 흐흠, 하며 눈을 가늘게 떴다. 윤은 닫힌 문 쪽을 한 번 슬쩍 보고는 고개를 갸웃했다.

"이거 뭐죠, 진짜?"

"그러게. 엄청 수상하네. 나 또 이런 거 궁금해서 못 참는데."

정언이 턱을 괴고 의심스럽다는 표정을 했다. 잠시 생각하던 윤이 제안했다.

"우리가 직접 가 보면 안 돼요? 아예 가서 서온건설하고 무슨 관련 있는지 확인하면 되잖아요."

"아니, 그럴 수도 있긴 한데……."

답지 않게 말끝을 약간 흐린 정언이 윤을 물끄러미 보았다. 왜 그러나 싶어 눈을 깜빡이자, 정언이 심각한 얼굴로 물었다.

"이런 회사는 보통 조폭 끼고 있는 경우 많은 거 알아?"

이건 또 미처 생각 못 한 얘기였다. 윤은 여기 온 뒤로 지금까지 자신이 얼마나 빈약한 상상력으로 살아왔는지 매 순간 깨닫고 있었다. 세상에 이렇게 무서운 일이 많다는 걸 지금까지 모르고 살았던 게 다행인지 불행인지 알 수가 없었다.

정언이 윤의 속내를 알아차렸는지 손을 저었다.

"됐어. 송 작가님이랑 사무실에 있어. 안 그래도 할 일 많으니까 나 혼자 갔다 올게."

"네?"

귀를 의심한 윤은 정언을 마주 보았다. 정언이 다시 한 번 말했다.

"혼자 갔다 올 테니까 사무실에서 작가님이랑 자료 좀 보고 있으라고."

"무슨 소리 하시는 거예요?"

윤이 정색하며 반문하자 곁에 앉아 있던 민혜가 토끼 눈을 뜨며 윤을 쳐다보았다. 그러나 민혜가 이상하게 보든 말든 그게 문제가 아니었다. 방금 전에 조폭 끼고 있는 경우가 많다고 자기 입으로 말해 놓고 그런 데를 혼자 가겠다니, 이게 말이 되는 소린가 싶었다.

이런 반응은 상상 못 했는지, 정언이 보기 드물게 약간 당황한 기색으로 되물었다.

"내가 지금 뭐 이상한 말 했어?"

"요즘 세상에 어떻게 혼자 그런 데 갈 생각을 하실 수 있어요? <비하인드 24> 찍으면서 그러시는 거 안전 불감증이에요. 요즘 세상이 얼마나 험한데요. 아시는 분이 왜 그러세요?"

답지 않게 강한 태도에 정언이 이게 미쳤나, 하고 써 붙인 얼굴을 하며 민혜를 돌아보았다. 애 좀 어떻게 해 보라고 도움을 청하는 게 분명했으나, 웃음을 간신히 눌러 참은 민혜가 윤의 편을 들었다.

"그치, 요즘 세상이 험하긴 하지."

그 말을 들은 정언이 배신당했다는 표정으로 눈을 가늘게 떴다. 윤은 정언이 뭐라고 더 운을 떼기 전 쐐기를 박았다.

"가실 거면 저랑 가세요. 아니면 아예 가지 마시고요."

잠시 침묵하던 정언이 곧 포기한 듯 그래 가자 가, 하고 내뱉었다. 말을 길게 섞어 봐야 아무래도 상황이 더 나아질 것 같지 않다고 생각한 모양이었다.

자리에서 카메라 가방을 꺼내 윤에게 건넨 정언은 백팩을 메며 차 키를 집어 들었다. 윤은 황급히 자신의 차 키를 주머니에 쑤셔 넣었다.

"운전 제가 할게요."

"시끄럽고, 빨리 따라와."

정언은 칼같이 윤의 말을 끊으며 사무실을 나섰다. 서둘러 가방을 고쳐 멘 윤은 엘리베이터 버튼을 누른 정언이 앞을 보고 팔짱을 낀 채 한마디도 없이 계속해서 바뀌는 층수 버튼을 쳐다보는 뒷모습에 눈을 주었다.

괜히 주제넘게 정색했나 싶어 뒤늦게 후회가 밀려들었다. 그러나 다시 생각해도 아닌 건 아닌 거였다. 정언이 아무리 독종으로 소문났다고 해도, 여자 혼자 그런 데 취재를 다닌다는 건 윤의 상식선에서 용납이 되지 않는 일이었다.

정언이 그렇게 당연하게 혼자 간다는 말을 할 수 있는 건 지금까지 늘 그래 왔다는 뜻일 게 뻔했다. 선배들이 봐주는 거 하나 없이 자신을 강하게 키웠다던 정언의 말이 뇌리를 지났다. 그러자 얼굴도 모르는 정언의 선배들에게 화가 났다. 지금까지 아무 일도 없었던 게 당연한 일이 아니라 천운이라는 걸 다들 알기나 할까 싶어서였다.

주차장으로 내려간 정언은 차에 올라타자마자 빈 담배를 하나 꺼내 물었다. 조수석에 앉은 윤은 그런 정언의 옆얼굴을 흘끔거렸다. 내비게이션에 경일용역 주소를 찍고 주차장을 빠져나가는 내내, 정언은 무슨 생각인지 말이 없었다.

문득 나도 처음엔 그랬어, 하던 정언의 나지막한 목소리가 되살아났다. 정언에게도 모든 게 처음이었던 시절이 있었을 테고, 처음부터 이렇게 모든 일이 아무렇지 않았을 리 없었다. 그 시절의 정언을 상상하자 어쩐지 속이 서늘해졌다. 자신이었다면 절대 정언에게 그렇게 모든 일을 혼자 감당하게 하지는 않았을 것 같았다.

윤은 무릎 위에 놓인 손끝을 만지작거렸다. 윤 쪽으로 손을 뻗어 조수석 앞의 글러브 박스를 연 정언이 선글라스를 꺼내 끼고는 입을 열었다.

"김 피디."

"네?"

"다음부터 남들 앞에서 그런 말 하지 마. 쪽팔려 죽겠으니까."

무덤덤한 말투였으나 정언이 어쩐지 조금 창피해하고 있다는 것이 느껴졌다. 뜻밖이었다. 윤이 잠깐 침묵하는 사이, 정언이 흘러내린 머리칼을 쓸어 올리며 다시 한마디를 덧붙였다.

"농담 아냐."

"그럼 둘만 있을 땐 해도 되고요?"

윤은 앞을 보며 물었다. 누가 들어도 농담이라고는 절대 생각할 수 없는 말투였다. 운전을 하던 정언이 그 말에 멈칫하며 이쪽을 보았다. 선글라스에 눈이 가려져 표정은 명확하지 않았다. 정언이 핏기 없는 입술에 물린 필터를 이 끝으로 잘근거렸다.

아마 무의식적인 행동인 듯했다. 윤은 그 선글라스 너머의 눈을 가만히 보았다. 어두운 렌즈 뒤의 눈동자에 얼핏 어린 당혹감을 눈치채는 건 쉬웠다.

"전 선배가 위험한 데 혼자 가시는 거 싫어요."

윤은 나지막하게 말했다. 정언이 도무지 이해가 안 간다는 투로 대꾸했다.

"김 피디한테 그게 싫을 이유가 뭔데."

다른 이유는 없었다. 정언이 위험해질 수도 있다는 게 싫었다. 윤은 그렇게 대답하는 대신 정언에게 질문을 되돌렸다.

"제가 왜 그럴 거라고 생각하시는데요?"

아슬아슬한 말이라고 생각한 건 직후였다. 끊어지기 직전까지 잡아당긴 가는 실처럼 차 안의 공기가 퍼뜩 긴장했다.

함부로 선을 넘을 생각은 없었다. 정언이 어떤 사람인지 알기에 더 그랬다. 그러나 보이지 않는 가시처럼 불현듯 튀어나오는 감정들을 모두 매끈하게 통제하는 건 불가능했다. 짧은 정적이 흘렀다. 정언이 대답했다.

"말장난할 시간 있으면 눈이나 좀 붙여."

낮은 한숨이 섞인 말투였다. 정언이 이런 상황을 낯설어한다는 건 충분히 짐작할 수 있었다. 할 말은 많았지만, 정언을 더 피곤하게 만들고 싶지는 않았다. 윤은 창가로 시선을 돌렸다.

혼자인 게 익숙한 정언의 시간들.

거기 자신이 끼어든다면 어떨까.

떠올린 상상에 문득 심장이 빨라졌다. 미처 눈에 맺히기도 전에 흘러가는 창밖의 풍경보다 더.

11

구시가지 끄트머리의 낡은 빌딩은 지은 지 족히 삼십 년은 되어 보였다. 빌딩이라고 불러 주는 것만도 몸 둘 바 모르게 호사스러운 느낌이었다. 정언은 고개를 젖혀 미적 감각이라고는 전혀 없이 다닥다닥 붙은 간판들을 올려다보았다.

'성경 다시 알기 운동본부', '사단법인 마음수양원' 따위의 보기만 해도 수상한 간판부터 '태양다방', '라사양장점'처럼 시대를 의심하게 만드는 간판, '우리여행사' 같은 소규모 사무실과 간판도 없이 '일수', '떼인 돈 받아드림'이라고만 써놓고 시트지로 전체를 발라 버린 창 따위가 그 낡은 빌딩에서 기묘한 조화를 이루고 있었다.

끝내주네, 하고 중얼거린 정언은 뒤를 돌아보았다. 한산한 도로 위로 띄엄띄엄 차들이 지나갔다. 주차할 자리도 마땅치 않아 근처의 폐업한 가게 앞에 대충 차를 대 놓고 왔는데, 딱지나 안 붙을지 걱정이었다.

"여기 3층 맞아?"

곁에 선 윤에게 묻자 윤이 로드뷰로 경일용역을 다시 한 번 검색해 보고는 맞긴 맞는데, 하며 말끝을 흐렸다. 정언은 다시 한 번 건물 외관을 훑어보았다. 간판도 없었고 다른 표시도 없었다.

"없어진 거 아닐까요?"

"전화는 받았다잖아. 올라가 보지 뭐."

건물 안으로 들어가려던 정언은 다음 순간 멈칫했다. 윤이 정언을 자기 뒤로 끌어당기며 먼저 입구로 들어선 까닭이었다. 겁이 많은 편이라고 생각했는데, 그래도 자기가 남자라는 건가 생각하자 기분이 묘해졌다.

아까 사무실에서도, 차 안에서도, 그리고 여기서도 윤이 마치 자신의 보호자처럼 구는 것이 낯설었다. 물론 정언 역시 애초에 윤이 모두에게 친절한 타입이라는 건 알고 있었다. 하지만 최근 며칠 사이 윤의 태도는 친절함이라고 설명하기에는 뭔가 모호하게 느껴지는 건 사실이었다.

처음에는 눈만 마주쳐도 호랑이 앞의 토끼처럼 화들짝 놀라더니, 요즘은 도리어 윤 쪽에서 수시로 자신을 당황하게 만드는 바람에 가끔 윤과 있을 때면 애가 또 갑자기 무슨 말을 할까 조마조마해질 정도였다.

정언은 애써 그 생각을 떨어 버리며 계단을 앞서 올라가는 윤의 뒷모습을 보았다. 오래된 건물 특유의 답답한 층고는 키가 큰 윤에게는 지나칠 정도로 낮아 보였다.

검은색 블루종 아래의 넓은 어깨와 등, 생지 데님으로 감싸인 긴 다리가 새삼 낯설게 눈에 박혔다. 앞에서 봐도 멀쩡한 자식이 뒤에서 봐도 괜찮을 건 또 뭐야. 속으로 중얼거린 정언은 어쩐지 민망해져 시선을 내렸다.

"선배, 저기 보세요."

3층에서 걸음을 멈춘 윤이 정언을 돌아보며 속삭였다. 윤이 가리킨 곳은 복도 끝이었다. 기역 자로 꺾이는 모퉁이에 손으로 대충 '경일용역→'이라고 쓴 종이가 붙어 있었다.

복도에는 소형 여행사, 정체를 알 수 없는 사무실, 몇십 년쯤은 된 듯한 세탁소가 일렬로 늘어선 채였다. 그 앞을 지나 모퉁이를 돌아 들어가자 역시나 간판은커녕 문패 하나 달려 있지 않은 문이 나타났다. 낡은 나무문에는 조그만 창이 하나 나 있었으나, 검은 시트지로 막힌 채라 안은 전혀 보이지 않았다.

"조용한 것 같은데요."

윤이 작게 말하고는 잠시 망설이더니 가볍게 노크를 했다. 안에서는 대답이 없었다. 아무도 없나, 하고 혼잣말을 한 윤은 다시 한 번 아까보다 세게 문을 두드렸다. 그러나 역시 아무런 반응도 돌아오지 않았다. 정언은 팔짱을 끼며 닫힌 문을 보았다.

"용역회사가 주말도 아니고 이 시간에 문을 닫을 일이 뭐가 있지?"

"그러게요."

그때 등 뒤에서 인기척이 느껴졌다. 뒤를 돌아보자 오십 대쯤 되어 보이는 남자가 모퉁이 너머로 이쪽을 기웃거리는 것이 눈에 들어왔다. 정언이 혹시 여기, 하고 물으려는 찰나 그가 의아하다는 표정으로 말을 가로챘다.

"아니, 거기는 뭐하려고 두들겨요?"

정언과 윤은 거의 동시에 서로를 마주 보았다. 정언은 그에게 가까이 다가가 물었다.

"여기 사장님 지금 안 계세요?"

"그 뭐 잠깐 나간 거라 금방 오기는 할 건데…… 젊은 사람들이 여긴 왜 왔어요?"

별 수상한 것들 다 보겠다는 얼굴이었다. 정언은 주머니에서 재빨리 명함을 한 장 꺼내 그에게 내밀었다. 그가 명함을 받아 들고는 낡은 폴로셔츠 앞섶에 꽂아 둔 돋보기안경을 썼다. 명함을 멀찍이 떨어뜨려 글자를 읽어 본 남자가 면도가 덜 된 듯한 턱을 문질렀다.

"방송국에서 나왔어요? 뭐하려고?"

"여기 사장님 좀 뵙고 싶어서요. 금방 나오신다고요?"

"예, 뭐……."

남자가 말을 얼버무렸다. 정언은 그의 행색을 슬쩍 살폈다.

"여기서 일하세요?"

"아니, 나는 이 옆 세탁소 하는 사람이고. 아침부터 누가 와서 여기 문을 두들기니까 이상해서 와 봤지."

남자가 손을 뻗어 방금 지나온 세탁소 쪽을 가리켰다. '용이네 출장세탁'이라고 쓰인 간판이 눈에 들어왔다. 정언은 그 간판을 한 번 돌아보고는 물었다.

"왜요? 평소에 사람들이 자주 안 오나요? 인력회사 아니에요?"

"나는 무슨 회사인지는 잘 모르고, 좀 그, 깡패 같은 사람들만 엄청 들락거려. 세가 싸서 있긴 한데 우리 가게에 손님들이 옷 찾으러 올 때마다 무섭다고 해요. 그래서 잘 안 찾으러 오고, 내가 출장을 다니지."

누가 들을까 싶은 듯 남자가 목소리를 죽여 속닥거렸다. 정언은 텅 빈 복도 쪽을 한 번 넘겨다보고는 물었다.

"깡패 같은 사람들이요?"

"그, 막 길거리 포장마차 같은 거 다 때려 부수는 애들 있잖아요. 조끼 입고. 그런 애들만 오간다니까. 그냥 인력회사 이런 거 아니에요."

남자가 상상만 해도 무서운지 손을 휘휘 저었다. 용역 깡패. 머릿속을 번뜩 치고 지나가는 생각이 있었다.

"아무튼 괜히 얼쩡대지 말고 어지간하면 그냥 가요. 저번에도 시끄러워서 내가 경찰도 부르고 그랬다니까. 그게 한두 번이 아니야."

"네, 알겠습니다."

웃으며 대답한 정언은 남자가 세탁소로 다시 들어가 문을 닫는 걸 본 뒤에 핸드폰을 꺼냈다. 바로 민혜에게 전화를 걸자, 신호가 세 번쯤 가기 무섭게 민혜가 전화를 받았다.

"송 작가님, 서온건설에 용역 검색어 같이 넣고 뉴스 영상 있는 거 검색 다 돌려 봐요. 우리 DB 먼저 검색해 보고, 유튜브나 이런 데 올라온 것도 전부 다. 오래된 영상도 상관없으니까."

작은 목소리로 말하자 민혜도 덩달아 속삭이듯 물었다.

『갑자기 왜? 경일용역 들어가 봤어?』

"아뇨. 지금 사람 없는데, 여기 주민 얘기를 들어보니까 이거 용역 깡패 쓰는 업체인 것 같아. 혹시 모르니까 빨리 검색 돌려 보고 뭐 나오면 바로 나한테 답 줘요."

『아, 오케이. 알았어. 무슨 일 생기면 바로 연락해.』

정언이 전화를 끊자, 그때까지 정언을 지켜보고 있던 윤이 복도로 난 작은 창을 열고는 바깥 도로를 내다보았다.

"조용한데요. 용역이 진짜 그 용역이었어요?"

"그런가 본데. 뭐 수상한 차 없어? 우리가 본 봉고차 같은 거."

정언이 묻는 말에 윤이 좀 더 목을 빼 도로 양쪽을 다 살펴보고는 고개를 저었다.

"안 보여요. 근데 그런 용역이면 진짜 조폭들이 하는 거예요?"

"보통은."

"이대로 안 오면 어떡하죠?"

"일단 기다려 봐야지."

벽에 기댄 정언은 모퉁이 바깥쪽 복도에 귀를 기울이며 잠시 눈을 감았다. 창가에서 몸을 뗀 윤이 한두 뼘 정도의 거리를 두고 정언 곁의 벽에 등을 대고 섰다. 고요한 복도에는 가끔 아래층에서 나는 듯한 발소리와 바깥 도로에서 넘어오는 자동차 소리가 간간이 울렸다.

짧은 침묵이 불현듯 어색했다.

─제가 왜 그럴 거라고 생각하시는데요?

차 안에서 윤이 던진 질문이 까닭 없이 떠올랐다. 왜냐고? 다시 생각해 보았으나 윤이 그러는 이유가 짐작도 가지 않았다. 혼자 취재 나가는 게 무슨 별일이라고 그렇게 정색을 하고 굳이 쫓아온 건지 도무지 모를 노릇이었다.

"안 무서워?"

어색함을 벗어나기 위해 툭 뱉은 말에 윤이 웃었다.

"저 애 아니에요."

"애라야 무서운 거 알까 봐 물어봤겠어?"

"선배 지금 저 애 취급하시는 거잖아요."

정언은 그 말에 내심 뜨끔했다. 틀린 말은 아니었다. 스물아홉이니 알 거 다 알 테고, 키도 자기보다 머리 하나는 더 있는 멀쩡한 성인 남자에게 무섭냐고 묻는 것 자체가 애 취급이라는 걸 부정할 생각은 없었다.

"왜, 애 취급하는 거 같아서 싫어?"

놀리듯 묻자 윤이 대답했다.

"선배한테 그렇게 보이는 건 싫은데요."

농담하는 것 같지는 않았다. 선배한테 그렇게 보이기 싫다니, 어쩐지 묘한 말이었다. 이상하게 이 분위기가 약간 불편해져, 정언은 벽에 대고 있던 등을 뗐다. 이걸 뭐라고 받아야 하나 고민하는 사이, 윤이 뜬금없이 말했다.

"제가 입사 선배였으면 선배한테 진짜 잘 해 줬을 거예요."

정언은 눈썹을 약간 좁혔다.

"내가 못해 준다고 돌려서 하는 소리야, 그거?"

윤이 몸을 조금 숙이며 쿡쿡거렸다. 한동안 웃던 윤은 고개를 가로저었다.

"후배가 그렇게 열심히 하는 거 예쁘잖아요."

농담과 진담의 경계를 구분할 수 없는 말이었다. 이건 건방진 농담일까, 혹은 얄팍한 진담일까. 농담이라기엔 선을 약간 넘은 것 같았고, 진담이라면 감정을 감추는 데 서툰 것 같았다. 어느 쪽도 윤에게 어울리는 것처럼 느껴지지는 않았다.

게다가 진담이라면 대체 그 속이 뭔지 알 수가 없었다. 정언은 고개를 비스듬히 기울였다.

"고맙다고 해야 되나?"

"예쁘다는 말 싫어하시는 거 아니면요."

"열심히 해서 예쁘다는 건 일 잘한다는 소린데 싫어할 사람이 있나?"

"일하실 때 아니라도 예쁘다고 하면요?"

윤의 입에서 나온 말에 정언은 순간 진심으로 당황했다. 저도 모르게 쳐다본 얼굴은 웃고 있었으나 도저히 장난 같지가 않았다. 습관적으로 주머니에 손을 넣었지만 아까 물었던 담배가 마지막인지 안은 비어 있었다. 정언은 애써 아무렇지도 않은 척 대답했다.

"매너가 너무 과하면 플러팅이야."

"저 그렇게 쉬운 남자 아닌데요."

"엄청 쉽잖아, 지금."

"선배니까 쉬운 거죠."

윤이 짐짓 정색했다.

선배니까.

쉬운 말이었다. 그러나 때로 이해할 수 없는 윤의 행동들을 설명하기에는 충분하지 않았다. 선배니까. 물론 정언에게도 그런 감정이 낯선 건 아니었다.

새끼오리처럼 재희를 따라다니던 시절, 정언은 그게 다른 누구도 아닌 재희라서 그럴 수 있다는 걸 알고 있었다. 강재희니까, 하고 생각할 때 그건 매력적인 남자와 좋은 선배 사이의 미묘한 경계에 위치한 감정이었다.

그렇다면 윤에게 자신 역시 그런 걸까.

생각이 거기 미치기 무섭게 정언은 헛웃음을 뱉었다. 갑자기 웃는 정언을 본 윤이 의아한 표정으로 왜요, 하고 물었다. 정언은 대답 대신 윤을 빤히 응시했다.

역시 아무리 생각해도 윤 같은 남자가 자신을 그렇게 본다는 건 말도 안 되는 일이었다. 취향이 엄청나게 독특한가 보다 생각해도 마찬가지였다. 세계가 멸망해서 지구에 여자가 서정언

혼자 남는다면 가능할 수도 있겠지, 하고 속으로 생각한 정언은 겨우 웃음을 멈췄다.

"아무것도 아냐."

잠시라도 그런 의심을 했다는 게 스스로도 어이없었다. 하기야 거기에는 윤의 탓도 분명 있기는 했다. 윤이 왜 쓸데없이 친근하게 굴고, 자신에게 관심을 가지고, 자꾸만 선을 넘으려고 드는 건지 정언으로서는 이해하기 힘들었다.

그 열정의 절반, 아니 3분의 1만 써도 최소한 방송국 안에서 윤이 접근하지 못할 여자는 없어 보였다. 이미 시보국 여자들 사이에서도 윤은 유명 인사였다.

정언은 윤을 빤히 보다 물었다.

"김 피디, 여자 친구 없어?"

정언에게 남의 애인 유무가 궁금해지는 일이 자주 있는 건 아니었다.

"너무 일찍 궁금해하시는 거 아니에요?"

되물은 윤이 고개를 저었다.

"없어요. 있어도 여기서처럼 일하면 벌써 헤어졌죠."

"연애하는 데 시간 많이 쓰는 편이야?"

"한 번 빠지면 그냥 좀, 확 미치거든요. 다른 생각 못 해요."

그 말을 하며 멋쩍게 웃는 얼굴은 소년 같은 구석이 있었다. 정언은 그 얼굴에 잠깐 눈을 붙들렸다.

"의외네."

무심코 나온 말에 윤이 어, 하며 몸을 숙여 정언과 시선을 맞춰 왔다.

"왜 의외예요?"

얼굴값 할 것 같아서, 라고 생각했으나 차마 그 말을 입 밖으로 내기는 좀 미안했다. 정언이 대답 대신 그의 눈을 마주 보자 이번에는 윤이 물어왔다.

"선배는 연애할 때 어떤 타입이신데요?"

잘못 걸렸다고 생각한 건 그때였다. 또 이런 식으로 윤이 경계 안에 한 걸음 가까워지는 걸 느낀 탓이었다. 정언은 눈썹을 약간 좁혔다.

"노코멘트하고 싶은데."

"기브 앤 테이크라는 게 있잖아요. 사람이 공평해야지."

윤이 입술을 삐죽거렸다. 무덤 판 게 이쪽이니 남 탓을 할 게 없었다. 사이를 둔 정언은 팔짱을 끼며 대답했다.

"난 똑같아. 연애한다고 달라지는 거 없어."

"선배가 누구한테 빠져서 달라지는 거 상상 안 가긴 하는데, 상대방은 되게 외롭겠네요."

윤의 말에 정언은 순간 누군가가 가느다란 바늘로 심장 한구석을 슬쩍 찔러 들어온 듯한 감각을 느꼈다. 몇 번인가 경험했던 짧은 연애의 끝은 대개 건조했다.

정언은 자신을 잃을 정도의 감정이 뭔지 이해할 수 없었다. 자신의 영역이 확실하고 그 벽이 견고한 정언을 대부분의 상대들은 오래 견디지 못했다.

윤이 혼잣말처럼 덧붙였다.

"그런데 내가 완전히 미치면 그런 게 잘 안 보여요. 외로운 것도 좋다고 해야 되나. 그 사람이 좋으니까, 내가 들어갈 수 없는 부분까지도 다 좋아요."

방금 전까지만 해도 소년처럼 느껴지던 그 얼굴이 갑자기 어른스러워져, 무의식중에 놀란 정언은 시선을 내렸다. 윤이 발끝을 바닥으로 툭툭 차는 것이 눈에 들어왔다. 먼지 하나 없이 깔끔한 흰색 스니커즈에 시선이 머물렀다. 성격은 늘 그렇게 사소한 데서 드러나기 마련이었다.

윤이 확실히 쉬운 남자는 아닐 거라는 생각이 들었다. 윤은 모두에게 친절했지만, 바꿔 말하면 결국 그건 모두에게 일정한 선을 긋는다는 뜻이었다. 그런 사람이 자신의 일상을 무너뜨리면서까지 빠져 버릴 정도의 감정에 항상 쉽게 흔들리지는 않을 것 같았다.

"점심 먹고 다시 와야 되는 거 아닌지 모르겠다."

정언은 손목에 찬 시계를 확인하며 말을 돌렸다. 윤 역시 자신의 시계를 내려다보고는 그럴까요, 하고 대답했다. 정언은 문자판 위를 손끝으로 톡톡 쳤다.

"십 분만 더 기다려 보고."

정언이 다시 벽으로 몸을 기댔을 때였다. 계단 아래쪽에서부터 누군가가 크게 통화를 하며 올라오는 소리가 들렸다. 통화 내용은 복도 전체에 온통 울려 알아듣기가 어려웠다. 통화를 하고 있는 남자가 거의 윽박지르듯 고함을 쳤다.

정언은 그쪽으로 귀를 기울였다. 3층 계단 입구에서 잠시 멈췄던 소리가 가까워졌다.

"맞는 것 같은데."

"혼자예요?"

윤의 물음에 정언은 고개를 끄덕였다.

"김 피디, 카메라 세팅 좀 할래?"

정언이 낮은 목소리로 속삭이자 윤이 가방에서 황급히 카메라를 꺼내 전원을 켜고 녹화 모드로 돌렸다. 정언의 예상대로 그 목소리는 점차 그들 쪽으로 다가왔다. 현장이 어쩌고 하는 낱말들만을 산발적으로 겨우 알아들을 수 있었다.

전화를 끊은 남자가 모퉁이를 돌아 들어오다 거기 선 윤과 정언을 보고 멈칫하며 두 사람을 훑어보았다. 정언은 사무실 문을 가리키며 물었다.

"죄송하지만 경일용역 사장님 되십니까?"

남자가 얼굴에 순식간에 경계하는 빛을 띠었다. 40대 후반에서 50대 초반 정도 되어 보이는 얼굴로, 턱 아래에 반 뼘 정도의 긴 흉터가 있는 것이 눈에 들어왔다. 키는 정언보다 조금 클까 말까 할 정도로 작은 편이었으나 체격이 단단한 것이 옷 아래로도 티가 났다.

"무슨 일입니까?"

정언은 명함을 꺼내 내밀었다. 남자가 눈가를 찡그리며 명함을 들여다보더니 의심스러운 표정으로 물었다.

"YBS에서 무슨 일로 왔어요? 나는 할 말이 없는데요."

"저희 <비하인드 24>에서 나왔습니다. 잠시만 대화를 나눌 수 있을까요?"

"아니, 아뇨. 안 됩니다."

프로그램 이름을 듣자마자 남자가 정언을 한쪽으로 밀며 사무실 문을 열쇠로 열었다. 남자가 들어가기 무섭게 정언은 닫히려는 문 사이로 몸을 일단 밀어 넣었다. 놀란 윤이 뒤에서 선배, 하며 정언을 끌어당기려 했으나 정언은 말리는 윤을 뿌리치고 안으로 들어섰다.

한눈에 보기에도 십수 년은 되어 보이는 오래된 가죽소파와 사무실 책상, 철제 캐비닛과 어울리지도 않는 낡은 간이의자 몇 개 외에는 별다른 집기조차 없는 횅한 사무실이었다. 안쪽 구석에는 골프백 하나가 놓여 있었고, 열린 백 위쪽으로 몇 개의 골프채 클럽이 보였다.

책상 위에는 한자로 이름을 판 나무 명패가 하나 놓여 있었다. **代表 孫景一.** 정언은 눈으로 그 글자를 읽었다. 대표 손경일.

"손경일 대표님 본인이세요?"

정언이 묻자 남자는 부정하는 대신 노골적으로 기분 상한 티를 냈다.

"아니, 나는 할 말이 없다고. 무슨 일로 다짜고짜 찾아와서 이러는지 이해가 안 가네."

"저희가 지금 취재하는 사건이 있는데 몇 가지만 여쭤보고 싶어서요. 잠깐만 시간 내주시면 안 될까요?"

"뭔지는 몰라도 나는 방송에 나올 만한 일과는 전혀 상관이 없는 사람이에요."

"박규형 씨하고 아는 사이세요?"

대답을 거부하려는 티를 내며 돌아서서 캐비닛 안을 들여다보던 경일이 그 이름에 갑자기 몸을 획 돌렸다.

"누구요?"

"서온건설 진송신도시 현장에서 일하시던 박규형 씨하고 혹시 아는 사이신지 여쭤본 겁니다."

정언은 천천히 말하며 경일의 얼굴을 날카롭게 관찰했다. 분명 규형의 이름을 언급했을 때 그에게서 반응이 있었다. 아예 모르는 사람이라면 그럴 리 없다는 확신이 뇌리를 스쳤다. 경일이 순간적으로 멈칫하는 기색을 하더니 곧 성질을 냈다.

"아니, 나는 그런 거 모르겠고, 그만 가라고요!"

"서온건설 쪽하고 전혀 관련이 없으세요?"

"이 아가씨가 정말 왜 이래?"

그때 주머니 속의 핸드폰이 진동했다. 정언은 재빨리 핸드폰을 꺼내 확인했다. 민혜에게서 온 메시지였다.

― 대박

― 95년 을정신도시 개발 지역 현장 충돌 영상에서 발견

― 01년 애포신도시에서도

― 최변이 확인해 줌. 서온이 예전부터 끼고 일하는 용역 업체래. 자체 시위 현장 녹화한 영상 보내 주겠다고 했음

― 메시지 확인하면 연락해

민혜의 메시지에는 두 개의 영상 링크가 함께 들어 있었다. 그럼 그렇지, 하고 속으로 중얼거린 정언은 서둘러 다시 핸드폰을 집어넣으며 경일을 다그치듯 물었다.

"서온건설하고 같이 일하시는 거 맞죠? 진송신도시 현장에 매일 나가시는 이유가 뭡니까? 저희가 CCTV하고 블랙박스 영상으로 경일용역 소속 차량이 현장에 드나드는 걸 이미 확인했어요. 인력 용역 일은 안 하시잖아요. 그런데도 굳이 현장에 계속 드나드시는 이유가 궁금한 겁니다."

"좋은 말로 할 때 나가요. 남 영업하는 데 와서 뭐하는 거야?"

경일이 불쾌한 얼굴로 바닥에 놓여 있던 철제 의자를 걷어찼다. 시멘트 바닥 위로 시끄러운 소리를 내며 의자가 넘어졌다. 뒤에서 윤이 움찔했으나 정언은 동요하지 않았다.

"박규형 씨가 현장에서 추락사한 건 아시죠? 박규형 씨가 누군지 모르셔도 매일 현장 드나드시는 분이면 충분히 무슨 일이

있었는지 아실 거 아닙니까."

"야, 너 사람 말 못 알아들어? 나가라잖아, 내가 대답할 이유
가 없다잖아!"

경일이 가까이 다가와 정언의 어깨를 밀쳤다. 퍽 소리가 날 정
도로 세게 밀친 탓에 몸이 휘청거렸다. 기절할 정도로 놀란 윤
이 황급히 정언을 부축했다. 그러나 정언은 위축되지 않았다. 이
쯤 되면 차라리 한 대 쳐 주는 편이 좋았다.

정언은 웃는 얼굴로 말했다.

"사장님, 저한테 손대지 마시고요. 사장님 말씀대로 이 일하고
관련이 없으시면 답변해 주실 수 있잖아요. 저희가 확보한 자료
가 있고, 그래서 사장님 말씀 들어 보러 온 건데 이러시면 저희
쪽도 사장님 입장을 전달해 드릴 수가 없습니다."

정언을 아래위로 훑어보던 경일이 핸드폰을 꺼내 어딘가로 전
화를 걸었다. 신호가 두어 번 가기도 전에 상대가 받은 듯, 경일
이 관자놀이 부근을 긁으며 내뱉었다.

"어, 지금 좀 골치 아프게 됐으니까 애들 몇 명만 데리고 올라
와 봐."

"선배."

일이 커졌다고 생각했는지 윤이 뒤에서 슬며시 정언의 옷자락
을 당겼다. 정언은 경일에게 들리지 않을 만큼 낮은 목소리로
윤에게 속삭였다.

"카메라 뺏기지 마. 카메라 뺏길 것 같으면 메모리카드부터 바
로 빼 버려."

윤이 뭐라고 할 말이 있는 얼굴로 입술을 몇 번 달싹이더니
고개를 끄덕였다. 그사이, 경일이 구석에 놓인 골프백에서 클럽

하나를 집어 들어 손에 쥐고는 헤드로 바닥을 툭툭 쳤다.

팔이나 다리 하나 부러질 수도 있겠네, 속으로 생각했으나 겁이 나지는 않았다. 어디 하나 부러진다면 바로 일을 키우는 건 쉬웠기에, 내심 바라는 바이기도 했다. 마음의 준비를 한 정언은 잠깐 숨을 골랐다.

그때 열린 문 밖으로 여러 사람이 뛰어 올라오는 발소리가 들렸다. 윤이 거의 본능적으로 뒤를 돌아보았다. 한눈에 보기에도 질이 그다지 좋아 보이질 않는 남자 서넛이 문 앞을 막았다.

"사장님, 무슨 일입니까?"

사투리 억양이 심한 남자가 먼저 경일에게 물었다. 운동선수 출신인 듯 체격이 상당히 좋았다. 경일이 클럽 끝을 툭툭 치며 턱짓으로 정언과 윤을 가리켰다.

"방송국 피디님들인데 취재를 좀 하고 싶다고 그러시네. 근데 나는 썩 내키지가 않으니까 밖으로 모셔다 드려."

그러자 남자가 대번에 정언의 팔을 먼저 움켜잡았다. 상당히 세게 잡혀, 잡는 것만으로도 멍이 들 것 같았다. 윤의 표정이 굳는 걸 본 정언은 눈짓을 하며 내뱉었다.

"저한테 손 안 대시는 게 좋을 겁니다. 제가 폭행에 성추행까지 더해서 신고할 수도 있거든요. 사장님, 이렇게까지 하시는 이유를 모르겠네요."

정언의 말이 끝나기 무섭게 경일이 들고 있던 골프채를 휘둘렀다. 캐비닛 위에 놓여 있던 싸구려 도자기가 바닥으로 날아가 처박히며 산산조각이 났다. 정언이 잡혀 있던 팔을 뿌리치자 경일이 눈을 가늘게 떴다.

"아가씨, 내가 꼭 험한 꼴 봐야겠어?"

다음 순간, 키가 작은 남자가 정언의 머리채를 낚아챘다. 짧은 단발을 거칠게 잡아당기는 바람에 고개가 뒤로 확 젖혀졌다. 예상하지 못한 행동이라 무의식중에 작은 비명이 터졌다.

그러자 곁에 있던 윤이 갑자기 그에게 달려들었다. 미처 예상하지 못한 상황이었다. 놀란 정언은 뒤를 돌아보았다. 그쪽도 윤이 반격할 거라고는 생각하지 못했는지 단번에 윤에게 멱살을 잡혀 벽으로 밀쳐졌다.

퍽 소리가 날 정도로 거칠게 밀어붙여진 남자가 억, 하며 신음 소리를 냈다. 윤이 한 손에 카메라까지 든 채여서 불리한 상황이기는 했지만, 남자는 윤보다 머리 하나는 작았다. 키와 체격 차이 탓에 아무리 잘 훈련된 상대라도 순간적으로 떠밀리는 건 당연했다.

기겁을 한 정언은 황급히 윤의 팔을 움켜쥐었다. 그러나 윤은 정언의 손을 즉시 뿌리쳤다. 아무래도 위험했다. 다시 한 번 윤을 억지로 잡아끌어 남자에게서 떼어 놓자, 윤이 거칠어진 숨을 고르며 남자를 노려보았다. 정언은 윤의 옷자락을 당기며 나지막하게 주의를 주었다.

"이쪽에서 치면 쌍방이야. 대응하지 마."

"쌍방이고 뭐고 선배한테 손을 댔잖아요!"

윤이 목소리를 높였다. 전에 본 적 없이 화가 난 표정이었다. 순간 저도 모르게 가슴이 덜컥했다. 늘 생글거리던 윤이 이런 얼굴을 할 수 있을 거라는 생각조차 해 본 적이 없는 탓이었다. 정언이 잠시 당황하는 찰나, 다른 남자들이 윤을 밀치며 험악한 분위기를 조성했다.

"야 이 새끼야, 너 뭔데? 뭔데 남의 사업장에 카메라 들고 들어와서 이 지랄이야?"

잘못하다가는 윤이 다칠 수도 있었다. 거기에 생각이 미치자 벼락을 맞은 듯한 기분이었다. 아무리 팔다리 하나 부러질 각오를 했다지만, 윤이 다치는 건 문제가 달랐다. 정언의 말이 기억났는지, 윤이 들고 있던 카메라를 재빨리 가방에 집어넣으며 뒤로 숨겼다.

그러자 키가 큰 남자가 윤을 뒤에서 잡아채 돌려세웠다. 갑작스러운 공격에 윤이 중심을 잃었다. 동시에 주먹이 날아오는 것을 본 정언은 곁에서 있는 힘껏 윤을 잡아당겼다. 윤이 순간적으로 휘청한 탓에 남자의 주먹이 허공을 갈랐다.

정언은 윤을 문 쪽으로 일단 밀어 두고 그 앞을 가로막았다.

"사장님, 이러시면 더 곤란한 거 모르세요?"

입 안이 말랐다. 문전박대는 숨 쉬듯 흔한 일이었으나, 이런 식으로 서로 곤란해지는 상황을 만드는 경우는 흔치 않았다. 정언을 빤히 보던 경일이 골프 클럽을 어깨에 걸쳐 툭툭 치며 두 사람에게 가까이 다가왔다.

"좋게 말할 때 카메라 내놔. 찍은 거 있잖아."

"그건 곤란한데요."

정언은 최대한 침착하게 대꾸했다. 그사이 윤이 서둘러 카메라 가방을 뒤로 숨기며 바로 배터리와 메모리카드를 뺐다. 만에 하나 카메라가 망가진다 하더라도 메모리카드를 지키는 게 먼저였다.

경일이 카메라 가방을 멘 윤 쪽으로 고개를 까딱했다. 남자들이 달려들어 소리를 지르며 윤에게서 카메라를 빼앗으려 들었다. 가방을 꽉 껴안은 윤이 남자들을 뿌리치는 사이, 어깨끈이 흘러내리며 카메라 가방이 아래로 떨어졌다.

정언은 바로 가방을 감싸 안으며 그 위로 엎드렸다. 열린 문 너머를 슬쩍 보자, 같은 층을 쓰는 사람들 중 하나인지 누군가가 문 근처에서 기웃거리는 것이 보였다. 경찰이라도 좀 불러 줬으면 좋겠는데, 하고 생각하던 참이었다.

"야, 이 미친년아, 안 떨어져?"

머리 위로 거친 목소리가 떨어지며 몸이 억지로 잡혀 들렸다. 그러나 악으로 버티는 건 자신 있었다. 정언은 가방에 매달리다시피 하며 등을 둥글게 말았다. 다음 순간 몸을 숙인 윤이 자신을 품으로 확 끌어당겨 감싸 안는 것이 느껴졌다.

그리고 정언이 미처 무슨 상황인지 인식하기도 전 곧바로 퍽, 하고 둔탁한 소리가 울려 퍼졌다. 찰나의 정적 후 바닥으로 간이 의자가 요란하게 나뒹굴었다. 놀란 정언은 저도 모르게 고개를 들었다.

한쪽 눈가를 손으로 가린 윤이 낮은 신음 소리를 냈다. 얼어붙은 정언은 눈을 깜빡였다. 윤의 이마가 선혈로 물든 채였다. 눈썹 위에서부터 새빨간 피가 오른쪽 뺨을 타고 흘러내렸다. 찬물을 뒤집어쓴 듯한 감각이 찰나에 전신을 지났다.

"김윤!"

비명처럼 터진 외침에 사무실 안의 모든 사람이 순간적으로 움직임을 멈췄다.

그때 밖에서 사이렌 소리가 요란하게 울렸다. 남자들의 얼굴에 낭패의 기색이 스쳤다. 정언은 창백하게 질린 얼굴로 윤을 마주 보았다. 윤이 피가 배어 나오는 이마 부근을 누르며 고개를 숙였다.

"괜찮아요, 선배. 진짜 괜찮아요."

윤이 숨을 고르며 거의 속삭이는 듯한 목소리로 말했다. 그러나 전혀 괜찮아 보이지 않았다. 이마를 누른 손 아래로 떨어진 핏물은 바닥 위로 일그러진 원을 그리며 번져 나갔다. 검은색 옷에 묻은 선혈이 본래의 색을 숨긴 채 형광등 빛에 번들거렸다.

굳어서 윤을 바라보던 정언은 퍼뜩 정신을 차리고는 윤의 손 위에 자신의 손을 겹쳐 더 세게 눌렀다. 지혈을 위해서였다. 윤이 아픈지 얼굴을 찡그렸으나 정언은 윤의 손을 놓아 주지 않은 채 힘을 주었다.

가는 떨림이 느껴졌다. 그게 윤의 것인지, 자신의 것인지 확신할 수 없었다. 계단을 뛰어 올라오는 발소리와 함께 곧 경찰 두 명이 도착했다. 아마 길어야 고작 1, 2분이었을 테지만 체감하기로는 십 분은 더 된 것 같았다.

난장판이 된 사무실과 이마에서 피를 흘리는 윤을 번갈아 보던 경찰들이 난감해하며 눈빛을 교환했다. 정언은 이를 악물며 내뱉었다.

"YBS 시사보도국 소속 <비하인드 24> 서정언 피디입니다. 여기 있는 사람들 전부 폭행으로 고소할 거니까, 무조건 서로 동행해 주세요."

보통 이런 업체는 현지 경찰과 커넥션이 있는 경우가 많기에, 어물거리다가는 선수를 뺏길 위험이 있었다. 한눈에 보기에도 출동한 경찰들은 이미 경일과 안면이 있는 듯했다. 그러나 유혈 사태가 난 이상 적당히 넘어갈 마음 따위는 없었다.

<비하인드 24>라는 말이 정언의 입에서 떨어지자마자 경찰들이 아이고, 하며 자기들끼리 뭐라고 속닥거리더니 두 사람을

먼저 일으켰다.

"그 저, 상황이 이렇게 됐으니까 일단 서로 좀 가야겠네요."

경찰 둘 중 연장자인 듯한 쪽이 경일에게 할 수 없다는 투로 내뱉었다. 경일 역시 재수 옴 붙었다는 표정으로 남자들에게 턱짓을 했다.

정언은 서둘러 팔을 잡아 윤을 부축했다. 윤이 휘청하며 정언의 어깨를 감싸듯 두르고 몸을 기댔다. 이마를 누른 손은 온통 새빨갛게 물들어 있었다. 정언의 손도 이미 피투성이였으나 그런 건 상관없었다.

정언이 경찰들을 돌아보며 물었다.

"우선 병원에 들렀다 가야 할 것 같은데요. 제일 가까운 병원 응급실이 어디죠?"

"선배, 저 진짜 괜찮은데……."

윤이 겨우 입술을 달싹였으나 정언은 들은 척도 하지 않았다. 젊은 경찰이 정언에게 말했다.

"여기서 두 블록 정도 가면 새움병원이라고 중형 병원 하나 있어요. 그쪽 응급실로 가시면 될 것 같습니다."

"연락처 주세요."

정언이 자기 핸드폰을 내밀자 경찰이 전화번호를 입력해 돌려주었다. 핸드폰을 주머니에 넣은 정언은 윤을 부축해 계단을 내려갔다. 머릿속이 온통 엉망진창이었다.

어떻게든 윤을 떼어 놓고 왔어야 했다는 생각이 들었다. 위험하다는 걸 뻔히 알았으면서, 뭐라도 하나 더 건져 보겠다고 버틴 자신에게 욕이라도 퍼붓고 싶은 심정이었다. 윤이 다친 건 결국 자신의 안일함 탓이라, 미칠 것 같은 기분이 되었다.

스스로에게 화가 나는 것과 동시에, 윤에게 뭐라고 설명할 수 없을 정도로 미안해졌다. 세워 둔 차의 조수석에 윤을 밀어 넣은 정언은 급한 대로 뒷좌석에 놓여 있던 티슈를 잔뜩 뽑아 이마에 대게 했다.

정언을 마주 보던 윤이 입술을 달싹였다.

"선배, 괜찮아요? 제가 운전해도 되는데……."

"누가 누구보고 괜찮냐고 묻는 거야, 지금?"

이런 상황에도 그런 소리를 하는 게 기가 막혔다. 정색을 한 정언은 시동을 걸기 무섭게 즉시 액셀을 밟았다. 차가 거의 뛰어 나가듯 도로로 미끄러져 들어갔다. 머뭇거리다 시트에 등을 묻은 윤이 잠시 사이를 두고는 나지막하게 말했다.

"……선배 혼자 오시게 안 해서 다행이에요."

그 순간 심장이 잠시 제 위치를 벗어난 듯 흔들렸다. 정언은 그 말을 못 들은 것처럼 앞을 응시했다. 그러나 손끝이 가늘게 떨리는 것까지는 막을 수 없었다. 윤이 이런 순간에도 왜 자기를 먼저 생각하는지 이해할 수가 없었다.

정언은 대답 대신 속도를 더 올렸다. 가벼운 현기증이 일었다. 한산한 도로를 질주하는 차 안에서 어쩐지 물에 빠진 듯 귓가가 먹먹해져, 모든 소리가 천천히 지워졌다.

"아, 선배, 잠깐만요. 잠깐…… 거기 진짜 아파요."

응급실 침대에 걸터앉은 채 고개를 젖힌 윤은 목을 움츠리며 최대한 불쌍한 표정을 지어 보였다. 뺨의 긁힌 상처 위로 연고를 발라 주던 정언이 미간을 찌푸리며 윤을 내려다보았다.

"진짜 아픈 데는 안 아프다고 그러더니 왜 이래?"

"따가워서 그래요."

"가만히 있어. 다 됐으니까."

자꾸 움찔대는 윤의 어깨를 한쪽 손으로 꽉 누른 정언이 다른 손으로 면봉에 묻힌 연고를 오른쪽 뺨에 펴 발랐다. 다행히 이마의 상처는 생각보다 크지 않았다. 의사는 피부가 얇은 곳이라 상처에 비해 출혈이 많았을 거라고 설명했다.

윤은 손을 올려 이마에 붙인 큼직한 반창고 위를 만져 보았다. 약간 아린 듯한 아픔이 맴돌아 두통처럼 느껴졌다. 그나마 검은색 옷을 입고 온 덕분에 피 묻은 티가 안 나는 게 다행이었다.

"나 사무실 가면 맞아 죽는 거 아닌지 모르겠다."

정언이 한숨을 내쉬며 중얼거린 말에 윤은 의아한 얼굴로 물었다.

"왜요?"

"김 피디 얼굴 이래 났다고."

"선배가 때리신 것도 아닌데 뭐 어때요. 선배 얼굴이 이런 것보단 훨씬 낫죠."

씩 웃자 정언이 대답 대신 윤의 이마 위를 한 번 꾹 눌러 주고는 옆의 의자에 앉았다. 윤은 시계를 보고 다시 정언에게 시선을 옮겼다.

"경찰서로 가실 거죠?"

"진단서 끊었으니까 가야지. 내 것도 2주로 하나 끊었고."

"선배 어디 다치셨어요?"

바로 얼굴색을 싹 바꾸며 몸을 내밀자 정언이 약간 멈칫하더니 손을 저었다.

"아까 잡힌 팔에 멍이 좀 들었더라고. 어차피 폭행 애기 할 거면 이런 거라도 끊어야 돼."

"보여 주세요. 심해요?"

침대에서 내려온 윤은 바로 정언의 팔을 잡았다. 정언이 보긴 뭘 봐, 하며 윤의 손등을 찰싹 쳤다. 윤이 아야, 하고 손을 떼자 정언이 미간을 좁혔다.

"김 피디 얼굴이나 신경 써, 지금은."

"걱정돼서 그러죠."

정언이 눈을 가늘게 떴다. 윤은 슬며시 그 시선을 피했다. 아무래도 요즘 들어 정언이 자신의 태도를 이상하게 여길 여지가 너무 많다는 건 알고 있었다. 오늘 일은 더더욱 그랬다.

애써 브레이크를 걸고 있었지만 이미 가속도가 붙기 시작한 감정은 쉽게 제어되지 않았다. 단순한 호감, 존경, 동료애 따위로 포장할 수 있는 선은 어디까지일까.

정언이 다치지 않아서 다행이라고 생각한 건 진심이었다.

골프채를 든 남자 앞에서도 전혀 위축되지 않는 모습에 절로 경외감이 들 정도였으나, 정언이 매번 이렇게 취재를 해 왔다고 상상하는 것만으로도 겁이 나는 것 역시 사실이었다. 아까 경일 용역 사무실에서의 일은, 아무리 되짚어도 정언이 지나치게 용감했다고밖에 생각할 수 없었다.

윤은 정언을 가만히 바라보고 있다가 물었다.

"아까 만약에 거기 사장이 진짜 골프채로 치기라도 했으면 어쩌려고 그러셨어요?"

"이런 거 처음 아냐. 솔직히 한 대 칠 거 기다렸는데. 팔이나 다리 하나 부러지면 바로 특종이야. 경찰이 조금만 늦게 왔어도 지금쯤 어디 하나 나갔겠지."

아침 식사 메뉴를 읊어 주는 듯한 말투와 내용의 괴리는 서늘했다. 그럴 거라고 짐작은 했지만, 막상 그걸 정언의 입으로 듣자 속이 확 뜨거워지는 건 어쩔 수 없었다.

"아무리 방송이 중요해도 그게 말이 돼요? 더한 일도 생길 수 있었던 거잖아요!"

"그러니까 혼자 온댔잖아. 왜 따라와서……."

목소리를 높이자 바로 반박하던 정언은 곧 말을 멈췄다. 무슨 생각을 하는지 잠시 핏기 없는 입술 끝을 이로 잘근거리던 정언이 다시 나지막하게 말했다.

"……아냐. 나 혼자 있는 거 아니니까 더 조심했어야 되는데, 그건 사과할게. 내가 생각 없었던 거 맞아."

서툰 말투였다. 윤은 정언이 사과하는 데 그리 익숙하지 않은 사람임을 금방 알아차렸다. 그러나 정언에게 사과를 받겠다고 한 말은 아니었다.

"저한테 사과하지 마세요. 저한테 사과하실 일 아닌데, 진짜 왜 그러시는 건데요. 겁도 안 나세요? 무섭지도 않고요? 남자도 이 꼴이 나는데 선배가 무슨 깡이라고 그런 데를 혼자 다닐 생각을 하세요?"

분명 주제넘은 소리일 거라고 생각했으나, 머릿속의 단어들이 컨트롤되지 않았다. 말하다 보니 점점 더 열이 오른 것도 사실이었다. 윤이 씩씩대는 것을 빤히 응시하던 정언이 픽 웃었다.

"왜 웃으시는데요. 저 지금 장난하는 거 아니거든요."

윤이 화가 난 말투로 다그치자 정언은 팔짱을 끼며 고개를 약간 기울였다.

"우리 엄마 말고 내 걱정 그렇게 하는 거 김 피디가 처음이네."

윤은 정언이 선을 지키라는 경고를 돌려 말하고 있다는 걸 쉽게 눈치챘다. 자신이 생각해도 이건 선을 넘는 일이었다. 그러나 그런 말이라도 하지 않고는 못 참을 것 같았다. 침묵하던 윤은 자리에서 일어나 침대 옆에 놓여 있던 가방을 어깨에 걸쳐 멨다.

"가요. 시간 없잖아요. 빨리 경찰서 갔다가 사무실 다시 들어가야죠."

"김 피디."

정언이 불렀으나 윤은 대답 대신 응급실을 나섰다. 정산을 마치고 주차장으로 걸어가자 뒤에서 뛰듯이 따라온 정언이 윤의 팔을 잡아 돌려세웠다.

"이거 내가 김 피디한테 사과할 일은 맞는데, 내가 여태 그런 식으로 일했다고 김 피디가 화낼 일은 아니지 않나?"

윤은 말없이 정언을 내려다보았다. 정언의 말이 옳았다. 정언이 지금까지 그렇게 일했다고 자신이 비난할 주제는 확실히 아니었다.

입사 후로 몇 년을 정언은 지금처럼 항상 이렇게 일해 왔고, 자신은 그저 정언의 인생에 갑자기 굴러 들어온 돌일 뿐이었다. 그런 자신이 정언에게 이런 일로 화를 낸다는 걸 정언이 쉽게 받아들일 리 만무했다.

"저 화난 거 아니에요."

침착해져야 했다. 겨우 감정을 고른 윤이 최대한 여상하게 대답하자, 잠시 윤을 물끄러미 보던 정언이 차에 타라는 손짓을 하고는 운전석에 먼저 타 시동을 걸었다. 조수석에 앉은 윤은 창가로 시선을 돌렸다. 머릿속이 복잡했다.

화가 난 건 아니라고 했지만, 솔직히 말하자면 그건 거짓말이었다. 자신이 다친 건 아무렇지도 않았다. 다친 쪽이 정언이 아니라 다행이라는 생각밖에 없었다. 그런데도 이렇게 기분이 나쁜 까닭이 뭔지 모를 노릇이었다.

―우리 엄마 말고 내 걱정 그렇게 하는 거 김 피디가 처음이네. 그 말이 뇌리를 스친 건 그때였다.

그건 선을 넘지 말라는 경고였으나, 정작 윤의 마음을 붙든 건 그 말을 뱉은 정언의 무심한 얼굴이었다. 아무도 자신을 걱정하지 않아도 상관없다는 듯한 그 태도.

윤은 곁눈질로 옆에 앉은 정언을 보았다. 무슨 생각을 하는지 정언은 앞을 뚫어지게 보고 있었다. 목덜미를 덮는 까만 머리칼과 늘 피곤한 탓인지 창백한 뺨, 핏기 없는 입술이 눈에 박혔다.

"……합의하자고 나올 거 뻔하니까 치료비는 걔들한테 받아. 우리가 영상도 갖고 있는 거 알아서 더 함부로 못 할 거야."

정언이 나지막하게 말했다. 윤은 네, 하고 대답했으나 그 말이 귀에 들어오지는 않았다. 경찰서 주차장에 차를 세운 정언이 고개를 까딱여 따라오라는 표시를 하고는 먼저 앞서 들어갔다.

정언을 따라 폭력계 조사실로 들어서자, 한 줄로 앉아 있던 남자들이 일제히 이쪽을 보았다. 옆의 의자에 앉아 한쪽 다리를 꼬고 있던 경일이 정언을 보자 자리에서 일어났다.

정언은 그쪽으로는 시선도 주지 않고 가방에서 진단서 두 장을 꺼내 담당 형사에게 내밀었다. 담당 형사는 이마에 커다란 반창고를 붙인 윤을 흘끔 보더니 한숨을 쉬었다.

"피디님, 진짜 고소하실 건 아니죠?"

"왜요?"

정언이 팔짱을 끼며 되묻자 형사가 눈으로 경일을 가리켰다.

"사장님이 만약에 합의 안 해주시면 영업 방해로 걸겠다고 하시니까, 좋게 좋게 해결하시면 어떻습니까?"

"영업 방해요?"

코웃음을 친 정언이 경일을 돌아보았다. 경일이 먼저 손을 내밀었으나, 정언은 그 손을 잡을 생각도 하지 않은 채 그를 빤히 응시했다. 경일이 머쓱하게 손을 거두고는 아까와는 확연히 다른 말투로 입을 열었다.

"피디님, 아까는 제가 죄송했습니다. 우리 애들도 그렇게까지 할 생각은 없었는데 일이 이렇게 돼서…… 치료비 나온 건 저희 쪽에서 전부 보상해 드리겠습니다. 기름값에 정신적 피해 보상, 뭐 이런 것까지 해서 인당 한 삼사십 해 드리면 되겠습니까?"

정언이 어이없다는 표정을 하며 웃었다.

"합의 안 하면 영업 방해로 저 맞고소하시겠다면서요?"

"그거는 제 입장에서도 어쩔 수가 없죠. 합의 안 해주시면 저도 사업하는 사람인데……."

"제가 아까 명함 드렸죠? 인터넷에 제 이름 검색해 보세요. 국회의원에 대기업에 정부에, 고소라면 아주 지겹게 당했으니까 사장님이 고소하신다는 말씀 저한테 전혀 타격 없습니다. 영업 방해로 맞고소한다고 하시면 제가 그러려니 할 줄 아셨어요?"

시베리아 벌판처럼 찬바람이 쌩쌩 부는 정언의 얼굴에 경일이 당황한 기색을 했다. 경일이 담당 형사와 서로 눈짓을 주고받았으나, 얼핏 보기에도 형사 역시 난처한 표정이었다. 정언은 선 채 경일의 눈을 마주 보며 말했다.

"제가 오늘 미리 연락 안 드리고 예의 없이 군 건 인정합니다. 정식으로 취재 요청할 테니까 응하시겠어요? 그거 받아 주시면 저희도 여기서 바로 합의하고 가겠습니다."

어차피 고소해 봐야 법정에서도 합의를 권할 정도의 일이었기에, 그렇다면 아예 정면으로 돌파하기로 마음먹은 듯했다. 경일의 표정이 굳어졌다.

담당 형사가 손을 휘저었다.

"사장님, 그게 뭐 어려운 거라고 일을 이렇게 만들어요. <비하인드 24> 무슨 프로그램인지 몰라서 그래요? 괜히 일 더 커지기 전에 그냥 취재 응하고 합의하세요."

"전화 한 통만 쓰고 오겠습니다."

딱딱하게 대답한 경일이 잠시 밖으로 나갔다 돌아왔다. 채 이삼 분도 걸리지 않은 것 같았다. 어디에 전화를 했는지 문득 궁금해졌다. 경일은 마지못한 기색이 역력한 얼굴로 정언에게 말했다.

"말씀하신 대로 하죠. 편하신 날짜에 연락 주시면……."

"지금 하시죠. 휴게실에서 인터뷰 잠깐만 하시고, 그러면 바로 합의서 써 드리겠습니다."

정언은 경일의 말을 끊으며 내뱉었다. 경일이 아무래도 잘못 걸렸다는 표정으로 다시 한 번 담당 형사 쪽을 보았다. 형사가 그냥 빨리 갔다 오라는 듯 고개를 흔들었다.

정언은 윤에게 따라오라는 손짓을 하고는 폭력게 맞은편의 휴게실로 향했다. 때마침 휴게실에는 사람이 없었다. 정언은 자판기에서 커피 세 잔을 뽑아 한 잔은 윤에게, 다른 한 잔은 경일에게 주고는 경일의 맞은편에 앉았다.

"김 피디, 카메라 켜."

윤은 가방에서 카메라를 꺼내 녹화 버튼을 눌렀다. 멀쩡하게 작동되는 걸 보니 다행히도 아까의 그 아수라장에서 고장 난 곳은 없는 듯했다. 윤은 카메라를 들어 경일 쪽을 찍기 시작했다. 정언이 커피를 두어 모금 홀짝이고는 입을 열었다.

"화면이 방송에 사용될 경우에 신변 보호는 당연히 해 드립니다. 모자이크 처리하고 음성 변조는 기본적으로 들어가고, 원하시면 전체 대역을 사용할 수도 있습니다. 음성까지 다 대역으로 처리해 드리니까 그 점은 염려하지 마시고요."

"아, 예."

영 내키지 않는 투였으나 어쩔 수 없다는 표정으로 경일이 대답했다. 정언은 그를 뚫어지게 응시하며 말을 이었다.

"저희가 CCTV와 제보 받은 블랙박스 영상을 여러 차례 돌려본 결과, 진송신도시 서온건설 스타일하우스 건설 현장에 거의 매일 경일용역 소유 차량이 드나드는 걸 확인했습니다. 현장에는 관련자 이외에는 출입이 불가능한 걸로 아는데, 그러면 서온건설 관련으로 현장에서 일하고 계신다는 거죠?"

"네, 뭐…… 일단 인력 용역을 하고 있으니까……."

"저희가 생각하는 평범한 인력소개소는 아니잖아요, 그렇죠? 공사 중인 현장에 그런 인력이 투입될 일이 뭐가 있습니까?"

"인부들 다루기가 쉽지 않고, 육체노동을 하는 사람들이라 현장에서 충돌이 많습니다. 그래서 쓰는 거지 뭐 다른 이유가 있는 건 아닙니다."

윤은 경일이 눈치를 본다는 것을 느꼈다. 화면 안의 그는 뭔가 초조한 듯했다. 손끝으로 빠르게 테이블을 치는 동작은 무의식중의 습관 같았다. 정언 역시 그것을 알아차린 모양이었다. 정언은 경일의 손끝에 눈을 둔 채 물었다.

"그런 부분을 컨트롤하기 위한 거라면 출근 시간 지나서 드나드는 이유가 뭡니까?"

"저희는 인부가 아닙니다. 그 시간에 나갈 필요가 없어요. 정해진 시간에 나가서 인부들 관리 감독하고, 그러니까 굳이 출근 시간을 맞출 이유가 없는 거죠. 인부들하고 사무직 출근 시간 다르지 않습니까."

미리 준비한 듯한 답변이었다. 정언은 재차 그를 다그쳤다.

"아까는 왜 서온건설 측하고 일하고 있다고 답변 못 하셨죠?"

"저희 같은 사람들한테 용역 깡패라고 하니까, 혹시 방송 나가서 서온건설 측하고 거래 끊길까 봐 그런 거죠. 저희 아주 작은 회사입니다. 큰 고객 떨어지는 건 좀……."

경일이 말끝을 약간 흐렸다. 큰 고객. 방금 전 경일이 사용한 표현을 캐치한 정언은 몸을 약간 앞으로 내밀었다.

"그렇죠. 서온건설하고는 거래가 상당히 오래되셨잖아요. 95년도 을정신도시 현장에서도 주민 시위가 심했는데, 그때도 서온건설 측에 고용된 업체였죠? 그러면 이미 이십 년 이상을 같이 일해 오신 거 아닙니까. 그때부터 사장님이 직접 운영하셨습니까?"

"아니, 그건…… 그, 저, 그건 어떻게 아시고?"

침착함을 유지하려던 경일의 얼굴이 무너지자, 정언은 그 빈틈을 놓치지 않았다.

"을정신도시면 의정부에서 거리가 꽤 있는 편인데요. 굳이 여기 있는 업체를 고용해서 쓸 이유가 있었나요?"

"저희가 이쪽으로 사무실을 옮긴 지가 얼마 안 됐습니다."

"서온건설 현장을 따라 옮기시는 건가요?"

"뭐, 일감 있는 데를 따라가다 보니까……."

경일이 말끝을 어물거렸다. 정언은 남은 커피를 마시고는 화제를 돌렸다.

"박규형 씨 얘기를 좀 듣고 싶은데요."

"아니, 제가 그분은 진짜로 알지를 못합니다."

황급히 말을 끊은 경일이 손을 내저었다.

"아까도 말씀드렸지만 제가 정말 그분에 대해서는 아는 게 없어요."

"박규형 씨가 현장 관리를 담당했고, 원주민 데모 때도 사측인사로 자주 나간 걸로 아는데요. 경일용역에서 박규형 씨를 모른다는 게 더 이상한 거 아닙니까?"

"피디님, 이게 정말 제가 억울한데 저희는 그냥 주는 돈 받고 오라면 오고 가라면 가는 겁니다. 현장 관리를 누가 하는지, 데모하는데 사측에서 누가 나오는지 그런 건 몰라요. 차에서 대기하다 나오라면 나오고 상황 끝나면 갑니다. 더 이상 거기 대해서는 얘기할 수가 없어요."

규형에 대해서만큼은 경일의 태도가 상당히 완고했다. 정언은 그를 다시 다그쳤다.

"그러면 사측에서 경일용역을 관리하는 관리자는 누구죠? 관리자가 있을 거 아닙니까."

"그렇게까지 물어보시면 제가 대답을 할 수가 있습니까? 저도 이거 먹고살려고 하는 겁니다. 지금 밥줄 떨어질 거 뻔히 알면서 피디님한테 대답할 수 있는 건 다 해 드린 거예요. 이 이상 자꾸 그렇게 물어보실 거면 저도 더 인터뷰 못 하겠습니다. 그냥 고소하세요."

경일이 약간 흥분한 투로 목소리를 높였다. 물끄러미 경일을 바라보던 정언은 알겠습니다, 하고 자리에서 일어났다. 촬영 접으라는 손짓에 윤이 얼른 카메라를 끄자, 경일이 정언의 눈치를 살폈다.

"끝난 겁니까? 이걸로 합의하고 가실 거죠?"

"네. 협조해 주셔서 감사합니다."

그러자 경일이 안도하는 눈치로 품에서 봉투를 꺼내 건넸다. 윤과 정언이 병원에 있었던 사이 미리 준비해 둔 모양이었다. 정언은 봉투를 받지 않고 윤을 가리켰다.

"합의금 필요 없고요, 이 친구 응급실 비용만 청구하겠습니다. 영수증에 계좌번호 적어서 드려."

윤이 가방을 뒤져 응급실 영수증을 찾아 내밀자 경일이 황급히 그 영수증을 받아들었다. 폭력계로 돌아가 짧은 합의서를 쓴 정언은 도로로 나와 차에 타기 무섭게 중얼거렸다.

"이 새끼들 뭐가 있어. 내가 끝까지 파 볼 거야."

그 말에 윤은 한숨처럼 내뱉었다.

"뭘 하셔도 좋으니까 제발 조심 좀 하세요."

무심결에 튀어나온 본심이었다. 정언이 건방지다고 여긴대도 정말 상관없다는 생각이 들었다. 정언이 늘 이런 식으로 일해 왔다는 걸 깨닫는 순간은 윤에게 그리 유쾌하지 않았다. 잠시 미간을 좁힌 정언이 뭐라고 하려는 것 같았으나, 그것을 눈치챈 윤이 말을 돌렸다.

"사무실로 가실 거죠?"

빤한 수작이라고 생각했지만 정언은 의외로 순순히 응, 하고 대답했다. 더 이상 분위기를 어색하게 만들기는 싫은 듯했다.

"아까 95년도 을정신도시 얘기는 어떻게 아신 거예요? 송 작가님한테 연락 왔었어요?"

"경일용역 갔을 때 메시지 왔었어. 영상도 찾아 놓은 것 같더라고. 일단 사무실로 갔다가 오늘은 일찍 퇴근해서 쉬어. 고생많이 했으니까."

"선배는요."

"나도 오늘은 집에서 좀 쉬어야 될 것 같아. 피곤하네."

정언이 짧게 대답하며 다시 선글라스를 꺼내 썼다. 오후라 더 이상 햇빛으로 시야가 방해받을 일은 없었는데도, 고속도로를 달리는 내내 정언은 계속 그렇게 얼굴을 가린 채였다.

다시 방송국에 도착했을 때는 이미 해가 지기 시작한 늦은 오후였다. 사무실로 올라가자마자 사람들이 윤을 보더니 눈을 휘둥그렇게 떴다. 가장 먼 자리에 앉은 현진까지 벌떡 일어나 윤의 이마에 붙은 커다란 반창고에 대고 삿대질을 했다.

"아니 김윤, 그거 뭐야?"

"아뇨, 별거 아니에요. 그냥 좀 어디 긁혔어요."

윤이 애써 웃으며 대답하자 예준이 장탄식을 하더니 가까이 다가왔다.

"그런 얼굴 보관 잘 해야지, 왜 그렇게 막 쓰고 다녀? 얼마나 긁혔길래 그래? 한 번 보자."

진짜 반창고를 뗄 기세라 저도 모르게 뒷걸음질을 친 윤은 손을 내저었다.

"아니, 진짜 괜찮아요. 하나도 안 아파요."

"그거 혹시 서정언이 그래 놓은 거 아냐?"

편집실에 있던 호형까지 그새 고개를 내밀며 한마디를 보탰다. 곁에 서 있던 정언이 포기했다는 투로 대꾸했다.

"그래. 내가 그랬다, 내가."

"정언 피디님 너무해요!"

막내 작가인 성옥이 농담 반, 진담 반으로 정언에게 투정을 부렸다. 윤은 황급히 손을 내저었다.

"아니, 진짜 아니에요. 진짜 그런 거 아닌데."

"강한 부정은 강한 긍정이라는 말이 있지, 아마?"

정언이 낄낄대는 호형에게 이리 오라는 손짓을 했다.

"응, 안 피디도 좀 와 봐. 똑같이 이마 터트려 줄 테니까."

"어우, 아냐. 나 지금 엄청 바빠."

정언의 말에 호형이 대번에 편집실 문안으로 머리를 다시 집어넣고는 문을 닫았다. 저 인간이, 하고 중얼거린 정언이 자리에 앉기 무섭게 커피를 타 오던 민혜가 사무실로 들어섰다. 민혜는 어색하게 서 있는 윤 쪽으로 무심코 고개를 돌리더니 눈을 휘둥그렇게 떴다.

"어머, 김 피디 뭐야? 아침에 멀쩡하게 나간 사람이 이런 건 왜 달고 왔대? 무슨 일 있었어?"

"회의실 가서 얘기합시다."

정언은 민혜와 윤을 회의실로 불러 문을 닫았다. 정언이 자초지종을 설명하는 동안 심각하게 듣고 있던 민혜가 아휴, 하고 눈을 흘겼다.

"그러게 조심 좀 하지. 왜 일부러 긁어서 일을 만들어."

"안 그러면 안 되겠더라고. 아무튼 뭐가 있긴 한 거 같아요. 나

보내 준 영상 아직 확인 못 했는데, 최 변호사님도 뭐 보내 준다고 했다며? 경일용역 확실해요?"

정언이 말을 돌리자 민혜가 고개를 끄덕였다.

"신문 아카이브에서 확인했어. 용역 업체 이름에 경일용역이라고 돼 있더라고. 95년 영상은 화질이 너무 안 좋아서 확실하진 않은데, 01년 영상은 거기 용역들 유니폼에 경일용역이라고 아예 쓰여 있어. 최변이 보내 준다는 영상 보면 더 확실하겠지."

"이 새끼들 이거 진짜 문제가 있네. 용역 깡패가 현장 출근을 매일 할 일이 대체 뭐가 있고, 그렇게 매일 나가면서 박규형 씨를 몰랐다는 게 말이 돼?"

"말이 안 되지."

맞장구를 친 민혜가 뒤에 앉아 있던 윤 쪽으로 시선을 주더니 혀를 찼다.

"김 피디 엄청 놀랐겠네. 괜찮아요?"

"네, 저야 뭐……."

"그만하길 다행이야. 예전에 그 성모 사원인가 뭔가 취재하러 갔을 때 얘 진짜 다리 부러졌었거든요. 강재희가 거기 찾으러 왔었기에 망정이지, 안 그랬으면 얘 산에서 그때 변사체로 나왔을 거라고 말 많았어."

그건 처음 듣는 얘기였다. 성모 사원이라면 정언이 취재했던 '가짜 성모와 구원을 기다리는 사람들' 편에 등장하는 사이비 종교 이야기가 분명했다. 윤이 그 말에 미묘하게 표정이 변한 것을 알아차렸는지, 정언은 민혜에게 눈치를 주었다.

"아니, 그런 얘기를 뭐 하러 해요? 겁먹으라고?"

"운 좋은 줄 알라고. 정언, 아까 최변이 전화해서 영상이 자기

강의 나가는 센터 사무실에 있다고 내일 보내 주겠대. 내일 확인하고 오늘은 둘 다 일찍 들어가. 덕분에 나도 좀 일찍 들어가 보자."

등을 떠미는 민혜의 손길에 자리에서 일어난 정언이 물었다.

"혹시 선배 지금 어디 있는지 알아요?"

"강재희? 노조 사무실에 있을걸. 요새는 여기 없으면 거기서 사니까."

"그래요? 작가님 지금 바로 퇴근할 건 아니죠? 우리 가고 혹시 선배가 나 찾으면 일 있어서 일찍 들어갔다고, 무슨 일 있으면 연락 달라고 좀 전해 줘요."

"별걱정을 다 한다. 얼른 가서 씻고 푹 자, 오늘은. 고생했어."

정언이 민혜에게 웃어 보이고는 회의실을 나왔다. 가방을 들고 정언과 함께 사무실을 나선 윤은 엘리베이터 앞에 나란히 서 있다가 입을 열었다.

"집에 어떻게 가실 거예요?"

"걸어서."

"태워 드릴게요."

정언이 그 말에 어이없다는 표정을 하더니 때마침 열린 엘리베이터에 타서 1층 버튼을 눌렀다.

"누가 누굴 데려다준대? 반창고는 손바닥만 하게 붙여 놓고 쥐가 고양이 생각한다. 일찍 들어가서 좀 쉬어. 김 피디도 며칠 못 자서 얼굴 안 좋은데."

"어차피 가는 길이에요."

윤은 불이 들어온 1층 버튼을 한 번 더 눌러 끄고는 지하 주차장 층수를 눌렀다. 정언이 뭐라고 하려는 듯 윤을 쳐다보다 다시 고개를 돌렸다.

주차장에 내린 윤은 정언에게 먼저 조수석 문을 열어 주고는 차에 타 시동을 걸었다. 정언이 옆에서 내비게이션에 자기 집 주소를 찍었다. 윤은 농담처럼 물었다.

"이렇게 주소 막 알려 주셔도 괜찮아요?"

"왜, 오밤중에 찾아와서 뒤통수라도 한 대 치고 싶어서?"

"남자한테 집 알려 주는 거 위험하잖아요."

정언이 그 말에 짧게 웃는 소리를 냈다.

"김 피디 위험한 남자라고 생각하라 그거야?"

무심하게 지나치는 말이었으나, 문득 속이 뜨끔해진 윤은 그 말에 대답하지 못했다. 다행히도 정언은 딱히 대답을 원한 건 아닌 듯했다.

내비게이션에 뜬 목적지는 가까웠다. 차로 오 분도 채 걸리지 않을 듯한 거리가 조금 아쉽게 느껴졌다. 퇴근길이 슬슬 시작되기 직전의 도로를 지나 도착한 곳은 오피스텔 건물이었다. 대로변에 주차할 곳이 마땅치 않아 지하 주차장으로 들어가는 동안, 정언은 내내 말이 없었다.

윤이 엘리베이터 쪽 입구에 차를 세우자 정언이 고마워, 하고는 차에서 내렸다. 깡마른 체구에 어울리지 않게 커다란 백팩을 둘러메는 뒷모습이 눈에 맺혔다.

윤은 바로 나가지 않고 그 자리에서 정언의 뒷모습을 지켜보았다. 잠깐 뒤를 돌아본 정언이 곧 그것을 알아차린 듯 유리문을 열고 들어가려다 말고 그 자리에 서서 윤을 보았다. 그 자리에 잠시 서 있던 정언이 이쪽으로 다시 돌아와서는 조수석 쪽의 창을 똑똑 두드렸다.

당황한 윤이 창을 반쯤 내리자 정언이 물었다.

"잠깐 들어왔다 갈래?"

"네?"

뜻밖의 제안이었다. 사귀는 사이가 아닌 여자 집에 굳이 들락거리는 취미 같은 건 없었다. 하지만 그게 정언이라면 얘기가 좀 달랐다. 서정언 피디가 아닌 그냥 서정언은 어떤 사람인지 궁금한 건 사실이었다.

잠시 망설이던 윤은 바로 시동을 끄고 차에서 내렸다. 이래도 될까 생각했으나 호기심을 이길 방법은 없었다. 윤과 엘리베이터를 탄 정언이 12층 버튼을 눌렀다. 조용한 엘리베이터 안에서 윤은 정언을 슬쩍 내려다보았다.

늘 그렇듯 무표정한 얼굴로 앞을 응시하는 정언이 무슨 생각을 하는지 불현듯 궁금해졌다. 12층에서 내린 정언은 복도 끝의 문 앞에서 도어록의 비밀번호를 눌렀다.

"들어와. 별 건 없는데."

문을 연 정언이 먼저 안으로 들어섰다. 현관의 센서 등이 켜지며 어스름이 내려앉은 집 안의 실루엣이 얼핏 드러났다. 손을 뻗어 스위치를 올린 정언은 소파 옆에 백팩을 대충 던지듯 내려놓으며 창을 열었다.

윤은 그 자리에 서서 주위를 둘러보았다. 열두어 평 남짓 될 듯한 원룸에는 생활감이 거의 없었다. 필요한 건 다 있어 보였지만, 그건 바꿔 말하면 필요한 것 외에는 일절 없다는 뜻이기도 했다.

회색과 흰색으로 맞춘 깔끔한 침구와 작은 흰색 소파, 텔레비전과 책상 위의 노트북, 단출한 화장대. 윤의 시선이 방 안의 물건들에 하나하나 머물렀다. 정언의 집에 그 흔한 화분 하나 없다는 걸 깨닫기까지는 그리 오랜 시간이 걸리지 않았다.

아일랜드 식탁 위에 놓인 건 캡슐 커피 머신과 색을 맞춰 가지런히 정리된 캡슐들뿐이었다. 책장의 책들은 거의 언론 관련, 혹은 사회과학 계열의 서적들이었다. 소설책이나 만화책, 잡지 같은 건 한 권도 없었다. 뜻밖이라는 생각은 들지 않았지만 묘하게 마음 한구석이 버석거렸다.

"커피 한 잔 마실래?"

유의 속내를 알 리 없는 정언이 캡슐을 고르며 물었다. 윤은 시계를 보고는 웃었다.

"저녁 먹자고 하셔야 되는 거 아니에요?"

정언이 아, 하는 소리를 내며 윤 쪽을 보았다. 밤샘하느라 아침도 못 먹었고 점심도 건너뛰었다는 게 그제야 생각난 모양이었다. 스툴에 걸터앉은 정언이 한숨을 쉬며 흘러내린 머리칼을 쓸어 올렸다.

"집에 먹을 게 없는데, 컵라면 말고는 뭘 사다 놓질 않아서. 뭐 시켜 줄까?"

"컵라면 좋은데요."

윤이 선뜻 대답하자 정언이 손님 접대 어지간하네, 하고 중얼거리더니 전기 포트에 물을 채워 스위치를 넣었다. 찬장에서 컵라면 두 개를 꺼낸 정언은 아일랜드 식탁 위에 비닐 포장을 뜯은 컵라면을 올려놓았다.

윤은 정언과 마주 앉았다. 물이 끓기를 기다리는지, 턱을 괸 채 포트에 눈을 두고 있던 정언이 나지막하게 말했다.

"혹시 흉터 안 남을지 그게 걱정이네."

"선배 안 다치셨으면 됐어요. 신경 쓰지 마세요."

윤은 짧게 대답했다. 잠시 어색한 침묵이 감돌았다. 그 정적을 먼저 깬 쪽은 윤이었다.

"선배는 취미가 뭐예요?"

소개팅 자리에서나 할 법한 진부한 질문이었다. 정언은 그다지 대답할 게 없다는 듯 무심하게 어깨를 으쓱해 보였다.

"글쎄."

"쉬실 땐 뭐하시는데요?"

"책 읽든지, 자든지. 아니면 나가서 뛰든지."

대답한 정언이 문득 웃는 소리를 냈다.

"엄청 재미없네."

혼잣말처럼 중얼거리는 목소리가 왠지 지친 것처럼 느껴졌다. 윤은 몸을 앞으로 조금 더 내밀었다.

"집에 누가 오고 그러진 않아요? 가족들이나 친구들."

생활감 없는 공간이라, 누군가가 여기서 평범한 일상을 영위한다는 것이 머릿속에 선뜻 그려지지 않았다. 정언은 생각할 필요도 없다는 듯 바로 대답했다.

"친구 만날 시간도 없으니까. 아버지는 돌아가신 지 꽤 됐어."

정언의 얼굴은 담담했으나, 예상하지 못한 말에 심장이 약간 움직이는 듯한 감각이 지났다. 윤의 속내를 알 리 없는 정언이 말을 이었다.

"형제도 없고. 엄마는 신촌 쪽에서 외삼촌이랑 작은 빵집 하나 하고 계셔. 나 태어나기 전에 외할아버지 계실 때부터 하던 거니까 진짜 오래된 가게지. 명절에도 문 여는 집이라 나보다 더 바빠, 우리 엄마가."

"선배 빵집 딸이었어요?"

"왜, 안 어울려?"

되물은 정언이 아뇨, 하고 손을 내젓는 윤을 보고 짧게 웃었다. 상상력을 자극할 여지가 없는 건조한 취미, 일찍 돌아가신 아버지, 빵집 딸. 사소한 편린들은 평범했지만 낯설었다. 정언이 이런 애기를 하는 것에 익숙한 사람처럼 느껴지지는 않았다.

여기 온 까닭은 서정언 피디가 아닌 서정언은 어떤 사람인지 알고 싶어서였다. 그러나 정작 정언에게 가장 사적인 이 공간에서, 정언의 개인저 삶은 희박하다는 걸 깨닫자 어쩐지 마음 한쪽이 가라앉았다.

"강 피디님은요?"

재희의 존재를 떠올린 건 그 때문이었다. 정언이 거의 유일하게 벽을 낮추는 사람. 갑자기 등장한 재희의 이름에 정언이 눈을 약간 가늘게 떴다.

"친하시잖아요. 집에 초대하고 그러신 적 없어요?"

이건 지나치게 개인적인 질문일지도 몰랐다. 물론 진짜 묻고 싶은 것들은 따로 있었다. 재희와는 얼마나 가까운지, 얼마나 잘 알고 있는지, 그리고…… 윤은 생각을 멈췄다. 그 이상을 상상하는 건 결코 좋을 게 없는 일이었다.

윤의 속내를 알 리 없는 정언은 잠시 생각하다 대답했다.

"선배나 나나 서로 그런 스타일은 아닌데. 친해 보이나? 뭐 오래되긴 했는데, 일방적으로 내가 선배 따라다녔지. 처음 입사할 때부터 사수였고, 선배한테 전부 다 배웠으니까."

재희에 대해 이야기할 때, 정언의 표정은 확연히 다른 느낌이었다. 그것을 알아차린 즉시 아주 작은 바늘이 손끝에서부터 파고드는 듯 속이 뜨끔해졌다.

"아까 성모 사원 이야기는 뭐예요?"

어쩐지 입 안이 말랐다. 턱을 괴고 윤을 빤히 보던 정언이 피식 웃었다.

"송 작가님이 괜한 소리 했네, 또. 별거 아냐, 진짜. 그거 취재하러 갔을 때…… 혹시 그 편 본 적 있나? 내가 신도로 위장하고 들어가서 내부 촬영하다 걸렸거든. 거기서 잡히면 진짜 죽일 거 같더라고. 산길에서 미친 듯이 뛰어서 도망치는데 그 와중에도 카메라는 지켜야겠고."

"거기서 진짜 다리가 부러졌다고요?"

윤이 미간을 찌푸리자 정언이 손을 휘적거렸다.

"그건 과장이고, 금이 좀 간 거야. 그때는 다리에 금이 갔는지 뭐 어떤지도 몰랐어. 뒤에서 사람들은 쫓아오지, 이 길이 맞는지도 모르겠지 미치겠는데. 제일 걱정되는 게 거기서 나 죽는 것보다 영상 날아가는 거였으니까. 그게 한밤중이라 솔직히 산 아래로 내려왔어도 지나가는 차 없었으면 진짜 죽었을 수도 있는데, 그때 선배가 경찰 대동하고 나 찾으러 왔었거든. 핸드폰 뺏겨서 연락이 안 되니까 무슨 일이 생겼구나 했다고. 귀신같이 등산로 입구에서 차 대놓고 있다가 나 보자마자 달려와서 자기 차에 머리부터 일단 밀어 넣고 미친 듯이 밟았어. 영화 한 편 찍었지. 그거 찍고 소송 걸려서 법정도 엄청 들락거렸고."

정언이 옛날 일을 머릿속으로 되짚듯 천천히 말했다. 보통 사람들이라면 일생에 한 번 하기 어려운 끔찍한 경험일 텐데도 정언은 덤덤해 보였다. 재희 얘기를 할 때 그 얼굴에 희미한 미소가 떠오르는 것을 알아차린 윤은 눈을 가늘게 떴다.

좋은 기억이든 나쁜 기억이든, 시간이 지나고 나면 대부분 추억에 가까워지기 마련이었다. 재희와 함께한 모든 기억들이 이미 전부 그런 식으로 쌓아올려졌을까. 그렇게 생각하자 초조함에 가까운 감각이 스몄다.

"그 정도면 서로, 뭐 좀 그런 것도 있지 않아요?"

윤은 애써 웃으며 물었다. 정언은 모호한 단어들 뒤에 감춰진 의미를 쉽게 알아차린 듯했다. 팔짱을 낀 정언이 묘한 표정을 했다. 바로 읽을 수 없는 얼굴이었다.

"서로, 뭐 좀 그런? 재밌네. 그게 왜 궁금하지?"

"그냥요. 그렇게 오래 같이 일하면 다들 그렇잖아요."

"무슨 생각 하는지 모르겠지만 나랑 선배는 아냐."

정언은 단호했다. 속이 들여다보인 것 같아 순간 목덜미부터 뜨거워졌다. 잠시 사이를 두고 정언이 덧붙였다.

"가망 없는 일에 매달리는 취미 없어."

윤은 아주 사소한 계기라도 누군가에게 빠지는 건 단 한순간의 일이라는 걸 잘 알고 있었다. 정언이 재희에게, 혹은 재희가 정언에게 그런 순간이 절대 없었으리라고는 믿을 수 없었다. 윤은 정언의 말을 곱씹었다.

가망 없는 일에 매달리지 않는다는 건, 이미 생각해 본 적이 있다는 뜻일까.

"왜 가망이 없는데요? 아무도 모르는 거잖아요."

마음의 어딘가가 약간 비틀렸다. 내뱉은 말에 윤을 빤히 보던 정언이 짧게 웃었다.

"여기까지 합시다, 김 피디. 요새 나한테 지나치게 질문 많아. 계속 이러면 내가 주제 파악 못 하고 오해한다고."

농담처럼 던진 말이었으나 윤은 그 순간 마음의 어딘가가 긁히는 감각을 느꼈다. 집 담장에 핀 장미를 지나가던 사람이 부주의하게 뜯어내는 것을 본 듯한 기분이었다. 생각보다 말이 먼저 튀어 나갔다.

"그런 식으로 얘기 안 하시면 안 돼요?"

멈칫한 정언이 눈썹을 좁혔다. 그 얼굴을 본 순간 윤은 자신이 아까 왜 화가 났던 건지 깨달았다.

정언이 스스로를 소홀하게 대한다는 생각이 드는 게 싫었다. 일을 위해서라면 자기 팔다리 하나쯤은 부러져도 상관없는 사람처럼 구는 것도 싫었고, 지금처럼 사적인 삶 따위는 전혀 존재하지 않는 사람처럼 사는 것도 싫었다. 누구도 자신에게 관심 가질 리 없다고 믿는 사람처럼 말하는 건 더 화가 났다.

"무슨 주제 파악이요? 선배가 오해하시면 그게 뭐 어때서요?"

이상해 보일 게 뻔한데도 머릿속이 통제되지 않았다. 정언이 픽 웃는 소리를 냈다.

"김 피디 같은 사람이 이러는 거 신선하긴 하네."

"저 같은 사람이 뭔데요?"

윤이 되묻자 정언이 얼굴에서 웃음기를 거뒀다.

"지금 선 넘었다는 거 본인도 알지?"

그 말에 가슴이 덜컥했다. 아주 짧은 찰나, 세상이 전부 정지한 것 같았다. 때마침 물이 다 끓었는지 전기포트의 스위치가 탁 소리를 내며 꺼졌다.

대답 대신 포트를 내린 정언은 컵라면 두 개에 차례로 물을 부었다. 젓가락을 뚜껑 위에 올려놓은 정언이 고개를 돌려 창밖을 보았다. 어둠이 내리기 시작하는 서울의 밤은 각양각색의 불빛들로 반짝이고 있었다.

"오늘 고생했어."

정언은 윤을 보지 않고 말했다. 나지막한 목소리의 결은 조금 따뜻하게 느껴졌다. 그것을 깨닫자 기묘한 기분이 되었다. 선을 넘지 말라는 방금 전의 경고와 지금의 위로 사이에는 무엇이 있는 걸까. 표시되지 않은 국경선 위에 서 있는 것 같았다.

정언이 말없이 컵라면 뚜껑을 열고 라면을 먹기 시작했다. 윤은 그런 정언을 보았다. 흘러내리는 머리칼을 연신 쓸어 올리는 가느다란 손가락과 창백한 얼굴, 교본 같은 젓가락질과 거의 소리를 내지 않고 먹는 습관. 아주 사소한 그 순간들이 마치 폴라로이드 사진처럼 정지된 채 마음 어딘가에 내려앉았다.

조용한 식사를 마치기까지는 채 이십 분도 걸리지 않았다. 먹은 적도 없는 것처럼 자리를 치운 정언은 곧 캡슐을 골라 커피 두 잔을 내렸다. 정언은 말없이 단색의 머그컵에 담긴 커피 한 잔을 윤 쪽으로 밀어 놓았다. 창가로 완전히 몸을 돌린 정언은 자기 몫의 커피를 마셨다.

두 손으로 감싼 컵은 따뜻했다. 약배전으로 로스팅된 커피에는 부드러운 산미가 있었다. 자신의 취향을 물은 건 아니었으나, 좋아하는 맛이라 어쩐지 마음이 간질거렸다. 우연이라고 생각해도 이런 우연은 싫지 않았다.

오랫동안 커피를 마신 윤이 컵을 내려놓기까지 두 사람 사이에는 거의 대화가 없었다. 침묵은 어색했다. 잘 먹었습니다, 하고 윤이 작은 목소리로 인사하자 정언은 반쯤 마신 커피를 내려놓았다.

"피곤할 텐데 그만 들어가 봐. 내일 반차 내고 오전에 병원 한 번 더 갔다 오고."

"괜찮아요."

"내가 반차 내라고 허락해 주는 일 별로 없으니까 잘 생각해."

무표정하게 말한 정언은 자리에서 일어났다. 그만 가라는 뜻인 걸 알아차린 윤은 가방을 메고 정언을 따라 몸을 일으켰다.

작은 원룸의 거실에서 현관까지는 몇 걸음 되지 않았다. 센서등이 켜진 현관에서 신발을 신은 윤은 문을 열려다 말고 돌아서서 정언을 마주 보았다. 현관 벽에 비스듬히 기대 팔짱을 끼고 있던 정언이 눈을 맞춰 왔다.

"선배."

"왜."

정언은 언제나처럼 무심하게 대답했다. 그러자 김윤, 하고 자신의 이름을 부르던 그 목소리가 되살아났다. 품으로 끌어당긴 몸이 지나칠 정도로 가볍고 말라, 어쩐지 서정언 피디라는 이름을 감당하기에는 버겁게 느껴졌던 것도.

"아까 선배가 이름 불러 주셔서 좋았어요."

윤이 시선을 어슷하게 비껴 내리며 말했다. 정언의 눈이 약간 크게 뜨였다. 전구의 따뜻한 노란색 빛에 그 새까만 눈동자가 조금 밝게 보였다. 윤은 그 눈동자를 잠시 응시했다. 놀란 걸까, 아니면…… 정언에게서 처음 보는 표정이었다.

문득 윤은 자신이 지금 어떤 얼굴을 하고 있는지 궁금해졌다. 한동안 말없이 서 있던 윤은 갈게요, 하며 문을 열었다. 돌아섰을 때 닫히는 문 사이로 얼핏 스친 정언의 얼굴은 지쳐 보였다.

그 자리에 선 윤은 닫힌 문을 바라보았다. 곧 복도의 센서 등이 꺼졌다. 짙은 어둠이 파도처럼 긴 복도의 끝까지 밀려나갔다.

어둠 속에서 윤은 그 문 너머의 정언을 떠올려 보았다.

달의 뒷면을 보기 위해 궤도 안으로 들어가면 반드시 그 인력에 이끌린다. 그러니 그 너머를 보고 싶다는 열망은, 결국 불가항력적인 것일까.

정언을 더 알고 싶었다.

가능하다면 그 삶의 모든 순간을 전부 다.

그렇게 생각한 순간 지금까지 설명할 수 없다고 믿었던 수많은 감정들과, 그 감정을 표현하기 위해 떠올렸던 그보다 더 많은 낱말들이 머릿속에서 부유하다 일순간 내려앉았다.

분진이 가라앉는 물처럼 머릿속에서 모든 생각들이 지워졌다. 그 전부가 아주 느리게 단 한 줄의 문장으로 치환됐다.

나는, 이 사람을 좋아하는 거다…….

무음의 어둠이 천천히 녹아들었다. 윤은 그 자리에 선 채 움직이지 않았다.

12

"아, 여기 계셨네."

노조 사무실의 문을 벌컥 연 성옥이 재희를 발견하자마자 안
도의 한숨을 쉬었다. 충민과 이야기를 나누고 있던 재희는 성옥
의 얼굴을 보고 손가락으로 자신을 가리켰다.

"나 찾으러 왔어?"

"핸드폰 왜 안 받으세요? 지금 사무실 전화 완전 불났어요."

재희는 그제야 자신이 핸드폰을 가방 안에 넣은 채 사무실 구
석에 던져두었다는 것을 깨달았다. 뒷머리를 긁적이며 핸드폰을
꺼내 보자 부재중 통화가 그새 스무 통도 넘게 들어와 있었다.

팀원들이 아예 돌아가면서 전화를 했는지, 성옥부터 현진까지
전화를 안 건 사람이 없을 지경이었다. 전화를 하다하다 안 되
니 찾아오라고 성옥을 보낸 모양이었다.

"왜? 무슨 일 있어?"

재희가 의아한 얼굴로 묻자 성옥이 답지 않게 쭈뼛거렸다.

"일단 좀 올라가 보셔야 될 것 같은데……."

무슨 일이 나긴 났구나 하는 직감이 들었다. 충민 역시 불안하

다는 표정을 하며 재희의 등을 툭 쳤다.

"갔다 와 봐. 뭔 일 생긴 거 아니냐?"

재희는 성옥을 따라 바로 사무실로 올라갔다. 문 앞까지 나와 안절부절못하며 손톱을 뜯고 있던 현진이 재희를 보자마자 팔을 붙들며 물었다.

"아홉 시부터 지금 계속 편성국장, 제작국장, 심의국장, 아주 국장이란 국장들은 다 돌아가면서 전화해서 너 찾고 난리야. 이 사실에서도 직통으로 전화 오고. 왜 이러는데? 무슨 일 있어?"

국장급은 물론이고 이사실에서까지 직통 전화를 선다는 건 아무래도 심상치 않았다. 재희는 고개를 저었다.

"아니, 별일 없어요. 우리 뭐 그사이에 사고 친 거 없잖아."

"그러니까. 근데 왜 저 새끼들이 아침부터 저 지랄을 하냐고!"

현진의 말이 끝나기 무섭게 재희의 내선 전화가 요란하게 울려 대기 시작했다. 성큼성큼 걸어간 재희는 수화기를 집어 들었다. 강재희입니다, 하고 말하자마자 전화 너머에서 낯익은 목소리가 돌아왔다.

『재희, 자리에 있었니?』

"지금 막 왔습니다."

『바로 내 방으로 좀 올라올래?』

시사보도국장인 선경이었다. 목소리가 좋지 않았다. '철의 여인'으로 불리는 선경은 어지간한 일에는 눈 하나 깜짝하지 않았다. 선경이 이럴 정도라면 뭔가 벌어지고 있는 게 분명했다.

전화를 끊은 재희는 바로 벽에 걸어 둔 재킷을 걸쳐 입고 국장실로 향했다. 문을 두드리자 안에서 선경이 들어와, 하고 말했다. 문을 연 재희는 다음 순간 멈칫했다. 안에 선경뿐 아니라 다른 사람이 이미 와서 앉아 있는 것이 눈에 들어온 탓이었다.

"안녕하십니까."

재희는 고개를 가볍게 숙여 인사를 했다. 심석건 편성국장이었다. 얼마 전 이사진이 자기들 입맛대로 갈아 치운 인사 중 하나로, 본래 시사보도국 정치부 기자 출신의 인물이었다. 기자 생활을 하던 당시에도 실력은 없는데 정치부 기자라 그런지 정치는 잘 하더라는 평이었는데, 소원대로 한자리 차지하고 앉은 뒤로부터는 아주 위세가 대단했다.

석건은 상당히 심기 불편한 얼굴이었다. 이 새끼가 또 무슨 개소리를 하려고 그러나 하는 생각이 대번에 든 건 자연스러운 일이었다. 선경이 손짓으로 재희에게 와서 앉으라는 표시를 했다.

"강 피디 바쁜 건 아는데, 업무 시간에 자리 이렇게 오래 비우면 근무 태만 아니야?"

재희가 자리에 앉기 무섭게 석건이 말을 툭 뱉었다. 선경을 생각해서라도 날카롭게 굴고 싶지는 않았으나, 아침부터 이런 소리를 듣는 건 재희에게도 유쾌한 일은 아니었다.

"사내에서 제가 하는 모든 일은 업무 연장선상입니다. 국장님께 그런 말 들을 정도로 태만하게 일한 적 없다고 생각하는데요. 일할 시간 부족해서 지금 여기 와 있는 1분 1초도 아깝습니다."

석건의 표정이 즉시 굳어졌다. 선경이 급히 손을 뻗어 재희의 무릎 위를 지그시 눌렀다. 어지간하면 성질 좀 죽이라는 뜻이었다. 석건이 기가 찬다는 투로 비아냥거렸다.

"일할 시간도 부족하면 일을 열심히 해야 될 거 아냐. 일하랬더니 왜 애먼 데만 들쑤시고 다녀? 니들은 사람들이 대단하다, 대단하다 하니까 다 떠받들어 주는 거 같고, 방송이면 무슨 짓이든 막 해도 될 거 같고 그래?"

"심 국장, 진정해."

선경이 석건을 말렸다. 재희는 얼굴을 약간 찌푸렸다. 또 무슨 트집을 잡는 건지 이해할 수가 없었다.

"전 보도 윤리 지침 준수합니다. 후배들한테도 그렇게 가르치고 있고요. 방심위 기준에 걸릴 만한 방송도 한 적 없습니다."

석건이 기가 막힌다는 얼굴로 팔짱을 끼었다.

"야, 니들 저번에 심의국에서 기획안 미리 검수 받으라고 했다며. 그거 왜 안 지켜?"

"지시사항 아니었습니다. 저한테 의사 물었고 그럴 생각 없다고 분명히 말씀드렸는데요. 노조와 사측 협의문에서 제작 및 보도 자유의 보장 조항 확인해 보시죠. 방송 제작 시 기획에 대한 모든 우선권은 해당 제작진에게 있습니다. 어떤 이유로든 사측이 먼저 기획안을 심의한다는 건 조항 위반입니다."

재희는 침착하게 대답했다. 그게 또 석건의 심기를 건드린 모양이었다.

"너 그런 식으로 잘난 척하니까 지금 또 니들 고소하겠다고 항의 들어온 거 아냐!"

"그래서요? 언제부터 위에서 저 고소당하는 거 신경 쓰셨습니까? 고소장은 어차피 제 앞으로 올 테고, 제가 알아서 법무팀하고 변호사 상담하면 될 텐데요. 제가 고소 처음 당해서 어쩔 줄 몰라 할까 봐 배려심 발휘하시는 겁니까?"

고소라면 인이 박여 있었다. 수시로 사무실로 전화해 죽여 버리겠다, 밤길 조심해라, 가족들이 무사할 줄 아느냐 하는 놈들에 비하면 고소한다고 난리 치는 놈들은 차라리 신사적이었다.

법정 문턱이 닳을 정도로 드나들다 보니 아는 판검사들은 이제 좀 적당히 해요, 하고 농담을 던질 정도였다. 고소한다는 소리 들었다고 펄펄 뛰는 석건의 태도가 어이없는 건 당연했다.

"서정언 지금 뭐 쑤시고 다니는 거야?"

그러나 다음 순간 내뱉어진 말에 재희는 멈칫했다. 정언의 이름이 여기서 나올 거라고는 생각하지 못한 탓이었다. 석건이 들으라는 듯 혀를 찼다.

"어제 무슨 의정부 용역 업체 갔다가 패싸움 나서 경찰서까지 갔다고, 거기서 영업 방해로 고소할 거라고 난리가 났어. 서정언 대체 뭐하는데 그 지랄을 하고 다니는 거야? 윗분들이 기획안 확인해야겠다고, 대체 무슨 짓을 하고 다니는지 알아야겠다고 아주 화가 엄청 나셨다고."

정언이 취재 중인 건이라면 진송신도시 관련 건일 게 뻔했다. 물론 패싸움이 나서 경찰서를 갔다는 건 처음 듣는 얘기였다. 어제 자리를 비웠다가 돌아오니 민혜가 정언과 윤은 출장 갔다가 먼저 퇴근했다고 전하기에 그냥 그런 줄 알았던 것이다. 그러나 어쨌든 그런 소리를 석건에게 시시콜콜 늘어놓을 필요는 없었다. 재희는 석건의 말을 잠시 곱씹다 대답했다.

"기획은 담당 피디 고유 권한이라 제가 여기서 말씀드리는 건 적절하지 않을 것 같습니다. 그리고 국회의원이나 정부 기관에서 저희 고소하겠다는 것도 팀으로 직접 얘기 들어오는데, 고작 용역 업체에서 다른 것도 아니고 영업 방해로 고소하겠다는 걸 윗분들이 저보다 먼저 아시는 이유가 뭔지 궁금하네요."

허를 찔린 듯 석건이 그 말에 대답하지 못하고 얼굴을 구겼다. 뭔가 있다는 생각이 번뜩 뇌리를 스쳤다.

정언이 무슨 일을 하고 다니는지 하나하나 보고받지는 않았지만, 정언 같은 프로페셔널이 영업 방해로 고소하겠다는 소리까지 들어가며 행패를 부릴 정도로 서툴게 굴었을 리 없었다. 만약 정말 위법한 행위가 있었다면 경찰서에 갔을 때 이미 연락이 왔을 게 분명했다.

"그것까지는 강 피디가 알 거 없고, 아무튼 서정언 기획안 제출해. 지금 방송 남아 있는 모든 회차 기획안까지 다 포함해서."

석건이 테이블 위에 놓아두었던 담뱃갑에서 담배를 꺼내 물고 불을 붙이며 내뱉었다. 재희는 즉시 손을 뻗어 석건의 입에 물린 담배를 가로채서는 그것을 탁자 위의 종이컵 안에 눌러 껐다. 순식간에 일어난 일이라 석건이 어안이 벙벙한 표정을 하며 재희를 보았다. 재희는 정색하며 입을 열었다.

"사내는 전부 금연구역인 거 아실 텐데요."

"야, 강재희!"

그제야 재희에게 당했다는 걸 알아차린 석건이 자리에서 벌떡 일어났다. 재희 역시 지지 않고 일어나 석건을 마주 보았다. 재희의 차가운 얼굴에 석건이 약간 주춤했다. 재희는 나지막하게 내뱉었다.

"기획안 제출? 일방적으로 폐지 통보해 놓고 별말 없으니까 아주 팀이 호구로 보이나 본데, 윗분들한테 가서 똑똑히 얘기하세요. 기획안 받고 싶으면 노조하고 사측 협의 조항 법무팀하고 먼저 검토하시라고요. 우리가 위법한 행위를 저질렀기 때문에 기획안 사전 검토가 반드시 필요하다는 전문가 의견 받아 오시고, 노조 측에서 거기에 동의하면 그렇게 보고 싶어 하시는 기획안 다 드리겠습니다. 그거 아니면 개수작 부릴 생각 하지도 마세요. 계속 이런 식으로 나오면 저도 더 가만히 안 있습니다."

재희의 말에 석건이 기가 막힌다는 얼굴로 눈을 부라렸다.

"개수작? 너 지금 개수작이라고 했어? 가만히 안 있으면 뭐 어쩔 건데, 이 새끼야!"

"뭐 어쩔 건지는 두고 보면 아시겠죠. 지금 어디다 대고 이 새끼, 저 새끼 하시는 겁니까?"

"너 아주 눈에 뵈는 게 없는 건 진작부터 알았는데, 이 싸가지 없는 새끼가 진짜! 야, 내가 국장이고 너보다 몇 기수가 선배인데 어디서 눈깔 똑바로 뜨고 대들어?"

재희는 흰 눈을 뜨고 삿대질하는 석건에게 목소리를 높였다.

"선배면 선배답게 처신하세요! 후배 앞에서 창피하지도 않습니까? 어떻게 쌓아 올린 회사인데, 그거 망치는 꼴 방관하는 것도 아니고 망치라고 옆에서 같이 고사를 지내는 사람이 제 앞에서 선배 소리가 나옵니까? 사람이 염치라는 게 있어야죠!"

"재희, 너까지 왜 이래!"

보다 못한 선경이 재희를 끌어 앉혔다. 화를 참지 못하고 씩씩거리던 석건이 재희에게 고함을 질렀다.

"너는 지연수 죽고도 정신을 못 차리냐? 걔 왜 죽었는지 내가 알겠다! 너 그딴 식으로 위아래도 없이 사니까 맛 좀 보라고 그런 거야, 이 새끼야! 세상 무서운 줄 알라고!"

지연수.

그 이름을 듣는 순간 얼음을 뒤집어쓴 듯한 감각이 전신을 지났다. 찰나에 머릿속에서 모든 단어들이 지워졌다. 무의식적으로 말아 쥔 손끝이 새하얗게 질린 것도 모른 채 재희는 그를 뚫어지게 바라보았다. 눈 한 번 깜빡이지 않는 재희의 얼굴에 석건이 멈칫했다.

"심 국장!"

선경이 즉시 일갈했다. 석건도 아차 싶었는지 바로 기세가 한 풀 꺾여 입을 다물었다. 재희의 팔을 잡고 있던 선경의 표정이 굳어졌다.

"듣자듣자 하니 이건 너무 심하잖아!"

"아니, 저는 강 피디가 버릇없이 말을 하니까……."

석건이 당황하며 말을 얼버무렸다. 선경이 몹시 화가 난 투로 석건을 다그쳤다.

"버릇이 있든 없든 지금 그게 사람으로서 할 수 있는 말이야?"

"국장님, 그러면 이게 지금 일개 평피디가 편성국장 앞에서 보일 태도는 맞습니까?"

석건이 억울하다는 표정으로 항변했다.

"일개 평피디?"

황당하다는 투로 되물은 선경이 미간을 누르고 있다가 나지막하게 입을 열었다.

"야, 심석건."

"……네."

조금 전과 전혀 딴판인 선경의 말투에 석건이 움찔하며 대답했다. 선경은 시사보도국에 여자가 다이아몬드보다 귀하다고 하던 시절부터 자력으로 여기까지 생존해 온 사람이었다.

워낙 성격이 강하기로도 유명한 데다, 같은 국장급이라도 석건보다 몇 기수가 선배였고 커리어로는 비교조차 할 수 없는 상대였다. 석건이 기가 죽는 건 당연했다. 선경이 석건을 뚫어지게 응시했다.

"강재희가 일개 평피디면, 너는 일개 평기자일 때 회사 위해 한 게 뭐야?"

"선배님, 그렇게 말씀하시면……."

수그러든 석건이 눈치를 보며 웅얼거렸다. 국장님이라는 호칭도 슬그머니 선배님으로 바뀐 채였다. 선경이 눈을 가늘게 떴다.

"애는 여태 지 몸 부서져라 일하면서 회사 간판 프로 만들었어. 그런데 넌 국회 들락거리면서 정치질 한 거 말고 회사를 위해 한 게 대체 뭐냐고. 정치부 기자가 정치하라고 만든 자리야?"

선경은 대꾸하지 못하는 석건에게 비아냥대며 되물었다.

"배때기에 기름기 껴 보니까 귓구멍도 막혔나, 왜 대답을 못해? 내가 너 국장 대접 해 주니까 정말 눈에 뵈는 게 없니?"

"선배님, 그런 게 아닙니다."

석건이 황급히 변명했지만 선경은 들은 척도 하지 않았다.

"이사진 등에 업고 아주 재미가 좋아? 너 강재희 불러 달라 아침부터 쳐들어와서 하도 지랄을 하니까, 내가 그 꼴 계속 보기 싫어 한 번 참고 애 불러 줬어. 그러니까 너 보기에 백선경이 진짜 호구 같지? 국장도 호구로 보이는데 일개 평피디 강재희는 얼마나 만만해. 안 그래?"

기가 질린 석건이 입을 다물었다. 선경이 석건에게 내뱉었다.

"가서 전해. 강재희하고 서정언 건은 내가 알아서 한다고."

그 말에 석건이 난처하다는 표정으로 눈치를 보았다.

"윗분들이 직접 인사위원회 열겠다고 하셨습니다. 선배님 권한이 그렇게까지……."

"이 새끼가 어디서 자꾸 선배님 선배님이야!"

선경이 대번에 석건의 말을 끊으며 고함을 질렀다.

"선배라고 부르지 마! 선배들 알기를 뭐같이 아는 새끼가 선배 소리는 아주 잘도 하네. 내가 너 심 국장, 심 국장 하는 거 대접하려고 그런 줄 알아? 너 같은 후배 두기 싫어서 국장 소리 붙이는 거야, 이 새끼야! 꼴도 보기 싫으니까 꺼지라는 말 못 알아들어?"

선경이 더 듣기도 싫다는 듯 목소리를 높였다. 석건이 낭패라는 표정으로 꾸물거리다 선경이 뭐하고 있어, 하고 다시 한 번 버럭 소리를 치자 후다닥 자리를 떴다. 재희는 그때까지 한마디도 하지 못하고 멍하니 탁자 위를 응시하고 있을 뿐이었다.

쉬운 말로 상처를 주는 사람들은 너무 흔했다. 그런 것에는 이미 면역이 되어 있었다. 그러나 작정하고 찔러 오는 말은 견디기 힘들었다. 죽을 만큼 고통스러울 때는 눈물조차 나지 않는다는 건 진작부터 안 사실이었다. 그러나 울고 싶은 기분인 건지, 화를 내고 싶은 기분인 건지도 판단이 되지 않았다.

"재희, 너 괜찮아?"

선경이 묻자, 그 목소리에 퍼뜩 정신이 돌아왔다.

"네, 괜찮습니다."

목소리가 잠겨 나왔다. 선경이 알아채지 못했기만을 바라는 수밖에 없었다. 괜찮다는 말은 이미 수만 번쯤 반복한 자기기만이었다. 스스로를 속이는 것도 익숙해졌다고 믿었지만, 이럴 때면 자신의 얄팍함에 속이 차가워졌다. 전혀 괜찮지 않은데도 괜찮다고 말해야 하는 걸까, 재희는 문득 그런 것을 생각했다.

가만히 재희를 보던 선경이 이마를 짚었다.

"저 개만도 못 한 새끼 정말, 내가 저 새끼 언제 한 번 조져 버릴 거야. 진짜로."

"죄송합니다. 괜히 국장님까지 피해 보시는 거 아닌지 모르겠네요."

"뭐가 죄송해, 죄송하긴. 잘 했어."

소파에 등을 묻은 선경이 앞에 놓여 있던 차를 한 모금 마셨다. 짧은 정적이 떠돌았다. 그런 말들은 이미 무의미했다.

힘을 가진 건 그들이었고, 이쪽에서는 손발이 묶인 채 때리는 대로 맞을 수밖에 없는 상황이었다. 재희는 만일 이 자리에 다른 이사진이 한 사람이라도 있었다면 선경 역시 이런 식으로 자신의 편을 들 수 없었으리라는 걸 잘 알고 있었다.

"어제 무슨 일 있었던 거야? 심석건 말 사실이야?"

침묵하던 선경이 묻는 말에 재희는 고개를 가로저었다.

"저도 아직 정확히 모르겠습니다. 서 피디 출근하면 경위 자세히 물어봐야 알 것 같은데요."

"정언이 지금 취재하는 건 뭔데?"

재희는 그 말에 입을 다물었다. 선경이 곧 아, 하며 웃었다.

"말하기 곤란하다, 알겠어. 내가 캐묻는 거 월권이지. 그런데 일단 윗선에서 계속 얘기가 나오니까…… 괜히 트집잡히는 건 곤란하잖아. 이따가 정언한테 경위 자세히 물어보고, 진짜 쌍방 폭행이었는지 영업 방해 사실이 있었는지 파악해서 알려 줘. 개도 물정 모르는 애가 아니라 그랬을 리가 없을 거 같긴 한데."

"그런 사실 있었으면 어제 바로 보고 들어왔을 겁니다."

"그렇지."

선경이 고개를 끄덕였다. 또 잠깐 공기가 가라앉았다. 먼저 그 정적을 깬 건 선경 쪽이었다.

"힘이 없어서 미안하다. 뭐 어떻게 해야 될지 솔직히 나도 지금 잘 모르겠어. 자리에 미련 있는 거 아니고, 유동욱 사단 운운하면서 지랄하는 놈들 꼴 보기 싫어서라도 내가 나가면 그만인데…… 내가 나가면 남은 사람들은 또 어떡하나 싶고."

"그런 놈들한테 져 줄 생각부터 하시는 거 국장님답지 않은데요. 그리고 국장님이 미안하실 게 뭐가 있다고요. 나쁜 놈들은 따로 있는데 왜 사과는 안 해도 되는 사람만 합니까?"

재희의 말에 선경이 힘없이 웃고는 긴 한숨을 쉬었다.

"있잖아, 재희. 내가 여기서 삼십 년을 일했어. 내 인생을 절반도 넘게 바쳤다고. 사람들이 말하는 여자로서의 행복, 그런 건 예전에 이미 다 포기했어. 여기가 내 전부란 말이야. 그렇게 일하면서 내가 가졌던 유일한 믿음이 뭔지 알아? 역사는 퇴보하지 않는다. 사람들은 항상 더 옳은 방향을 추구한다. 그런데 요즘은 그게 아닌 것 같아."

"국장님도 나이 드셨네요, 그런 말씀 하시는 거 보니까."

재희는 농담처럼 말했다. 선경이 쿡쿡거리며 짧은 머리칼을 쓸어 올렸다. 손가락 틈으로 떨어지는 머리칼 사이 희끗희끗하게 비치는 흰머리가 눈에 들어왔다. 지금도 나이에 비해 열 살은 젊어 보이는 선경이었으나, 그런 그녀도 세월을 피할 수는 없다는 것이 새삼스럽게 느껴졌다.

"그치. 나도 늙었어. 예전에 선배들이 이런 말 하면 내가 멱살 잡고 그랬다고. 비겁한 소리 하지 말라고, 그게 변명이 될 줄 아냐고. 그런데 내가 이러고 있잖아, 이젠."

"그럼 제가 지금 국장님 멱살 잡아 드릴까요?"

"아, 사양할게. 내가 그러라고 하면 재희는 진짜 그럴 거잖아."

재희가 장난스럽게 말하며 몸을 내밀자 선경이 질색하는 표정으로 손을 내젓고는 소파에 깊숙하게 등을 묻었다.

"사장님도 그렇고, 우리도 그렇고 솔직히 어떻게 손을 쓸 방법이 많지가 않아. 아래서 공론화해 주는 거 고마운 일인데, 이미 다른 방송사도 장악 시작돼서 보도가 안 되니까 답답하다. KTBC랑 IBS 노조에서도 성명문 발표했다며?"

"네. 그쪽은 사정이 더 나쁜 것 같더라고요. KTBC에서는 아예 <오늘의 창> 폐지한 자리에 <정부가 전한다>라는 어용 프로그램 신설했답니다. 메인 앵커도 배기천으로 교체했는데 배기천이 아시다시피……."

재희가 말끝을 슬쩍 흐리자 선경이 고개를 절레절레 저었다.

"걔 KTBC 나가서 프리 선언하고 한선당 대변인 들어갔었지? 프리 하겠다고 나간 애를 다시 메인으로 갖다 꽂는 게 세상천지에 어디 있을 일이야, 진짜. 사람이 없어서 그래? 족보가 없어도 유분수지."

"네. 아나운서국에서 반발이 엄청난데 신수현 아나운서 대기 발령에 그 아래로 줄줄이 감봉 처분 당했다고 들었습니다. 배기천이 데스킹 권한까지 쥐고 있어서 기사를 아무리 올려도 보도를 할 수가 없다고 하던데요."

"양심도 없는 새끼들, 아주 미쳐 돌아가는구나."

손으로 얼굴을 감싸며 다시 한 번 깊이 한숨을 쉰 선경이 재희를 마주 보았다.

"너희 팀은 어떻게 할 거야?"

"어떻게 하고 말고가 있나요. 폐지되는 건 각오했으니까 마지막 방송까지 하던 대로 하는 거죠."

"총파업 들어가면?"

"노조에서는 일단 손발 다 잘려도 개편 전에 총파업은 최후의 수단이라는 데 동의했습니다. 국민 여론이 상당히 나쁘긴 한데, 청와대에서 어차피 레임덕 온 거 차기 정권 장악 생각하고 밀어붙이는 게 아닌가 싶어요. 딜 없었다면 이러는 거 말이 안 되죠. 개편 즈음이 대권 시즌이라 그 전에 언론 장악 미리 끝낼 심산인 것 같습니다."

"그때까지는 어떻게든 버티겠다?"

혼잣말처럼 중얼거린 선경이 한동안 뭔가 골똘히 생각하다 고개를 끄덕였다.

"그래, 알겠어. 나도 여러 가지로 방법 알아볼 테니까 일단 나가 봐."

"네."

자리에서 일어난 재희는 고개를 꾸벅 숙여 보였다. 막 나가려는 재희를 선경이 불러 세웠다.

"재희."

재희가 뒤를 돌아보자 선경이 뭐라고 해야 할지 모르겠다는 표정으로 잠시 머뭇거리다 말했다.

"아까 그 얘기는 마음에 너무 담아 두지 마."

선경 나름의 위로였다.

"벌써 다 잊어버렸는데요."

웃어 보인 재희는 국장실을 나와 문을 닫았다. 그러나 복도의 비상구 문을 연 재희는 채 서너 계단도 내려가기 전에 그 자리에 주저앉았다. 숨이 잘 쉬어지지 않았다.

몸을 작게 만 재희는 무릎 위로 이마를 대었다. 몸이 떨렸다. 누군가 심장을 가느다란 바늘로 뚫은 듯한 통증이 번졌다. 이게 진짜 통증인지 환각인지 구분할 수가 없었다.

그날 이후, 만일 신이 단 한 번만 시간을 되돌려 주는 대가로 목숨을 달라고 한다면 재희는 언제나 기꺼이 그럴 준비가 되어 있었다. 연수가 비행기를 타기 직전으로 시간을 돌려놓을 수만 있다면 무슨 짓이든 할 수 있었다.

그 모든 일이 전부 자신의 잘못처럼 느껴졌다. 자신이 연수를 만나지 않았더라면 연수가 죽지 않았을지도 모른다는 생각은 그때부터 지금까지 매 순간 재희를 괴롭히는 것이었다.

장례식장에서 연수의 아버지는 통곡하며 재희를 비난했다. 왜 자기 딸을 말리지 않았냐고, 결혼할 여자가 미국에 가서 몇 년을 있겠다는데 왜 그걸 가만히 뒀냐고, 너 때문에 내 딸이 죽었다고 울부짖던 그 목소리는 오랫동안 잊히지 않았다.

연수의 어머니는 그런 아버지를 말리며 재희에게 몇 번이고 미안하다고 사과했다. 그러나 재희는 그 자리에서 아무 말도 하지 못했다. 그 말이 사실일지도 모른다는 생각 때문이었다. 그게 정말인지 아닌지는 재희에게 중요하지 않았다. 연수의 죽음이 자신이 나쁜 선택을 한 대가일 수도 있다는 생각만으로도 미쳐 버릴 것 같았다.

연수의 삶과 선택은 재희에게 철저히 존중해야 하는 대상이었다. 연수가 설령 결혼을 원하지 않으니 그저 곁에만 있어 줄 수 있겠냐고 물었다 해도 재희는 당연히 그녀가 원하는 대로 했을 터였다. 언젠가 연수는 그렇게 말한 적이 있었다.

「너는 나한테 바라는 게 너무 없어서 무서워. 그러다가 갑자기 떠나 버리는 거 아니지?」

하지만 사실은 그 반대라는 걸 알고 있었을까. 연수가 죽은 뒤

재희는 가끔 그런 것을 생각하곤 했다. 연수의 곁에 있기 위해서라면 무엇이든 할 수 있었다. 그렇기에 연수에게 아무것도 바라지 않는 척하는 건 재희가 할 수 있는 모든 일 중 가장 쉬운 일이었다.

재희는 연수가 더 넓은 세상에서 날개를 펼치고 싶어 한다는 걸 누구보다 잘 알고 있었다. 연수의 꿈은 재희에게 자신의 곁에 연수를 붙들어 두는 것보다 더 중요한 일이었다.

연수는 늘 재희에게 약속하곤 했다. 언제든, 어디서든 마지막에는 너에게 돌아오겠다고. 그렇기에 연수를 보낼 수 있었던 것이다. 이런 방식의 마지막은 결코 상상한 적 없었지만.

재희는 그 이후로 늘 그때 단 한 번만이라도 너와 떨어지기 싫다고, 지금 이 자리에서 내 곁에 있어 달라고 했다면 모든 것이 바뀌었을까 수천 번, 수만 번을 반복해 생각하곤 했다. 그것이 이미 되돌릴 수 없는 일인 것을 인정하는 데는 오랜 시간이 필요했다.

그러나 그 오랜 시간이 지나고도 재희는 자신이 여전히 일어날 수 없는 기적을 바란다는 걸 알고 있었다. 끊어지지 않는 희망은 끔찍했다.

한참을 그 자리에서 움직이지 못하던 재희는 겨우 몸을 일으켰다. 무슨 정신으로 사무실에 돌아왔는지도 알 수 없었다.

계속 기다리고 있었는지 서성거리던 현진이 사무실에 들어온 재희를 보자마자 화들짝 놀란 얼굴로 다그쳤다.

"강재희, 얼굴 왜 그래? 뭐라고 그래? 무슨 일 있었어?"

"아니, 별일 아니에요. 괜찮아."

재희는 손을 젓고는 눈으로 사무실 안을 훑었다. 그새 출근해 있었는지 정언이 파티션 위로 머리를 내밀었다가 재희를 보고 눈을 크게 떴다. 누가 봐도 티가 날 정도인가 생각하자 기분이 더 가라앉았다.

진짜 형편없네, 하고 속으로 중얼거린 재희는 정언에게 손가락을 까딱여 따라 들어오라는 손짓을 하고는 회의실로 향했다. 영문을 모르는 정언이 회의실로 들어와 문을 닫았다.

"지금 김 피디 출근했어?"

재희가 묻자 정언이 대답 대신 재희를 뚫어지게 바라보더니 눈썹을 좁혔다.

"선배 지금 어디 아파요?"

"묻는 말에만 대답해. 김 피디 출근했냐고."

자신을 잘 아는 정언이었다. 굳이 무슨 일 때문인지 들키고 싶지 않았다. 그 시선을 피하려 부러 더 냉랭하게 내뱉자 정언이 멈칫하다 대답했다.

"아직이요. 오늘 오전 반차 쓰라고 했어요. 오후에나 출근할 거예요."

"반차 왜 쓰라고 했는데. 어제 취재 나가서 무슨 일 있었어?"

"왜요?"

"폭행으로 경찰서 간 거 사실이야?"

재희가 묻는 말에 정언이 아, 하고 이마를 짚었다.

"그것 때문에 위에서 뭐라고 해요?"

"묻는 말에만 대답하라니까 왜 자꾸 다른 소리야. 사실이야, 아니야. 패싸움 나서 경찰서 갔고 영업 방해로 그쪽에서 고소하겠다고 난리가 났다는데."

"아니, 생각을 좀 해 봐요. 나랑 김 피디 둘이서 취재 간 건데

패싸움이 말이 돼요?"

답답하다는 듯 가슴을 친 정언이 자초지종을 설명했다. 한동안 정언의 이야기를 주의 깊게 듣고 있던 재희는 손을 들어 말을 멈추게 했다.

"그러니까 폭행은 그쪽이 한 거고, 영업 방해 사실은 없었다는 거네."

"애초에 영업을 안 하는 사무실인데 영업 방해는 무슨…… 고소 취하 안 해주면 영업 방해로 걸겠다잖아요. 그래서 할 테면 해 봐라 그러니까 그쪽에서 먼저 꼬리 내리고 인터뷰 응하길래 합의해 준 게 다예요. 서에 합의서랑 기록 다 있을 테니까 확인해 보라고 해요."

"그런데 그걸 위에서 어떻게 안 거야?"

"그러니까 이게 수상하잖아. 나 지금 생각났는데, 합의 얘기 나오니까 전화 한 통 쓰겠다고 했어요. 어디다 전화 걸고 오더니 바로 태도가 달라지더라고요."

재희는 얼굴을 찌푸렸다. 그런 하급 용역 깡패가 직통으로 방송국 상부에 연락할 수 있는 커넥션이 존재한다는 건 그냥 넘어갈 문제가 아니었다. 일이 이렇게 된 이상 정언도 절대 포기하지 못할 게 당연했다.

한숨을 쉰 재희는 정언에게 물었다.

"김 피디 많이 다쳤어?"

"이마 위쪽이 찢어져서 피가 꽤 났는데 심한 건 아니고, 얼굴 몇 군데 긁혔더라고요. 혹시 몰라서 병원 갔다 오게 반차 쓰라고 한 거예요."

"서 피디는?"

"보시다시피 멀쩡합니다."

정언이 어깨를 으쓱해 보였다. 재희는 물끄러미 그런 정언을 마주 보았다. 안 그래도 입사할 때부터 키는 커도 깡말라서 카메라나 들겠냐고 선배들이 놀릴 정도였는데, 요즘은 몇 년 전보다 훨씬 더 마른 것 같다는 생각이 들었다.

재희는 곧 말을 돌렸다.

"문서 파일은 어떻게 됐어? 업체에 맡길 거야?"

"업체에는 이미 문의했는데 프로그램하고 파일 자체에 이중으로 암호 걸린 거고, 자기들도 따로 풀 수 있는 프로그램은 없대요. 잘못하면 파일 그냥 날려야 할 수도 있다고 하더라고요. 그런데 비용 문제는 둘째 치고 업체 보안을 못 믿겠어요. 시간이 없어서 일단 이희경 씨한테 다이어리나 뭐 그런 데 비밀번호 같은 거 적혀 있는지 좀 찾아봐 달라고 얘기는 했어요."

"그래, 알았어."

머리가 깨질 것 같았다. 잠시 눈을 감으며 관자놀이 부근을 꾹 눌렀으나 그다지 도움이 되지는 않았다. 정언이 걱정스러운 표정으로 몸을 숙이며 물었다.

"선배, 진짜 괜찮아요?"

"괜찮아. 이따 김 피디 출근하면 나랑 잠깐 얘기 좀 하자고 하고, 그만 나가 봐."

"네."

석연찮은 얼굴로 대답한 정언이 등을 돌렸다. 재희는 잠깐 사이를 두었다가 정언을 불렀다.

"서 피디."

"네?"

정언이 재희를 돌아보았다. 불현듯 그 서늘한 얼굴이 낯설었다. 처음 여기 왔을 때, 선배들에게 지기 싫어 기를 쓰던 절박하고 앳된 얼굴이 문득 거기 겹쳐졌다 사라졌다. 오랜 시간이 지났다는 걸 새삼스럽게 자각하게 되는 순간이었다.

그러나 자신에게는 얼마의 시간이 더 필요한 것일까. 정언의 눈동자를 물끄러미 응시하던 재희는 긴 숨을 내쉬며 나지막하게 말했다.

"뭐 좀 챙겨 먹고 다녀. 애가 왜 점점 더 비쩍 말라서 그러냐."

잠시 멈칫하던 정언이 애써 웃었다.

"고양이가 쥐 생각하네. 선배 걱정이나 해요, 제발."

회의실 문이 닫혔다. 재희는 고개를 숙이며 머리를 감쌌다.

「너는 나한테 바라는 게 너무 없어서 무서워.」

그 말을 하며 웃던 연수의 목소리가 바로 어제 일처럼 생생하게 귓가를 맴돌았다. 할 수만 있다면 지금 여기서 그대로 사라지고 싶었다.

처음부터 이 세상에 단 한 번도 존재한 적 없었던 것처럼.

민혜와 나란히 앉아 눈알이 빠질 정도로 모니터를 들여다보던 정언이 일시정지 버튼을 누르고는 화면의 한 군데를 가리켰다.

"어, 맞아요. 이 사람 맞네."

정언의 손끝에 지목된 사람은 경일용역에 찾아갔을 때 경일이 불러 왔던 남자들 중 하나였다. 정언은 그 중 가장 체격이 컸던 남자를 쉽게 알아보았다. 상생변의 최유림 변호사가 보내 준 문제의 영상이었다. 거기에는 원주민들 시위를 폭력 진압하는 용역들의 모습이 생생하게 담겨 있었다.

"이게 언제 영상이라고 했죠?"

"올해 초 영상이래. 몇 달 안 된 거야. 최변이 얘네 잘 알더라고. 거기 정언 갔었다니까 아주 대경실색을 하던데? 겁도 없이 거길 어떻게 갔냐고. 질이 굉장히 안 좋대."

"질 좋은 용역 깡패도 있나, 그럼?"

정언이 되묻자 민혜가 정언의 등짝을 철썩 후려쳤다.

"말 같은 소리를 좀 해! 그만하길 다행인 줄 알아야지 말하는 거 하고는, 진짜! 촬영 중인 거 몰랐으면 걔들이 진짜 더 큰일 냈을 거라더라. 내가 진짜 심장이 벌렁거려서 원⋯⋯."

"말로 해요, 말로."

정언은 따끔거리는 등을 만지며 투덜댔다. 으이구, 하고 지청구를 한 민혜가 눈을 흘겼다.

"김 피디라도 없었으면 어쩔 뻔했어? 아침에 멀쩡하게 나간 사람이 저녁에 그러고 들어오는데 내가 얼마나 놀랬게?"

윤 이야기가 나오자 갑자기 가슴이 뜨끔했다. 어제 일이 생각난 탓이었다. 아까 선배가 이름 불러 주셔서 좋았어요. 나지막하게 말하던 윤의 얼굴이 갑자기 낯설게 느껴졌다. 잠시 멍하니 그 기억에 빠져 있던 정언은 퍼뜩 정신을 차렸다.

"그래도 김 피디, 사람 되게 괜찮지 않아?"

민혜가 소곤거렸다. 공연히 민망해진 정언은 부러 퉁명스럽게 대꾸했다.

"얼굴이 괜찮아서 그래 보이는 거 아니고?"

"물론 부정하진 않지만! 그거 빼고도. 처음엔 진짜 걱정했는데 일도 너무 열심히 해서 예뻐 죽겠어, 아주. 내가 제일 마음에 드는 건 정언 잘 챙겨 주는 거고."

그런 것이 남들 눈에도 보일 정도인가 생각하자 어쩐지 목덜미가 뜨거워졌다. 자신을 잘 따르는 후배를 만나 본 적 없는 건아니었지만, 확실히 윤 같은 타입은 처음이었다.

최근 윤의 행동이 동경이라거나, 존경이라거나, 동료애라거나하는 말로 적당히 포장할 수 있는 선을 넘었다는 건 정언 자신도 잘 알고 있었다. 누가 챙기고 걱정하고 자신을 위해 화를 내는 일은 정언에게 매우 낯선 것이었다.

선배가 오해하면 그게 뭐 어떠냐고 화를 내던 윤을 떠올리자뭐라고 설명할 수 없는 기분이 되었다. 자각 없는 다정함이 지나쳐서일 거라고 생각하면서도, 윤의 그 다정함이 모두에게 똑같지 않다는 걸 어렴풋하게나마 깨닫는 건 왠지 불편했다.

"내가 애예요, 누가 챙겨 주게?"

"애라야 챙겨 주니? 공자님이 마흔이면 불혹이랬는데 다 거짓말이야. 우리 남편 아직도 매일 나 찾으면서 넥타이 어디 있어?반찬 뭐 해 놓고 갔어? 이러는데 이건 뭐 애가 몇인지…… 사람이 불혹이면 집에 와이프가 있든 없든 안 흔들리고 그 정도는알아서 해야 되는 거 아냐? 사람이 나이를 먹는다고 누가 안 챙겨 줘도 되는 게 아니다, 진짜로."

신세 한탄을 한 민혜가 고개를 절레절레 저었다. 실없이 웃은정언은 문득 벽에 걸린 시계를 보았다. 시계는 열한 시를 막 넘기고 있었다.

어제는 괜찮다고 하더니, 아침에 병원 들렀다 오겠다는 메시지를 보낸 통에 내심 걱정이 된 건 사실이었다. 몸싸움이 심했

기에 보이는 상처 말고도 다친 곳이 더 있는 게 아닐까 싶어서
였다. 자신 역시 자고 일어나니 온몸이 다 쑤시는 판이었다.

속으로 한숨을 쉰 정언은 책상 위에 올려놓은 핸드폰을 흘끔
보았다. 연락을 해 봐야 하나 잠시 생각하는데, 진동과 함께 메
시지 알림이 떴다. 무심코 액정으로 시선을 주자, 윤의 이름이
바로 눈에 들어왔다.

괜히 혼자 놀란 정언은 민혜에게 들키지 않도록 최대한 자연
스럽게 핸드폰을 뒤집어 놓았다. 때마침 민혜의 책상에 놓인 전
화가 울리기 시작했다. 정언의 곁에 붙어 앉아 있던 민혜가 후
다닥 자기 자리로 돌아가 전화를 받았다.

어차피 파티션에 가려 안 보일 걸 알면서도 괜히 책상 밑으로
핸드폰을 숨긴 정언은 윤의 메시지를 확인했다.

─ 아침에 일어나니까 어깨가 좀 안 좋아서 병원 갔다 왔어요.
죄송해요.

─ 지금 출근중인데 커피 사갈까요? 뭐 드시고 싶은 거 있으
면 그것도 사서 갈게요.

텍스트인데도 윤의 말투가 자연스럽게 떠올랐다. 몇 번 반복
해서 그 짧은 메시지를 읽어 본 정언은 답을 보냈다.

─ 많이 안 좋아? 병원에서 뭐라는데?

메시지 옆의 1이 즉시 사라졌다. 뭐라고 답을 하려나 기다리
는데 전화가 울리기 시작했다. 윤이었다. 평소라면 자리에서 바
로 받았을 테지만 어쩐지 민망해진 정언은 핸드폰을 들고 사무
실 밖으로 나왔다. 비상구 벽에 기대 통화 아이콘을 누르자 입
을 떼기도 전에 윤의 목소리가 넘어왔다.

『인대가 약간 놀란 거고 큰 문제는 없다고 하더라고요. 점심

뭐 드실래요? 커피는?』

"내 점심 메뉴 물을 정신 있는 거 보니 멀쩡하긴 한가 보네. 전화는 왜 걸었어?"

정언은 말을 뱉은 즉시 하여튼 이 더러운 성격, 하고 후회했다. 좀 곱게 말해도 될 텐데 왜 이러는지 모를 노릇이었다. 그러나 윤은 전혀 신경 안 쓴다는 투로 웃었다.

『운전 중이라 메시지 보내기 힘들어서요. 선배 괜찮으신지 목소리도 좀 듣고 싶고.』

목소리를 듣고 싶다고?

정언은 전화를 든 채 잠시 대답할 말을 찾지 못했다. 이런 걸 지나친 다정함이라고 포장해도 좋은 건지 판단할 수가 없었다. 정언에게서 대답이 없자 윤이 말을 이었다.

『어제 엄청 피곤해 보이셔서 계속 신경 쓰였어요. 제가 어제 저녁은 얻어먹었으니까 점심 사려고요. 생각나는 거 없으시면 알아서 사갈게요.』

"김 피디."

『네?』

윤을 부르긴 했는데 뭐라고 해야 할지 말이 선뜻 나오지 않았다. 이러지 말라고 말하자니 떡 줄 사람은 생각도 않는데 김칫국부터 마시는 기분이었고, 앉아서 받아먹자니 선배가 오해하는 게 뭐 어떠냐던 윤의 말이 떠올랐다. 얘는 나를 오해하게 만들려고 작정을 하는 건가, 속으로 중얼거린 정언은 이마를 짚었다.

"……아냐."

『금방 도착할 것 같아요. 끊을게요.』

쾌활한 목소리와 함께 전화가 끊어졌다. 정언은 끊긴 전화를 내려다보다 벽에 뒤통수를 두어 번 박았다. 아무리 생각해도 이건 아니다 싶은데도, 윤에게 계속 휘말리고 있다는 걸 스스로도 느끼는 중이었다. 허공에 대고 한숨을 뱉은 정언은 자리로 돌아왔다.

"아니, 나 엄청 급하게 찾았는데 그새 어디 갔다 왔어? 누구랑 통화한 거야? 핸드폰도 통화중이던데."

정언을 보자마자 민혜가 물었다. 정언은 그제야 핸드폰을 다시 한 번 확인했다. 민혜의 이름으로 캐치콜이 들어와 있었다. 통화 중이라 확인을 못 한 모양이었다. 그냥요, 하고 얼버무린 정언은 말을 돌렸다.

"왜 그새 급하게 찾았어요?"

"이희경 씨한테 전화가 왔어. 박규형 씨 통화 기록 뽑아서 확인했는데 마지막으로 통화한 그 번호가 연결이 안 됐잖아. 그래서 이거 누구 번호인지, 혹시 남편 핸드폰에 저장돼 있는지 확인 좀 해 달라고 그랬고. 기억나? 그거 누구 번호인지 알았대."

"뭐? 그게 누구 건데요?"

순간 머릿속에 뒤엉켰던 생각이 싹 날아갔다. 민혜가 눈을 빛내며 입가에 손가락을 하나 대고는 속삭였다.

"조창식 계장."

"최초 발견자?"

놀라서 되물은 정언은 순간 현장 사무실에서 그를 만났을 때의 기억을 떠올렸다. 그때 창식은 몹시 불쾌한 기색이 역력했고, 그 일에 대해서 이야기하고 싶어 하지 않았다. 마치 경일처럼.

민혜가 말을 이었다.

"그 번호가 눈에 익어서 자기도 한참 생각했는데, 남편 핸드폰 찾아보니까 그 번호가 저장이 안 돼 있더라는 거야. 어디서 봤을까 싶었는데 남편 죽은 날 조창식 계장이 전화했다는 거 기억나? 이희경 씨가 혹시나 싶어서 자기 핸드폰 통화 목록 뒤지니까 그 번호가 딱 나오더라 그거지. 다시 걸어 봐도 없는 번호로 나온대. 번호 연결 서비스도 안 해 놨고."

정언은 턱을 만지작거리며 미간을 찌푸렸다.

"보통 그 나이쯤 된 사람들이면 번호 오래 써서 꼭 번호 연결 서비스 걸지 않나? 아무래도 자기 핸드폰이 아니라 대포폰일 가능성 높겠는데. 그리고 이희경 씨가 확인했으면 확실하긴 할 텐데 이상하네요. 보통 과장이 계장보다 직급 높지 않아요? 아무리 연장자라고 해도 그런 식으로 통화를 할 수가 있어? 현장에서는 뭐가 다른가?"

"어, 그러게. 그건 진짜 이상하네?"

민혜가 눈을 동그랗게 떴다. 정언은 턱을 괴며 눈을 감고 잠시 생각에 잠겼다. 경일용역, 창식의 수상한 태도, 직급과 맞지 않는 통화 내용…… 분명 그 사이에 자신이 아직 알아차리지 못한 연결고리가 있다는 느낌이 들었다.

"그 비밀번호, 그게 문젠데. 비밀번호에 대해서는 뭐라고 안 했어요?"

정언이 관자놀이 부근을 누르며 묻자 민혜가 실망하는 표정으로 고개를 저었다.

"자기는 그런 건 정말 잘 모르겠대."

"그런 프로그램은 따로 비밀번호 찾는 시스템도 없으니 절대 안 잊어버릴 만한 걸로 했을 텐데, 그죠? 복잡한 걸로 해 놨으면 본인도 어딘가에 힌트를 남겼을 거고."

"그렇지. 혹시 몰라서 그래 놓은 건 이해가 가는데, 우리 입장에서는 진짜 환장할 일이다 이게."

한숨을 폭 내쉰 민혜가 고개를 들어 시계를 보았다.

"금강산도 식후경인데 먹고 해, 우리. 근데 나 교양국 장 작가랑 점심 약속 있는데 어떡하지? 김 피디는 반차 썼다며, 점심시간 지나야 올 텐데."

"아, 난⋯⋯."

윤과 함께 먹기로 했다고 얘기하려다 뭔가 민망한 기분이 된 정언은 서둘러 말을 돌렸다.

"알아서 먹을 테니까 걱정 말고 천천히 갔다 와요."

"제발 끼니 거르지 말고 먹어. 나 갔다 와서 정언 뭐 먹었나 확인할 거야."

불안해 죽겠다는 얼굴로 다짐에 다짐을 둔 민혜가 자리에서 일어났다. 앓는 소리를 내며 기지개를 쭉 켠 민혜는 갔다 올게, 하고 손을 흔들며 사라졌다. 다른 팀원들도 하나둘 자리를 떴다. 사무실이 텅 비는 건 순식간이었다.

정언은 의자 등받이에 몸을 완전히 기대고는 고개를 젖혔다. 뒷골이 약간 당기는 듯한 감각은 익숙했다. 마흔 되기도 전에 고혈압으로 이승 하직하면 어쩌지, 하며 늘 하는 부질없는 생각을 떠올린 정언은 잠시 천장을 올려다보고 있다가 재희의 빈자리에 눈을 주었다. 재희는 이번 주 방송 종편본을 체크하러 호형과 함께 종편실에 가 있었다.

문득 아까 재희가 자신을 회의실로 불렀을 때가 떠올랐다. 출근하기 무섭게 현진이 자신을 붙들고 강재희 아침부터 국장실 호출이라며 무슨 일 있는 게 틀림없다고 안절부절못하기에, 호

409

출 한두 번 당해 보냐며 웃어 넘겼지만 막상 돌아온 재희를 보자마자 말문이 막혔다.

　재희는 온몸의 피가 다 빠져나간 사람처럼 창백한 얼굴이었다. 누가 봐도 무슨 일이 있었던 게 분명한데, 자신을 회의실로 불러 평소처럼 말하는 재희를 보는 내내 정언은 까닭 없는 불안감에 사로잡혔다. 당장이라도 재희가 자신의 눈앞에서 사라질 것 같다고 느꼈던 것이다.

　그러나 재희가 자기 입으로 무슨 일이 있었는지 말할 리 없었다. 미간을 구긴 정언은 두 손으로 뒷머리를 감싸며 책상에 엎드려 긴 한숨을 뱉었다.

　"하여튼 뭐 하나 마음 편하게 해 주는 인간들이 없어, 정말."

　혼잣말을 중얼거리기 무섭게 사무실 문이 열리는 소리가 났다. 정언은 무심코 고개를 들어 문 쪽을 보았다. 안으로 들어오던 윤이 정언을 발견하고는 웃어 보이며 사무실을 둘러보았다.

　"다들 점심 드시러 가셨나 봐요. 저 너무 늦은 거 아니죠?"

　윤의 한쪽 손에는 커다란 쇼핑백, 다른 쪽 손에는 테이크아웃 컵이 든 캐리어가 들린 채였다. 이마에 붙였던 커다란 반창고는 그새 티가 덜 나는 작은 반창고로 바뀌어 있었다.

　윤이 자기 자리와 정언 사이의 책상용 서랍장을 빼 간이 테이블을 만들고는 그 위에 쇼핑백 안의 내용물을 꺼내 올려놓았다. 한눈에 보기에도 백화점에서나 파는 고급 도시락이었다.

　"뭐 좋아하시는지 몰라서 그냥 제일 잘 나가는 걸로 달라고 했는데 괜찮으세요?"

　컵라면 하나 먹여 준 사례로 받기에는 지나치게 호화로운 식사였다. 정언은 미간을 찌푸렸다.

"나 너무 양심 없는 인간 만드는 거 아냐?"

그 말에 대답 대신 웃은 윤이 도시락 뚜껑을 열고는 정언에게 젓가락을 건넸다. 드세요, 하고 정언에게 먼저 권한 윤이 자신의 도시락도 열었다. 정언은 윤을 빤히 보며 물었다.

"농담 아닌데 왜 웃어?"

"너무 칼같이 그러시니까 선배랑 만나려면 회계 장부 써야 될 거 같아서요."

순간 어딘지 모르게 뜨끔한 감각이 지났다. 싸한 것 같기도 하고, 혹은 어쩐지 순식간에 모든 게 낯설어지는 것 같기도 한 묘한 감각이었다. 농담인지 진담인지 분간할 수 없는 그 말투에 정언은 애써 침착한 척 대꾸했다.

"눈치 빠르네. 연말정산도 하는데."

"세무사 자격증 따면 가산점 있어요?"

"있다고 하면 따려고?"

"그럴 수도 있죠."

윤의 여상한 대답에 막 씹은 계란말이가 목에 걸릴 뻔한 것을 겨우 누른 정언은 두어 번 헛기침을 하고는 내뱉었다.

"김 피디, 1절만 하지?"

그 말에 윤이 갑자기 웃음을 터트렸다. 영문을 몰라 마주 보자 윤이 웃음을 멈추고는 말했다.

"저 교양국 있을 때 부장님이 눈만 마주치면 잔소리를 하시니까 제가 맨날 부장님보고 1절만 하세요, 그랬거든요. 그러면 부장님이 넌 4절을 다 하고 합창에 제창까지 해도 모자라다고 그러시는 거예요. 선배가 1절만 하라고 하니까 그 생각이 나서요."

"그래서 지금 합창에 제창까지 하겠다고?"

411

"하면 싫어하실 거죠?"

"할 생각이 있었어?"

기가 막힌다는 표정으로 되묻자 윤이 씩 웃었다. 옛말 틀린 게 없었다. 조상님들이 웃는 얼굴에 침 못 뱉는다는 소리를 왜 했는지 절감한 정언은 고개를 절레절레 젓고는 도시락으로 시선을 돌렸다.

다른 후배들 같았으면 벌써 이게 어딜 기어오르나 하고도 남았을 게 뻔했다, 고 생각한 순간, 정언은 윤 전의 다른 후배들이 단 한 번도 자신에게 이렇게 가까이 와 본 적조차 없다는 것을 깨달았다.

하기야, 회사 사람을 집에 들인 것도 처음이었다. 정언은 자신이 그때 왜 윤에게 잠깐 들어왔다 가겠느냐고 물었는지 이해하지 못했다. 그건 다소 충동적인 행동에 가까웠다.

충동적인, 하고 정언은 그 어절을 다시 한 번 뇌었다. 충동적인. 그건 자신과는 어울리지 않는 말이었다. 그 넓고 스산한 주차장을 다시 한 번 돌아보았을 때, 차 안에서 걸어가는 자신을 물끄러미 바라보던 그 얼굴에 불현듯 발을 붙들렸던 것이 떠올랐다.

크기에 비해 턱없이 광량이 적은 조명과 옅게 선팅된 창이 윤의 얼굴을 흐리고 있었다. 어쩌면 그래서 윤을 조금 더 가까이서 보고 싶었던 건 아닐까.

나이보다 앳된 것 같으면서도, 가끔 깜짝 놀랄 정도로 달라 보이는 그 얼굴에 정언은 때로 낯선 기분을 느꼈다.

「그 사람이 좋으니까, 내가 들어갈 수 없는 부분까지도 다 좋아요.」

윤이 돌아간 뒤, 정언은 침대에 누워 그 말을 발음하던 윤을 떠올렸다. 혼잣말 같던 목소리, 소년 같은 예민함이 남은 얼굴에 남자의 표정이 머물던 그 짧은 순간. 눈앞에서 그 얼굴을 봤을 때, 그건 마치 폴라로이드 사진처럼 정언의 뇌리에 남겨졌다.

윤이 말하는 감정은 맹목적이었다. 자신은 재희에게 절대 그렇게 할 수 없었다. 재희에게 무엇으로도 대체될 수 없는 단 하나, 연수의 자리는 정언에게 있어 결코 넘어갈 수 없는 크레바스와 같았다.

뛰어넘어야 한다는 걸 알지만 시도조차 할 수 없는 그 깊고 어두운 균열을 그저 희박한 희망으로 받아들인다는 건 불가능한 일이었다. 정언은 그렇게 가망 없는 일에 매달리기에는 지나치게 객관적이었다.

맹목적인 감정들은 쉽게 눈을 흐렸다. 정언은 그런 무모함 때문에 지금까지 자신이 쌓아 온 모든 것을 포기할 마음이 조금도 없었다. 동경과 호감 사이 어딘가의 경계에 있는 것만으로도 만족할 수 있었다. 완전히 빠져 버려서 다른 생각은 할 수 없게 되는 일 따위는 정언에게 불가능한 것이었다.

"선배, 괜찮으세요?"

잠시 멍하니 생각에 빠져 있던 정언은 윤의 목소리에 퍼뜩 현실로 돌아왔다. 손을 한참이나 멈추고 있었는지, 금세 걱정하는 듯한 그 표정을 본 정언은 눈을 피하며 말을 돌렸다.

"아냐. 아까 이희경 씨한테 전화 왔었는데, 통화 목록에 남아 있던 번호가 조창식 계장 번호라고 하더라."

윤이 웃음기를 거두며 자세를 고쳐 앉았다.

"그 통화 녹취가 조창식 계장하고 통화한 거라고요?"

"본인이 확인했어. 박규형 씨 사망한 날 전화 온 번호가 그 번호인데, 다시 걸어 보니까 연결이 안 된대."

"아니, 저도 일반 회사 다녀 봤는데 아무리 나이가 많아도 계장이 과장한테 그런 식으로 얘기하는 거 말이 안 돼요. 사적으로 친하다고 해도 계장이 무슨 수로 다음 승진에서는 절대 안 밀리게 해 준다고 말을 해요?"

윤이 이해할 수가 없다는 표정으로 되물었다. 수긍한 정언은 짧은 한숨을 뱉었다.

"그러니까 나도 그게 이해가 안 되는 거야, 지금. 소창식 계장 다시 만나 보는 수밖에 없겠어."

정언의 말에 윤이 손목에 찬 시계를 확인했다.

"그쪽도 점심시간이겠죠? 점심시간 끝나고 현장 사무실로 전화해 보죠, 뭐. 있다고 하면 바로 가 봐요."

"그 꼴 나고도 아직 용감하네."

정언이 이마를 가리키자 윤이 손을 올려 반창고 위를 만지며 멋쩍게 웃었다.

"한 번 이러니까 두 번도 상관없을 거 같고 그런데요."

"혹시 싸움 잘해?"

어이없다는 표정으로 묻자 윤이 어깨를 으쓱해 보였다.

"해 본 적이 없어서 모르겠어요. 원래 잘 모르는 애들이 용감하잖아요."

그러자 퍼뜩 그 자리에서 자신이 남자에게 머리채를 잡히자마자 돌변한 윤이 화를 내던 것이 떠올랐다. 왜 선배한테 손을 대냐고 소리를 지르던 얼굴이 뇌리를 스친 건 다음 순간이었다. 정언은 바로 젓가락을 내려놓았다.

"왜요? 입에 안 맞으세요?"

윤이 멈칫하며 물었다. 정언은 아니, 하고 대답하며 서둘러 자리에서 일어났다. 윤이 가져온 커피 중 하나를 집어 든 정언은 자신을 쳐다보는 윤의 시선을 외면하며 말했다.

"입맛이 좀 없어서. 잠깐 옥상에서 커피 좀 마시고 올게."

"같이 가요, 그럼."

"아냐. 나 뭐 좀 생각할 게 있어. 금방 내려올 테니까 밥 마저 먹어."

정언은 윤의 대답을 듣기도 전, 서둘러 사무실을 빠져나왔다. 옥상으로 올라온 정언은 제일 가까운 벤치에 앉아 한쪽 손으로 얼굴을 감쌌다. 닿은 피부는 차가웠으나 속에서부터 열이 오르는 듯한 기분이었다.

윤이 화를 내던 순간의 기억들이 머릿속에 박힌 듯 지워지지 않았다. 그때, 윤은 분명 남자의 얼굴을 하고 있었다. 열정적인 감정에 대해 이야기하던 그 순간처럼, 선배가 오해하면 어떠냐고 목소리를 높이던 그 순간처럼, 그리고 이름 불러 주어서 좋았어요, 라고 나지막하게 말하던 그 순간처럼.

—제가 왜 그럴 거라고 생각하시는데요?, 일하실 때 아니라도 예쁘다고 하면요?, 그런 식으로 얘기 안 하시면 안 돼요?, 선배가 오해하시면 그게 뭐 어때서요?…… 윤의 목소리로 발음하던 그 말들이 까닭 없이 하나하나 되살아났다.

그러자 불현듯 모든 신경이 확 당겨졌다. 카페인을 마구 들이부은 것처럼 심장이 빠르게 뛰었다. 그러나 오늘은 아직 커피를 한 잔도 마시지 않은 채였다.

이건 유쾌하지 않았다. 스스로 컨트롤할 수 없다는 걸 안 까닭이었다. 아무런 의식도 없이 어느새 타인의 선 안에 끌려 들어온 듯한 감각은 낯설었다. 정확히 말하자면, 이건 두려움에 가까웠다.

단 한 장의 지도조차 없이 처음 보는 곳에 떨어진 것 같았다.

"어머, 미쳤다. 이거 뭐야?"

민혜가 전화를 끊자마자 기겁하며 혼잣말을 뱉었다. 민혜는 오후 내내 진송신도시 현장 사무실에 전화를 걸고 있었다. 아무리 전화해도 받는 사람이 없어, 도대체 무슨 놈의 사무실이 이러냐고 몇 시간째 투덜거리는 건 덤이었다.

퇴근 시간이 다 되어서야 겨우 전화가 연결된 모양이었는데, 짧은 통화가 끝나자마자 터진 말에 곁에 앉은 정언이 고개를 내밀었다.

"왜요? 뭐라는데?"

"여직원이 받았는데 조창식 계장 퇴사했대. 언제 퇴사했냐 물어보니까 정언하고 김 피디 왔다 가고 바로 그만뒀나 봐. 이거 뭐니? 개인 연락처 알려줄 수 있냐고 물어보니까 그건 안 된다길래 혹시 이 전화번호 맞냐고 통화 기록에 있던 번호 불러 주니까 그거 맞대. 박규형 씨 죽은 날까지는 그 번호 쓴 거 확실하잖아. 회사에도 바뀐 번호 말 안 한 거야. 이거 뭐가 있네, 있어."

민혜는 거의 확신범을 잡은 표정으로 말했다. 정언은 미간을 찌푸렸다.

"이희경 씨도 한두 번 통화한 게 다라는데, 아는 사람 없나?"

"조창식 계장부터 찾아야겠네요."

옆자리에서 듣고 있던 윤이 말을 보태자 민혜가 팔짱을 끼고
는 한숨을 쉬었다.

"연락처도 바꾸고 튀었다는데. 수배범이면 우리가 몽타주 내
보내고 경찰에 협조라도 해 달라고 하지. 이걸 어디서 찾아야
돼, 도대체?"

잠시 무언가를 생각하던 정언이 목을 뽑아 재희의 자리를 보
았다. 종편본 체크 후 일정 회의에 들어간 재희는 자리에 없었
다. 정언은 고개를 까딱해 그 자리를 가리켰다.

"선배 오면 얘기해서 이번 주 예고랑 방송에 제보 자막 넣죠."

"뭐라고 넣게? 조창식 계장에 대해 아는 사람 제보 바란다고
해? 조창식이 전과자 아니면 그거 고소감이잖아. 나 고소는 좀
피하고 싶다."

민혜가 벌써부터 고소장을 받아 든 사람처럼 질색을 하며 손
을 저었다. 정언이 그게 아니고, 하며 말을 이었다.

"통화 내용 보면 조 계장이 전달책 같지 않아요? 그 일 시킨
윗선이 있으니까 그런 식으로 통화했을 거 아냐. 그리고 우리
갔던 경일용역, 그것도 이상하잖아요. 인터뷰 따 온 거 봤죠? 용
역 업체가 매일 드나드는데 어떻게 책임자를 안 만나? 현장 과
장 모른다고 잡아떼는데 좋아, 많이 봐줘서 현장 과장은 모른다
고 칩시다. 아무리 그래도 윗선하고 다이렉트로 줄 대는 사람이
그런 사항 모르기가 힘들지."

"경일용역하고 조 계장이 관계가 있다고 생각하는 거야?"

민혜가 목소리를 낮추며 묻자 정언이 고개를 끄덕였다.

"최소한 서로 아는 사이인 건 확실할걸요. 우리 취재 나갔을

417

때도 그거 가지고 조 계장이 도끼눈을 치켜뜨고 그렇게 기분 나빠했는데, 자기가 모르는 용역 업체가 매일 드나드는 걸 두고 봐? 말이 안 되지."

"그건 그러네. 제보 요청 뭐라고 할 건데?"

"신도시 건설 현장에서 불법 용역에게 피해 본 사례 제보 받는다고 내보내죠. 모든 현장 사람들이 다 상황 안다는 거 불가능하니까. 현장 인부들은 어제 왔던 사람 오늘 안 올 수도 있고, 그 반대일 수도 있는데 그때마다 그렇게 민감한 사항 설명 안 할 거 아니에요. 진송신도시 특정한 거 아니니 뭐라고 하기 힘들 거고, 혹시 뭐 또 걸리는 내용 있으면 아껴 놨다가 다음 아이템으로 쓰고."

"다음 아이템이란 게 있겠니?"

민혜가 서글픈 얼굴로 농담 아닌 농담을 던졌다. 정언이 눈을 흘기자 민혜는 알았어, 알았어, 하며 얼른 방금 전의 농담을 수습했다.

"강 피디도 그 정도면 오케이할 거 같은데…… 아우, 나 강 피디 얘기하니까 할 말 있는데, 진짜. 나 정말 속상해 죽겠어."

민혜가 갑자기 뭔가 생각난 듯 발을 굴렀다. 의아한 얼굴을 한 정언이 민혜를 보았다. 민혜가 막 뭐라고 운을 떼려 하는데, 사무실 문이 열리며 재희가 들어왔다. 그러자 민혜는 바로 입을 다물었다.

두 사람의 대화를 듣고 있던 윤은 무심코 재희에게 시선을 주었다. 재희는 평소보다 안색이 좋지 않아 보였으나, 착각인지 아닌지 알 수 없었다. 들고 있던 서류 더미를 책상에 내려놓은 재희가 말했다.

"지금 있는 사람들 별일 없으면 간만에 저녁 회식이나 할래? 강요는 아니고, 가고 싶은 사람들만."

"내가 지금 뭐 들었냐? 강재희가 회식하자고 한 거 맞아?"

이어폰을 꽂고 있던 현진이 한쪽 귀의 이어폰을 빼며 되묻자 재희가 대꾸했다.

"법인카드 써야 돼서 그래. 위에서 우리 회식비 너무 적게 쓴 다면서 예산 올린 거 문제 있다고 난리가 났대. 돈 안 쓴다고 지랄하는데 뭐 어떡해, 쓰라는 돈 써야지."

"소고기 먹자, 그럼. 쓰라는데 안 쓸 이유가 뭐야? 요 앞에 우설 가자, 우설."

우설은 회사 근처의 소고기집으로, 보통 회사원 월급으로는 정말 일 년에 한두 번 큰맘 먹고 가야 할 만한 집이었다. 신이 난 현진의 말에 저만치에서 희림이 손을 들었다.

"재청합니다!"

"법인카드로 회식한다니까 대번에 우설 가자는 거 봐라. 돼지 고기나 좀 구울까 했더니 성에 안 차지?"

할 수 없다는 얼굴로 웃은 재희가 문 앞에서 벌써부터 설레는 표정을 하는 성옥에게 시선을 주었다.

"이 작가, 전화해서 몇 시에 예약되는지 물어봐. 지금 몇 명인 지 인원수 세서. 프리뷰 하시는 분들도 편집실에 있으면 다 같 이 가자고 하고."

"알겠습니다!"

다 죽어 가던 성옥이 갑자기 팔팔해져 경례까지 붙이며 눈으로 재빨리 사무실 안 사람 수를 세었다. 정언이 피식 웃으며 몸을 뒤로 젖히다 아, 하고는 윤 쪽으로 고개를 돌렸다.

"그러고 보니까 김 피디 오고 우리 회식 한 번도 안 했지?"

"어머, 웬일이야."

민혜가 손뼉을 딱 치며 황당하다는 표정을 했다. 윤은 그제야 자신이 환영회 한 번 없이 일했다는 사실을 깨달았다. 하기야 지금 <비하인드 24>에서 신입 환영회를 한다는 건 상 당한 집에서 잔치 여는 꼴이나 다를 바 없을 것 같기는 했다.

민혜가 재희 들으라는 듯 혀를 차며 팔짱을 끼었다.

"회식 싫어하는 강 피디 덕분에 우리가 이 귀한 신입 환영회 도 못 열어 주고 말이야."

"어, 입은 비뚤어져도 말은 바로 합시다. 내가 싫어서 그런 게 아니라 우리 상황이 그랬던 거지. 김 피디가 진짜인 줄 알잖아."

재희가 즉각 반박했다. 그새 전화를 걸었던 성옥이 손을 들며 끼어들었다.

"지금 자리 있대요. 십 분 있다 간다고 예약 걸어 놨어요."

"이 작가 성질 급한 거 봐. 내가 회식하자고 했다가 말까 봐 지금 당장 했어?"

고개를 절레절레 저은 재희가 다들 일어나라는 손짓을 하며 말을 덧붙였다.

"적당히들 먹어. 하루 사이에 소고기 먹는다고 법인카드로 몇 백 긁으면 나 또 깨지니까."

"깨지는 거 겁내는 강재희 신선하네. 알아서 먹을 테니까 빨리 가지?"

현진이 제일 먼저 가방을 들고 작가들을 양떼 몰듯 몰아 사무실을 빠져나갔다. 민혜도 카디건을 걸쳐 입고는 정언과 윤에게 얼른 가자는 손짓을 했다. 윤은 정언의 팔짱을 끼고 가는 민혜

뒤에서 몇 걸음 떨어져 두 사람을 따라가며 정언의 뒷모습을 보았다.

정언의 집에 갔던 날 이후, 윤은 자신이 정언에게 끌린다는 것을 깨끗하게 인정했다. 그 삶의 모든 순간을 알고 싶다고 생각할 정도의 감정은 쉽게 찾아오는 것이 아니었다. 그러나 정언에게 자신의 감정을 강요할 의도는 없었다. 뭐가 어떻게 되고 싶다는 구체적인 계획이 있는 것도 아니었다.

다만 윤은 그런 것을 능숙하게 숨기는 타입과는 거리가 멀었다. 쉽게 진심이 보이는 말과 행동을 억지로 감추는 건 윤에게 맞지 않았다.

"아직 쌀쌀하네. 일은 좀 할 만해?"

까만 단발 아래 얼핏 드러나는 창백한 목덜미에 눈을 두고 있던 윤은 갑자기 곁에서 들린 낯익은 목소리에 깜짝 놀라 퍼뜩 고개를 돌렸다. 재희였다.

"아, 네."

"취재 나갔다가 다쳤다며. 병원 갔다 왔다더니 괜찮고?"

"그냥 살짝 긁힌 정도라서요."

윤은 거의 반사적으로 이마에 붙인 반창고 위를 만지며 멋쩍게 대답했다. 다행이네, 하고 고개를 까딱인 재희가 어느새 저만치서 앞서가는 정언을 슬쩍 턱으로 가리켰다.

"서 피디가 까칠해도 애는 진짜 괜찮아. 저만한 애 드문데. 남자였으면 벌써 내 밑에 안 있고 다른 데서 메인 되고도 남았을 거라 아깝지."

담담한 말투였으나 그게 흔한 인사치레 따위가 아니라는 건 금방 알 수 있었다. 오랜 시간 쌓였을 감정은 두텁고 단단해 윤

421

은 그 말의 결을 쉽게 짐작하지 못했다. 아끼는 후배, 훌륭한 동료, 그리고…… 일반적인 감정들 사이의 어떤 특별함이 어렴풋하게 그 단어들 사이에서 반짝였다.

"몇 년이나 같이하신 거예요?"

윤의 물음에 재희는 잠시 생각하다 대답했다.

"서 피디랑? 서 피디 입사할 때부터 내 부사수였으니까 올해 7년 차겠네."

"그때는 팀 분위기가 지금보다 더, 그……."

윤이 머뭇거리며 단어를 고르는 사이, 윤의 의도를 금방 알아차렸는지 재희가 말을 끊었다.

"지금은 많이 나아졌지. 나도 성격 좋은 편은 아닌데 우리 선배들은 완전 군대식이었거든. 그런데도 서 피디가 엄청 잘 버텼어. 선배들이 툭하면 한 살이라도 어릴 때 시집이나 가라고 뭐라고 했다고. 선배들끼리 모이면 맨날 쟤는 여자애가 왜 저러나 모르겠다고, 적당히 지는 척 숙이고 들어오면 귀여워해 줄 텐데 죽어도 안 지려고 들어서 밉상이라고 그랬으니까."

"그건 좀 그런데요."

저도 모르게 미간을 찌푸리는 윤의 얼굴에 재희가 웃었다.

"그치. 몇 년 전만 해도 사람들 되게 구식이었어. 서 피디 예쁘잖아. 다들 내심 힘든 일 하지 말고 좀 우는 소리 하면서 애교나 떨면 잘 봐주고 어떻게 좀 해 볼 텐데 싶었던 거지. 그런데 뭐, 보다시피 그런 성격 못 되니까 손해 많이 봤고."

재희의 말에는 일종의 애정 같은 것이 있었다. 순간 가슴이 덜컥 내려앉았다. 가망 없는 일에 매달리는 거 취미 없어, 하고 말하던 정언의 목소리가 떠올라서였다.

그러나 절대 가망 없다고 단정하기에는 재희가 정언을 남다르게 여긴다는 것이 윤의 눈에도 선했다. 자신의 눈에도 보이는 걸 정언이 보지 못했으리라는 생각은 들지 않았다. 잠시 아무 말도 하지 않는 윤을 슬쩍 본 재희가 장난스러운 표정을 했다.

"왜, 김 피디 취향은 아닌가? 별로 안 예뻐?"

"아, 아뇨. 그런 건 아니고요."

당황한 윤은 황급히 그 말을 부정했다. 재희는 그런 윤을 빤히 보다가 다시 먼발치의 정언 쪽으로 시선을 돌렸다.

"편한 길 두고 돌아가는 스타일이라 가끔 답답하긴 한데…… 아, 뭐야. 남의 부사수한테 사수 뒷담 까고 있네, 지금."

뭐라고 더 말하려던 재희가 금방 열없는 얼굴로 뒷머리를 긁적이고는 빨리 가자, 하며 윤의 등을 밀었다. 안으로 들어서자 이미 먼저 도착한 사람들은 자리를 잡고 앉아 있었다. 가운데 앉아 있던 현진이 재희에게 자기 옆자리로 오라고 손짓을 했다.

"알아서 다 시켰으니까 앉아서 먹고 카드만 긁어."

"한 작가님 원하시는 대로 다 해요, 알았으니까."

재희가 현진 옆에 비워 둔 자리에 앉으며 대답했다. 윤은 문쪽의 자리에 앉았다. 맞은편 끝에서 정언이 민혜와 뭐라고 계속 낮은 목소리로 대화를 나누고 있었다. 재희가 들어서자 정언이 잠깐 재희 쪽으로 시선을 주는 것이 눈에 들어왔다.

아직 고기 한 점도 안 먹었는데 속이 묘하게 불편해졌다. 질투. 불현듯 뇌리를 스친 단어가 있었다. 윤은 지금 자신의 기분이 그것에 제일 가깝다는 걸 깨달았다. 속 좁은 놈 같아 기분이 조금 더 가라앉았으나 그렇다고 그걸 부정할 생각도 없었다.

그래, 뭐 나 속 좁은데 어쩌라고, 하고 속으로 투덜거린 윤은 부러 정언에게서 시선을 피했다. 떡 줄 사람은 생각도 않는데 혼자 굿하는 기분을 느끼는 건 윤에게 흔한 경험은 아니었다.

정언이 조금만 덜 칼같이 굴었다면, 조금만 더 쉽게 선을 넘어오게 했다면, 그리고 조금만 덜 어려운 사람이었다면, 하고 생각하던 윤은 혼자 입구가 풀린 풍선처럼 한숨을 쉬었다. 만약 그랬다면 그건 서정언이 아니었을 테고, 자신이 이러지도 않았을 테니 그런 가정은 아무 의미가 없었다.

"형, 많이 먹어요. 유혈 사태 났을 땐 피 보충하게 많이 먹어야 돼요."

곁에 앉은 지혁이 그새 불판 위에 기계처럼 생등심을 올리며 윤의 옆구리를 쿡 찔렀다. 유혈 사태는 무슨, 하고 민망한 얼굴로 웃자, 지혁이 올리자마자 익기 시작하는 고기에서 눈을 떼지 않은 채 소곤거렸다.

"그래도 형은 정언 선배하고 잘 다녀서 우리가 다 완전 대단하다 하는 거 알아요? 나도 입사하고 선배 밑에서 딱 한 달 있었는데 와, 진짜 한 달 되던 날 강 피디님한테 가서 술 먹고 울었잖아요. FD, AD 안 뽑으셔도 되고 저 혼자 다 해도 되니까 제발 선배님하고만 일 안 하게 해 달라고. 말이 씨가 돼서 진짜 그러고 있긴 한데 차라리 지금이 낫다니까."

"왜?"

"빡센 것도 빡센 건데 진짜 칼 같잖아요. 차원이 달라요."

지혁이 생각하기도 싫다는 얼굴로 으으, 하며 진저리를 쳤다. 윤은 피식 웃었다.

"배우는 거 많잖아."

"어휴, 나 여기 딱 2년만 있다가 옮길 거예요. 선배들 다 대단

한데 난 저렇게 못 살아. 가늘고 길게 사는 게 최고지. 어떻게
된 게 여기 선배들은 죄다 굵고 짧게 살려고 그래."

어디서 많이 듣던 소리네, 하고 생각한 윤은 매우 진심에서 우
러나오는 충고를 건넸다.

"너 사람 인생이 진짜 어떻게 될지 한 치 앞을 모른다."

몇 달 전만 하더라도 자신이 여기 와서 <비하인드 24> 팀 회
식에 앉아 있을 거라고는 정말 꿈에도 생각한 적이 없었다. 간
혹 아, 나도 예전 언젠가 가늘고 길게 살고 싶었던 적이 있었지,
하고 깨달을 때마다 그게 최소한 몇 십 년은 된 일 같았다.

지혁이 낄낄 웃고는 고기를 뒤집었다.

"하긴, 나 형이 게시판에 글 쓴 거 보고 내가 쓴 글도 아닌데
심장 쫄려 죽을 뻔했잖아요. 댓글 달아 놓고 이걸 지워, 말아 밤
새 한 백 번은 고민했을걸요. 근데 다인이 얘기 들어 보니까 형
원래 그런 사람 아니라고 하더라고요."

"다인이랑 알아?"

윤이 놀란 얼굴로 물었다. 다인은 <오늘의 요리> 팀에서 자
신과 함께 일했던 입사 동기였다. 지혁이 고개를 끄덕였다.

"학교 동창이라 전부터 알아요. 형 오고 나서 다인이한테 형
어떠냐고 물어봤더니 다인이가 자기는 동명이인이겠지 그랬대
요. 좋은 게 좋은 거다 하고 사는 사람인 줄 알았는데 자기도 게
시판 보고 기절하는 줄 알았다고 그러던데요."

턱을 괴고 지혁의 얘기를 듣던 윤은 내심 삐져나오는 한숨을
참았다. 사람이 가끔 정말 그렇게 눈이 돌아갈 때가 있긴 있는
모양이었다. 술김에 갑자기 정의감이 차오른다거나, 무서운 줄
로만 알았던 선배한테 한순간 빠져 버린다거나…… 후자에 생각

이 미치자 마시지도 않은 술이 깨는 기분이었다.

지혁이 술을 권했으나 윤은 아냐, 나 진짜 입에도 못 대, 하고 거절하며 음식을 먹는 내내 정언 쪽을 흘끔거렸다. 소주 반병 먹고 재희 앞에서 취한 꼴을 보였던 날도 느꼈지만 정언과 대작한다면 자신은 십 분도 버티지 못할 것 같았다.

최소한 한 병 반은 이미 스트레이트로 비운 것 같은데도 안색하나 변하지 않는 정언에게 저도 모르게 한참 시선을 주자, 고기를 먹던 지혁이 윤의 시선을 따라가더니 고개를 절레절레 저었다.

"한 작가님이랑 정언 선배가 우리 팀 최고 주당이에요."

"그래?"

"선배랑 술 먹고 집에 걸어서 들어간 기억이 없다니까. 나는 다음 날까지 인사불성인데 선배는 저러고 새벽에 공원 산책로 코스 뛰고 와서 출근한대요. 그걸 누가 이겨. 애인 없는 거 이유가 다 있지."

"뭘 또 그렇게까지……"

공연히 항변하고 싶은 기분이 되어 기어이 한마디를 보태자 지혁이 이 형이 뭘 모르네, 하는 표정으로 혀를 찼다.

"시간이 남아야 애인을 만나지. 하루 종일 일하고, 밤새 술 마시고, 새벽에 뛰고, 그리고 또 출근하는데 어디서 남자를 만나요. 그리고 뭐 정언 선배가 강 피디님 좋아하는 거 누가 몰라."

지혁의 마지막 말에 그 앞의 내용이 전부 머릿속에서 날아갔다. 윤이 뭐라고 대꾸하지 못하고 눈만 동그랗게 뜬 채 깜빡이는 것을 본 지혁이 아, 하고 자기 머리를 치더니 눈치를 한 번 살피고는 목소리를 낮췄다.

"아, 형은 교양국 있다 와서 모르겠다. 정언 선배 원래 유명해요, 예전부터. 근데 뭐 강 피디님이랑은 안 되잖아. 본인도 그거잘 알고. 그런 거 보면 쿨하긴 쿨해요. 사람 마음이 그렇게 무자르듯 되나 싶은데 속이야 몰라도 겉으로는 딱 선 그으니까."

"……왜 안 되는데?"

윤의 물음에 난처한 표정을 한 지혁이 재희 쪽에 슬쩍 눈을주었다. 재희는 아까부터 음식에는 거의 손도 대지 않고 말없이술만 홀짝이고 있었다. 왁자지껄한 소리 탓에 들릴 리 없을 텐데도 지혁은 속삭이다시피 말했다.

"거의 유부남이니까 뭐."

"결혼하셨어?"

그건 처음 듣는 얘기라 놀란 윤의 목소리가 저도 모르게 커지자 지혁이 황급히 소리 낮추라고 손을 휘적였다. 다행히 아무도이쪽에는 신경을 쓰지 않았다. 지혁이 쉿, 쉿, 하며 몇 번이나 손가락을 입가에 대더니 소곤거렸다.

"식장 다 잡아 놓고 청첩장까지 돌렸는데, 식 올리기 딱 보름전에 예비신부가 죽었어요. 그분이 우리 보도국 기자였단 말이에요. 근데 워싱턴 특파원 결정돼서 미국 지사 갔다 오는 길에비행기 사고가 났대요. 그게 몇 년 된 일인데. 그러고는 뭐, 강피디님 딱 세 달 있다 복귀했고 그 뒤로는 완전 수도사 생활 하신다고. 조선시대였으면 열부문도 세웠지. 다른 여자한테는 진짜 눈 한 번 안 돌리니까. 강 피디님 은근 인기 많은데 그거 아는 방송국 여자들은 엄두도 못 내요. 죽은 사람을 어떻게 이겨."

완전히 굳어 버린 윤은 지혁의 말을 들으며 눈만 깜빡였다. 윤에게 그건 이해의 영역을 뛰어넘은 수준이었다. 결혼식을 보름 앞두고 죽은 예비신부 이야기도 충격이었으나, 재희가 단 세 달 만에 다시 이 자리로 복귀했다는 건 더 놀라웠다. 그런 일을 겪고도 어떻게 무너지지 않을 수 있었는지 상상조차 가지 않았다.

그리고 정언이 가망 없다고 단정했던 것이 그 때문이었음을 깨닫자 심장 부근이 차가워졌다. 절대 넘어갈 수 없는 선이란 건 어떤 걸까. 존재보다 강력한 부재, 여상함 뒤로 감춘 끝없는 공동…… 윤은 지금까지 한 번도 그런 것을 경험해 본 적이 없었다. 자신에게 정언 역시 그렇게 '가망 없는' 상대일지 윤은 문득 궁금해졌다.

"어, 야, 강재희! 너 지금 어디 가는데!"

그때 현진이 목소리를 높였다. 놀란 윤이 고개를 돌리자 재희가 잠깐만, 하고 끝이 뭉개지는 발음으로 뭐라고 두어 마디를 더 중얼거리더니 비틀대며 음식점 밖으로 나가는 것이 눈에 들어왔다. 얼굴을 찌푸린 현진이 혀를 찼다.

"저거 저 뭐 먹지도 않고 계속 술만 마시더니 내가 이럴 줄 알았다. 쟤 취했지? 왜 그렇게 술만 먹나 했더니 무슨 일 있었나?"

"아우, 몰라! 강 피디 진짜 어떡하니, 나 속상해 죽어!"

곁에 앉아 있던 민혜가 취했는지 양 볼이 다 빨개져서는 갑자기 소리를 지르며 눈가를 문질렀다. 그러더니 다음 순간 어깨를 들썩이며 울기 시작했다. 곁에 앉아 있던 정언이 깜짝 놀라 얼른 민혜를 붙들었다.

"작가님, 왜 이래요. 괜찮아요?"

그러자 민혜가 울먹이며 정언을 붙들고는 알아듣기도 힘들 만큼 코가 잔뜩 막힌 목소리로 말했다.

"나 아까 점심에 교양국 장서라 만났잖아."

"그치, 점심 약속 있다고 했었잖아요. 그게 왜요."

정언이 황급히 민혜를 달래며 물었다. 민혜가 눈물에 콧물로 범벅이 된 얼굴을 냅킨으로 몇 번이고 닦고는 훌쩍거렸다.

"아침에, 아침에 강 피디 국장님 호출 있었잖아, 그거."

"그랬다면서요."

"거기서, 심석건 이 개새끼, 내가 아주 만나기만 하면 그 새끼 머리털 다 뜯어 버릴 거야. 그 새끼가 거기 왔는데, 걔가 강재희 보고 그랬대. 너 싸가지 없어서 세상 무서운 줄 알라고 지연수 죽은 거 모르냐고. 심석건 그 새끼가 아침에 교양국 와가지고 박 부장 앞에서 그거 자랑이라고, 지가 강재희한테 그 소리 하니까 강재희가 한마디도 못 하더라고 떠벌리더래. 내가 그 소리 듣고 진짜, 아우 나 몰라 정말……."

민혜가 더 말을 잇지 못하고 자리에 엎드려서 엉엉 울기 시작했다. 그 순간 자리에 앉아 있던 모든 사람들이 순식간에 조용해졌다. 찬물을 쏟아부은 듯 짧은 침묵이 흘렀다. 현진이 완전히 굳어 버린 얼굴로 입을 열었다.

"야, 송민혜 지금 뭐라고 그랬어? 심석건 그 새끼가 강재희보고 뭐라고 그랬다고?"

그러나 아무도 대답하지 못했다. 현진이 기가 막힌다는 표정을 하고 있다가 이런 씹새끼가, 하고 나지막하게 내뱉었다. 하얗게 질린 정언이 자리에서 벌떡 일어나 바깥으로 뛰쳐나갔다.

멍하니 앉아 있던 윤은 지혁이 팔을 툭툭 치는 손길에 퍼뜩 현실로 돌아왔다. 지혁이 입모양으로 형 빨리, 하며 나가 보라는 눈짓을 했다. 그제야 정신을 차린 윤은 서둘러 정언을 따라 밖으로 나왔다.

그러나 그새 어디로 간 건지 재희도, 정언도 보이지 않았다. 윤은 가게 앞 도로로 뛰어나와 주변을 둘러보았다. 그러자 거의 반 블록쯤 앞에서 달려가는 정언의 뒷모습이 눈에 들어왔다.

윤은 정신없이 그 뒤를 쫓아 뛰었다. 정언이 멈춘 곳은 문을 닫은 상가 앞이었다. 재희가 주저앉은 채 무릎에 완전히 얼굴을 파묻고 앉은 모습이 보였다. 정언이 숨을 몰아쉬며 재희의 어깨를 흔들었다.

"선배, 선배!"

윤은 조금 떨어진 곳에서 걸음을 멈췄다. 수명이 거의 다 된 가로등이 깜빡여 작게 웅크린 재희의 발치로 긴 그림자를 드리우고 있었다. 재희는 고개를 들지 않았다. 몇 번 더 재희의 어깨를 흔들어 보던 정언이 그 맞은편에 다리를 접고 앉았다.

"……미안."

재희가 나지막이 말했다. 끝이 약간 뭉개지는 발음은 취한 건 확실했지만 알아듣지 못할 정도는 아니었다. 재희를 물끄러미 보던 정언이 내뱉었다.

"뭐가 미안한데요."

"전부 다."

"선배 나한테 미안한 거 없잖아."

"그냥, 전부 다 미안해……."

재희가 쿡쿡 웃었다. 동그랗게 말린 어깨가 떨렸다. 윤은 정언이 그 어깨로 손을 뻗었다가 닿기 직전 움직임을 멈추는 것을 보았다. 그 가느다란 손가락은 차마 재희에게 닿지 못하고 허공에서 손안으로 말려 들어갔다. 그 장면은 마치 슬로 모션처럼 윤의 시선에 들어왔다.

무릎을 끌어당겨 안은 팔에 얼굴을 묻고 있던 재희가 한참 만에 눈을 들어 정언을 보았다.

"……나 왜 이러는지 알아?"

"선배 지금 완전 취했어. 일어나요. 택시 태워 줄 테니까 집에 가서 좀 자요."

정언이 재희의 팔을 잡아 일으키려 했다. 그러나 정언의 손안에서 그 팔은 힘없이 미끄러졌다. 손이 완전히 떨어지기 직전, 재희는 손끝으로 겨우 정언의 셔츠 소매를 움켜쥐었다. 정언이 다시 한 번 선배, 하고 부르자 재희가 고개를 떨구며 입술을 달싹였다.

"죽고 싶다, 진짜……."

그 말을 들은 정언이 그대로 얼어붙었다. 윤은 저도 모르게 한 걸음 뒤로 물러섰다. 그때 계속해서 점멸하던 가로등이 완전히 꺼졌다. 촌스러운 간판들이 거리로 색색의 빛을 쏟아 냈지만, 자신이 서 있는 자리까지 밀려드는 어둠을 이기지는 못했다. 윤은 그 그림자 속에서 멍하니 두 사람을 응시했다.

어떻게 그런 일을 겪고도 재희가 무너지지 않을 수 있었는지 궁금했다. 얼마나 강한 사람이어야 그런 고통을 견디는 것인지 이해할 수 없었다.

그러나 그건 사실이 아니었다. 재희가 이미 폐허가 된 성의 성벽만을 쌓아 올리고 있었다는 걸 윤은 그 순간 직감했다. 아무것도 없기에, 누구도 들어올 수조차 없는 자신만의 성. 정언 역시 알고 있었을 것이다. 문도, 창문도 없이 쌓아 올린 성벽 안으로는 누구도 들어갈 수 없다는 걸. 설령 그 안으로 들어갈 수 있다 해도 거기엔 아무것도 존재하지 않는다는 걸.

타인의 선을 넘으려는 욕망을 갖는 건 그 선 안에 무엇이 있는지 모르기 때문이다. 그 너머를 알고 싶다는 갈망이 사람을 움직인다. 정언은 재희의 선 너머에 아무것도 존재하지 않는다는 사실을 누구보다 잘 알고 있는 사람일 터였다.

그러니 정언이 그에게 아무런 희망도 갖지 않는 건, 어쩌면 당연한 일일 수도 있었다. 가슴 한구석이 소리 없이 무너지는 모래성처럼 싸하게 가라앉았다.

정언의 소매 끝을 쥐고 있던 재희의 손이 스르르 떨어졌다. 그것이 무슨 신호라도 되는 것처럼 그 자리에 다시 주저앉은 정언이 웅크린 재희를 마주 보았다. 무릎으로 머리를 파묻고 완전히 어둠 속에 잠긴 재희를 응시하던 정언이 긴 한숨을 쉬었다.

정언과 재희 사이의 어둠은 손을 뻗으면 닿을 거리에 있는데도 결코 건널 수 없이 깊은 강 같았다. 윤은 자신과 정언 사이의 어둠을 보았다. 이건, 내가 건너갈 수 있는 균열일까.

다음 순간 이성보다 몸이 먼저 움직였다. 당장이라도 주저앉고 싶은 것을 참으며 정언에게 달려간 윤은 정언의 팔을 잡아 일으켜 세웠다. 윤이 거기 있는 걸 까맣게 몰랐는지, 정언이 놀란 듯 눈을 크게 뜨며 윤을 돌아보았다.

"김 피디."

그 목소리는 잠겨 있었다. 윤은 정언의 팔을 잡은 손에 힘을 주었다. 손이 떨렸다. 이 공간에서 유일한 불청객이 자신이라는 걸 깨닫는 데는 그리 오랜 시간이 필요치 않았다. 출입 금지 구역에 우연히 발을 디딘 것 같은 기분으로, 윤은 겨우 숨을 들이쉬며 입을 열었다.

"제가 모시고 갈게요."

정언이 대답 대신 윤을 올려다보았다. 뛰느라 빨라진 심장의 비트가 가라앉지 않았다. 윤은 눈을 잠시 감았다 떴다. 어둠 속에서 정언의 눈은 더 깊게 보였다. 아주 천천히, 모든 감각이 지워졌다.

거리의 빛과 소리와 냄새가 서서히 사라지고 정언만이 거기 남겨졌다. 다른 것은 무엇도 보이지 않았다. 윤은 그 어둠 속에서 가망 없는 일에는 매달리지 않는다는 정언의 말을 떠올렸다.

그리고 곧 깨달았다.

희박한 확률에 걸어 버린 감정을 이미 되돌릴 수 없다는 걸.

어떤 말로도 표현할 수 없는 불가해한 감정들이 녹아들었다.

13

전날 밤부터 쏟아지기 시작한 비가 아침에도 이어지는 중이었다. 장마처럼 기세 좋은 빗줄기는 아무래도 하루 종일 그칠 기미가 없어 보였다.

창가에 선 정언은 유리창에 부딪치며 미끄러지는 빗방울이 그리는 궤적을 눈으로 따라갔다. 불규칙한 선들은 망막 위로 오래 머물지 않았다.

최근 잠을 제대로 자지 못한 탓인지 머리가 무거웠다. 머릿속이 온통 회색으로 가라앉은 것 같은 느낌이었다. 정언은 잠시 눈을 감으며 눈썹 위 이마에 손끝을 대고 눌렀다. 눈을 감자 둔탁한 빗소리가 더 선명해졌다.

"아침부터 무슨 고독을 그렇게 씹어?"

얼마나 그러고 있었을까, 등 뒤에서 재희의 목소리가 날아들었다. 놀란 정언은 뒤를 돌아보았다. 양손에 테이크아웃 컵을 들고 있던 재희가 오른손에 든 것을 정언에게 내밀었다.

"제일 먼저 보는 사람한테 주려고 두 잔 샀더니 딱 있네."

정언은 컵을 받아 들었다. 따뜻한 아메리카노의 옅은 향이 습한 공기 속으로 빠르게 퍼졌다. 정언은 재희에게서 시선을 피하며 잘 마실게요, 하고는 커피를 한 모금 마셨다. 입이 썼다.

이미 며칠 전의 일이었으나, 아직 재희를 똑바로 보는 것이 힘들었다. 그렇게 엉망으로 무너진 재희를 본 건 처음이었다. 차라리 따라가지 말았어야 했다고 후회했을 정도였다.

그날, 결국 재희를 부축해 택시까지 태워 보낸 건 윤이었다.

윤에게 더듬거리며 재희의 집 주소를 불러 준 정언은 오랫동안 텅 빈 택시 정류장에 윤과 나란히 앉아 있었다. 윤은 내내 아무 말도 하지 않았다. 어두운 거리에서 연신 지나가는 자동차의 헤드라이트 빛이 그 얼굴에 강한 음영을 드리웠다. 그 때문에 정언은 윤의 표정을 읽지 못했다.

윤의 가독 불가능한 얼굴은 며칠째 정언의 머릿속에 머물고 있었다. 다음 날 출근한 윤은 평소처럼 정언을 대했으나, 정언은 어쩐지 윤과 함께 있는 순간이 편하지 않았다. 까닭을 알 수 없는 그 불편함은 윤을 처음 보았을 때와는 다른 종류의 것이었다.

"신도시 현장 관련해서 제보 달라고 이번 주부터 나갔지? 이 작가가 홈페이지랑 SNS에도 공지 다 한 것 같던데, 뭐 좀 들어왔어?"

재희의 물음에 생각에 빠져 있던 정언은 현실로 돌아왔다.

"아직 쓸 만한 건 별로 없어요. 재미있는 얘기는 좀 있는데, 지금 이 건하고는 상관없어서…… 키핑했다가 나중에 아이템 회의 때 쓰든가 하려고요."

"그래? 오늘은 왠지 뭐 좀 들어올 거 같은데."

"왜요?"

"그냥."

실없이 대답하는 재희의 얼굴을 본 정언은 한숨을 쉬었다.

"이제 돗자리 깔려고? 어차피 곧 돗자리 깔고 나앉게 생겼는데 뭘 벌써 사무실에서 깔려고 그래요. 아침부터 쓸데없는 소리 그만하고 커피나 마저 드시죠."

재희가 웃고는 자리에 앉았다. 평소와 다를 것 없는 태도였다. 문득 정언은 민혜의 입에서 석건이 재희에게 했다는 말을 듣는 순간 머릿속이 새하얘졌던 것을 떠올렸다.

온몸의 피가 다 말라 버린 얼굴을 하고 있던 그날 아침의 재희를 생각하자, 아주 가느다란 바늘이 마음 어딘가를 뚫고 지나가는 듯한 감각이 스쳤다. 정언은 창가에 선 자세 그대로 눈만 조금 돌려 재희를 내려다보았다.

항상 이렇게 아무렇지도 않은 것처럼 굴기 위해 얼마나 필사적이어야 하는 걸까 불현듯 궁금해졌다. 죽고 싶다는 말을 발음하던 그 순간의 재희는 아마 그 의지가 잠시 놓친 사이의 의도치 않은 부산물일 터였다. 여상한 재희의 얼굴은 언제나 그렇듯 담담했다.

그때 사무실 문이 열리는 소리가 났다. 몸을 돌리자 입이 찢어지도록 하품을 하며 들어선 석현이 정언과 눈을 마주치더니 반사적으로 입을 다물었다. 정언이 픽 웃자 석현이 민망한 투로 투덜거렸다.

"야, 너는 그걸 못 본 척 좀 해 주지 또 웃고 앉았냐?"

"보이는 걸 어떻게 못 본 척을 합니까?"

어깨를 으쓱해 보이는 정언에게 눈을 흘긴 석현이 자리에 앉다 말고 아, 하더니 몸을 앞으로 내밀었다.

"그거 들었어? 이번 주에 <뉴스라이트>에서 녹취록 터트릴 거라던데."

"무슨 녹취록? 누가 그래요? 지난번에 보도한 거 말고?"

정언이 묻자 재희가 옆에서 커피를 마시다 말고 말을 보탰다.

"김진우 앵커 인사위 회부됐을 때 이충민 선배가 그 얘기 하긴 하던데, 성 선배 청와대 쪽하고 통화한 녹취록 가지고 있다고. 그거 얘기하는 거야?"

석현이 고개를 갸웃하더니 대답했다.

"그것까지는 잘 모르겠고, 나 지금 출근하면서 영준이 만났거든. 영준이가 녹취록 얘기한 거야. 위에서 직통으로 때리는 녹취 있대. 그거 어젯밤에 데스크에서 내보내기로 최종 결정했다고 그러네."

"홍영준 기자? 홍 기자 얘기면 확실하겠네. 언제 한대?"

재희가 묻자 석현이 고개를 가로저었다.

"아직 정하진 않았고, 아마 주말 뉴스에 내보낼 거 같다고는 하더라."

"그래? 클로징 멘트 갖고도 앵커 자르는데, 그거 방송하고 무사할까 모르겠다."

"정수창 앵커가 회의에서 자기 잘릴 각오는 돼 있다고 했대. 파업하면 아나운서국도 전체 참여하기로 합의했다고 그러고. 지금 포털에서 우리 서명운동 관련 게시물 올라가는 족족 계속 블라인드 처리하고 있다며. 그것 때문에 <뉴스라이트> 팀에서 어떻게 되든 일단 터트리자, 더 기다리는 거 의미 없다는 의견이 대세인 거 같더라."

"블라인드 처리를 한다고요? 누가?"

정언이 묻자 석현이 손을 깍지 끼어 뒤통수를 받쳤다.

"누가 하겠어, 그걸. 윗분들이 하시겠지. 댓글 작업 들어갔는지 페북에서는 갑자기 특정 시간대만 되면 악플 엄청 달리고, 유튜브에서 서명 릴레이 영상 올리는 계정마다 블라인드래. YBS 이사진하고 정부 비판하는 블로그 포스팅마다 족족 신고 먹고. 인터넷에서는 말 많이 나오는 거 같던데 공개적으로 때릴 수가 없으니…… 미치겠다, 정말. 이 새끼들 어떻게 해야 돼?"

재희가 커피 스틱을 입에 문 채 약간 부정확해진 발음으로 대답했다.

"펜은 칼보다 강하다는 말이 왜 나왔겠어. 우리는 우리 방식으로 때려야지 뭐."

"펜이 아무리 강해도 총으로 쏘면 속수무책인 거 알지?"

"그러니까 죽을 때 죽더라도 가오 있게 죽자 이거지. 김상옥 의사[3] 얘기 몰라? 엔딩이 완전 끝장이잖아. 일본 경찰 400명하고 혼자 총격전 벌인 것도 멋있지만 마지막에 왜놈들의 포로는 되지 않겠다, 이러고 자결했으니까 역사에 남은 거 봐. 그때 포로가 돼서 변절했으면 그게 뭐가 멋있어."

재희의 말에 석현이 고개를 절레절레 흔들었다.

"야, 그게 역사에 왜 남았겠어. 그렇게 가오 있게 죽기가 힘드니까 남은 거지."

"그러니까 우린 가오 있게 죽진 않더라도 변절은 하지 맙시다.

---

3) 1890~1923. 독립운동가. 혁신단, 의열단 등의 무장독립운동 단체에서 활약하였으며 1923년 1월 12일 종로경찰서에 폭탄을 던져 의거하였다. 1월 17일 새벽, 명사수로 이름난 김상옥 의사를 체포하기 위해 은신처로 약 400여 명의 일본 경찰이 동원되었다. 이 과정에서 홀로 16명의 일본 경찰을 사살한 김상옥 의사는 일본 경찰의 포로가 되지 않고 자결한 것으로 알려져 있다.

그건 너무 폼 안 나잖아. 독립운동은 못 해도 친일인명사전 올라가진 말아야 할 거 아냐."

"그렇지, 그건 인정한다."

킬킬거리는 석현의 얼굴에 정언은 바람 새는 소리로 웃고는 자리에 앉았다. 윤이 출근한 건 정언이 커피를 반쯤 마셨을 때였다. 안녕하세요, 하고 인사를 건넨 윤이 자리에 앉았다. 정언의 책상 위에 놓인 커피로 흘끔 눈을 준 윤이 파티션 너머에서 나지막하게 말했다.

"커피 드시겠냐고 물어보려고 했는데 벌써 드셨네요."

"아, 응. 선배가……."

대답하던 정언은 말을 멈췄다. 윤에게 재희의 이야기를 하는 것이 어쩐지 마음에 걸려서였다. 정작 윤은 신경 쓰지 않는다는 듯 아 네, 하고 짧게 대답했다. 그게 다였는데도 공연히 잘못한 것도 없이 좌불안석이라, 가만히 생각하자 도리어 성질이 났다.

정언은 그날 회식 이후로 윤의 말수가 어쩐지 줄어든 것 같다고 느끼고 있었다. 그런 건 정언만이 아닌 듯했다. 다들 지나가며 한마디씩 김 피디 힘든가 보네, 요새 웃는 거 잘 못 보겠다, 하며 윤에게 말을 던졌고, 그럴 때마다 윤은 아니에요, 하고 웃을 뿐이었다.

그러나 그게 정언의 신경을 묘하게 더 긁었다. 정언은 자신이 왜 그러는지 몰라 스스로도 답답해졌다. 애초에 먼저 쉽게 선을 넘은 건 윤이었다. 다가오라고 기다린 적도 없었고 끌려당긴 적도 없었다. 제멋대로 가까이 온 쪽은 윤이었는데 왜 이런 식으로 불편해지는 건 자신인지 모를 노릇이었다.

모니터에 띄워 놓은 제보 게시판의 글자들이 눈에 들어오지 않았다. 정언은 공연히 안구건조증을 탓하며 눈을 몇 번 깜빡이다 다시 모니터로 시선을 돌렸다. 물론 애초에 머릿속이 복잡해 그런 걸 눈 탓을 해 봤자 달라지는 건 없었다.

그때 요란하게 책상 위의 전화가 울렸다. 아홉 시도 안 됐는데 벌써 누가 전화질이야, 하고 속으로 생각한 정언은 전화벨이 두 번 울리기도 전에 재빨리 수화기를 들었다.

"<비하인드 24>입니다."

『서정언 피디님 계시면 바꿔 주실 수 있어요?』

젊은 여자의 목소리였다. 바람 가득 든 공이 튀는 듯한 말투가 낯설었다. 정언은 수화기를 고쳐 쥐었다.

"전데요. 무슨 일이시죠?"

『어머, 서정언 피디님 맞으세요? 저기, 기억하시나 모르겠는데. 얼마 전에 현장 오셨잖아요. 제가 그때 남자 피디님한테 명함 받았거든요.』

"진송신도시요?"

직감적으로 되물은 정언은 즉시 자세를 바로 해서 앉았다. 처음 윤과 함께 진송신도시 현장에 갔던 날, 사무실 직원들에게 명함을 돌렸던 것이 떠올라서였다. 아니나 다를까, 여자가 네, 하며 목소리를 높였다.

『제가 어젯밤에 집에서 텔레비전 보는데 제보 달라고 자막 나와서, 생각나는 게 있어서요.』

"선생님, 성함 먼저 말씀해 주실 수 있을까요? 괜찮으시다면 저희가 계신 곳으로 찾아뵐 수도 있는데요. 성함 말씀해 주셔도 방송에는 안 나가니까요. 저희가 그냥 신원 확인 차 여쭤보는 겁니다."

정언의 말에 여자가 조금 주저하다 대답했다.

『제 이름이요? 음, 저기, 장해나예요. 해가 여, 이 말고 아, 이. 근데 제가 얼굴 보는 건 좀 그렇고요, 전화로 하면 안 돼요?』

장해나, 하고 입 안으로 그 이름을 한 번 뇌어 본 정언은 퍼뜩 그날 사무실에서 규형에 대해 얘기해 준 여직원을 떠올렸다. 용민이 그녀를 미스 장이라고 불렀던 것이 생각난 까닭이었다. 그러고 보니 아무래도 목소리가 비슷한 듯싶었다.

"편하신 대로 하겠습니다. 제보하실 내용 뭔지 말씀해 주시겠어요?"

녹음 기능이 켜진 것을 확인한 정언은 바로 다이어리를 펼치고 펜을 찾아 들었다. 해나가 머뭇거리며 입을 열었다.

『그게, 뭐 이런 얘기도 제보가 되는지는 모르겠는데, 제가 너무 신경이 쓰이는 거예요. 계속 너무 마음에 걸려서 전화를 할까 말까 되게 고민했어요. 제가 사실은 회사를 그만둬서 이거를, 제보를 하기로 한 거거든요. 그래서 이름이나 목소리 나가는 건 좀 그런데.』

"방송 날짜는 아직 미정이고요, 그런 부분은 절대 염려하지 않으셔도 됩니다. 만약 방송 나가게 되면 대역을 사용하고 음성 변조하니까요. 이름은 당연히 밝히지 않습니다."

정언의 말에 한참 주저하던 해나가 목소리를 낮췄다.

『그러면 제가 피디님을 믿고 얘기할게요. 있잖아요, 서온에서 용역 깡패를 써서 현장을 감시해요. 이거는 현장에서 일하시는 분들이 확실히 더 잘 아시는 거거든요. 다른 데는 어떻게 하는지 모르겠지만 아무튼 진송신도시 현장에서는 그렇게 했어요.』

거의 속삭이는 듯한 목소리였다. 순간 매일 현장에 드나드는 경일용역 차량을 촬영한 블랙박스 영상이 머릿속에 자동으로 지나쳤다.

정언은 마르는 입술을 축이며 물었다.

"경일용역 말씀하시는 건가요?"

『어머, 네. 그건 어떻게 아셨어요?』

해나가 놀란 투로 되물었으나 정언은 대답 대신 재차 그녀에게 물음을 던졌다.

"회사가 경일용역을 고용해서 현장 감시를 하고 있다고요?"

『네. 그, 제가 서온 입사하기 전부터 지금 한 사오 년, 회사 몇 군데 돌면서 현장 사무실에 계속 파견 나와서 일하는데, 솔직히 이렇게 돌아가는 현장은 여기가 진짜 처음이에요. 용역 사람들이 현장도 그렇고, 사무실도 그렇고 계속 감시를 한단 말이에요. 밖에서는 그 십장이라고 하죠? 노무감독님. 그거 완장을 딱 차고 다니면서 그래서 외부인들은 봐도 몰라요.』

"왜 감시를 하는 거죠? 굳이 그래야 할 이유가 있나요?"

『회사에 대해서 자기들끼리 뭐라고 씁나. 그거 감시하는 거예요. 그 무슨 비리가 어쩌고저쩌고 하면서 막 데모도 하고 그러잖아요. 그러니까 우리끼리 뭐, 회사가 자재 같은 것도 속이고 그런 비리, 그런 거 막 얘기하고 그럴까 봐서.』

"자재를 속인다고요?"

저도 모르게 목소리가 약간 높아졌다. 이미 분양이 됐고 건설 중인 아파트 자재를 속인다니, 이게 사실이라면 보통 문제가 아니었다. 수화기 너머에서 조심스러운 대답이 돌아왔다.

『네. 그, 우리도 보면 대강 어느 정도 알거든요. 사무실에서 발주서 이런 거 다 쓰잖아요. 입고 확인도 하고요. 저는 뭐 잡무를 하지만 그래도 단가표 이런 거 다 보고, 경리 일도 좀 하니까 안단 말이에요. 그런데 그 내장재, 이런 거를 원래 외부에 고지한 것보다 한 등급 두 등급 아래, 이렇게 써요. 회사 말로는 그게 관행이라고 막 그래요. 그런데 이게 단속 나오면 아주 크게 문제가 된다고 하더라고요. 그거 걸릴까 싶어서 미리 입단속을 하는 거죠.』

개자식들, 하고 소리 없이 중얼거린 정언은 무의식중에 구겨진 미간을 쥐고 있던 펜 끝으로 눌렀다.

"관행적으로요, 네."

『그런데 그거를, 그것 때문에 박 과장님이 한 번 좀 크게 싸웠다고요. 밥 먹고 오줌 한 번 누러 가는데도 사람을 감시하니까, 아저씨들이 일을 못 하겠다고 과장님한테 하소연을 해가지고. 과장님이 그쪽 사람하고 아주 막, 원래 진짜 정말 목소리 한 번 안 높이는 분인데 그렇게까지 화를 내는 건 제가 그때 처음 봤어요.』

그 말에 정신이 번쩍 들었다. 정언은 펜 끝을 책상 위로 초조하게 두드리며 물었다.

"박규형 과장님이 누구하고 싸우신 거죠?"

『조 계장이라고 있어요. 걔 그거 경일용역 깡패거든요. 그거를, 나중에 혹시 문제가 될까 싶으니까 회사에서 계장이라고 고용을 해서 심었어요. 그때 그 조 계장하고, 본사에서 나온 뭐 누구 부장인가 실장인가, 그건 제가 지금 기억이 잘 안 나요. 제가 본사 사람들 잘 몰라서.』

"조 계장이면 조창식 계장 말씀하시는 겁니까?"

수화기를 든 손에 힘이 들어갔다. 조창식이 경일용역 소속이라니, 이건 상상도 해 본 적 없는 일이었다. 손끝이 하얗게 될 정도로 수화기를 움켜쥔 정언은 잠시 숨을 골랐다.

해나의 목소리가 높아졌다.

『맞아요. 아, 그날 사무실에서 보셨구나? 막 엄청 화냈잖아요. 생각나시죠?』

"네. 혹시 그럼 조 계장님하고 박 과장님이 싸운 게 언제인지 기억하세요?"

『그거는 꽤 됐어요. 작년 일이니까. 그리고 본사에 과장님이 아주 찍혀 버렸다, 우리는 그렇게 생각을 했거든요. 데모하고 그러는 데 계속 내보내고 그랬으니까. 처음에는 과장님 진짜 아주 말이 아니었어요. 거기 그 데모하는 사람들이 엄청 막 거칠고 그렇잖아요. 욕도 먹고, 맞기도 많이 맞고.』

"현장에 경일용역 고용한 걸 본사에서 이미 알고 계셨다는 말씀이죠?"

정언의 말에 해나가 당연하다는 투로 대꾸했다.

『아이, 그거는 당연하죠. 안 그러면 어떻게 걔들이 그래요. 그거, 그때 과장님이 자재 문제도 얘기하고, 그러면서 현장 인부들 감시를 할 게 아니고 지금이라도 자재 발주를 다시 내라, 이거 아파트가 다 올라가고 알려지면 문제가 아주 심각해진다, 이랬는데 윗분들이 그 말을 안 들었단 말이에요.』

"박 과장님이 본사에 자재 관련 문제 제기를 하셨다는 거죠?"

『그렇죠. 그리고 나니까 과장님 감시하려고 그게 계속 따라다녔다고요, 조 계장이. 출장 가실 때도 지가 뭐라고 따라다니고, 회식이 있어도 걔가 맨날 껌딱지처럼 딱 붙어 있어서 우리가 아주 치를 떨었거든요. 무슨 말을 못 하니까. 메신저 같은 것도 다

지워 버렸어요. 우리 퇴근하고 뒤져 볼까 봐 무섭더라고요.』

최초 신고자…… 모든 현장에서 범인은 최초 신고자일 확률이 높다. 예전 언젠가 들었던 말이 뇌리를 지났다.

조창식 계장이 해나의 말처럼 계속해서 규형을 감시해 온 것이 사실이라면, 규형의 죽음에 가장 가까이 있는 사람은 바로 그였다.

"조 계장님 회사 그만두셨다고 들었는데요."

『피디님들 오시고 며칠 안 돼서 그냥 안 나오기 시작했어요. 무단결근인지 뭔지는 모르겠는데, 저 그만둘 때까지도 안 나왔으니까.』

"그분이 매일 그렇게 박 과장님을 감시했나요?"

『네. 박 과장님이 외부 출장이 많았거든요. 거기도 자기가 다 따라갔어요. 박 과장님이 진짜 뭐 출장 나가서 딴짓할 분이 아닌데.』

"박 과장님, 외부 출장이 굉장히 잦으셨나 봐요."

넌지시 해나를 떠보자 해나가 한숨을 쉬었다.

『그거를, 그게 원래 박 과장님 일이 아니었어요. 거래처 미팅 다니는 거라는데 여기서 막 지방까지도 가야 되고 그래서 다들 안 하려고 한단 말이에요. 저 여기 왔을 때 윤 부장님이라고 계셨는데, 원래 그분이 하시던 일이래요. 근데 윤 부장님이 뭐 어떻게 돌아가시고 한동안 그거 하는 사람 없다가, 그게 본사 찍히면서 박 과장님이 하시게 된 거죠. 과장님은 안 그래도 승진 계속 밀리는데 혹시나 그것까지 거절하면 불이익 당할까 봐 하신 걸로 알아요.』

거래처 미팅, 지방 출장…… 머릿속으로 한 편의 시나리오가 조립되기 시작했다. 정언은 해나의 말을 들으며 창가로 눈을 주었다. 점점 더 거세게 내리는 빗줄기가 창에 부딪치며 부정형의 패턴을 그렸다.

흘러내리는 빗물 탓에 창밖의 풍경이 온통 일그러졌다. 가벼운 두통이 일었다. 정언은 펜 끝으로 관자놀이 부근을 누르며 마르는 입 안을 축였다.

"장해나 씨, 지금 말씀하신 부분을 저희가 확인할 수 있는 방법이 있을까요?"

『현장 얘기는 아저씨들한테 여쭤보시면 확실한데, 그분들이 얘기할지 안 할지는 저도 모르니까…… 저도 이거 엄청 용기내서 얘기하는 거예요. 자재 그거는, 그거는 좀 힘드실 거 같아요. 발주서 이런 걸 봐야 되는데 그게 회사 서류잖아요.』

"그렇죠."

정언은 속으로 한숨을 뱉으며 해나의 말을 수긍했다. 해나 역시 답답하다는 말투였다.

『현장에서 직접 확인하시거나, 뭐 단속 나오거나 그래야 하는데 문서 조작하면 다 빠져나가거든요. 나와도 자기들끼리 연결고리가 다 있으니까. 그래서 그때 본사에서 박 과장님한테 이거 뭐 신고하고 그래 봐야 소용없는 거 모르냐고 그랬어요. 뭐 증거 될 게 없어서 저도 너무 답답한데 제가 이거 허위로 제보하고, 그런 건 진짜 아니에요.』

"알겠습니다. 우선 말씀 정말 감사하고요, 혹시 저희가 추가로 확인할 게 있으면 다시 연락 드려도 될까요?"

『네, 근데 제가 사실 더 도움이 될 게 있을지 모르겠어요.』

"괜찮습니다. 연락처 알려 주시겠어요?"

해나가 자신의 핸드폰 번호를 불러 주었다. 그 번호를 받아 적은 정언이 전화를 끊고는 얼굴을 감싸며 짧은 한숨을 뱉었다. 전화기의 메모리카드를 뽑아 리더기에 꽂은 정언은 방금 전의 통화 녹취 파일을 컴퓨터와 핸드폰으로 복사해 넣고는 민혜에게 전화를 걸었다.

『어, 정언. 나 지금 출근중인데 비가 엄청 와. 차 진짜 무지하게 막힌다.』

전화벨이 두어 번 울리기 전에 받은 민혜는 정언이 입을 떼기도 전 변명을 했다. 피식 웃은 정언은 괜찮아요, 하고는 말을 이었다.

"지금 현장 사무실에서 일하던 직원한테 제보 전화가 왔어요. 그런데 이게 지금 내용이 앞뒤가 딱딱 맞아. 와서 얘기해야 될 것 같아서."

『진짜? 그러면 김 피디랑 먼저 얘기 좀 하고 있어 봐. 나 운전 중이라 통화를 길게 못 할 것 같으니까. 제보 들어온 거 나도 집에서 몇 개 추려 놓은 거 있는데 이따 회의실에서 얘기하자. 어머 잠깐만, 나 전화 들어와서.』

"아, 오케이."

전화를 끊은 정언은 잠시 핸드폰의 액정에서 점멸하는 민혜의 이름을 보다가 시선을 슬쩍 곁으로 주었다. 윤의 모습은 파티션에 완전히 가려져 보이지 않았다. 정언은 파티션 안쪽을 두어 번 노크하듯 두드리고는 말했다.

"김 피디, 나가서 잠깐 얘기 좀 하자."

대답을 듣기도 전 자리에서 일어난 정언은 사무실을 나섰다. 회의실에서 얘기해도 상관은 없었지만, 재희가 있는 자리에서 윤과 무슨 얘기든 한다는 게 신경 쓰였다. 정언은 신경질적으로 눈가를 문지르며 엘리베이터 버튼을 눌렀다. 어느새 뒤따라온 윤이 곁에 나란히 섰다.

"요새 무슨 일 있어?"

정언이 앞을 보며 묻자, 윤은 곧 고개를 가로저었다.

"아뇨, 아무 일 없어요."

"그런데 왜 그래?"

"뭐가요?"

윤이 되묻자 말문이 막혔다. 하기야, 나 기분 탓이라고 치부한다면 할 말이 없었다. 아무리 윤이라도 365일 내내 기분 좋은 일만 있고, 생글생글 웃고 다닐 수 없는 게 당연했다. 그러니 본인이 아무 일 없다고 말한다면 그냥 그런가 보다 하는 게 맞다고 생각하면서도 그게 더 신경을 긁었다.

로비로 내려간 정언은 카페로 들어섰다. 비가 쏟아지는 탓인지 다른 날보다 사람이 유독 적었다. 전면 창에 걸러진 빗소리가 카페에서 틀어 놓은 배경음악을 절반쯤 가릴 정도로 크게 들렸다.

"뭐 마실래? 내가 살게."

"선배 드시는 걸로요."

정언의 물음에 윤이 짧게 대답했다. 윤에게 앉아 있으라고 손짓을 한 정언은 레몬티 두 잔을 주문했다. 곧 나온 차를 들고 몸을 돌리자, 창가 자리에 앉아 턱을 괴고 바깥을 바라보는 윤의 모습이 눈에 들어왔다. 까닭을 알 수 없이 그 모습이 낯설었다.

잠시 멈춰 있던 정언은 퍼뜩 정신을 차리고 윤의 맞은편에 앉아 들고 있던 컵 하나를 앞으로 밀었다.

"진짜 아무 일도 없는 거 맞아?"

정언이 다시 한 번 묻자 윤이 짧게 웃었다.

"선배가 자꾸 그렇게 물어보시니까 없는 일도 만들어야 될 것 같은데요."

늘 같은 말투였다. 그러나 정언은 윤이 자신과 눈을 맞추지 않는다는 것을 곧 알아차렸다. 별것도 아닌 일인데 자꾸만 신경이 쓰이는 게 조금 짜증이 났다. 관자놀이 부근에서 번지는 희미한 두통에 눈썹 위를 몇 번 누른 정언은 말을 돌렸다.

"방금 전에 제보 전화가 왔었어. 우리 그때 현장 사무실에서 만났던 직원들 있잖아. 그 중에 미스 장이라고, 기억나?"

"네."

"이름이 장해나 씨라고 하더라고. 자기가 회사 그만두게 됐는 데 생각나는 게 있어서 전화했다고. 일단 이거 한 번 들어 봐."

정언은 핸드폰에 저장해 둔 녹취 파일을 켜서 내밀었다. 윤이 이어폰을 꽂고는 주의 깊게 그 파일을 들었다. 윤이 다 듣기를 기다리는 사이 정언은 창가로 고개를 돌렸다. 쏟아지는 비에 바깥이 어두워, 옅게 선팅된 전면 창에 안의 풍경이 전사되고 있었다.

몸을 약간 숙인 채 눈을 내리깐 윤의 옆모습이 마치 그려 넣은 듯 그 풍경 속에 비치는 것이 눈에 들어왔다. 정언은 잠시 거기에 시선을 붙들렸다. 단정한 얼굴은 흐릿하게 전사된 윤곽 탓에 금방이라도 쏟아지는 비 너머로 녹아들 것처럼 보였다.

"이 얘기가 다 사실이라고 가정하면 애초에 박규형 씨가 그런 일을 하게 된 것 자체가 이 일 때문일 수도 있겠네요."

"아, 응."

윤의 목소리에 정언은 퍼뜩 현실로 돌아왔다. 귀 끝이 약간 뜨거워진 듯한 기분이 들었다. 머리가 지끈거려 내려오기 전에 진통제를 먹을 걸 그랬다고 생각했으나 이미 소용없는 일이었다. 정언은 마구 뒤엉킨 머릿속을 애써 정리하며 천천히 말했다.

"그렇지, 그러니까…… 나는 그렇게 생각한 거지. 서온건설이 현장에서 자재를 속여 쓰면서 이 일이 새어 나가는 걸 막기 위해 용역 업체를 고용해 직원들을 감시하도록 했어. 현장 불만이 커지고 이 사실을 안 박규형 씨는 사측에 항의를 했고, 이 일로 승진에서 누락이 된 거지. 원주민들 상대하는 업무를 맡았던 것도 그것 때문이고. 그런데 이미 승진이 밀린 전적이 있었기 때문에, 계속해서 이 일로 앞으로도 진급이 불가능하거나 퇴사하는 수밖에 없다는 걸 본인이 알았을 거야. 사측에서 이걸 이용해서 박규형 씨를 전달책으로 썼을 가능성이 높지. 녹취 들어보면 자기는 처음에 이런 일인 줄 몰랐다고 했으니까."

윤은 정언의 얘기를 듣고 있다가 고개를 약간 기울였다.

"조창식 계장이 경일용역 소속이면 예전부터 다른 현장에도 계속 있었겠네요."

"음, 그래. 그건 미처 생각 못 했는데 그럴 수도 있긴 하겠다."

정언이 수긍하자 윤이 잠시 무언가를 생각하더니 물었다.

"혹시 우리 쪽에서 신원 조회할 수 있는 방법은 없어요?"

"범죄 사실에 연루돼서 수사기관 조사 들어가는 거 아니면 타인이 신원 조회 못 해. 방법이 없는 건 아닌데……."

말끝을 흐린 정언은 차를 한 모금 마셨다. 빈속에 커피를 먼저 들이부은 탓인지, 아니면 컨디션이 나빠 감각이 둔해진 탓인지 레몬티의 맛이 잘 느껴지지 않았다. 따뜻하게 넘어가는 감각만

이 서늘한 속을 약간 달랠 뿐이었다.

"부실 자재 사용하고 있다는 거 증명할 방법이 뭐가 있죠?"

"시방서(示方書)⁴⁾라고 해서, 도면 이외의 모든 부분을 문서로 적는 게 있어. 재료, 시공 방법, 외관 뭐 이런 걸 다 문서화하는 거지. 현장에서 공사 들어갈 때 이 시방서를 기초로 해서 이 자재를 쓰겠다 하는 자재사용승인서나 발주계획서 이런 걸 작성해. 이걸 찾아서 실제 들어간 자재하고 비교하면 간단한 거긴 한데, 그 문서를 어디서 입수하느냐 이게 문제야. 장해나 씨는 이미 퇴사한 것도 한 건데, 문서 함부로 유출하면 법적 문제 생기니까 해달라고 할 수도 없고."

정언은 관자놀이 부근을 누르며 대답했다. 윤이 잠시 정언을 물끄러미 바라보았다. 그 시선을 느낀 정언은 무심코 눈을 들었다. 허공에서 눈이 마주치자 윤이 바로 시선을 비껴 내리며 말했다.

"박규형 씨가 전달한 게 진짜 뇌물이라고 치면, 조창식 계장이 출장 때마다 따라다닌 건 감시 목적이 확실하겠네요."

"그렇지. 그러니까 지금 우리가 찾아야 할 건 장해나 씨 말을 증명할 자재 관련 서류들, 현장 인부들 증언, 박규형 씨가 출장을 다닌 정확한 장소 이런 거야. 이게 딥 스로트(deep throat)⁵⁾

---

4) 공사 등을 진행할 때 일정한 순서를 적은 문서로, 제품 또는 공사에 필요한 재료의 종류와 그 품질, 사용처, 시공 방법, 납기, 준공기일 등을 기록하는 문서.

5) 익명의 제보자를 뜻하는 용어. 워터게이트 사건(1972년 6월, 비밀 공작반이 미국 닉슨 대통령의 재선을 위해 워싱턴 워터게이트 빌딩의 민주당 본부에 침입하여 도청장치를 설치하려다 발각되었고, 닉슨이 이를 알면서도 묵인한 것이 드러나 결국 사임하게 된

라도 나타나지 않으면 얻기 힘든데, 그림은 확실한데 증거가 안 나오니까 미치겠네."

마지막 말을 혼잣말처럼 중얼거린 정언은 짧은 한숨을 뱉으며 두 손으로 눈가를 덮었다. 한동안 말이 없던 윤이 문득 뭔가를 떠올린 듯 물었다.

"박규형 씨 차로 출장을 다녔으면 블랙박스에 저장된 영상이 있지 않을까요?"

"만약에 박규형 씨 죽음에 사측하고 경일용역이 개입된 거 확실하면 걔들이 그거 생각 안 했을까 싶긴 한네…… 차에 계속 같이 타고 다녔으면 당연히 블랙박스에 증거 있을 거 알았을 거라서. 하긴 메모리카드도 숨겼으니 블랙박스에 증거 있을 수도 있겠지. 뭐 어차피 밀져야 본전이니까 이따가 이희경 씨한테 연락해서 혹시 차 돌려받았는지, 받았다고 하면 우리가 좀 볼 수 있을지 물어봐."

대답한 정언은 소파에 등을 묻었다. 멀리 로비 입구와 기둥 곳곳에 붙은 현수막과 대자보 따위가 눈에 들어왔다. '언론탄압 중지하라, 낙하산은 퇴진하라', '우리는 국민의 방송이다', '시대착오적 정부를 규탄한다', '어용 이사진 OUT', '땡전뉴스의 시대는 이미 죽었다'…… 정언의 시선을 따라 고개를 돌렸던 윤이 한참 그쪽을 보고 있다가 입을 열었다.

"선배는 만약에 진짜 <비하인드 24> 폐지되면 어떻게 하실 거예요?"

사건)을 추적하던 『워싱턴포스트』의 기자 칼 번스타인과 밥 우드워드가 이 사건에 결정적 제보를 한 익명의 제보자를 '딥 스로트'라고 칭한 데서 유래되었다.

"뭘 어떻게 해. 막방하는 날 사표 쓰고 나가는 거지. 나가면 엄마 가게 옆에 닭집 차려서 닭이나 튀기려고."

대수롭지 않다는 듯 대꾸하는 정언의 얼굴에 농담이라고 생각했는지 윤이 푹 웃는 소리를 냈다. 정언은 팔짱을 끼며 말을 덧붙였다.

"농담 아냐. 난 여기 아니면 일 안 해. 다른 프로 넣어 준대도 저 새끼들 입맛 맞춰 가면서 방송 만들 생각도 없고."

"강 피디님 때문이에요?"

돌아온 질문은 미처 예상하지 못한 것이었다. 정언은 멈칫하며 윤을 마주 보았다. 윤은 이번에는 시선을 피하지 않았다. 바로 옆의 창을 두드리는 빗소리가 조금 더 커졌다. 카페 안의 소리들이 그 사이로 스며들어 지워졌다. 대답할 말을 찾지 못하는 정언의 얼굴에, 윤이 다시 한 번 물었다.

"선배가 여기 아니면 안 된다는 거 강 피디님 때문이냐고요."

"그게 김 피디랑 무슨 상관인데."

튀어나온 말은 방어적이었다. 정언 자신도 그 사실을 잘 알고 있었다. 그렇다고도, 아니라고도 확답할 수 없는 탓이었다. 재희가 전부는 아니었지만 그걸 부정하기는 어려웠다. 윤과 이런 이야기를 한다는 건 불편했다.

똑바로 응시하는 시선은 이미 속을 들여다보는 것처럼 느껴졌다. 어쩐지 타인의 홈그라운드에 들어간 것 같은 기분이었다. 윤은 자신을 아는 것처럼 말하는데, 정언은 윤의 의도를 파악하기 힘들었다. 또 윤에게 말리는 것 같아 약간 속이 비틀리는 기분이었다.

지난번 회식 이후로, 정언은 자신이 재희에게 갖는 감정을 윤이 눈치챘을지도 모른다고 짐작하고 있었다. 설령 본인이 알지 못했더라도 어차피 남들이 다 아는 사실이었기에, 누구에게 들었다고 해도 이상하지는 않았다. 윤이 안다고 해서 딱히 부끄러울 만한 일도 아니었다.

그러나 왜 윤이 이런 질문을 하는지 이해할 수 없었다. 조금 더 심해진 두통 탓에 고개를 숙이며 눈썹 위를 누른 정언이 내뱉었다.

"내가 선배한테 무슨 사심 가진 것처럼 얘기하는 거 굉장히 무례한데, 지금. 그게 다였으면 지금까지 여기 있지도 못했어. 내가 여기서 김 피디한테 프로그램에 대한 내 진실성을 증명해야 되는 이유가 뭐야?"

정언에게 재희는 자신의 일상이었고 <비하인드 24>는 자신의 세계였다. 일상을 잃어버리는 것과 세계가 무너지는 것, 반드시 둘 중 하나만을 택해야 한다면 정언은 자신이 어느 쪽을 선택할지 이미 알고 있었다.

"선배가 요새 저 불편하게 생각하시는 거 알아요."

날카로운 반응에 대답 대신 낮은 목소리가 돌아왔다. 그 순간 누가 작은 얼음 조각을 불시에 쑤셔 박은 듯한 감각이 심장에서부터 순식간에 전신으로 번졌다.

하긴 처음부터 귀신같다고 생각했을 정도로 눈치 빠른 윤이었다. 자신이 윤을 어떻게 느끼는지 알아채지 못했을 리 없었다. 마주 본 윤의 표정은 복잡했다. 왜 저런 얼굴을 하는 걸까, 속으로 생각한 정언은 짧은 한숨을 뱉었다.

"오늘 돗자리 깔 사람 많네."

"선배 불편하게 만들 생각 없었어요."

"지금도 그러고 있는 건 알고?"

되묻는 말에 대답 대신 윤이 웃었다. 그 웃는 얼굴에 맥이 풀린 정언은 차를 한 모금 더 마시고는 다시 창가로 눈을 주었다. 고개를 돌리고 있어도 윤의 시선이 느껴졌으나, 정언은 부러 아무 말도 하지 않았다. 짧은 정적 후 윤이 자리에서 일어났다.

"전화 좀 하고 올게요."

윤이 곁을 지나 카페 밖으로 나갈 때, 공기가 약간 움직이며 희미한 향이 잔상을 남겼다. 기억 속에 남아 있는 감각이었다. 맑은 날의 햇살 냄새 같은 것. 쏟아지는 빗소리 사이로 스친 그 옅은 입자들이 습기를 머금은 공기 사이로 휘돌며 가라앉았다.

소파에 파묻힌 정언은 고개를 뒤로 젖혔다. 두통이 멈추지 않는 탓인지 가벼운 현기증이 일었다.

얼마나 지났을까, 돌아온 윤이 맞은편에 앉아 핸드폰을 들어 보였다.

"이희경 씨하고 통화했어요. 이번 주는 친정에 가 계신다는데, 주말에 올 수 있냐고 하셔서 알겠다고 했어요."

"아, 그래. 알았어."

"저 혼자 갔다 와도 돼요."

윤의 말에 뭐라고 대답하기 전, 테이블 위에 올려 둔 핸드폰이 진동했다. 정언은 무심코 핸드폰을 집어 들어 보았다. 민혜에게서 온 메시지가 미리보기 창으로 떴다.

― 나 출근했는데 자리에 없네? 어디야?

"들어가야겠다. 송 작가님 왔나 봐."

메시지를 보자마자 자리에서 일어나려던 정언은 다음 순간 소매 끝을 쥐는 윤의 손길에 멈칫했다. 얇은 셔츠 소매 너머로 부드럽게 스미는 옅은 체온이 낯설었다. 윤이 정언을 올려다보았다. 마주 보았으나 그 눈을 읽을 수가 없었다. 문득 입이 말했다.

"선배, 이거 다 마실 때까지만 있으면 안 돼요?"

윤이 나지막하게 물었다. 속삭이는 듯한 목소리는 약간 잠겨 있었다. 뚜껑을 열어 놓은 테이크아웃 컵 안에서 절반쯤 남은 레몬티가 눈에 들어왔다. 잠깐 망설이던 정언은 결국 다시 자리에 앉았다.

팔짱을 낀 정언은 소파에 등을 묻으며 눈을 감았다. 무언의 허락이었다. 손목 부근에 남은 체온의 환각이 천천히 뇌리로 스미며 올라갔다. 두통에 얽힌 열감 탓인지, 헬륨 가스를 채운 풍선처럼 생각들이 온통 낮은 질량으로 부유했다. 잠시 시간이 멈춘 것 같았다.

정언은 윤이 잡았던 소매 부근을 자신의 손으로 감쌌다. 차가운 손 아래서도 윤의 체온이 남긴 환각이 선명했다. 낯선 감각이었다. 윤이 조금 더 오래 차를 마셨으면 좋겠다고 무심코 생각하며, 정언은 달뜬 머릿속으로 한동안 창가를 두드리는 빗소리와 희미한 햇살 냄새의 입자 사이를 배회했다.

14

"어떻게 된 게 장마도 아닌데 일주일 내내 비가 와."

정언이 곁에서 혼잣말처럼 중얼거렸다. 와이퍼가 지나가기 무섭게 창은 곧 빗물로 뒤덮였다. 여름 한중간의 장마처럼 쏟아지는 폭우였다. 거북이처럼 기어가는 차들 사이에 서서 느릿느릿 전진하는 사이, 윤은 조수석에 앉은 정언 쪽으로 흘끔 눈길을 주었다.

희경에게 혼자 갔다 오겠다고 하자, 정언이 어차피 주말이라고 해서 출근 안 하는 거 아니니 상관없다고 같이 가자고 하는 통에 동행하기는 했지만 아무래도 걱정이 되었다.

이번 주 내내 정언은 그리 컨디션이 좋아 보이지 않았다. 취재를 시작한 지 벌써 몇 주가 지났고, 그사이 집에 들어간 게 손에 꼽을 정도였으니 당연하다면 당연한 일이기는 했다. 다행히 이전처럼 갑자기 코피를 쏟는 일 같은 건 일어나지 않았지만, 입으로 피를 토한다고 해도 사람들이 다 그러려니 할 것 같을 정도라 내심 겁이 나는 건 사실이었다.

그렇지 않아도 핏기 없는 얼굴이 요즘은 더 창백했다. 민혜가 옆에서 보면 납량특집이 따로 없다며 수시로 잔소리를 해 댔으나, 그럴 때마다 정언은 아 괜찮아요, 괜찮다고, 하며 들은 척도하지 않았다.

신경이 쓰이는 건 당연했다. 어떻게든 정언을 챙겨 주고 싶었으나, 정언은 그 회식 이후로 미묘하게 윤에게 거리를 두고 있었다. 때문에 선뜻 행동하기 조심스러워지는 건 어쩔 수 없었다.

정언이 거리를 두는 까닭을 정확히 짚어 말하기는 어려웠다. 재희와의 일을 자신이 본 것 때문인지, 아니면 재희에 대한 감정을 눈치챘다고 생각하기 때문인지, 혹은 그 모든 상황이 그서 불편하고 민망하기 때문인지.

사실 무엇이든 거기에 재희가 관련돼 있다는 건 윤에게도 썩 기분 좋은 일은 아니었다. 취한 재희를 택시에 태워 집에 보내고 텅 빈 정류장에 나란히 앉았을 때, 윤은 사실 묻고 싶은 것이 많았다. 그러나 아무 말도 나오지 않았다.

어두운 거리에서 자동차가 연이어 지났다. 그때마다 헤드라이트의 빛이 정언의 얼굴 위로 명암을 그렸다. 윤은 오랫동안 거기서 눈을 떼지 못했다. 정언이 어쩐지 울고 싶어 하는 사람처럼 보였던 건 착각일까.

집으로 돌아온 뒤에도 내내 잠이 오지 않았다. 눈을 감으면 정언의 창백하게 점멸하던 얼굴이 끊임없이 머릿속에서 반복됐다.

그날 이후로 내내 다운되어 있었던 이유는 그래서였다. 티를 안 내려고 나름대로는 애를 썼지만 보는 사람마다 무슨 일 있냐고 묻는 건 좀 창피했다. 정언 역시 몇 번이나 정말 아무 일 없냐고 물을 정도였던 것이다.

남의 속도 모르고 그렇게 묻는 게 속상해, 재희 얘기를 꺼낸 건 반쯤은 투정이었다. 그러지 말걸, 하고 생각했을 때는 이미 말이 튀어나온 뒤였다.

스스로 컨트롤할 수 없는 감정들은 위험했다. 어린애처럼 굴었다는 건 알고 있었다. 때문에 윤은 그 일이 생각날 때마다 시간을 돌리고 싶은 심정이었다. 애써 아무렇지도 않은 척하고는 있었지만, 정언을 볼 때마다 얼굴이 뜨거워졌다.

그 얘기를 꺼냈을 때 화가 난 것 같았던 정언의 얼굴을 다시 떠올려 본 윤은 낮은 한숨을 내쉬고는 현실로 돌아왔다.

"차가 되게 막히네요. 송 작가님 제보자들한테 연락하셨대요?"

창가에 팔꿈치를 댄 채 턱을 받치고 있던 정언이 대답했다.

"몇 명 정도 통화됐대. 나머지는 인터뷰 거절했고 두 명은 다음 주에 약속 잡았는데, 하나는 지방이라 좀 멀리 나가야 될 것 같아. 다른 사람은 송 작가님이 만나 본다고 했고."

"아, 네."

해나에게 제보 전화가 왔던 날, 민혜 역시 SNS와 제보 게시판에 제보된 글 중 몇 개를 추려 가져왔다. 그 가운데 특히 눈에 띄는 것 몇 가지가 있었다.

세부적인 사항에는 약간씩 차이가 있었으나, 회사가 현장에서 용역을 고용해 인부들을 계속해서 감시하며 항의하는 인부들을 부당 해고했다는 내용은 대부분 동일했다. 민혜가 직접 제보자들에게 연락해 진송신도시 현장인지 확인한 후 인터뷰 의사를 물었는데, 두 사람이 응해 준 것이었다.

"지방 출장 가 본 적 있어?"

잠깐 말이 없던 정언이 입을 열었다. 윤은 기억을 더듬다 대답했다.

"네, 특집 할 때 한 두세 번 정도요."

"어디?"

"전주하고 제주도 갔었던 거 같은데요. 지방 음식 특집이었나 그래서, 거기 무슨 전통 음식 전수자 뭐 이런 분들 있잖아요. 그런 분들하고 촬영하고 그랬죠."

"거기 일도 힘든가?"

윤이 슬쩍 정언 쪽으로 눈을 주었다. 정언은 빗물이 흘러내리는 앞창에 시선을 두고 있었다. 그 표정은 언제나처럼 읽기 어려웠다.

"출연자가 좀 까다로울 때 있긴 한데, 그럴 때 빼고는 괜찮았어요. 촬영 자체가 어렵거나 그런 건 아니라서요."

"여기 와서 괜히 고생하네."

정언이 나지막하게 말했다. 그건 어쩐지 어색한 분위기를 환기해 보려는 정언 나름의 노력처럼 느껴졌다. 굳이 정언과 어색함을 유지하고 싶은 마음은 없었기에, 두어 번 헛기침을 한 윤은 웃는 소리를 냈다.

"그래도 여기가 훨씬 재밌어요. 부장님이 지금 저 보시면 완전 뒤집어지실 걸요. 너 그렇게 열심히 하는 놈인 줄 몰랐다고. 그때는 진짜 시키는 일이나 하고, 시간 되면 딱 퇴근하고 그랬거든요. 부장님이 넌 그따위로 하려면 동사무소 직원이나 하지 피디는 왜 됐냐고 맨날 뭐라고 하셨죠."

"그런데 왜 여기서는 그렇게 딴소리 한 번 안 하고 따라와?"

"궁금하세요?"

농담처럼 되묻자, 고개를 돌려 윤을 응시하던 정언이 흘러내린 머리칼을 쓸어 올렸다.

"아니. 안 궁금해."

"저한테 궁금하신 거 너무 없으면 서운한데요."

"요새 조용해서 걱정했더니 그럴 필요 없었나 보네."

농담 같은 말에 대답 대신 혼잣말처럼 내뱉은 정언은 다시 창가로 시선을 돌렸다. 그 말에 약간 놀란 윤은 불현듯 카페에서 정말 아무 일 없냐고 몇 번이나 묻던 정언을 떠올렸다.

최근 생각이 많았던 건 사실이었다. 정언에 대한 감정을 인정하면서, 그동안 인식하지 못했던 것들이 자꾸만 눈에 들어와 머리가 늘 복잡했다.

정언이 재희에게 대수롭지 않게 건네는 말 한마디, 행동 하나하나가 의미를 가진 것처럼 느껴지는 건 타고난 낙관주의자인 윤에게도 약간 괴로운 일이었다. 과민반응은 집어치우자고 자신을 달래고는 있었지만, 저절로 쓰이는 신경을 막을 방법은 없었다. 재희와 자신이 정언에게 결코 같아질 수 없다는 걸 알기에 더 그랬다.

그렇기에 정언이 자신을 걱정했다고 말하는 건 뜻밖이었다. 다정한 말투는 아니었으나, 싫지 않았다. 이건 무슨 뜻일까. 내려앉은 정적 속에서 심장이 낮게 뛰었다.

자신의 태도가 걱정된다는 건 어쩌면 정언도 자신을 조금쯤은 의식하기 때문인지도 몰랐다. 다만 정언에게 자신은 사무실 동료, 부사수, 좀 이상한 후배, 혹은……

윤은 서둘러 그 이상을 넘겨짚으려는 생각을 끊었다. 혼자서 북 치고 장구 치다 못해 내버려 두면 아예 봉산탈춤도 출 것 같았다. 떡 줄 사람은 생각도 않는데 김칫국 끓이겠다고 배추 씨부터 뿌리는 꼴이 한심해 저절로 한숨이 나왔다. 남의 속을 아느지 모르는지, 정언은 빗물로 흐려지는 풍경에 눈을 고정하고 있을 뿐이었다.

홍제동에 도착한 건 거의 한 시간 가까이 지나서였다. 빗줄기는 그새 더 거칠어져 있었다. 차에서 내려 우산을 펼치기 무섭게 우산 위를 두드리는 빗소리가 귓가를 때렸다. 윤이 조수석 문을 열고는 정언에게 우산을 받쳐 주었다. 카메라 가방을 메고 내리던 정언이 뭐라고 한마디 하려는 듯 윤을 흘끔 쳐다보더니 입을 다물었다.

"왜요?"

이런 건 눈치 못 챘어도 될 텐데, 쓸데없이 빠른 눈치 탓에 반사적으로 반응이 먼저 나갔다. 정언이 아냐, 하고 눈을 피하더니 현관 앞에 선 그림자를 가리켰다. 희경이었다. 언제부터 나와 있었는지, 현관 앞에서 목을 빼고 서성거리던 희경이 윤과 정언을 알아보고는 고개를 꾸벅 숙였다.

"죄송합니다. 비 때문에 차가 막혀서요. 오래 기다리셨어요?"

정언의 말에 희경이 손을 저었다.

"아니에요. 안 그래도 비가 많이 와서 걱정이 되더라고요. 저도 지금 막 나왔어요."

"아, 다행이네요. 차는 어디 두셨어요?"

희경이 빌라 반대편의 공터 쪽을 가리켰다.

"이쪽에는 주차할 데가 없어서, 요 앞에 공영주차장 건물 쪽에 세워 놨거든요. 입구 들어가면 바로 보이는 자리예요."

"그러면 저희가 갔다 올게요. 비 오는데 괜히 움직이시면 불편하시잖아요. 차 번호 좀 알려 주시겠어요?"

희경이 핸드폰으로 차 번호판을 찍은 사진을 보여 주며 정언에게 차 키를 건넸다. 윤은 고개를 들어 창가 쪽을 쳐다보았다.
희경의 집 베란다에서 두 아이들이 난간 사이로 이쪽을 내려다
보는 것이 눈에 들어왔다. 수아와 리아였다.

윤이 손을 흔들자 수아도 손을 흔들었다. 윤의 시선을 따라간
정언이 잠시 두 아이에게 눈을 주었다.

"어머, 비 들어오는데 쟤들이……."

희경이 그쪽을 쳐다보더니 할 수 없다는 얼굴로 중얼거렸다.
정언이 웃었다.

"얼른 들어가 보세요. 저희도 금방 갔다 올 거니까요."

"네, 죄송해요. 제가 같이 가야 되는데, 오늘 토요일이라 애들
을 어린이집에 못 보내서요."

"괜찮습니다."

정언이 고개를 까딱이자 희경이 후다닥 집 안으로 들어갔다.
곧 베란다에서 희경이 두 아이를 달래 데리고 들어가는 것이 보
였다. 정언이 가자, 하며 먼저 몸을 돌렸다.

우산 위로 떨어지는 빗소리가 요란했다. 큰 장우산으로도 세
찬 빗줄기를 완전히 막는 건 불가능했다. 곁에 선 윤은 슬쩍 정
언 쪽으로 우산을 더 기울이며 걸음을 옮겼다.

규형의 차는 공영주차장 건물 입구 안쪽에 세워져 있었다. 평
범한 은색 중형차로, 7, 8년쯤 된 모델이었다. 관리를 열심히 한
듯 차 외관에는 눈에 띄는 흠집 같은 건 보이지 않았다.

먼저 차를 발견하고 앞질러 나가며 운전석 문을 열던 정언이
뒤늦게 물이 뚝뚝 듣는 우산을 접어 든 윤을 보고는 미간을 약
간 좁혔다.

"왜요?"

윤이 묻자 정언이 대답 대신 자신의 오른쪽 어깨를 두어 번 톡톡 쳤다.

윤은 그제야 시선을 내렸다. 회색 셔츠의 오른쪽 어깨 부근이 온통 젖어 있었다. 그게 신경 쓰인 모양이었다. 윤은 얼른 우산을 말아 갈무리하며 고개를 저었다.

"괜찮아요."

"뭐가 괜찮아? 다 젖었는데."

윤은 대답 대신 씩 웃었다. 잠시 윤을 빤히 바라보던 정언은 무슨 말인가를 하려다 그만두었다.

낮은 한숨을 뱉은 정언이 열린 운전석 안으로 들어가 앉아 카메라를 켜고 시동을 걸었다. 조수석 문을 연 윤이 몸을 숙이며 안을 들여다보자, 정언이 들고 있던 카메라를 윤에게 주었다.

"촬영 좀 해 줘. 차 안 전부 다."

윤이 차 내부를 찍는 동안 정언은 손을 뻗어 백미러 쪽의 블랙박스를 살펴보더니 메모리카드 삽입구를 열었다. 손끝으로 삽입구 위를 두어 번 쓸어 본 정언이 고개를 갸웃했다.

"메모리카드가 없어."

"누가 뺀 건가요?"

"원래 없었을 리는 없지. 누가 일부러 빼지 않으면 떨어질 리가 없는데……."

차 뒷문까지 연 두 사람은 안을 샅샅이 뒤졌다. 그러나 차 안에 딱히 눈에 띄는 물건은 없었다. 발판 매트까지 다 들어냈으나 나온 건 본래 백미러에 걸려 있었던 듯한 작은 액자와 십자수 키홀더뿐이었다.

긴 끈에 연결된 액자에는 가족사진이 들어 있었다. 리아가 갓

태어났을 때의 사진인 듯, 규형과 희경이 각자 품에 아이 하나씩을 안은 채였다.

끈에 같이 매달린 십자수 키홀더는 직접 만든 것 같았다. 약간 비뚠 글씨로 '슈아0410', '리리0927'이라고 수놓은 것이 눈에 들어왔다. 키홀더의 글씨를 보던 정언이 눈을 가늘게 떴다.

"이게 뭐지?"

"애들 별명하고 생일 아닐까요? 애들 이름이 수아, 리아니까."

윤의 대답에 정언이 멈칫하며 물었다.

"애들 이름은 어떻게 알았어?"

"박스 가져다주러 갔던 날 애들이 집에 있었거든요."

정언이 키홀더를 이리저리 살피며 고개를 약간 기울였다.

"누가 메모리카드를 빼 간 건 맞나 보네. 그거 빼면서 이게 바닥에 떨어진 거 같아. 걸어 두는 거라 어지간하면 떨어질 이유가 없는데."

"그러면 핸드폰 메모리카드는 발견 못 했고, 급한 대로 차 블랙박스 증거라도 없애려고 한 걸까요?"

"주행 중 녹화 모드였으면 차 안 대화 같은 게 녹음됐을 수도 있으니까. 출장 다닌 목적지가 찍혔을 수도 있고."

"내비라도 달아 놨으면 목적지 기록이 있을 텐데 그런 것도 없네요."

윤은 대시보드 쪽을 살펴보며 말했다. 정언이 그 위쪽에 달린 홀더를 가리켰다.

"폰 홀더는 있잖아. 내비 앱 켜놓고 다닌……."

순간 뭔가 생각났는지, 정언이 퍼뜩 말을 멈췄다.

"잠깐만. 박규형 씨 핸드폰에 내비게이션 앱 있었어?"

"통신사 기본 앱이라 있었던 것 같은데요."

윤이 기억을 더듬으며 대답하자 정언이 재차 윤을 다그쳤다.

"켜 보진 않았지?"

"네."

차 문을 닫고 다시 잠근 정언이 빨리 가자는 손짓을 했다. 입구로 나가며 우산을 펼치자, 곁에 선 정언이 두어 걸음 걷다 말고 자신 쪽으로 기울어진 우산에 눈을 주더니 윤을 툭 쳤다.

"우산 똑바로 써."

"똑바로 쓰고 있어요."

윤은 씩 웃으며 다시 정언 쪽으로 우산을 더 기울였다. 정언이 윤을 쳐다보다 이마를 짚었다. 말해 봐야 안 듣는다는 걸 아니, 더 말하기도 피곤한 모양이었다.

다시 희경의 집으로 걸어가는 사이, 윤은 우산 아래로 정언을 슬쩍 내려다보았다. 무슨 생각을 하는지, 정언은 평소의 무표정으로 돌아간 채였다. 집 벨을 누르자 희경이 서둘러 문을 열었다. 내내 기다리고 있었던 듯했다.

"갔다 오셨어요?"

희경이 두 사람을 거실로 안내하며 급히 커피 두 잔을 가져왔다. 정언은 잔을 감싸 쥐고 커피를 한 모금 마시며 물었다.

"혹시 차 가져오신 뒤로 누가 따로 손보거나 한 건 없었죠?"

희경이 고개를 가로저었다.

"그런 건 없었어요. 시댁에서 왔을 때 한 번 보시고 파는 게 어떻겠냐 하셨는데 그이가 타던 차고 아직 멀쩡하니까, 제가 그냥 쓰겠다고 하고 둔 거라 그때 이후로는 누가 본 적이 없어요."

"와서 차 안도 다 보셨고요?"

"아뇨, 회사에서 차 가져다주고 나서…… 시댁에서 보신 건 한 보름쯤 됐어요. 도련님하고 어머님이 오셔서 그냥 어디 긁힌 거 없나 그런 것만 잠깐 보셨어요."

"차 안에는 누가 손을 댄 적이 없었다는 거네요. 블랙박스 혹시 확인해 보셨나요?"

정언이 다시 한 번 확인하듯 묻자 희경이 아아, 하며 생각났다는 듯 대답했다.

"메모리카드 없는 것 때문에 그러시죠? 그게, 사고 나기 한 이틀쯤 전이었나? 메모리카드 오류가 난 것 같다고 그래서 뺐던가, 버렸던가 그랬을 거예요. 집에서 영상이라도 백업한다고 가져왔는데 안 읽힌다고 하더라고요. 혹시 블랙박스가 고장 난 건가 싶어서 수리 맡겨 본다고 했었어요."

작은방 문틈으로 이쪽을 보고 있는 두 아이의 눈과 시선이 마주친 건 그때였다. 사고. 문득 그 낱말이 작은 돌부리처럼 마음에 채였다. 아이들이 알아차릴까 싶어 돌려 말하는 것이기도 하겠지만, 희경이 이 일을 '사고'라고 받아들이고 있다는 것이 느껴져서였다.

정언이 그 말에 몸을 조금 앞으로 내밀었다.

"어디 따로 두신 건 아니고요?"

"그건 모르겠어요. 그리고 그냥 버렸던 것 같은데…… 중요한 건가요?"

"아, 그냥 저희가 뭐 좀 확인해 볼 수 있을까 했거든요. 핸드폰 한 번만 다시 보여 주실 수 있나요?"

정언은 얼른 아무것도 아니라는 양 말을 돌렸다. 네, 하며 몸을 일으키던 희경이 안방으로 들어가려다 말고 걸음을 멈췄다.

"저, 그런데 조 계장님은 혹시 어떻게 되신 건지 아세요? 연락이 안 돼서요."

"회사 그만두셨다고 들었습니다. 저희도 알아보고 있는 중이에요."

정언의 대답에 석연치 않은 표정을 한 희경이 안방에서 규형의 핸드폰을 가지고 나와 정언에게 건넸다. 뭔가 할 말이 있는 듯 주저하던 희경은 한참을 망설이다 조심스럽게 입을 열었다.

"이게, 제가 사정이 그렇다 보니까 자꾸 이 사람, 저 사람 다 의심하게 되는 것 같아서…… 그런데 아무래도 이상해서요. 제가 이런 얘기 해도 되는지 잘 모르겠는데……."

"편하게 말씀하세요. 괜찮아요."

정언이 고개를 끄덕이자 희경이 손끝을 만지작거리며 가슴이 답답한 듯 크게 숨을 내쉬었다.

"그때 저한테 작가님이 애기 아빠 마지막 통화 목록 보내 주셨잖아요. 혹시 아는 전화번호 있으면 연락 달라고요. 그런데 제가 보니까, 분명히 통신사에서 뽑아 준 목록에는 그 시간에 그 번호가 있는데 핸드폰 통화 목록에는 그게 없는 거예요. 통화 목록 지우고 이러는 사람이 아니거든요. 조 계장님 번호가 저장도 안 돼 있고…… 사무실 여직원들 번호도 다 있고 한데, 그분 번호만 딱 없어요. 그러니까 제가 자꾸 너무 안 좋은 생각이 들더라고요."

희경의 속내를 즉시 알아차린 정언이 물었다.

"일부러 지웠다고 생각하시는 거죠?"

"네. 처음 연락해 주셨다고 하고, 저한테도 병원에서 연락 주시고 그런 분이니까 나쁘게 생각 안 하려고 하는데 상황이 너무,

좀 그러니까요. 담당 형사님한테도 혹시 몰라서 얘기해 봤는데 그냥 알겠다고만 하시고…… 부검 결과 나오고 나서는 이제 받아들이시겠냐, 사건 자체는 종결이 됐다고 보셔야 한다 그래서 그냥 알았다고는 했는데 아무래도 맘에 너무 걸려서요."

혹시 아이들이 듣기라도 할까 싶어서인지 희경은 거의 속삭이는 목소리로 입술을 달싹이다 다시 한 번 손끝을 만졌다. 무심코 그녀의 손으로 시선을 준 윤은 순간 멈칫했다. 희경의 손톱은 거의 다 뜯긴 채였다. 스트레스가 심하다는 걸 한눈에도 알 수 있을 정도였다.

의연하게 일상을 지탱하려 할수록 그 슬픔의 무게는 얼마나 가중되는 것일까.

거기 생각이 미치자 어둠 속에 주저앉아 죽고 싶다는 말을 발음하던 재희가 떠올랐다. 맞은편에 앉아 그런 재희를 물끄러미 마주 보던 정언의 모습이 되살아난 건 필연적이었다. 가슴 한쪽이 날카로운 것에 스친 듯 선뜩해졌다.

아무 관련 없는 사람의 고통을 지켜보는 일도 이렇게 괴로운데, 그게 좋아하는 사람이라면 어떨까. 생각할 필요도 없는 일이었다. 자신 역시 그날 밤 정언의 얼굴이 자꾸 생각나 한숨도 잠들지 못했던 것이다.

윤은 그 생각에서 벗어나기 위해 서둘러 말을 돌렸다.

"선배, 핸드폰 확인해 보세요."

잠시 무언가를 생각하던 정언이 아, 하며 퍼뜩 현실로 돌아온 듯 손에 쥐고 있던 핸드폰을 켰다. 그때 방 문틈으로 머리를 내밀고 있던 리아가 갑자기 달려오더니 정언에게 매달렸다. 놀란 정언이 리아를 보자, 리아가 조그만 손을 뻗으며 옹알거렸다.

"아빠 거, 아빠 거야."

"리아, 아빠 거 뺏으려는 거 아냐. 금방 보고 주실 거야."

정언의 당황하는 표정에 희경이 얼른 리아를 품으로 끌어당겨 안았다. 리아가 바동거리며 자꾸만 정언 쪽으로 몸을 내밀었다. 희경이 리아를 꼭 안고는 아휴, 하며 한숨을 쉬었다.

"죄송해요. 유튜브로 동영상 같은 거 많이 보여 줘서 아빠 핸드폰만 보면 그래요."

시무룩해진 리아가 입을 삐죽거렸다. 윤은 얼른 자기 핸드폰을 꺼내 유튜브 앱을 키고는 아이들이 많이 보는 동영상을 찾아 리아에게 내밀었다.

"리아, 삼촌이랑 같이 볼래? 이거 좋아해?"

음악이 흘러나오기 무섭게 리아가 희경의 품을 벗어나 윤에게 뛰어왔다. 윤은 무릎 위에 리아를 앉히고는 핸드폰을 쥐어 주며 정언에게 얼른 보라는 눈짓을 했다. 잠시 윤과 눈을 마주친 정언이 핸드폰으로 시선을 돌리고는 앱 목록을 살폈다.

"비밀번호는 원래 안 쓰시나 봐요?"

윤은 리아를 품에 안고 시선은 핸드폰에 둔 채 귀로 두 사람의 대화를 들었다. 희경이 대답했다.

"썼었는데 귀찮아서 풀었나 봐요. 항상 애들 생일로 했거든요. 처음 화면 켤 때는 수아 생일, 앱에 비밀번호 걸면 리아 생일, 이런 식으로요. 앞에 애들 별명 붙여서 쓰면 남들이 잘 모른다고 그랬는데, 자주 입력해야 되니까 번거로워서 그랬나 싶기도 하고요."

"애들 별명이요?"

"네. 리아가 처음 말문 트였을 때 언니 이름이 잘 안 되니까 수아라고 못하고 슈아, 슈아, 이랬거든요. 자기 이름도 리아라고 못하고 리, 리, 이러니까 애기 아빠가 그게 귀여웠는지 슈아, 리리, 이렇게 불렀어요. 아마 블로그에도 애들 이름 안 쓰고 그렇게 적었을 거예요."

그때 문득 윤의 뇌리를 치고 지나가는 생각이 있었다. 두 개의 비밀번호, 규형이 언제나 사용하던 것, 남들이 잘 알지 못하는…… 윤은 저도 모르게 고개를 번쩍 들었다. 정언 역시 같은 생각을 한 듯 달라진 눈빛으로 물었다.

"아까 차 안에 액자하고 십자수 키홀더 있던데, 키홀더에 쓰여 있던 게 그건가요?"

정언의 물음에 희경이 놀란 표정을 했다.

"어머, 그게 차 안에 있었어요? 맞아요. 안 보여서 어디 갔나 했는데 바닥에 떨어졌었나 봐요. 저 학교에서 애들 십자수 가르치면서 재료가 조금 남아서 만들었던 건데, 그이가 그거 예쁘다고 달고 다녔어요."

"아, 네."

정언이 대답하며 서둘러 앱 화면에서 내비게이션 앱을 찾아 켰다. 정언은 잠시 몇 개의 메뉴를 눌러 보더니 자기 핸드폰을 꺼내 규형의 핸드폰 화면을 카메라로 찍고는 무언가를 메모했다. 바로 지도 앱으로 주소를 몇 개 검색해 본 정언의 얼굴에 화색이 돌았다.

"최근 목적지가 다 남아 있네요. 이게 진짜 중요한 거라서, 저희가 오늘 이거 확인하러 온 거거든요."

정언의 말에 희경이 눈을 크게 뜨더니 가슴을 쓸어내렸다.

"그래요? 다행이네요. 저, 그게…… 사실 통화 목록 지워진 거 알고 너무 불안했거든요. 제가 모르는 사이에 뭐가 또 없어졌으면 어떡하나 무서워서……."

희경이 말을 채 잇지 못하고 입술을 깨물었다. 정언이 손을 뻗어 무릎 위에 놓인 희경의 손을 잡았다.

"저희가 지금 여러 가지로 취재하고 있고, 어느 정도 윤곽이 잡힌 게 있으니까 걱정하지 마세요. 억울하신 거 저희가 가장 잘 압니다. 이 방송 꼭 나가게 할 거예요."

정언은 부드러운 말이나 따뜻한 위로와는 거리가 먼 사람이었다. 그럼에도 윤은 간혹 징언이 실은 다정한 사람이라고 생각할 때가 있었다. 바로 지금처럼. 규형의 메모리카드를 가져왔던 날, 정언이 떨고 있던 자신의 손을 꼭 그렇게 잡아 주었던 것이 떠올랐다.

희경이 겨우 눈물을 참는 얼굴로 고개를 끄덕였다.

"감사해요. 저, 그런데 요새 YBS 괜찮은 건지…… 인터넷에서 사람들이 자꾸 얘기하는 거 봤는데 피디님 걱정이 돼서요."

"걱정하지 마세요. 저희는 절대 못 건드려요. 저희 건드리면 난리 나죠."

정언이 웃었다. 그 말을 하는 정언의 심경을 충분히 짐작하고도 남았기에, 윤은 시선을 피했다. 정언이 자리에서 일어났다.

무릎에서 리아를 내려놓자, 리아가 손가락을 입에 물며 윤을 올려다보았다. 윤은 리아의 머리를 쓰다듬어 주고는 몸을 숙여 시선을 맞췄다. 리아가 희경을 돌아보며 손가락으로 윤을 가리켰다.

"삼촌 가."

도로 시무룩해진 표정이었다. 윤은 리아를 한 번 꼭 안았다가 놓아 주며 새끼손가락을 내밀었다.

"리아가 고래 좋아한다며? 다음에는 삼촌이 고래 가지고 올게. 약속."

"고래! 고래 좋아! 리아 고래 좋아해!"

고래라는 말에 리아가 윤의 손가락을 잡고는 자리에서 방방 뛰었다.

"리아, 그렇게 뛰면 아래층에서 시끄럽다고 했지?"

희경이 황급히 리아를 품에 끌어당겨 꼭 붙들었다. 윤이 씩 웃자 뒤늦게 부끄러워졌는지 얼굴이 빨개진 리아가 희경의 품에 얼굴을 파묻었다.

"죄송해요. 애가 아직 좀 산만해요."

"에이, 리아 정도면 엄청 얌전한데요."

미소를 지은 윤은 문득 작은방 문틈으로 자신을 지켜보는 시선을 알아차렸다. 수아였다. 한쪽 눈만 빼꼼 내놓고 윤을 보고 있던 수아가 눈이 마주치자마자 문 뒤로 몸을 숨겼다. 지난번에 봤을 때와는 확연히 다른 태도라, 어쩐지 그게 마음에 걸렸다.

잠시 그 문틈에 시선을 주던 윤은 곁에서 자신을 툭 치는 정언의 손길에 퍼뜩 현실로 돌아왔다.

"아, 저희가 다시 연락드리겠습니다. 혹시 무슨 일 있으면 연락 주시고요."

윤이 고개를 꾸벅 숙이자 희경도 마주 묵례를 건넸다. 정언도 희경에게 인사를 하고는 나오지 마세요, 하고 만류하며 집을 나섰다. 집 앞에 세워 둔 차에 타서 문을 닫자, 정언은 헤드레스트에 뒤통수를 툭툭 박으며 혼잣말처럼 중얼거렸다.

"진작 이 생각을 했어야 되는데, 아 진짜……."

"앱에 기록 남아 있었어요?"

정언이 고개를 끄덕였다.

"위에 두 개만 검색해 봤는데 둘 다 한선당 의원 사무실 인근 주소였어. 내비게이션 목록까지는 생각 못 한 거 같아. 사무실에 가서 바로 확인하고, 파일도 한 번 열어 봐야겠어. 아, 진짜 나 왜 이렇게 멍청한지 모르겠네. 왜 진작 그 생각을 못 했나 몰라, 도대체."

마지막 말은 자책에 가까웠다. 한숨을 뱉은 정언이 춥네, 하고 무심코 중얼거렸다. 비가 와서 그런가 생각한 윤은 거의 반사적으로 히터 버튼으로 손을 가져갔다. 그것을 알아차린 정언이 윤을 막았다.

"아니, 됐어."

가는 손가락이 손목을 잠시 쥐었다가 풀려나갔다. 다음 순간 멈칫한 윤은 정언을 마주 보았다. 닿은 손이 델 것처럼 뜨거웠다. 본인은 자각조차 없는 것 같았으나, 아무래도 열이 나는 게 분명했다. 내내 컨디션이 나빠 보인 건 아마 그 때문인 듯했다.

윤은 다시 한 번 말했다.

"히터 틀어 드릴게요."

"졸려서 안 돼. 아무튼 시간 없으니까 빨리 가자."

정언이 나지막하게 대답했다. 그 목소리가 약간 긁히는 것을 알아차린 윤은 미간을 찌푸렸다.

"가는 길에 집 앞에 내려 드릴 테니까 내일 다시 출근하더라도 오늘은 좀 쉬세요. 제가 가서 주소 체크하고 파일 열어 본 다음에 알려 드릴게요. 선배 지금 하루라도 쉬셔야 돼요."

"시간 없다고 말한 거 못 들었어?"

피곤한 기색이 역력한 말투는 무뚝뚝했다. 예상한 대로의 반응이었으나 화가 나는 건 어쩔 수 없었다.

"그러다 병원 실려 가시면 그게 더 시간 낭비예요."

"누가 병원에 실려 간다고 이 난리야?"

"선배 지금 열 있는 건 아세요?"

말투가 날카로워졌다. 정언이 놀란 듯 눈을 약간 치켜떴다. 그럴 의도가 있었던 건 아니었기에 윤은 즉시 후회했다. 차 안에 정적이 흘렀다. 차를 두드리는 빗소리가 그 침묵을 채웠다.

정언을 응시하던 윤은 창가로 고개를 돌렸다. 속에 있는 말이 전부 쏟아질 것 같아서였다. 이런 건 위험했다. 잠시 숨을 고르며 입술 안쪽을 깨물고 있던 윤은 겨우 나지막하게 말했다.

"……저 주제넘은 거 알아요. 아는데, 진짜 너무 걱정돼서 그래요. 요새 선배 그러다 갑자기 쓰러지실 것 같다고요. 주말 저녁에 쉬시는 것도 안 돼요? 뭐라도 나오면 바로 연락해 드릴 테니까 제발요, 네?"

내뱉은 말끝이 떨렸다. 창으로 끊임없이 흘러내리는 빗방울의 궤적이 망막과 머릿속을 얽었다. 정언이 눈치채지 못해야 되는데 하면서도, 반쯤은 될 대로 되라는 마음이었다. 자신의 이런 태도가 정언을 더 불편하게 만들 걸 뻔히 알면서도 어쩔 수가 없었다. 울컥 치받히려는 감정을 겨우 누른 윤은 시동을 걸었다.

"집 앞에 내려 드리고 저 바로 사무실 들어갈게요."

앞을 보며 말한 윤은 골목길을 빠져나왔다. 퍼붓는 비에 앞이 잘 보이지 않을 정도였다. 규칙적으로 움직이는 와이퍼 사이로 잠깐 또렷해졌다 다시 흐려지는 시야에 시선을 둔 윤은 침묵했다. 마치 열이 옮은 듯 귀 끝부터 뜨거워져 정언 쪽을 볼 엄두도 나지 않았다. 누군가가 심장 부근을 꽉 움켜쥐었다 놓는 듯한 생경한 감각에 속이 답답해졌다.

다시 한 시간 가까이를 달려 오피스텔 지하 주차장에 차를 세웠을 때는 이미 날이 거의 어두워진 채였다. 창백한 주차장의 조명이 선팅된 창 너머로 흘러 들어와, 그렇지 않아도 파리한 정언의 얼굴이 더 새하얗게 보였다.

윤은 정언의 손등 위로 창가에 맺힌 물방울의 그림자가 얼룩진 것에 시선을 주다 정언 쪽의 도어록을 풀었다. 탁 소리가 나자 손잡이를 쥐었던 정언이 잠시 사이를 누었다가 입을 열었다.

"김 피디."

"네."

윤은 정언을 외면하며 대답했다. 긴 정적이 이어졌다. 정언이 무슨 말을 하려는 듯 윤 쪽을 보았다가 다시 시선을 돌렸다. 무감한 목소리가 떨어졌다.

"아냐. 연락해."

정언이 차에서 내렸다. 윤은 엘리베이터로 걸어가는 정언의 뒷모습을 보았다. 정언은 한 번도 뒤를 돌아보지 않았다. 엘리베이터 문 사이로 이쪽을 보는 정언과 잠시 눈이 마주친 것 같았으나, 그 찰나는 곧 닫힌 문 사이로 사라졌다. 핸들 위에 엎드려 얼굴을 파묻은 윤은 두어 번 이마를 박고는 긴 한숨을 쉬었다.

정언은 문득 눈을 떴다. 사방이 어두웠다. 손을 뻗어 침대 옆의 스탠드를 켠 정언은 지끈거리는 머리를 붙들고 있다가 겨우 몸을 일으켰다. 너무 피곤해서 잠깐만 누워 있어야지 하다 그대로 잠든 모양이었다.

정언은 이마와 목덜미 부근을 짚어 보고는 긴 숨을 내쉬며 몸을 앞으로 숙였다. 닿은 손끝에서부터 열감이 스몄다. 가벼운 현기증이 일었다.

윤이 말하기 전까지는 열이 난다는 걸 전혀 몰랐던 게 사실이었다. 그저 이상하게 머릿속이 약간 붕 뜬 것 같고 기운이 없어, 컨디션이 좋지 않다고 생각한 게 고작이었다. 잦은 밤샘에 하드한 스케줄을 내내 유지하다 보면 늘 있는 일이라 대수롭지 않게 여겨졌던 것이다.

때문에 차 안에서 윤이 날카롭게 구는 걸 보고 놀란 건 당연했다. 자신이 아픈 걸 윤이 먼저 알아차려 그런 건 둘째 치고도, 이게 그렇게까지 걱정할 일인가 싶어서였다.

「진짜 너무 걱정돼서 그래요. 요새 선배 그러다 갑자기 쓰러지실 것 같다고요.」

나지막한 윤의 목소리가 떨리던 것이 뇌리를 스쳤다. 모두가 비슷한 형편이라 남 걱정할 여유가 없는 팀이었다. 누가 그런 말을 하는 건 낯설었다. 화가 난 듯, 혹은 어쩔 줄 몰라 하던 그 눈을 떠올리자 더 그랬다.

긴 숨을 내쉬며 미간을 문지른 정언은 벽에 걸린 시계를 쳐다보았다. 여덟 시가 거의 다 되어 가고 있었다. 서너 시간쯤 잔 것 같았다. 드문 일이었다. 나이가 드니까 진짜 예전 같지 않네, 하고 중얼거린 정언은 창가로 고개를 돌렸다. 장마처럼 쏟아지던 빗줄기는 그사이 부슬거리는 이슬비로 바뀌어 있었다.

리모컨을 집어 들어 텔레비전을 켠 정언은 거실의 조명 스위치를 올렸다. 때마침 <YBS 뉴스라이트>의 오프닝 송이 시작되는 참이었다. 데스크에 앉은 정수창 앵커의 얼굴이 눈에 들어왔다. 며칠 동안 뉴스를 거의 챙겨 보지 못한 탓에 오랜만에 보는 얼굴이었다.

자신이 알던 것보다 상당히 수척한 느낌이라, 정언은 저도 모르게 얼굴을 약간 찌푸렸다. 김진우 앵커가 해고된 후 대타로 들어왔으니 마음고생이 어느 정도일지는 보지 않아도 뻔했다.

『시청자 여러분, 안녕하십니까. 가장 정확한 뉴스, <YBS 뉴스라이트> 앵커 정수창입니다. 미국의 독립 언론가, 진보 언론의 영웅이라고 불리는 이지 스톤[6]은 이런 말을 남겼습니다. '모든 정부는 거짓말을 한다.' 아주 유명한 말이죠.』

정시 알림과 함께 텔레비전에서 수창의 목소리가 흘러나왔다. 답지 않게도 수창은 약간 긴장한 것처럼 보였다. 이지 스톤의 말을 인용한 수창이 잠깐 사이를 두었다가 화면을 응시했다.

『그런데 사실 이 말의 진정한 의미는 그다음 문장에 있습니다. '하지만 관리들이 거짓을 유포하면서 자신들도 그것을 진실이라고 믿을 때, 그런 나라에는 곧 재앙이 닥친다.' 저희는 그런 재앙을 막는 역할을 하기 위해 지금까지 노력해 왔습니다. 그러나 언젠가부터 저희들의 눈은 가려졌고, 입은 막혔습니다. 누군가 저희에게 정권의 앵무새가 되기를 강요하고 있습니다. 저희는

---

6) 이사도어 파인슈타인 스톤(Isador Feinstein Stone, 1907~1980). 주로 이지 스톤(Izzy Stone)으로 불렸다. '20세기 미국 독립 언론의 전설', '진보 언론의 영웅'으로 불리는 진보주의자 언론인으로, 월터 리프먼(Walter Lippman)과 함께 미국 언론의 양대 산맥으로 꼽힌다.

매일 전투에 임하는 심정으로 여러분 앞에 서고 있습니다. 오늘 첫 뉴스로 현재 YBS에 가해지고 있는 언론 탄압의 실체에 대해 보도합니다. 이현림 기자, 나와 주십시오.』

침대에 앉아 아무 생각 없이 수창을 보고 있던 정언은 다음 순간 저도 모르게 자리에서 벌떡 일어났다. 화면이 바뀌며 텔레비전에서 음성 변조된 목소리가 흘러나왔다. 자막에는 '청와대 홍보수석실'이라고 되어 있었다.

『계속 이런 식으로 나올 겁니까? 이미 여러 번 기회 드리고 좋게 말을 했는데 계속 이러면 우리도 어쩔 수가 없어요. 김진우 멘트 하나 미리 체크도 못 합니까? VIP께서 뉴스 보시고 심기가 아주 안 좋아지셨어요. 앵커 하나 바꾸는 게 뭐 큰일입니까? 정권 막판이니까 아주 청와대고 뭐고 막 나가겠다 그거예요? 제가 충고 하나 하겠습니다. 쌓기는 아주 어렵지만 그거 무너지는 건 한순간이에요. 위에서 봐줄 때 잘 하라는데 왜 이렇게 말이 안 통해?』

총알처럼 쏘아붙이는 목소리는 변조되어 있어 더 그로테스크하게 들렸다. 심장이 튀어나올 것 같았다. 정언은 현기증조차 잊은 채 리모컨을 움켜쥐고 화면을 뚫어지게 응시했다. 몸이 덜덜 떨렸다. 두려움인지, 혹은 분노인지 모를 감정이 차올랐다.

『시청자 여러분께서 방금 들으신 녹취록은 지난달 15일 청와대 홍보수석실에서 YBS로 직접 걸려온 전화 녹취록입니다. 홍보수석실 측이 <YBS 뉴스라이트> 김진우 앵커의 멘트를 문제 삼아 압력을 가했다는 것이 명백히 드러나는 증거입니다. 이 통화 직후 YBS의 대주주인 바른언론진흥회는 긴급 이사회를 소집하였으며, 이틀 뒤 열린 인사위원회에서 <YBS 뉴스라이트> 담당 피디인 성세준 피디의 해직 및 김진우 앵커의 대기발령을 통보했습니다.』

이현림 기자의 목소리가 멀게 들렸다. 멍하니 서 있던 정언은 다시 자리에 풀썩 주저앉았다. 머리가 깨질 듯한 두통이 밀려들었다. 서랍에서 진통제를 꺼내 입에 먼저 넣은 정언은 겨우 비틀거리며 냉장고 문을 열어 생수병을 땄다. 차가운 물을 숨도 쉬지 않고 마시자 겨우 정신이 조금 맑아지는 것 같았다.

정언은 싱크대 수전을 틀어 쏟아지는 물로 세수를 하고는 고개를 들었다. 얼굴에서 뚝뚝 떨어지는 물을 대강 손으로 닦아낸 정언은 황급히 핸드폰을 찾았다. 소파 앞 테이블 위에 아무렇게나 내팽개쳐 둔 핸드폰 상단의 LED가 계속해서 깜빡이고 있었다.

부재중 통화와 메시지 알림이었다. 서둘러 화면을 켜자 윤의 이름이 제일 먼저 보였다. 김윤, 부재중 통화(7). 이미 세 시간 전의 전화였다.

통화 목록을 확인하니 십 분 간격으로 다섯 통을 걸었고, 그 뒤로는 두 시간 전에 한 번, 한 시간 전에 다시 한 번 부재중 통화가 있었다. 쌓인 메시지도 여러 개였다.

─ 내비게이션 기록 전부 확인했어요. 의원실 주변 주소 남아 있습니다.

─ 강남 쪽 주소는 한정식집하고 일식집이에요. 한정식집 유란, 일식집 메이가 제일 많아요.

─ 박규형 씨 파일 비밀번호 그거 맞아요. 두 번 암호 걸린 거 전부 풀었습니다.

─ 내용은 출장 나갈 때 가져간 품목, 수량, 장소 일자별 기록

하고 선배가 얘기했던 자재 관련 서류들인 것 같아요.

그리고 한 시간쯤 지나서부터는 아무래도 무슨 일이 난 건가 생각했는지, 짧은 메시지가 연달아 들어와 있었다.

— 괜찮으세요?

— 무슨 일 있으신 거 아니죠?

— 전화 왜 안 받으세요?

— 선배, 문자 보시면 바로 연락 좀 주세요.

문자만 봐도 초조한 것이 느껴질 정도였다. 공연히 미안해진 정언은 소파에 앉으며 윤에게 전화를 걸었다. 아직 머리가 무겁기는 했지만 진통제 약효가 도는 건지 깨질 듯한 두통은 아까보다 훨씬 덜했다. 눈을 감은 채 관자놀이 부근을 문지르던 정언은 신호가 두어 번 가기도 전, 돌아오는 윤의 목소리에 손을 멈췄다.

『왜 이렇게 연락을 안 받으세요?』

얼굴을 안 봐도 거의 울기 직전인 걸 알 수 있을 지경이었다. 아까 차 안에서의 윤을 떠올린 정언은 약간 심란해졌다. 자기하고는 아무 상관없는 일인데, 왜 그렇게 화를 내고 이렇게까지 걱정하는 건지 모를 노릇이었다.

"깜빡 잠들어서 핸드폰 확인을 못 했어. 지금 사무실이야?"

정언의 물음에 왜인지 모르게 잠시 주저하던 윤이 작은 목소리로 대답했다.

『아뇨, 저…… 밖이에요.』

"밖이라고? 어디? 자료는 어디다 놨는데? 지금 사무실 가서 확인할 건데."

그렇게 중요한 소스를 찾아 놓고 밖에 있다는 말에 약간 욱할 뻔했으나, 자신이 잠든 사이 윤이 초조하게 몇 시간을 기다렸을 걸 생각하니 곧 성질이 죽었다. 하기야 윤도 몇 주째 제때 퇴근한 적이 거의 없었다. 토요일 저녁이니 약속 하나쯤 잡을 수도 있는 일이었다.

그렇게 생각하며 최대한 관대한 마음으로 답을 기다렸으나, 윤은 어쩐 일인지 선뜻 말을 하지 못했다. 정언은 지끈거리는 머리를 누르며 다시 한 번 말했다.

"김 피디, 내 말 들려? 지금 어디냐고. 자료 어디다 놨어? 내가 확인해야 할 거 아냐."

『어…… 저기, 저, 지금 선배 집…….』

머뭇거리던 윤의 말끝이 흐려졌다. 귀를 의심한 정언은 바로 되물었다.

"어디라고?"

윤이 답지 않게 황급히 변명하는 투로 더듬거렸다.

『저, 죄송해요. 이러면 안 되는 거 아는데, 전화를 안 받으셔서 무슨 일 생긴 건가 싶어서요. 아, 보안카드가 없어서 들어가지는 못하고요. 1층 카페에…… 선배 집 호출도 했는데 답이 없어서 안 계신 것 같다고, 경비실에서 절대 못 들여보내 준다고 하셔서…….』

윤의 목소리가 점점 기어들어 갔다. 그러나 사실 당황한 쪽은 정언이었다. 이런 일이 처음이라 어떻게 반응해야 할지 아무 생각도 나지 않았다. 정언에게서 대답이 돌아오지 않자, 윤이 어쩔 줄 몰라 하며 조심스럽게 말을 건넸다.

『선배, 정말 죄송해요. 화나셨어요?』

"5분만 기다려."

대답 대신 내뱉은 정언은 바로 전화를 끊었다. 화를 냈어야 하는 건가 생각했으나, 이게 화를 낼 일인지 아닌지 확신할 수가 없었다. 두통이 멈추지 않아 잠시 얼굴을 감싸고 있던 정언은 소파에 던져 놓은 재킷을 집어 들었다. 아직 켜진 텔레비전에서 현림의 목소리가 이어졌다.

『현재 이사회 측은 YBS 노조와의 모든 협상을 거부하고 있습니다. 노조 측은 정권의 공영방송 장악 시도를 저지하기 위해, 내달 중 YBS를 비롯한 KTBC, IBS 노조와 연대할 계획이라고 밝혔습니다. YBS 이현림이었습니다.』

현림의 마지막 멘트와 함께 다시 수창이 나타났다. 잠시 수창의 얼굴을 응시하던 정언은 텔레비전을 끄고 현관을 나섰다. 머릿속이 복잡했다. 이 방송이 나가고 <뉴스라이트> 팀이 어떻게 될지는 이미 뻔한 일이었다.

99퍼센트의 자신들이 힘을 가진 1퍼센트와 맞선다는 건 결국 불가능한 일일까.

정언은 수창이 인용했던 이지 스톤의 말을 머릿속으로 떠올렸다. 하지만 관리들이 거짓을 유포하면서 자신들도 그것을 진실이라고 믿을 때, 그런 나라에는 곧 재앙이 닥친다······.

진실을 증명하는 건 어렵지만, 거짓을 진실로 꾸미는 건 너무나 쉽다는 걸 정언 역시 잘 알고 있었다. <뉴스라이트> 팀과는 친한 사이였기에, 아는 피디들과 기자들의 얼굴을 떠올리자 속이 더 답답했다.

당장 오늘 나온 증거 역시 그렇지 않아도 복잡한 머리를 더 헤집었다. 비밀번호, 문서, 증거, 하고 두서없이 떠오르는 낱말들을 속으로 중얼거린 정언은 엘리베이터 안에서 거울에 비친 자신의 모습을 보았다. 핏기라고는 일절 없는 얼굴이라, 그렇지 않아도 날카로운 인상이 더 차가웠다. 한쪽 눈가를 손끝으로 잡아 내리자 무표정한 얼굴이 울적해져 더 보기 싫었다.

"가지가지 한다, 진짜."

고개를 흔든 정언은 엘리베이터에서 내렸다. 1층 상가 끝의 카페 문을 열자, 창가를 보며 턱을 괴고 있는 윤의 모습이 눈에 들어왔다. 노트북을 테이블에 올려놓은 윤은 무슨 생각을 하는지 그 자세로 꼼짝도 하지 않고 있었다. 여기서 얼마나 기다린 걸까 하는 생각이 문득 스쳤다.

"언제 왔어?"

커피 한 잔을 시켜 들고 맞은편에 앉으며 묻자, 소스라친 윤이 고개를 돌렸다. 정언과 눈이 마주치자마자 시선을 내린 윤은 무릎 위에서 손끝을 만지작거렸다.

"죄송해요, 저…… 스토커 같다고 생각하실 거 아는데……."

"알면 됐고."

커피를 한 모금 마시며 내뱉은 말에 윤이 즉시 바람 빠진 풍선처럼 쭈그러들었다. 정언은 팔짱을 끼며 윤을 빤히 바라보았다. 아까 차 안에서 자신에게 화를 내던 윤과 지금 맞은편에서 풀이 죽어 눈치를 보는 윤이 같은 사람이라는 게 믿기지 않았다.

"원래 이런 식이야? 아무 때나 남의 집 앞까지 쫓아오고?"

놀려 주고 싶은 기분 절반과 진심 절반을 섞어 묻자, 윤이 화들짝 놀라며 필사적으로 그 말을 부정했다.

"아뇨, 아니에요, 선배! 절대 아니에요! 저 이런 거 진짜 처음이에요!"

그 말을 하자마자 뭔가 아니다 싶었는지 윤이 아차 하는 얼굴로 입을 다물었다. 이럴 때는 좀 귀엽네, 하고 무심코 생각한 정언은 스스로 어이가 없어 피식 웃었다. 정언이 웃는 얼굴에 윤이 더 불안해졌는지 쩔쩔매며 입술 끝을 물었다 놓았다 하다 고개를 푹 숙이고는 입술을 달싹였다.

"……진짜 이러면 안 되는 거 아는데, 선배한테 무슨 일 생겼을까 봐 불안해서 그랬어요. 죄송해요."

정언은 문득 윤의 흰 목덜미가 온통 새빨개진 것을 알아차렸다. 이상한 기분이 되었다. 윤이 타인의 경계를 쉽게 넘어오는 종류의 사람인 건 알고 있었다. 그러나 그렇다고 윤이 모두에게 그렇게 구는 건 아니었다. 윤은 팀의 누구에게도 이런 식으로 행동하지 않았다.

그러니까, 이건 마치…… '좋아하는' 것 같다고.

갑자기 이 순간이 낯설어졌다. 그런 일은 절대 일어나지 않는다고 믿으면서도, 지나칠 정도의 다정함과 약간의 인간적인 호의가 함께 작동한다면 착각에 빠지는 건 언제나 쉬웠다.

물론 윤이 매번 이렇게 자신을 오해하게 만드는 게 의도적일 리 없었다. 이전에도 생각했지만, 세계가 멸망해 여자가 서정언만 남지 않는 이상 그건 꿈에서라도 있을 수 없는 일이었다.

"자료 가져온 거야? 좀 보자."

사람이 너무 피곤하면 별생각을 다 하나 보다, 하고 속으로 중얼거린 정언은 말을 돌렸다. 테이블 위에 놓인 노트북을 이쪽으로 끌어당기자 윤이 서둘러 마우스를 움직여 노트북 바탕화면에 올려놓은 파일을 열었다. 엑셀 파일이었다.

정언은 눈으로 거기 쓰인 내용들을 읽었다. 날짜, 장소, 품목, 수량으로 나눠진 항목 아래는 빼곡했다. 10/7, 한교, 예산 사과,

1. 10/18, 을정, 영주 인삼, 1. 10/27, 애포, 성주 참외, 0.5, 11/5, 강남, 흑산도 미역, 2······ 암호처럼 남겨진 기록들은 스크롤을 몇 번 내리도록 끝이 나지 않았다. 마지막 기록은 규형이 죽기 일주일 전의 날짜였다.

"이거 지금 있는 자료랑 대조해 봤어?"

"다이어리에 출장이라고 적혀 있어도 여기 없는 날짜도 있긴 한데, 일단 여기 있는 날짜가 전부 출장이라고 돼 있는 건 확실해요. 목록에 있는 날짜에는 대부분 조창식 계장하고 통화 내역 있었고요. 6개월 전까지밖에 없어서 그 전은 확인 못 했어요."

윤은 정언 쪽을 보지 않고 말했다. 아직도 달아오른 목덜미가 눈에 들어왔으나, 정언은 부러 거기서 시선을 피하며 물었다.

"왜 어떤 건 기록을 하고 어떤 건 안 했지? 내비게이션 최근 주소는?"

"의원 사무실 인근 지역이 많아요. 아마 주변에서 접선하는 장소가 있지 않았을까 싶은데······ 강남은 유란하고 메이 주소가 있던데요. 아세요?"

윤의 물음에 정언은 고개를 끄덕였다.

"유란은 한정식집, 뭐 요정이지. 메이는 일식집인데 여기도 비슷하고. 둘 다 VIP 단골 많기로 유명한 집이야. 룸이 많고 보안 철저하니 남들 눈 피하기 좋아서 고른 거 같은데."

"어떻게 하실 거예요?"

"내부 CCTV 확보할 수 있으면 제일 좋지. 그게 안 되면 인근 CCTV 다 뒤져서 박규형 씨가 거기서 누굴 만났는지 찾아봐야 되고."

CCTV라는 말에 윤의 표정이 급격히 어두워졌다. 눈알이 빠지게 영상을 돌려 보던 기억이 난 모양이었다. 피식 웃은 정언은 바탕화면에 놓인 다른 파일들을 하나씩 클릭해 보았다. 공사시방서, 설계내역서, 자재발주계획서 등의 이름이 차례로 등장했다. 어떻게 입수해야 할지 몇 날 며칠을 고민하던 자료들이었다.

화면을 뚫어지게 보다가 저도 모르게 하, 하고 숨을 토한 정언은 머리를 감싸며 다시 한 번 크게 숨을 내쉬었다.

"아, 진짜 내가 죽어야 돼. 이걸 눈앞에 두고 며칠을 버린 거야, 도대체."

중얼거린 정언은 테이블 위에 이마를 박았다. 눈을 감자 빙산의 일각이라는 관용구가 얼마나 명징한 것인지 새삼 실감됐다. 수면 위로 나온 건 언제나 아주 작은 조각일 뿐이다…… 수면 아래 얼마나 큰 빙산이 숨겨져 있는지 바깥에서는 절대 알 수 없기 마련이었다.

바닥을 모르는 물속으로 계속해서 빨려 들어가는 것 같았다. 세상에 심연이 있는 것이 아니라, 이 심연 속에 세상이 있는 건 아닐까. 정언은 문득 그런 의문을 떠올렸다. 수많은 어둠을 들여다봤다고 생각했지만, 아직도 자신이 알지 못하는 그림자가 너무나 많았다. 바로 지금처럼.

"김 피디, 지금 이거 자료 전부 다 송 작가님한테 보내. 참조에 선배 넣고 같이. 메일 보낸 다음에 송 작가님하고 선배한테 문자로 자료 보냈다고 알려 드려."

정언은 테이블에 머리를 댄 채 내뱉었다. 윤이 얼른 노트북을 자기 앞으로 끌어다 놓고는 부지런히 자판을 두드렸다. 메일을 보냈는지 잠시 말이 없던 윤이 멈칫하더니 정언을 불렀다.

"선배, 이거 보셨어요?"

정언은 고개를 들었다. 윤이 굳은 표정으로 자기 핸드폰을 내밀었다. 아무 생각 없이 핸드폰 화면을 본 순간 가슴이 덜컥 내려앉았다. 노조에서 보낸 단체 메시지였다. 메시지 마지막에는 동영상 링크가 포함되어 있었다.

— 여러분, 지금 즉시 오늘자 <YBS 뉴스라이트> 동영상을 SNS와 커뮤니티에 공유해 주시기 바랍니다. 포털 사이트 메인에서 모든 관련 기사와 실시간 검색어가 삭제되고 있습니다. 부탁드립니다.

윤의 손에서 핸드폰을 낚아챈 정언은 즉시 인터넷 앱으로 포털 사이트에 접속했다. 청와대에서 직접 공영방송에 개입하고 있다는 뉴스라면 당연히 특종이어야 했다. 녹취록까지 공개했다는 건 지금 상황의 보도국에서는 목숨을 걸고 하는 일이었다.

그러나 포털 사이트 메인에서는 단 한 줄의 기사도 찾아볼 수 없었다. '뉴스라이트'라는 검색어를 입력해도 마찬가지였다. 검색되는 것은 오늘자 <뉴스라이트>에서 방송한 다른 뉴스들뿐이었다.

인천 서구 경서동 인근에서 빈집털이를 하고 다니던 50대 남성이 검거되었다든지, 서울대공원 동물원에서 아기 펭귄이 태어났다든지, 주말 날씨는 예년 평균 기온보다 2도 낮은 맑은 날일 거라든지 하는 기사들만이 실시간으로 올라오고 있었다.

정언은 윤의 핸드폰을 도로 밀어 놓으며 미간을 눌렀다.

"……이 작가 연락처 알지? 아냐, 됐어. 내가 할게."

조금 전 먹은 진통제도 보람 없이 다시 두통이 시작됐다. 정언은 떨리는 손으로 테이블 위에 아무렇게나 놓아 뒀던 자신의 핸드폰을 집어 들어 성옥에게 방금 온 문자를 전달했다. '홈페이지

하고 시청자 카페에 동영상 첨부해서 바로 올려 줘.' 하고 메시지를 덧붙이기 무섭게 성옥이 답을 보내 왔다.

ㅡ 네 근데 피디님 어떡해요 저 진짜 무서워요 우리 어떡하죠

정언은 쓰기 창에서 깜빡이는 커서를 내려다보았다. 뭐라고 답을 해야 좋을지 한마디도 생각나지 않았다. 지금 그 물음에 대한 답을 아는 사람은 아마 단 한 명도 없을 터였다.

멍하니 대화창을 보던 정언은 두 손으로 눈가를 덮었다.

"선배."

윤이 걱정스러운 목소리로 정언을 불렀다. 고개를 저은 정언은 중얼거리듯 대답했다.

"그냥 머리가 좀 아파서 그런 거야."

"약은 드셨어요?"

"자고 일어나면 괜찮아. 그만 가 봐. 하루 종일 기다렸을 텐데 미안하고, 다음부터는⋯⋯."

이마로 따뜻한 손이 닿았다. 이러지 않아도 돼, 라고 말하려 했으나, 불시에 스민 타인의 체온에 순간 입 안의 단어들이 모조리 사라졌다. 당황한 정언이 눈을 들자 손을 떼며 윤이 시선을 맞춰 왔다.

"아직 열 있어요."

나지막한 목소리에 걱정하는 기색이 선연했다. 정언은 저도 모르게 눈을 깜빡였다. 아무리 의도가 없다고 해도 이쯤 되면 범죄 수준이라는 걸 자각은 할까 싶었다.

정언은 스스로 자기 객관화를 잘 한다고 믿는 편이었다. 호의와 호감 정도는 충분히 구별할 수 있다고도 생각했다. 그럼에도 언젠가부터 미묘하게 경계를 넘어오는 윤의 태도를 어느 쪽으로

도 설명할 수가 없었다.

그건 자신의 잘못일까, 혹은 윤의 잘못일까.

판단이 서지 않았다.

복잡해진 정언의 머릿속 따위는 알 바 아니라는 듯, 윤이 가방에서 뭔가를 꺼내 정언에게 건넸다. 작은 종이 봉투였다. 안에는 진통제, 해열제, 종합감기약, 드링크제 따위가 들어 있었다. 잠시 말을 잃은 채 봉투 안을 들여다보는 정언에게 윤이 조금 멋쩍은 얼굴로 말했다.

"약 안 드셨을 거 같아서요."

"김 피디."

정언은 미간을 누르며 윤을 불렀다. 윤이 씩 웃었다.

"저 되게 제멋대로인 거 아는데, 그냥 고맙다고 해 주시면 안 돼요?"

이런 식으로 선수를 뺏기는 건 낯설었다. 하지만 이 얼굴에 대고 싫은 소리를 할 수 있는 사람은 그리 많지 않을 게 분명했다. 대답 대신 봉투를 든 정언은 먼저 자리에서 일어났다. 시선을 외면하며 고마워, 하고 중얼거린 말은 입 안에서 모래알처럼 굴렀다.

"빨리 들어가."

정언의 말에 윤이 대답했다.

"선배 가시는 거 보고 갈게요."

"왜."

"그냥요."

그냥요. 윤이 그 말을 자주 한다는 걸 정언은 뒤늦게 깨달았다. 그저 스치는 것처럼 발음하는 그냥, 이라는 말 뒤에 윤이 뭔가를 숨기고 있다는 생각이 들었다. 그러나 정언은 그 한 겹의 단어 아래 감춰진 윤의 속내를 읽을 수 없었다.

그래 그럼, 하고 무신경한 척 내뱉은 정언은 카페를 나섰다. 윤의 시선이 내내 등 뒤로 따라붙는 것이 느껴졌다. 엘리베이터에 탄 정언은 문을 응시하다 손에 든 봉투로 시선을 주었다.

짧은 한숨이 나왔다. 정언은 엘리베이터에서 내려 집 문 앞에서 도어록 비밀번호를 눌렀다. 막 손잡이를 잡은 순간 손에 쥐고 있던 핸드폰에서 가벼운 진동이 느껴졌다. 무심코 내려다보자 미리보기 창으로 뜬 메시지가 눈에 들어왔다.

— 아프지 마세요.

윤이었다.

머릿속이 순간적으로 백지처럼 지워졌다. 문을 열려던 것조차 잊어버려, 그사이 도어록이 다시 잠겼으나 정언은 그것도 인식하지 못했다. 머릿속에서 몇 개의 물음들이 지나갔다.

원래 아무한테나 이런 식이야?, 왜 나한테 그렇게 신경을 써?, 친절이 너무 과한 거 아냐?, 그리고……

진짜 나 좋아해?

착각하는 건 싫은데, 마음의 어딘가가 소리를 내며 흔들렸다. 다시 열이 오르는 듯 얼굴이 뜨거워졌다. 복도의 센서 등이 꺼졌다. 아무도 자신을 보지 못하는 게 다행이라고 생각하며, 정언은 손잡이를 잡은 채 한동안 그대로 서 있었다. 복도 끝까지 물든 어둠은 고요했다.

15

— 백선경 시사보도국장 검찰 고발할 듯/뉴스라이트 제작진 전원 중징계 예정

짧은 메시지가 날아왔다. 은석이 보낸 것이었다. 재희는 핸드폰 화면에 잠시 눈을 주었다가 긴 한숨을 쉬며 깍지 낀 손에 이마를 대었다.

노조 사무실에서 <뉴스라이트>를 보던 모든 사람들이 포털 사이트에서 실시간으로 기사와 검색어가 지워지는 것을 목격했을 때 받은 충격은 말로 설명할 수 없었다. 마치 그런 일은 벌어진 적도 없다는 듯, 세상은 아무 일도 없이 돌아간다는 듯 자신들의 존재 자체를 지워 버리는 권력 앞에서 모두가 그저 망연자실할 뿐이었다.

어떻게 해야 좋을지 알 수 없었다. 이렇게 막막한 적이 있었던가, 멍하니 기억을 더듬던 재희는 고개를 돌렸다. 파티션에 붙여 놓은 연수의 사진이 눈에 들어왔다. 작은 프레임 속에서 눈이 보이지 않을 정도로 웃음을 터트리는 얼굴은 언제나 재희가 연수를 기억할 때 가장 먼저 떠올리는 표정이었다.

재희는 책상 위의 작은 액자에 끼워진 카드로 시선을 주었다. 난 두려움 없는 네가 좋아.

앞으로도 평생 너의 눈으로 세상을 볼 수 있길.

동글동글한 연수의 글씨는 그 목소리의 환각을 얼핏 불러일으 켰다. 재희는 아무리 많은 사람들 사이에서도 단번에 알아들을 수 있던 그 선명한 목소리를 좋아했다.

만약 네가 지금 여기 있었다면 어땠을까. 너라면 답을 줄 수 있었을까…… 자문한 재희는 고개를 뒤로 젖혔다. 결코 답을 알 수 없을 질문이었다. 푸르스름한 형광등 빛이 눈에 시리게 흩어 졌다.

허공에 대고 긴 숨을 뱉은 재희는 피곤한 눈가를 문지르고 자 세를 고쳐 앉았다. 마우스를 쥐고 모니터 위를 휘적이자 아까 보던 파일들이 화면에 나타났다. 의미를 알 수 없는 단어들이 나열된 엑셀 파일과 공사시방서, 설계내역서, 자재발주내역서 따위의 이름이 붙은 수많은 문서들이었다.

아까 윤에게 메일로 받은 것으로, 거기에는 대강의 내용이 설 명되어 있었다. 규형이 다닌 의문의 출장, 거기 관련된 한선당 의원들, 현장에서 자재를 속여 왔다는 제보자의 전화, 그걸 감시 하기 위한 불법 용역 고용, 그 모든 것을 뒷받침하는 증거들.

재희는 턱을 괸 채 화면을 보았다. 시간이 더 필요했다. 그러 나 허락된 시간이 얼마일지, 지금은 무엇도 가늠할 수가 없었다.

핸드폰을 집어 든 재희는 조금 전 정언이 보낸 메시지를 다시 한 번 확인했다. 내비게이션에 유란과 메이 주소가 남아 있었다 며, 가게 내부와 인근의 CCTV를 체크해 봐야 할 것 같다는 이 야기였다.

"하여튼 말만 하면 다 되는 줄 알지."

중얼거린 재희는 열없이 웃는 소리를 냈다. 두 곳 다 내로라하는 VIP들의 핫 플레이스였다. 내부 CCTV를 확인할 길이 상당히 요원하다는 건 누가 봐도 뻔한 일이었다.

물론 정언이라면 어떻게든 방법을 찾으려 할 테지만, 거기에 낭비할 시간이 있을 거라는 생각은 들지 않았다. 핸드폰의 연락처를 켜 잠시 스크롤을 하던 재희는 서둘러 누군가의 이름을 찾았다.

─ 늦은 시간에 죄송합니다. 잠시 통화 가능하시겠습니까?

최대한 정중한 메시지를 보내기 무섭게 핸드폰이 울리기 시작했다. 액정에 뜨는 차세진이라는 이름을 확인한 재희는 즉시 전화를 받았다.

『강 피디님, 무슨 일 있습니까? 그렇지 않아도 내가 연락하려고 했어요. 오늘 뉴스 봤는데, 거기 괜찮아요?』

재희가 미처 입을 떼기도 전 빠른 목소리가 넘어왔다. 아나운서처럼 정확한 발음의 중년 여성이었다. 잠시 숨을 고른 재희는 애써 밝게 대답했다.

"저희 팀은 아직 괜찮습니다. 의원님, 이렇게 늦은 시간에 연락드려서 정말 죄송합니다."

『강 피디님 이런 적이 없어서 내가 너무 걱정이 돼서요. 무슨 일이에요?』

세진은 국회 제1야당인 민권당의 국회의원이었다. 소위 '청문회 폭격기'로 이름난 변호사 출신의 재선 의원으로, 현재 법사위 소속으로 일하고 있었다. 세진은 변호사 시절부터 <비하인드 24>의 법률 자문팀에 있었기에, 재희와는 오래 전부터 잘 아는 사이였다. 지금도 서로 여러 모로 도움을 주고받는 일이 많았다.

그러나 재희가 이런 식으로 먼저, 그것도 한밤중에 연락을 한 건 처음이었다. 아무래도 무슨 일이 생겼나 보다 싶어 놀란 모양이었다. 하기야 아까 그 뉴스를 봤다면 그럴 만도 했다. 재희는 나지막하게 대답했다.

"의원님 도움을 좀 받고 싶습니다."

그 말에 흥미가 생긴 듯, 세진의 말투가 달라졌다.

『어려운 건가 본데? 강 피디님이 나한테 도움 받고 싶다는 거 보니까. 잠깐만, 지금 회사예요? 내가 약속이 있어 그 근처에 왔는데, 시간 되면 지금 만나서 얘기합시다. 거기 근처에 그랜드가 든 호텔 지하 더 모먼트 알아요?』

"네. 알고 있습니다."

『거기서 보죠. 여기서 일 마치고 출발하면 거기까지 삼십 분 정도 걸릴 거예요. 내가 그쪽에 연락해 둘 테니까 도착하면 내 이름 대요.』

"알겠습니다."

대답하며 전화를 끊은 재희는 쓰고 있던 안경을 벗어 내려놓았다. 눈가를 두어 번 누르며 몸을 일으키자, 창밖으로 펼쳐진 풍경이 아득했다. 재희는 창가를 짚으며 몸을 조금 숙였다.

고층 건물의 창으로 내려다보이는 서울의 야경은 언제나 아름다웠다. 하늘의 모든 별이 다 쏟아져 내려 이 도시 위로 수놓인 듯, 내리는 안개비 너머로 헤아릴 수 없는 빛무리가 윤곽을 흐리며 반짝였다.

그러나 재희는 자신이 빛보다 어둠을 먼저 보는 사람이라는 것을 알고 있었다. 이 눈부신 빛의 입자들 사이로 스며든 어둠을 들여다보는 건 늘 자신의 일이었다.

연수가 바랐던 건 자신이 끝없이 이 심연을 들여다보는 것이었을까. 이제는 답을 해 줄 사람이 없는 물음이 떠올랐다가 곧 사라졌다.

생각을 지운 재희는 급히 사무실을 나섰다. 주차장으로 내려와 차를 몰고 그랜드가든 호텔에 도착한 건 십 분쯤 지나서였다.

칵테일 바인 더 모먼트 안은 주말 밤인데도 한산했다. 문 앞에 선 직원에게 세진의 이름을 대자, 직원은 말없이 재희를 가장 안쪽 자리로 안내했다.

어두운 조명 아래 앉은 재희는 의자에 깊숙하게 등을 묻었다. 바에는 아트 블래키 앤 재즈 메신저스의 <Moanin'> 앨범이 흘러나오고 있었다. 클래식한 취향이네, 하고 중얼거린 재희는 머릿속을 비우기 위해 눈을 감고 그 멜로디에 잠시 의식을 맡겼다.

세진이 도착한 건 앨범의 마지막 곡인 'Come rain or come shine'이 막 시작됐을 즈음이었다.

"늦어서 미안합니다. 오래 기다렸어요?"

세진이 맞은편에 앉으며 물었다. 재희는 자세를 고치며 가벼운 묵례를 건네고는 웃었다.

"아닙니다. 덕분에 음악 감상 잘 했는데요."

재희의 말에 세진이 바 안을 둘러보다 그제야 음악을 인식한 듯 아아, 하며 맞장구를 쳤다.

"아트 블래키죠? 이거 오랜만이네, 나 어릴 때 많이 들었는데. 일단 뭐 하나 마시면서 얘기합시다."

"아, 저는 차 가져와서요."

"넌알콜로 한잔해요. 그러고 보니까 얼굴 본 지 한참 된 것 같은데 왜 이렇게 말랐어요? 방송에서 볼 때는 이 정도는 아닌 거 같더니."

재희가 사양하자 재차 권한 세진은 가까이 다가온 바텐더에게 주문을 했다.

"진토닉 하나랑 넌알콜 제일 잘 나가는 걸로 아무거나."

바텐더가 멀어지는 것을 확인한 세진이 낮은 한숨을 뱉었다.

"아까 피디들이 SNS에 글 올린 거 봤어요. 우리 당에서도 이거 해결하려고 노력 많이 하는데 쉽지가 않습니다. 지금 방통위를 움직일 방법이 없어요. 너무 답답한데, 어떻게 해야 할지 나도 미치겠네. 여소야대 구도인 게 그나마 다행이지만…… 대선에서 우리가 이긴다는 확신만 있으면 내가 지금 강 피디님한테 몇 달만 더 버텨 달라고 하겠는데, 상대가 워낙……."

세진이 말끝을 흐렸다. 재희는 이해한다는 뜻으로 고개를 끄덕였다.

"엄대진한테 5060 보수 결집력이 상당히 있지 않습니까. 민권당에서는 민주영 의원님이 경선 당선되실 확률이 높죠? 민 의원님 참 좋은 분인데, 상대가 너무 강하긴 하네요."

세진의 표정이 어두워졌다.

"<조한일보> 백이 장난 아니잖아요. 솔직히 진짜 내가 이런 말 하면 안 되는 거 아는데, 엄대진 터트릴 수만 있으면 뭐라도 하고 싶다니까. 청와대에서 이미 엄대진한테 권력 이양할 준비 마쳤다는 게 정설이에요. 서로 딜 있었겠지. 그런데 애들이 방송을 이런 식으로 주무르려고 할 줄은 우리도 상상 못 했어요. 방통위원하고 위원장 교체하자마자 민 의원 두들기기도 더 심해져서, 당 차원에서 대응책 고심하는 중이에요."

"대선 전에 언론 장악 마쳐야 할 테니 아무래도 급할 겁니다. 서온 게이트 문제도 그렇고, 야권 후보 진영에서 공격당할 부분이 너무 많으니까요. 그 전까지 언론 완전히 조종해서 여론 흔들지 못하면 엄대진 쪽도 곤란해지죠."

그때 바텐더가 칵테일 두 잔을 내려놓고 돌아갔다. 세진은 진토닉을 한 모금 마시고는 등을 기댔다.

"엄대진이 뒤가 구린 거야 다 알지만 증거가 없고, 있다고 해도 끝까지 갈 수가 없어요. 이미 검찰 실세 장악한 게 엄대진 라인이라…… 전에 서온건설 커넥션 터졌을 때도 남부지검 이정수 검사하고 진형은 검사가 그거 기소했다가 결국 무혐의 처리된 뒤에 둘 다 승진에서 밀려 버렸단 말이에요. 그때 언론에서 검찰이 야당하고 야합해서 정치 공작 한다고 그 둘 얼마나 때렸는지 기억나요? 그러고 나서 신환석계가 개혁파 검사들 싹 쓸어버렸잖아요. 이미 검찰 상부도 청와대하고 긴밀하게 연결된 상태라 우리 쪽에서 공격하면 역풍 맞는데, 미치겠어요."

세진의 하소연에 재희는 내심 안도했다. 세진이 이렇게까지 말하는 이상 자신의 제안을 절대 거절하지 못하리라는 계산이선 까닭이었다.

"의원님, 만약에 저희가 엄대진을 때릴 방법 있다면 도와주시겠습니까?"

그 말에 멈칫하며 눈썹을 좁힌 세진이 몸을 앞으로 내밀었다.

"강 피디님, 지금 그 애기……."

재희는 즉시 손가락 하나를 입술 위에 대며 목소리를 낮췄다.

"저희 팀에서 지금 취재 중인 건이 하나 있습니다. 엄대진 관련 건인데 자세한 내용은 나중에 설명하겠습니다. 제가 이것 때문에 꼭 입수해야 할 자료가 있습니다. 저희 힘으로는 얻기 어려운 자료라 무리한 부탁인 거 알면서 의원님께 연락드린 겁니다. 강남 유란하고 메이 잘 아시죠?"

뜬금없는 물음에 세진이 의아한 표정을 하고 있다가 고개를 끄덕였다.

"잘 알죠. 나도 단골인데. 거기 단골인 의원들 많은데 왜요?"

"내부 CCTV 입수 도와주십시오."

단도직입적으로 용건을 말하자 세진이 잠시 재희를 빤히 응시하다 하, 하고 웃으며 난처한 표정을 했다.

"야, 얼마나 힘든 부탁을 하려고 이러나 했더니…… 유란 이명희 사장 보통 사람 아닌데, 거기서 내부 CCTV를 입수하게 해달라? 메이 우의진 사장도 고객 관리랑 직결이라 힘들 텐데."

"제가 오죽하면 권력에 기대 보려고 하겠습니까."

농담 반, 진담 반의 말에 세진이 잠시 생각에 잠겼다. 재희는 대답을 기다리며 앞에 놓인 칵테일을 한 모금 마셨다. 이름을 모르는 칵테일은 달고 상큼했다. 혀끝에 휘감긴 단맛의 잔상이 입 안에 넣은 솜사탕처럼 곧 녹아내리듯 빠르게 사라졌다. 조용한 바에서 아트 블래키에 칵테일 한 잔이라니, 이런 상황만 아니라면 아주 간만의 호사라고 생각할 만했다.

"강 피디님이 취재 중인 건이에요?"

세진이 묻는 말에 재희는 고개를 가로저었다.

"아뇨, 저희 팀 서정언 피디가 취재 중입니다. 의원님께서 도와주신다면 제가 바로 서 피디한테 내용 전달하겠습니다."

"서정언 피디님이라면 헛발질할 일은 없겠네요."

"제가 보증하겠습니다. 물건은 확실한데, 저희가 반드시 팩트 체크해야 할 부분이 있어서 그런 겁니다."

"내부 CCTV, 이게 꼭 있어야 한다는 거죠?"

"네."

재희의 대답에 세진이 턱을 매만졌다.

"내가 지금 확실히 된다, 안 된다 말을 못 하겠어요."

"의원님, 저희한테 시간이 없습니다. 연초에 이미 위에서 개편 때 폐지하겠다고 통보 내려온 상황인데 지금 그나마도 확실치가 않습니다. 아시겠지만 저 의원님 국회 입성하시고 나서 단 한 번도 아쉬운 소리 한 적 없습니다. 제가 이런 일로 의원님께 연락드린 적 있습니까?"

초조해진 재희는 세진을 강하게 밀어붙였다. 재희를 한참 바라보던 세진이 자리에서 일어났다.

"잠깐 통화 좀 하고 올게요."

핸드폰을 들고 나가는 세진의 뒷모습을 보며 재희는 속으로 제발, 하고 중얼거렸다. 만약 세진이 거절한다면 다른 방법을 찾아야 했다. 그러나 지금으로서는 당장 재희에게도 차선책이 없었다.

이미 메모리카드 파일의 비밀번호 때문에 버린 시간이 상당했다. 지금이라도 찾은 게 다행이기는 했으나, 그만큼 다른 곳에서 시간을 절약하는 것이 절실했다.

세진이 돌아온 건 십 분쯤 뒤의 일이었다. 그 짧은 기다림은 거의 몇 시간처럼 느껴졌다. 다시 맞은편에 앉은 세진이 주위를 한 번 살피고는 아무도 없는 것을 확인한 뒤 나지막하게 말했다.

"유란에는 내가 직접 갈게요. 이명희 사장이 나하고 같은 모임 하고 있어서 친분이 좀 있으니까. 메이는 우리 당 문계준 의원님이 도와주기로 했어요. 문 의원님이 거기 아주 큰 단골이라 거절 못 할 거라네요. 그런데 둘 다 룸 내부 CCTV는 없고, 입구 하고 홀 쪽에만 설치돼 있는 걸로 안다는데 괜찮아요?"

"네, 알고 있습니다."

"그러면 서정언 피디님한테 연락해서 내일 약속 잡죠. CCTV 얻는 건 내가 알아서 할 테니까 그냥 장단만 맞춰 주라고 해요. 문 의원님한테 따로 보낼 사람 있으면 그쪽에도 얘기해 주고요."

재희는 저도 모르게 안도의 한숨을 쉬었다. 두 손을 모아 잠시 이마에 대고 있던 재희는 세진에게 말했다.

"정말 감사합니다. 거절하시면 방법이 없어서……."

세진이 미소를 지으며 이해한다는 표정을 했다.

"방법 없으니까 강 피디님이 나한테까지 연락한 거 아닙니까. 우리 쪽에서도 이걸로 도움 받을 수 있으면 서로 원윈인 거죠. 한선당 쑥대밭 만들 만한 거 확실해요?"

농담처럼 묻는 세진의 말에 재희는 씩 웃었다.

"불발탄만 안 되면 폭격기가 아니라 핵폭탄이죠."

"좋습니다. 내일 점심 때 시간 비워 둘 테니까 연락 주세요. 문 의원님도 오후에 일단 시간 비우신다니까, 보낼 사람 있으면 미리 연락하시고요. 이거 한 잔만 마시고 일어납시다."

세진이 진토닉 잔을 들어 보였다. 재희도 자기 앞의 잔을 살짝 들어 기울이고는 한 모금을 더 마셨다. 음악은 어느새 듀크 조 던으로 바뀌어 있었다. <Flight to Jordon>. 이건 연수가 좋아하 던 앨범이었다.

언젠가의 크리스마스이브 날, 소파에 연수와 나란히 앉아 이 앨범을 듣던 장면이 마치 오래된 사진첩 속 잊고 있던 사진을 발견한 것처럼 뇌리를 지났다. 이렇게 연수와의 기억이 갑작스럽게 되살아나는 건 초콜릿이 입 안에서 녹아드는 것 같은 감각을 불러일으켰다. 언제나 짧은 달콤함 뒤에 남는 건 쓴맛이었다.

재희는 그 감각을 잊기 위해 천천히 칵테일을 마셨다. 단맛이 계속 혀 위를 감고 지나쳤지만 한 번 또렷해진 고통은 쉽게 지워지지 않았다. 차라리 술을 마셨어야 했나, 부질없는 생각을 한 재희는 잔을 비웠다. 세진은 이미 한 잔을 다 마신 뒤였다.

"내일 오전 중에 연락드리겠습니다."

재희의 말에 세진이 뭔가 생각난 듯 아아, 하며 손뼉을 쳤다.

"아, 그러고 보니 내가 강 피디님한테 할 얘기가 있었네. 우리 의원실로 편지 오던 게 있는데, 우리 비서관들이 이거 강 피디님이 봐야 할 것 같다길래 따로 챙겨 놓으라고 얘기했거든요."

"편지요? 누가 보낸 겁니까?"

"내가 읽어 볼 시간이 없어서 잘 모르겠네요. <비하인드 24>에도 편지를 몇 번 보냈는데 답이 없었다고 그런다던데요. 월요일에 그쪽으로 보낼 테니까 한 번 읽어나 봐요."

아마 또 누가 자기 사연을 적어 보낸 편지인 듯했다. 그런 제보가 너무 많아 일일이 체크하기 어려운 건 사실이었다. 재희는 별생각 없이 알겠습니다, 하고 대답했다. 세진이 백에서 지갑을 꺼내며 재희에게 말했다.

"계산은 내가 할 테니까 먼저 들어가 봐요. 연락 주고요."

"감사합니다."

다시 한 번 인사를 건넨 재희는 더 모먼트를 나섰다. 술은 한 방울도 마시지 않았는데 어쩐지 약간 취한 듯한 기분이었다.

발렛 직원이 차를 가져오는 동안, 재희는 호텔 입구에 선 채

숨을 크게 들이쉬었다. 서늘한 공기가 밀려들었다. 차를 가져온 직원이 재희에게 키를 건넸다.

차에 탄 재희는 호텔을 빠져나오다 잠시 갓길에 차를 세웠다. 그리고 곧 유턴 차선에서 바로 한강 쪽으로 차를 돌렸다. 속이 답답해 다시 사무실로 돌아가기 싫어진 탓이었다. 한산한 도로에서 야간 점멸 신호의 노란빛이 수없이 깜빡였다.

카 오디오의 플레이 버튼을 누르자 델로니어스 몽크의 경쾌한 연주가 흘러나왔다. 목적지도 없이 달려 대교로 접어든 재희는 액셀을 밟았다.

한강을 가로지르며 질주하는 차 안에서 볼륨을 올리자 피아노 소리가 가득 찼다. 가느다란 안개비의 입자들이 유리창에 달라붙었다가 와이퍼가 지나가는 궤적대로 밀려나갔다. 새까맣게 물든 수면 위로 대교 위를 수놓는 불빛들이 부옇게 반사되어 빛의 강을 이루며 흘렀다.

지금 연수가 곁에 있다면 묻고 싶은 게 많았다.

아무 생각도 하고 싶지 않은 밤이었다.

길가의 쇼윈도 앞에 잠시 서서 넥타이를 고쳐 맨 윤은 마르는 입술을 축였다. 간만에 꺼내 입은 정장이 불편했다. 평소에는 그냥 내리고 다니던 머리도 신경 써서 올렸더니, 쇼윈도에 비친 모습이 낯설기 그지없었다. 손목에 찬 시계를 한 번 더 확인한 윤은 초조하게 손을 쥐었다 폈다 하며 핸드폰을 내려다보았다.

재희에게서 전화가 걸려 온 건 자정이 다 되었을 때였다. 모처럼 집 침대에 누웠는데도 잠이 오지 않아 멍하니 천장만 보고 있던 참이었다. 백미러에 달려 있던 십자수 키홀더, 무릎 위에 리아를 앉혔을 때 나던 아기 냄새, 메모리카드 안의 파일 따위가 마구잡이로 머릿속에서 뒤섞인 탓이었다.

창가 쪽으로 돌아눕자 흩어지는 안개비에 모든 윤곽이 흐릿하게 비쳤다. 전화벨이 울린 건 그 즈음이었다. 이 시간에 전화할 만한 사람은 그리 많지 않았다. 깜짝 놀란 윤이 정언일까, 하고 무심코 생각하며 집어 든 핸드폰 액정에는 강재희라는 이름 세 글자가 선명했다.

기겁을 한 윤이 벌떡 일어나 전화를 받기 무섭게 재희는 다짜고짜 내일 오후에 시간을 비워 두라며 전화번호 하나를 불러 주었다. 뭔지도 모르고 받아 적고 있으려니 뜻밖의 말이 돌아왔다.

『민권당 문계준 의원이야.』

"네?"

귀를 의심하며 되묻자 재희는 짧게 대답했다.

『메이 CCTV 필요하다며.』

통화 내용은 그게 다였다. 더 심란해진 윤은 뒤척이다 새벽녘에야 겨우 잠이 들었다. 몇 시간이나 잤을까, 문자 오는 소리에 눈이 뜨였다. 손을 뻗어 핸드폰을 더듬더듬 찾아 쥔 윤은 메시지를 보자마자 황급히 몸을 일으켰다.

― 오늘 세 시에 신논현 메이 앞에서 뵙겠습니다. 정장 갖추고 오십시오. 민권당 문계준.

이미 열두 시가 넘은 지 한참이었다. 잠이 일시에 달아났다.

입사한 이후로 정장을 입어 본 일은 정말 손에 꼽을 정도였다. 후다닥 씻고 나오기 무섭게 옷장을 열어 구석에 얌전히 걸려 있던 정장을 끄집어낸 윤은 서둘러 셔츠 단추를 채웠다. 얼마나 긴장했는지, 오늘따라 넥타이 매는 법조차 생각이 나지 않았다.

결국 유튜브까지 동원해 간신히 넥타이를 맨 윤이 대략 이십 분을 들여 머리를 만지고 착장을 다시 한 번 점검했을 때는 이미 한 시가 넘어 있었다.

혹시 몰라 다이어리와 노트북, 외장하드 따위까지 전부 챙긴 윤은 서둘러 집을 나섰다. 차라리 걸어가는 게 빠르겠다고 생각될 정도의 정체 구간을 몇 번 지나 간신히 메이 근처의 공영주차장에 차를 댔을 때는 약속 시간 십오 분 전이었다.

윤은 최대한 수상해 보이지 않기 위해 괜히 주변 상가 앞을 기웃거리며 약속 있는 척을 했다. 물론 약속이 있는 건 사실이었지만, 주말 오후에 현역 국회의원을 만나는 사람처럼 보이고 싶지는 않았던 것이다.

계준에게서 전화가 걸려 온 건 윤이 그렇게 부질없이 근방을 십 분쯤 배회한 뒤였다. 번호를 보자마자 바로 전화를 받으니, 건너편에서 중후한 남자의 목소리가 넘어왔다.

『YBS 김윤 피디님이시죠? 저 문계준입니다. 약속 장소 도착하셨습니까?』

"네, 지금 근처에 와 있습니다."

잔뜩 긴장한 티를 최대한 덜 내려 노력하며 대답하자 계준이 말했다.

『메이 뒤편 에이타워 지상 주차장 쪽으로 오십시오.』

윤이 미처 대답하기도 전에 전화가 끊어졌다. 윤은 핸드폰을 내려다보고 있다가 머릿속으로 계준의 얼굴을 떠올려 보았다. 알아볼 수 있을까 걱정되었으나, 주차장에 도착하자 그런 걱정이 무색해졌다. 윤이 들어서자마자 국회의원 배지를 단 중년의 남자가 고급 자동차 창을 열더니 먼저 차에 타라는 손짓을 한 까닭이었다.

"피디님?"

슬쩍 얼굴을 살피며 묻는 말에 윤은 네, 하고 대답했다. 하관이 강한 계준의 얼굴은 화면으로 봤을 때도 상당히 센 인상이었으나, 실물은 화면보다 더해 보였다. 윤이 조수석에 타기 무섭게 계준이 서둘러 창을 올렸다. 짙게 선팅된 차 안은 어두웠다. 윤은 명함을 꺼내 내밀고는 고개를 꾸벅 숙였다.

"김윤입니다. 처음 뵙겠습니다."

"강재희 피디님한테 말씀 들었습니다. 어휴, 배우 같으신데요."

계준의 칭찬에 화들짝 놀란 윤은 민망한 얼굴로 아닙니다, 하고 손사래를 쳤다. 겸손하시네, 하고 농담처럼 덧붙인 계준이 주변을 슬쩍 살피더니 목소리를 낮췄다.

"취재 중에 CCTV 영상이 필요하셔서 도움 요청하셨다고 들었습니다."

"네, 맞습니다."

"저도 뭐 친분 있는 가게라고 함부로 CCTV 영상 달라, 그런 말을 하기가 어려운 입장입니다. 저희 당 사람들만 드나드는 가게가 아니고 소문이란 게 워낙 빨라서요. 이 부분은 피디님이 이해를 해 주시고, 그래서 저희가 생각을 해 봤는데 약간, 그…… 쇼를 좀 해야 할 것 같습니다."

뭘 잘못 들었나 하는 윤의 표정을 읽었는지, 계준이 웃었다.

"일단 피디님은 지금부터 우리 의원실 직원인 겁니다. 제가 문제가 생겨서 사장한테 CCTV를 꼭 확인하게 해 달라고 얘기할 테니까, 피디님은 옆에서 그냥 장단만 맞춰 주시면 됩니다. 아시 겠습니까?"

"아, 네……."

처음 취재를 나가 정언과 신혼부부인 척할 때는 아무렇지도 않았는데, 막상 연기를 하라고 멍석을 깔아 놓으니 심장이 입으로 튀어나올 것 같았다. 중요한 일인데 판을 망치면 어쩌나 싶어 차 문을 여는 법도 잊어버릴 지경이었다.

뻣뻣해진 윤의 어깨를 두어 번 툭툭 친 계준이 차에서 내렸다. 윤은 계준과 함께 메이에 들어섰다. 인테리어부터 기가 질릴 정도로 고급스러워, 윤은 저도 모르게 숨을 들이쉬었다.

하기야 가장 저렴한 런치 코스도 20만 원대부터 시작이라, 보통 사람들이 쉽게 드나들 만한 곳은 아니었다. 브레이크 타임 팻말을 걸어 놓고 조명을 내린 가게 안에서 직원이 황급히 뛰어나왔다.

"손님, 저희가 지금은……."

직원이 말을 하다 말고 계준을 알아보았는지 아, 하고는 말을 멈추며 깜짝 놀란 얼굴로 물었다.

"의원님, 오늘 예약하셨습니까? 제가 연락을 못 받은 것 같은데요."

"아닙니다. 혹시 지금 우 사장 있습니까? 내가 긴히 할 얘기가 좀 있어서 급하게 왔는데."

"아, 네! 잠시만 기다려 주십시오."

직원이 깍듯하게 허리를 숙여 보이고는 후다닥 가게 안쪽으로 다시 들어갔다. 몇 분쯤 지나 다시 나온 직원이 안쪽으로 두 사람을 안내했다. 홀을 지나 스태프 룸에 연결된 사장실 문을 열자, 키가 작은 중년의 남자가 자리에서 일어나 계준에게 인사를 건넸다. 윤은 책상 위에 놓인 명패에 슬쩍 눈을 주었다. '사장 우의진'이라고 쓰인 글자가 선명했다.

"의원님, 요즘 통 얼굴 뵙기 힘듭니다."

의진이 웃으며 건넨 말에 계준이 짐짓 나무라듯 대꾸했다.

"우 사장 일본 출장이 길어서 그렇지. 지난주에도 왔었는데 출장 중이라고 하더구만."

"네, 가족들도 볼 겸 겸사겸사 한 두 달 있었습니다. 불편한 건 없으셨고요?"

"조 실장이 일을 잘 하더라고. 불편한 게 뭐 있나, 별걱정을 다 하고 그래."

두 사람은 아주 친근한 사이처럼 보였다. 계준의 말에 감사합니다, 하고 미소를 지은 의진이 그제야 윤 쪽으로 시선을 주더니 의아한 표정을 했다.

"그런데 동행하신 손님은 누구신지…… 제가 처음 뵙는데요."

긴장한 윤과 달리 계준은 윤에게 흘끗 시선을 주고는 천연덕스럽게 대꾸했다.

"아, 우리 의원실 인턴이야. 새로 들어온 지 얼마 안 돼서 한 번도 본 적이 없었나? 요새 의원실 일이 너무 많아서. 동창 아들인데 미국에서 공부하는 친구야. 국회 일에 관심 있대서 데리고 왔지."

졸지에 아버지에게 국회의원 친구를 만들어 준 윤은 어색하게 웃고는 곁에서 고개를 꾸벅 숙였다. 의진은 가볍게 눈인사를 하더니 곧 윤에게 흥미를 거둔 듯했다.

"그나저나 조 실장 말로 의원님께서 긴히 할 얘기가 있다고 하시던데요. 일단 좀 앉으시죠."

계준과 윤은 의진이 권하는 대로 자리에 앉았다. 계준이 난감하다는 표정을 하며 미간을 문질렀다.

"그게, 일이 좀 곤란하게 됐어. 내가 후원금 관련해서 무슨 사업가라는 사람을 소개받아 만난 적이 있고, 주변에도 소개를 해 줬는데 알고 보니까 사기꾼이더라고. 전과 4범이라는데 당한 사람이 몇 명 있어요."

"네?"

의진이 화들짝 놀라는 얼굴을 했다. 놀라기로는 윤도 매한가지였다. 얼굴색 하나 안 바뀌고 그러는 계준을 옆에서 보니 경외감이 밀려들었다. 국회의원도 아무나 하는 게 아니구나, 하고 속으로 생각한 윤은 식은땀이 배어 나오는 손을 말아 쥐었다.

"이게 알려지면 곤란해서 내가 당장 경찰에 신고를 할 수도 없다고. 일단 개인적으로 수배를 좀 해 보려고 하는데, 여기 CCTV에 찍혔는지 확인하고 싶어서. 혹시 여기는 영상이 며칠까지 저장되나?"

계준의 물음에 의진이 잠시 생각하다 대답했다.

"그, 보안 직원이 정확히 알긴 할 텐데 아마 두 달 정도 분량 저장하는 걸로 압니다. 그 전 영상은 따로 보관하긴 하는데, 한 일 년 치 쌓이면 폐기해서요. 지금 CCTV는 신형으로 교체한 지 반 년 좀 안 돼서 아마 그때부터만 있을 겁니다. 그게 뭐 오래된 영상까지 다 필요하신 그런 겁니까?"

"아냐, 그렇게 오래된 것까지는 아니고 그 정도면 거기 얼굴 나온 걸 우리가 알 것 같은데. 혹시 내가 그걸 좀 볼 수 있나? 경찰 입회 필요해? 상황이 좀 곤란해서 경찰 끼고 싶지는 않은데, 우 사장이 곤란하다고 하면 어쩔 수 없고."

계준이 넌지시 의진을 떠보자, 의진이 즉시 펄쩍 뛰며 손을 내저었다.

"아이, 아닙니다. 저희 사이에 뭐 곤란한 게 있겠습니까. 경찰 입회해야 된다는 법도 없는데요. 보안실에서 바로 보여드리겠습니다."

"내가 지금 당장 볼 시간이 없는데 혹시 영상 복사해서 가져가는 건 안 되겠어?"

"그걸 전부 다요?"

의진이 약간 당황하는 눈치라, 윤은 황급히 끼어들었다.

"아닙니다. 제가 일정 체크해서 리스트 만들어 왔는데, 그 날짜 영상만이라도 우선……."

말끝을 흐리자 의진이 아아, 하고 고개를 끄덕였다.

"아, 그러신 거면 뭐, 네. 그렇게 하시죠."

자리에서 일어난 의진이 앞장서 두 사람을 보안실로 데려갔다. 지하 주차장과 연결된 보안실에는 지하 주차장을 포함해 열다섯 대의 CCTV 화면이 돌아가고 있었다. 가게 규모에 비해 많은 수라 윤이 약간 놀란 표정을 하자, 의진이 금방 알아채고는 설명했다.

"VIP들이 주 고객이다 보니 만일의 사태를 대비해서 좀 여러 군데 설치를 했습니다."

"어디 설치돼 있습니까?"

저도 모르게 취재하듯 물었다는 걸 깨닫고 등줄기가 서늘해졌으나, 의진은 다행히 별생각 없이 받아들인 듯했다.

"매장 내부에 열두 대 있고 지하 주차장에 세 대가 있습니다.

전부 다 필요하신 건가요?"

"네, 그래 주시면 감사하고요."

윤은 서둘러 다이어리를 꺼내 적어 놓은 날짜들을 체크했다. 의진이 보안 직원에게 뭐라고 몇 마디를 건네자 직원이 고개를 끄덕였다.

계준이 윤의 어깨를 툭툭 쳤다.

"영상 받아서 다시 올라와. 나 우 사장하고 잠깐 얘기 좀 하고 있을 테니까."

"네, 의원님."

아마 의진이 계속 보안실에 함께 있으면 뭔가 낌새를 챌 수도 있다고 생각한 모양이었다. 최대한 자연스럽게 대답한 윤은 보안 직원 옆자리에 앉았다. 계준이 의진을 데리고 보안실을 나갔다. 직원이 컴퓨터에 윤이 가방에서 꺼낸 외장하드를 연결하며 물었다.

"영상 요청하시는 건 다 드리라고 하시던데, 언제 걸로 복사해 드릴까요?"

"여기 있는 날짜로 좀 부탁드릴게요."

윤이 다이어리를 펼쳐 정리해 둔 날짜를 가리키자 직원이 흘끔 그쪽을 보고는 폴더를 열어 파일을 하나하나 윤의 외장하드로 옮기기 시작했다. 윤은 파일이 복사되는 동안 CCTV에 녹화되고 있는 화면들을 둘러보았다.

"매장 크기에 비해 CCTV가 많네요."

"그렇죠, 뭐. VIP들이 자주 오시니까 혹시 불미스러운 일이 생기면 큰일이라 경비는 철저히 하니까요. 가끔 이렇게 오셔서 CCTV 보여 달라고 하시는 분들 많은데, 사장님이 여기 들여보내 주신 건 처음이에요."

직원이 컴퓨터 화면에 눈을 둔 채 대답했다.

"아, 그래요?"

"네. 아휴, 있는 사람들이 더하다고 아주 별일이 다 있다니까
요. 남편이 바람피우는 거 증거 찾는다고 쫓아오는 사모님들도
한둘이 아니고…… 예전에 있던 직원 중에 한 명은 어떤 사모님
한테 돈 받고 고객님이 자주 예약하시는 방에 몰카 설치해서 영
상 빼 드린 적도 있대요. 그거 해 주고 삼천인가 사천인가 받았
다나, 뭐라나. 근데 뭐 그랬다가 걸리면 쥐도 새도 모르게 이거
니까."

혼자 내내 보안실을 지키느라 몹시 무료했는지, 묻지도 않은
말까지 늘어놓은 직원은 손가락을 목에 대고 긋는 시늉을 해 보
였다. 그러더니 문이 닫혀 누가 들을 리 없는데도 뒤를 한 번 돌
아보고는 목소리를 낮췄다.

"보통 경찰 와도 사장님이 진짜 안 보여 주세요. CCTV 고장
났다, 그냥 모형이다 이러고 핑계 대고 말지. 큰손님이시니까 해
드리는 거죠. 그쪽도 괜히 입 놀리지 말고 조심해요. 윗분들은
보통 사람들하고 이거, 생각하는 거 자체가 완전 다르다니까요.
괜히 여기서 본 거 가지고 입 털었다가 큰일 나요."

자기 관자놀이 부근을 툭툭 친 직원이 파일을 전부 복사하고
는 목록을 다시 확인한 뒤 외장하드를 윤에게 다시 돌려주었다.
감사합니다, 하고 고개를 꾸벅 숙인 윤은 얼른 다이어리와 외장
하드를 챙겨 올라왔다.

이야기가 진작 끝난 듯, 입구에서 윤을 기다리고 있던 계준이
따라오라는 손짓을 하며 메이를 나섰다. 에이타워 주차장으로

돌아온 계준은 다시 차에 타 문을 닫으며 윤에게 물었다.

"영상은 받으셨습니까?"

"네. 정말 감사합니다. 의원님이 안 도와주셨으면 큰일 날 뻔했습니다."

윤은 진심으로 계준에게 감사를 표했다. 경찰이 와도 안 보여 줄 정도라니, 이런 증거는 어떻게 입수해야 할지 상상조차 할 수 없었던 것이다.

계준이 고개를 끄덕이며 시동을 걸었다.

"차 가져오셨습니까?"

"요 앞 공영주차장에 세워 놨는데요."

"그러면 제가 거기까지 모셔다 드리겠습니다."

"아, 아뇨. 괜찮습니다. 그냥 가도 되는데요."

깜짝 놀란 윤이 사양했으나, 계준의 차가 이미 출구를 나선 뒤였다. 윤이 정말 괜찮은데, 하고 쩔쩔매자 계준이 웃었다.

"피디님이 좀 눈에 띄시잖아요. 비서관이 의원 두고 혼자 가는 거 누가 보고 얘기하면 저도 좀 곤란합니다."

그 말에 얼굴이 빨개진 윤은 바로 입을 다물었다. 스스로 연예인 같은 느낌이라고는 솔직히 한 번도 생각해 본 적이 없었으나, 누군가 자신을 쉽게 기억할 만하다는 것 역시 부정할 수 없었다.

조용해진 윤을 공영주차장까지 데려다준 계준이 말했다.

"아마 강 피디님한테 얘기 들으셨겠지만, 저희 당에서도 YBS 도와 드리려고 여러 가지로 알아보고 있습니다. 힘드시겠지만 안에서 열심히 싸워 주십시오. 응원하는 의원들이 많습니다. 국민 여론도 YBS 편이니까요."

"아, 네…… 감사합니다."

뜻밖의 말에 멈칫한 윤은 주저하다 조그맣게 대답했다. <뉴스라이트>의 어제 방송이 생각나서였다. 누군가 자신들을 응원하고 있다는 것이 잘 실감나지 않았다. 모든 포털 사이트의 메인에서 기사 한 줄도 찾을 수 없고, 실시간으로 방금 본 기사가 지워지는 판에 안에서 어떤 방식으로 더 열심히 해야 할지 막막할 뿐이었다.

"들어가 보겠습니다."

인사를 건넨 윤은 계준의 차에서 내렸다. 계준이 떠나는 것을 보고 있던 윤은 한숨을 쉬며 눈썹 위를 두어 번 문질렀다. 그렇지 않아도 무거운 마음이 추를 매단 듯 더 묵직하게 가라앉았다. 주차장에 세워 둔 차에 탄 윤이 막 시동을 걸려는 참에 핸드폰이 울리기 시작했다. 누구지, 하고 핸드폰을 집어 든 윤의 눈에 들어온 것은 정언의 이름이었다.

"네, 선배."

멈칫한 윤이 바로 전화를 받자 나지막한 목소리가 돌아왔다.

『지금 어디야?』

"신논현이에요. 메이 CCTV 영상 때문에……."

『사무실로 들어와.』

사정을 설명하려 했는데 정언이 도입부도 듣지 않고 말을 잘랐다. 잠시 대답할 말을 찾지 못하던 윤은 머뭇거리다 네, 하고 대답했다. 짧은 통화는 즉시 끊어졌다. 끊긴 전화를 내려다보던 윤은 뒤늦게 괜찮냐고 물어볼 걸, 하고 후회했다. 맞은편의 목소리가 잠긴 것이 마음에 걸렸다.

다시 주말 오후 강남의 교통체증을 뚫고 방송국에 도착했을 때는 윤도 좀 지쳐 있었다. 긴장이 풀린 탓인지, 꽉 막힌 도로를 간신히 지나온 탓인지 피곤함이 몰려왔다. 기지개를 켜며 지하 주차장에 차를 세운 윤은 사무실로 올라갔다.

문을 열자 보기 드물게도 안은 텅 비어 있었다. 철진과 지혁의 자리에 컴퓨터가 켜진 것이 눈에 들어왔다. 아마 잠시 자리를 비운 모양이었다.

사무실로 들어오라던 정언 역시 없었다. 어떻게 된 건가 싶어, 윤은 전화를 걸어 볼까 망설이며 핸드폰을 만지작거렸다. 막 통화 목록을 열어 보던 찰나, 사무실 문이 열리며 누군가 안으로 들어섰다. 철진이나 지혁인가 싶어 무심코 고개를 돌린 윤은 순간 저도 모르게 눈을 크게 뜨며 그 자리에 얼어붙었다.

안으로 들어선 사람은 정언이었다.

그러나 평소와는 완전히 달랐다. 정언이라고는 상상도 할 수 없을 정도였다. 선이 뚝 떨어지는 까만 원피스에 정장 재킷, 핸드백, 하이힐, 빨간 립스틱. 상상조차 해 본 적 없는 모습에 머릿속이 그대로 날아갔다.

자신이 가질 수 있는 최대한의 객관성을 발휘해 보려 했으나 소용이 없었다. 정언에게서 눈이 떨어지지 않았다. 무례해 보일 만큼 정언을 뚫어지게 보고 있다는 걸 인식했지만, 윤은 손끝 하나도 움직이지 못했다.

놀라기는 정언 쪽도 마찬가지인 듯했다. 들어오던 자세 그대로 문을 잡고 그 자리에 서서 윤을 빤히 쳐다보던 정언이 미간을 약간 좁혔다. 그 표정에 퍼뜩 정신이 돌아왔다.

"아, 저, 지금 들어와서…… 저기, 그…….."

윤은 무슨 말을 하고 있는지도 모른 채 고개를 숙이며 더듬거렸다. 머릿속에서 단어들이 조합되지 않았다. 입 안이 바짝 말랐다. 오늘따라 자주 뇌가 포맷되는 기분에 스스로가 한심해졌다. 그 와중 이쪽을 물끄러미 보는 정언의 시선이 느껴져 목덜미가 뜨거워졌다. 지금 자신이 얼마나 이상해 보일지 짐작조차 가지 않았다.

다행히도 정언의 등 뒤에서 나타난 재희가 이 숨 막히게 어색한 상황을 타개해 주었다. 재희는 사무실로 들어오다 말고 자리에 선 채 꼼짝도 하지 않는 두 사람을 번갈아 보았다. 그러더니 몸을 내밀어 문 앞에 달린 <비하인드 24> 문패를 다시 한 번 확인하고는 소리를 내어 웃었다.

"아나운서국 온 줄 알았어. 사보 모델 촬영한대? 둘 다 너무 빡세게 하고 간 거 아냐?"

"그거 칭찬 맞아요?"

새빨개진 얼굴을 들지도 못하는 윤을 슬쩍 본 정언이 냉랭한 표정으로 되물었다. 그 대답을 들은 재희가 어어, 하며 짐짓 정색했다.

"당연히 칭찬이지 그럼 욕하는 줄 알았어? 세상 모든 일을 너무 비판적으로 보지 마. 그거 직업병이야."

"사돈 남 말 하지 마요. 그리고 그 칭찬 평소에 좀 해야 칭찬인 줄 알지."

"아, 그래? 그럼 내 잘못이네."

농담인지, 진담인지 분간이 안 가는 말투로 쿨하게 인정한 재희가 물었다.

"영상은?"

정언이 고개를 절레절레 흔들었다.

"가져오긴 했는데, 유란 사장 보통내기 아니더라고요. 차 의원님도 등에 식은땀이 다 났대. 이거 뭐 찾아도 방송 내보내면 그쪽에서 영상 빼돌렸다고 뭐라고 할 거 같아서 걱정이에요."

"이명희 사장 말하는 거지? 5공 시절부터 요정정치가 뭔지 눈앞에서 다 보고 들은 사람이야. 산전수전 다 겪었는데 보이는 것만큼 호락호락하겠어? 재선 의원 정치력도 그 앞에서는 어린 애지 뭐."

윤은 컴퓨터를 켜고 외장하드를 연결하며 귀로 두 사람의 대화를 들었다. 심장 뛰는 소리가 귓속으로 쿵쿵거렸다. 손이 떨려 몇 번을 쥐었다 폈다 한 윤은 마른 입술을 축이며 숨을 들이쉬었다. 재희가 웃음기 남은 목소리로 하는 말이 귀에 들어왔다.

"원래 문 의원님하고 내가 갈까 했다가 난 얼굴 너무 팔려서 절대 안 되겠다 싶어 김 피디 보낸 건데, 그래도 서 피디는 얼굴 덜 팔려서 못 알아봤나?"

"그런 것 같던데요. 이러고 가서 못 알아봤나 싶기도 하고. 문 의원님하고 두 분이서 전화로 우리 새 비서관인 척 끼고 가기로 합의 보신 모양이더라고요."

윤은 그제야 계준이 보냈던 메시지를 떠올렸다. 그럼 처음부터 비서관 행세를 시키려고 정장 차림으로 오라고 한 모양이었다. 정언이 그런 차림으로 나타난 것 역시 같은 이유인 듯했다.

재희가 가벼운 한숨을 뱉고는 팔짱을 꼈다.

"차 의원님은 만약 여기서 증거 나오면 법적 문제 검토하면서 시간 버리지 말고 먼저 방송부터 내보내래. 법적 문제는 민권당 법조계 출신들이 도움 주겠다고. 이거 터지면 대선하고 직결되는 문제라 그쪽에서도 계산기 두드린 거지."

"백 퍼센트 선의라는 게 없잖아요."

"그렇지. 그래서 솔직히 나도 이거 부탁하는 거 진짜 싫었어. 차 의원님이 나쁜 분이라는 게 아니라, 이런 식으로 엮이는 게 부담스럽잖아. 대선 앞두고 있으니까 괜히 다른 소리 나올까 봐 걱정도 되고. 다른 방법도 없고 시간도 없으니까 그런 거긴 한데……."

"선배한테 뭐 부탁하려고 한 얘기 아니었어요."

정언이 민망한 표정을 하자 재희가 손사래를 쳤다.

"알아. 그냥 내 마음이 급해서 그랬던 거야. 아무튼 이거 가지고 한선당에서 우리가 민권당하고 야합해서 언론 공작 헌다 이렇게 치면 말려들 여지가 있으니까, 안 말려들게 확실한 팩트로 무장하고 덤비라고."

정언에게 당부한 재희가 윤 쪽을 슬쩍 넘겨다보더니 물었다.

"김 피디도 영상 받아 왔지?"

"아, 네."

윤은 바닥에 시선을 둔 채 겨우 대답했다. 왜 저러나 싶었는지 의아한 표정을 하던 재희가 다시 정언에게 시선을 돌렸다.

"아무튼 둘이 고생 좀 해. 나 지금 노조 사무실 내려갈 거니까 이따 연락 주고."

"아, <뉴스라이트> 어떻게 한대요?"

"이사회에서 백 국장님 검찰 고발할 건가 봐. <뉴스라이트> 팀은 전원 징계 예정이라네."

재희의 말투는 담담했으나 얼핏 숨겨진 분노가 스쳤다.

정언이 기가 찬다는 듯 웃었다.

"검찰 고발? 보자보자 하니까 그 새끼들 진짜 웃기네. 무슨 죄목으로 고발할 건데?"

"그거 만들려고 머리 쥐어짜고 있겠지. 녹취 조작됐다고 주장할 거 확실하고, 지금 세무조사 중이니까 시사보도국 경영 상태물고 늘어지면서 이걸로 사장님까지 날릴 생각인가 봐. 국장님도 대비는 하신 것 같은데 우리가 지켜드릴 수 있을지가 문제야. 당장 이사회부터 막아 봐야지."

정언이 도무지 이해가 안 간다는 말투로 되물었다.

"차라리 지금 셔터 내리지 뭐 하러 질질 끌어요?"

"안 그래도 시사보도국 없애고 교양국에 통합시키고, 보도 프로그램은 뉴스만 남겨서 뉴스센터 운영하는 방안 생각 중이라는 얘기도 있더라."

"그 새끼들 아주 창의적으로 돌았네."

기가 막혀 죽으려는 정언을 본 재희가 대답 대신 정언의 등을 톡톡 쳤다. 잠시 무슨 말을 하려는 듯 입술을 달싹이던 정언이 어깨를 으쓱하고는 자리에 앉았다. 희미한 화장품 향이 훅 밀려들었다. 윤은 순간 숨을 멈췄다. 재희가 갔다 올게, 하며 다시 사무실을 나가자 정언이 파티션 너머에서 말했다.

"영상 받아온 거 복사해서 선배랑 송 작가님 메일로 일단 보내고, 날짜별로 다 확인해 봐. 박규형 씨 찍힌 부분 하나라도 있으면 일단 무조건 캡처부터 뜨고."

"네."

겨우 작게 대답한 윤은 서둘러 폴더를 열었다. 옆에서 정언이 뭘 하는지 마우스 버튼을 딸깍대는 소리가 들렸다. 윤은 메일을 보내며 모니터에 눈을 고정시킨 채 잠시 그 소리에 귀를 기울였다. 키보드를 두드리는 소리가 몇 번 나더니 곧 조용해졌다.

파일이 전부 다 전송되기까지는 꽤 긴 시간이 걸렸다. 로딩 바를 멍하니 보고 있던 윤은 소리 없이 긴 숨을 내쉬며 눈가를 눌렀다. 사춘기 지난 지는 십 년도 넘은 것 같은데, 서른을 목전에 둔 판에 갑자기 그 시절로 돌아간 것 같은 기분이었다.

"영상 보라니까 뭐하는 거야?"

멍하니 넋을 놓고 있던 윤은 등 뒤에서 떨어지는 목소리에 깜짝 놀라 뒤를 돌아보았다. 정언이 서서 팔짱을 낀 채 윤을 내려다보고 있었다.

"메일은 다 보냈어?"

모니터에는 그새 메일 발송 완료 메시지가 떠 있었다. 그 화면을 흘끗 본 정언이 윤의 대답을 기다리지 않고 말했다.

"먼저 좀 돌려 보고 있어. 나 옷 갈아입고 올 거니까."

"아, 네."

문 쪽으로 몇 걸음 걸어가던 정언이 불현듯 발을 멈추더니 다시 윤 쪽을 돌아보았다.

"김 피디는 그러고 일할 거야?"

"네?"

당황한 윤은 그제야 자기가 입사 면접 때나 할 법한 차림이라는 것을 겨우 다시 상기했다. 불편한 옷이었으나, 여기 앉아 있는 동안 그런 감각조차 싹 잊을 정도로 다른 데 정신이 팔려 있었던 것이다. 물론 어디에 정신을 팔았는지는 윤 자신이 가장 잘 알고 있었다.

잠시 머뭇거리던 윤은 눈을 들었다. 그렇지 않아도 창백한 정언의 얼굴은 선명한 레드 립스틱 때문인지 평소보다 더 하얗게 보였다. 어제 내내 열에 들떠 핏기가 없던 정언을 떠올린 윤은 주저하며 정언을 마주 보았다.

"……아픈 건 좀 괜찮으세요?"

뜬금없는 질문에 정언이 잠깐 의아한 표정을 하다 대답했다.

"덕분에."

어쩐지 정언의 눈이 약간 흔들렸다고 느낀 건 착각이었을까. 윤은 가만히 정언을 응시했다. 다시 뺨이 뜨거워지는 기분이었지만 눈을 돌리고 싶지는 않았다. 조용한 사무실 안에서 잠시 시선이 얽혔다. 아무 말도 않고 그저 보고 있는 게 이상했는지, 정언이 고개를 약간 기울였다.

"왜 그렇게 봐?"

"예뻐서요."

정언이 묻는 것과 거의 동시에 입 안에서 맴돌던 말이 튀어나왔다. 미친놈, 하고 속으로 생각한 건 직후였다. 미간을 좁힌 정언이 숨을 들이쉬며 약간 흘러내린 머리칼을 쓸어 올렸다. 당황한 게 분명했다. 가느다란 손가락 사이로 새까만 머리칼이 스치듯 지나 다시 사락거리며 내려앉았다.

"화장 잘 됐다는 소리야?"

짧은 침묵 뒤 정언이 농담처럼 내뱉었다. 그러나 윤은 그 말에 웃지 않았다.

"화장 안 하셔도 예뻐요."

머릿속에서 맴도는 생각보다 입으로 나오는 단어들이 훨씬 빨랐다. 뭔가 심상치 않다고 생각했는지, 정언이 서둘러 김 피디, 하며 윤의 말을 끊으려 했다. 평소였다면 이쯤에서 그만뒀을 게 분명했다. 정언을 불편하게 만드는 건 싫었다.

"그런데 오늘은 더 그래서요. 그래서 본 거예요. 선배가 너무 예뻐서."

그러나 캔디 통을 앞에 둔 어린애처럼, 윤은 그 말을 참지 못했다. 발음한 단어들에 머릿속이 확 타들어 가는 것 같았다. 정언이 선명한 립스틱으로 채워진 아랫입술을 말아 누르며 윤을 응시했다. 낯선 표정이었다. 무슨 생각을 하는 건지 짐작조차 할 수 없었다. 심장이 튀어나올 것처럼 뛰었다.

차라리 건방지다고 혼이라도 내면 이런 기분은 아닐 것 같았다. 잠시 사이를 둔 정언은 기가 찬다는 듯 픽 웃더니 무슨 말을 하는 대신 곧 몸을 돌려 말없이 사무실을 나갔다. 마치 그린 듯 떨어지는 그 무채색의 뒷모습이 눈에 박혔다. 새까만 재킷, 원피스, 핸드백, 하이힐, 그리고 단발머리 아래의 창백한 목덜미.

문이 닫히고 정언이 완전히 시야에서 사라지고 나서야 불현듯 긴 숨이 터졌다. 멍하니 닫힌 문을 바라보던 윤은 미치겠다, 하고 중얼거리며 얼굴을 감쌌다.

어떻게 되고 싶다는 생각 같은 건 해 보지 않았다. 정언에게 무엇을 바라는 것도 아니었다. 다만 윤은 무언가를 숨기는 데는 소질이 없었다. 그게 좋아하는 것이라면 더욱.

먹은 적도 없는 초콜릿이 입 안에서 녹아든 것처럼 머릿속이 달콤하게 들떴고, 그 자리로 곧 낯선 감각이 밀려들었다. 아주 가늘고 차가운 통증 같은 것이 느릿느릿 그 달콤함 사이를 관통했다.

일방통행의 감정은 되돌아갈 지점을 놓친 지 오래였다. 그러나 사실은, 처음부터 단 한 번도 돌아가고 싶었던 적 없었다는 것 역시 이미 알고 있었다. 윤은 이미 시작된 감정을 멈추는 법을 알지 못했다. 빠지는 것도, 그만두는 것도 이미 자신의 손을 떠난 일이었다.

◆

 세면대 거울에 비친 얼굴은 낯설었다. 정언은 그 얼굴을 뚫어지게 마주 보았다. 한 겹의 화장을 덧씌웠을 뿐인데, 거기 있는 건 마치 처음 보는 사람처럼 느껴졌다. 예뻐서요, 하고 말하던 윤의 목소리가 되살아났다. 언제나처럼 의도 없는 농담일 거라고 믿고 싶었으나, 이건 아무래도 그 선을 넘는 것 같았다.

 "아, 진짜……."

 중얼거린 정언은 세면대를 붙들고 고개를 숙였다. 신입 시절부터 장난이랍시고 던지는 플러팅에는 이골이 나 있었다. 그런 말은 한 귀로 듣고 한 귀로 흘리면 그만이었다. 그런데 유독 별것도 아닌 윤의 그 한마디에 왜 이런 기분이 되는지 모를 노릇이었다. 자꾸만 마음의 어딘가가 덜컥거렸다.

 종이 타월 몇 장을 뽑아 클렌징워터를 대충 적신 정언은 거울을 외면하며 얼굴을 닦아 냈다. 색색의 파운데이션, 아이섀도, 블러셔, 립스틱 따위가 아무렇게나 뒤섞여 묻어 나왔다.

 몇 번을 문질러 화장을 지운 정언은 다시 한 번 세수를 하고는 거울을 보았다. 핏기 없는 거울 속의 얼굴은 이제야 자신 같아 헛웃음이 났다. 이런 몰골인데 화장을 안 해도 예쁘다니, 아부가 지나친 게 아니라면 심각하게 눈이 나쁜 거겠지 생각한 정언은 짧은 한숨을 뱉었다.

 목에 걸고 있던 수건으로 물기를 대강 닦은 정언은 숙직실에서 옷을 갈아입었다. 늘 유니폼처럼 입고 다니는 검은색 데님에 후드티를 뒤집어쓴 정언은 침대 위에 벗어 놓은 재킷과 원피스에 눈을 주었다.

정언의 옷장에 딱 한 벌 있는 이 원피스는 아버지의 기일 때만 입는 것이었다. 올해는 두 번 입네, 하고 속으로 중얼거린 정언은 영 남의 옷 같은 재킷과 원피스를 접어 작은 핸드백과 함께 쇼핑백 안에 넣었다.

바닥에 벗어 둔 하이힐을 내려다본 정언은 고개를 젖혔다. 숙직실의 흰 천장이 눈에 들어왔다. 멍하니 천장의 무늬를 눈으로 덧그리는 사이, 새빨개진 얼굴로 자신을 마주 보던 윤이 떠올랐다. 잠시 두 손으로 눈가를 누른 정언은 한숨을 뱉었다.

아무도 없는데 공연히 민망해졌다. 사람 착각하게 왜 그래, 하고 혼잣말처럼 투덜거린 정언은 서둘러 비닐봉투에 하이힐을 넣고 둘둘 말아 쇼핑백 안에 쑤셔 넣었다.

쇼핑백을 차에 던져 놓고 다시 사무실로 올라오자, 윤이 아직도 그 차림으로 귀에 이어폰을 꽂고 앉아 모니터를 보고 있는 것이 눈에 들어왔다. 아무 일도 없었던 양 자리에 앉은 정언은 받아 온 CCTV 영상을 하나하나 확인하기 시작했다.

고화질의 CCTV 영상 속에서 규형을 발견하는 건 어렵지 않았다. 룸 안에는 CCTV가 없었으나 외부 주차장과 홀에는 모두 설치되어 있었기에, 규형의 모습은 여기저기서 등장했다.

규형의 출장은 대개 그리 길지 않았다. 주차장의 CCTV를 돌려 보던 정언은 낯익은 얼굴을 하나 더 쉽게 발견했다. 조창식이었다. 조수석에 앉은 창식은 마치 규형의 상사처럼 보였다. 창식은 대개 규형이 들어갔다 나오는 동안 내내 조수석에 앉아 규형을 기다리고 있었다.

규형은 트렁크에서 작은 상자나 쇼핑백 따위를 들고 내렸다. 들어가는 방은 매번 같았다. 유란의 VIP룸인 백란실이었다. 그

곳에 들어간 규형은 보통 삼십 분이 지나기 전 다시 나왔다.

정언은 CCTV 영상을 앞뒤로 돌리며 백란실에 드나드는 사람들의 얼굴을 확인했다. 같은 얼굴도 있었으나, 다른 얼굴도 꽤 많았다. 영상에 나오는 사람들을 일일이 모두 캡처한 정언은 파일을 다시 살폈다.

그 중 정언이 아는 얼굴은 하나였다. 한선당 소속의 강남 정 지역구 의원 성재춘이었다. 지난 총선에서 처음 당선된 초선 의원으로, 역시 엄대진계로 분류되는 의원 중 하나였다. 규형이 나가고 두어 시간이 지난 뒤 백란실을 나오는 재춘의 손에는 항상 규형이 들고 들어갔던 상자나 쇼핑백이 들려 있었다.

"그러면 이걸 성재춘이 받아 간 건 확실하네."

혼잣말처럼 중얼거린 정언은 성재춘이 찍힌 CCTV 화면을 전부 프린트했다. 사무실 구석의 복합기에서 윙윙대며 빠져나오는 종이 쪽으로 눈을 돌렸던 정언은 눈을 몇 번 깜빡이다 자리에서 일어났다.

복합기 앞에서 침침해진 눈가를 문지르고는 프린트된 종이를 집어 든 정언은 벽에 걸린 시계를 보았다. 정신없이 영상을 보는 사이 이미 서너 시간도 넘게 흘러 있었다.

저녁때를 놓친 지 오래였다. 이미 저녁이라기보다는 야식을 먹어야 할 시간이었다. 기지개를 켠 정언은 문득 윤 쪽으로 시선을 주었다. 아직도 이어폰을 꽂은 채 무언가를 쓰는 듯 등을 숙이고 있는 것이 눈에 들어왔다.

윤도 내내 굶고 있는 게 신경 쓰였다. 잠시 갈등하던 정언은 뒤로 다가가 윤의 어깨를 툭 쳤다. 멈칫한 윤이 고개를 들며 한쪽 귀의 이어폰을 뺐다.

"뭐 좀 나왔어?"

"네. 박규형 씨 오가는 거 확인했고 그 룸에 같이 들어갔다 나오는 사람들 전부 캡처했어요. 박규형 씨가 뭐 들고 들어가고, 나올 때는 다른 사람이 들고 나오고 하더라고요."

윤의 목소리는 조금 가라앉아 있었다. 정언은 부러 거기 신경을 쓰지 않으려 노력하며 화면을 가리켰다.

"캡처한 거 한 번 보자."

윤이 파일을 저장해 둔 폴더를 열어 캡처한 화면을 하나하나 넘겼다. 화면을 보던 정언은 잠깐, 하며 윤이 쥐고 있던 마우스 위로 손을 올렸다. 별생각 없이 한 행동이었으나, 손이 닿기 무섭게 윤이 움찔했다. 누가 봐도 의식하고 있다는 게 뻔했다.

여자 손 한 번 안 잡아 본 사람처럼 왜 이래, 하고 속으로 생각한 정언은 윤을 흘끔 보았다. 윤이 빨개진 귀 끝을 만지작거렸다. 괜히 자신까지 의식되는 기분에, 입술 안쪽을 물어 속을 누른 정언은 애써 아무렇지도 않은 척 마우스 휠을 움직여 사진을 확대했다.

"여기도 있네."

확대한 사진 속의 얼굴은 성재춘이었다. 정언이 혼잣말처럼 중얼거린 말에 윤이 놀란 표정으로 물었다.

"누군지 아세요?"

"한선당 강남 정 지역구 의원 성재춘이야. 유란 CCTV에도 이 사람 계속 찍혀 있어."

"이 사람이 박규형 씨한테 뭐 받아 간 건 확실하네요, 그럼."

"그건 그런데, 여기 나온 다른 사람들은 뭐고 왜 정기적으로 만났는지를 모르겠네. 같이 만난 사람들 정체를 알아야 이게 뭔지 감이라도 올 것 같은데."

한숨처럼 내뱉은 정언은 눈썹 위를 눌렀다.

"일단 성재춘 찍힌 캡처 전부 송 작가님한테 보내 드리고 내일 아침에 얘기하자고 해. 내일 내비 목록에 남아 있던 다른 주소는 인근 CCTV 받아서 확인하면 확실하겠지."

"네."

정언은 자리에 돌아가 앉았다. 익숙하지 않은 하이힐을 신고 몇 시간 돌아다닌 탓인지 몸이 피곤했다. 확실한 증거, 반박할 수 없는 팩트…… 머릿속에서 생각들이 복잡하게 돌아다녔다. 만약 뇌물을 주고받은 게 사실이라면 어떤 방법으로 그걸 밝혀내야 할지 막막했다.

일단 지금은 CCTV 속의 인물들이 누구인지 알아내는 게 먼저였다. 어디서부터 시작해야 할까 생각하던 정언은 퍼뜩 생각나는 것이 있어 핸드폰을 집어 들었다. 빽빽하게 채워진 연락처 목록을 스크롤하던 정언은 손을 멈췄다.

현선준.

<뉴스라이트>의 정치부 기자로, 정언과 같은 해 입사해 서로 잘 아는 사이였다. 팀이 그 꼴이 났으니 정신이 있을 리 만무했으나 체면 차릴 때가 아니었다. 선준에게 전화를 걸자 신호가 네댓 번쯤 갔을 때 건너편에서 목소리가 돌아왔다.

『서정언이 웬일이야, 먼저 연락을 다 하고.』

"현 기자, 지금 어디야?"

『뭐지, 이 갑작스러운 거두절미?』

선준이 웃는 소리를 내더니 대답했다.

『사무실. 왜?』

"아, 다행이다. 나 뭐 잠깐 부탁할 거 있는데 지금 가도 돼?"

『회사야? 사무실이면 내가 가고. 지금 송고 중이라 잠깐 기다려야 될 거 같은데.』

"괜찮아. 나 지금 우리 사무실이야."

『그럼 이거 마치고 바로 그리로 갈게.』

전화가 끊어졌다. 선준이 사무실로 온 건 이십 분쯤 뒤의 일이었다. 노크하는 소리에 달려가 문을 열자, 선준이 오랜만이야, 하며 인사를 건넸다. 마지막으로 본 게 두어 달쯤 전이었는데, 그새 얼굴이 말이 아니었다.

"완전 볼 만하네."

정언이 인사 대신 뱉은 말에 선준이 심각한 표정으로 면도도 제대로 못 한 턱을 만지며 물었다.

"그치? 요샌 뭔가 좀 우수에 찬 분위기가 생기지 않았냐?"

"우수 뜻 뭐 잘못 알고 있는 거 아니고?"

혀를 차며 되묻는 정언의 얼굴에 짐짓 토라지는 척을 한 선준이 그제야 옆자리의 윤을 발견하고는 고개를 뽑아 슬쩍 윤 쪽을 보았다. 선준이 턱으로 윤 쪽을 가리키며 입 모양으로 누구야, 하고 물었다. 이어폰을 꽂고 있던 윤이 이쪽을 돌아보더니 퍼뜩 귀에 꽂고 있던 이어폰을 뺐다.

"아, 여기는 <뉴스라이트> 정치부 현선준 기자. 이쪽은 우리 팀 신입 김윤 피디."

정언의 말에 얼른 자리에서 일어난 윤이 꾸벅 고개를 숙였다. 가벼운 눈인사를 건넨 선준이 정언을 툭 치며 속삭였다.

"근무 환경 끝내주네. 시보국 미남들은 여기 다 있구만."

정언이 뭐래, 하고 팔짱을 끼자 선준이 귓속말로 물었다.

"공채 시즌도 아닌데 뭐야? 경력직?"

"교양국에서 전보."

"아, 그 유명한…… 쟤가 걔야?"

선준이 목소리를 더 낮추며 소곤거렸다. 하여튼 이 좁은 바닥, 하고 속으로 생각한 정언이 대답 대신 고개를 까딱이자 선준이 다시 한 번 윤을 흘끔 보고는 투덜거렸다.

"어떤 놈인가 궁금했는데 잘생겼네. 아, 원래 시보국 비주얼로는 강재희 선배가 투톱이었는데 이제 쓰리톱 해야겠다."

"선배가 왜 투톱이야? 한 명이 누군데?"

"나."

선준이 당당하게 자기 가슴팍을 가리켰다. 정언은 잠시 할 말을 잃은 얼굴로 선준을 보다 고개를 절레절레 저었다.

"아직 살 만해서 헛소리하는 거야, 너무 힘들어서 헛소리하는 거야? 됐고 여기 좀 앉아 봐."

정언은 의자를 끌어다 선준을 앉혔다. 낄낄거리던 선준이 곁에 앉아 팔짱을 끼었다. 정언은 CCTV 화면을 프린트한 종이를 선준에게 건넸다. 선준이 그것을 한 장 한 장 넘겨보다 의아한 표정으로 정언을 마주 보았다.

"이거 CCTV 화면 같은데 뭐야?"

"지금 보안으로 취재 중이야. 혹시 여기 아는 사람 있어? 그거 물어 보려고 부른 거야."

정언의 말에 선준이 펜 좀, 하고 손짓을 했다. 정언이 책상 위에 굴러다니는 볼펜을 하나 건네주자 선준이 프린트 위에 메모를 하기 시작했다.

"한선당 성재춘은 알 거 아냐. 여기 이 사람은 한선당 기획조

정국장 노영훈이고, 흠…… 이 사람도 어디서 봤는데. 경남도당 의원인가? 내가 지금 이름을 확실히 모르겠는데 한선당 시도당 의원인 건 확실해. 전에 컨벤션에서 본 적 있어. 찾아보고 다시 얘기해 줄게. 이건 총무국장 우경안이고. 가만있자……."

프린트를 넘겨 가며 자기가 아는 사람들의 소속과 이름을 적어 주던 선준이 문득 손을 멈췄다.

"야, 무슨 취재를 하길래 한선당 애들만 이렇게 비엔나소시지야? 이거 강남 한식집 거기잖아, 유란."

"어떻게 알았어?"

정언이 놀란 표정으로 묻자 선준이 피식 웃었다.

"벽만 봐도 알겠다. 김영란법 생기기 전에 여기서 의원들이 기자들 접대 무지하게 했다고. 문지방이 닳도록 왔다 갔다 했는데 여길 왜 몰라. 이것도 지금 딱 보면 뭐 접대 분위기인데…… 김영란법 위반 찌르려고 그래?"

"아냐. 서온건설 게이트랑 관련 있는 거야."

정언의 입에서 나온 말에 선준이 전혀 예상하지 못했다는 표정으로 눈을 크게 떴다.

"뭘 한다고? 너 뭐 증거 있어? 그거 무혐의 난 지가 언젠데 이제 와서 그 얘기를 해, 이 판국에."

"이 판국이 무슨 판국인데. 내가 언제 그런 거 생각했어?"

선준이 의자를 바짝 당겨 앉으며 눈을 반짝였다.

"자세히 말해 봐. 좋은 거 있으면 같이 좀 알자."

"이거 진짜 큰 건이야. 일단 이쪽 정보 엄청 필요하니까 현 기자부터 까 봐. 들어 보고 공유할지 말지 결정할게."

"와, 서정언 진짜. 맨입으로 사골까지 다 우려먹으려고 하네."

투덜거리면서도 주머니에서 핸드폰을 꺼낸 선준이 무언가를 한참이나 뒤적이며 말했다.

"이거 그때 사회부 전한동 부장님 팀에서 취재했으니까 거기 자료 남은 거 있을 거야. 나한테 담당 검사 연락처 있는데 잠깐 만. 아, 여기 있다. 남부지검 이정수 검사랑 진형은 검사라고, 둘 다 이거 특검하고 완전 나가리 났어. 검찰 관둔다는 얘기도 돌 았었는데 아직 안 그만뒀는지 모르겠다. 나도 연락해 본 지 오 래돼서."

종이 위에 이정수, 진형은이라는 이름을 휘갈겨 쓴 선준이 옆 에 두 사람의 전화번호를 적으며 물었다.

"지금 민정수석 하는 신환석이 조한일보 라인인 건 알지?"

"원래 검사 출신이잖아. 법무법인 평진 차렸다가 민정수석으 로 들어갔던 건가?"

"그렇지. 평진 시절에 조한일보 파트너였다고. 서온 게이트 터 지고 나서 변순철이 직접 청와대에 푸시 넣어서 신환석 앉혔고, 그 뒤에 신환석이 자기 라인으로 검찰 고위간부 물갈이 한 번 씩 하면서 이정수 진형은 쳐낸 거지. 지방 좌천은 간신히 막았 다는데, 출세는 물 건너가서 좀 힘든 것 같더라고. 예전에 이정 수 검사 마지막으로 만났을 때 이렇게 살면 개업해서도 입에 풀 칠이나 하겠냐 그 소리 하더라."

"결국 결론은 엄대진으로 가는 거네."

정언이 미간을 찌푸리자 선준이 남은 종이를 계속 넘기며 눈 은 거기 둔 채로 대답했다.

"청와대에서도 뭐 이미 차기 엄대진으로 정하고 딜한다는 얘 기 계속 있으니까. 어, 잠깐만. 얘 엄대진 보좌관이네?"

선준이 손을 멈췄다. 멈칫한 정언은 그쪽으로 몸을 기울였다. 선준이 룸에서 막 나오는 남자의 얼굴 위에 동그라미를 쳤다.

"이름이, 가만있자. 서른 넘으니까 이런 걸 자꾸 잊어버린다. 안, 안…… 아, 안영균. 안영균 보좌관."

"이 사람이 엄대진 보좌관이라고?"

"오래됐어. 지금 같이 일한 지 한 십몇 년은 됐을걸. 고향 후배라고 그랬던 거 같아."

정언은 동그라미 안의 얼굴을 물끄러미 보았다. 마른 체격에 신경질적인 인상이었다. 한참 거기 시선을 주던 정언은 파티션을 두어 번 노크했다.

윤이 이어폰을 빼며 파티션 너머로 고개를 내밀었다.

"네."

"김 피디, 캡처한 것 중에 룸 드나든 사람 얼굴 나온 거 다 출력해서 가져와 봐."

윤이 한참 파일을 고르더니 잠시 후 프린트된 종이 한 뭉치를 가져왔다. 정언은 선준에게 그것을 내밀었다.

"이것도 한 번 봐 줘."

한두 장을 팔락거리며 넘겨보던 선준의 손이 점차 빨라졌다. 종이 한 묶음을 대강 눈으로 훑은 선준이 흠, 하고 고개를 기울였다.

"여기 신논현 메이지? 재주 좋다, 니들. CCTV는 어떻게 빼돌렸대? 둘 다 보안 엄청 철저한데…… 근데 애들 유란하고 메이하고 왔다 갔다 했나 본데? 유란에서 본 사람들 여기도 다 있네. 내가 모르는 애들은 아마 여의도 애들 아닐 거야. 정계 발 들이려고 줄 대는 애들이든지, 아니면 떡고물 얻어먹으려고 뭐 갖다

바치는 애들이겠지."

선준이 사진 위에 마찬가지로 이름을 메모하며 대답했다. 정언은 팔짱을 끼며 얼굴을 찌푸렸다. 두통이 다시 시작될 것 같은 기분이었다.

자신이 아는 얼굴을 모두 체크한 뒤 종이 위에 뚜껑을 닫은 펜으로 의미 없는 원을 그리던 선준이 정언을 마주 보았다.

"이거 전부 엄대진 라인인 건 확실해. 내가 생각하는 그거 맞으면 너 이거 쉽게는 못 할 거다. 서온 게이트 때도 증거 없어서 특검에서 애네 무혐의 처리한 거 아냐."

"전 부장님한테 자료 좀 받아 볼 수 있어? 팀 분위기 장난 아닐 텐데 내가 묻기가 뭐하네."

정언이 말을 돌리자 선준이 할 수 없다는 표정으로 웃었다.

"그때 아마 특검팀 통해서 취재한 자료 꽤 될 거야. 패소하고 후속 보도 못 내보내는 바람에 쓰려던 거 못 쓰고 그냥 묻어 둔 것도 있고. 그거 말 잘 해줄게. 이만큼 깠으면 지금 하는 거 뭔지 맛이라도 좀 보여 줘 봐. 어디 가서 소문 안 낼 테니까."

"만약에 다른 데서 먼저 말 나오면 다 현 기자 소행으로 알고 죽여 버릴 거야."

"농담 살벌하게 하지 마, 진짜 같으니까."

"농담 아니거든."

정색하는 정언의 표정에 선준이 즉시 겁을 먹은 얼굴로 절대 발설하지 않겠다고 맹세를 했다. 정언은 그간의 이야기를 간략하게 정리해 들려주었다. 심각한 표정으로 정언의 이야기를 듣고 있던 선준이 미간을 눌렀다.

"일이 크네. 일단 사람이 죽었다는 게 엄청 찝찝하다. 서온 게이트 때도 그런 얘기 있긴 있었어. 주요 증인이 갑자기 죽어서 혹시 누가 사주한 거 아니냐고. 증거가 없어서 넘어가긴 했는데…… 아무튼 이거 접근하면 엄대진이 눈치 까는 건 시간문제네. 그 전에 증거를 잡느냐 못 잡느냐 그게 문제겠다, 니들은."

"주요 증인이 죽어?"

"교통사고랬나? 자세한 내용은 전 부장님이 잘 아실 거야. 내려가서 <비하인드 24>에서 자료 요청한다고 얘기해 줄게."

"물난리 난 집에서 살림 꺼내 달라고 하는 꼴이라 영 그러네."

정언의 말에 선준이 피식 웃고는 고개를 지었다. 어느 정도는 달관한 듯한 표정이었다.

"다 각오는 했지. 뭐 우리도 그 정도 각오 없이 터트린 거 아니니까. 위에서 아무리 인사권 맘대로 휘두른대도 사람 하나도 없이 무슨 수로 뉴스를 내보내겠어. 이미 성 피디님하고 김진우 선배 잘랐는데, 이런 일 있을 때마다 사람 계속 자르면 피디, 앵커, 기자 아무도 없이 뉴스를 누가 해? 정수창 선배 들어온 지 얼마나 됐다고 또 경질하는 것도 부담일 거고. 우리 걱정은 우리가 하니까 <비하인드 24> 걱정은 <비하인드 24>에서 해."

"이사회 언제래? 인사위도 같이 열 건가?"

"월요일 오전. 인사위는 이사회 하는 거 보고 열 것 같아. 백 국장님하고 사장님 앉혀 놓을 모양인데, 만약에 열린다면 우리는 안 들어가고 최병주 피디님하고 정수창 선배, 나명욱 부장님이 들어갈 거 같아. 게이트키핑(gate keeping)[7]하고 데스킹(desking)[8] 과정 문제 삼겠지. 녹취록 진위 여부 걸고넘어질 거

7) 뉴스 결정권을 지닌 사람(기자나 편집자 등)이 뉴스를 취사선택하는 과정.

고. 개들 수작 뻔하잖아. 뻔한데 당하는 게 열 받는 거라 그렇지. 이충민 피디님 말로는 이사회 저지 들어갈 수도 있다고 하던데."

그때 선준의 핸드폰이 진동했다. 뒤집어 액정을 확인한 선준이 아이고, 하며 자리에서 일어났다.

"나 사무실 다시 들어가 봐야겠다. 얘기해 보고 연락 줄게."

"알았어. 고마워."

자리에서 일어나려는 정언을 만류한 선준이 후다닥 사무실을 나갔다. 닫히는 문을 보고 있던 정언은 뒤통수에 깍지를 끼어 받치고는 긴 한숨을 내쉬며 고개를 젖혔다. 천장에서 쏟아지는 형광등 빛이 눈부셨다. 눈을 가늘게 뜨자 시야가 온통 흰빛으로 가득 찼다.

결국 모든 증거가 가리키는 최종 목적지는 엄대진이었다. 모든 진실은 거기에 있었다. 선준의 말대로 취재가 계속된다면 엄대진이 자신의 존재를 인식하는 건 시간문제였다. 얼마나 오랫동안 눈치채이지 않을 수 있는가, 얼마나 가까이 다가갈 수 있는가…….

고양이 목에 방울 달기 같은 문제를 생각하던 정언은 선배, 하고 부르는 윤의 목소리에 퍼뜩 고개를 제자리로 돌려놓았다.

"왜."

"저녁 드실 거죠?"

생각도 못 한 말에 정언은 순간 망설였다. 밥 같이 먹자는 소리인 걸 눈치챈 탓이었다. 아니라고 하자니 하루 종일 먹은 거라고는 집에서 나오기 전 욱여넣은 식빵 한쪽이 전부였다. 게다

---

8) 현장 취재 기자가 작성한 원고를 상부에서 검토하고 다듬는 것.

가 윤도 내내 굶은 걸 빤히 아는 판이었다.

"밥 사드릴게요. 가요."

윤은 정언이 갈등하는 사이 대답할 시간도 주지 않고 몸을 일으켰다. 얼떨결에 거절할 기회를 뺏긴 정언은 어정쩡한 기분으로 윤을 따라나섰다. 오피스 지구라 주말 밤 늦은 시간에 문이 열린 가게는 별로 없었다. 제법 쌀쌀한 바람에 주머니에 손을 찔러 넣고 걷던 정언은 가끔 밤샘 때 들르는 24시간 국수집을 가리켰다.

"그냥 간단히 먹자."

윤은 별말 없이 가게로 들어섰다. 정언은 작은 가게의 구석 테이블에 윤과 마주 앉았다. 머리부터 발끝까지 풀 세팅된 윤의 모습이 새삼 눈에 들어왔다. 지금 막 웨딩 촬영이라도 마치고 온 사람 같았다. 여기와는 도무지 어울리지 않는 느낌이라, 정언은 저도 모르게 픽 웃었다.

"왜요?"

"아냐."

의아하게 묻는 윤에게 대답을 피한 정언은 아주머니를 불러 잔치국수 두 개를 주문하고는 잠시 창밖을 보았다. 옆얼굴로 윤의 시선이 느껴졌다. 정언은 창가에 시선을 고정한 채 내뱉었다.

"화장 지웠으니까 그만 봐."

윤이 대답 대신 웃었다. 웃긴 왜 웃어, 하고 속으로 투덜거린 정언은 창가에 비친 윤을 흘끔 보았다. 가만히 자신을 응시하는 단정한 얼굴에 어쩐지 속이 더워졌다. 그사이 흰 플라스틱 그릇에 담긴 국수 두 그릇이 금방 앞에 놓였다.

정언의 수저를 먼저 챙겨 준 윤이 젓가락을 들어 음식을 먹기 시작했다. 정언은 윤을 의식하지 않으려 노력하며 국수를 밀어 넣었다. 의무방어전 같은 식사였다. 평범하기 그지없는 맛이었으나, 때를 한참 건너뛰어 허기진 속에 따뜻한 것이 들어가자 젓가락을 움직이는 손이 점점 빨라졌다.

문득 고개를 든 윤이 정언에게 시선을 주었다.

"천천히 드세요."

그 말에 정언은 퍼뜩 손을 멈췄다. 정작 윤은 다시 아무 일 없었다는 양 자기 몫의 식사를 계속했다.

결국 문제는 이거다. 아무것도 아닌 것처럼 가까이 다가와서 아무렇지도 않게 사람을 흔들어 놓고, 그런 적 없었다는 듯 다시 여상해지는 그 태도. 윤의 사소한 다정함은 지금처럼 때로 신경을 당겼다.

정언은 앞으로 흘러내리는 머리칼을 쓸어 올렸다. 까닭 없이 조금 초조한 기분이 되었다. 의식하고 싶지 않은데 의식하게 되는 건 누구의 잘못일까. 정언이 결국 몇 젓가락 더 먹지 못하고 젓가락을 내려놓자, 윤이 물었다.

"더 드시지, 그거 다 드신 거예요?"

"다 먹었어. 그만 가자."

정언이 자리에서 일어나며 지갑을 꺼내자 윤이 얼른 정언을 슬쩍 밀고는 먼저 계산을 했다. 아니, 하며 정언이 윤을 만류했으나 이미 부질없는 짓이었다.

한숨을 쉬며 가게를 나선 정언은 곁에 선 윤의 그림자를 보았다. 가로등 빛에 길게 떨어지는 그림자가 눈에 밟혔다. 그러자 어제 카페에서 선배 가는 거 보고 갈게요, 하던 윤의 얼굴이 문득 뇌리를 스쳤다. 내내 자신의 뒷모습을 따라오던 그 시선도.

잠시 말없이 곁에서 걷던 윤이 카페 앞에서 걸음을 멈췄다. 아직 불이 켜진 카페 안을 넘겨다본 윤이 정언에게 물었다.

"커피 드실 거죠? 잠깐만 기다리세요."

윤은 정언의 대답을 기다리지도 않고 카페 안으로 들어갔다. 순식간에 벌어진 일에 당황하던 정언은 곧 윤이 언제나처럼 커피 드실래요, 하고 묻지 않았다는 것을 알아차렸다. 만약 그렇게 물었다면 거절했을 텐데, 그걸 눈치채서 그런 건지 퍼뜩 궁금해졌다. 이마를 짚은 정언은 열없이 눈썹 위를 문질렀다.

싸늘한 바람이 불었다. 주머니에 손을 넣고 선 정언은 카페의 통유리 안으로 보이는 윤의 뒷모습에 눈을 주었다. 카운터의 아르바이트생이 웃으며 윤에게 뭐라고 대답하고 있었다. 익숙한 표정이었다. 윤을 아는 대부분의 사람들은 윤과 있을 때 늘 그런 얼굴을 하곤 했다.

어쩌면, 가끔은 자신도 저렇게 웃는 걸까.

잘 상상이 되지 않았다. 까닭 없이 심장이 빨라졌다. 곧 테이크아웃 컵 두 개를 들고 나온 윤이 하나를 정언에게 내밀었다.

"아이스 드시는 거 아는데 날씨가 추워서요. 따뜻한 걸로 샀는데 괜찮으세요?"

"아, 고마워."

시선을 피하며 대답한 정언은 컵을 받아 들었다. 차가운 손으로 온기가 스몄다. 걷기 시작하자 윤이 곁에 나란히 섰다. 길을 따라 늘어선 가로등 빛에 긴 그림자가 달라붙었다. 정언은 거기 시선을 두고 침묵했다. 짧은 정적이 흘렀다. 먼저 입을 연 쪽은 윤이었다.

"아까 그분하고 무슨 얘기하신 거예요?"

뜻밖의 물음에 정언이 멈칫하며 고개를 들었다.

"누구? 현 기자? CCTV 화면에 잡힌 거 누군지 아냐고 물어본 거야. 현 기자가 한선당 마크맨이었고 지금도 국회 출입기자라 혹시 아는 사람 있을까 해서."

"친한 분이에요?"

"입사 동기야. <뉴스라이트> 팀하고 우리 친하니까 잘 아는 거고. 왜?"

"너무 친해 보여서 좀 질투 나던데요."

윤이 리드를 열고 커피를 한 모금 마시며 대답했다. 옅은 커피 향이 차갑게 가라앉은 공기 사이로 떠돌았다. 농담인가 싶어 윤을 쳐다보았으나, 가로등 빛을 받은 얼굴은 표정이 잘 읽히지 않았다. 정언은 걸음을 멈췄다.

"김 피디, 뭐 하나 물어보자."

어쩌면 묻지 않는 편이 나을지도 모른다고 생각했으나, 말이 이성을 앞질렀다. 하얗게 흩뿌려지는 가로등 불빛이 보도블록 위로 튀어 올랐다. 윤이 따라 멈추자 발치의 그림자가 길게 겹쳐졌다. 정언은 그 그림자에서 눈을 떼지 않은 채 입을 열었다.

"매번 이런 식이면 오해 안 받아?"

시선을 내린 정언은 지금 윤의 표정이 어떨지 상상해 보았다. 그러나 그림자 속의 표정은 쉽게 그려지지 않았다.

짧은 정적이 지났다. 윤이 되물었다.

"매번 이런 식이요?"

"아무한테나 그렇게 말하면 오해 안 받냐고."

윤이 아, 하더니 웃는 소리를 냈다. 이 말을 하지 말았어야 했다는 생각이 든 건 그 순간이었다. 위험한 걸 알면서도 아주 얇

은 얼음 위를 실수로 디딘 것 같았다. 발밑에서 깨지는 살얼음
처럼, 가슴 부근이 불현듯 파삭 내려앉았다.

"그런 적 없어요."

윤이 말했다. 정언은 습관적으로 담배를 찾기 위해 카디건 주
머니에 깊숙이 손을 넣었다. 입이 말랐다. 그다음 말을 듣는 것
이 조금 겁이 났다. 초조하게 더듬은 주머니는 비어 있었다. 대
신 윤의 나지막한 목소리가 떨어졌다.

"아무한테나 이러는 거 아니니까."

지금 윤이 어떤 얼굴을 하고 있는지 보고 싶다는 충동이 밀려
들었다. 그러나 정언은 대신 보도블록 위의 그림자에 눈을 못
박았다. 윤의 얼굴을 보는 순간 자신이 지금까지 애써 뭘 외면
했는지 알게 돼 버릴 것 같아서였다.

아무한테나 이러는 게 아니라고?

정언은 누구에게나 쉽게 호감을 사는 윤이 늘 편하지 않았다.
눈만 마주치면 웃는 얼굴도, 결코 사람 좋은 선배라고는 할 수
없는 자신에게 겁 없이 다가오는 것도, 간혹 깜짝 놀랄 정도로
아무렇지 않게 선을 넘는 말들도 전부.

하지만 그러면서도 정언은 어느 순간부터 자신이 윤에게 매몰
차게 굴지 못한다는 것을 알고 있었다.

서툴고 두려움 많던 시절부터 언제나 모든 걸 혼자 이겨 내야
했다. 그랬기에 이를 악물었고 더 독하게 굴었다. 다른 사람에게
기댄다는 건 상상할 수 없었다. 심지어 재희에게도 약한 모습
같은 건 절대로 보이기 싫었다.

그래야 하는 줄 알았고 그게 당연했다. '서정언 피디'라는 이
름에 인간적인 부분은 필요 없었다. 누구도 '서정언 피디'가 아

닌 자신에게 관심을 갖지 않았다. 그게 좋았다.

그러나 윤은 달랐다. 윤은 쉽게 정언의 경계로 다가왔고, 그 안을 끊임없이 들여다보려 했다. 선배를 혼자 두지 않을 거라고, 선배가 다치지 않아서 다행이라고, 선배가 스스로를 소중하게 여기지 않는 게 싫다고 말하는 윤 앞에서 지금까지의 자신을 지키는 건 불가능했다.

일상적인 다정함을 착각하는 것일까 봐 두려웠다. 아무것도 아닌 일에 마음이 흔들리는 건 용납할 수 없었다. 그러나 아주 작은 균열이 천천히 마음 어딘가에서 소리를 내며 조금씩 커지고 있었다. 그걸 깨닫는 순간마다 정언은 윤을 밀어내고 싶다는 생각에 시달리곤 했다.

외면하려 하면서도 언젠가부터 알고 있었던 것이다.

자신이 윤에게 특별하다는 걸.

누군가에게 그런 존재가 된다는 건 정언에게 낯선 일이었다. 할 수만 있다면 계속해서 모른 척하고 싶을 만큼. 그냥 지나가는 변덕 같은 거라고, 그러다 말 거라고 생각하면서.

"……오늘은 퇴근해. 내일 포항 출장 가야 되니까."

애써 끄집어낸 말은 끝이 떨렸다. 윤이 알아채지 못했을 거라 믿고 싶었다. 정언은 빠른 걸음으로 다시 걷기 시작했다. 눈을 감고도 갈 정도로 익숙한 길이었으나 오늘따라 그 거리가 어쩐지 아득했다.

몇 걸음 뒤처졌던 윤이 뛰어와 정언의 팔을 잡았다.

"데려다 드릴게요. 선배도 퇴근하세요, 네?"

"알아서 갈 테니까 신경 쓰지 마."

잡힌 팔을 빼려 하자 윤이 조금 더 힘을 주었다. 강압적인 태도는 아니었다. 윤이 몸을 숙여 시선을 맞췄다. 움찔한 정언은 잠깐 숨을 멈췄다. 역광으로 떨어지는 가로등 빛이 윤의 얼굴 위로 강한 음영을 드리웠다. 그림자 속에서 어두워진 눈동자가 깊었다. 윤이 말했다.

"들어가서 쉬세요. 선배가 아픈 거 싫어요."

나지막한 목소리였다. 잠시 팔을 잡고 있던 윤의 손이 풀려 나갔다. 옷 위로 스민 체온은 선명하게 따뜻했다. 가요, 하며 윤이 걸음을 옮겼다. 반걸음 뒤에서 윤의 등에 시선을 준 정언은 고개를 숙여 손에 들린 커피를 내려다보았다.

자신이 윤을 이길 수 없다는 생각이 든 건 그때였다.

16

윤은 주차장으로 들어서는 길목으로 길게 늘어선 사람들의 행렬을 보았다. 색을 맞춘 조끼에 띠를 두르고 무슨 피켓인가를 든 폼이 아무래도 데모 행렬인 듯했다. 뭐지, 하고 생각하며 차를 세운 윤은 로비로 올라왔다.

월요일 아침의 방송국 로비는 겉보기에는 평소와 다름없어 보였으나, 안으로 들어서는 순간 뭔가 낯선 분위기가 감돌았다. 로비에 붙은 현수막과 대자보들이 함부로 찢겨 너덜거렸다. 노조 로고가 찍힌 티셔츠를 입은 직원들이 그 위로 새 포스터를 붙이고 있었다. 박스테이프를 뜯는 소리가 공기를 날카롭게 찢었다.

문득 까닭 없는 불안감이 엄습했다. 무슨 일이 벌어질 것 같은 느낌이었다. 윤은 잠시 그곳에서 눈을 떼지 못했다. 엘리베이터를 타고 사무실로 올라가자, 먼저 출근해 있던 철진과 예준이 윤을 보고는 눈인사를 건넸다.

"안녕하세요. 일찍 출근하셨네요?"

윤이 자리에 가방을 내려놓으며 웃어 보이자 손을 흔든 예준이 시계를 흘끔 보았다. 호출이 언제려나, 하고 중얼거리는 예준을 본 윤은 의아해졌다. 무슨 호출인가 싶었으나 분위기가 영 심상치 않아 선뜻 물을 수가 없었다.

재희를 제외한 나머지 피디들이 전원 출근한 건 그로부터 채 십오 분도 지나지 않아서였다. 이렇게 이른 시간에 모두 사무실에 있는 건 드문 일이었다. 정언이 상기된 얼굴로 들어와 앉는 것을 본 윤은 파티션을 붙들고 몸을 숙이며 목소리를 낮췄다.

"오늘 무슨 일 있어요?"

정언이 윤을 흘끔 보더니 물었다.

"연락 못 받았어?"

"무슨 연락이요?"

"교양국에서도 연락 안 왔어?"

윤이 무슨 말인지 모르겠다는 표정을 하자 정언이 얼굴을 찌푸렸다.

"연락망에 시보국으로 소속 변경 안 해놔서 양쪽에서 빠졌나 보네."

하여튼 사람들이, 하고 혼잣말처럼 중얼거린 정언이 고개를 까딱였다.

"이사회 저지. 지금 입은 옷 비싼 거야?"

"네?"

"비싼 거면 미리 벗어 두고."

당황한 윤은 오늘의 착장을 내려다보았다. 이사회 저지라고? 바로 머릿속으로 들어오지 않는 말을 다시 한 번 뇌자마자 사무실 문이 거칠게 열렸다. 재희였다. 어디서 달려온 건지 숨을 몰아쉬며 사무실 안을 빠르게 눈으로 훑은 재희가 고함을 쳤다.

"다 나와, 빨리!"

재희의 말이 무슨 신호라도 되는 것처럼 사무실 안의 모든 피디들이 자리에서 일어나 뛰쳐나갔다. 윤은 얼결에 뒤를 따랐다. 복도에는 <비하인드 24>뿐 아니라 시사보도국 직원들 거의 전부가 다 모인 것 같았다.

"시보국 전원 이사회실로 올라가!"

멀리서 충민의 외침이 들렸다. 사람들의 뒤를 따라 활짝 열린 비상구 계단을 달려 올라가자, 직원 출입이 통제되어 있던 이사회실 층의 출입문이 열린 것이 눈에 들어왔다. 안에서 누가 자물쇠를 미리 절단한 듯, 끊긴 쇠사슬이 문에 매달려 사람들이 지나칠 때마다 철컹거리는 소리를 냈다.

이사회실 앞에는 이미 십수 명의 피디와 카메라맨, 촬영기자들이 서서 사설 경호업체 경호원 몇몇과 대치하고 있었다. 충민이 거친 숨을 뱉으며 이사회 전용 엘리베이터 앞을 막아섰다.

이사회실 복도를 삽시간에 빽빽하게 채우는 사람들의 행렬에, 경호원 중 직급이 높아 보이는 남자가 난감하다는 표정으로 뭐라고 무전을 하는 것이 눈에 들어왔다.

"주차장은? 거긴 어디서 나가 있어?"

숨을 고르던 정언이 곁에 선 호형에게 물었다. 호형이 자기 핸드폰을 꺼내 확인하더니 대답했다.

"시민단체 쪽에서 지금 주차장 입구 완전 통제했대. 드라마국, 예능국, 라디오국 직원 전원 다 거기로 갔나 봐. 거긴 작가들까지 싹 나갔어. 로비는 교양국이랑 기제국에서 막는 중. 사무직도 다 나간 거 같아."

"입구는 완전히 다 차단했고?"

"벽 타고 들어오는 거 아니면 못 들어오지. 이러고도 들어오면

이 새끼들 근성은 인정해 준다, 내가."

두 사람의 대화를 듣고 있던 윤은 마르는 입술을 축이며 주위를 둘러보았다. 그제야 출근길에 보았던 사람들의 정체를 깨달은 윤은 조금 전 로비에서 느꼈던 불안감을 떠올렸다.

"이사회 왜 저지하는 거예요? 오늘만 막으면 돼요?"

윤이 묻자 곁에서 팔짱을 끼고 있던 철진이 고개를 저었다.

"오늘 이사회에서 사장님 해임 건 논의할 거라 우선은 못 열리게 하려는 거야. 일단 규정에 이사회 개최하려면 바언진 이사 네 명의 발의가 있어야 돼. 그런데 내일부터 이사들 아홉 명 중에 여섯 명이 한 달 동안 유럽 출장이 있단 말이야. 외유성 출장이니까 날짜 꽉 채울 거거든. 오늘만 막으면 한 달은 이사회 못 열리는 거지."

얼어붙은 윤의 표정을 알아차린 철진이 쿡쿡 웃으며 말을 이었다.

"시보국은 이런 일 가끔 있어서 다들 익숙해. 방송 끊을까 봐 주조정실 앞에 죽치고 있고, 데모하는 사람들한테 계란 안 맞으려고 도망 다니고 그런 거 몇 번 하다 보면 이건 껌이지, 뭐."

아무리 생각해도 껌 같은 일은 아닌 것 같았으나, 윤은 얌전히 입을 다물었다. 그때 충민이 가로막고 선 엘리베이터의 문이 열렸다. 안에서 내린 것은 편성국장 심석건이었다. 사설 경호원 네 명을 달고 온 석건은 엘리베이터에서 내리자마자 고함을 쳤다.

"야, 이 새끼들아! 니들이 깡패야? 지금 이게 뭐하는 짓이야?"

사설 경호원들이 석건을 둘러싸며 충민을 밀쳤으나 충민은 꿈쩍도 하지 않았다. 충민의 곁에 선 은석이 복도를 메운 사람들에게 손짓을 했다. 수많은 사람들이 이쪽으로 몰려들자 석건이 미간을 찌푸리며 삿대질을 했다.

"계속 이러면 공권력 투입할 수도 있어!"

"부역자는 입 닥쳐! 무슨 자격으로 주둥이를 놀려!"

멀리서 날카로운 목소리가 쩡하게 울렸다. <소셜 스페셜다큐>의 하나정 피디였다. 나정의 외침을 필두로 여기저기서 부역자는 물러가라, 권력의 개 심석건 따위의 비아냥거림이 날아들었다. 석건의 얼굴이 삽시간에 시뻘겋게 달아올랐다.

"니들 빨갱이야? 어디서 지금……."

사람들 사이를 헤치고 앞으로 나온 나정이 칼같이 석건의 말을 끊으며 쏘아붙였다.

"나라 말아먹는 새끼들한테 빌붙어서 피 빨아먹는 거머리 주제에 누구보고 빨갱이래, 이 새끼가!"

석건이 기가 막힌다는 표정으로 나정을 마주 보았다.

"야, 하나정. 너 지금 어디서 평피디가 국장한테 눈깔을 똑바로 뜨고 대들어?"

"국장 같지도 않은 게 지랄하네. 내 눈깔 내가 어떻게 뜨든 내 맘이다, 왜?"

아예 맞먹는 나정의 태도에 석건이 황당한지 삿대질을 했다.

"이거 뭐 이런 미친년이 다 있어?"

"미친년? 야, 너 같은 새끼들이 회사 작살내는데 내가 제정신이게 생겼어? 떡고물 받아먹겠다고 선후배고 동료고 다 팔아먹는 넌 안 미쳤냐? 내가 미친년이면 너도 미친놈이야, 이 개만도 못한 새끼야!"

정신 나간 여자처럼 악을 쓰는 나정의 모습에 등줄기가 서늘해진 윤은 숨을 참았다. 저 작은 체구 어디에 그 정도의 분노가 숨겨져 있었는지 모를 노릇이었다.

석건 역시 악귀처럼 자신에게 대드는 나정에게 기가 질렸는지 뒤로 한 걸음 물러났다. 경호원들이 나정을 뒤로 밀치자, 곁에서 은석이 나정의 앞을 가로막으며 석건에게 내뱉었다.

"오늘 이사회 못 열어요. 좋게 말할 때 돌아가시라고요."

"아니, 나 이런…… 야, 니들 이거 다 징계감인 거 몰라?"

석건이 길길이 날뛰었으나 은석은 대답 대신 자리를 지켰다. 하 참, 하고 가슴을 친 석건이 핸드폰을 꺼내 어딘가로 전화를 걸었다.

"어, 그래요. 납니다. 아니, 지금 여기 이사회를 열어야 되는데 노조 새끼들 때문에 꼼짝달싹하질 못 해. 사람 좀 올려 보내 봐요. 이사님들 밑에서 기다리시는데 상황이 아주 안 좋다고. 어, 빨리. 최대한 빨리 좀, 많이 보내."

들으라는 듯한 목소리였다. 사람들로 가득 찬 복도에 기묘한 정적이 지났다. 공기가 불안하게 술렁거렸다. 곁에 서 있던 정언이 손목에 끼고 있던 끈으로 짧은 단발을 바짝 잡아당겨 묶었다. 누가 봐도 전투태세였다. 조금 앞쪽에 서 있던 지혁이 어, 하며 엘리베이터 쪽을 가리켰다.

"이 새끼들 올라오나 본데요?"

엘리베이터의 숫자가 바뀌고 있었다. 사람들이 엘리베이터 앞쪽으로 몰려들었다. 머릿수에서부터 상대가 안 되는 탓에, 석건이 경호원들로 둘러싸인 채 엘리베이터 문 쪽으로 바짝 몸을 붙였다.

엘리베이터 문이 열리기 무섭게 안에서 방호복을 입은 사설 경호원들이 쏟아져 나오며 사람들을 밀어붙였다. 덩치 큰 충민이 앞에서 버티며 소리를 질렀다.

"카메라 뒤로 빠져! 다 찍어! 이거 다 찍으라고!"

사람들이 일제히 앞으로 뛰쳐나갔다. 경호원들이 마구잡이로 밀치는 통에 여기저기서 고함과 비명이 터졌다. 비상구 계단으로도 올라온 건지, 한 무리의 경호원들이 옆 대열을 흐트러트리며 파고들었다.

이사회실 복도 앞이 삽시간에 난장판이 되었다. 직원들과 사설 경호원들이 온통 뒤엉켰다. 얼결에 떠밀린 윤은 벽에 부딪쳤다가 바로 제정신을 차리고는 서둘러 주위를 둘러보았다. 어느새 정언이 저만치 앞으로 가 있는 것이 눈에 들어왔다.

나정의 옷을 마구잡이로 잡아당기는 경호원들을 뿌리친 정언은 나정을 끌어당겨 안으며 고함을 쳤다.

"이 개새끼들이, 지금 어디다 손을 대! 전부 찍고 있는데 고소당하고 싶어?"

정언이 나정을 벽 쪽으로 밀고는 앞을 가로막았다. 달려드는 경호원들이 나정을 끄집어내려 했으나 정언은 절대 몸을 피하지 않았다. 그사이 여자 피디며 작가들 몇몇이 머리채를 잡히거나 거칠게 밀쳐져 바닥으로 뒹굴었다. 비명 소리가 아비규환인 복도에 울렸다.

"밟지 말라고, 이 새끼들아! 사람 다치는 거 안 보여? 여자들은 뒤로 빠져, 빨리!"

재희가 달려와 넘어진 채 웅크린 <뉴스쇼 나우>의 이은유 작가를 감싸 일으키며 덤벼드는 경호원들에게 소리를 질렀다. 서둘러 은유를 등 뒤로 숨긴 재희가 정언과 나정을 사각지대로 떠밀었다.

윤은 황급히 사람들을 헤치고 정언 쪽으로 달려갔다. 나정을 먼저 사각지대로 보낸 정언은 지혁에게 향하는 중이었다. 경호원에게 멱살을 잡힌 지혁이 놔요, 하며 소리를 질렀다. 지혁과 경호원 사이로 무작정 파고든 정언은 두 사람을 떼어 놓았다. 방호복을 입은 경호원이 팔을 거칠게 휘둘렀다.

간신히 정언을 발견한 윤은 뒤에서 그 팔을 낚아채며 경호원을 밀쳤다. 분노한 사람들 사이로 휩쓸려 들어간 경호원들에게서 고함 소리가 터졌다. 지혁이 몸을 숙이며 콜록거렸다. 정언이 지혁의 등을 두드리며 괜찮아? 하고 묻자 지혁이 겨우 고개를 끄덕였다.

윤은 뒤를 돌아보았다. 뒤쪽이라고 상황이 결코 좋지는 않았다. 몇몇 경호원들이 뒤쪽에 있던 촬영기자와 카메라맨들의 카메라를 뺏기 위해 달려들었고, 그 통에 <YBS 뉴스라이트>의 촬영기자인 영목이 들고 있던 카메라가 바닥으로 떨어졌다.

한 경호원이 영목의 카메라 위를 밟아 망가뜨리자 곁에 있던 <뉴스라이트>의 촬영기자들이 영목을 감싸며 소리를 질렀다.

"야 이 새끼들아, 이거 기물 파손이야! 방송국 카메라 한 대에 얼만지나 알아?"

"니들이 못 찍게 하면 세상 사람들이 아무도 모를 줄 아냐?"

"회사랑 관련 없는 새끼들은 여기 있을 자격 없으니까 꺼져!"

산발적으로 터지는 고함 소리가 아수라장이었다. 여기저기서 사람들이 나뒹굴었다. 상처가 나거나 코피를 흘리는 사람도 여럿이었다. 울음소리와 비명 소리, 욕과 고성이 한데 뒤엉킨 복도는 지옥이나 다름없었다.

상황이 겨우 조금 가라앉은 건 거의 두 시간이 다 지나서였다.

아래층에서 엘리베이터와 비상구를 막아 버린 통에 경호원들은 더 올라오지 못했다. 그 때문에 인원수가 절반도 안 되는 경호원 측이 복도 구석으로 밀려났다.

석건은 언제 도망쳤는지 사라진 지 오래였고, 경호원들도 지시를 받았는지 서둘러 하나둘 자리를 피했다. 복도에 남은 건 엉망진창이 된 직원들뿐이었다. 다들 바닥에 넘어지고 벽에 부딪치고 떠밀린 통에 꼴이 말이 아니었다.

숨을 몰아쉬며 엘리베이터 근처에 서 있던 재희가 어디선가 걸려온 전화를 받았다. 짧은 통화를 마친 재희가 곁의 충민에게 낮은 목소리로 뭐라고 얘기하고는 이쪽으로 다가왔다. 정언은 넋이 나가 주저앉은 나정을 달래던 참이었다. 윤은 그런 두 사람 앞을 막아서고 있었다.

"서 피디, 괜찮아?"

재희가 부르는 소리에 정언이 퍼뜩 고개를 들었다.

"뭐 어떻게 됐대요?"

"지금 아래층에서 시민단체하고 직원들이 주차장 막아서 이사들 세 명이 들어오지도 못하고 돌아갔대. 나머지 이사들도 오늘 이사회 못 열 것 같다고 했다네."

재희의 말에 정언이 긴 한숨을 내쉬며 무릎에 잠시 얼굴을 묻었다. 맥이 탁 풀린 윤이 벽에 기대서자 재희가 윤의 어깨를 툭툭 쳤다.

"처음이라 많이 놀랐겠네. 다친 데 없어?"

"아, 네. 괜찮습니다."

"서 피디랑 오후에 출장 있다며. 대충 정리된 것 같으니까 둘은 일단 내려가 봐."

그 말을 듣고 있던 정언이 고개를 들어 재희를 쳐다보았다.

"만약에 오후에 다시 이사회에서 치고 들어오면 어떻게 할 건데요?"

"야당 의원들도 지금 오는 중이라고 하고, 시민단체는 오늘 저녁까지 계속 남아 있을 거야. 노조에서도 오후 방송 있는 사람들 제외하고 교대로 잔류하기로 했고. 저녁까지 못 들어오면 이사회 못 열리는 거 확실하니까 걱정하지 마."

정언이 뭔가 할 말이 있는 듯한 얼굴을 하다가 아이 씨, 하고 중얼거리며 그렇지 않아도 엉망으로 흐트러진 머리칼을 다시 한 번 흩었다. 재희가 물끄러미 정언을 내려다보다 나지막하게 말했다.

"다른 생각하지 말고 갔다 와. 서 피디 하나 없다고 어떻게 될 것 같으면 회사 벌써 망했어."

"회사가 문제가 아니고……."

정언이 화가 난 표정으로 입을 열었다가 결국 말을 멈추며 자리에서 일어났다. 영 내키지 않는 투로 알았어요, 하고 내뱉은 정언은 엉망이 된 머리를 고쳐 묶고는 몸을 숙여 나정을 부축했다. 거의 반 실신한 나정이 축 늘어져 정언에게 기댔다. 정언은 윤에게 고개를 까딱였다.

"나정 선배 데려다주고 올 테니까 사무실 가 있어."

윤이 뭐라고 대답하기도 전 정언은 사람들 사이를 헤치고 나갔다. 팔짱을 끼고 서 있던 재희가 정언이 사라진 쪽을 보고 있다가 윤에게 시선을 돌렸다.

"제보자 만나러 간다며? 장거리라 피곤할 텐데 얼른 내려가. 늦으면 서 피디 난리난다."

윤은 네, 하고 대답했다. 재희가 몸을 돌려 엘리베이터 근처에 서 있는 충민 쪽으로 멀어졌다. 어지간히 지쳤을 텐데도 그 뒷 모습은 꼿꼿했다. 물끄러미 재희를 보던 윤은 입술을 깨물었다. 조금 전 정언이 하려던 말이 뭔지 깨달은 탓이었다.

정언이 진짜 걱정한 건 재희였다.

잠시 그 자리에 서 있다가 사무실로 내려온 윤은 흐트러진 옷 매무새를 고치고는 카메라와 보이스리코더 따위를 챙겼다. 곧 뒤이어 들어온 정언이 자기 가방을 찾아 메고는 윤에게 나가자 는 손짓을 했다. 정언과 함께 지하 주차장으로 내려간 윤은 자 기 차에 먼저 시동을 걸었다.

"내가 운전해도 돼."

멈칫한 정언이 말했으나 윤은 대답 대신 조수석 문을 열어 주 었다. 손에 쥐고 있던 자기 차 키를 내려다본 정언이 주머니에 키를 쑤셔 넣고는 윤의 차에 탔다. 윤은 운전석 문을 닫으며 주 차장을 빠져나왔다.

주차장 입구 쪽에는 피켓을 든 시민단체와 노조 마크가 박힌 조끼를 입은 직원들이 장사진을 이루고 있었다. 그 사이를 빠져 나오는 동안 차 안에는 침묵만이 흘렀다. 도로로 접어든 윤은 정언에게 시선을 주었다. 무슨 생각을 하는지, 정언은 창가에 턱 을 괸 채 고개를 돌리고 있었다.

"다치신 데 없어요?"

"괜찮아."

짧은 대답이 돌아왔다.

"하나정 피디님은 좀 어떠세요?"

"탈진해서 좀 쉬라고 했어. 며칠째 한숨도 못 잤대. 원래 조용한 사람인데 스트레스 심했던 것 같더라고."

윤의 물음에 가벼운 한숨을 섞어 대답한 정언이 이마를 짚었다. 관자놀이 부근을 누르는 걸 보니 두통이 있는 듯했다. 윤은 곁눈질로 정언을 흘끔 보며 물었다.

"선배, 아직도 몸 안 좋으세요?"

"아냐. 괜찮으니까 신경 안 써도 돼."

그 표정은 복잡해 보였다. 재희에게 무슨 말인가를 하려다 그만두던 정언의 얼굴이 뇌리를 지나친 건 찰나였다.

"강 피디님 걱정돼서 그러시는 거예요?"

"무슨 뜻이야?"

정언이 멈칫하며 되물었다. 내내 신경이 쓰인 건 사실이었다. 그러나 참을 수도 있는 말이었다. 그걸 굳이 입 밖으로 낸 것이 충동적인 행동임을 부정할 생각은 없었다. 윤이 잠시 대답을 고르는 사이, 정언이 팔짱을 끼며 시트에 등을 묻었다.

"김 피디, 진짜 왜 그래?"

"네?"

"내가 선배한테 무슨 감정 있다고 확신해서 그러는 거야?"

"그런 거 아니에요."

윤이 서둘러 부정한 말에 정언이 짧게 웃는 소리를 냈다.

"그런 게 아니다? 선배하고 나 사이에 감정 없냐, 내가 <비하인드 24> 못 그만두는 거 선배 때문이냐, 선배 걱정돼서 그러는 거냐, 이거 다 아무 의도 없다고? 나 혼자 김 피디 의도 넘겨짚고 있다 그거야?"

충분히 화를 낼 수도 있는 상황이었으나 정언의 말투는 차분했다. 그것이 도리어 더 불편해졌다. 재희에게 보이는 정언의 태도가 신경 쓰인다고 솔직히 말해 버릴 수도 있었다. 아니면 그냥 아무 일도 없었던 듯 죄송하다고 사과할 수도 있었다. 윤이 어느 쪽을 택할지 잠시 갈등하는 사이, 정언의 다음 말이 떨어졌다.

"나 선배 오래 좋아했어. 어차피 회사에 그거 모르는 사람 없으니까 들었을 수도 있겠네."

순간 핸들을 잡은 손에 저도 모르게 힘이 들어갔다. 이미 알고 있는 사실이었으나, 정언에게 확인사살을 당하는 건 기묘한 기분이었다. 정언은 나지막하게 말을 이었다.

"그런데 얘기했지만 난 가망 없는 일에 매달리는 거 싫어해. 선배가 나 봐줄 거라는 생각 안 하고, 내가 얼마나 오래 좋아했든 선배 그것 때문에 부채감 가지고 나 받아 줄 사람 아냐. 선배나 나나 공과 사는 확실히 구분한다고 생각해. 그래서 김 피디가 계속 그런 식으로 떠보는 거 불편하고."

아무 말도 생각나지 않았다. 재희가 자신을 절대 돌아보지 않을 사람인 걸 알아도 상관없다는 정언의 말은 여상했다. 그러나 그 여상함이 도리어 심장 한쪽을 뜨끔하게 뚫고 지났다.

그런 감정들은 항상 예민하기 마련이었다. 아주 작은 것으로도 상처 입고, 얕은 상처에도 선명하게 고통을 느낄 만큼. 그러니 정언이 아무것도 아니라는 듯 재희에 대해 얘기하는 순간마다, 그렇게 말할 수 있을 때까지 얼마나 오랜 시간이 필요했을지 가늠하게 되는 건 필연적이었다.

"나 아까 선배 걱정해서 그런 거 맞아."

정언이 말했다. 차라리 묻지 말았어야 한다고 생각한 건 그때였다. 심장이 젖은 종이 위에 얹힌 것처럼 위태롭게 흔들렸다.

충동의 대가를 감수할 각오는 되어 있었지만, 그렇다고 상처 받지 않는 건 아니었다. 내비게이션의 안내 음성이 잠시 먹먹하게 흐릿해졌다가 다시 또렷하게 귓가로 스몄다. 정언이 풀썩 소리가 나도록 헤드레스트에 머리를 기댔다.

"맞는데, 그게 나한테 다른 일 포기해야 할 만큼 중요하진 않아. 대답 됐어?"

정언은 윤의 대답을 기다리지 않고 눈을 감았다.

"질문 시간 끝났어."

지친 얼굴이었다. 더 이상 아무 말도 할 수가 없었다. 정의하기 힘든 감정들이 교차했다. 다만 정언이 언제 어느 순간에라도 결코 자신을 잃지 않는 사람이라는 건 윤에게 이상한 위안을 주었다. 가느다란 떨림을 감추기 위해 핸들을 잡은 손에 조금 더 힘을 주며, 윤은 숨을 크게 들이쉬었다.

정언의 곁에 있는 것만으로 만족하기는 싫었다. 아주 희박한 확률이더라도, 그것이 불가능이라고 확언할 수 있을 만큼이 아니라면 그 이상을 바라는 것 자체를 포기하고 싶지는 않았다.

자신이 어디까지 갈 수 있을지 윤은 문득 궁금해졌다. 그건 본질적인 갈망에 가까웠다. 멈춘다는 건, 이미 윤의 선택지에 존재하지 않았다.

포항이 초행은 아니었으나, 내내 서울 한복판을 뛰어다니다 맞이한 조용한 거리는 낯설었다. 성수기에는 북적거렸을 영일대 앞도 늦은 평일 오후에는 한산하기 그지없었다. 바닷가 앞을 지나 두호동 주택가로 접어들자 멀리 신축 빌라 현장이 눈에 들어왔다.

정언은 시계를 보았다. 다행히 길이 막히지 않아 제보자와 약속한 시간까지는 이십 분쯤 남아 있었다. 윤이 시장 근처의 주차장에 차를 세웠다. 차에서 내리자마자 윤이 장시간의 운전 탓에 몸이 찌뿌둥한지 으으, 하고 기지개를 켰다.

안 그래도 긴 몸을 잡아 늘리는 윤에게 무심코 시선을 주자, 눈이 마주친 윤이 팔을 위로 쭉 뻗은 채 멋쩍게 웃었다. 정언은 잠시 그 얼굴을 빤히 보았다.

차 안에서 윤이 재희에 대해 물었을 때 화를 냈어야 했던 게 아닐까 생각한 건 사실이었다. 그러나 굳이 그런 일로 화를 낸다는 건 이상했다. 어차피 자신이 재희를 좋아했다는 건 시사보도국에서 모르는 사람이 없었고, 딱히 그걸 부끄럽게 여겨 본 적도 없었다.

다만 정언이 이해할 수 없는 건 윤의 태도였다. 정언은 언제부터인가 윤이 자신 앞에서 재희 얘기를 꺼낼 때마다 아무렇지도 않은 것처럼 보이려 노력한다는 걸 눈치채고 있었다. 그렇게까지 노력해야 하는 거라면 말을 안 꺼내면 될 텐데, 꼭 물어봐 놓고 어쩔 줄 몰라 하는 건 왜인지 모를 노릇이었다.

내내 자신 쪽을 보지도 못하던 윤을 떠올린 정언은 미간을 눌렀다. 사실 화를 내지 못한 건 그 때문이기도 했다. 비 맞은 강아지처럼 잔뜩 풀이 죽은 기색이 역력한 얼굴에 대고 그렇게까지 하고 싶지는 않았던 것이다.

팔짱을 낀 정언은 뒷좌석에서 카메라며 노트북을 꺼내는 윤을 물끄러미 보았다. 그러자 윤의 목소리가 문득 뇌리를 지났다.

─그런 적 없어요. 아무한테나 이러는 거 아니니까. 선배가 아픈 거 싫어요…….

그러니까, 그때 물었어야 했다.

날 좋아하는 거냐고.

그러지 못한 건 두려웠기 때문이다. 윤이 정말 그렇다고 대답할까 봐.

입사한 이후로 연애 같은 건 정언에게 아예 존재하지 않는 단어나 다름없었다. <비하인드 24>는 삶의 전부였고 그 자체였다. 자연히 재희 이외의 다른 사람에게 관심을 두지노 않았거니와, 누가 자신에게 관심을 둘 거라는 생각조차 한 적이 없었다.

재희가 자신을 보지 않아도 상관없었던 건 이 감정을 돌려받기를 기대하지 않은 까닭이었다. 존경, 동경, 저 사람처럼 되고 싶다는 열망 같은 것들이 정언을 움직였다. 그렇기에 정언은 재희의 곁에 있는 것만으로도 충분했다. 공연히 그 이상을 욕심내다 지금의 모든 것을 망가뜨리고 싶지는 않았다.

윤이 자신에게 뭘 바라는 건지 확신하지 못하는 건 그 때문이었다. 윤의 태도도, 간혹 드러내는 감정도, 서로의 모호한 거리도 정언에게는 전부 낯설었다. 정언은 선을 넘고 싶다는 욕망을 쉽게 이해하지 못하는 부류의 사람이었다.

"저, 제보자 어디서 만나기로 했죠?"

뚫어지게 응시하는 시선에 눈치가 보였는지, 윤이 공연히 주위를 둘러보며 물었다. 정언은 근처의 프랜차이즈 카페를 가리켰다. 생긴 지 얼마 되지 않은 듯 건물 지층 전체를 쓰는 널찍한 매장에는 사람이 없었다. 먼저 앞장서 카페로 들어간 윤이 정언을 돌아보았다.

"뭐 드실래요?"

"김 피디 마시는 거."

별생각 없이 대답한 정언은 구석 자리에 앉아 인터뷰 준비를 시작했다. 노트북을 펼치고 초소형 카메라가 든 가방을 테이블 위에 올려놓은 정언은 모듈을 연결해 앵글을 확인했다. 그사이 아이스 카페모카 두 잔을 사서 돌아온 윤이 한 잔을 정언의 앞에 놓았다.

정언은 눈만 들어 휘핑크림을 올린 커피를 흘끔 보았다. 윤의 손에도 똑같은 커피가 들려 있었다. 돔 리드 안까지 알차게 채워진 휘핑크림을 본 정언은 저도 모르게 터지려는 웃음을 참기 위해 두어 번 헛기침을 하고는 카메라 위치를 조절하며 말했다.

"나 단 거 안 좋아해."

윤이 그 말에 움찔하며 당황하다 황급히 카운터 쪽으로 시선을 돌렸다.

"그럼 뭐 다른 걸로……."

"됐어. 그냥 해 본 소리야. 송 작가님이 제보자 연락처 보낸 거 있지? 전화해 봐, 지금."

내버려 두면 정말 다른 걸 사 올 기세라, 정언은 말을 끊으며 내뱉었다. 머뭇거리던 윤이 네, 하며 자기 핸드폰을 꺼냈다. 세팅을 마친 정언은 의자에 등을 기대고 앉았다. 카페의 전면 창을 마주 보는 위치의 자리에서는 바깥 거리가 훤하게 보였다.

옆자리에 앉은 윤이 통화 연결을 기다리는 듯 핸드폰에 귀를 기울이고 있다가 아, 하며 자세를 고쳤다.

"네, 안녕하세요. <비하인드 24> 제작진입니다. 오늘 만나 뵙기로 했는데…… 아, 네. 여기 두호시장 근처 카페입니다. 네, 맞습니다. 제일 큰 카페요. 아, 네. 네, 기다리겠습니다."

짧은 통화를 마친 윤이 전화를 끊었다.

"근처에 계신다고 금방 오시겠대요."

정언은 고개를 까딱해 보이고는 커피를 한 모금 마셨다. 쌉쓸한 맛 뒤로 따라오는 우유와 시럽, 휘핑크림의 하모니는 한 모금 들어간 순간 두통이 날 정도로 달았다. 아주 화가 나거나, 아주 견디기 힘들 때가 아니면 이렇게 단 걸 먹는 일은 드물었다. 저도 모르게 미간을 좁히는 정언의 얼굴에 윤이 안절부절못하며 말했다.

"진짜 다른 걸로 사다 드릴게요. 피곤하신 것 같아서 일부러 샀는데……."

정언은 대답 대신 휘핑크림을 산처럼 쌓아올린 윤의 컵에 눈을 주며 물었다.

"원래 단 거 좋아해?"

"자주 먹는 건 아닌데…… 기분 좋아지잖아요."

윤이 머쓱한 표정으로 목을 조금 움츠리며 대답했다. 단맛의 잔상이 입 안에 남아 감돌았다. 쓸데없이 세심한 것도 천성일까, 정언은 문득 그런 것을 생각하다 피식 웃었다. 윤이 다시 한 번 선배, 하고 불렀으나 정언은 손을 내저었다.

"그냥 마실 테니까 제발 일일이 신경 쓰지 마."

좀 더 친절하게 말해 줄 걸 그랬나 뒤늦은 후회를 한 건 역시나 말을 뱉은 후였다. 괜히 조금 민망해져 커피를 한 모금 더 마신 정언은 문 쪽으로 시선을 돌렸다. 프랜차이즈 카페와는 그리 어울리지 않는 차림을 한 초로의 남자가 안으로 들어선 건 그때였다.

어깨가 구부정한 남자가 안을 이리저리 둘러보았다. 자리에서 일어난 윤이 그에게 다가가 뭐라고 몇 마디를 건네더니 곧 남자를 이쪽으로 안내했다. 남자가 쓰고 있던 낡은 모자를 벗고는 고개를 꾸벅 숙여 보였다. 가벼운 묵례를 마주 건넨 정언이 그에게 물었다.

"<비하인드 24>로 연락 주신 이후현 제보자님 맞으신가요?"

"예, 맞습니다."

후현이 고개를 주억거렸다. 오랜 시간 끽연을 해 온 사람 특유의 끓는 듯한 쇳소리가 칼칼한 목소리 끝에 섞여 있었다. 정언은 이런 장소가 영 어색한 듯 주변을 두리번거리는 후현에게 맞은편 자리를 권했다.

"이쪽으로 앉으세요. 김 피디, 우선 뭐 하나 시켜 드려. 뭐 좋아하세요?"

"아이구, 나는 잘 몰라서…… 그냥 주스로, 주스로 주세요."

윤이 후현의 말을 듣자마자 카운터로 뛰어갔다. 잠시 후 오렌지 주스 한 잔을 가지고 돌아온 윤이 후현의 앞에 컵을 놓아 주었다. 후현은 주스 몇 모금을 마시더니 크게 숨을 내쉬었다. 정언은 그가 긴장했다는 것을 쉽게 알아차렸다. 제보자들을 만나다 보면 흔히 있는 일이었다. 정언은 최대한 부드럽게 말했다.

"신원 보호는 확실하게 해 드리니까 걱정하지 마시고요, 편안하게 제가 질문하는 말에 대답해 주시면 됩니다. 힘드신 부분은 굳이 대답 안 하셔도 되고요."

"예."

"저희 작가님하고 먼저 통화하셨다고 들었는데요."

"예, 아이, 그 뭐냐…… 텔레비전 보는데 자막으로 신도시 현장에서, 그런 거 제보해 달라고 나오더라고요. 제가 올 초까지 진송신도시 현장에서 일하다가 여기 내려온 지 얼마 안 됐어요. 내가 원래 여기가 고향인데 일 때문에 서울 올라간 지 한 이십 몇 년 됐거든요. 안사람 먼저 죽고, 현장 나가서 일하다 우리 딸이 여기서 시집을 갔는데 아빠 고생한다고 내려오라고 그래서…… 내가 그거 보고 딸한테 부탁해서 인터넷에 글 좀 올려 달라 했지요."

후현이 더듬거리며 말을 이었다. 정언은 노트북으로 후현의 말을 받아 적으며 물었다.

"언제부터 언제까지 일하셨던 거죠?"

"그러니까 그게, 작년부터 한 반 년인가…… 원래 경비 일 하다가 그만두고 아는 사람 소개로 같이 간 거거든요."

"반년이요. 서온건설이 현장에서 별도 용역을 고용해서 인부들을 감시했다고 하셨다는데, 사실인가요?"

"어휴, 내가 살다 살다 그런 놈들은 처음 봤습니다."

용역 이야기가 나오기 무섭게 후현이 질색하며 고개를 도리질쳤다. 후현이 잠시 기억을 되짚는 듯 눈알을 굴리더니 두어 번 기침을 하고는 말을 이었다.

"내가 처음 들어갔을 때부터 십장이 아주 단단히 주의를 주더라고요. 여기는 다른 현장하고 달라서 인부 관리가 아주 철저하다, 규칙 어기면 즉시 해고다 뭐 이러면서…… 저는 다른 데서 일을 안 해 봤으니까, 그런 노가다판은. 그래서 그냥 그런가보다 했지요. 했는데, 이게 사람을 아주 막 못 살게 구는 겁니다. 인부들이 점심 먹으러 모여서 잠깐 잡담을 해도 그 깡패들이 딱 붙어 가지고 옆에서 다 듣고 있으니까. 경비일 할 때도 뭐 그, 입

주자 대표 그런 사람들이 못 살게 구는 건 있었지마는 그런 데
서도 그렇게 할 줄은 몰랐지요."

"혹시 용역업체에 기억나는 사람 있으세요?"

"그, 거기 계장이 하나 있어요. 키 작고 걸걸한 사람인데, 조창
식이라고. 그게 용역 대빵 시다바리라고 그러데요."

정언은 키보드를 두드리던 손을 잠시 멈췄다. 조창식. 마치 헨
젤과 그레텔의 주인공이 된 기분이었다. 뿌려 둔 조약돌을 주위
가며 길을 되짚어 오듯, 몇 번이나 마주치게 되는 그 이름. 정언
은 잠시 사이를 두었다가 물었다.

"조창식 계장이 관리 감독을 해 왔다는 거죠?"

"예. 그러니까 그게 내가 나중에 그거를 알았어요. 내가, 예전
부터 거기 용역 하는 손경일이를 건너건너 알았다고요. 손경일
이 밑에 있는 게 조창식이다, 그건 내가 나중에 알았지."

"경일용역 손경일 사장 말씀하시는 겁니까? 원래 알고 계셨다
고요?"

정언은 생각도 못 한 말에 노트북 모니터에서 시선을 떼었다.
저도 모르게 목소리가 커졌다. 정언의 놀란 표정을 알아차리지
못한 듯, 후현이 주스를 한 모금 더 마시더니 면도가 덜 되어 짧
은 수염이 하얗게 올라온 턱 부근을 긁적였다.

"아, 예. 그 경일용역 손경일, 그놈이 여기 포항 출신이에요.
지금 서온건설 사장 하는 남제선, 남제선이랑 손경일이랑 아주
오래 전부터 알았어요. 우리가 포항중학교 동문이란 말입니다."

순간 입이 바짝 말랐다. 정언은 앞에 놓인 커피의 존재를 완전
히 잊은 채 후현을 뚫어지게 마주 보았다.

"남제선하고 손경일이 언제부터 알고 있었다고요?"

"중학교 동문이라니까요. 남제선이가 우리보다 한 한두 살 더 많았나, 그거는 내가 지금 기억이 안 나고. 암튼 그때부터 남제선이는 유명했지요. 원래 그, 서온건설이 포항에서 유명한 지방건설사였단 말이에요. 그때는 서온건설이 아니고, 이름이 뭐였더라…… 남, 무슨 건설이었는데."

기억을 더듬으며 느릿느릿 말하는 후현의 이야기를 듣고 있던 정언은 모니터에 '송 작가님한테 지금 나온 얘기 말씀드리고 관련 내용 서치 부탁해, 바로 연락 달라고 해.'라고 적어 윤에게 슬쩍 보여 주었다. 고개를 끄덕인 윤이 핸드폰을 들고 잠시 자리를 떴다. 정언은 후현에게 물었다.

"그러면 굉장히 오래된 인연인데요."

"그렇지, 당시에 남제선 하면 위세가 아주 대단했다고요. 그 시절에 기사 딸린 자가용으로 학교 왔다 갔다 했으니까. 손경일이는 그, 어릴 때부터 양아치여 가지고. 부모가 일찍 죽고 지 할매 할배랑 살았는데, 영 질이 안 좋았지요. 그런데 남제선이 그거를 돈 몇 푼 쥐여 주면서 자기 시다바리로 데리고 다녔다는 거 아닙니까."

"아버님은 그 사실을 다 알고 계셨다는 거죠?"

정언이 확인하듯 재차 묻자 후현이 마른기침을 뱉고는 손을 내저었다.

"그거는 그때 포항중 그 동네 살던 사람이면 다 알아요. 근데 그 남제선이도 부친이 일찍 죽었다고요. 아직 젊은데 큰 회사가 손에 떨어지니까 남제선이 그걸 관리하는 게 보통 일은 아니었을 건데, 나는 그 뒤 얘기는 잘 모르지요. 서울로 올라갔으니까. 그리고 몇 십 년 지나서 내가 서온건설 현장에서 일을 하면서,

그 손경일을 거기서 본 겁니다."

　서온건설이 본래 지방 건설사에서 시작한 회사라는 것은 잘 알려진 이야기였다. 이미 95년 을정신도시 개발 현장에서 서온건설과 경일용역이 파트너였다는 것을 증명하는 영상도 본 뒤였다. 오래된 결탁이었으나, 그들의 인연이 그보다 훨씬 전부터였다는 건 상상해 본 적이 없었다. 정언은 몸을 앞으로 내밀었다.

　"그러면 서온건설이 수도권으로 진출할 때 경일용역도 같이 올라온 거라고 봐야겠네요."

　"그것까지는, 뭐 그런 자세한 얘기까지는 나는 잘 모르지요. 아무튼 나는 그것도 전혀 모르고 있다가, 현장에서 조창식이가 손경일 사장님, 손경일 사장님 하는 거 듣고 알았다고요. 손경일이가 가끔 현장에 왔으니까. 늙었으니까, 까까머리 하고 돌아다닐 때만 알다가 다 늙어서 보니까 내가 얼굴은 못 알아보고 그냥 어디서 들은 이름이네, 그러고 말았다가 나중에 안 거지."

　"손경일 사장도 아버님을 알고 있었습니까?"

　"아이, 아니지. 우리가 친한 사이가 아니었다고요. 손경일이는 학교 다닐 때 워낙 날렸으니까, 그래서 내가 알고 있었던 거지."

　후현이 손을 저었다. 미간을 누르며 잠시 생각에 잠겨 있던 정언은 다시 고개를 들었다.

　"저희가 다른 제보자 분에게 들은 얘기로는 현장에 자재 문제가 있어서 이 얘기가 새 나가지 않도록 인부들을 감시했다고 하던데요. 그것도 사실입니까?"

　정언의 물음에 후현이 괴로운 듯 얼굴을 찌푸렸다.

　"아휴, 그게…… 갑갑하네. 그게, 그것도 원래 우리 같은 일반 노가다꾼들은 그런 거 몰라야 된다고요. 솔직히 무슨 자재를 뭐 어떻게 쓰는지, 그런 걸 알 일이 뭐가 있어요. 그런데 이제, 현장 사무실 나와 있던 박 과장이라고, 그 사람이 이게 문제가 있다 이걸 알려 준 거죠."

"박규형 과장님 말씀하시는 겁니까?"

"내가 이름은 정확히 모르겠어요. 키가 크고 인상이 좋은 사람인데. 한 서른대여섯이나 먹었나, 젊은 사람이라고요. 그 사람이 현장에서 우리가 쓰는 게, 그 뭐? 무슨, 뭐라는 안 좋은 물질이 많이 나와서, 정부에서 사용 제한을 한 자재니까 쓰지 마라. 안 쓰기로 한 건데 왜 쓰냐, 작업하는 인부들한테두 아주 안 좋다. 그리고 자재를 너무 부족하게 쓴다, 문서하고 다르다, 이렇게 하면 부실 공사다 이런 얘기도 했습니다. 그래서 조창식이하고도 싸우고, 본사 직원들하고도 싸우고. 그거는 현장에서 일하는 사람들이 다 봤죠."

후현의 말을 들으며 정언은 해나가 걸어 온 전화의 내용을 떠올렸다. 전혀 모르는 두 사람이, 완전히 다른 장소에서 같은 내용의 증언을 한다…… 이 이야기가 사실이 아닐 확률은 거의 없었다. 규형이 현장에서 자재를 속이는 것을 알았고, 그 때문에 이 점을 지적했다가 본사에 밉보였다는 건 확실해 보였다.

후현이 탄식하듯 중얼거리는 투로 덧붙였다.

"그게 그 아파트가, 진짜로 올라가면 안 되는데 말이에요. 우리도 모르고 공사를 했지만은 거기 쓴 게 어린애들한테 아주 안좋은 뭐라고 하데요, 박 과장이. 자기도 애가 있는데, 어린 애기들 있는 사람들이 이 아파트 많이 샀는데 그러면 안 된다고. 그게 애기들한테 정말로 아주 안 좋다고 그래서 싸운 거지."

신축 건물의 유해 자재로 인해 원인 불명의 아토피나 알레르기, 호흡기 질환이 발병하는 경우는 흔했다. <비하인드 24>에서도 몇 차례 방송한 적이 있었고 아직도 꾸준히 제보가 들어오는 케이스였다. 그 정도의 대단지 전체에서 수많은 아이들에게 그런 일이 벌어진다는 건 상상만으로도 끔찍했다.

그러나 더 큰 문제는 부실 공사로 인한 위험이었다. 이런 식의 날림 건축으로 입주자들이 고통을 호소하는 사례는 셀 수도 없이 많았다. 만에 하나, 그 때문에 건물이 붕괴되기라도 한다면 후폭풍이 어마어마할 게 분명했다.

그나마 진송신도시 실제 입주까지는 시간이 꽤 남아 있다는 것만이 한 가지 다행스러운 부분이었다. 이렇게 무슨 일이 있어도 방송해야만 하는 이유가 추가된다는 건 정언에게 묵직한 책임감을 안기는 일이었다.

속이 답답해졌다. 만약에 규형이 죽지 않았다면, 희경이 글을 올리지 않았다면 이 사실이 영원히 묻혀 버렸을지도 모른다는 생각 때문이었다.

"실제로 자재 때문에 현장에서 문제가 생긴 적이 있었나요?"

"바닥재가, 바닥재에서 주로 그런 게 많다고 하대요. 나는 뭐 그쪽 일 오래 하진 않았으니까 들어도 잘 모르고…… 그거 작업하는 사람들이 냄새가 아주 독하다, 머리가 아프다 이런 소리를 자주 하기는 했어요."

"이의 제기를 하신 분들은 없었고요?"

"아휴, 뭐 조금 불평 같은 것만 해도 그놈들이 눈깔을 부라리고 그러는데 겁나서 누가 그럽니까. 그런 일 있으면 그냥 안 나와 버리는 거예요. 병원비 따로 주고 그러는 것도 없으니까."

후현이 다시 마른기침을 뱉었다. 그때 통화를 마쳤는지 돌아온 윤이 정언에게 귓속말로 나지막하게 말했다.

"송 작가님이 안 그래도 그거 관련한 정보가 있다고, 메일로 바로 보내시겠대요. 일단 인터뷰 마치면 내용 공유해 달라고 하시더라고요."

말이 끝나기 무섭게 핸드폰에서 메일 알람이 울렸다. 보낸 사람이 민혜인 것을 먼저 확인한 정언은 후현에게 잠시 양해를 구했다.

"제가 급하게 확인해 봐야 할 부분이 있어서요. 잠시만요."

정언은 노트북으로 서둘러 메일함을 열었다. 민혜가 보낸 메일에는 몇 개의 기사 링크와 첨부파일이 들어 있었다. 짧은 메일 내용이 눈에 들어왔다.

서온건설 전신은 경북 지역 기반 건설사 남정건설. 창업주는 남제선 조부인 남평환, 2대는 아버지인 남강웅. 남강웅이 사망하면서 남제선이 기업 승계하는 과정에서 정계 로비로 규모 키움. TK 출신 의원들에게 정치자금 댔다는 의혹 있지만 증명 불가. 지역 신문 아카이브에서 예전 기사 찾아 보냄.

클릭해 본 기사는 남평환과 남강웅에 대한 것이었다. 수십 년 전 <경상일보>에 실린 기사 몇 꼭지였다. 대부분 지역 건설 수주에 관한 것으로, 특별한 내용은 눈에 띄지 않았다. 다만 정언의 시선을 끈 건 마지막 링크였다.

거기에는 남강웅이 공사 수주를 따 낸 자리에서 여러 사람과 기념 촬영을 한 사진이 실려 있었다. 오래전 신문이라 화질이 나쁜 탓에 윤곽이 뭉개진 얼굴을 확실히 분별하기 어려웠다. 그

사진을 응시하던 정언은 일단 창을 닫았다. 고개를 든 정언이 다시 후현을 마주 보았다.

"죄송합니다. 음, 아까 말씀하신 박 과장님이나 조창식 계장, 손경일 사장 관련해서 뭐 생각나는 건 더 없으시고요?"

정언의 물음에 후현이 턱 부근을 긁적거렸다.

"글쎄요…… 그 뭐, 박 과장이 우리한테는 아주 친절했어요. 깡패들이 사람 감시하고 말 한마디 잘못하면 때리고 이러니까 그럴 때마다 박 과장이 여러 번 막아 줬다고요."

"때렸다고요? 경일용역 사람들이 현장 분들에게 폭력을 행사했다는 거죠?"

"아이, 네. 그렇지요. 지 애비뻘은 되는 사람들을 얼마나 험악하게 막 그러는지 사람들이 꼼짝도 못 했어요. 현장에서 생긴 일은 절대 발설하지 말라고, 처음에 현장 들어가서 그 뭐 계약서, 그런 거 쓸 때 지장도 다 찍었다고요. 지장 찍었으니까 지문 다 있고, 지문으로 못 찾는 게 없다면서. 쓸데없는 얘기 하면 자기들이 쫓아가서 죽여 버린다고, 얼마나 무섭게 막 그랬는지 몰라요."

이야기를 듣고 있던 윤이 눈을 조금 크게 뜨며 정언을 보았다. 잠시 윤과 눈으로 무언의 대화를 나눈 정언이 몸을 앞으로 내밀었다.

"그러면 저희한테 이렇게 제보하시기가 쉽지 않았을 텐데요."

"나야 뭐 이제 여기까지 내려와 있고, 그 작가인가 그분하고 얘기를 할 때 그러더라고요. 절대 나인 거 모르게 잘 해준다고."

"네, 그런 부분은 절대 걱정 안 하셔도 됩니다."

정언은 후현을 안심시키려 다시 한 번 다짐을 두었다. 후현이 고개를 끄덕였다.

 "그, 사실은 나도 고민이 많았지요. 딸하고 사위는 하지 말라고, 세상이 너무 무섭다고 막 걱정을 하는데…… 내가 손자 손녀가 하나씩 있습니다. 이제 두 살, 네 살 된 것들인데 고만한 애들이 아무것도 모르고 그런 데서 산다고 생각을 하니까. 텔레비전에서 제보해 달라고 그러는 거 보고 나서 박 과장이 애들한테 그게 너무 안 좋다고, 진짜라고 막 그러던 게 떠오르니까 며칠 잠이 안 오는 겁니다. 그리고 보니 박 과장 그 사람 잘 지내나 모르겠네요."

 불시에 파도가 덮치듯, 예상하지 못한 말에 순간 마음 한구석이 얼핏 무너졌다. 타인들의 입으로 한 사람의 삶을 재구성하는 것은 정언에게 익숙한 일이었다. 그러나 간혹 지금처럼 더 이상 세상에 없는 사람이 누군가의 기억 속에서 아직 살아 움직이는 것을 목격하는 순간이 있었다. 그 사람이 세상에 조금 더 오래 존재했어야 한다는 생각이 스칠 때면 따스한 동시에 스산한 감각이 밀려들었다.

 "아까 포항중학교 얘기 하셨는데, 저희가 혹시 남제선 사장이나 손경일 사장에 대해 확인해 볼 수 있는 게 있을까요? 아버님 졸업앨범 같은 건 너무 오래돼서 없으실 것 같고……."

 정언은 말을 돌렸다. 규형의 죽음에 대해 굳이 얘기하고 싶지 않은 까닭이었다. 사정을 알 리 없는 후현이 잠시 기억을 더듬듯 눈을 굴리다 말했다.

 "앨범 그런 거는 잘 모르겠고, 이사를 많이 해서 그사이에 없어진 거 같아요. 그 동네에 우리 어릴 때부터 하던 해장국집이 아직도 있어요. 거기 주인이, 지금은 며느리가 하는데 가게가 아주 크게 됐죠. 거기 주인이 동네에 대해서는 잘 아니까. 재개발이 돼 가지고 옛날 사람들이 많이 떠나긴 했는데 아마 기억은 할 겁니다. 당시에 동네에서 남제선이 모르면 간첩이었으니까."

대답한 후현이 주위를 두리번거리다 벽에 걸린 텔레비전에 표시된 시계로 눈을 주었다. 정언은 그에게 물었다.

"혹시 저희가 시간 너무 많이 뺏은 건가요?"

"아, 저기, 오늘 우리 딸하고 사위하고 손주들하고 다 같이 저녁 먹자 했거든요. 내가 여기 온다고 하니까 사위가 퇴근하고 데리러 온다고 해서…… 올 시간이 다 됐습니다."

후현이 멋쩍은 표정으로 뒷머리를 긁적였다. 그때 카페 앞으로 차 한 대가 섰다. 창가를 보고 있던 정언은 뒤쪽을 가리켰다.

"지금 도착하신 것 같은데요."

후현이 뒤를 돌아보았다. 차의 뒤쪽 좌석 창이 내려가며 조그마한 여자아이가 먼저 얼굴을 내밀었다. 머리를 양쪽으로 땋은 동그란 얼굴은 기껏해야 서너 살이나 되었을까 싶었다. 아이가 뭐라고 입을 벙긋거렸다. 아마 할아버지, 라고 부르는 듯싶었다.

정언은 웃으며 말했다.

"가 보셔야 되겠네요. 아버님, 혹시 저희가 더 여쭤볼 게 있으면 다시 연락을 드려도 될까요?"

"예, 그럼요. 저기, 죄송합니다. 이렇게 멀리까지 오셨는데, 제가 뭐 도움을 크게 드리지 못하고…… 제가 갔어야 하는데 나이가 드니까 몸이 아무래도 여기저기 아프고, 오래 걷기가 힘들고 그래서요."

후현이 미안하다는 표정으로 몇 번이고 고개를 주억거렸다.

"아닙니다. 저희 만나 주셔서 정말 감사합니다."

손을 저은 정언은 윤에게 모셔다 드리라는 뜻으로 슬쩍 문 쪽을 가리켰다. 자리에서 일어난 윤이 후현을 안내해 문 밖으로 나갔다. 창밖을 계속 보고 있던 정언의 눈에 자동차 뒷좌석에서 후현의 품을 파고드는 아이들이 비쳤다.

조수석 창문을 내리며 삼십 대쯤 되어 보이는 여자가 정언에게 눈으로 인사를 건넸다. 딸인 듯했다. 가벼운 묵례로 답을 하자 곧 창이 닫히고 자동차가 그 자리를 떠났다. 그러나 정언은 차가 사라진 자리에서 오랫동안 시선을 떼지 못했다.

정언은 평범한 일상의 가치를 잘 알고 있었다. 한 사람의 삶을 너무나 쉽게 무너뜨리는 그림자들을 오랫동안 들여다본 까닭이었다. 정언은 잠시 이마를 감싸고 고개를 숙였다.

희경과 두 딸, 해나, 후현과 그의 가족 같은 평범한 사람들의 얼굴과 목소리가 머릿속에서 어지럽게 뒤엉켰다. 그들이 아무것도 아닌, 여느 날과 같은 삶을 항상 지킬 수 있게 하고 싶었다. 지금 바라는 건 단 하나였다. 그것이 너무 큰 소원이 아니기를.

"선배, 괜찮으세요?"

곁에 앉은 윤이 걱정스럽게 물었다. 그 짧은 사이 윤에게 묻어온 저녁 바람이 찰나에 밀려왔다. 대답 대신 잠시 침묵하던 정언은 테이블 위에 시선을 둔 채 나지막하게 말했다.

"오늘 서울 못 올라갈 것 같아. 확인해야 할 게 많은데 시간이 너무 늦었어. 일단 내일 아침에 바로 포항중학교 들러 보고, 동네에서 탐문도 좀 하고. 송 작가님 메일 보니까 참조로 김 피디 넣어 놨던데 노트북 가져왔지? 이따 메일 내용 확인해 보고 얘기 좀 하자. <경상일보>에 들러야 할 수도 있을 것 같으니까."

"네?"

"오늘은 여기서 자고 갈 거라고."

"어디서요?"

진심으로 당황한 말투에, 정언은 눈을 들어 윤을 보았다.

"모텔이고 호텔이고 널렸는데 왜, 길바닥에서 자려고? 노숙 취미 있어?"

"아, 아뇨!"

윤이 화들짝 놀라 도리질을 쳤다. 그새 달아오른 얼굴이 눈에 들어왔다.

"무슨 생각을 한 건데?"

놀리듯 묻자 순식간에 귀까지 빨개진 윤이 아무것도요, 하고 입술을 달싹였다. 피식 웃은 정언은 의자에 등을 기대며 어스름이 내리기 시작하는 창밖을 응시했다. 먼 지평선 부근으로 노을의 흔적이 붉은 잉크가 번진 선처럼 얇게 띠를 그렸고, 그 위로 푸른 어둠의 그러데이션이 광활하게 내려앉았다.

잠시 거기 눈을 두고 있던 정언은 카메라를 정리하고는 남은 커피를 마셨다. 정언과 나란히 앉아 창 쪽을 보고 있던 윤이 입을 열었다.

"선배는 겁 안 나세요?"

"뭐가."

"그냥 전부 다요. 아침에 이사회실 앞에서 그런 것도 그렇고, 지금 우리가 취재하는 것도 그렇고……."

윤이 말끝을 흐렸고, 정언은 사이를 두었다가 대답했다.

"사람인데 안 그럴 수는 없겠지. 그런데 생각 안 해. 생각이 많으면 몸이 안 움직이니까."

"그래도……."

"죽는 날 받아 놓고 사는 사람도 있나? 가는 건 순서 없어. 내일 죽을지도 모르는데 오늘 겁내서 뭐해."

정언은 아무것도 아니라는 투로 대답했다. 윤이 그 말에 뭐라고 말하려는 듯 몇 번 입술을 달싹이다 그만두었다. 그때 정언의 핸드폰이 진동하기 시작했다. 아무 생각 없이 핸드폰을 집어든 정언은 액정에 뜬 이름을 보자마자 즉시 전화를 받았다. 선준이었다.

"어, 현 기자."

선준의 쾌활한 목소리가 돌아왔다.

『사무실 갔더니 너 지방 내려갔다고 그러더라. 그날 말했던 자료 있잖아. 디지털화한 건 지금 다 메일로 보냈고, 나머지는 자리에 뒀어. 송 작가님이 먼저 보겠다고 하던데.』

"아, 맞다. 고마워. 정신없었을 텐데, 거기 좀 어때?"

정언의 물음에 선준이 어휴, 하고 과장이 한껏 들어간 한숨을 쉬고는 웃었다.

『난리였지 뭐. 점심시간 지나고 오진문 이사 뒷문으로 들어오려다 걸려서 아주 가관이었다는 거 아냐. 우리끼리 보기 너무 아까워서 이따 뉴스 내보낼까 하는 중이야. 아무튼 이사회는 취소됐어.』

"다행이네."

『그치. 겨우 이제 다들 한숨 돌렸다, 여긴. 그리고 전 부장님이 너 대체 뭐하는 거냐고 엄청 궁금해하셔서 아직은 말씀 못 드린다고 했어. 너 오면 잠깐 사무실 좀 들러 달라고 얘기 전해 달라시더라.』

"그래, 알았어."

『갔다 와서 봅시다. 끊는다.』

짧은 통화였다. 핸드폰을 내려놓은 정언은 노트북으로 다시 메일을 확인했다. 선준이 보낸 자료들은 양이 상당했다. 눈으로 목록만 먼저 훑어 본 정언은 그 메일을 윤에게 다시 포워딩하고는 노트북을 덮었다.

"현선준 기자야. 회사 상황은 좀 정리됐나 보네."

"이사회 취소됐대요?"

윤이 눈을 동그랗게 뜨며 물었다. 정언은 미간을 문지르며 대답했다.

"응. 일단 저녁부터 먹고, 방 잡아서 자료 온 것 좀 체크하자. 현 기자한테 받은 거 메일로 보냈으니까 이따 들어가서 확인해 보고. 미치겠다. 시간이 너무 없네, 진짜."

뒷목이 뻣뻣해지는 기분에 고개를 젖힌 정언은 허공으로 한숨을 뱉었다. 천장의 조명이 쏟아져 눈이 시렸다. 잠시 눈을 감고 있던 정언은 곧 자세를 고쳐 앉으며 노트북과 선을 정리해 가방에 집어넣었다.

그사이 정언이 커피를 다 마신 것을 본 윤이 서둘러 테이블 위를 치웠다. 가방을 메고 카페를 나서자 제법 찬바람이 밀려들었다. 조금 전 윤에게 묻어 있던 그 바람이었다. 윤이 뒤에서 선배, 하고 부르더니 곧 곁에서 어깨를 나란히 하고 섰다. 주차장에 세워 둔 차의 시동을 건 윤이 걸어가며 말했다.

"선배, 우리 저녁 맛있는 거 먹어요."

정언은 잠시 사이를 두었다가 그래, 하고 나지막하게 대답했다. 그리고 문득 그 말이 아주 평범한 일상처럼 느껴진다고 생각했다. 우리, 저녁, 맛있는 거 먹어요. 여상하고 부드러운 단어들이었다.

자신에게 허락된 것이라고 단 한 번도 생각해 본 적 없는 그 평범함이 낯설어, 정언은 불현듯 윤에게 눈을 주었다. 시선을 느꼈는지 윤이 고개를 돌려 정언을 보았다. 눈이 마주친 순간, 투명한 물에 잉크를 떨어뜨리듯 그 흰 얼굴로 순식간에 미소가 번졌다. 언제나처럼 웃는 그 얼굴에 정언은 시선을 붙들렸다.

"왜요?"

말없이 빤히 보고 있는 것이 이상했는지 윤이 물었다. 이 기묘한 기분은 아마 지나치게 달았던 커피 탓일 거라고 생각하며, 정언은 대답 대신 앞을 보았다. 내려온 어둠이 더 짙어진 것이 다행이었다.

입 안에 남은 시럽과 휘핑크림의 단맛이 지워지지 않았다.

바닷가니 꼭 회를 먹어야 한다고 주장해 영일대 근처의 횟집에 자리를 잡고 앉은 것까지는 좋았는데, 정언은 무슨 생각을 하는지 말이 없었다.

식사를 한 뒤 근처에서 가장 가까운 비즈니스호텔에 나란히 방을 잡은 뒤 이따 보자, 하고 건넨 인사가 정언이 저녁 시간 한 말의 거의 전부였다. 그게 어쩐지 걱정돼, 방으로 들어온 뒤에도 내내 신경이 쓰였다.

조용한 방에 앉아 정언을 생각하던 윤은 가벼운 한숨을 쉬었다. 리모델링한 지 얼마 되지 않았다는 호텔은 비수기라 그런지 한산했다. 윤이 들어온 싱글 룸은 투숙객이 최소한 며칠쯤은 일절 없었던 것 같은 느낌이었다.

서둘러 샤워를 마친 윤은 침대에 잠시 누워 눈을 감고 있다가 몸을 일으켰다. 그때까지 닫혀 있던 커튼을 열자 바다에 면한 창 바깥의 풍경이 보였다. 하얗게 밀려왔다 부서지는 포말이 선명했다. 물과 땅의 경계를 흐리는 어둠 속에서, 윤은 잠시 불규칙적으로 나타났다 사라지기를 반복하는 그 흰 선에 시선을 사로잡혔다.

윤을 현실로 돌려놓은 건 사이드테이블 위에 올려 둔 핸드폰이 진동하는 소리였다. 그 소리에 퍼뜩 뒤를 돌아본 윤은 몸을 숙여 핸드폰을 집어 들었다.

─ 메일 확인해서 내용 정리되면 내 방으로 와.

짧은 메시지는 정언의 것이었다. 윤은 덮어쓴 수건으로 아직 젖은 머리를 몇 번 대충 털어 내고는 침대에 앉아 노트북을 켰다. 민혜의 메일과 정언이 포워딩해 준 현준의 메일을 전부 확인하고 내용을 대충 파악하는 데는 의외로 많은 시간이 필요했다.

민혜의 메일 내용은 통화를 하며 대강 들은 것이었기에 그나마 다행이었다. 현준에게서 온 메일은 서온건설 게이트 관련 취재 내용이었다. 파일명에 '비공개'라고 따로 붙인 것은 보도하지 못한 자료들인 듯했다.

한참 시끄러울 때도 뉴스에서 헤드라인만 보고 지나쳤던 것이 전부라, 이렇게 상세한 내용을 확인하는 건 처음이었다.

소위 '서온건설 게이트'의 골자는 서온건설이 국토위 소속 여당 의원들과 국토부 장차관급 인사 일부에 수년간 금품 등의 뇌물을 제공했고, 그들이 그 대가로 서온건설 측에 신도시 개발 및 각종 SOC[9] 공사 수주 특혜를 주었다는 것이었다.

수사를 담당했던 이정수 검사와 진형은 검사는 서온건설을 이들에게 연결시켜 준 사람이 엄대진이라고 확신하고 있었다. 서온건설 대표 남제선은 엄대진이 TK 지역구를 기반으로 세력을 다져 나가던 정치 신인 시절부터 '친분'이 있는 사이였다.

그 친분이 어떤 것인지는 말하지 않아도 뻔했다.

엄대진이 수도권으로 지역구를 옮기며 차세대 대권 주자 물망에 오르기 시작한 것과, 지방 건설사에 불과했던 서온건설이 수도권으로 진출하며 무섭게 성장하기 시작한 시점은 거의 일치했다. 둘의 관계는 겉으로 말하지 않을 뿐 모두가 아는 비밀이었다. 시간이 지날수록 유착은 철저해졌고, 엄대진과 서온건설의 힘 역시 무소불위로 강해졌다.

한선당 내부에서 소위 말하는 '엄대진 라인'은 당내 주류 세력이었다. 서온건설은 그 엄대진을 통해 여당 주류 의원들과 가장 파워 있는 보수 일간지 <조한일보>를 등에 업었다. 톱 5 건설사 규모로 성장한 서온건설은 수많은 사업에 손을 뻗쳤다.

서온건설 게이트가 터지자마자 검찰이 엄대진을 정조준한 건 당연했다. 서온건설에서 하청을 받기 위해 국토위 소속 한선당 의원들에게 향응과 금품을 제공했다고 제보한 업체들만 해도 한 손으로 꼽기 어려울 정도였다.

모든 상황이 확실했다. 뇌물을 받은 정치권 인사들이 차명으로 서온건설 아파트 분양권 혜택을 받았다는 증거도 속속 발견

---

9) 사회 간접 자본(social overhead capital)의 약자. 도로, 철도, 항만, 통신, 전력, 공공서비스, 교육·보건 시설 등 생산 활동에 기여하는 자본을 말한다.

되었다. 심지어 서온건설 직원들을 뇌물 전달책으로 쓴 정황도 발견됐다. 전달책이었다는 증인까지 등장했다.

검찰은 승리를 확신했다. 그러나 엄대진과 한선당이 가만히 당하고 있을 리 만무했다.

처음 제보를 받고 국회 청문회에서 이 문제를 제기한 사람은 민권당의 여성철 의원이었다. 서온건설 게이트가 물 밖으로 나오기 무섭게 <조한일보>를 필두로 모든 언론이 이 건은 야당과 검찰의 정치 공작이라고 몰아붙이기 시작했다.

엄대진 측은 대권 주자 죽이기다, 불경기인 건설업을 더욱 침체시키는 중상모략이다, 아무런 증거도 없다고 주장했다. <조한일보>의 변순철은 이런 일이라면 이골이 날 대로 난 사람이었다. 기사 몇 개로 판을 뒤집는 건 그에게 식은 죽 먹기였다.

<조한일보>는 즉시 역으로 야당에 뇌물 프레임을 뒤집어씌웠다. 서온건설에 정치 자금을 요구했다 거절당한 여성철 의원이 보복성으로 청문회에서 이 문제를 터트렸다는 것이었다.

팩트를 증명하는 것은 어렵지만, 거짓을 사실로 만드는 건 쉬웠다. 한선당과 <조한일보>는 여성철 의원과 민권당 측에 '뇌물을 요구한 적 없다는 사실을 증명하라.'고 맞섰다. 그러나 뇌물을 요구하지 않았다는 걸 명백히 증명할 방법이 있을 리 만무했다.

언론을 중심으로 여론이 돌아서기 시작하자 증인들도 하나둘 사라졌다. 그 중 가장 큰 치명타는 공판에 출석하기로 한 검찰측 증인의 죽음이었다. 서온건설 직원으로 금품 전달을 담당했다는 직원이 공판 전 갑작스럽게 사망하고 만 것이었다.

사인은 교통사고라고 했으나, 출석을 약속한 증인들은 그 일로 전부 증언을 거부했다. 담당 검사들이 수세에 몰린 건 순식간이었다. 엄대진에게 흘러들어 간 자금 흐름의 추적도 쉽지 않았다.

결국 이 사건은 국토부 차관급 인사 두 명이 사직하고, 엄대진계 초선 비례의원 한 명이 벌금형으로 의원직을 박탈당한 데서 마무리되었다.

이후 담당 검사였던 이정수 검사와 진형은 검사가 인사 보복을 당하고, 민정수석이 <조한일보> 라인인 신환석으로 교체되면서 허무하게 끝나고 말았던 것이다.

침대에 엎드려 턱을 괴고 자료들을 살펴보던 윤은 긴 한숨을 내쉬며 이불 위로 얼굴을 파묻었다. 희경이 쓴 글을 처음 읽었을 때까지만 해도 이 일이 여기까지 오리라고는 상상도 한 적이 없었다.

집에서 알면 기절하시겠지, 하고 생각한 윤은 헛웃음을 뱉었다. 실은 가족들에게 아직 <오늘의 요리>에서 잘리고 <비하인드 24>에서 일한다는 말도 하지 못한 채였다.

이런 일이 일어날 줄 알았든 몰랐든 이미 돌이킬 수 없는 일이었다. 언젠가 얘기할 날이 오겠지 뭐, 하고 태평하게 생각한 윤은 노트북을 챙겨 옆방으로 향했다. 문을 두드리자 정언이 안에서 고개를 내밀었다.

"생각보다 오래 걸렸네. 들어와."

정언의 머리칼에는 아직 물기가 남아 있었다. 희미하게 물 냄새와 비누 냄새 같은 것이 코끝을 스치고 지났다. 심장이 덜컥하는 감각에 잠시 머뭇거린 윤은 정언의 방 안으로 들어섰다.

침대 위에 펼쳐 두었던 노트북이며 다이어리 따위를 정리해 테이블 위에 놓은 성언이 스툴에 길터앉으며 윤에게 맞은편 자리를 가리켰다.

"정리 좀 됐어?"

윤이 자리에 앉으며 자기 노트북을 그 옆에 올려놓고는 고개를 끄덕였다.

"네, 대충…… 그러니까 엄대진이 TK에서 정치 시작했던 시절부터 남제선하고 관련이 있었고, 두 사람이 함께 성장했다고 봐야 한다는 거 맞죠? 서온건설에서 엄대진계 의원들한테 뇌물 제공했다는 정황이 있지만 결정적으로 엄대진한테 흘러들어 간 자금 추적에 실패했고, 증인이 사망하면서 검찰 측에서 밀리게 된 거고요."

윤의 말을 듣고 있던 정언이 손에 든 펜을 돌리며 대답했다.

"그렇지. 내가 아까 제보자 만난 후부터 계속 생각을 해 봤는데, 서온건설 남제선하고 경일용역 손경일이 아주 오래 전부터 관계가 있었다고 했잖아. 찾아보니까 아버지인 남강웅 대표는 지병으로 급사했다고 돼 있더라고. 남제선이 서온건설 전신인 남정건설을 물려받은 게 서른도 안 됐을 때야. 회사 경영하기엔 너무 젊었지."

"손경일하고 관계를 유지한 이유가 그것 때문이라고 생각하시는 거죠?"

윤이 끼어들자 정언이 그렇지, 하며 수긍했다.

"경일용역이 사무실은 작아 보이지만 인력 동원하는 거 생각하면 실제 규모는 훨씬 크다고 봐야 돼. 아니면 동원력이 상당하거나. 게다가 이미 바깥으로 드러난 것만 이십 년 이상 유지된 집단이야. 깡패 몇 명 데리고 시시하게 하는 일이 아니라고.

손경일이 그쪽하고 아무 관련도 없었는데 서울로 올라가면서 갑자기 그런 집단을 만들었다, 이건 말이 안 돼. 여기서부터 시작이 됐다고 봐야지."

"손경일이 애초에 이 지역 기반 조폭이었거나 그랬을 수도 있겠네요."

"음, 당시에 남정건설이 지방 건설사긴 했어도 <경상일보> 기사에 언급이 상당히 많아. 경북 쪽에서는 꽤 규모가 있는 건설사였어. 자금력이나 규모가 절대 작진 않았고, 조부하고 부친으로 대를 이어 오면서 지방 유지가 됐으니 당연히 지역구 기반 정치인들하고도 줄을 댔을 거고. 그렇게 키운 알짜배기 회사가 새파랗게 젊은 아들한테 넘어가는데 회사 내부에서도 가만히 보고만 있진 않았을걸."

"방해가 되는 사람들을 제거하는 데 손경일을 이용했다?"

윤이 혼잣말처럼 중얼거리자, 정언이 종이 위에 손경일의 이름을 쓰며 그 위에 동그라미를 쳤다.

"제거의 기준이 어느 정도인가, 그건 알아봐야겠지만 충분히 합리적으로 추론할 수는 있지. 일이 그렇게 된 이상 둘은 무조건 같이 가야 했던 거야. 남제선은 손경일에게 경제적 대가를 제공하고, 손경일은 남제선에게 해결사 역할을 했고. 이렇게 되면 보통 두 사람이 서로 약점을 잡고 있게 되지. 가족보다 강한 유대가 생기는 거야. 배신할 수가 없다고."

윤은 잠시 생각에 잠겼다. 규형의 자취를 추적하는 내내 머릿속에서 뒤엉켜 있던 것들이 조금씩 또렷해졌다. 윤은 턱을 괴고는 다른 쪽 손끝으로 테이블 위에 선을 그리며 입을 열었다.

"남제선하고 손경일 관계는 일단 그렇게 된 거라고 치고, 박규형 씨가 진송신도시 현장으로 파견을 나가면서 문제를 지적한 게 본사까지 들어갔죠. 그런데 이 과정에서 이직을 할 수도 있었을 텐데, 승진이 두 번이나 밀리면서도 회사에 남아 있었던 건 왜 그럴까요?"

그 물음에 정언은 간단히 대답했다.

"혼자가 아니잖아. 요즘 같은 불경기에 이직이 쉽지도 않고, 공백기에 방과후 교사 월급만으로 네 식구 생활비 댄다는 거 거의 불가능하다고 생각했겠지. 회사에서는 그 절박함을 이용한 거고. 무슨 짓을 해도 이직하기 어렵다는 걸 악용해서 욕먹는 자리로 밀어 넣었어. 그런데 이게 도리어 악수가 된 거지. 박규형 씨가 원주민들하고 만나기 시작하면서 이 일을 공론화해야겠다고 생각하게 됐으니까."

"사측에서는 그걸 일단 몰랐을 테고, 그래서 회유하려고 출장 명목의 뇌물 전달책으로 박규형 씨를 이용한 거겠죠? 녹취에서 박규형 씨는 처음에는 몰랐다고 했으니까, 사측에서 전달하라는 걸 그냥 중간에서 옮겨 주기만 하지 않았을까요?"

"채찍과 당근 같은 거였겠지. 전화에서 조창식이 승진을 약속하면서 달래잖아. 박규형 씨는 어느 지점에서 자기가 하는 일이 뭔지 알게 됐을 거야. 그래서 일단 어떻게든 원주민 측도 돕고, 회사 측 비리도 폭로하고, 자기가 하는 일도 그만둘 수 있는 방법이 뭔지 고민했을 거고. 상생변 최유림 변호사한테 기다려 달라고 했다는 거 보면 이걸 어디다 제보하려고 했을 가능성도 커 보여. 그게 어딘지는 모르겠지만. 박규형 씨가 그 전화를 안 했으면…… 아, 진짜."

정언은 잠시 말을 멈췄다. 옅게 물기가 남은 머리칼을 쓸어 올린 정언은 미간을 약간 찌푸리며 가벼운 한숨을 뱉었다. 그 얼굴은 평소답지 않게 약간 괴로운 듯한 빛을 띠고 있었다. 한동안 테이블 위에 시선을 못 박고 있던 정언은 잠시 눈을 감았다가 다시 떴다. 이어지는 목소리는 아까보다 가라앉아 있었다.

"그 성격에 엄청나게 괴로웠을 거야. 그래서 전화를 했고, 그때 조창식이 박규형 씨가 무슨 일을 벌이려고 한다는 걸 눈치챘어. 그때 조창식이 혼자였는지, 혹은 여러 사람이었는지 일단 지금은 알 수 없긴 하지. CCTV가 없으니까. 어쨌든 박규형 씨는 밤에 거기 남아 있다가 자의든 타의든 현장으로 올라갔다고."

"그러면 우리가 증명해야 하는 게 뭐죠?"

윤의 물음에 정언은 펜 끝으로 몇 단어를 끄적이며 대답했다.

"시방서 같은 문서가 다 남아 있으니까 우선 지금 서온건설이 쓰는 자재에 대한 팩트를 찾아야지. 거래 중인 하청업체에서 납품받고 있을 테니까. 그리고 제보자들 증언을 기반으로 해서 경일용역이 현장에서 이 일을 입막음했고, 단속이 제대로 되지 않은 게 서온건설하고 기관 커넥션이 있기 때문이라는 걸 증명해야 되고."

말은 간단한 것처럼 들렸지만 전혀 간단하지 않다는 건 윤 역시 잘 알고 있었다. 정언은 무심히 말을 이었다.

"엄대진이 남제선 뒤를 봐주고 있고 박규형 씨가 이 과정에서 전달책으로 이용당했다는 거, 그리고 한선당 간부들과 엄대진계 의원들이 주기적으로 서온건설을 통해 금품을 제공받았다는 것까지. 마지막으로 이 커넥션이 박규형 씨를 죽음으로 몰고 갔다는 게 우리 결론이어야 하고."

종이 위에는 그새 서온건설, 경일용역, 엄대진, 남제선, 박규형 같은 낱말들이 자리하고 있었다. 윤은 그 단어들에 잠깐 시선을 주며 턱을 괴었다.

"일단 이제 윤곽이 좀 잡히긴 했네요."

"시간이 없어. 일단 내일은 포항중학교에 실제로 남제선하고 손경일이 다녔는지 확인하고, 동네에서 그 둘에 대해 아는 사람들을 찾아보자고. 두 사람이 어떤 관계였는지 확실히 알 수 있을 테니까. 포항경찰서 쪽에 혹시 손경일 관련된 기록 있는지도 확인해 보고, 남정건설에서 일하던 사람들을 좀 만나 봤으면 싶은데…… 이건 송 작가님한테 일단 얘기해 놔야겠다. 그리고 <경상일보>에서 혹시 우리가 놓쳤던 게 있는지도 좀 봤으면 좋겠고. 여기서 그림 딸 수 있는 건 전부 따고 가야 돼. 포항중학교가 근처니까 아침에는 바로 이쪽 먼저 갈 거야. 여기 탐문하고 다음은 포항경찰서."

정언이 노트북으로 근처 지도를 검색해서는 윤 쪽으로 화면을 돌려놓았다. 몸을 앞으로 조금 내밀자 정언이 지도를 가리켰다.

"아는 사람이 좀 있으면 좋은데, 누가 알지 모르겠네."

혼잣말처럼 중얼거린 정언이 머리칼을 쓸어 올렸다.

"일단 선배들한테 전화 좀 해 봐야겠다. 이쪽에 취재 나온 적 몇 번 있으니까 누가 알긴 알 텐데. 그리고 아까 검색해 봤는데 남정건설 사옥으로 쓰던 건물은 십 년쯤 전에 재건축이 됐더라고. 지역 기반 건설사니까 일했던 사람들이 근방에 있을 수도 있는데, 완전 맨땅에 헤딩하는 거라…… 아무튼 내일 안에 해결할 수 있어야 되는데, 여기서 며칠을 보내기도 뭐하고."

말투는 늘 그렇듯 덤덤했으나, 정작 정언의 얼굴이 초조해 보이는 것이 마음에 걸렸다. 정언의 말대로 시간이 부족한 건 사실이었다. 하루아침에 상황이 어떻게 바뀔지 짐작조차 할 수 없었기에, 정언이 그러는 것도 당연하다는 생각이 들었다.

"하는 데까지 해 보죠, 뭐. 저도 주변에 혹시 도움 받을 사람 있는지 알아볼게요. 이렇게까지 했는데 안 되겠어요?"

윤은 애써 밝게 말했다. 고개를 숙이고 있던 정언이 눈만 들어 윤을 보더니 피식 웃었다. 무슨 뜻인지 쉽게 짐작할 수 없는 표정이었다. 잠깐 말이 없던 정언이 다시 시선을 내렸다.

"긍정적인 건 좋네."

칭찬인지 아닌지 모를 말투였다. 윤은 눈을 깜빡이다 물었다.

"왜요? 안 될 것 같다고 생각하세요?"

"경우의 수를 대비하는 거지."

"가망 없는 일은 안 하신다면서요. 될 것 같으니까 하시는 거잖아요."

그 말에 정언이 한숨처럼 내뱉었다.

"기억력 좋네, 그걸 안 잊어버리게."

"원래 관심 있는 사람 얘기는 다 기억하지 않아요?"

농담처럼 내뱉은 순간 윤은 즉시 후회했다. 지나친 본심은 위험하다는 걸 알면서도, 간혹 통제되지 않는 말은 이성보다 빨랐다. 턱을 괸 정언이 윤을 물끄러미 응시하다 입을 열었다.

"이제 얘기 끝낼 시간이지?"

그건 문자 그대로의 의미라기보다 선을 긋는 말이라는 걸 윤은 쉽게 눈치챘다.

"왜요?"

약간 반항하는 기분으로 되묻자, 작은 싱글 룸 안의 공기가 불현듯 느슨하게 풀린 실 끝을 잡아당긴 것처럼 약간 팽팽해졌다.

윤은 그 긴장감을 느꼈다. 짧은 정직이 지났다. 잠시 멈춰 있던 정언은 노트북을 닫았다.

"내버려 두면 김 피디가 또 선 넘을 것 같으니까."

순간 얼굴이 확 뜨거워졌다. 애써 숨기려 하지 않았던 건 사실이지만, 그렇다고 해도 정언의 입으로 그런 말을 듣는 게 아무렇지도 않을 수는 없었다.

답지 않게 그 말에 대답하지 못하는 윤을 마주 보던 정언이 자리에서 일어나 미니바의 맥주 한 캔을 꺼냈다. 정언은 그 자리에서 캔을 땄다. 경쾌한 소리가 찰나에 조용한 방을 채우고 곧 사라졌다.

"안 갈 거야?"

정언이 앉아 있는 윤을 내려다보았다. 윤이 잠시 주저하자, 정언이 들고 있던 캔을 윤에게 건네고는 다시 새 캔을 꺼내 들었다. 얼결에 받아 든 캔은 얼음처럼 차가웠다. 윤이 뭐라고 말할 사이도 없이 캔을 딴 정언이 고개를 까딱였다.

"마시고 가서 자. 운전하느라 피곤했을 텐데."

정언은 윤의 대답을 기다리지 않았다. 등을 돌리고 침대에 걸터앉은 정언의 시선은 어두운 창 너머를 향해 있었다. 짙게 깔린 어둠 너머로 부서지는 파도는 하얗고 희미했다.

윤은 손에 들고 있던 캔을 내려다보다 한 모금을 마셨다. 떫은 듯 씁쓸한 탄산과 알코올 향이 익숙하게 넘어갔다. 그 차가움에 한순간 머리가 찡하게 울렸다. 저도 모르게 얼굴을 찡그리자, 창에 비친 윤을 보고 있던 정언이 입을 열었다.

"김 피디."

자신을 부르는 소리에 윤은 퍼뜩 눈을 들어 정언의 뒷모습을 보았다.

"나한테 뭐 바라는 거 있어?"

미처 예상하지 못한 말이었다. 심장이 떨어지는 것 같았다. 머릿속의 단어들이 전부 지워졌다. 대답해야 한다고 생각했지만 알고 있는 말이 아무것도 생각나지 않았다. 윤은 잠시 숨을 쉬는 것조차 잊어버렸다.

어두운 창에 등을 돌리고 앉은 정언의 얼굴이 비쳤다. 윤은 그 창을 통해 정언의 눈을 보았다. 거울 속의 상을 보듯, 정언 역시 창에 비친 자신의 눈을 보고 있었다. 정언이 말없이 맥주를 조금 마시고는 고개를 숙였다. 침묵은 길지 않았다. 낮은 목소리가 돌아온 건 직후였다.

"이런 말 아주 웃긴다고 생각할 거 아는데, 나한테 어떤 인간적인 부분 바란다면 미안하지만 난 원래 그런 거하고는 인연 없는 사람이야."

무감한 말투였다. 어떤, 인간적인, 부분. 세 어절로 표현된 말이 무엇을 뜻하는지 윤은 잘 알고 있었다. 열이 오르는 듯 목덜미가 뜨거워졌으나, 정작 머릿속은 얼어붙었다. 온몸이 순간적으로 굳어 버려 손끝 하나도 움직일 수가 없었다. 정언이 말을 이었다.

"난 누구하고든 일정한 거리 있어야 한다고 믿어. 그게 좋은 관계 유지할 수 있는 방법이라고 생각하고. 지나치게 가까워지면 서로 볼 필요 없는 부분까지 보게 되니까. 내가 쉬운 사수 아니라는 거 잘 알아. 김 피디가 이렇게 따라와 줘서 정말 고맙고. 그러니까 서로 선 넘지 않았으면 좋겠어. 좋은 선배 원하는 거라면 내가 더 노력하겠지만, 그게 아니라면 업무 외적으로 내가 김 피디한테 해 줄 수 있는 게 없어."

자로 잰 듯한 단어들이었다. 그 사이마다 그어지는 선은 명백했다. 분명히 귀로 듣고 있는데도 그 말을 전부 이해하는 데는 어느 정도의 시간이 필요했다. 윤은 숨을 들이쉬었다. 누가 심장을 쥐고 있는 것처럼 호흡이 내려가지 않았다.

"선배."

그 짧은 단어를 발음하는 것조차 힘들었다. 모래를 씹은 듯 말라 버린 입 안이 까끌거렸다. 손에 쥐고 있는 캔 표면에 습기가 맺혀 찬 물기가 옅게 스몄다. 몸이 떨리는 건 아마 그 차가움 때문일 거라고 애써 생각하며, 윤은 잘 나오지 않는 목소리로 입술을 달싹였다.

"……저 보고 얘기하시면 안 돼요?"

지금의 자신은 아주 형편없는 꼴일 게 분명했다. 창에 비치는 얼굴을 볼 자신이 없어 윤은 시선을 내렸다. 그럼에도 불구하고, 정언의 얼굴을 보고 싶었다. 어떤 표정으로 그런 말을 하는지 알아야 할 것 같았다.

윤은 손에 들고 있던 맥주를 마셨다. 입술에 닿은 캔에서 스미는 냉기에 몸이 떨렸다. 숨도 쉬지 않고 절반쯤은 비운 것 같은데도 여전히 입 안은 바짝 마른 채였다. 정언에게서는 대답이 돌아오지 않았다.

"선배, 저 보고 얘기하세요."

그 침묵을 견디지 못한 윤은 다시 한 번 말했다. 말끝이 갈라졌다. 어떻게 해야 할지 알 수가 없었다. 밀어내지 말라고 애원해야 할까, 아니면 언제나처럼 아무렇지도 않은 척 굴어야 할까. 들이쉬는 숨에도 가슴 어딘가가 베인 듯 아릿했다. 침묵하던 정언은 등을 돌린 채 대답했다.

"좋은 생각 아닌 것 같은데."

그 목소리만으로는 아무것도 읽을 수가 없었다. 모든 신경이 스위치를 내려 버린 것 같았다. 뭐든 생각해 보려 노력했지만 불가능했다. 윤은 들고 있던 캔을 테이블 위에 내려놓았다. 손이 떨려 더 이상 들고 있을 수가 없는 탓이었다.

정언과 자신의 거리는 고작 두어 걸음도 되지 않았다. 마음만 먹는다면 지금 당장이라도 정언을 붙들고 자신을 보게 만들 수도 있었다. 방 안에 떠도는 습하고 희미한 향이 문득 선명했다. 물기가 덜 마른 정언의 머리칼에서 스치던 향이었다.

윤은 무의식중에 습기로 젖은 손을 말아 움켜쥐었다. 손끝이 하얗게 질렸다. 지금 정언과 더 가까이 있다면, 손을 뻗었을 때 바로 정언에게 닿는다면 자신이 어떤 행동을 할지 스스로도 확신할 수 없었다.

자신을 마주 보게 하고, 그 손을 잡고, 그리고, 어쩌면.

어린애는 아니었다. 윤은 자신이 어떤 종류의 욕망도 없는 사람이 아니라는 걸 잘 알고 있었다. 무의식적인 바람을 깨닫는 순간 얼굴로 열이 몰렸다. 다음 순간 윤은 자리에서 일어났다. 이 자리에 더 있으면 안 될 것 같다는 직감이 들었다. 윤은 겨우 웃는 얼굴을 했다. 가벼운 현기증이 났다.

"저 좀 취했나 봐요. 피곤하실 텐데 일찍 주무세요. 내일⋯⋯."

아무렇지도 않은 척 꺼낸 말의 끝이 순식간에 잠겨 들었다. 윤은 공연히 감기 기운이 있는 사람처럼 두어 번 마른기침을 했다. 정언이 눈치채지 못할 거라고는 생각하지 않았다. 얄팍한 속임수는 결국 자기 자신을 위한 것이었다.

"……내일 아침에 뵈어요."

정언은 대답하지 않았다. 어쩌면 그래, 하고 말했을 수도 있지만 설령 그랬다 해도 지금은 아무것도 들을 수가 없었다. 테이블에서부터 작은 싱글 룸의 문을 빠져나오는 건 몇 걸음이면 충분했다.

자신의 방으로 돌아와 등 뒤에서 문이 닫힌 순간, 완전히 무너진 윤은 벽에 기대섰다. 떨림이 멈추지 않았다. 고작 그 몇 걸음을 건디는 데 모든 이성이 다 소진된 것 같았다. 어떻게 말했어야 할까. 그런 게 아니라고, 전부 오해라고, 난 원래 그런 사람이라고?

그 중 무엇도 답이 될 수는 없다는 걸 윤은 이미 알고 있었다. 자신이 정언에게 바라는 건 정언의 표현대로 '어떤 인간적인 부분'이었다. 자신이 정언의 선 안을, 그 뒷면을, 그림자를 본다고 느꼈을 때 윤은 결코 그게 착각일 거라고 생각한 적 없었다.

윤은 벽에 머리를 대며 눈을 감았다. 심장 한구석이 선뜩했다. 불현듯 종이에 베인 상처처럼, 어딘지도 알 수 없고 정의할 수도 없는 아픔이 지났다. 윤은 떨리는 손끝으로 셔츠 위를 더듬어 그러쥐었다. 힘이 들어가지 않는 손끝에서부터 부드러운 천이 부정형의 패턴을 그리며 구겨졌다.

내내 단 한 번도 자신을 보지 않던 정언의 뒷모습이 감은 눈 안으로 떠올랐다. 창을 온통 물들인 밤빛에 그 눈동자가 녹아들어, 비친 상으로는 정언의 표정을 읽을 수 없었다. 왜 자신을 보지 않았을까. 윤은 멍하니 그런 것을 생각했다.

가까워진다는 건 타인의 어떤 부분이든 감수하게 되는 일이다. 그 가장 어둡고 약한 일면까지도. 정언이 누구에게나 거리를 두는 것은 그런 부분을 드러내고 싶지 않아서일 게 분명했다. 그건, 결국 겁이 나기 때문이다…….

윤은 그 두려움을 이해했다. 정언과 자신은 서로 너무나 다른 사람들이었다. 그러나 여기서 멈춘다는 건 불가능했다. 밀려나는 것이 두려웠다면 애초에 시작도 하지 않았을 일이었다. 센서등이 꺼지며 옅은 어둠이 머리 위로 쏟아져 내렸다. 존재할 리 없는 어둠의 무게가 실려 왔다.

윤은 오랫동안 움직이지 않았다. 지금 이 벽 하나 너머에 정언이 있다는 사실은 윤에게 얕은 안도감을 주었다. 윤은 눈을 감았다. 그 안도감이 소용돌이치는 감정 위로 엷은 베일처럼 내려앉았다.

정언이 어떤 말로 자신을 밀어내든, 내일 아침이면 또 아무렇지도 않은 얼굴로 다시 만나게 될 거라는 것. 결국은 지금과 무엇도 달라지지 않으리라는 것. 마치 그런 일은 일어난 적도 없다는 것처럼.

그러니 이 밤을 견디는 건 쉬웠다.

<2권에서 계속>